Talking Book
—Henry Louis Gates, Jr.'s
African American Literary Theory

会说话的书
——小亨利·路易斯·盖茨的非裔文论研究

何燕李 ◎ 著

四川大学出版社

图书在版编目（CIP）数据

会说话的书：小亨利·路易斯·盖茨的非裔文论研究 / 何燕李著. — 成都：四川大学出版社，2023.8
ISBN 978-7-5690-6268-7

Ⅰ. ①会… Ⅱ. ①何… Ⅲ. ①美国黑人－文学研究－美国－20世纪 Ⅳ. ① I712.06

中国国家版本馆CIP数据核字（2023）第146436号

书　　名：	会说话的书——小亨利·路易斯·盖茨的非裔文论研究
	Hui Shuohua de Shu—Xiao Hengli Luyisi Gaici de Feiyi Wenlun Yanjiu
著　　者：	何燕李
选题策划：	于　俊
责任编辑：	于　俊
责任校对：	张宇琛
装帧设计：	墨创文化
责任印制：	王　炜
出版发行：	四川大学出版社有限责任公司
地　　址：	成都市一环路南一段24号（610065）
电　　话：	（028）85408311（发行部）、85400276（总编室）
电子邮箱：	scupress@vip.163.com
网　　址：	https://press.scu.edu.cn
印前制作：	成都完美科技有限责任公司
印刷装订：	成都市新都华兴印务有限公司
成品尺寸：	170mm×240mm
印　　张：	24
插　　页：	3
字　　数：	369千字
版　　次：	2023年10月 第1版
印　　次：	2023年10月 第1次印刷
定　　价：	88.00元

扫码获取数字资源

本社图书如有印装质量问题，请联系发行部调换

版权所有 ◆ 侵权必究

四川大学出版社
微信公众号

作者与Henry Louis Gates, Jr. 教授于哈佛大学Hutchins Center

作者与哈佛大学非洲和非裔研究系Jacob Olupona教授（左一）、Henry Louis Gates, Jr. 教授（右一）于哈佛大学Hutchins Center

前言

近些年来，随着美国黑人在政治、经济、艺术、文化等领域的不断崛起，包括1993年托尼·莫里森成为美国第一个获得诺贝尔文学奖的黑人，2003年奥普拉·温弗瑞成为美国第一个黑人亿万富豪，2008年贝拉克·奥巴马当选为美国第一个黑人总统，2009年轰动全球的哈佛大学教授盖茨的"被捕事件"和"啤酒峰会"等，国内的美国非裔研究逐渐成为一门显学，其范围涵盖了文学、语言学、教育学、艺术学、宗教学、哲学、美学等领域。其中，美国黑人文学理论研究肇始于20世纪90年代，起初大致是针对当时一些知名黑人学者，如盖茨和贝克编著撰写的黑人理论文集、专著的简介和书评。在进入新千年之后，国内学者开始深入地探讨一些黑人理论专著的核心论题，尤其是1989年获得"美国图书奖"的《意指的猴子》中的"意指理论"，并逐渐关注美国非裔文论的建构策略和范式。而在盖茨被捕之后，国内再次掀起了黑人文学、文论研究的热潮，陆续出现了一批博士、硕士论文和专著。由此可见，国内的黑人文学理论研究一直与盖茨有着紧密的关联。然而，国内学界针对盖氏文论的研究大多比较零散、单一，主要集中于其"意指理论"的介绍性基础研究，尚未系统地研究盖氏文论的生成语境、特征、优缺点等。为此，本书旨在对整套盖氏文论进行系统化、深入化的研究。

盖氏文论的宗旨是抵抗和解构长期以来"白人中心主义"针对黑人族群的三大种族主义预设及相关的"粉红色"身份：第一，黑人"无"文学，所以他们"无"人性；第二，黑人文学"无"形式，所以他们"天生为奴"；第三，黑人"无"理论，所以他们是"低等人"。由于衔接这三大内容的纽带是盖茨于 1770—1815 年间发表的五个英语奴隶叙事共同描述的一个主旨——"会说话的书",因此本书就以"会说话的书"为核心论题和理论基点,去解剖整套盖氏文论,探讨盖茨如何通过"会说话的书"既逐一解构了"主人的"三大预设和相关霸权,又相应地申诉了"黑色"族裔身份和文化身份,并建构了一套"为文学而文学"的形而上的黑人美学和理论,从而不仅成功地冲出"黑色"批评丛林而鹤立鸡群,又翻越"白色"文化隔离墙而闯入中心。围绕这些论题,本书一共分为七部分,具体结构如下。

导论:概述选题的缘由和意义,介绍选题的国内外研究状况以及本书的研究内容和研究方法。

第一章:"盖茨与形而上的黑人美学运动"。前两节重点阐释了促使盖茨成为"亚里士多德式形而上学黑人美学运动"代表的历史语境,主要表现为催生了美国非裔群体开始认识自己的黑人祖先和有意识地返回故土的非洲黑人、加勒比海黑人与美国黑人运动,以及在这一系列的运动中觉醒和绽放的"黑色即美"。第三节描述了致力站在艺术的平台上去为族裔文学建构"黑色"标准、解构"白色"霸权的盖茨,如何遭遇了"主人"的种族主义预设——"先生,什么是黑人文学",以及这种预设对族裔文学的双重影响,从而在此基础上开始了文学知识考古工作,并发现了族裔文学传统的源头——"会说话的书"。

第二章:"源自'中途'的文化创伤:'会说话的书'"。第一节详细阐述了五个叙事提到的"会说话的书"和会"说话的"书。第二节分析了"会说话的书"的三种特性:会"说话的"书的"说话"性、不"说话"性和宗教性。第三节引出了"主人"在继黑人"无"文学之后提出的另一个霸权预设——黑人文学"无"文学性和想象性,以及此预设在被美国黑人内化之后为何既促进又限制了其自身的文学、文论的发展。因为虽然"会说话的书"的出现有力地证明了黑人"有"文学的历史事实,但是黑人背负的"粉红色"身份并未就此减轻或消失,因此盖茨的任务也就相应地变成了挖掘促使黑人文学之所以成为文学的关键——"形式"。

第三章："芒博琼博的双声编码：美国非裔文学的艺术特点"。第一节介绍了盖茨"白"为"黑"用的解读嬗变。由于长期接受白人的正规教育，盖茨在一定程度上受到白色意识形态的同化，认为适用于白人的理论同样也适用于黑人。因此，在建构理论初期，他倡导完全借用"白文论"解读"黑文学"。然而，这种解读方式既受到族裔学者的批评，又无法正确阐释族裔文学。为此，盖茨改变了借用模式，即先对主流文论进行本土化处理，然后再用这种"黑色化"的混杂理论解读族裔文学的形式，从而发现了"会说话的书"的形式特性——能指层面的高度"互文性"。第二、三节阐述了盖茨如何按照"会说话的书"间的"互文性"发掘出"黑人言说文本"之间的"互文性"，并以此推断出零散的美国非裔文学之所以能够凝聚成一种传统的根源——文本之间具有形式关联，以及黑人文学的艺术特点："黑""白"性、口头性和书面性、文学性和批评性。第四节引出了继黑人文学"无"形式之后，"主人"重新改写的新霸权预设——黑人"无"理论及其对美国非裔文学理论这一学科建设的负面影响。这就促使盖茨彻底放弃了"白"为"黑"用的原则，转而建构真正的"黑色文论"。

第四章："存储在黑人语言中的异文学：美国非裔文学理论"。本章重点探讨盖茨在理论重心转向"本土"之后，如何通过双重"归根"——回归族裔民俗传统和非洲文化母体，建构一套"本土"理论。他首先回到族裔文化传统，去寻找解释"会说话的书"所代表的互文性的理据，从而找到了猴子、狮子和大象的故事，以及通过意指能力战胜狮子的恶作剧精灵——意指的猴子，一个隐匿在族裔口头传统中的语言学家和阐释者。为此，盖茨定义了"意指"行为及其特性，并解释了"会说话的书""黑人言说文本"及整个族裔文学之间拥有形式关联的原因——黑人作家阅读彼此的文本并抓住文本中的一些重要意象进行意指，最终使文本之间形成了差异性、修正性重复关系。这种关系暗示了后文本对前文本的阅读评论，因此盖茨认为族裔文学本身就含有阐释自身的理据。这就说明黑人"有"理论，而这种理论就存储在黑人口语体语言之中，也就是所谓的意指理论。为了证明这种理论的完整性，盖茨再次踏上了"返乡"之旅，回到非洲文化母体，搜寻黑人阐释体系的源头，并最终按照意指的猴子承担的双重角色，在约鲁巴神话中找到了与之匹配的恶作剧精灵——埃苏-埃拉巴拉。由于没有任何书面记录提到两个精灵之间的亲戚关系，因此盖茨只得通过埃苏的古巴变体——埃查-埃勒瓜来证明两者是表亲，从而说明黑人是天生的理论种族，因为他们"有"一套时空无隔的"黑色理论传统"。为此，美国非裔文学批评家的任务就不是建构新的理论，而是去挖掘被掩埋的黑人理论史。至此，盖茨有力地粉碎了黑人"无"理论的种族主义谎言。

第五章："'言说那种言说'的结果：盖氏文论的双面性"。本章主要说明盖茨以"会说话的书"为基点建构的整套理论的启示和局限。启示主要有三点：其一，拉长了后殖民研究空间，因为盖茨收集白人如何歪曲黑人形象的史实的目的是对比族裔同胞如何逐一抵制了这种形象，同时盖茨的考古对象没有局限于男性，而是兼顾了族裔男性和女性书写；其二，开启了族裔文学、文论和传统的两性对话，为美国非裔文学的整体发展开辟了良性的文化生态；其三，摆脱了"粉红色"的他者身份，因为盖茨以"会说话的书"为主线一步一个脚印地证明了黑人"有"文学→黑人文学"有"形式→黑人"有"理论传统，进而全面擦除了黑人背负了几百年的"粉红色"身份。就局限而言，主要表现在三个方面。其一，摇摆的"黑人性"和无法抵达的泛肤色文学。盖茨有时把"黑人性"看成"比喻"，有时又看成黑肤色或非洲基因。此外，尽管他认为不能把作者当成识别黑人文学的标准，但其理论宗旨最终还是在为美国黑人申诉身份。其二，意指理论的片面性。实际上，"会说话的书"所代表的形式特点并不具有普遍性，因为在众多族裔书写中具有意指关联的作品只是少数。其三，奈保尔谬误。盖茨建构理论的初衷是抵抗白人霸权，然而结果却还是情不自禁地依赖这种霸权来证明白人"有"的文学、文论之物，黑人也"有"。

结语："潜伏的文学 DNA：盖茨非裔文学理论的走向"。在完成《诺顿文集》的编辑之后，盖茨的理论重心转向了文化研究和实证批评，主要通过田野调查、实地走访等方式记录非洲文明古国和南美洲黑人的身份困境、宗教、音乐、生活现状等。同时，盖茨还以 DNA 技术为依托考察各大知名黑人学者、明星等的非洲基因，进而判断他们的祖先来自哪个非洲部落，以帮助他们重建家族谱系。这种技术为盖氏文论注入了新的活力，因为把 DNA 鉴定法引进文学研究能够证明某些有争议作品的作者是否为黑人。这就对美国黑人文学研究，尤其是奴隶叙事研究具有重大意义，因为这类叙事普遍倾向于使用真实姓名去命名书中的角色，以帮助确立作者经验的真实性和控告奴隶制的残暴性。此外，这种研究方式还为黑人重写美国文学史创造了条件，并为其他族裔的文学研究提供了新方法。

目　录

导论 ……………………………………………………………………… 1
　第一节　选题缘由及意义 ……………………………………………… 1
　第二节　国内外研究概况 ……………………………………………… 13
　　一、国外研究概况 …………………………………………………… 13
　　二、国内研究概况 …………………………………………………… 19
　第三节　研究内容和研究方法 ………………………………………… 25
　　一、研究内容 ………………………………………………………… 25
　　二、研究方法 ………………………………………………………… 29

第一章　盖茨与形而上的黑人美学运动 …………………………… 31
　第一节　苏醒的"美即黑色"与"返回非洲"的脱殖思潮 ………… 32
　　一、"黑色雅典娜"：非洲黑人运动 ……………………………… 32
　　二、"再见，哥伦布"：加勒比海黑人运动 ……………………… 47
　第二节　绽放的"黑色即美"与美国黑人艺术运动 ………………… 53
　　一、迈向"大美国"：平等主义诗学 ……………………………… 54
　　二、阐明"形式未知的东西"：大众黑人美学 …………………… 63
　　三、统一既"黑"又"美"：形而上的黑人美学 ………………… 71
　　四、抵抗种族和性别压迫：黑人女性主义运动 …………………… 77

第三节　萦绕的霸权"回音"——"先生，什么是黑人文学" …… 83
　　一、"主人"安置的"粉红色"身份 …… 83
　　二、"奴隶"深陷的"灰色"空间 …… 88

第二章　源自"中途"的文化创伤："会说话的书" …… 91

第一节　神秘的灵动之物——会"说话的"书 …… 104
　　一、同主人"说话"的《圣经》 …… 105
　　二、与西班牙殖民者"共谋"的祈祷书 …… 108
　　三、同黑奴"对话"的《圣经》 …… 110

第二节　"呼—应"的黑人言说——"会说话的书"的特性 …… 118
　　一、俯首帖耳的沉默：不"说话"性 …… 119
　　二、水滴石穿的契机："说话"性 …… 126
　　三、魂牵梦萦的救赎：宗教性 …… 133

第三节　移位的"粉红色"烙印 …… 137
　　一、从"无"文学性到"无"想象性 …… 138
　　二、被缚的菲莉丝·惠特利 …… 146

第三章　芒博琼博的双声编码：美国非裔文学的艺术特点 …… 152

第一节　文化想象的盲区："会说话的书"的文学性 …… 153
　　一、"白"为"黑"用的解读嬗变 …… 153
　　二、能指的狂欢："会说话的书"的高度"互文性" …… 159

第二节　"黑人言说文本"的形式性 …… 176
　　一、丽贝卡衔接的礼物：第二代"会说话的书" …… 186
　　二、珍妮仰望的上苍："言说者的文本" …… 191
　　三、拉巴斯守护的伏都教秘穴："会说话的文本" …… 198

四、西丽封冻的紫颜色："言说者文本的重新书写" …………… 203

　第三节　黑人文学的艺术性 …………………………………………… 209

　　一、博弈的双重祖先："黑""白"性 …………………………… 209

　　二、鲜活的文化张力：口头性与书面性 ………………………… 214

　　三、挖空的文学边界：文学性与批评性 ………………………… 217

　第四节　垂死的话语谋杀机制 ………………………………………… 219

　　一、从"黑色鹦鹉"到黑人"无"理论 ………………………… 220

　　二、漂洋过海的亚历山大·克拉梅尔 …………………………… 221

第四章　存储在黑人语言中的异文学：美国非裔文学理论 ……………… 228

　第一节　美国黑人的恶作剧精灵——意指的猴子 …………………… 229

　　一、"他岸"的四两拨千斤："意指的猴子"的故事 …………… 229

　　二、"意指行为"的定义、特性和类型 ………………………… 249

　第二节　非洲的赫尔墨斯——埃苏-埃拉巴拉 ………………………… 268

　　一、棕榈树上的秘密：埃苏的阐释体系 ………………………… 270

　　二、埃苏的双重身份：语言学家和阐释者 ……………………… 278

　第三节　从猴子到埃苏的逆生长：黑人阐释体系 …………………… 282

　　一、贝宁的拉巴与古巴的埃查-埃勒瓜 ………………………… 282

　　二、形而上的表亲：意指的猴子与埃苏 ………………………… 288

　　三、黑人是天生的理论种族 ……………………………………… 290

第五章　"言说那种言说"的结果：盖氏文论的双面性 ………………… 303

　第一节　复活文化母体——从理论看客到理论玩家 ………………… 304

　　一、拉长、放大后殖民研究空间 ………………………………… 304

　　二、开启"她性"与"他性"的良性文学对话 ………………… 307

  三、回归"黑色"之根和敞亮黑人文学的艺术性 ······ 318

 第二节 疼痛的文化拉锯战——意指体系的裂隙 ······ 323

  一、洗不白的黑脸：摇摆的"黑人性"和缥缈的"泛肤色文学" ······ 323

  二、盖不完的传统：意指模式的片面性 ······ 330

  三、抹不掉的白色：奈保尔谬误 ······ 341

结　语　潜伏的文学 DNA：盖茨非裔文学理论的走向 ······ 348

参考文献 ······ 358

导 论

第一节 选题缘由及意义

美国非裔文学理论在引起主流学界的广泛关注之前大致经历了三个重要的发展阶段。

第一个阶段，即启蒙阶段：18世纪70年代末至19世纪80年代初。这一时期并没有专业的黑人文学理论家，而是一些诗歌、散文、小说作家，包括菲莉丝·惠特利（Phillis Wheatley）、伊格内修斯·桑乔（Ignatius Sancho）、夏洛特·格赫梅克（Charlotte Grimké）、弗朗西斯·哈伯（Frances Harper）、查尔斯·切斯纳特（Charles Chesnutt）等，针对黑人能够写作的原因——后天（主要由"主人"）培养的还是先天固有的——表达了自己的看法。其中，环境论是当时殖民主义、奴隶制语境中最普遍的一种看法，因为整个"白人至上主义"的根基就是黑人不会写作、没有书面文化。这种论调在很大程度上影响了19世纪前半叶的黑人思想及其文学艺术的发展，让他们像"主人"一样把能否学会书写当成衡量黑肤色人是否为"低等人"的准绳。例如，惠特利就在其诗歌中指出自己是因主人约翰·惠特利夫妇的教育而学会写作的，而桑乔虽然在谈论惠特利能够发表诗集的原因时提及她过人的天资，但最后还是认为这种天资来自其主人的栽培。这种环境论在19世纪50年代南北战争前后发生了转变，随着学会书写和发表作品的黑人逐渐增多，一些黑人精英开始认识"主人"的压迫真相及自我被强加的"奴隶"性，进而走向了先天论，即肯定写作能力是黑人固有的天赋。典型代表人物就是把惠特利当成自己"文学之母"的两个黑人女性作家格赫梅克和哈珀,以及 19 世纪末最重要的小说家切斯纳特。

第二个阶段,即发展阶段:19 世纪 90 年代末至 20 世纪 50 年代初。这一阶段的黑人学者对族裔文学的思考主要体现为这样的一个论争——文学是艺术还是宣传?众多黑人学者,包括艾瑞克·沃尔龙德(Eric Walrond)、威利斯·理查森(Willis Richardson)、威廉·爱德华·伯格哈特·杜波依斯(William Edward Burghardt Du Bois)[①]、詹姆斯·约翰逊(James Johnson)、阿兰·洛克(Alain Locke)、兰格顿·休斯(Langston Hughes)、斯特林·布朗(Sterling Brown)、理查德·赖特(Richard Wright)等围绕这一论争展开了激烈的对话。由于当时种族主义森严的历史语境需要黑人言说、宣传和表现"真""善""美"的"黑色"自我,因此支持宣传论的学者远远多于"为艺术而艺术"的艺术论者。这场有关文学本质定位的内部对话迅速"染黑"了当时黑人知识分子的两大聚居地——纽约的哈莱姆和芝加哥,相继爆发了哈莱姆文艺复兴运动和芝加哥文艺复兴运动,而且其影响力逐步延伸到其他黑人聚居区。这些黑人运动不仅为日后美国非裔文学理论的发展奠定了坚实基础,还使得黑人文学、文学研究、文论建构等论争开始在主流学界崭露头角。

第三个阶段,即成熟阶段:20 世纪 50 年代中后期至 20 世纪 80 年代末。此时,美国非裔文学、文论的发展与黑人打破种族隔离制度,争取教育、工作、住房、选举、坐车、就餐等平等权利的政治运动紧密相连。因此,在赢得相关平等地位之前,黑人文学、文论再次成为政治宣传口号。然而,当黑人争

[①] 威廉·爱德华·伯格哈特·杜波依斯(1868—1963),第一个在哈佛大学取得博士学位的美国黑人,泛非运动的创始人,20 世纪上半叶最具影响力的美国非裔学者之一。1903 年著有《黑人的灵魂》一书,在书中首次提出了美国黑人共有的"双重意识"——既是黑人又是美国人。1910—1934 年一直担任有色人种协会会刊《危机》的主编,一直致力为黑人争取权利,先后著有《约翰·布朗》(1909)、《黑人的重建》(1935)、《黑人的过去和现在》(1939)、《世界与非洲》(1947)等作品。1960 年杜波伊斯加入美国共产党,1961 年遭到政府施压,被迫迁居加纳,1962 年放弃美国国籍,1963 年 8 月 27 日在加纳去世。

取到一定的政治权利之后，文化自主、美学自治、文化身份确认等诸多问题随即成为他们关注的焦点。就文学理论而言，由于艺术与宣传的论争已经基本解决了文学的定位问题，因此这一阶段的黑人学者，包括拉尔夫·埃利森（Ralph Ellison）、詹姆斯·鲍德温（James Baldwin）、拉里·尼尔（Larry Neal）、阿米里·巴拉卡（Amiri Baraka，又名 LeRoi Jones）、斯蒂芬·亨德森（Stephen Henderson）、艾丽丝·沃克（Alice Walker）、芭芭拉·史密斯（Barbara Smith）、托尼·莫里森（Toni Morrison）、苏珊·威利斯（Susan Willis）、小安迪森·盖勒（Addison Gayle, Jr.）、小休斯顿·贝克（Huston Baker, Jr.）、乔伊斯·乔伊斯（Joyce Joyce）、罗伯特·斯特普托（Robert Stepto）、小亨利·路易斯·盖茨（Henry Louis Gates, Jr.）①等，开始考察如何建构一种能够正确解读、阐释、评论族裔文学的黑人批评理论。其中，以盖勒、贝克、乔伊斯等为代表的大部分学者认为族裔文学理论应该建构在"内容"之上，即其研究对象需要考察的是作品的内容本身是否真实地反映了黑人的现实生活和人生经验，是否迎合了当时社会意识形态的需求，是否对黑人群体争取政治权利、申诉族裔身份、抵抗种族主义等有用，是否正确地塑造了黑人的"善"、表现了黑人的"美"，尤其是正直、荣誉、勇敢等方面的优良品质。然而，以斯特普托、盖茨为代表的学者却认为族裔文学理论应该考察的是黑人文学之所以成为文学的文学性，即使用文本细读方法研究单个文学文本的语言、修辞、结构等"形式"构成元素、多个文本之间共同具有的某些"形式"特征及族裔文本之间通过何种"形式关联"形成了一种"黑色"文学传

---

① 小亨利·路易斯·盖茨，原名路易斯·史密斯·盖茨（Louis Smith Gates），小名为亨利·路易斯·斯基普·盖茨（Henry Louis "Skip" Gates）。1950年9月16日出生于西弗吉尼亚州的凯泽市（Keyser），1968年高中毕业后进入波托马克州立学院（Potomac State College）学习医学，1969年转入耶鲁大学学习历史，1973年夏季毕业，获得学士学位。同年进入剑桥大学克莱尔学院（Clare College）学习英语文学，1974年获得硕士学位，1975年返回美国开始在耶鲁大学非裔研究中心做文秘工作，1979年在剑桥大学获得博士学位，随后成为耶鲁大学非裔研究中心的讲师。此后，他先后在康奈尔大学、杜克大学工作，1991年到现在一直在哈佛大学非裔研究中心、杜波伊斯学院工作。

统。这次"内容"与"形式"的论争不仅首次接触文学理论这一学科建设的诸多问题，而且还正式把这些问题提升到理论层面。在这场论争中，斯特普托最先系统地开启了"形式论"，而最具代表性的作品就是其专著《面纱背后：美国非裔叙事研究》（1979）。在此书中，斯特普托详细地研究了从 1845 年弗雷德里克·道格拉斯（Frederic Douglass）的逃亡叙事到 1952 年拉尔夫·埃利森的《隐形人》之间众多黑人文本之间的"呼—应"关系。

在"呼"部分，斯特普托首先考察了奴隶叙事的三个阶段以及相关的四种奴隶叙事类型，具体可以用下图表示：

叙事的三个阶段①
↓

第一阶段：基础叙事（a）："选择性叙事"——可验证的记录和策略（有时还包括一个故事作者的记录）被附加到故事之中

第二阶段：基础叙事（b）："完整的叙事"——可验证的记录和策略融入到故事之中，变成故事中的声音和/或角色

第三阶段：(a)："普通的叙事"——可验证的记录和策略完全包含在故事中；把奴隶叙事变成一种可识别的类型的文本，如自传　　(b)："真正的叙事"——故事中内含了可证策略；促使奴隶叙事变成一种针对他人的真实记录，通常是一种普通类型文本，例如，小说、历史

四种奴隶叙事分别为"选择性叙事""完整的叙事""普通的叙事""真正的叙事"。"选择性叙事"的代表作是亨利·比伯（Henry Bibb）的《亨利·比伯的生活和冒险叙事：一个美国奴隶》（1849），"完整的叙事"的代表作是所罗门·诺斯鲁普（Solomon Northrup）的《一个奴隶的十二年》（1854），"普通的叙事"的代表作是道格拉斯的《一个美国奴隶弗雷德里克·道格拉斯的生

---

① Robert B. Stepto. *From Behind the Veil：A Study of Afro-American Narrative*. Urbana and Chicago：University of Illinois Press，1991，p. 5. 本书所引外文文献，如无特殊说明，均为笔者自译。

活叙事,由他自己书写》(1845),"真正的叙事"的代表作是威廉姆·威尔士·布朗的《威廉姆·威尔士·布朗的生活和逃跑叙事》(1852)。在分析这四种叙事的普遍特征及叙述策略之后,斯特普托指出,"'奴隶叙事'确实是众多类型的(黑人)叙事的伞柄"①。接着斯特普托就分析了布克·华盛顿(Book Washington)的《从奴隶制中崛起》(1901)、杜波伊斯的《黑人灵魂》(1903)如何重新叙述和言说了"完整的叙事"和"真正的叙事"。

在"应"部分,斯特普托分析了詹姆斯·韦尔登·约翰逊的《一个前奴隶的自传》(1912)对《从奴隶制中崛起》和《黑人灵魂》、理查德·赖特的《黑孩子》(1940)对道氏叙事、埃利森的《隐形人》对《黑人灵魂》及道氏叙事的重新言说。为此,斯特普托认为族裔叙事之间存在一种前"呼"后"应"的关系,即前一个时期的文本"蕴藏了后一个文学发展时期即将展现的所有预测的形式和比喻"②。正是基于这种关系,斯特普托指出:"美国非裔文学传统的存在不是因为不同年代堆积了庞大数目的作者和文本,而是因为这些作者和文本在共同寻找其文学形式——他们自己的类型混合体。这种混合体在历史和语言两个层面与'共享的故事或神话'——美国非裔寻求的自由和学识,绑定在一起。"斯特普托把"共享的故事和神话"命名为"前普遍神话"(pregeneric myth),并认为这种神话"不仅先在地存在于文学形式之前,而且最终还形塑了那些组成一种前定文化的文学正典的形式"③。由此可见,在斯特普托看来,能够把零散的美国非裔文学文本衔接、凝固在一起,并形成一种传统的"黏合剂"是这些文本的"形式",而不是作者或内容,从而有力地打开了"形式"之门,为随后的"形式论"搭建了坚实的平台。而就在发表专著的同一

---

① Robert B. Stepto. *From Behind the Veil: A Study of Afro-American Narrative*. Ibid., p. xvii.
② Robert B. Stepto. *From Behind the Veil: A Study of Afro-American Narrative*. Ibid., p. xvi.
③ Robert B. Stepto. *From Behind the Veil: A Study of Afro-American Narrative*. Ibid., pp. xv-xvi.

年，斯特普托还与德科斯特·费歇尔（Dexter Fisher）合作编著了形塑"美国黑人结构主义"论题雏形的论文集《美国非裔文学：教学重建》（1979）。

相较于斯特普托的开拓性，作为另一个最为重要的"形式论"的坚守者，盖茨起步较晚，在1985年之前其影响力、认可度不及斯特普托。关于两者的这点差异可以从他们的耶鲁教职之争中体现出来：1985年盖茨申请耶鲁英语系任职时遭到拒绝，因为校方把这个职位给了斯特普托。这次被拒经历给盖茨的人生留下了阴影，原因主要与其学术背景、工作经历、科研成果等密切相关。1969—1973年，盖茨就读于耶鲁大学历史系，取得学士学位；1973—1979年，盖茨进入剑桥大学，专业是英语语言文学，并先后于1974年、1979年获得硕士和博士学位，成为剑桥大学第一个获得此类学位的黑人。在获得硕士学位之后，盖茨回到美国，并在当时耶鲁大学美国非裔研究院领导查尔斯·戴维斯（Charles Davis）的引荐下成为此研究中心的秘书，工作时间从1975年10月1日到1976年6月30日。在此之后，盖茨被提升为此中心的讲师，并成为其本科研究中心的主任，主要从事英语和美国非裔研究的教学工作。1979年，盖茨因获得博士学位被提升为助理教授，而就在同一年他与相恋6年的白人女友萨伦·亚当斯（Sharon Adams）结婚。1982年，盖茨发现了第一部在美国发表的黑人小说——哈里特·威尔逊（Harriet Wilson）的《我们的黑鬼》（*Our Nig*，1859）（下文简称《黑鬼》），并于1983年再版了此书，这次发现极大地提升了盖茨的知名度。同时，盖茨于1982—1985年陆续发表了一些作品，如《丛林中的批评》（1981）、《费雷德里克·道格拉斯与自我的语言》（1981）、《一个冒险的诗人》（1982）、《黑人性的黑色性：有关符号和意指的猴子的批评》（1983）等，独立编著了多部文论、文学作品，如《宇宙万色中的黑色：查尔斯·戴维斯的黑人文学和文化研究：1942—1981》、《黑人文学和文学理论》（1984）、《奴隶叙事》（1985）等，并与恩师戴维斯合作编著了研究奴隶叙事的论文集《奴隶叙事：文本与语境》（1985）。这些成果既为盖茨的学术之路奠定了基础，又扩大了他的影响面，他在1984年升为副教授，但是当他的名字开始频繁地出现在不同媒体上时，人们除了关注他的学术之外，还打探了他的家庭，尤其是他的白人妻子。于是，即使种族主义大厦的根基在被黑人民权、权力运动撼动近30年之后，还是有很多学者依旧对盖茨跨越"黑""白"种族界限的婚姻耿耿于怀。其中，耶鲁院方及管理层的一些人士就把"盖茨看成一个'浮华的野心家'，而不是一个勤奋、低调的教授"。这种评价直接影响了盖茨的学术生涯，尤其当其恩师戴维斯因癌症逝世之后，盖茨就失去了最有力的支持者。这应该是耶鲁拒绝盖茨的原因之一。因此，尽管当时康奈尔大学立即向盖茨抛去了橄榄枝，直接给他提供了教授岗位，主要从事英语、比较文学和非洲研究方向的教学工作，但是，盖茨对耶鲁事件一直未能释怀，直到2009年他在接受一次采访时毫不讳言：

  那件事对我来说意味着一种侮辱，我被伤害了。我觉得自己辜负了查尔斯·戴维斯，使他失望了，因为我是通过他才开始从事并喜欢上美国非裔研究的。我为葬礼做了悼词，我在他的墓前哭泣，我爱查尔斯……我感觉自己的内心受到了撞击。[1]

然而，可能也正是这种创伤使得他在随后的学术生涯中做出了更加傲人的成绩，不仅在20世纪80年代末成为斯特普托所开启的"形式论"的集大成者及美国非裔研究界最具权威性的人物，甚至还是当今整个美国学术界和非裔、黑人研究领域最具影响力的学者之一。例如，2010年，盖茨被黑人杂志《艾博利》（*Ebony*）列为"100位权威人士之一"，而在2009年则是"150位权威人士之一"。当然，谈到盖茨的全球知名度就不得不提及他的被捕事件。2009年7月16日下午12时30分左右，盖茨完成从上海到宁波再到北京的中国之旅辗转回到自己在哈佛大学的住处，却发现前门的门锁被损坏，随后他走到后

---

[1] Meg Greene. *Henry Louis Gates, Jr.: A Biography*. California: Greenwood, 2012, p. 100.

门，发现后门的锁也被什么东西卡住了，估计有人在他在中国期间试图撬门而入未果，因此使用钥匙无法开门。于是，盖茨返回到前门，由于其腿脚不便，因此他的司机，一个身材魁梧的黑人，强行撞开了房门。这一行为恰好被盖茨的邻居露西亚·惠伦（Lucia Whalen）看见，并立即报警。随后，警官詹姆斯·克罗雷（James Crowley，白人警察）以及另外两个警员（其中一个是黑人）很快赶到盖茨的住处。此时，盖茨正在给哈佛大学教师公寓管理处打电话，要求他们派人来维修门锁。克罗雷要求盖茨走到门外，盖茨向他出示了自己是哈佛大学的教授的证件，以证明自己是这套房子的主人，同时还出示了自己的驾照。克罗雷查看完证件之后，盖茨要求克罗雷说出自己的名字和警察编号，而克罗雷则转身走出厨房。在多次询问无果之后，盖茨变得异常激动，并质问克罗雷之所以不回答问题是不是因为他是白人警察，而自己是黑人。因此，当克罗雷再次要求盖茨走到外面时，盖茨说了一句黑人俚语："我将出去和你老妈谈谈。"① 随后，他走向另一个警察，询问克罗雷的名字和警号，接着就被以行为不当、过激而逮捕。在被拘留四个小时之后，盖茨在哈佛同事及其律师的帮助下被释放，罪名也随即被撤销。整个被捕事件瞬间引爆了日渐平息的美国种族主义风暴。7月22日奥巴马总统针对这一事件发表了看法，"尽管我不能具体地评论种族在整个事件中扮演的角色，但是我确实认为剑桥警察的行为'愚蠢'"，这更是让原本紧张的事态再次升温。众多美国市民谴责奥巴马的言论，并找出证据说明克罗雷并不是一个种族主义者，因为他以前曾经通过人工呼吸挽救了波士顿凯尔特人队（Boston Celtics）的黑人明星雷吉·路易斯（Reggie Lewis）的性命。为了平息这场风波，奥巴马首先于24日就自己先前的不当措辞公开道歉，并指出事件双方都表现出一定的过激行

---

① 盖茨当时说的英语原文是 "Ya, I'll speak with your mama outside"。这是黑人之间流行的一种极为常见的骂娘游戏（dozens/playing the dozens/dirty dozens），并不具有实体意义上的攻击性，而只是一种锻炼语言能力和释放压抑情感等的娱乐、消遣方式。因此，盖茨在事后就谈到自己的这句话对克罗雷的母亲并没有任何恶意。

为，随后又于30日正式邀请盖茨和克罗雷前往白宫喝啤酒，并由副总统乔·拜登（Joe Biden）作陪，这就是所谓的"啤酒峰会"。

白宫啤酒会议瞬间登上了全球各大媒体的头条，《中国日报》《苹果日报》《联合日报》等亚洲媒体都对此事进行了报道，而盖茨也就此进入了全球大众的视野。当然，需要说明的是，尽管整个被捕事件极大地提高了盖茨的曝光率，但是实际上在此事发生之前，盖茨早就已经成为"学术界的超级巨星"，大致表现在三个方面。其一，盖茨的著述极多，且涉足面广：独立撰写、编著及合作主编的了130余本书，在各种刊物、文集、论著中发表了350多篇散文、论文、书评、访谈、序言等，主编了约7种重要的学术期刊，与英国广播公司（BBC）、美国公共广播公司（PBS）、波士顿公共电视台（WGBH）等媒体合作拍摄了10余部纪录片，接受了《时代杂志》《华盛顿邮报》《纽约时报》《洛杉矶时报》《新文学史》等各种媒体的近20次采访；其二，盖茨获得了约65个奖项和荣誉，其中包括1997年的"国家杂志奖"、1999年的"美国艺术和文学学院奖"与"多元文化主义奖"、2004年的"卡尔·桑德伯格（Carl Sandburg）文学奖"、2006的美国文学研究领域的终身成就奖——"杰伊·哈贝尔（Jay B. Hubbell）奖"、2007年（在柏林获得）的"和平文化奖"、由国家艺术俱乐部颁发的"终身成就奖"等；其三，盖茨在世界各地获得了50多个荣誉学位，包括哈佛大学、普林斯顿大学、牛津大学、法国卡昂大学（Caen University）、加拿大多伦多大学、捷克帕拉茨基大学（Palacky University）、英国曼彻斯特大学、尼日利亚贝宁大学等，同时还被20多个机构、组织聘为名誉教授，包括德国的美国研究协会、英国剑桥科学俱乐部、美国古物研究协会、现代语言协会、美国哲学社会等。

这些坚实的"超级"成就、荣誉在与"乌龙的"被捕事件"相遇"并"碰撞"之后，立即掀起了全球性的"盖茨热"。为此，盖茨及其学术成就广泛地成为多个国家、地区黑人研究界的热门话题（当然，值得注意的是从"啤酒峰会"到现在，盖茨并不是依赖逮捕事件保住自己的学术地位和权威性，相反，在过去几年，盖茨每年都有多本专著、编著等作品问世）。由于这一时期盖氏著作主要集在文化研究领域，因此各国学者开始争相研究他在此领域做出的杰出贡献。然而，实际上盖茨是在20世纪90年代末才将理论重心转向黑人文化研究领域的，而在此之前其研究焦点都集中在非裔文学、文论研究领域。也就是说，盖茨在20世纪八九十年代的学术地位是由他在这两个领域取得的学术成果所奠定的。其中，1985—1989年在康奈尔大学就职期间，盖茨取得的最突出的成果包括1988年通过长达6年的文学考古工程整理并编辑出版了多达30卷的《19世纪肖伯格黑人女性文集》（包括7卷小说、3卷散文、11卷传记和9卷诗歌），1991年又在此基础上增加了10卷。这部文集极大地提高了盖茨的知名度，他也因此被称为"文学考古学家"。1989年，盖茨凭借其文学理论专著《意指的猴子》（1988）获得了"美国图书奖"。《纽约时报·书评》对此书的评价是"兼容并包、使人振奋、令人信服、引人深思、富有挑战性……正如伟大的小说迫使我们以不同的方式观察世界一样，盖茨先生雄辩的研究意味着一种新的观看方式"。解构主义大师德里达对此书也是盛赞有加："本书的独特之处以及它给人的愉悦得益于它所达到的卓有成效的结合……同时，为语言学、修辞学以及文学理论做出了贡献，殊为难得。"[①] 此后，哥伦比亚大学、斯坦福大学、杜克大学等名校纷纷邀请盖茨前去讲学。于是，为了留住盖茨，康奈尔大学不仅把他聘为杜波伊斯研究中心的教授，还"给予他一个不可逾越的特权——自由地为此研究中心聘用美国非裔研究的新成员"[②]。不过这些努力最终还是没能留住盖茨，1990年，在经过两年的协商之后，他最终决定前往北卡罗来纳州达勒姆（Durham）的杜克大学，为其美国非裔研究中心效力。

盖茨去杜克大学的优势条件主要有两个：其一，他能够自由地建立自己的

[①] ［美］小亨利·路易斯·盖茨：《意指的猴子：一个非裔美国文学批评论文》，王元陆译，北京：北京大学出版社，2011年，封面。
[②] Meg Greene. *Henry Louis Gates, Jr.: A Biography*. Ibid., p. 107.

"梦想团队",包括要求校方聘用其好友安东尼·阿皮亚(Anthony Appiah)和亨利·冯德(Henry Finder);其二,盖茨及其团队能够继续他们在耶鲁、康奈尔从事的"黑人期刊文学项目"以及主要由冯德主编的杂志——《转变》(Transition)。当时杜克大学打算在未来的几年不惜花巨资以全面改善该校的非裔研究中心,将其打造成该领域的权威机构,因此他们希望借助盖茨的影响力聘请一批顶尖的专家,其中就包括第一个获得诺贝尔文学奖的黑人——沃莱·索因卡(Wole Soyinka)。然而,尽管有诸多美好的梦想,双方却在不到一年的时间就不欢而散。究其原因,主要在于当时黑肤色的盖茨所拥有的优越的经济条件、奢侈的生活方式及其跨越种族的婚姻,与杜克大学及周边社区白肤色群体的生活状态、价值观念,以及整个南方的种族关系史和文化气息互相冲突。例如,盖茨及其团队都开奔驰,而且盖茨还花巨资买下了当地一座古老而昂贵的维多利亚城堡,从而激起了杜克大学很多收入平平的白人教授的不满,甚至有很多黑人也谴责盖茨太过炫耀。同时,盖茨的妻子是个白人这件事更是成为众多南方白人不能接受的事实。此时,《纽约时报》描述了盖茨与杜克大学的关系:"'黑人研究界的新星'这个称谓对盖茨与其新同事之间的融洽关系无济于事。"[1] 就在盖茨与杜克大学的关系逐渐僵化之时,哈佛大学立即于1990年末派人与盖茨接触,商谈他前往哈佛教书的可能性。1991年1月31日,哈佛大学为盖茨开出了丰厚的待遇:同时就职于英语学院和美国非裔研究院,并且任杜波伊斯学院院长。于是,盖茨接受了邀请。就在盖茨要离开杜克的消息传开之后,批评之声蜂拥而至,有的学者撰文指出:"盖茨对杜克大学的付出没有任何忠诚,如今哈佛自降身价以给予盖茨太阳、月亮和星星,其中星星是他的最爱,而杜克则以精灵粉而收场。"众多杜克大学的学生在校园内刊上讨论盖茨之所以离开的首要原因是"钱",其中学生报纸的编辑还以《再次逃跑》一文指责盖茨"对杜克大学几乎未做出任何贡献"。对此,盖茨的回

---

[1] Meg Greene. *Henry Louis Gates, Jr.: A Biography*. Ibid., p. 114.

应也是非常直接的，他"用脚投票，并以其最快的速度迅速地离开了杜克大学和达勒姆"①。

由于当时哈佛大学的校长德里克·博克（Derek Bok），艺术和科学学院的亨利·罗索夫斯基（Henry Rosovsky）、皮特·戈梅斯（Peter Gomes）等人致力拯救杜波伊斯学院，因此他们不仅聘用了盖茨，还在各个方面全力支持他的工作。在这种融洽的氛围中，盖茨不仅"复活了"哈佛的美国非裔研究中心，还成功地组建了他的"梦想团队"——盖茨、阿皮亚和科勒·韦斯特（Cornel West）。随后，盖茨继续在非裔文学、文论领域做出了杰出的贡献。例如，1994年，盖茨撰写的自传《有色人民——回忆录》获得了《芝加哥论坛报》"腹地奖"（Heartland Award）和"莉莲·史密斯奖"（Lillian Smith Prize）。《波士顿环球报》评价此书："本书很可能成为一部经典的美国回忆录……在语言的使用和对人们的态度的描绘上无所畏惧……盖茨的语言是字字珠玑。"② 1996年，盖茨主编并出版了被称为"黑人文学圣经"的长达2800多页的《诺顿美国黑人文学作品选》，而在1997年，盖茨被《时代》杂志评为"最具影响力的25位美国人之一"。由此可见，此时的盖茨已经不仅仅是美国非裔文学、文论研究界的风向标，他还大踏步地跨越了具有近400年历史的"黑""白"双色学术界限，成为美国学界最具影响力的学者之一，这就是本选题把盖茨作为研究对象的重要原因。

至此，盖茨成功地把在20世纪70年代才开始在主流学界崭露头角的长期处于边缘地位的美国非裔文学理论带入"中心"，使其成为美国学术界，尤其是各大高校必备的一门炙手可热的显学。盖茨为何能够在风起云涌的黑人运动所培育的数不胜数的黑人学者中脱颖而出？盖氏文论具有什么样的特色，为何既能冲出"黑色"批评、美学丛林而鹤立鸡群，又能戳穿"白色"文化隔离墙

---

① Meg Greene. *Henry Louis Gates, Jr.: A Biography*. Ibid., p. 116.
② [美] 小亨利·路易斯·盖茨：《有色人民——回忆录》，王家湘译，北京：北京大学出版社，2011年，封底。

和种族主义大坝，为黑人文学赢得理论层面的弹丸之地，从而使盖茨赢得了一系列的学术成就？这些成就对盖茨随后的学术生涯、整个美国黑人研究、非裔研究、非洲研究、少数族裔研究以及主流学界产生了哪些影响？这些问题都储存在盖氏文论之中。然而，国内目前尚未出现相关研究专著，本书作为对盖茨的非裔文学理论的研究就旨在解答这些问题。此外，此选题还旨在为国内学界提供清晰的20世纪50至90年代美国黑人文学、文论、美学的发展趋势和演变历程。

第二节 国内外研究概况

一、国外研究概况

国外对盖氏非裔文学理论的研究开始于其文章《从序言到黑人性：文本和前文本》（1979），此文章最先出现在费斯与斯特普托编著的文集《美国非裔文学》（1979）中。盖茨在文章中全面地批评了其之前的族裔前辈学者针对黑人美学、黑人文学理论建设的"内容论"观点，因为这种观点把文学等同于政治口号："每一篇创造性作品都是黑人种族的一种政治声明"，致使黑人文学变成"一种公文和证据，专门记录白人种族主义体制下黑人受害者的政治和情感倾向"，黑人文论"成为一种政治态度"，批评家则"变成了社会改革者"①。在这种政治化、工具化的文学观念中，内容压倒了形式，所有作品都聚焦于一个"理念"——抵抗社会达尔文主义和种族主义的价值体系，以借助文学这个"工具"赢得社会地位。正是因为这种"内容论"，白人才会认为黑人"无"文学、黑人书写未超过简单叙事水平、黑人文学"无"形式。此外，这种观点使得黑人学者认同了索绪尔所说的能指与所指间的武断关系以及所指的绝对权

---

① Angelyn Mitchell. *Within the Circle: An Anthology of African American Literary Theory from the Harlem Renaissance to the Present*. Durham and London: Duke University Press, 1994, pp. 244-245.

威。于是，创作文学的目的变成了"传递某种信息"或某种超验的所指，而文学批评则旨在"寻找某种终极的意义、价值"。这种文学观剥夺了"形式"的重要性，因为它的意义"只是反映'世界'，成为存储观念的一个仓库"，甚至"仅仅是一种工具、手段，而信息本身则占据了至高无上的地位"[1]。

  由于盖氏的这种观点与斯特普托提倡的"形式论"极为吻合，因此他不仅在编著的文集中收录了盖茨的这篇文章，还在其专著《面纱背后》（1979年）的序言中感谢了盖茨做出的贡献，因为正是他和其他学者"帮助我提炼了书中的众多观点和行文措辞"[2]。然而，盖氏的"形式论"观点与当时很多族裔学者的观点发生了冲突，从而受到了很多批判。其中，最具代表性的就是休斯顿·贝克和乔伊斯·乔伊斯。贝克在其1981年的文章《代际转换与当前美国非裔文学批评》中详细指出了盖氏文论存在的很多"错误"，典型表现就是在盖茨看来"艺术领域与日常的、'社会的'行为模式是无关的"。为此，他一方面提倡黑人理论家要致力研究族裔"书写的、文学的作品"，以及构成作品的"封闭的'诗性'语言和它们能够引导黑人学者懂得如何区分'黑人英语'与'日常用语'的'特殊意义'"。这也就是他"对美国非裔民俗传统不感兴趣"的根本原因。另一方面，盖茨认为文学是一个独立于"社会机制"的"语言事件"。然而，"'文本'自身并不能组成一个'事件'"，相反是"某个、某些社会成员通过阅读、表演等语言行为构成了这个事件"，并且在此过程中创造（或再创造）了文本的意义，而"那些想要探析或批评这个文本的人则必须具备比词语的表演者更丰富的学识"[3]。同时，语言本身就是一种社会产物，是某个种族、民族的共有的文化，因此盖茨想要与"社会机制"、民俗文化撇开关系的论题是不成立的。乔伊斯在其文章《黑人正典：重建美国黑人文学批

---

[1] Angelyn Mitchell. *Within the Circle*. Ibid., pp. 245–246.
[2] Robert B. Stepto. *From Behind the Veil: A Study of Afro-American Narrative*. Ibid., p. xx.
[3] Winston Napier. *African American Literary Theory: A Reader*. New York: New York University Press, 2000, pp. 208–209.

评》（1987）中指出，盖氏文论以主流后结构主义理论为依托存在的各种问题，主要表现在两个方面：第一，盖茨"否定了黑人性或种族是分析黑人文学的一种重要元素"，也就"否定了意识是由文化和肤色决定的"，而这种美国精英意识忽略了"大部分黑人还依旧生活在压迫语境之中"。[1] 第二，盖茨的后结构主义理论不符合美国黑人文学、文论的发展现状，因为"文学、理论流派的自然生成规律是一种新的思潮必定诞生于其之前的旧思潮"，正如"结构主义是对存在主义绝望情绪的回应一样，后解构主义则是对结构主义有关符号概念的局限性的回应"。然而，当时美国非裔文学理论还处于"传记批评时期"，故而以盖氏文论为代表的"跳过结构主义批评，直接从传记批评奔向后结构主义批评的发展模式就意味着这些理论原则是被放置在历史真空中的"。因此，黑人文学批评家的任务就不是去"研究一个'文本事件'或者一套复杂的统一能指和所指并使它们独立于现象事实的语言体系"，而是"黑人文学的共有的、实用的、现象的本质与美学或语言的'统一性'"[2]。此外，乔伊斯的另一篇文章《"帽子适合谁"：休斯顿·贝克和小亨利·路易斯·盖茨的批评中的无意识和不合理性》针锋相对地回击了盖茨的文章《"爱能对它做什么"：批评理论，完整性和黑人习语》（1987）。乔伊斯首先指出盖茨把"种族""黑人性"重新定义为"比喻"的行为就否定了"各个层面的黑人在生理上和心理上承受的疼痛"[3]。其次，乔伊斯指出盖茨依旧不愿意承认"文学与阶级、价值观念等之间的关联"。同时，盖茨针对读者和作者的关系也存在问题，因为他"暗示了黑人批评家是在为黑人知识分子书写，而不是我们的人民"[4]，而这就是盖茨吸收欧洲精英意识的结果。

在《从序言到黑人性》之后，针对盖氏文论的研究热点转向了专著《意指

---

[1] Winston Napier. *African American Literary Theory: A Reader*. Ibid., p. 293.
[2] Winston Napier. *African American Literary Theory: A Reader*. Ibid., p. 296.
[3] Winston Napier. *African American Literary Theory: A Reader*. Ibid., p. 321.
[4] Winston Napier. *African American Literary Theory: A Reader*. Ibid., pp. 322—325.

的猴子》。这本书在1988年出版之后，立即冲破了学术界的肤色界限，成为主流、边缘以及"中间地带"的批评焦点，甚至时至今日，其热度依旧不减。针对《意指的猴子》及其带给盖茨的成就，学界主要有两种观点。其一，褒扬、肯定，代表人物主要有斯坦利·费希（Stanley Fish）、萨卡万·贝罗维奇（Sacvan Berovitch）、德里达、贝克等。费斯指出："盖茨为文学理论注入了一种新的语言和言说方式，不论其研究对象是奴隶叙事或当下的美国黑人小说，盖氏文论能够合理阐释整个美国非裔文学的事实都是毋庸置疑的。"贝罗维奇指出："盖茨发现了一种能够有效地确认独立的美国黑人传统存在的方法，而且其发现方式是先把美国黑人传统放置在文学理论的悬崖边缘。"因此，"很多怀疑者坚信盖茨仅仅是发现了噱头的说法是十分荒谬的"[①]。德里达的观点在前面已经提及，在此不再赘述。贝克在其专著《布鲁斯、意识形态和美国非裔文学：一种口语体语言理论》中指出："盖茨的学理诉求激发了美国非裔表述传统研究，并且为整个项目提供了一种合理的理论模式。"此外，盖茨创造了很多新的理论词汇，其中把"习语"（idiom）替换为"口语体语言"（vernacular）的转变是"把昔日不同时代的理想融合在一起的"[②]。其二，批评、质疑，典型代表人物有安德鲁·迪尔班科（Andrew Delbaco）、D. G. 迈尔斯（D. G. Myers）、肯尼思·沃伦（Kenneth Warren）、S. W. 阿南德·普拉拉德（S. W. Anand Prahlad）等。迪尔班科在《〈意指的猴子〉：美国非裔文学批评》（1989）中重点批评了盖茨以刻意与白人传统拉开距离的方式去凸显所谓的黑人文学独有的"黑色"特征，而事实却是这些特征的"根"都是"白色的"。例如，"盖茨理解的黑人作品的框架，实际上基本上是欧洲的浪漫小说"。因为"正如其他外来移民的文学一样，美国黑人的作品也避免不了要被同化，而且对黑人来说，其痛苦更甚于别的外来移民，因为，若说失，它再

---

① Meg Greene. *Henry Louis Gates，Jr.：A Biography*. Ibid.，p. 104.
② Houston A. Baker, Jr. *Blues, Ideology, and Afro-American Literature：A Vernacular Theory*. Chicago and London：The University of Chicago Press，2012，p. x.

不能完整地捕捉可以发生的过去；若说得，它又无法与新的美洲本体完整一致"，只是"盖茨不愿意把某些黑人作品的根源归入白人传统（奴隶叙事在《圣经》中就非常多，尤其是在《旧约》之中）"。① 迈尔斯在《意指空无》(1990) 的开篇肯定了《意指的猴子》的影响力："如今这个国家的几乎每一个大学都在忙着招聘美国非裔文学领域的专家和开设相关课的程，而（盖茨的）这本书可能就是当下文学思潮更替的一个最佳缩影。"② 接着梅尔斯分析了盖氏文论的核心论题——"意指"的定义、用途、意指的猴子出现的原因等，最终得出结论："对于盖茨来说，'理论'既不是科学家理解的'理论'（一套可以被测试的假设命题），也不是哲学家所理解的'理论'（一种能够组成一个独立的、统一的整体的详细知识）。"因为"理论化，对于盖茨来说，就是简单地把研究成果转换成解构行话，又名理论"③。沃伦于 1990 年在《现代哲学》上发表了有关《意指的猴子》的书评，他探讨了此书中旨在协调的两大"敌对势力"：一方是"源自黑人艺术运动的有关黑人文学本质的训条"，而这些训条与"白人的文学标准互不相容"；另一方则是"欧美后结构主义的化身，与之相伴的攻击自指性及其稳定性的互文性和不确定性"。然而，最终盖茨倾向于大量吸收、改写德里达、布鲁姆（Harold Bloom）等学者的术语。例如，用"意指"取代布鲁姆的"焦虑"，证明"黑人作家之间的重新书写是成功的，为被重写的文本创造了新的空间"。④ 然而，实际上其中一些术语对于美国非裔文学来说没有多大意义。普拉拉德在其文章《猜猜谁来吃晚餐：民俗、民俗学和美国非裔文学批评》(1999) 中指出："盖茨在《意指的猴子》中建构的整个意

---

① [美] 安德鲁·迪尔班科：《论美国的黑人文学——兼评路易斯·盖茨的〈意指的猴子〉》，尔龄译，载《当代文坛》，1995 年第 6 期。
② Henry Louis Gates, Jr. *The Signifying Monkey: A Theory of African-American Literary Criticism*. New York: Oxford University Press, 1988, p. 61.
③ Henry Louis Gates, Jr. *The Signifying Monkey: A Theory of African-American Literary Criticism*. Ibid., p. 64.
④ Kenneth Warren. "Book Reviews" in *Modern Philosophy* (November 1990), pp. 224—225.

指理论范式都是建构在黑人民俗基础之上的,但是在整本书中,他对此却毫无认识。"此外,虽然盖茨关注到意指的猴子的故事等口头民俗文化,但是他并未把其意指理论放置在一个大的语境之中,也未"重点分析这个语境中能够识别黑人话语独特性的其他成果,以及由此对理论分析产生的影响"①。

除了围绕《意指的猴子》一书展开的评论,从 1994 年开始各个领域的学位论文逐渐出现了一些针对"意指理论"本身及其解读文学的方法的研究,或者借用这种研究方法去解读研究对象。例如,盖尔·贝利亚斯(Gale Bellas)的硕士论文《小亨利·路易斯·盖茨:为阅读美国非裔文本的读者提供的一种新的修辞策略》(1994)、詹姆斯·克里斯特曼(James Christmann)的博士论文《美国叙事中的美国非裔言说表征:1845—1902》(1998)、迈克尔·钱尼(Michael Chaney)的博士论文《绘制奴隶制:混杂性、图解和南北战争前的奴隶叙事奇观》(2005)、安妮塔·霍鲁巴(Anita Wholuba)的博士论文《一代见证人》(2007)、布里安娜·特鲁多(Brianne Trudeau)的硕士论文《迈向理解:研究兰格顿·休斯的诗歌的表现力、文化缩影及美国非裔文学中的政治因素》(2009)等。

同时,由于盖茨在发掘、整理、编著族裔文学作品方面做出了杰出的贡献,因此有一些学位论文围绕此类贡献进行了研究。例如,在 2002 年,盖茨花 8000 美元拍下了一本从未出版过的手稿——汉娜·克拉夫茨(Hannah Crafts)的《被缚女人的叙事》。当他通过各种努力证明了它是一部黑人作品之后,就陆续出现了相关研究,包括苏·肯尼迪(Sue Kennedy)的学士论文《谁是汉娜·克拉夫茨及其为何重要:〈被缚女人的叙事〉与小亨利·路易斯·盖茨》(2004)、本杰明·帕克(Benjamin Parker)的硕士论文《汉娜·克拉夫茨与〈被缚女人的叙事〉》(2005)等。此外,针对盖茨主编的

---

① S. W. Anand Prahlad. "Guess Who's Coming to Dinner: Folklore, Folkloristics, and African American Literary Criticism" in *African American Review*, 1999, Vol. 33, No. 4, pp. 566—570.

《诺顿文集》，罗伯特·福克斯（Robert Fox）在《泰德·琼斯与美国非裔文学正典的局限》（2004）一文中指出盖茨的此文集存在多种问题。其中，最显著的缺陷就是未收入著名的黑人作家泰德·琼斯（Ted Joans）的文章，而盖茨之所以不收录琼斯的文章的原因仅仅是琼斯曾经批评过盖茨。

综上可知，国外针对盖茨文论的研究主要涵盖了三个方面：第一，盖茨对美国非裔文学理论这一学科建设的"形式论"定位，其中贝克和乔伊斯的观点都不同程度地触及了这种定位的核心问题，即试图完全排斥文学的"内容"、社会性和生活性。第二，《意指的猴子》所开创的"黑色理论"及阐释方法。其中，持批评态度的白人学者，包括迪尔班科、迈尔斯等主要指出尽管盖茨旨在抵抗"白色传统"，但是结果却依旧回到了它的怀抱；而黑人学者，包括沃伦、普拉拉德等则认为盖茨因为太靠近"白色传统"而使其文论的"黑色性""民俗性"不够彻底和完整。第三，盖茨的文学考古贡献和文学作品选，其中肯尼迪、帕克等都对盖茨的发现持肯定态度，而福克斯对盖茨的批评虽不无启发性，但是也未免有些牵强。因为与琼斯齐名但同样未被选入文集的作者还有很多，而他们都没有攻击过盖茨。由于这三个方面的内容不仅同时兼顾了盖茨在文学、文论两大领域做出的杰出贡献，并且都是褒贬、抑扬共存，因此国外的盖氏文论研究是比较全面和深入的。

二、国内研究概况

国内针对盖茨非裔文学理论的研究可以分为两大部分：首先，译介部分。迄今国内学者对盖茨著作的翻译一共只有两本著作和一篇论文：2010年王家湘翻译出版的《有色人民——回忆录》，2011年王元陆翻译出版的《意指的猴子：一个非裔美国文学批评理论》，1993年程锡麟、王晓路、林必果、伍厚恺翻译的由拉尔夫·科恩主编的文集《文学理论的未来》和1999年张京媛主编的论文集《后殖民理论与文化批评》，共同收录了盖茨于1987年发表于《文化批评》（*Cultural Critique*）上的一篇文章——《理论权威、（白人）权势、

（黑人）批评：我一无所知》。除此之外，王家湘还于1991年在《外国文学》上发表了一篇她对盖茨的访谈——《访小亨利·路易斯·盖茨》。

其次，评介部分。国内的盖茨研究开始于1993年，主要由王晓路教授领衔，其发表于《外国文学评论》上的书评《理论意识的崛起：读〈黑人文学与文学理论〉》（1993年第2期）是国内第一篇研究盖氏文论的文章。该文概要性地介绍了盖茨收录的13篇文章，以及这些文章从理论和实践两个方面所考察的黑人文学、文学理论的出路，文末高度评价了此书："本书虽然并不是一本自成体系、全面论述黑人文学理论的专著，然而它以一种独特的理论穿透力向人们展示了黑人文学理论的基本框架。人们可以看到，新的理论和黑人文学批评主体正在黑人传统中创造出来，黑人文学理论的崛起正在形成自己的冲击波。此书无疑是一本承前启后的理论力作。"[1] 1994年，王晓路在《美国黑人文学近况》一文中简略地提及了盖茨对美国黑人文学研究做出的贡献："不仅证实了黑人文学传统与当代黑人文本的内在联系，而且建立了针对黑人文本双重声音及表意功能特征的阐释模式。"[2] 1995年的《盖茨的文学考古学与批评理论的建构》一文详细介绍了盖茨在文学考古与理论建设方面取得的成就，并深入地分析了盖茨为何要把文学考古与理论建设结合起来的原因："黑人美学理论家承载了两项任务：一是须证实那些未被认可或遭到忽略的黑人文化与文学传统，二是必须阐释具有黑人文化、文学自身特点的文本建立一套新的美学传统或批评理论体系。"而盖氏文论的特点就是"在梳理黑人文学文本的基础上，建立系统的黑人文本阐释模式和黑人文学理论体系，从而使得这两项任务产生互动"[3]。在进入新千年之后，王晓路教授的两篇文章：《差异的表述——黑人美学与贝克的批评理论》（2000）、《文学观念与研究范式——美国少数族

---

[1] 王晓路：《理论意识的崛起：读〈黑人文学与文学理论〉》，载《外国文学评论》，1993年第2期。
[2] 王晓路：《美国黑人文学近况》，载《外国文学动态》，1994年第4期。
[3] 王晓路：《盖茨的文学考古学与批评理论的建构》，载《国外文学》，1995年第1期。

裔批评理论建构的启示》(2004)（与石坚合作撰写），都把盖氏文论放置在一个大的语境——少数族裔批评理论建构中，去探讨它塑造的一种范式：如何把"边缘化的写作空间，以民俗的、语言的诸多形式"闯入"白人文化主流中"①，以及这种范式对其他族裔文论建构的启示；同时，还在此基础上指出了我国的美国文学研究存在的一系列问题。例如，长期滞留在"平面综述和译介阶段"以及"科研和教学的脱节，教学中的简单搬照和移植"等，其结果是"使学生看不到文学事实和结论相对其自身的历史关联，因而也很难获得有关美国文学的事实、主义和结论的洞察力，更谈不上树立某种理论意识"。因此，中国知识分子应该超越简单的综述和泛泛的翻译，而是把理论意义转向"那些局部知识关联的揭示"，因为"一些问题只能在相关的语境和特定的言说方式下才能凸显。因而对题域中的理论话语，必须对其产生的背景加以分析，将其还原到历史之中并依据不同理论话语背后的相关性，挖掘出总体的理论意义，与此同时考虑本土经验在任何层面上可以与之回应或提升"②。由此可见，王晓路对盖氏文论的研究可以分为前后两个时期：前期主要介绍其成就、贡献；后期则深入分析了其代表的一种少数族裔文论建构范式，以及这种范式带给我国外国文学、文论研究、文论建设等方面的启示，从而打破了单纯的盖氏文论研究。

除了王晓路，在20世纪90年代关注盖氏文论的还有程锡麟。他在《一种崛起的批评理论：美国黑人美学》（1993）中把盖氏文论归纳为三点：其一，由于"用西方语言创作的黑人文学有着复杂的双重传统"，所以黑人批评家"既要从主流传统中吸取营养，又要与之分离开来"，同时还要"对边缘传统进行深入探究，从中推导出种种原理和实践方式"；其二，"美国黑人文学最

---

① 王晓路：《差异的表述——黑人美学与贝克的批评理论》，载《国外文学》，2000年第2期。
② 王晓路，石坚：《文学观念与研究范式——美国少数族裔批评理论建构的启示》，载《当代外国文学》，2004年第2期。

鲜明的特点是它的比喻性",故黑人批评家要"对黑人文本的比喻性语言作细致入微的分析";其三,"盖茨美学观中最中心的概念是'表意'"。① 同时指出由于这些观点都是对黑人美学理论、文学史、文学传统的重新认识,因此盖茨的贡献是异常卓越的。

在进入新千年之后,盖氏文论的研究者开始增多,而且涉及面也得到延伸。朱小琳的博士论文《回归与超越:托尼·莫里森小说的喻指性》(2003)是以盖茨的"喻指理论"(本书译作"意指理论")为依托去论证托尼·莫里森"成为当代美国文坛非裔文学先锋的理由在于她对回归非裔美国文化传统的诉求和她同时显示的超越种族范畴的人文思考"②。论文的第一章专注于论述盖茨的喻指理论,包括其理论来源、内容、实践意义等方面,并指出喻指理论对整个黑人文学研究,尤其是莫里森的小说研究具有的重大意义。由此可见,在朱小琳看来,盖茨的喻指理论为美国非裔文学研究提供了新的研究方法,而这种方法几乎可以阐释所有美国黑人文学。一年之后,她提炼了这一章的观点,在《外国文学研究》上发表了国内对盖氏文论研究极具影响力的一篇文章——《视觉的重构:论盖茨的喻指理论》(2004)。全文从六个方面细致、深入地探究了盖茨的"喻指理论":盖茨对喻指的定义、喻指理论的理论来源、喻指理论的特征、喻指特征在美国非裔文学中的反映、喻指理论的实践意义、再认识喻指理论。整篇文章重点探析了盖氏文论如何重构了文化研究视角以及走向了"本土化":"结合当代西方文艺理论中的语言分析和文化分析方法,在梳理美国非裔文学传统的过程中通过对黑人土语特征及其表象的分析,进一步深入到非裔美国人文化心理定式",从而"给美国非裔文学批评带来了系统性的分析框架,使其摆脱了欧洲白人中心论的影响"。在肯定盖氏文论的同时,朱小琳也指出了盖氏文论的一个缺陷:"疏于提及英语文学对美国非裔文

---

① 程锡麟:《一种崛起的批评理论:美国黑人文学》,载《外国文学》,1993年第6期。
② 朱小琳:《回归与超越——托尼·莫里森小说的喻指性》,中国社会科学院博士论文,2003年,摘要。

学的精神给养"①，从而突破了对盖氏文论只褒无贬的单面论。随后，深受"喻指理论"研究影响的文章有两篇：邓素芬的《喻指理论与非裔美国文学批评》（2007）和贺冬梅的《盖茨喻指理论浅析》。但是这两篇文章都只是简单地、重复地、较小地修正了朱小琳的观点。

习传进的文章《"表意的猴子"：论盖茨的修辞性批评理论》把盖氏文论定位成"修辞性批评理论"。究其原因，主要在于盖茨认为"美国非裔文学批评应该产生于美国非裔文学自身的传统"——一种与"西方文化形成对话与互动"的传统。而由于"黑人表意是一种修辞性游戏"，美国黑人文本的典型修辞策略是"'修辞性命名''互文修正性结构'和双声语"，盖氏文论就变成了一种"集中关注美国非裔文学的审美修辞形式、互文性特征、语言表达特征以及想象模式"②的修辞性批评理论。为此，尽管此文依旧是研究盖茨的意指理论，但是通过对修辞性特征的关注而切换了一个视角。此后，在其文章《20世纪八九十年代美国非裔文学批评的转型特征》《走向人类学诗学的美国非裔文学批评》中，习传进分析并肯定了盖氏文论的转向对整个美国非裔文学批评转型，尤其是转向人类学诗学的贡献。

林元富的文章《非裔文学的戏仿与互文：小亨利·路易斯〈表意的猴子〉理论述评》从四个方面探讨了盖氏文论："表意"的语言、"表意"的文本、"言说文本"与黑人文本的戏仿与互文、"表意"的理论及争议。此文不仅指出了激发盖茨的意指理论的源头——里德的小说《芒博琼博》（1972），分析了盖茨定位的黑人文学文本间的互文性关系——"重复与修订"，并指出了盖氏文论可能对美国非裔文学批评造成的"危机"——"后结构主义谬误"，即借用

---

① 朱小琳：《视觉的重构：论盖茨的意指理论》，载《外国文学研究》，2004年第5期。
② 习传进：《"表意的猴子"：论盖茨的修辞性批评理论》，载《湖北师范学院学报》（哲学社会科学版），2005年第5期。

主流的后结构主义观点"对文本的不确定性做过分的强调"或"诡辩"①，从而挖掘出盖茨的意指理论的一个缺陷，具有启发性。

李权文有两篇研究盖氏文论的文章：《从边缘到中心：美国非裔文学理论的经典化历程论略》（2009）和《小亨利·路易斯·盖茨研究述评》（2009）。前文探析了盖茨把边缘化的黑人诗学带入中心的贡献："对抗欧洲白人居于主导地位的文化，摆脱它长期以来对其他弱势文化的控制"，而这种抵制"绝不啻为一场政治改革"②。后文大致梳理了国内外盖茨研究的现状，对比了两者的差异：国外研究的范围广、视角宽，除了意指理论外，还"延伸到黑人性、经典以及盖茨与其他人的论争等"，同时"除了肯定，也有批评"；而国内的则"范围狭窄，研究对象单一，绝大多数集中在表意理论"，而且"大多数研究倾向于介绍盖茨的观点，对其肯定成分多，反思乃至批评质疑的太少，研究的深度不够"。此外，"由于国内还没有一部关于盖茨研究的学术专著问世，也没有博士论文发表"，因此"对于国内学界而言，当前翻译其核心著作和出版一部关于盖茨诗学研究专著成为至关重要而迫在眉睫的任务"③。

纵观国内的研究现状，可以发现李权文述评中的相关总结是颇为深刻的，原因主要有两个：其一，截至目前确实还没有出现系统研究盖氏文论的博士论文、硕士论文或专著；其二，国内的研究重心集中在盖茨文论作品，尤其是《意指的猴子》的介绍、评论、肯定等基础研究。这种研究对国内学界了解盖茨及其文论的基本情况具有积极作用，但却尚未深入地分析和解决很多深层次的问题。例如，是什么样的"黑色""白色"语境孕育了盖茨的文论，并促使盖茨既要发现、整理、正典化族裔文学，又要收集、建构、模式化族裔文

---

① 林元富：《非裔文学的戏仿与互文：小亨利·路易斯〈表意的猴子〉理论述评》，载《福建师范大学学报》（哲学社会科学版），2008 年第 6 期。
② 李权文：《从边缘到中心：美国非裔文学理论的经典化历程论略》，载《湖北民族学院学报》（哲学社会科学版），2007 年第 4 期。
③ 李权文：《小亨利·路易斯·盖茨研究述评》，载《国外理论动态》，2009 年第 8 期。

论？在这种语境中，盖茨起初为何会尝试借用当时主流的结构主义、后结构主义等理论去解读族裔文学，随后却又放弃了"白"为"黑"用的阐释，而一心走向了"本土化"？盖茨为何要回到民俗文化、非洲文化、口头文化等的怀抱，使用意指的猴子、埃苏-埃拉巴拉（Esu-Elegbara）以及两者的表亲关系来证明黑人一直都拥有"黑色理论"，而且这种理论早就形成了一种具有悠久历史的、跨越非洲大陆和北美新大陆时空的传统？盖茨兼顾文学、文论两个领域的整套文论是如何生成的，这套理论又为何能成功地解构奴隶制、殖民主义以来，"主人"针对黑人低等、野蛮、无人性、天生为奴等的种族主义预设和文化霸权宰制？为此，本选题旨在把盖氏文论放回到当时的历史语境之中，去系统、深入、细致地剖析这些问题和评价整套理论的贡献与局限，并在此基础上简略地介绍盖茨当前的学理诉求——文化研究和文论发展走向。此外，本书不是重复聚焦于国内学者烂熟于心的"意指理论"，而是另辟蹊径，以"会说话的书"（Talking Book）为主线，因为实际上它既衔接了盖茨两大领域的贡献——文学、文论，又贯穿和支撑了整套盖氏理论，而国内目前的盖茨研究对此从未提及。

第三节　研究内容和研究方法

一、研究内容

本书整体以盖茨的非裔文学理论为研究对象，具体则以"会说话的书"为研究主线。所谓"会说话的书"是指1770—1815年间发表的五个英语奴隶叙事共同书写的一个主旨故事，即当故事中的黑人奴隶在被运往新大陆的途中，或者在到达新大陆之后，第一次看到主人、白人阅读西方书面、印刷文本《圣经》和祈祷书时，以为这些书本确实在跟主人说话。然而，当他们自己拿起这些书本渴望能够同它们说话时，却发现书本并不讲话，即使他们俯下身子把耳朵贴在书页上，也无法听到它们的任何声音。这就让他们非常忧伤，因为书本的无声和沉默使他们察觉到作为奴隶的自己与奴役他们的人的差异，而正是这种差异让他们发现了自己的肤色——黑肤色，以及那无法洗白的脸。

本书围绕"会说话的书"这个主线，深入地探析了盖氏文论的生成背景、旨在解决的问题、中途发生的转向、文论成品的构成路线、整套理论的贡献和局限等方面的内容，具体主要包括五个方面。

第一，理论背景与"会说话的书"的出场。出生于1950年的盖茨，其成长环境是复杂多变的，主要包括黑人政治、艺术、美学、女性主义运动，白人内部的解构主义运动和少数族裔、第三世界的反霸权运动。这些运动一方面让盖茨有机会跨越种族主义的防线，成为白人主宰的耶鲁、剑桥大学的黑人学生；另一方面又定位了他的理论诉求——为黑人申诉身份和文化身份。这就决定了盖茨要利用他通过"正规教育"学到的"白色知识"去建构一套独立于主流体系的"黑色理论、批评"，以抵抗种族主义、文化霸权、话语宰制等，并证明黑人与白人之间是平等的。同时，由于盖茨开始进入理论界时是20世纪70年代末，此时黑人内部需要为黑人文学建构一套"黑色美学"。为此，盖茨的任务就是要为族裔文学建构一套"黑色的"文学理论和阐释体系。然而，整套殖民主义、奴隶制和种族主义的根基就是黑人"无"书面文化，致使黑人写作、文学被淹没在历史长河中，因此寻找族裔文学就成为盖茨建构文论的首要任务，从而让他发现了"会说话的书"。

第二，"会说话的书"与第一次理论转向。盖茨在剑桥大学学习期间，其导师对他的理论训练是要求他使用形式主义、新批评、结构主义、后结构主义等主流理论去阅读黑人文学的内容。这种"内容论"促使他不得不专注于依据自己的黑人经历去理解作品描述的社会现实，从而忽略了文学自身的文学性。但是，当他使用同样的方式去阅读白人文学时，却发现其研究对象不是内容，而是形式和文学性。此外，由于当时族裔文学内部的"内容论"与"形式论"之争已经展开，因此盖茨就指出黑人文学理论需要研究的不是"内容",而是"形式"。"会说话的书"的出场使这种观点从理论变成了现实,因为盖茨发现五个叙事的主旨内容是相似的,而形式是相异的。也就是说它们之间是通过"形式"而相互关联的,这就让盖茨开始专注于研究族裔文学的形式特征。

第三,"会说话的书"与美国非裔文学的艺术特点。在发现"会说话的书"的艺术特点——"形式层面的互文性"之后,盖茨开始按照这种特点在20世纪的族裔文学中寻找相同类型的互文性,最终发现了其他三种具有代表性的文本:"言说者的文本"(Speakerly Text)、"会说话的文本"(Talking Texts)和"言说者文本的重新书写"(Rewriting the Speakerly),以及众多族裔文学文本之间的形式关联。基于这些发现,盖茨概括出美国非裔文学的艺术特点——文本之间因"形式"而彼此关联,同时还以这种关联形成了"黑色的"族裔文学传统。

第四,"会说话的书"与意指的猴子的故事、第二次理论转向及美国非裔文学理论。在发现族裔文学的艺术特点之后,盖茨需要在族裔文化内部寻找一种能够阐释这种艺术特点的理据。由于在建构理论初期,盖茨认为黑人学者的任务只是借用、改写"白色理论"去阅读黑人文学,而这种观点一方面受到众多族裔学者的批判,另一方面盖茨自身也在实践过程中发现了"白文论"无法正确解读"黑文学"。为此,盖氏理论转向了"本土化"——建构一套黑人自己的文学理论。至此,盖茨依据"会说话的书"在族裔民俗传统中找到了意指的猴子的故事,因为后者与前者一样具有"形式关联"。这种具有普遍性的关联促使盖茨相信黑人文本之间的前后文本的关系,即后辈黑人作家是在阅读前辈作家的文本的基础上抓住其文本中的一些重要意象进行重复性修正,而这种修正就是一种阐释关系。因此,盖茨指出美国非裔文学本身就内含有阅读自身的理据。同时,由于这种阅读理据来自非洲传统,故而说明黑人一直都"有"完整的"黑色的"理论传统——跨越时空的形而上的意指理论传统。这种理论传统主要储存在黑人的口语体语言之中,因为盖茨在受到贝克的批评——不愿意转向民俗文化，尤其是口头的、方言的传统——之后，就开始关注黑人方言、音乐、民俗等因素在文学中的作用，进而发现黑人口语体语言是区别"黑""白"文学的最为关键的要素，从而指出黑人传统一直都在利用黑人方言对自身进行理论化的表述。

第五，"会说话的书"与盖氏文论的双面性。针对长期以来的"欧洲中心主义"对黑肤色群体的种族主义预设，盖茨的非裔文学理论在为这类群体申诉族裔身份和文化身份时，主要解决了三大问题。其一，抵抗了黑人"无"文学。盖茨通过文学考古工程收集整理的众多黑人早期文学作品有力地解构了"主人"对黑人"粉红色的他者"[①] 身份的预设——黑人因为"无"写作，所以"无"人性。其二，抵抗了黑人文学"无"形式。五个奴隶叙事书写的"会说话的书"之间具有的形式关联，以及在此基础上发现的美国非裔文学的艺术特点都解构了"无"形式的预设。其三，抵抗了黑人"无"理论。盖茨在族裔文学中挖掘出的意指理论，有效地解构了"理论是与黑人无关的、陌生的"种族主义预设。这就是盖氏文论能够冲出族裔批评丛林，而盖茨也能够成为美国非裔研究界的领军人物的根本原因。综上可知，"会说话的书"支撑了整套盖氏文论，尤其是其意指理论，两者之间的关系可以用下图表示：

[①] 在入侵非洲大陆建构殖民主义的初期，欧洲人通过绘制地图来说明他们占领、拥有了多少领土，而在其国家的地图上，这些被侵占的地方就被标记为粉红色。因此，黑人也就成为了"粉红色"他者，承载了"粉红色"的身份。盖茨在其1992年的文集《松散正典》的末尾就指出希望通过理论、教育等层面的努力去实现"黑""白"族群以及其他族裔之间在政治、文化等方面的平等权利，因为"这样，或许地图上就不再会有粉红色"。

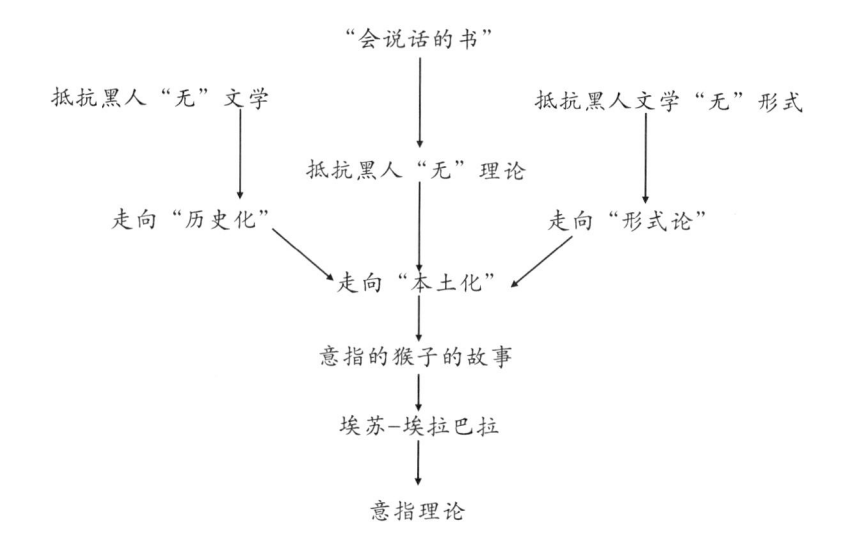

```
抵抗黑人"无"文学    "会说话的书"    抵抗黑人文学"无"形式
              ↓
         抵抗黑人"无"理论
   ↓                              ↓
走向"历史化"                   走向"形式论"
        ↘      ↓      ↙
         走向"本土化"
              ↓
         意指的猴子的故事
              ↓
          埃苏-埃拉巴拉
              ↓
            意指理论
```

由此可见，盖茨是通过"会说话的书"一步一步地实现了他建构黑人美学、确立族裔文化身份、解构白人文化和话语霸权的目的。然而，就在做出这些贡献的同时，盖氏文论自身也具有不少局限性。例如，"会说话的书"与其他三类文本之间具有的形式关联是不同的，其中最突出的表现就是它们的语言载体不同，前者是标准英语，而后者是标准英语和黑人方言的混杂体。毕竟，整个美国非裔文学的语言载体主要还是标准英语。此外，盖茨以"会说话的书"所具有的意指性去概括整个美国非裔文学的形式特性是不合适的，因为只有少数的黑人文本之间具有如他所说的形式上的重复与修正关系。

根据这些研究内容，本书一共分为导论、正文及结语三大部分。其中，正文一共有五章，分别对应这五部分研究内容，而前面四章中每一章的最后一节都承上启下，总结本章旨在解决的问题，开启下一章的论题。结语部分主要是对进入新千年之后的盖氏文化研究的简要概括，以及对其文论走向的浅析。

二、研究方法

本书以小亨利·路易斯·盖茨的美国非裔文学理论为专题，具有多个难点，突出表现为以下三个方面：第一，盖茨的著述颇多，然而相关的中文译本太少,而且国内图书馆馆藏的盖茨英文原著也较少,同时由于笔者多次与盖茨教授通信都未得到正式回复,因此收集一手资料成为第一个难题。对此,笔者主要通过国外购买、留学同学代购、下载等方式基本收齐了盖茨的作品,尤其是其在文学和文论方面取得的成果;第二,盖茨的学识渊博,学术背景复杂,跨越了历史、文学、语言、文论、音乐、宗教、文化等领域,同时杂糅了"黑""白"双色传统,是形式主义、英美新批评、结构主义、后结构主义、大众黑人美学、美国黑人民俗和音乐、非洲古代黑人神话、古巴黑人神话故事等的"大杂烩",因此要掌握其理论必须收集、参阅、精读众多领域的代表作品,尤其是盖氏文论频繁引用的著作,并且还要了解这些著作的生成语境,这就加大了资料收集、理论掌握的难度;第三,盖茨的理论基础主要是结构主义和解构主义,因此他对语言游戏、修辞策略、术语创新、意义不确定性/不稳定性等甚为着迷,使其文论中堆积了大量生涩难懂的词汇和某个术语的反复无常的定义。同时,为了表现"黑色性",盖茨还直接使用一些非洲词语、句子和非裔方言,其结果是使"有些论证显得局促生硬,甚至有野狐禅的嫌疑"[①],从而在一定程度上阻碍了对其理论本身的理解。为此,笔者不得不收集和阅读一些研究美国黑人俚语、非洲方言、民俗故事等的书籍。在完成大量的资料收集工程之后,笔者主要采用文本细读和语境分析法进行研究。先是通读盖氏著作及相关作品,然后与导师阎嘉教授交流所掌握的知识,并在其悉心指导下挖掘出盖氏文论的核心论题,进而反复重读相关的重要文献,并把它们都放回当时的历史语境之中进行理解和评论,最终完成整个论题的书写。

---

① [美]小亨利·路易斯·盖茨:《意指的猴子:一个非裔美国文学批评论文》,前引书,代译序。

第一章

盖茨与形而上的黑人美学运动

1979年,盖茨以三篇文章——《从序言到黑人性》《〈弗雷德里克·道格拉斯的生活叙事〉第一章的二元对立》《这样和那样:方言与下滑的标准英语》,正式进入美国非裔文学理论界,随即便投身如火如荼的黑人美学建构浪潮,并成为"亚里士多德式形而上学黑人美学运动"[①]的重要代表人物之一,站在理论高度阐释为什么"黑色即美",以及是什么支撑了既"黑"又"美"的文学、艺术及其创造者的"黑人性",从而"发展一种可以被高等教育机构的教学体系接受的'高层次的文化'理论"[②]。这种对"黑色即美"进行的理论化诉求经历了漫长的演化过程,是1979年之前黑人摆脱殖民主义的独立运动和美国非裔推翻种族主义的艺术运动的必然产物。

---

① Houston A. Baker, Jr. *Blues, Ideology, and Afro-American Literature*. Ibid., p. 67.
② Matthews, Donald H. *Honoring the Ancestors: An African Cultural Interpretation of Black Religion and Literature*. New York: Oxford University Press, 1998, p. 71.

第一节　苏醒的"美即黑色"与"返回非洲"的脱殖思潮

最先提出"美即黑色、黑色即美"的不是美国非裔，而是非洲和加勒比海法属殖民地的一些黑人学者，包括利奥波德·塞达尔·桑戈尔（Léopold Sédar Senghor，1906—2001，1960 年成为塞内加尔共和国的首任总统）、莱昂-贡特朗·达马斯（Léon-Gontran Damas，1912—1978）、艾梅·塞泽尔（Aimé Césaire，1913—2008）、大卫·M. 迪奥普（David M. Diop，1927—1960）等。他们在 20 世纪 40 年代发起了"黑人性运动"（The Negritude Movement），即"一场名为'美即黑色'的文化运动"，其宗旨是"通过文化和艺术手段提高非裔被殖民者的自我意识，培养他们对自己种族和文化的自豪感"。为达到此目的，他们呼吁黑人"在艺术创作过程中拒绝接受西方的美学标准"[①]，而遵从"本土"标准。同时，他们还在艺术作品中表现出一种全新的文化身份意识。这场运动不仅为非洲、加勒比海等殖民地的黑人脱殖运动奠定了思想基础，还直接影响了美国非裔的民权、权力、艺术、美学等运动的生成与发展，并孕育了盖茨形而上的黑人美学。

一、"黑色雅典娜"：非洲黑人运动

20 世纪 40 年代开始非洲各国相继爆发独立运动，1960 年有 17 个国家赢得独立，因此这一年也被称为"非洲独立年"。这些黑人脱殖运动主要发生在法属和英属殖民地。法属非洲黑人运动起步较早、范围较宽、影响较远。在"黑人性运动"提出"美即黑色"的文化运动口号之后，黑人学者不仅致力拒绝西方的美学标准，还力求全面抵抗几百年来一直压制撒哈拉以南非洲大陆的"欧洲中心主义"。在理论和美学基点转向"本土"之后，众多黑人学者开始挖掘古老的黑人文明，解构长期以来被白人扭曲的黑人形象，以建构真实的"黑

[①] 袁霈：《非洲中心主义文学批评理论》，载《吉林大学社会科学学报》，2000 年第 5 期。

人性"和"黑人美学",从而开启了"返回非洲"的精神"逆生长"之旅,促使沉睡千年的非洲及其文明逐渐苏醒。随即涌现出第一代非洲现代历史学家,诸如谢赫·安塔·迪奥普(Cheikh Anta Diop,1923—1986)、肯尼思·翁乌卡·戴克(Kenneth Onwuka Dike,1917—1983)、约瑟夫·基-泽博(Joseph Ki-Zerbo,1922—2006)、亚历克西·卡加梅(Alexis Kagame,1912—1981)、J. C. 德-格拉夫特·约翰逊(J. C. De-Graft Johnson,1919—1977)等。他们采用考古发掘、史料比对等方式证明非洲曾经拥有文明,解构欧洲人的社会达尔文主义,从而率先发起了"非洲中心主义"运动。这场运动的宗旨是"驳斥'非洲历史荒漠论'和'非洲文明外来说'"①,首次以黑人自己的视角重写真实的非洲历史,肯定非洲人及其创造的文明对人类和人类文明做出的巨大贡献。这种贡献大致包括三个方面:一是原初的人是黑人,全人类同出一源,最初的人类必然属于同一人种,那就是尼格罗人(Negroes);二是人类历史和文明起源于非洲,尼罗河文明孕育了世界文明,而"古埃及人的主体是黑种人",因此"古埃及文明是由黑人创造的,'黑人—埃及'使整个世界得到了文明"②,换句话说,人类所有的思想和意识形态,包括"犹太教、基督教、伊斯兰教、辩证法、存在理论、精确科学、算术、几何学、机械工程、天文学、医学、文学(小说、诗歌、戏剧)、建筑学和艺术等,都只是非洲祖先所创造的遗产的混合的、颠倒的、修正的和精心制作的影像"③;三是希腊文明源自非洲文明,"古埃及的宇宙起源论是哲学思想的源流,希腊哲学所论及的几乎所有主题,包括毕达哥拉斯的数学理论、伊壁鸠鲁学派的唯物主义、柏拉图的理想主义,以及犹太教教义、伊斯兰教义、现代科学等,皆植根

---

① 张宏明:《非洲中心主义——谢克·安塔·迪奥普的历史哲学》,载《西亚非洲》,2002年第5期。
② 张宏明:《非洲中心主义——谢克·安塔·迪奥普的历史哲学》,前引文。
③ Babacar Diop. "African Civilization between the Winds of East and West" in *Diogenes*,1998,Vol. 46,No. 184.

于远古非洲人的宇宙起源论、伦理道德观念和科学"①。由此可见，对于这些黑人学者来说，证明非洲人为人类文明做出了巨大贡献的最重要的环节就是要找出埃及与黑人之间的直接关联——古埃及人是黑人、古埃及文明是黑人文明，因此是非洲黑人文明孕育了西方文明。

这种"非洲中心主义"思潮在爆发之后迅速蔓延滋长，究其原因主要有两个：其一，它为饱受殖民主义、种族主义、奴隶制三重摧残的黑人和非裔群体开出了一剂抚慰族裔身份创伤和文化创伤的良药；其二，它把几个世纪以来任由"主人"臆想和摆布的铁板一块的"黑、白二元对立"旋转了180度，即白人不是承担了文明使者的角色，而是践踏了孕育整个西方文明的文化母体——非洲黑人文明。因此，这种思潮不仅召唤了数以万计的黑人争先恐后赢得政治上的独立，还让他们开始致力精神上的自治，从而既造就了非洲独立年，又孕育了全球范围内的黑人权力和文化运动。至此，非洲这个被迫沉睡了千年的大陆开始缓慢苏醒，并频繁地以战斗之势成为西方国家各种媒介关注的焦点。这就既打破了一直以来黑人被"主人"设定的刻板形象，又彻底瓦解了奄奄一息的实体性帝国主义机制，使"非洲"冲出了"主奴"关系的丛林，进入了非裔散居群体的视野。盖茨在其回忆录《有色人民》中就证实了这种非洲姿态："1960年，我读五年级时开始在新闻中听到关于非洲的消息，因为独立运动正在席卷那个大陆。在国内，关于非洲和非洲人的故事开始在电视中出现。"②正是从这个时候开始，盖茨和小伙伴们开始谈论和模仿他们所见到的非洲人："那些非洲黑人确实是黑，蓝黑蓝黑的"，而且"他们的头发绞缠在一起，缠得像一个个小球，嘴唇又厚又大"，他们"拷着胳膊在巴黎的大街上行走，似乎那是世界上最自然的事情，听说那些法国女人还挺喜欢这些非洲人的，好家伙"。不过非洲人还"不想你到他们那儿去呢，他们说自己不是黑人，而是非

---

① 张宏明：《非洲中心主义——谢克·安塔·迪奥普的历史哲学》，前引文。
② Henry Louis Gates, Jr. *Colored People: A Memoir*. New York: Vintage Books, 1995, p. 100.

洲人，愚蠢的东西，在树上悠来晃去的，住在草棚里……"① 当时盖茨所在的学校甚至开了一门与非洲时事相关的课程，因此他开始忙于学习如何正确地说出非洲新生国家领导人者们的名字，包括莫伊兹·冲伯（Moise Tshombe，1919—1969，1960年成为加丹加国②总统）、帕特里斯·卢蒙巴（1960年成为刚果共和国的首任总理）、克瓦米·恩克鲁玛（Kwame Nkrumah，1909—1972，1957年成为加纳共和国首任总统）、艾哈迈德·塞古·杜尔（Ahmed Sékou Touré，1922—1984，1958年成为几内亚共和国的首任总统）、乔莫·肯雅塔（Jomo Kenyatta，1897—1978，1964年成为肯尼亚共和国首任总统）等。每个星期盖茨及其同学都会得到大幅时事地图，在这个地图的顶端有一个单调的彩色世界地图，以及有编号的与地图上的某些地方相对应的十几个新闻故事。在每周五，他们都会有一个时事测验。除此之外，盖茨还讲述了揭示美国白人对待非洲人的态度开始发生微妙变化的巴尔的摩事件：在巴尔的摩，有两个黑人穿得像非洲王子，他们走进一家实行种族隔离的四星级饭店，要求为他们服务。当饭店主管明白这两人不是美国黑人之后，他们受到了王子般的热情款待。当两人离开饭店之后，他们脱下了非洲罩袍和头饰，开怀大笑，并狠狠地嘲弄了这家饭店。饭店总管在向记者解释他为什么会同意让这

---

① Henry Louis Gates, Jr. *Colored People: A Memoir*. Ibid. p. 100.
② 加丹加（Katanga），刚果民主共和国的一个省。1960年，冲伯控制了加丹加省的立法机构。冲伯及其组织宣布加丹加脱离刚果，成为一个独立的国家，并在8月被选举为总统。同年，刚果摆脱比利时殖民统治，赢得独立，改名刚果共和国，1964年改名刚果民主共和国。刚果首任总理帕特里斯·卢蒙巴（Patrice Lumumba，1925—1961）对加丹加的独立暴乱进行镇压，冲伯请求比利时政府帮助其训练一支加丹加部队。为了镇压暴乱，卢蒙巴先是寻求联合国部队的帮助，后向苏联发出求助信号，然而一直未得到回应。不久卢蒙巴政府被推翻，卢蒙巴于1961年1月17日被押送至加丹加，被朱利安·伽特（Julien Gat）领导的比利时雇佣兵处决。1963年联合国部队占领加丹加，冲伯先是逃亡到北罗得西亚（Northern Rhodesia，今赞比亚），后到达西班牙。1964年6月30日，冲伯再度回国出任总理。次年，被总统约瑟夫·卡萨武布解职。1966年，蒙博托·塞塞·塞科确立了在刚果的独裁地位后，控告冲伯犯有阴谋罪，迫使其再度流亡西班牙。1967年，冲伯被缺席判处死刑，两年后在阿尔及利亚去世。

两个"非洲王子"入座时说:"他们不像我们的黑人。"

　　白人的这种态度差异,以及一浪接一浪的"非洲中心主义"思潮和非洲独立浪潮,为正在寻求打破种族隔离体制的美国非裔群体提供了坚不可摧的思想基础和族裔自豪感。他们开始加入这场声势浩大的"黑色"浪潮,试图重新发现作为故土的非洲和作为祖先的非洲人,以重塑支撑受苦受难的、真实的、正面的黑人形象,从而掀起了集体寻根热潮。美国非裔的这种精神上的回归和寻根具体表现在两个方面:第一,文学创作频繁涉及非洲题材,记录真实的黑人经历,典型代表作品有亚历克斯·哈利(Alex Haley)讲述家族基因谱系的《根》(1976)、托尼·莫里森(Toni Morrison)描述能够"飞回非洲的奴隶"的《所罗门之歌》(1977)等;第二,历史学家开始考证"非洲文明对人类文明做出的贡献,尤其是欧洲人到达非洲奴役黑人、殖民土地、剥夺自然资源之前的那个时期"[①],代表人物有约翰·克拉克(John Clarke)、文森特·哈丁(Vincent Harding)、马丁·伯纳尔(Martin Bernal)等。其中,伯纳尔的史学著作——三卷本的《黑色雅典娜》,旨在批判18世纪以来的欧洲学术传统,申明雅典及雅典娜是"黑色的",因为整个希腊文明的"根"都是"黑色的"。伯纳尔在通过仔细考证大量的西方和非洲史料之后指出:希腊—罗马文明是西方文明的源头,而非洲文明又是希腊文明的源头,因此言必称希腊的西方文明只不过是近代以来欧洲学者杜撰出来的"欧洲中心主义"神话,也是他们作为殖民、奴役黑人的文化借口。换句话说,希腊—罗马的过去被西方历史学家歪曲了,因为他们为了尽力让它符合雅利安人是高等人的荒谬种族等级模式,从而否认了其固有的非洲性和亚洲性。

　　在伯纳尔之后,"黑色雅典娜"论的另一个代表就是盖茨,他认为自己首先需要"寻找一种方式——能够让非洲的过去言说自身的方式,同时还要兼顾

[①] Henry Louis Gates, Jr. *Wonders of the African World*. New York: Alfred A. Knopf. 1999, p. 16.

听众群,因为西方既有白人,也有黑人"①。于是,盖茨带着专业摄影组,行走在非洲大陆,以声音、图像相结合的方式向全世界真实地展示了自己寻找遗失千年的非洲文明的旅程。最终盖茨不仅通过细致考古、采访、比对证实了非洲在希腊、罗马文明之前就曾经出现过辉煌的文明,还解释了导致这种文明消失的根本原因——逐渐崛起的白人和阿拉伯人的入侵,以及过度开采自然资源造成的生态破坏。其中,最具代表性的就是努比亚(Nubia)人创造的库什王朝(Kushite Empire,公元前1070年—公元4世纪)。挖掘这个王朝的历史不仅让盖茨证明了古埃及与黑人的直接关系,还确认了非洲黑人拥有书写文化的历史事实。库什王朝主要位于蓝色尼罗河、白色尼罗河和阿特巴拉(Atbarah)河的汇流处。公元前2000年,努比亚地区,包括今天埃塞俄比亚、埃及和苏丹的一些领土就已经形成了一些成熟的社会形态。由于古埃及王朝的入侵,努比亚地区沦为属地,并被称为库什(Kush)地区。公元前11世纪,古埃及发生内乱,库什地区的努比亚人开始反抗,并在公元前1070年赢得了独立,随后他们从西非迁移到尼罗河谷,这些外来者被埃及人称作努比亚人。公元前1000—前850年间,在纳帕塔(Napata)地区涌现出众多重要的头目,分别占据不同的地区。在公元前785—前780年间,"酋长"阿拉拉(Alara)统一了上游努比亚地区。

努比亚地区的划分主要根据尼罗河由南向北的走向,把南、北地区的努比亚人聚居地分为上游和下游两个部分。其中,上游地区也称为埃及努比亚王国,主要指尼罗河从埃及—苏丹边界南部的瓦迪哈勒法(Wadi Halfa)到北部的阿斯旺,即今阿斯旺水坝所在地。下游地区也称为苏丹努比亚王国,领土从北部的瓦迪哈勒法延伸到喀土穆(Khartoum),即今天苏丹共和国的首都。公元前760年,卡什塔(Kashta)统一了所有努比亚地区,建都纳帕塔,并且自称为埃及上、下游地区的国王,但并没有取得实际统治权。卡什塔的继任者皮

---

① Henry Louis Gates, Jr. *Wonders of the African World*. Ibid, p. 23.

耶（Piye，也写作 Piankhi）不仅在上游埃及地区建立了实际统治，还开始与下游埃及王国的王公展开战争。公元前 716 年，皮耶统一上、下游埃及，成为法老。至此，库什王朝正式建立，这就是埃及的第二十五王朝。皮耶及其后的三位继承人夏巴卡（Shabako）、塔哈尔卡（Taharqa）和塔努塔蒙（Tanutamun）奠定了第二十五王朝的基础。塔努塔蒙的大肆对外扩张导致经济大幅衰退，库什王朝逐渐开始衰落，最终被亚述人（Assyrians）驱逐出了埃及，从而结束了对埃及的统治，然而库什王朝在非洲的统治并未终结。公元前 591 年，埃及第二十六王朝的法老普萨美提克二世（Psammetichos II）占领了纳帕塔，库什王朝被迫迁都麦罗埃（Meroë），从而进入麦罗埃王国时期，历史上称为苏丹王朝。由于麦罗埃城周围的森林资源非常丰富，库什人开始利用这些自然资源发展炼铁业，同时利用肥沃的土地资源和丰富的水资源发展农业，因此整个麦罗埃王国一度非常兴盛。直到公元 4 世纪时，麦罗埃王国发生内乱，皇室之间的争权夺位严重削弱了对外防卫能力，同时又受到罗马和逐渐崛起的阿克苏姆王国（Kingdom of Axum）的入侵，最终被阿克苏姆王朝取代。350 年左右，库什王朝的统治彻底终结。

真正意义上的库什王朝只延续了三百多年，随后是麦罗埃王朝时期。然而，正是在这段时间，努比亚人推翻了埃及的第二十四王朝，成为第二十五王朝的主人，这就是古埃及与黑人具有直接关联的历史事实，极大地支撑了"非洲中心主义"。

库什王朝是非洲文明的一段黄金时期，这一时期努比亚人主要从事地中海北部到撒哈拉南部的商品贸易供给，包括乌木、象牙、香料、鸵鸟羽毛、贝壳、红玛瑙、碧玉、紫水晶，以及当时最为重要的"商品"——奴隶。经济的繁荣和政治的相对稳定，使努比亚人在文化创造，包括庙宇建筑、石雕、彩绘、金字塔等方面取得了不菲的成就，并留下了黑人文明史上最为完整的书面证据——159 行完整碑文。盖茨认为这种书写证据的出现与努比亚语的发展历程密切相关，在努比亚人建立库什王朝之前，麦罗埃语（Meroitic）① 已经成为"当时非洲人进行官方管理和日常交流的一种书写语言，因为考古学家在麦罗埃地区发现了一些比努比亚语更古老的方言手稿，一直未被破译"，而在库什王朝建立之后，努比亚人"取得了政治和文化上的霸权，因此努比亚语言也逐渐取代了当时已经发展为一种书写形式的麦罗埃语"②。随后，努比亚语成为一种书写语言，并在皮耶统治时期创造了罕见的书面文化。大约在公元前730年，皮耶征服了埃及的上游地区，并把它纳入努比亚王国的统治。这个新兴的帝国大肆向外扩张，大约从地中海到尼罗河的第六大瀑布尽入版图。皮耶是一个异常睿智的政客，他允许当地的埃及王子继续管辖他们的领地，只是每年要定期向自己敬奉贡品。由于库什地区原来是埃及的属地，因此努比亚人熟悉并内化了一些埃及宗教仪式和文化习俗。正是因为这种关联，皮耶以"比埃及人更埃及"的方式稳固了自己的统治地位，并开创了众多属于自己的传统。例如，皮耶是第一个在库什地区建造金字塔的国王，而为了合法化自己的统治地位，他首先把自己的妹妹任命为卡纳克（Karnak）地区阿莫神庙（Temple of Amon）的一个高级女祭司——阿莫神的妻子，其次进行了加冕仪式，并复兴了博尔戈尔（Jebel Barkal）山丘上的神庙。随后则在神庙里建造了一个花岗岩的石碑，这个石碑上铭刻了古代埃及遗留下来的最古老、最详尽的文本。这个文本由"159行象形文字组成，描述了皮耶及其宫殿中的艺术作品，这些作品描绘了他的仁慈、他对马的喜爱以及他与利比亚王子之间的战役"。皮耶喜爱马是异常闻名的，在其统治末期，他要求"下属在自己死后用珠子和宝石

---

① 麦罗埃语（Meroitic）主要在麦罗埃地区和苏丹境内使用，据史料证明，该语言成形于公元前300年，消失于公元400年左右。麦罗埃语主要有两种由麦罗埃字母构成的书写形式：一是麦罗埃行草，书写工具主要是尖笔，用于记录日常生活中需要保持的事物；二是麦罗埃象形文字，主要雕刻在石头上，或用于记录王室和宗教文献。由于这种双语文本的罕见性，因此学界至今对这种语言知之甚少。
② Henry Louis Gates, Jr. *Wonders of the African World*. Ibid., p. 34.

装饰其生前的爱马，然后再把它们与自己埋在一起"①。盖茨认为这个石碑的出现，为破译麦罗埃地区发现的手稿提供了很大的帮助，因为它表明"麦罗埃语的手稿最终被努比亚语代替，并书写在一个希腊语脚本上，以便广泛应用于碑文，而这种宽泛的应用则暗示出当时有很多人会阅读这种文字"②。

  这种碑文有力地证明了努比亚人已经形成了成熟的书写文化，然而这种文化随后为何又没有传承下来？对此，盖茨认为这与生态环境的恶化密切相关。到公元4世纪时，麦罗埃王朝的冶铁业和农业已经有了一定程度的发展。然而，内忧外患加上长期战乱，尤其是罗马和阿克苏姆王国入侵之后，铁器的需求激增，以至于"极端地发展冶铁业，大量砍伐森林，焚烧木材，用于熔化和铸造铁器，从而使得树木砍伐的速度远远超过了树苗新长的速度，最终导致了水土流失和植被破坏，并走向了沙漠化"③。这种恶化的环境迫使努比亚人不得不从国家体制健全的定居生活返回四处游牧的散居生活方式，并分裂成两大部落：布勒梦耶（Blemmyes）部落和努比亚部落。尽管布勒梦耶部落一直留在麦罗埃城附近与入侵者抗争，试图收复失地，却都以失败告终，不得不离开麦罗埃，游走到其他地方。至此，努比亚王国"开始全面恢复为部落社会体制，其成形的书写和正式教育体系也随各种各样的努比亚艺术传统一起完全消失，库什王朝的文明就此人间蒸发"④。由此可见，努比亚人经历了双重"逆生长"：一是他们从国家体制齐全的王朝主人返回四处游走的部落群体，二是他们的文化传统从书面传统返回口头传统。换句话说，非洲黑人原本就有书写文化，而不是在到达新大陆或宗主国之后才开始拥有书写，因此非洲、新大陆殖民地和宗主国的黑奴及自由黑人是在与白人的接触过程中学会了用欧洲语言写作，而不是学会了写作。

---

① Henry Louis Gates, Jr. *Wonders of the African World*. Ibid., p. 46.
② Henry Louis Gates, Jr. *Wonders of the African World*. Ibid., p. 54.
③ Henry Louis Gates, Jr. *Wonders of the African World*. Ibid., p. 55.
④ Henry Louis Gates, Jr. *Wonders of the African World*. Ibid., p. 41.

英属非洲黑人运动可以分为前后两个时期，早期的运动旨在反对新殖民主义，代表人物大都曾到英、美留学，随后成为独立运动的斗士，并被选举为独立共和国的首任总统，典型代表就是克瓦米·恩克鲁玛和乔莫·肯雅塔。恩克鲁玛于1935年到宾夕法尼亚州林肯大学留学，获得文学学士学位，1947年返回黄金海岸。在20世纪60年代为美国著名的非裔学者杜波伊斯提供了政治避难，并给予他加纳公民权，最终让被美国政府驱逐的杜波伊斯能够在加纳安享晚年。恩克鲁玛是新殖民主义批评的开拓者，他指出"尽管像加纳这样的国家在政治上取得了独立，但前殖民势力及新近出现的超级强国，如美国，仍旧对这些国家的文化、经济起着决定作用"，只是宰制方式发生了变化，主要"通过新型的间接控制，如国际货币体系通过跨国公司及企业联盟人为地制定世界市场的价格，以及通过多种多样教育的、文化的无政府组织"。实际上，这种新殖民主义比旧殖民主义"更加阴险，更难察觉和抵抗"[1]。因为它是隐形的意识形态殖民，例如，文艺作品尤其是美国好莱坞电影所具有的"新殖民主义"功能：

……连好莱坞那些荒唐的故事片也成了武器。人们只要听听那些非洲观众看到好莱坞的英雄们杀戮印第安人或亚洲人的时候发出的欢呼声，就可以知道这一武器的效果如何了。因为殖民主义的传统使绝大多数人民至今还是文盲，但是连最小的孩子也能看懂从加利福尼亚传来的那种又血腥又吓人的故事。在宣传谋杀案件和无法无天的西部边疆情况的同时，也在不断地进行着反社会主义的宣传，在这种宣传中，工会工作者、革命者、黑皮肤的人总是被描写成恶棍，而警察、侦探、联邦调查局的探员——简言之，中央情报局型的特工人员却总是英雄。[2]

---

[1] Bill Ashcroft, Gareth Griffiths, Helen Tiffin. *Post-colonial Studies: The Key Concepts*. New York: Routledge, 2007, p. 146.
[2] 转引自赵稀方：《后殖民理论》，北京：北京大学出版社，2009年，第32—33页。

恩克鲁玛的这种批评生动地呈现了新、旧殖民主义的区别——前者是实体性的硬暴力，后者是形而上的软暴力，从而为后殖民批评，尤其是西方文化、艺术中的黑人形象批评开辟了出路。

肯亚塔1931年进入英国伯明翰的伍德布鲁克奎克学院（Woodbrooke Quaker College）留学。在进行勤工俭学之时，肯亚塔曾作为群众演员参演了电影《桑德斯河》（*Sanders of the River*，1935）。影片描述了一个古老的神话："一个坚强、寡言的白人——桑德斯，用他的愁容驯服了一群狂躁的野蛮人，并通过自己纯洁无瑕的个人魅力友好地统治着几千名无知的黑人孩子，而这个神话在他离开之后就破灭了。"① 最终桑德斯回归，在对其极为忠心的酋长巴桑布（Bosambo）的帮助下，才使秩序得以恢复。影片表明唯有白人才能拯救无知的黑人，正如斯蒂芬·伯恩（Stephen Bourne）说的："《桑德斯河》作为殖民主义的赞美诗，不堪入目。家长式的殖民管理者桑德斯负责管理尼日利亚的贡比（N'Gombi）区，生活在这里的非洲人就如同他的'黑人孩子'。保罗·罗伯逊（Paul Robenson）② 的出场相当令人震惊，因为他除了有一块豹皮遮住私处之外，基本裸体，而当他走进桑德斯的办公室后，总是卑微地站着，谦卑地与他的'主人大人'交谈。"③ 片中饰演酋长巴桑布的罗伯逊就说："颂扬英帝国主义和歪曲黑人的那些影像是在影片杀青之后才加上去的，我对

---

① Stephen Bourne. *Black in the British Frame*. London and New York: Continuum, 2001, p. 16.
② 保罗·罗宾逊（1898—1976）是非洲裔美国人，20世纪30年代到英国寻求发展，并因其出色的演技和优美的嗓音赢得了观众的喜爱。30年代到40年代中期，罗伯逊一直是英国电影银幕和音乐剧的重要人物，主演了很多部电影作品，包括《边界》（*Borderline*，1930）、《大块头》（*Big Fella*，1937）、《所罗门王的矿山》（*King Solomon's Mines*，1937）、《自由之歌》（*Song of Freedom*，1936）、《桑德斯河》、《骄傲的河谷》（*The Proud Valley*，1940）等。在其艺术生涯中，罗伯逊致力为黑人争取权利。
③ Stephen Bourne. *Black in the British Frame*. Ibid., p. 15.

此完全不知情。"① 因此，尽管正是这部片子让他进入了主流卖座的商业影坛，罗伯逊依旧憎恨《桑德斯河》。随后，他逐渐发现了自己与英国电影行业之间无法改变的巨大冲突，因为后者"拍摄影片的目的是颂扬和赞美英帝国主义及其殖民主义行为"②。在影片中，肯雅塔和其他深黑色黑人生动地演绎了酋长手下举着长矛、大声呐喊、穿戴动物皮毛、啃食生肉的非洲土著，他们的作用在于衬托白人的种族优越感，并证明殖民者的文明使者角色。类似的影片还有《耶利哥》（*Jericho*，1937）、《丛林战斗》（*Duel in the Jungle*，1954）、《旅行》（*Safari*，1956）、《奥东戈》（*Odongo*，1956）等。在 20 世纪 40 年代返回非洲之后，肯亚塔开始批判英美电影的新殖民主义功能："电影旨在剥削非洲，把它作为白人影星的异域背景"，而影片所呈现的非洲殖民地则被描述为"如父亲般的殖民官员与'忠诚'的非洲人共处的欢愉领地，尽管对野蛮动物偶尔也会表现出些许的尊贵，但是电影本身拒绝把非洲人当成'人'来看待，而是把他们呈现为小丑"③。

恩克鲁玛和肯亚塔率先开启的新殖民主义批评，其矛头直指西方国家长期以来针对非洲大陆进行的文化殖民，因此很快受到美国黑人民权领袖的青睐。他们在吸收这种文化殖民主义批评的同时，还将其与美国的历史和现实结合起来，从而认为美国独立之后白人实施的种族主义实际上就是另一种类型的殖民主义——内部殖民主义。最早论及这种殖民主义的是马尔科姆·X（Malcolm X），他在其著名演讲《黑人的革命》（1964）中指出："美国是一个殖民力量，它剥夺了我们作为一等公民的身份，剥夺了我们的公民权，事实上就是剥夺了我们的人权，从而殖民了两千两百万非裔美国人。"后来马丁·路德·金也采用了类似的提法："（黑人）贫民窟差不多就是一个国内殖民地，黑人居民

---

① Stephen Bourne. *Black in the British Frame*. Ibid., pp. 14—15.
② Stephen Bourne. *Black in the British Frame*. Ibid., p. 11.
③ Stephen Bourne. *Black in the British Frame*. Ibid., p. 78.

在政治上被主导,在经济上被剥削,在任何地方都受到隔离和羞辱。"① 而支撑这种内部殖民主义的载体就是延续自英国殖民时期的文化暴力。这种暴力总是以想象的方式清空黑人作为"人"的文化能力,把他们扭曲为野蛮的动物、稀罕的怪物、猿猴的表亲,致使他们能够世世代代终身为奴。民权领袖的这些观点对当时不到 15 岁的盖茨产生了不小的影响,他在 1965 年夏天获得奖学金参加了西弗吉尼亚州皮得金(Peterkin)会展中心的圣公会野营活动,面对电视、报纸上的暴乱新闻,他深知:"在皮得金之外存在一种影响美国白人和黑人关系的种族环境,而我们(在皮得金的两周与白人和平相处)的角色是根据那个大环境编造出来的。"② 正是对这种角色差异的感知促使盖茨在随后的大学生涯中致力收集西方文化中的黑人形象,并编著了 9 卷本的《西方艺术中的黑人形象》,以及阐明书写、种族、差异三者间关系的《种族、书写与差异的自我》(1986)。

后期英属殖民地黑人运动的重心转向了重建黑人形象及黑人性,随即涌现出一批具有影响力的文学家和理论家。他们号召书写真实的非洲历史、文明及非洲人形象,批评殖民主义和种族主义对非洲人犯下的罪行,同时也揭示出非洲本土存在的种种问题,并思考其未来的发展前景,代表人物主要有沃莱·索因卡(1934—)、伊曼纽尔·欧倍基亚(Emmanuel Obeiechia,1944—)、钦努阿·阿契贝(Chinua Achebe,1930—2013)等。索因卡出生于尼日利亚的一个约鲁巴家庭,是著名的剧作家、诗人、小说家和评论家,被称为"非洲的莎士比亚",主要的戏剧作品有《沼泽地的居民》(1958)、《雄狮与宝石》(1959)、《杰罗教士的考验》(1960)、《森林之舞》(1960)、《强种》(1964)、《路》(1965)、《疯子与专家》(1970)、《死亡与国王的侍从》(1975)等;小说有《译员》(1965)、《孔吉的收获》(1965)等;散文集有《已故之人:沃

---

① 转引自赵稀方:《后殖民理论》,前引书,第 196—197 页。
② Henry Louis Gates, Jr. *Colored People: A Memoir*. Ibid., p. 151.

莱·索因卡的狱中札记》（1972）、《阿克：童年岁月》（1981）等；诗集有《伊当洛及其他》（1967）、《狱中诗》（1969）等。1986年索因卡凭借戏剧《雄狮与宝石》荣获诺贝尔文学奖，获奖理由是"他以广博的文化视野创作了富有诗意的关于人生的戏剧"。为此，索因卡成为第一个获得诺贝尔文学奖的黑人作家。尼日利亚内战期间，索因卡在1967年被关进监狱，1970年获释，随后流亡加纳。1973年，索因卡从加纳辗转到剑桥大学，此时盖茨也刚好进入剑桥大学攻读硕士学位，两人相遇后就结下了深厚的师生友谊，正是这种友谊促使盖茨得以深度接触约鲁巴文化和语言。对于索因卡在剑桥遭受的不平等待遇，盖茨在《松散正典》中作了详细描述。起初索因卡希望在英语学院申请一个教学职位，但是由于那时"英语学院很明显并未把非洲文学看作'英语'学位课程的一个合法的研究领域，因此他被迫接受了一个社会人类学领域的教学职位"[①]。然而，这并未阻止索因卡讲授非洲文学，他开始在校园内散发有关非洲文学系列讲座的传单，同年这些讲座的内容集结起来由剑桥大学出版社出版成书——《神话、文学和非洲世界》（1973）。当然，索因卡的遭遇并不是特例，因为20世纪70年代初的剑桥大学不仅不允许黑人学者教授非洲文学，还不让黑人学生研究非洲文学或黑人文学。彼时，剑桥大学学生中研究非洲文学或黑人文学的典型代表分别是欧倍基亚和盖茨。欧倍基亚是尼日利亚著名的文学理论家，当他在剑桥大学攻读博士学位时，原本希望研究非洲文学，最后无奈之下只得选择社会人类学，并取得了相关博士学位。作为美国非裔的盖茨也未能规避这种黑人文化创伤：当他想以"黑人文学"为题写博士论文时，导师问他："先生，什么是黑人文学？"而当"我以黑人作家的文本作为答案时，他却明显地提醒我：我在严肃寻求的答案，对于他来说，不过是一个浮夸的问题"[②]。当然，在几经周折之后，盖茨最终成为第一个在剑桥大学研究黑人文

---

① Henry Louis Gates, Jr. *Loose Canons: Notes on the Culture Wars*. New York: Oxford University Press, 1992, p. 88.
② Henry Louis Gates, Jr. *Loose Canons: Notes on the Culture Wars*. Ibid., p. 88.

学的黑人学生。

阿契贝是尼日利亚著名的小说家、诗人、批评家和后殖民批评先驱，著述颇丰，被称为"非洲文学之父""非洲最伟大的小说家"。阿契贝用英语创作的"尼日利亚四部曲"——《瓦解》（1958）、《动荡》（1960）、《神箭》（1964）、《人民公仆》（1966）——全面地对比和揭示了殖民主义、新殖民主义前后尼日利亚伊博人（Igbo）的生活变迁。其中，《瓦解》描述了英国殖民主义入侵尼日利亚之前伊博人的自主生活；《动荡》描述了一个立志改革的归国留学生，最终因经受不住金钱的诱惑而堕落的悲剧故事，揭示了资本主义对殖民地淳朴人民的影响；《神箭》揭露了英国传教士如何把殖民活动带入尼日利亚的乡间农村，几乎使每一寸土地都笼罩在殖民阴影之中；《人民公仆》的视角转向了尼日利亚国内的问题，嘲讽那些在独立之后自诩为人民公仆的政客，同时也揭示了改头换面的新殖民主义如何以非暴力的、文明的、隐形的方式重新宰制尼日利亚。阿契贝的作品既为他带来了声誉，同时也让他沦陷在"黑、白"文化夹缝之中，具体表现在两个方面。第一，白人的指责。在《瓦解》面世之后，英国批评家奥娜·特雷西（Honor Tracy）就给出了犀利的评价："这些聪明的黑鬼诡辩者……圆滑地谈论非洲文化，他们为何不愿回到穿蓑衣的时代？小说家阿契贝为何不回到其祖父辈生活的愚蠢无知的年代，而是留在现代化的拉各斯（Lagos，尼日利亚港口城市）从事广播业？"[1] 第二，族裔的建议："有些人建议我最好用伊博语写作，而不是英语。有时他们一针见血地问我用哪种语言做梦。当我回答说我用两种语言做梦时，他们似乎不能相信。最近，我听到一个更加具有潜在性和形而上性的问题：使用何种语言能让你达到性高潮？"[2] 这种既非全黑又非全白的身份困境是所有从边缘进入中心的黑人

---

[1] Bill Ashcroft, Gareth Griffiths, Helen Tiffin. *The Post-colonial Studies Reader*. New York: Routledge, 2003, p. 57.

[2] Bill Ashcroft, Gareth Griffiths, Helen Tiffin. *The Post-colonial Studies Reader*. Ibid., p. 190.

必然会遭遇的文化创伤，其中就包括盖茨。当他初到伦敦时，语言上的差异让他发现自己竟然是个局外人，因为周遭的人"似乎都在说外星语言"。于是，盖茨尽量寻找黑肤色的人交流，因为他认为共有的非洲嘴唇所说的话应该是"黑色的"，然而，这些黑人同胞却"很好地言说了一种白色的声音"①。当然，在伦敦待了 6 年以后，盖茨也能够言说这种"白色声音"，而正是这种声音使他在理论创建初期带有浓厚的精英意识。这种意识让他不仅批评了黑人文学的政治宣传性，还否定了美国非裔文学的口头文化成分，从而被黑人女性主义文学批评家乔伊斯·乔伊斯称为白人教育体制所孕育的"后结构主义者"。除此之外，阿契贝广为流传的文学作品以及他在英国和美国讲授的人类学课程还为盖茨完成"黑人文学"博士论文及其非裔文学理论的"返回非洲之旅"奠定了"黑色"基础。

二、"再见，哥伦布"：加勒比海黑人运动

20 世纪的黑人运动期间，加勒比海地区也陆续爆发独立运动，并出现了众多黑人知识分子，比较有影响力的是马库斯·加维（Marcus Garvey，1887—1940）、艾梅·塞泽尔、弗兰兹·法侬（Frantz Fanon，1925—1961）等。加维出生于牙买加的一个自由黑人家庭。1910 年，他作为一个新闻工作者前往加勒比海和拉丁美洲的香蕉种植园记录黑人的生活，在两年的报道中，加维震惊地发现黑人被压迫的处境，从此致力改进黑人的生存现状。1912 年他前往英国伯贝克（Birbeck）学院学习。学习期间，加维经常在海登公园讲授西印度群岛人的生活状况，并开始为泛非洲和泛亚洲期刊《非洲时代和东方评论》撰写文章。加维在伦敦阅读了布克·T. 华盛顿（Book T. Washington，1856—1915）的《从奴隶制中崛起》（1901），深受影响，因此他决定回到牙买加，用教育拯救黑人。1914 年回到牙买加后，加维成立了

---

① Abby Wolf. *The Henry Louis Gates, Jr. Reader*. New York: Basic Civitas, 2012, p. 436.

"'全球黑人促进协会'和'非洲大众联盟',旨在建立一些技术学校,其箴言是'一个上帝!一个目标!一种命运!'然而,随后他却发现家乡人民的'种族意识'比较淡薄,参加协会的积极性较低"①。于是,他于1916年前往美国,到达纽约之后,加维深受哈莱姆地区黑人运动氛围的影响,1918年在此建立了黑人促进会的一个分支,主要突出三点思想。第一,号召"全世界非裔团结起来推翻白人的压迫",每一个黑人都要承担起种族的命运,去"唤醒埃塞俄比亚,唤醒非洲",从而"建立一个自由的、荣耀的、重组的、庞大的民族"②。就黑人团结而言,加维还特别提到黑人女性的重要性,其诗歌《黑人母亲》和《黑人妇女》强调了"美国非裔女性内含的高贵与美丽"③,因此黑人妇女在促进会中具有较高的地位。第二,传达黑人的种族自豪感。加维认为"当欧洲被一个食肉的、野蛮的、异教徒的种族占据时,非洲却居住着一个有文化修养的黑色种族,他们掌握了艺术、科学和文学"④,所以黑人要从黑色种族中崛起,做他们想做的事情,并从自我设想的角度建构自己的真实形象,从而把散居各地的非裔凝聚成一种统一的政治力量。第三,呼吁新大陆黑人返回非洲,试图把他们"重聚在利比里亚",宣称"非洲是非洲人和海外黑人的家园",因为"非洲没有死,只是沉睡",所以"团结一心的黑人能够把非洲变成一个耀眼的星星,屹立在纷繁复杂的民族之列"⑤。换句话说,只有在非洲,黑人才能建立真正属于自己的、独立的、完整的政治体系。为了能够把新大陆被殖民的儿女送回非洲,他在1919年成立了"黑人之星"航运公司。随后,加维还创建了宣传黑人经济独立、思想自主等自觉意识的报纸《黑人世

---

① Henry Louis Gates, Jr. and Cornel West. *The African-American Century: How Black Americans Have Shaped Our Country*. New York: Simon & Schuster. 2002, p. 97.
② Henry Louis Gates, Jr. *Wonders of the African World*. Ibid., p. 10.
③ Henry Louis Gates, Jr. *Life upon those Shores: Looking at African American History*, 1513—2008. New York: Alfred A. Knopf, 2011, p. 265.
④ Henry Louis Gates, Jr. *Wonders of the African World*. Ibid., p. 10.
⑤ Henry Louis Gates, Jr. *Life upon those Shores: Looking at African American History*, 1513—2008. Ibid., p. 265.

界》，1920年他的追随者达到两百万人，1923年则高达六百万。加维的思想对新大陆黑人民族主义运动和非洲脱殖运动起到了推动作用，从而被盖茨称为"当代泛非洲主义之父"。

加维"返回非洲"的思想极大地冲击了当时的非洲、美国等地的黑人运动，一些非裔学者开始回到非洲，接触真实的非洲大陆和非洲人。然而，真实的"归乡"体验，却总是不如喊口号那样梦幻和简单。这种极大的落差感就凸显在加纳人乐于谈论的有关他们的美国非裔兄弟的"返乡"轶事之中：在成为加纳总统之后，恩克鲁玛号召美国黑人前往加纳，继承他们的非洲遗产，并帮助建立这个新生的国家。第一批响应恩克鲁玛号召的美国黑人前往加纳，并聚集在阿克拉巴迪（Accra Labadi）海滩。就在那片满月的星空下，他们参加了一个告别美国种族主义和公民身份的仪式，随后他们就大力把护照扔到海里，任它们漂走。一个月后的又一个月夜，阿克拉巴迪海滩的非洲人察觉到海边有一些奇怪的阴影。出于好奇，他们拿着手电筒去打探究竟，令他们震惊的是，那批美国黑人正在下游焦急地寻找曾经被他们大力扔掉的美国护照。

盖茨认为这些黑人的摇摆行为极具普遍性，真实地呈现了当时美国非裔"返回非洲"的心理落差体验，因为他自己的经历也恰如其分地映衬了这种反差。1970年，年仅19岁的盖茨前往坦桑尼亚某个偏僻的乡村医院做志愿者。到达非洲之前，盖茨对这片神秘而遥远的故土抱有一种浪漫情怀，这种情怀成形于他在高中阅读的杜波伊斯所描述的自己首次（1923年）到达非洲的感受：

什么时候我才能忘记我踏在非洲土地上的那个美丽夜晚？我是离开这片土地的祖先的第六代后裔。这里的月如圆盘，太平洋的水清如明镜。午后的太阳总是把浮云当成面纱，火红火红地缓慢下滑……这不是一个国家，而是一个世界，一个祥和而自如的世界……①

---

① W. E. B. Du Bois. *Dusk of Dawn. An Essay toward an Autobiography of a Race Concept*. New York: Schocken Books, 1969, p. 117.

在到达村子之前，盖茨给他在耶鲁的一个黑人同学写了封信，描述了自己是如何沐浴在非洲母亲的怀抱之中。六个星期之后，当收到朋友的回信时，盖茨对"母亲"的所有浪漫之情都被现实给挖空了，而且是从他到达村子后的第一个夜晚就开始流逝："我的第一个夜晚没有合眼，彻夜与泪为伴。我一直思索自己如何才能长久地住在一个500人的村子，因为它没有电灯、电话、电视或自来水，而所谓的'快'车（主要运送电报和信件）也仅仅是一周两次路过村子。于是，我央求我的朋友写信给我，因为我'热爱'阅读。"① 正是在这个时候，盖茨深知自己想前往非洲的心情与想回归美国的愿望一样强烈。这种从梦想跌回现实的创伤随着与村民的接触渐渐愈合，因为盖茨逐渐明白这些人总能以自己特有的方式顽强地生活着，并创造了相应的文化和历史，从而不仅让他在非洲大陆待了整整一年，还为他再次返回非洲发现被掩埋的黑人文明奠定了基础。

塞泽尔出生于法属殖民地马提尼克岛，兼具诗人、小说家和政治家的三重身份。1935年他与塞内加尔学者桑戈尔和圭亚那学者达玛斯一起创造了"黑人性"（négritude）这个词，从而成为法属殖民地"黑人性"文艺运动的创始人之一。20世纪40年代塞泽尔返回马提尼克岛加入黑人运动，成为法侬的老师。然而，不久之后，他就抛弃了"黑人性"运动，认为马提尼克岛只是法国的一个省，而不是一个独立的国家。随后塞泽尔远离政治运动，转而从事文学创作，主要作品有《回乡札记》（1939）、《被斩首的太阳》（1948）、《国王克里斯托弗一世的悲剧》（1963）、《刚果一季》（1966）等。法侬出生于法属马提尼克岛，作家、散文家、精神病理学家和革命家，主要作品有《黑皮肤，白面具》（1952）、《垂死的殖民主义》（1959）、《地球上受苦的人们》（1961）等。法侬作为塞泽尔的学生，深受其早期反殖思想的影响，参加了阿尔及利亚"民

---

① Henry Louis Gates, Jr. *Wonders of the African World*. Ibid., p. 13.

族解放战线",并相信暴力革命是殖民地摆脱殖民压迫和文化创伤的唯一途径。法侬的特殊之处在于他是第一个以黑人的视角关注黑色非洲及其殖民主义、非殖民化的精神病理学家,其专著《黑皮肤,白面具》深刻地探讨了殖民主义如何给殖民地的黑人造成了无法治愈的精神创伤——既不是全"黑",又无法全"白"。尽管法属殖民地的黑人在法律意义上是法国人,但是现实生活中的他们一直是深受白人歧视的黑人。一旦试图传送出渴望变成如"主人"一样"白"的白人,以便成为主流世界的一员的信息,尤其是接近白人女性的信息之时,这些黑人就要遭到苛刻的排斥和严厉的惩罚。这种"白色"语境促使黑人在自己身体发展计划中遭遇困境,因为他们对"黑色"身体的感知始终是一种否定意识:黑人是动物、黑人是坏的、黑人是残忍的、黑人是丑陋的。法侬就描述了自己遭遇的身体信息:"在那个白色的冬天,我的出现引起了一阵恐慌:看,一个黑鬼。好冷,黑鬼正在颤抖,因为他冷,而小男孩却在战栗,因为他害怕这个黑鬼……妈妈,看,这个黑鬼要吃掉我……当我试图忘记、原谅,努力去爱时,我发出的信息如一记耳光被扔回来,打在我的脸上。白人的世界把我完全拒之门外,而我的身体被还回来时已是蹒跚的、扭曲的、重新上色的,因为我被期望表现得像个黑鬼,只能活在肤色界限之内,所以身体必须回到属于它的老地方。"[1] 因此,不论黑人如何穿戴欧洲风格的衣服、配饰,去掉独有的发音方式,甚至调整走路的姿势,他们都无法真正闯入白人的世界,因为后者坚决维护着自己的"白色",并拼命地维持黑白差异。然而,不论白人世界如何拒绝这些黑人都无法改变他们的混杂性,而正是这种特性使他们与自己的族裔产生了距离。因为当他们去过宗主国、接触过白人的先进文化,见识到西方的文明进程之后,就开始变得彬彬有礼,并嫌弃自己不标准的方言、愚昧的巫教、落后的民俗,从而不由自主地承认了白人的优越性,并用"白色"意识形态来衡量一切"黑色"。这就遭到族裔内部坚持"深黑色"群体

---

[1] Bill Ashcroft, Gareth Griffiths, Helen Tiffin. *The Post-colonial Studies Reader*. Ibid., p. 324.

的猛烈攻击，成为面临双重驱逐的"灰色"混杂体。

  法侬的这种精神病理分析不仅首次使非洲研究受到西方学界的重视，还成为 20 世纪五六十年代黑人民族解放运动的正典文本，并直接影响了随后美国和欧洲大陆的激进运动。盖茨就指出他在耶鲁求学时，《黑皮肤，白面具》是当时最流行的读物，几乎人手一本。法侬的"民族主义"思想为盖茨的黑人研究奠定了基调，让他细致地剖析白人坚不可摧的种族主义防线和心理，而其入木三分的"灰色人"身份困境则把盖氏理论导向了对族裔"白人化"境况的关注。这种关注主要可以分为两种类型：一是自身变成"白人"后如何看待原初的族裔群体和文化，二是坚守族裔本色的黑人如何对待他人的"白色"变化。这种双重关注的基调随后贯穿了盖茨的整条理论路线，甚至其回忆录中描述的恋爱经历都凸显了这种基调。盖茨于 1956 年进入戴维斯免费小学上学，这是一所白人学校，因为皮特蒙特在 1955 年取消了学校种族隔离制度。这种融合的环境促使盖茨接触到白人女孩，并成为他的理想对象。第一个对象是琳达·霍夫曼（Linda Hoffman），她和盖茨是班上成绩最好的学生。他们每年都交换画片，同时还加上一封给彼此的感情信件，放在双方为情人节准备的棕色纸袋的"邮箱"里。然而，他们的友谊在 11 岁时就结束了，尽管双方都没有明确说出原因，但是盖茨深知是种族的约束在措手不及的情况下闯入了他们的生活，因为在皮特蒙特，不同种族的男女约会是个禁忌。正如布克·T. 华盛顿在亚特兰大所说的那样："在一切有教育意义的事情上，我们是一个整体，就像紧握的拳头，但是在一切社会交往的事情上，我们是五个分开的手指。"[①] 虽然学校取消了种族隔离，但是白人女孩和黑人男孩依旧不能同台、不能跳舞、不能拉手。因此，当长大到可以交往的年龄时，盖茨觉察到曾经熟悉的琳达对待自己的态度差异："当她看我的时候，我能感觉到她的仇恨、轻蔑，以及看不起我的这一事实。"同时，"我的母亲也一直希望我能找一个好的

---

① Henry Louis Gates, Jr. *Life upon those Shores: Looking at African American History*, 1513—2008. Ibid., p. 201.

黑人姑娘"①。当然，盖茨最后还是找了一个白人妻子——沙伦（Sharon）。1973年，盖茨把妻子带回外婆家吃圣诞节团年饭，当沙伦打破了科尔曼家族（盖茨的母亲所在的家族）的传统——女人不能与男人同桌吃饭，而是与他们一起在餐桌旁坐下时，就在那一刻"整个屋子里一片寂静，连针掉在地上都听得见。女人们也给她端送食物，而科尔曼家的男人们则结结巴巴地找话说，并时不时地'龇着牙笑'"②。这就是科尔曼家族沉重的家族感、传统感与突如其来的白色、女性相遇时所展现出来的鲜活的文化冲突。

纵观非洲和加勒比海的黑人运动，可以看出它们兼顾了政治性和文化性，同时还共享了另一个特性——"返回非洲"性，前者是从精神上回归遗失的古文明，而后者则是从物质意义上返回非洲大陆，体验真实的故土和乡人。这些黑人运动不仅促使众多国家赢得了独立，还唤醒了灿烂辉煌的"黑色"往昔，并创造了丰富的新生代文化产品，从而孕育和滋养了独立于西方美学标准的黑人美学，而正是这种语境为20世纪50—80年代的美国黑人运动及其非裔种族自豪感奠定了"非洲"基础和"黑色"基础，使那宛如拂晓初醒的"美即黑色"继续一路绽放。

第二节 绽放的"黑色即美"与美国黑人艺术运动

黑人艺术运动，诞生于民权运动时期，随后成为权力运动的文化宣传武器。如果说民权、权力运动旨在为黑人争取政治权利，那么艺术运动的宗旨则是为黑人申诉文化身份，尤其要求在文学、文论等方面打破西方标准的话语权，从而使美国非裔走向了"美学建构"的时代，并因为不同时期社会变革的

---

① Henry Louis Gates, Jr. *Colored People: A Memoir*. Ibid., pp. 105—106.
② Henry Louis Gates, Jr. *Colored People: A Memoir*. Ibid., p. 62.

不同需求而具有不同的内容和形式，具体可以分为以下三个阶段。

一、迈向"大美国"：平等主义诗学

平等主义诗学是倡导非暴力的民权运动的产物，主要发生在 20 世纪 50 年代末期至 20 世纪 60 年代中期，典型代表人物是理查德·赖特，代表作品为《美国黑人文学》（1957）。赖特提出，平等主义诗学的社会语境是黑人开始通过法律途径打破学校的种族隔离制度，赢得进入白人学校读书的权利。美国学校正式实行种族隔离是 1896 年，导火线是最高法院针对"普莱西诉弗格森案"（Plessy V. Ferguson）的裁定。1892 年 6 月 7 日，在新奥尔良，荷马·普莱西（Homer Plessy）赶火车前往路易斯安那的科文顿。在登上列车之后，普莱西选择了一个专为白人设置的座位，当列车员前来检票时发现他是个"有色人"，要求他回到"有色人区"，尽管他只有八分之一的黑人血统，而且看上去完全就是个白人。按照法律规定，普莱西只能坐在"有色人车厢"。普莱西礼貌地拒绝了列车员的要求，而正是这个行为影响了随后半个多世纪的美国社会政策。实际上，普莱西深知自己的行为的危险性，因为他曾经被新奥尔良公民委员会召集去测试公共运输工具实行隔离的法律条例，测试本身是为了强迫法院意识到重建法案向黑人承诺过的基本权利，以便结束种族主义。普莱西被拖下车，并投进监狱，所受到的指控是侵犯了路易斯安那 1890 年的法律："所有列车在这个州运送旅客都需要为白人和有色人提供平等但是隔离的车厢。"①审判普莱西并给他定罪的是新奥尔良罪犯法庭的法官约翰·弗格森（John Ferguson）。4 年之后，这个案子被移交到美国最高法院，得到的裁决是："隔离但平等并没有暗示某个种族比其他种族低等。"至此，美国开始在公共设施领域全面实行"隔离但平等"政策。

最先打破这种政策的是 58 年之后高等法院针对"布朗诉托皮卡教育委员

---

① Henry Louis Gates, Jr. *Life upon those Shores: Looking at African American History*, 1513—2008. Ibid., p. 202.

会案"（Brown v. Topeka Board of Education）的裁定。1950 年，堪萨斯州托皮卡的一个三年级学生琳达·布朗（Linda Brown）的父母邀请全国有色人种协进会（NAACP）为自己的女儿辩护，他们希望女儿能够就读于当地的白人学校，因为这个学校离家近，而政府强行要求琳达就读的有色人学校则非常远。尽管从 20 世纪 30 年代开始，协进会就开始为黑人学生辩护，但是一直没有取得重大突破。其中，最为成功的案例是乔治·麦克劳林（George McLaurin）。1948 年，61 岁高龄的乔治申诉成功，从而进入全白人学校俄克拉何马大学继续深造。尽管乔治最终进入了这所学校，但是却只能单独坐在教室的某个远离白人学生的角落。不论白人的课桌是否有空位，乔治的课桌都只能被独立地放在墙角。1954 年，全国有色人协进会的三位律师——乔治·海恩斯（Gorge Hayes）、瑟古德·马歇尔（Thurgood Marshall）、詹姆斯·纳布里特（James Nabrit）——一起为琳达辩护。马歇尔认为普莱西案的裁定为黑人孩子带来了极大的心理创伤，使他们变得极度自卑。在开庭时，最高法院得知这个案子融合了多个州的诉求，包括弗吉尼亚州、特拉华州、南卡罗来纳州、华盛顿州等，只是由于布朗的名字在字母排序中居于首位，因此以其名字命名了案例。最终，最高法院在 1954 年 5 月 17 日这一天第一次站在了黑人学生的一边，其裁决是"隔离的唯一结果就是种族主义，在公共教育领域，隔离但平等这个条例是站不住脚的，因为隔离的教育设施暗含了不平等"[1]。

赖特认为这个裁定将保证美国黑人与白人享有真正的平等，于是"乐观地预测了美国非裔文学的走向：很快与'主流'美国艺术、文学合二为一"[2]。为了实现平等诗学梦想，赖特规定了能够进入主流社会的族裔文学和艺术层次——"自恋性层面"，即"美国非裔表达具有自觉意识的学识层面"，而非

---

[1] Henry Louis Gates, Jr. *Life upon those Shores: Looking at African American History*, 1513—2008. Ibid., p. 323.
[2] Houston A. Baker, Jr. *Blues, Ideology, and Afro-American Literature*. Ibid., p. 68.

"民俗的、大众的、口语体语言层面"①。赖特把这些层面的内容称为"形式未知的东西",主要包括布鲁斯、劳动歌、劳动号子、祝酒词、骂娘游戏、即兴语言游戏等,因为它们与占主导地位的白人文化是完全不同的,所以黑人"与主流标准不统一的文化产品,诸如'抗议性'诗歌和小说都将在布朗案的影响下迅速消失"。换句话说,只有当"'形式未知的东西'一起消失或被提升至有意识的艺术层面时",黑人才能谈论与白人的文学平等权利。由此可见,赖特通过阅读政府官文而建立了一种乐观主义,即认为文化平等即将到来,而实现它的唯一途径就是要扫除一切无法与白人文学、文化"求同"的族裔"低等"元素,然后带着那些符合主流评判标准的精英成分迈向"大美国"(AMERICA)②。

然而,白人的官文大多成了一纸空文。托皮卡案的出现,立即点燃了原本沉睡的种族主义火山,打破了1952年几乎没有一个黑人遭受私刑的相对"宁静"。因为这个案子激怒了那些习惯了隔离体制的白人,刺伤了他们怀揣了几个世纪的高人一等的优越性,致使整个种族火山一夜之间开始向外喷发。成千上万的各个阶层的白人,包括市长、银行家、律师、学生等14类群体高举"黑鬼,滚回非洲"的牌子冲向南方,宣泄他们的愤怒。在白人的所到之处,种族主义的岩浆灼伤甚至烧焦了无数无辜的黑人,典型的受害者就是艾米特·提尔(Emmett Till)。1955年8月,年仅14岁的提尔从芝加哥坐火车前往密西西比的梦林(Money),看望他年迈的叔叔摩西·赖特(Mose Wright)。到达密西西比后,提尔与堂兄和新结交的朋友一起玩耍。为了取悦他的南方朋友,提尔声称他能带一个白人女孩回家,这些朋友对他说的话极其怀疑,于是和他打赌,看他是否敢与卡罗琳·布莱恩特(Carolyn Bryant)说话,一个在

---

① Houston A. Baker, Jr. *Blues, Ideology, and Afro-American Literature*. Ibid., pp. 68−69.
② Houston A. Baker, Jr. *Blues, Ideology, and Afro-American Literature*. Ibid., pp. 68−69.

其丈夫的便利店工作的白人妇女。提尔接受了挑战，走进了店铺。无法确切地知晓 8 月 24 日的炎热的下午提尔和卡罗琳说了什么，因为后者声称提尔抓住她的手，叫她"宝贝"，并约她出去。有的人又说提尔只是向卡罗琳吹了一下口哨。提尔的母亲玛米·布拉德利（Mamie Bradley），后来改名为玛米·提尔·布拉德利（Mamie Till Bradley）则断定儿子与卡罗琳有沟通障碍，因为他有口吃问题，他想买泡泡糖，而卡罗琳却误解为他在吹口哨，唯一可以肯定的是白人就此蜂拥而至。3 天之后，卡罗琳的丈夫洛伊·布莱恩特（Roy Bryant）及其弟弟 J. W. 米拉姆（J. W. Milam）全副武装地出现在摩西·赖特的家中。他们抓住提尔并威胁 64 岁高龄的赖特不许向外人言及此事，否则就无法活到 65 岁。他们把提尔扔进米拉姆的后备箱中，迅速消失在暗夜里。在塔拉哈切（Tallahatchie）河边，他们先是用手枪击打提尔，然后射击他的头部，再在其脖子上绑上一块大石头，把他扔到河中。几天后，一个钓鱼的白人男孩发现了尸体，除了一个戒指外，已经完全认不出那就是 14 岁的提尔。整个案件的审判只持续了一个小时，最终布莱恩特和米拉姆兄弟两人被判无罪，因为摩西·赖特不敢冒着生命危险作证，就在宣判的那一刻，法院内响起了白人的掌声和欢呼声。布莱恩特和米拉姆甚至还以 4000 美元的高价把他们的故事卖给了一家杂志——《看》。

在这种暴力冲突下，尽管确实有一些小学在法律上取消了种族隔离政策，盖茨所在的皮德蒙特就是典型，但是白人与黑人学生能够和睦相处需要黑人服从两个前提。第一，社会交往活动的规矩：有色人与有色人交往，白人与白人交往。因此，尽管盖茨在 12 年的学习生活中与不少白人孩子是同学，有的甚至成为好友，却从未请过一个白人朋友到家里吃饭，也没有被任何白人邀请过，即便到约翰尼·迪皮拉托（Johnny DiPilato）和帕特·阿莫罗索（Pat Amoroso）家去过好几次，也只有短短的几分钟，而且都在朋友的父亲不在家的时候进去，因为他们都仇恨黑鬼。第二，教育体系的奖惩体制：只能白人获得奖励，黑人作为陪衬。盖茨在回忆录中讲述了哥哥洛基·盖茨（Rocky

Gates)错失的金马蹄奖(Golden Horse-shoe)——西弗吉尼亚州的历史优秀奖,被称为"八年级学生的诺贝尔奖",每个县有4个获奖名额,而获奖者将有机会面见州长。在比赛之前,洛基的老师布赖特(Bright)就不让他再参加文学竞赛的辅导,因为她说他已经完美无缺了,事实却是她不想让洛基获奖。白人评委们说洛基差"半分"获胜,因为他拼错了一个词,太可惜了,而盖茨父亲的一个白人同事则悄悄告诉盖茨一家,真正的原因是获奖者见州长时居住的州首府的那家旅馆是实行种族隔离的。在知道真相的那一天,洛基的童年就结束了。这就让盖茨明白:"在新的黑白学生同校上课的制度下,种族就像一件紧身的衣服,像妈妈的束身衣,或者长筒袜的吊袜带。没有人会提到种族,但是它始终存在于社会交往活动的界限之中。你可以远观,但是不能触摸。"①

白人的种族主义之火,并没有灼伤黑人的民权运动热情,也没有改变其非暴力性。1957年发生了小石城事件,并通过了第一项民权法案。1957年9月4日,联邦法院给9个黑人学生提供了一个进入阿肯色州小石城中心高中读书的机会。为了对付这些黑人学生入学,阿肯色州的政要奥瓦尔·福伯斯(Orval Faubus)宣布整个州进入紧急状态,以确保他们的入学不会变成一种骚动和迫在眉睫的暴乱,并且启用了阿肯色州的安全部队。当一个15岁的黑人女孩伊丽莎白·埃克福德(Elizabeth Eckford)走进学校时,有200多个白人向她怒吼,而且州政府的一些要员也两度阻止她进入教学大楼。当她前往一个公交站准备乘车回家时,伊丽莎白向阿肯色州国家安全队求助,但是在福伯特的命令下,他们不仅忽视了她,甚至还阻挡了她前往人行道的路,逼迫她在接下来的35分钟遭受了无数白人的口头骚扰。伊丽莎白的勇敢使她成为各大报纸头版头条,电视节目也开始聚集小石城,因此小石城事件成为本土、洲际、国家以及世界媒体的焦点,打开了一扇敞亮美国南方的种族问题,尤其是

---

① Henry Louis Gates, Jr. *Colored People: A Memoir*. Ibid., p. 92.

白人罪行的窗户。尽管艾森豪威尔总统并不是一个统一主义者，但是也无法容忍阿肯色州要员无视美国宪法的行为，于是他派遣联邦部队到南方保护黑人的公民权利，从而成为自内战结束后的重建时期以来的第一个动用军队保护黑人的总统。在三个星期的等待之后，也就是1957年的9月25日，9个黑人学生终于进入了中心中学。随后美国通过了第一项针对黑人的民权法案，成立了一个民权委员会，倾听美国非裔的不满情绪，包括他们的选举权被否定，以及他们调查种族歧视案例的权利得不到落实。当然，这项法案本身并没有真正付诸实践，但是也为随后的黑人民权之路打下了基础。小石城事件爆发之后，加入民权运动的黑人数量急剧增加，而鞭打、逮捕、谋杀这些提倡非暴力的示威群众的白人也越来越多。这就不但加剧了原本紧张的黑、白种族矛盾，还触发了美国国内潜藏已久的各种内部矛盾，从而促使白人内部爆发了一系列运动，主要包括新左派运动、嬉皮士运动和女性主义运动。新左派运动主要是由白人知识青年引导的反战运动和学校暴乱，兴起于1962年密歇根的休伦港（Port Huron）会议成立的"学生民主社会"（SDS）。在20世纪60年代，新左派旨在"与全球和平运动组织、第三世界革命领袖以及美国境内所有工人阶级组织建立交流，具有浪漫色彩的目标是从根本上重组美国，孕育一个明智和理想的新秩序"[1]。这就使黑人问题首次被提到政治讨论的中心。然而，这种非暴力梦想在1968年惨遭粉碎，因为在芝加哥全国民主大会上，市长理查德·戴利（Richard Daley）的警力在摄像镜头下残忍地棒打几百名示威者，这彻底震惊了新左派成员，使"新左派的'改制'一词被替换为'革命'"[2]。随机出现了一些提倡暴力冲突的团体，例如，气象员（Weatherman）团体，其成员都是激进的年轻人，他们培养自己的秘密身份，并坚信有策略的爆炸才是一种有

---

[1] Henry Louis Gates, Jr., Nellie Y. Mckay. *The Norton Anthology of African American Literature*. New York: W. W. Norton & Company, 1997, p. 1795.

[2] Henry Louis Gates, Jr., Nellie Y. Mckay. *The Norton Anthology of African American Literature*. Ibid., p. 1796.

效瓦解美国陈旧秩序的途径。1970年，这个团体的多个成员在一次怪异的爆炸中身亡，随着地下组织的增多，暴力运动加剧，于是，美国政府展开监控、非法窃听、秘密逮捕等行动，迫使新左派运动逐渐消沉。

嬉皮士（Happie）运动是新左派运动的延续，由于社会变革无法达到预期的设想，迫使早期的新左派成员及其他激进的白人青年开始沉浸在自我生活方式的变革之中。他们提倡反主流、反道德、反文化、反陈规，提倡新生活、新文学、新艺术、退出世俗社会。在这种变革中，音乐承担了无可替代的作用："20世纪60年代，这些白人少年着迷于猫王埃尔维斯·普雷斯利（Elvis Presley，1935—1977）的乡村摇滚名曲《猎犬》（*Hound Dog*，1956）。随后，他们痴迷于英国披头士乐队（The Beatles）① 的音乐，并积极回应了鲍伯·迪伦（Bob Dylan，1941—）的民俗摇滚启蒙主义。"② 这些年轻人在1967年圣弗朗西斯哥的"夏季之爱"集会上展现了同性恋爱、吸食毒品等沉浸于自我的生活方式，他们改制、革命的热情随着有限甚至空无的社会和学术成效逐渐隐退，而在1969年纽约贝塞尔（Bethel）为期三天的"伍德斯托克音乐和艺术博览会"（Woodstock Music and Art Fair）上，他们尽兴地"在阳光下裸晒，在大雨中裸舞，性、毒品、音乐、爱被30多万参加者共享，预示了美国白人青年极力挣脱保守主义和有条不紊的政治体制，开始麻醉自我和尽情享乐，以便终结一个疲软的、教条的时代"③。这些白人青年通常穿奇装异服、

---

① 披头士乐队也称为甲壳虫乐队，1957年诞生于英国港口城市利物浦，解散于1970年。作为20世纪英国最知名的流行乐队，主要成员包括约翰·列侬（John Lennon，1940—1980）、保罗·麦卡特尼（Paul McCartney，1942—）、乔治·哈里森（George Harrison，1943—2001）、林戈·斯塔尔（Ringo Starr，1940—，原名理查德·斯塔基 Richard Starkey）。这些年轻的音乐人给全世界的摇滚乐带来了一次革命，掀起了摇滚乐历史上的一次新高潮，同时还影响了一代人的艺术趣味、服装发型、生活方式、人生态度和价值取向。

② Henry Louis Gates, Jr., Nellie Y. Mckay. *The Norton Anthology of African American Literature*. Ibid., p. 1796.

③ Henry Louis Gates, Jr., Nellie Y. Mckay. *The Norton Anthology of African American Literature*. Ibid., p. 1796.

听爵士乐、跳摇摆舞,在一定程度上宣扬了黑人音乐和民俗。因此,不少黑人青年也加入了这场运动,盖茨的哥哥洛基就是一个代表。尽管皮德蒙特的民权时代到来得比较晚,但是走出故乡到西弗吉尼亚州立波托马克学院学医的洛基,从大学回到家之后就给盖茨讲述披头士乐队的事情,从而促使他对布鲁斯、灵歌、爵士乐等产生了浓厚的兴趣。

女性主义运动也是新左派运动的产物,一些激进的白人女性开始思考女性自身的自由,批判父权宰制。其中,贝蒂·弗里丹(Betty Friedan,1921—2006)发表的《女性的奥秘》(1963)激励了众多年轻无畏的女性加入自由解放运动之中,涌现出一批影响深远的白人女权主义者,包括凯特·米利特(Kate Millett,1934—)、亚德里安·里奇(Adrienne Rich,1920—2012)、南茜·乔德罗(Nancy Chodorow,1944—)、苏珊·康特拉托(Susan Contratto,1943—2022)、多萝西·迪纳斯坦(Dorothy Dinnerstein,1923—1992)、玛丽安·赫什(Marianne Hirsch,1949—)、让·贝克·米勒(Jean Baker Miller,1927—2006)、菲莉丝·切斯勒(Phyllis Chesler,1940—)、玛吉·皮厄茜(Marge Piercy,1936—)、安·丹琴(Anne Donchin,1930—2014)、米歇尔·斯坦沃思(Michelle Stanworth,1947—)、朱迪斯·巴特勒(Judith Bulter,1956—)等。她们主要关注女性在男权宰制中作为女孩和母亲所承受的身体之痛,因为身体是权力铭刻的场所,权力"控制它、挑逗它、生产它";正是"在对身体所作的各种各样的规划过程中,权力的秘密、社会的秘密和历史的秘密昭然若揭"①。在男性权力的摆布下,女性身体经历了身体时代和后身体时代。其中,在身体时代,女性身体"被纳入生产计划和生产目的中的历史,是权力将身体作为一个驯服的生产工具进行改造的历史"②,被贬损为生育工具——神秘、肮脏、罪恶的"塑料制品",需要按照男

---

① 汪民安,陈永国:《后身体:文化、权力和生命哲学》,长春:吉林人民出版社,2003年,第17—18页。
② 汪民安,陈永国:《后身体:文化、权力和生命哲学》,前引书,第20页。

性的意志重新塑形,例如缠足、割礼等。在后身体时代,女性身体"处在消费主义中的历史,是身体被纳入消费计划和消费目的中的历史,是权力让身体成为对象的历史,是身体受到赞美、欣赏和把玩的历史"①,被驯服为消费对象——色情、气质、性感的时尚尤物,需要依凭男性主导的审美标准进行改造,例如化妆、减肥等。时代的变迁无法让女性身体摆脱男性权力的精心规训,因为男权体制已经把规训和惩罚女性身体的技术演变为一种习俗,这种习俗不仅为男性所接受,成为助长其社会地位的一种体制,还被女性广为内化,成为她们自我惩罚的口实,即把自己的身体"看作肮脏、污秽、有罪的身体",这种内化"不仅导致女人否定她自尊的肉体内核,还剥夺了妇女的能力,使她们没有信心去抵制所有投射到其身体上的那些负面情绪",从而使"妇女恨自己的身体,并用五花八门的方式来惩罚身体"②。文化信息每时每刻都在告诫女性:"把自己改造成为合适的女性身体",因为这种改造不仅是女性"显示经济水平和社会地位的方式",还是她们"在争取男人或工作的角逐中战胜其他女人的方法"③。男权社会就这样为女性及其身体设置了一个莫比乌斯带,让她们在憧憬解放的历史长廊上遭遇频繁变形的宰制。为此,她们号召同胞不仅要在公共场所烧掉束身衣,还要彻底拒绝从属于男性思想,抵制沦为生育工具、时尚暴政、媒介凝视的牺牲品,并在1966年建立了美国最有影响力的社会宣传组织之一——全国妇女组织。这场运动一方面使白人女性冲破了种族防线,让她们开始选择黑人作为恋人和丈夫,例如,盖茨的妻子沙伦;另一方面则唤醒了黑人女性的性别意识,让她们发现了隐藏在同一种族内部的性别主义,从而为美国黑人女性主义运动指明了方向。

在白人内部的各种矛盾烧得最旺的时候,"挑起"这场争端的黑人自然成

---

① 汪民安,陈永国:《后身体:文化、权力和生命哲学》,前引书,第21页。
② Dorothy Dinnerstein. *The Mermaid and the Minotaur: Sexual Arrangements and Human Malise*. New York: Harper Colophon Books, 1977, p. 124.
③ [美]佩吉·麦克拉肯:《女权主义理论读本》,桂林:广西师范大学出版社,2007,第304页。

为众矢之的，殴打、谋杀、私刑等奴隶制时期残害黑人的方式再次浮出水面，甚至复活了一度消沉的三K党组织。这种狰狞的社会现实迫使一些黑人开始进行暴力抵抗，随后肯尼迪总统、马尔科姆·X、路德·金博士等相继遭到暗杀，从而既终结了非暴力的民权运动，又彻底击碎了赖特的乐观主义梦想。于是，黑人需要寻找一种新的方式以继续民权时代开启的政治运动，而这种运动又召唤了另一种类型的黑人美学和艺术，从而进入另一个艺术时期。

二、阐明"形式未知的东西"：大众黑人美学

大众黑人美学运动是"黑人权力运动"（Black Power）的产物，主要发生在20世纪60年代中期到70年代初期，代表人物包括阿米里·巴拉卡和拉里·尼尔，代表作分别为《家：社会随笔》（1966）和《黑人艺术运动》（1968）。以非暴力为中心的民权运动以失败告终，白人的暴力压制以及民权领袖被枪杀的现实促使黑人转向了暴力抵抗。与民权运动以南方为据点不同，权力运动中最先诉诸暴力的是北方，因为1964年7月18日一个白人警察在哈莱姆枪杀了一个黑人儿童，事件发生之后南方在非暴力思想的指导下选择了静坐、示威，而很多北方黑人则选择冲上街头与白人警察、极端种族主义分子等发生肉体冲突，并且持续了6天，并把范围扩展到布鲁克林，最终有100人受伤，450人被捕。至此，类似的暴力冲突开始不断蔓延。7月24日，白人警察在纽约罗切斯特逮捕了一个参加街区聚会的年轻黑人男子，当地黑人坚信警察虐待了这名男子，于是发生了暴乱，并持续了三天，直到尼尔森·洛克菲勒（Nelson Rockefeller）州长动用国家安全队才平息了冲突。8月，费城的黑人发生暴乱，因为他们听说警察殴打了黑人孕妇奥德萨·布拉德福德（Odessa Bradford），两天的冲突导致350人受伤。类似的冲突蔓延至新泽西州、南卡罗来纳州，而其中最著名的就是洛杉矶的瓦茨（Watts）暴乱。瓦茨的男性失业率是34%，2/3的居民靠政府救济金为生，而整个黑人社区的人口是其他地区的四倍——25万人。1965年8月11日，警察推倒了一个喝醉酒的黑人司机

马凯特·弗莱（Marquette Frye）。由于害怕被送进监狱，弗莱奋起反抗。随后弗莱的哥哥罗纳德（Ronald）也加入了抵抗，旁观者预测即将发生另一起警察虐待事件，于是消息很快散播到整个社区。大规模的黑人涌上街头，暴乱持续了6天，很多建筑被打烂或烧毁，最终洛杉矶警力联合14000多名国家安全队员一起阻止了冲突。这场声势浩大的暴力冲突造成35人死亡，900人受伤，几千人被捕。一年以后，即1966年10月，休伊·牛顿（Huey Newton）与鲍比·西尔（Bobby Seale）在奥克兰（Oakland）成立了黑人武装组织黑豹党（Black Panthers）。最初此组织的宗旨是抵抗虐待黑人的奥克兰警察。随后成员大量增加，其中就包括文学家艾尔德里奇·克里夫（Eldridge Cleaver，1935—1989）①，领导者开始吸收各种革命理论，尤其是法侬的革命思想，试图把美国非裔的抗争与全世界受压迫的人的抗争联结起来。黑豹党与其他任何黑人政治组织不同，因为它吸收社会主义思想进行社会变革，他们要求平等的住房和教育，终结警察的虐待以及黑人的自我歧视，渴望通过一系列的结构变革来拯救美国社会。为了召集更多的队员，他们提供"免费早餐"，其成员可以在公开场合佩枪，从而把黑人权力运动推向高潮。

北方的黑人暴动迅速蔓延至南方，就连盖茨所在的皮德蒙特也受到冲击。白人开始谈论："洛杉矶闹翻天了""有色人疯了"。盖茨是从其同学安德烈·斯特雷德（Andrea Strader）口中得知洛杉矶事件的："暴乱了，你的黑人兄弟完全疯了。"然而，当盖茨看着当时触目惊心的新闻标题《黑人在瓦茨暴乱》时却并不明白什么是暴乱："是黑人被白人杀死了，还是黑人杀死了白人？"②当然，在1968年金博士被杀之后，盖茨立即就明白了暴乱的含义，并直接参加了暴乱。1968年7月盖茨高中毕业，随后进入波托马克学院开始漫

---

① 艾尔德里奇·克里夫，美国非裔文学家和社会活动家。他是黑豹党的成员，参与一些秘密谋杀、暴力活动，在1968年流亡到阿尔及利亚，随后秘密前往巴黎居住，1975年返回美国，成为基督教徒，创作了一些对黑人运动影响深远的作品，如《冰上的灵魂》（1968）、《火的灵魂》（1978）等。
② Henry Louis Gates, Jr. *Colored People: A Memoir*. Ibid., p. 149.

长的学医之路。在大学期间，他与白人女孩毛拉·吉布森（Maura Gibson）恋爱，激怒了毛拉的父亲巴马（Bama）。由于当时巴马宣布竞选市长，因此，整个山谷的人很快就知道了首个跨越种族的恋爱故事。男人们非常同情巴马，他们宣称如果哪个黑鬼胆敢碰一碰他们的宝贝女儿，就会遭到严厉惩罚。于是，盖茨和毛拉所到之处总有白人议论、凝视、谩骂和攻击。就在巴马竞选市长的最关键时期，盖茨与高中的三个好友杰里·普莱斯（Jerry Price）、罗兰·费舍尔（Roland Fisher）、罗德尼·盖洛韦（Rodney Galloway）决定打破箭鱼（Swordfish）夜总会的种族隔离，那是周末所有大学生最喜欢去听乐队现场演奏的地方。他们挑了一个周五的深夜，既害怕又兴奋地走上箭鱼的楼梯，进入舞池中央。顿时，所有的人都僵住了，包括来自皮德蒙特、凯泽（Keyser）的与盖茨一起长大的年轻白人，波托马克学院的学生，河谷地带保守的乡下白人和穷白人等。那时的一分钟漫长得仿佛有好几个小时。不久，一个白人青年恢复过来，开始大叫"黑鬼"，并号召他的同伙对这几人动手。

于是，他们就围成一圈，把盖茨四人围在中心。盖茨说自己就是在那个晚上失去了很多朋友，因为来自皮德蒙特、凯泽、波托马克学院的朋友都没有帮助他们，似乎"我们的在场、我们对他们空间的侵犯，以及我们敢于跨越种族线的行为使他们感到难堪"[1]。此时，夜总会的老板穿过人群，走进包围圈，大声地喊他们滚出去，同时一把抓住罗兰，把他的头往墙上撞，顿时鲜血直流。最后他们四人冲出人群，钻进车子，落荒而逃。周一，盖茨给州人权委员会打了电话，不久委员会的成员卡尔·格拉斯（Carl Glass）来到皮德蒙特分别询问了四人和老板。老板发誓他宁愿关门也不允许黑鬼进门，因此委员会给他送了一份官文：要不取消种族隔离，要不关门。最后，老板选择了关闭夜总会。这次暴乱的经历成为促使盖茨弃医从文的一个重要因素，因为在医学院的枯燥生活似乎与校外风起云涌的权力运动无关。另一个重要的原因则是在

---

[1] Henry Louis Gates, Jr. *Colored People: A Memoir*. Ibid., p. 198.

"文学就是宣传"的语境中,为了深入理解社会现状和族裔运动,盖茨开始接触族裔文学,并在阅读了赖特的《土生子》(1940)之后就被文学这一学科深深地吸引了。正是在文学作品的帮助下,盖茨真正了解到什么是黑人暴乱以及黑人为什么要暴乱。

随后盖茨的兴趣转向了整个族裔与白人的冲突历史,他申请了哈佛、耶鲁和普林斯顿大学的文学、历史专业,由于家族中已经有人去了哈佛和普林斯顿,所以盖茨选择了耶鲁大学历史系。在寄给耶鲁大学的申请书上的"个人陈述"一栏的开头,盖茨这样写道:"我的祖父是有色人,我的父亲是顺从的黑人,而我是黑人。"在结尾则是:"一如往昔,白人现在要对我做出评价,准备决定我的命运。是把我当成无足轻重的人,随风飘零,还是鼓励我继续发展自我,由你们决定。请允许我证明自己。"① 最终,盖茨不仅赢得了机会,还证明了自己的"黑色"。

此起彼伏的暴乱促使黑人不再梦想遥远的大美国,而是关注当下的不平等现状,此时几乎每一个黑人都既是政治的代言人,又是其忠实的听众。这种全民参与政治和革命的形势就需要一种大众诗学。这种诗学不再要求"黑人作家接受由白人主宰的'单一的批评标准'"②,因为"'新'黑人将不再是白人的复制品"③,而是要彻底打破和推翻白人的美学和文化宰制,全面弘扬族裔的自豪感。为此,美国黑人提出了一个响亮的口号——"黑色即美"。这个口号的要义为:只要是黑人的就是美的。最早响应这种诗学召唤的是巴拉卡,他提倡摆脱赖特的精英意识,阐明那些被赖特"括起来"的"形式未知的东西",以便全面肯定族裔的民俗价值和口头文化,同时还要反映最底层黑人的艺术能力,并锁定了衔接两者的诗学载体——黑人音乐,因为"它的力与美源

---

① Henry Louis Gates, Jr. *Colored People: A Memoir*. Ibid., p. 201.
② Houston A. Baker, Jr.. *Blues, Ideology, and Afro-American Literature*. Ibid., p. 73.
③ Henry Louis Gates, Jr., Nellie Y. Mckay. *Anthology of African American Literature*. Ibid., p. 1800.

自黑人的灵魂深处",同时其传统"既能被最底层的黑人传承,又能在价值观念多变的中产阶级群体中存活"①。尼尔也赞同挖掘黑人口头和民俗文化,应用这种历史悠久的文化来实现族裔社会和政治的自制,并在巴拉卡的基础上定位了艺术的政治性:"黑人权力的信条是黑人使用自己的方式定义世界",而"黑人艺术家的首要任务是言说黑人的精神和文化需求",因此"黑人艺术是黑人权力的姐妹"。这就要求黑人学者"发展一种专属于黑人的黑人美学",以"解构白人的东西、观念及看待世界的方式",原因有两个:一是"接受白人美学就等于承认一个不允许黑人生存的社会的合法性",二是白人内部的各种运动表明:"西方美学已经走到了尽头,即在其腐朽的结构内不可能再建构任何有意义的东西"②。尼尔所说的西方美学已走到尽头是指当时席卷全球的解构主义思潮动摇了整个西方哲学和传统的大厦,因为它致力反对自赫拉克利特提出"逻各斯"一词以来,从柏拉图的"理念"→基督教的"上帝话语"→笛卡儿的"我思"→斯宾诺莎的"实体"→黑格尔的"绝对精神"→胡塞尔的"先验自我"等"逻各斯中心主义"。

德里达(1930—2004)于1966年10月受到美国约翰·霍普金斯大学人文社会科学研究中心的邀请,在题为"批评的语言和人的科学"的大型学术会议上提交了其著名的论文《人文科学话语的结构、符号和嬉戏》。正是这篇论文开启了"去中心"的解构之路,1967年德里达又连续出版了三本专著:《声音与现象》《论文字学》和《写作与差异》,从而正式掀起了欧陆解构主义思潮。这种思潮在20世纪70年代初开始广泛地从法国传到美国,早期主要表现为翻译、介绍德里达的代表作,包括《声音与现象》(1972)、《论文字学》(1976)、《埃德蒙·胡塞尔的"几何学根源"》(1978)、《写作与差异》(1978)、《刺:尼采的风格》(1979)等。其中,《论文字学》由印度裔学者斯皮瓦克(1942—)翻译,她在1973年获得爱荷华大学卡弗(Carver)基金的赞助,前

---

① Houston A. Baker, Jr.. *Blues, Ideology, and Afro-American Literature*. Ibid., p. 73.
② Larry Neal. "The Black Arts Movement" in *Drama Review* (Summer, 1968).

往法国与德里达探讨《论文字学》(1967) 的翻译事宜，而在 1974—1975 年则在罗伯特·斯科尔斯（Robert Scholes）的支持下，得以在布朗大学讲授德里达的作品，所讲内容随后成为其译著的序言，长达 70 多页。德里达在 1966 年会议之后就开始在霍普金斯大学做客座教授，1975 年成为耶鲁大学的客座教授，并在纽约、巴尔的摩等地讲学。在耶鲁大学期间，德里达与哈罗德·布鲁姆（Harold Bloom，1930—2019）、保罗·德曼（Paul De Man，1919—1983）、杰弗里·哈特曼（Geoffrey Hartman，1929—2016）、J. 赫斯·米勒（J. Hillis Miller，1928—2021）一起出版了《解构与批评》(1979) 一书，从而全面推动了美国解构主义的发展，而后四位学者也因此成为美国解构主义的代言人。

随后陆续出现了众多介绍、研究解构主义的学者，如乔纳森·卡勒（Jonathan Culler，1944—）、克里斯托夫·诺里斯（Christopher Norris，1947—）等。卡勒的重要性在于他兼顾了结构主义到解构主义的发展脉络，其理论著作《结构主义诗学：结构主义、语言学和文学研究》(1975) 传达了欧陆结构主义思想，并在 1976 年获得了标志着美国文学批评界最高荣誉的现代语言协会詹姆斯·拉塞尔·洛威尔奖（James Russell Lowell Prize of MLA），而《论解构：结构主义之后的理论和批评》(1982) 则转向了对解构主义的探讨。这种转向是当时美国学界在很短的时间内相继受到结构主义和后结构主义思潮冲击的真实写照，因为欧陆结构主义在登陆北美不久后就迎来了德里达的讲学及其解构主义思潮，同时由于当时美国批评界的学者几乎都是在新批评传统中成长起来的，因此他们的研究偏重文本的细读、内在分析、词语修辞等，从而就使他们更容易与解构批评思潮融合。诺里斯的《解构主义》(1982) 一书在发表之后就成为畅销书，反复再版。全书共七章，既通俗易懂，又比较全面地介绍了解构主义的"根"——解构主义和新批评、德里达的整套理论路线，以及法国解构主义在美国被德曼、哈特曼、米勒、布鲁姆吸收之后具有了美国特色。这一时期，除了德里达的作品外，福柯、拉康、罗兰·巴特、克里斯蒂娃等的作品也相继被翻译。由于克里斯蒂娃是第一个把巴赫金的作品翻译成法文的学者,并吸收巴氏的对话理论建构了"互文性"理论,因此美国学界在介绍克里斯蒂娃的同时也开始关注巴赫金的思想,相继翻译了其论著《对话的想象:巴赫金的四篇文章》《陀思妥耶夫斯基的诗学问题》《哲学美学》《拉伯雷研究》等作品。这些白人内部的"去逻各斯中心主义"文化思潮既为黑人运动的出位提供了相对宽松的社会条件,又直接推动了黑人申诉政治权利和文化身份的进程,并为他们"建美学"本身提供了理论基础和方法途径。例如,巴赫金的"多声部"狂欢、对话理论不仅为黑人方言开启了生存空间,还因其对"斯卡兹"(skaz)[①]的关注,使黑人口头民俗文化开始受到美国学界的关注。

于是,白人逐渐坍塌的美学根基同警察与日俱增的暴力一起成为孕育大众黑人美学的摇篮,不仅促使黑人高呼"黑色即美",还让他们对待非洲及非洲人的态度发生了变化。由于这一时期大量被压制的黑人大众文化浮出水面,使黑人学者发现族裔民俗文化是孕育"黑人美学"——"一种独特的关于黑人艺术创造和评价的编码"[②]的源头,而这些文化的终极源头又是非洲,也就是说"黑人美学"的"根"是非洲文化,因此只有归"根",并把它与非裔文化衔接起来,才能建构完整的"黑人美学"。

为此,众多美国非裔学者争相到非洲旅行,试图通过回归文化母体的方式加深非裔群体对原初"黑色"的理解,以便建构独特的黑人美学。当他们返回美国时带回了新的词语、形象、歌曲等,并把这些新事物应用于族裔文化身份的建构,即把非洲音乐、舞蹈、仪式等纳入日常生活。这就是美国黑人的"非洲中心主义"思潮,他们高呼"我们都是非洲人",而非洲发型、肯特布衣服和非洲表现性文化则成为各阶层黑人的家庭美学。其中,最典型和普及的就是

[①] 斯卡兹(skaz):介于日常语言与文学语言之间的一种民间文学形式,也指涉了经过书面文化加工之后的文学故事,但是依旧保留了口头叙述的特性,是一种俄国文学形式。
[②] Houston A. Baker, Jr. *Blues, Ideology, and Afro-American Literature*. Ibid., p. 74.

发型，因为在殖民主义和种族主义时期黑人头发的"垂直"与"绞缠"极具政治性，前者是"好"头发，后者是"坏"头发。

因此，正如盖茨所说的："一直以来，头发就是黑人的心病。"① 这就是当盖茨在带女儿回家的路上，告诉她们其祖母总是懂得如何打理一头精致而美丽的头发时，听到女儿的答案——"我们从来没有觉得她的头发美"之后，眼泪瞬间夺眶而出并罕见生气的根本原因。由于"厨房区"——"长在脑袋后面、脖子蹭着衣领那儿的一点极其绞缠的头发"②，是几百年来黑人全身上下一直无法被白人同化的"非洲区"，因此很多黑人精英都想尽办法拉直自己的头发，尤其是那最易于暴露自己"黑色"身份的"厨房区"。为此，20世纪60年代末之前众多黑人开的大公司均是生产拉直头发用品的企业。

这种情况直到黑人权力运动全面爆发之后才开始发生变化，而盖茨自己处理头发的经历就是这种变化的真实写照："在20世纪60年代末，当非洲的自然蓬松型发式——埃弗洛流行起来的时候，我会用埃弗洛发蜡，而从默里牌（默里头油是浅棕色的硬油脂，硬得像猪油，而油度是猪油的两倍，把绞缠变成波浪，即使飓风也不能将这种波浪吹散）→杜克牌（奶白色的香草头油，黏性大，使绞缠的小球具有丝般触感）→埃弗洛牌（维持自然的绞缠，并使它更具有弹性和亮泽）的过程就是我所经历的黑人觉醒历程。"③ 至此，非洲"不再被当成遥远的梦或耻辱之印，而是变成了一种荣誉——语言学意义上的徽章：美学之源、知性的和文化的骄傲"④。至此，20世纪40年代在非洲苏醒的"美即黑色"开始在美国的每一个角落怒放。然而，这一时期的黑人艺术运动只是言说了"美学建构"的要求，提出了"黑色即美"，却没有阐释为何"黑的"就是"美的"，从而召唤了另一个艺术阶段——形而上的黑人美学时期。

---

① Henry Louis Gates, Jr. *Colored People: A Memoir*. Ibid., pp. 45.
② Henry Louis Gates, Jr. *Colored People: A Memoir*. Ibid., p. 41.
③ Henry Louis Gates, Jr. *Colored People: A Memoir*. Ibid., pp. 45—46.
④ Henry Louis Gates, Jr., Nellie Y. Mckay. *The Norton Anthology of African American Literature*. Ibid., pp. 1802—1803.

三、统一既"黑"又"美":形而上的黑人美学

形而上的黑人美学运动是黑人权力运动和大众黑人运动的结晶,旨在解决美国非裔文学、艺术的"黑色即美"的根源——为何既"黑"又"美"的形上特性,以挖掘出解构"白美学"霸权的"黑美学"。简而言之,这场运动的宗旨是要把在"黑色即美"口号下随意生长的黑人美学提升到理论层面,以阐明这种独立于西方主流标准的"黑色"美学的统一性和完整性,从而通过建构"黑人美学"实现重建"黑人性"——黑人、黑人文学、艺术及其理论的"黑人性"的目的。这场运动起源于20世纪70年代初,一直延续至今。其中,在文学领域的主要代表人物包括安迪森·盖勒、斯蒂芬·亨德森、休斯顿·贝克和盖茨。

盖勒的《文化扼杀:黑人文学与白人美学》(1972)一文针对"黑人性"和"黑人美学"的建构提出了三点看法。第一,"黑人性"是"白人性"的衬托物:"以基督教教义和柏拉图主义为源头的白人美学通过光明与黑暗——白、黑美学的重要特性来谈论美,并以此建构了高等一低等的二元对立",即"白人就是纯洁的、善良的、普遍的、美的,而黑人则是肮脏的、邪恶的、狭隘的、丑陋的"[1]。第二,白人预设的"黑人性"对黑人文学和文论有极大的负面影响。其中,就文学而言,从中世纪开始,"白人性"(美的/好的)与"黑人性"(丑的/坏的)的区别就成为白人文学创作的范式:"小说的人物、情节、故事等都遵从这种二分模式,而随着文学的发展,这些黑、白象征逐渐涵盖了更为广泛的人类和文学经验。"[2] 随后,这种范式影响了黑人文学,让黑人作家把族裔同胞描述为滑稽、智障、野蛮的低等笑料。就文论而言,白人主导的批评把"黑""白"对立作为评判黑人文学的标准:"好的'黑鬼小说'就要符合黑、白二分形式",因此"当黑人文学成为研究对象时,形式就变成了最重

---

[1] Winston Napier. *African American Literary Theory: A Reader*. Ibid., pp. 92–93.
[2] Winston Napier. *African American Literary Theory: A Reader*. Ibid., p. 92.

要的艺术标准"。第三，重建"黑人性"，即建构一套黑人自己的"本土"批评标准，逆转"白人性"及其"形式"准则，因为"形式在拥有至上地位的思想和信息面前必然是第二位的"①。因此，在"黑色即美"迈出第一步之后，黑人批评家必须努力揭示出深隐在黑人经验中"未被触碰领域的'美'的宝藏，这些领域是那些依靠历史训练和文化剥夺的（白人）他者无法到达的"，所以"在黑人的经验世界，内容比形式重要、社会性比美学性重要"②。由此可见，盖勒对"黑色即美"的理论定位是把"黑色"定为黑人作者，而把"美"定为黑人文学的"内容"，尤其是那些符合黑人权力运动的宣传需要的内容。

亨德森扩展了盖勒理论建构基调，他的《理解新黑人诗歌》（1973）一书旨在从诗学角度建构一种真正的黑人美学理论，以鉴别美国非裔文学的叙述风格和文体特征。他认为："文学通过词语组合把经验变成美的形式，而'美'和'形式'在很大程度上依赖于人的生活方式、需求、愿望和历史，简言之就是他们的文化。"③ 例如，黑人诗歌的两个源头就是黑人言说和黑人音乐。因此，阐释黑人诗歌和为其建构"美学"就需要兼顾三个方面：主题、结构和饱和度（saturation）。所谓"饱和度"是指"在特定环境中传达的'黑人性'以及忠实于所观察和感知到的黑人经验的真相"④，因为"'美'就是人类历史的真相"⑤。由此可见，"饱和度"是"兼顾了美学感知和政治意识，类似于'灵魂/精神'，在黑人自我觉醒和反抗时期能够加强黑人族群的凝聚力"⑥。另外，亨德森列出了一首诗能否被归为美国非裔（"黑色"）作品的"五种标准"：

---

① Winston Napier. *African American Literary Theory：A Reader*. Ibid., p. 96.
② Winston Napier. *African American Literary Theory：A Reader*. Ibid., p. 161.
③ Hazel Arentt Ervin. *African American Literary Criticism：1773 to 2000*. New York：Twayne Publishers，2000，p. 7.
④ Hazel Arentt Ervin. *African American Literary Criticism：1773 to 2000*. Ibid., p. 149.
⑤ Winston Napier. *African American Literary Theory：A Reader*. Ibid., p. 156.
⑥ Donald H. Matthews. *Honoring the Ancestors：An African Cultural Interpretation of Black Religion and Literature*. New York：Oxford University Press，1998，p. 75.

1. 任何诗作，只要其作者的祖先是非洲黑人就能列入美国非裔叙述；

2. 诗歌的结构必须是黑色的，不论作者是否为黑人；

3. 由个人或集体创作的诗歌，在结构、主题等方面体现出黑非洲祖先的特征；

4. 诗歌的作者能被黑人确定为黑人，即限定在美国非裔社群范围内；

5. 诗歌的意识形态立场是正确的，而评判错与对的主体是黑人，其标准则是看这些作品想表达的主旨是否与族裔历史和愿望相符。①

从这五个标准可以看出亨德森的"黑人美学"极具兼容性，具体表现在两个方面：第一，在论及"黑色"时涵盖非黑人，只要这些人的作品实现了黑人书写的文化或政治诉求，就可以归为黑人文学和艺术；第二，在论及"美"时涵盖了内容和形式，尽管他认为形式是依附于内容的，是第二性的，但是也从一定程度上冲破了"文学是宣传"的牢笼，为"文学是艺术"保留了一小块空间，从而既强调了诗学的政治性，又没有忽略其艺术性。

贝克对族裔文学的"黑色美学"建构提出了三点看法。第一，文学是文化的镜子，因此要在黑人民俗文化中寻找"美"。他在《漫长黑人歌曲》（1972）中指出："美国黑人文化最重要的一个特性就是'一种否定的指数'（an index of repudiation）"②，即"拒绝接受美国白人的意识形态，代之以宣扬黑人内部的团结、生存价值和丰富的文化经验"③。因此，判断美国黑人文学的一个指数就是它对西方白人世界的文化理论进行否定/拒绝的程度。换句话说，

---

① Donald H. Matthews. *Honoring the Ancestors: An African Cultural Interpretation of Black Religion and Literature*. Ibid., pp. 72—73.
② Winston Napier. *African American Literary Theory: A Reader*. Ibid., p. 159.
③ Houston A. Baker, Jr. *Singers of Daybreak: Studies in Black American Literature*. Washington D. C.: Howard University Press, 1983, p. 5.

"'否定'指数是区分黑、白文学的最重要的元素"①。由于"否定"的最大栖息地是美国黑人民俗,也就是说族裔民俗文化既孕育了黑人文学,同时又能把它与白人文学区分开,因此美国非裔的文论和美学建构都必须关注黑人的民俗文化。第二,需要关注黑人英语及其引起的本质区别,因为自从奴隶制把非洲人带到新大陆以来,黑人和白人使用英语言说的经历就有天壤之别,从某种程度上来说,殖民和种族压迫使得一般文化意义上的英语用法极具政治性。其中,对于黑人而言,他们被要求使用英语,但是所使用的英语又不能具有反抗性,因此他们一方面杂糅非洲方言和标准英语而创造自己的克里奥尔语,另一方面则隐藏了语言的否定性,例如,说"好"或"对"的时候表达的是"坏"或"错"的意思。第三,文学、语言、批评等与意识形态永远不可能分离,因为美国文学和批评忽略黑人文学的根本原因"不在于它是否符合这样一种站得住脚的批评准则——包含有意义的'实用性'(utile)和'美学性'(dulce),而是拒绝相信黑人拥有创造艺术作品所需要的'人性'"②。因此,黑人自己的"美学"就必须关注族裔文学既"实用"又"美"的意义。由此可见,贝克把"黑色即美"的"黑色"定为黑人作者,而"美"则定位为具有实用价值的文学"内容",尤其是那些具有"否定"指涉的内容。

盖茨作为后起之秀,以其批评上述三位前辈的文章《从序言到黑人性:文本和前文本》而声名鹊起。他认为三者都把"种族和上层建筑"作为文学批评和美学建构的前提,这就使他们的美学理论存在两大问题:第一,把文学看作社会现实/意识形态的简单重复,从而认为文学的内容比形式重要;第二,把文学的"黑人性"看成一种实体,认为符号与意义之间存在一种武断关系,从而接受了白人预设的"生理上的黑人性/种族低等的前提",使"菲莉丝·惠特

---

① Winston Napier. *African American Literary Theory*: *A Reader*. Ibid., p. 159.
② Houston A. Baker, Jr. *Singers of Daybreak*: *Studies in Black American Literature*. Ibid., pp. 3-4.

利诗集的白人'序言'① 成为所有黑人书写的前文本,旨在反驳'黑鬼不是低等人'"②。这就使黑人落入白人设置的知识与权力共谋的霸权陷阱。为了避免这些问题,盖茨提出了如下两种解决办法。

首先,重新定义"黑人性"和"种族",具体表现在两个方面:第一,"黑人性"是"一个比喻,即不是一个物质的客体或事件,没有所谓的'本质',而是一系列构成特殊美学统一性的关系"③;第二,"种族"也"不是一种本质实体,而是一个比喻",即"所谓的白色、黑色、红色、黄色、棕色种族等术语都是武断性建构,而非现实性反映"④。这种定义规避了"黑种族"低等、"白种族"高等的实体性和社会性二元对立,摆脱了隐藏在这种"黑""白"二元对立背后的权力/知识共谋关系,因为西方作者"总是努力神秘化种族的修辞性形象,以便把它们变成自然的、绝对的和本质的实体存在"⑤,而族裔学者一旦接受了这种看似"自然的"二元对立前提,也就等于接受了其结论。其中,詹姆斯·乔纳森就是典型代表,他在编著的文集《美国黑人诗歌》(1921)中指出:"一个人可能通过很多种方式变成伟大的人,但是却只有一种方式能够使其伟大性得到认可,那就是他(他们)创造的文学和艺术的数量与标准",所以"任何创造了伟大文学和艺术作品的人都不会被看成低等人"⑥。

---

① 1772年波士顿最有声望的18个白人聚集在法院大楼,测试惠特利是否具有写作诗歌的能力,测试结果成为其诗集《关于各种主题的诗集、宗教和道德》(1773)的序言:"在此签名的我们这些人,向世界保证序言后面的诗歌(正如我们所确认的)是由菲莉丝写的,一个年轻的黑人女孩,几年前从非洲买来时还是一个没有教养的野蛮人。现在因其天生的奴性,在镇上的一户白人家庭做奴隶。她已通过最好的(白人)法官的测试,并被认为具备创作诗歌的能力。"
② Winston Napier. *African American Literary Theory*:*A Reader*. Ibid., p. 154.
③ Winston Napier. *African American Literary Theory*:*A Reader*. Ibid., p. 162.
④ Henry Louis Gates, Jr. *"Race", Writing and Difference*. Chicago and London: The University of Chicago Press, 1986, pp. 5—6.
⑤ Henry Louis Gates, Jr. *"Race", Writing and Difference*. Ibid., p. 6.
⑥ James Weldon Johnson. *The Book of American Negro Poetry*. New York: Harcourt, Brace & World, Inc. 1959, p. 9.

因此，为了摆脱白人文化霸权的陷阱，黑人就只能把"种族""黑人性"及两者的相关差异看成"一个虚构的危险比喻，即不是一种本质或实体，而是不同语言行为的表现"①。

其次，把族裔文学的"美"及其形而上性定位为"形式"，尤其表现为结构、语言、修辞等形式因素，原因主要有两个。第一，作家与内容的关系可能只是"一种文学规范性和正典原则的反映，而作家与结构的关系则'能向我们展示某种特殊世界观的构成原则'"，即作家只是"呈现了一种表现现实的模式，而不是描述了现实"。因此，"如果说社会与文学'现实'之间确实存在某种关联的话，那么这种关联肯定存在于结构之中"。第二，黑人文学是一种语言艺术，而文学文本本身是一个语言事件，因为所有作者都是通过词、词语、句子等写作的。也就是说作家进行文学创作的唯一工具是语言，而他们通过语言所描述、刻画的"文学众生相，包括黑人自身的形象都只是词语的组合体，而不是绝对的、固定的事物"。换句话说，文学是一种艺术，而不是一种宣传，所以"倾向于意识形态绝对主义及其相关伴随研究的黑人批评必须终结"，从而转向研究"黑人比喻性语言的本质、符号与其所指之间的任意性关系，以及互文性本质——文本如何通过非主旨层面回应其他文本"②。由此可见，盖茨把"黑人性"和"种族"定义成一种语言学意义上的比喻，同时把"黑色即美"的"美"定为文学的"形式"，而"黑色"则比较含糊，主要表现为三种不同的情况：限于"作者"、涵盖"作者"和"形式"、限于"形式"。

对比大众黑人美学与形而上的黑人美学两个时期，可以看出两者最大的区别：前者喊出了"黑色即美"的口号，让几百年来一直被"白色美学"霸权镇压的所有"黑色"形式都以美的姿态冲出文化牢笼和心理隔离墙，促使黑人不再因自己是黑皮肤或生理上的"黑色"而感到自卑；后者挖掘出"黑色即美"的根基，站在理论的高度阐释了美国非裔群体创造的文学、艺术为何既"黑"

---

① Henry Louis Gates, Jr. "Race", Writing and Difference. Ibid., p. 402.
② Winston Napier. African American Literary Theory: A Reader. Ibid., pp. 162—163.

又"美",并定位了支撑这种"黑"与"美"的完整性的文化载体——"内容"或"形式"。因此,可以把两者的区别表示为下图:

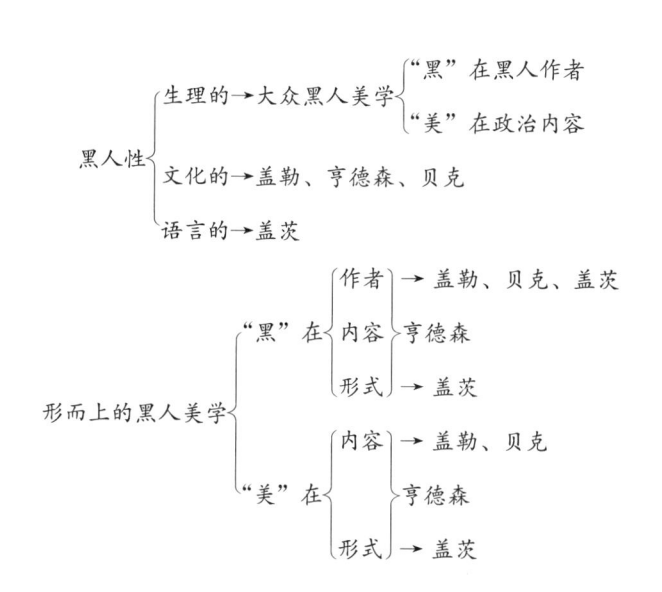

```
                    ┌ 生理的 → 大众黑人美学 ┌ "黑"在黑人作者
                    │                      └ "美"在政治内容
            黑人性 ─┤ 文化的 → 盖勒、亨德森、贝克
                    │
                    └ 语言的 → 盖茨

                                      ┌ 作者 → 盖勒、贝克、盖茨
                              ┌ "黑"在┤ 内容 → 亨德森
                              │       └ 形式 → 盖茨
            形而上的黑人美学 ─┤
                              │       ┌ 内容 → 盖勒、贝克
                              └ "美"在┤      → 亨德森
                                      └ 形式 → 盖茨
```

纵观从平等主义诗学到大众黑人美学再到形而上的黑人美学艺术运动历程,可以看出美国黑人是如何一步一个脚印地实现了黑人美学的建构、"黑人性"及黑人形象的重构,并通过对非洲的再认识和感知实现了回归文化母体的夙愿,从而使"母体"萌芽的"美即黑色"在"子体"开花、结果的。于是,"黑色即美"逐渐成为当时全球最大的文化时尚,在各种肤色的群体中一枝独秀,而在大众黑人美学运动爆发之后不到 20 年的时间,黑人发型、衣服、配饰、说唱方式、走路步态等就从当初的"丑妞儿"变成了流行帝国的"当家花旦"和"压轴宠儿"。然而,当三个时期的艺术运动以种族为基点一致对外——白人世界,促使美国非裔实现了建构黑人美学、申诉文化身份的梦想之时,族裔内部的一系列矛盾也逐渐显露出来,尤其是性别冲突,从而引发了影响整个美国非裔的文学、文论、艺术发展的黑人女性主义运动。

四、抵抗种族和性别压迫:黑人女性主义运动

民权和权力运动爆发期间,众多黑人女性不仅亲自参加,还做出了不可替

代的贡献,因为她们既要为男性做饭、洗衣、生育、抚养孩子,又要同男人一样抵抗各阶层白人的硬暴力和软暴力。然而,在赢得一系列的权力之后,黑人女性发现自己并不是受益者,相反还成为族裔男性强奸、家暴、谋杀等不平等待遇的受害者。除此之外,尽管当时白人女性主义早已流行,但是这种思潮的发起者是资产阶级白人女性,她们过着养尊处优的生活,在"有一间自己的屋子",能够舒适地写作和享乐之时提出了女性被剥夺了工作权利、无法实现自己的人生价值和自由恋爱梦想的困境。这种困境与黑人妇女的生活现状是两条平行线,她们不但没有自己的屋子,只能在有屋子的人家的厨房、花园、客厅、卫生间等地劳作,也没有时间写作、享乐、思考人生价值或自由恋爱,因为她们既要做繁重的工作维持生计,又要做劳累的家务,还要照顾丈夫和孩子。在这两种语境下,她们明白自己要打破"所有女人都是白人,所有黑人都是男人"的双重压迫,申诉黑人女性应有的平等权利,具体表现在如下两个方面。

第一,从法律角度出发,争取应有的政治、经济、教育、工作、住房等权利。1973 年 5 月,由《女士》(Ms.)杂志的编辑玛格丽特·斯隆-亨特(Margaret Sloan-Hunter,1947—2004)组织了 35 位非裔女性,包括埃莉诺·霍姆斯·诺顿(Eleanor Holmes Norton,1937—,1977 年被总统吉米·卡特任命为美国平等工作权利委员会主席,是该委员会第一位女性主席)、玛丽安·赖特·爱德曼(Marian Wright Edelman,1939—,1963 年毕业于耶鲁大学斯皮尔曼学院法律系,随后成为第一个全国有色人种协会的律师和教育基金会的董事)、帕特里夏·R. 哈里斯(Patricia R. Harris,1924—1985,1960 年在乔治·华盛顿大学取得法律学位后试图通过联邦政府改变黑人妇女的生存现状,1965 年被乔纳森总统的任命为美国驻卢森堡大使,成为第一个黑人女性大使)等,聚集到纽约"全国妇女协会组织"办公室,商讨黑人女性主义的意义。这次会议一方面超越了全国妇女组织的狭窄性——聚焦对生活拥有控制权的白人中产阶级妇女,忽略了没有政治、经济、文化或教育机会的有色妇女，揭示了女性主义内含的种族主义；另一方面则分析了民权运动中的性别主义，为那些参与到这两种运动中的普通黑人妇女寻找话语权。会议期间诺顿起草了一份声明，并于当年 8 月份成立了"全国黑人女性主义者组织"，11 月全国各地 500 多名黑人女性参加了开幕式，随后成员超过了两千人，其影响力甚至跨越了性别，有的黑人男性开始对种族内的父权宰制进行反思。其中，盖茨就是典型代表，他说"自己甚至在孩提时就知道母亲的家族——科尔曼家族的男人们对妇女地位的观念是行不通的"。其中的一个观念就是"要自己的女人整天待在家里，伺候他、烤面包之类的，因为他要'在一只脚碰到门槛时就能闻到香味'"①。然而，在当时几乎没有人觉得这种做法是不对的，直到 1973 年他带妻子沙伦回家过圣诞时，沙伦没有遵从"家规"——"男人先围着带活动台面板的正式餐桌坐下，女人则伺候他们吃喝，然后再回到厨房去与大妈妈（外婆）一起吃。在吃完饭之后，她们就开始收拾餐桌，洗刷碗碟，男人则回到起居室去看足球赛，喝着冰茶，杯口上还夹着一片柠檬"②。沙伦跨越性别界限的行为使整个家族沉默良久，尽管这种沉默并没有真正打破科尔曼家族的传统，但是至少揭露了不平等的现象。

第二，从文学创作和文学理论建构方面揭露黑人女性真实的生活现状，塑造正面的艺术形象，申诉应有的文化身份，因为一方面不是只有黑人男性会书写，另一方面也不是只有一间屋子的女人才能进行文学书写，在厨房、花园、客厅、卫生间、草坪等地同样可以进行文学创作。于是，涌现出一批极具影响力的文学家和理论家，包括艾丽丝·沃克、瓦莱丽·史密斯（Valerie Smith）、贝尔·胡克斯（Bell Hooks）、玛丽·海伦·华盛顿（Mary Helen Washington）、苏珊·威利斯、芭芭拉·E. 柏温（Barbara E. Bowen）、乔伊斯、梅·G. 亨德森（Mae G. Henderson）、托尼·莫里森、玛雅·安吉罗（Maya Angelou）、丽塔·达芙（Rita Dove）、格罗瑞亚·莱勒（Gloria

---

① Henry Louis Gates, Jr. *Colored People: A Memoir*. Ibid., p. 62.
② Henry Louis Gates, Jr. *Colored People: A Memoir*. Ibid., p. 62.

Naylor)、亚麦加·金凯（Jamaica Kincaid）、特里·麦克米兰（Terry McMillan）、黑兹尔·V.卡比（Hazel V. Carby）、黛博拉·E.麦克道威尔（Deborah E. McDowell）等。她们打破陈规，创造了众多居于榜首的畅销文学作品和批评理论，使美国非裔文学开始引起主流学界的普遍关注。关于文学创新，盖茨指出，"我认为在很大程度上是黑人妇女采用了一套新的表现方式，新的观察法、新的叙述故事的方法，反映了儿童、人与人之间的亲密关系，以及性爱"①，从而改变了黑人男作家僵硬重复黑人男性前辈的故事，以及专注种族主义的陈规传统。就文学批评而言，黑人女性开启了形象批判，即批驳族裔男性文学、文论对女性形象的扭曲与误读，呼吁黑人女性定义自我，塑造真实的女性形象和主体。这种批评和反思直接影响了随后的后殖民批评和身份批评，并为美国非裔文学理论开辟了崭新的理论空间。除此之外，这些黑人女性还在沃克"寻找我们母亲的花园"的号召下开启了全面的族裔女性文学知识谱系寻根，从而"挖掘出大量被主流文学机制忽略或压抑的黑人女作家及作品"②。这种谱系寻根不仅发掘了众多非裔文学和艺术，挫败了种族主义，肯定了"黑人的就是美的"，并把这种美延伸至非洲民俗，申诉它为美国文明做出的贡献，还展现了黑人妇女丰富的文学和艺术创造力，冲击了长期以来父权宰制体系中的性别霸权，阐明了黑人女性为族裔文学、文化传统做出的巨大贡献，并为整个族裔的文化寻根提供了范式。盖茨的理论建构就深受这种范式的影响，这种范式也促使他发掘出不少在主流学界被掩埋的黑人文学作品。

在黑人女性主义盛行不久，就出现了另一种促进美国非裔建构文学理论的思潮——少数族裔"解霸权"的后殖民批评，主要代表人物是"后殖民三剑客"：赛义德、斯皮瓦克和霍米·巴巴。他们借用福柯论述的知识与权力的关

---

① ［美］华莱士·米歇尔：《访小亨利·路易斯·盖茨》，王家湘译，载《外国文学》，1991年第4期。
② 王淑芹：《美国黑人女性主义文学批评研究》，山东大学博士论文，2006年，第19页。

系，批评白人长期以来实行的文化霸权和文化帝国主义。赛义德的《东方主义》(1978)、《巴勒斯坦问题》(1979)、《报道伊斯兰》(1981)、《世界·文本·批评家》(1983)、《最后的天空之后》(1986) 等作品为后殖民批评奠定了基础。其中，《东方主义》的影响最为深远，此书采用"第三世界人"的视角重新解读西方人文正典文本，揭示它们如何臆想、歪曲东方及东方人形象，使东方成为"东方化的东方"，进而建构了一种"东方主义"。在这种主义中，东方"几乎是被欧洲人凭空创造出来的地方，自古以来就代表着浪漫情调、异国风味、美丽风景、难忘记忆和已逝往昔"，因为"东方作为欧洲最强大、富有、古老的殖民地，既是欧洲文明和语言的源泉，也是其文化竞争对手以及其话语体系中最常出现的晦涩的'他者'形象之一"①。这种东方"他者"有助于欧洲/西方将自己界定为与之相对立的"自我"。"东方主义"与殖民主义、种族主义和奴隶制之间是一种共谋关系，它强加给被殖民、被歧视、被奴役者的身份特性是"他们不能表述自己，他们必须被别人（白人）表述"②；他们低等、野蛮、落后、肮脏、无知、色情等，需要被高等、纯洁、自控的白人文明化。正是通过这种被臆想的"他者"的在场以及白人自我反复重申的优越于"他者"的种种品质，夯实了"白人至上主义""欧洲中心主义"等霸权和宰制观念。由此可见，"文化霸权与东方主义是相互依存的"③。通过研究德里达在美国学界站稳脚跟的斯皮瓦克，在 20 世纪 80 年代有了新的理论走向，转向了批判"殖民主义神话"的后殖民理论，代表作品包括《主人话语，本土线人》(1985)、《三个女性的文本与帝国主义批评》(1985)、《他者世界：文化政治随笔》(1987)、《"属下"研究选集》(1988)、《"属下"能说话吗》(1988) 等。斯皮瓦克的研究扩展了萨义德的理论性别和族裔空间，重点关注女性、印度裔

---

① Edward Said. *Orientalism*. New York: Vintage Books, 1979, pp. 1—2.
② Edward Said. *Orientalism*. Ibid., p. 21.
③ Kerstin Knopf. *Decolonizing the Lens of Power: Indigenous Films in North America*. Amsterdam & New York: Rodopi, 2008, p. 20.

"他者"与殖民文化霸权的关系。巴巴也是印度裔学者,他在牛津大学获得英语文学硕士和博士学位,毕业后讲授英语文学,20世纪80年代开始转向后殖民研究,代表作品有《其他问题:刻板形象与殖民话语》(1983)、《想象的符号:1817年5月德里郊外一棵树下的矛盾性和权威问题》(1985)等。巴巴的后殖民理论主要有两大特点:其一,拓展了赛义德和斯皮瓦克紧握的"第三世界人"的视角,延伸到介于白色与非白色、强势与弱势、霸权与失语等"中间地带",经历多种文化碰撞的"灰色人"群体,不论他们属于哪个种族或民族,并使用了一些相关的新名词,如"接触区""第三空间""拟态""混杂体""矛盾性"等;其二,巴巴未把殖民主义看成一种锁定在过去的"过去式",而是依旧处于不断入侵的"现在式"之中,并随着多元文化的发展成为一种改头换面的新殖民主义,因此他要求广大学者重新认识跨文化关系和多元文化。

这三位学者掀起的"解霸权"思潮促使少数族裔、流散群体既全面重读西方正典,揭示"西方主义",又全面重写族裔历史、知识、文化、身份等,以矫正被西方文化霸权、帝国主义歪曲的族裔形象。由于这种思想的批评矛头和申诉目标与当时美国黑人的"建美学"诉求一拍即合,因此它为黑人申诉整体文化身份、抵制"白人中心主义"、肯定"黑色自我"提供了有效的范式。其中,巴巴与黑人和黑人文学有着特殊的密切关系,他的后殖民理论深受法侬的影响,并为法侬1986年英文版的《黑皮肤,白面具》撰写了简介,而在宾夕法尼亚大学做斯坦伯格客座教授期间,巴巴讲授的是著名黑人学者理查德·赖特的作品,同时还颇为关注莫里森、沃克等黑人作家的作品。就黑人个体的影响而言,赛义德、斯皮瓦克和巴巴的思想直接影响了盖茨,因为他们都与盖茨有过直接的理论交流。1985—1986年盖茨号召广大学者在《批评咨询》(*Critical Inquiry*)期刊上讨论种族、写作、差异的相关问题,这三位学者响应了盖茨的号召,分别发表了文章《差异的意识形态》《三个女性的文本与帝国主义批评》《想象的符号》。1986年盖茨把参与讨论的所有学者的22篇文章结集出版,并命名为《"种族",写作与差异》。由于后殖民批评迎合了整个第

三、第四世界群体申诉文化身份的需求,因此很快席卷全球,从而促使在这个语境中成长起来的理论均不同程度地带有后殖民批评特性,这也是盖茨非裔文论的一大特点。当然,盖茨在吸收这种思潮的观点的同时,还以其敏锐的理论洞察力对它们进行了批判性反思和选择性融合,从而使他在把形而上的黑人美学的基质定位在文学作品的"形式"之后,就开始以黑人文学为中心展开针对"欧洲中心主义"和白人文化霸权的解构之旅。

第三节 萦绕的霸权"回音"——"先生,什么是黑人文学"

在把"黑色即美"的基质定位为族裔文学的"形式"之后,盖茨需要通过研读文学作品来证明自己的观点。然而,这时盖茨却发现自己很难找到族裔书写,尤其是18—19世纪的黑人书写,而造成这种书写缺失的根本原因就是白人的二度殖民语境所滋养的文化和话语霸权。

一、"主人"安置的"粉红色"身份

美国非裔群体经历了从欧洲白人到美国白人的双重殖民,即在1783年之前沦为英国、法国、西班牙、葡萄牙等帝国主义国家开辟新大陆的廉价劳动力,之后成为美国白人的奴隶,因为赢得独立后的美国也不过是"一个与欧洲殖民主义世界体系进行了重新链接的国家"[1],它把欧洲殖民主义改装成种族主义,以便继续维护白人至上的传统,这种异相同质的白人宰制就是一种内部殖民主义。为了把殖民行为合法化,殖民者首先"通过原始主义、食人习俗等话语把被殖民者变成'他者',以便建立两者间的二元对立",包括自我/他者、主人/奴隶、文明/野蛮、高等/低等、阳性/阴性、纯洁/肮脏、精明/愚昧、勤奋/懒惰等。其次,赋予自己文明使者的角色,即"肩负着引领被殖民者摆脱

---

[1] 王建平:《〈V.〉:托马斯·品钦的反殖民话语》,载《外国文学研究》,2011年第1期。

落后、走向文明的重任，从而维护整套殖民体系及其世界观的天然性和重要性"①。同时，殖民者还凭借这些二分比喻，自称殖民体系包含了这样一种设想——"在理论上准许低等的被殖民者在未来的某一天能够被提升到殖民者的高度，尽管这种未来总是遥遥无期"②。殖民行为的初期旨在征服土地，因此绘制地图在殖民者征服殖民地的过程中扮演了重要角色，因为那时"发现的过程是通过建构地图而得到强化的，地图是一种以象征的、字面的掌控来重新命名空间的方式"③。这种"动态的'命名'变成了殖民行为的首要步骤，因为它既把地点协调、定义、捕捉在语言中，同时又旨在填平认知缺口"，从而"以文本的形式把'他者'安置在真实的空间之中，成为控制所绘地方及其人民的关键的能指"④。在殖民非洲大陆的过程中，白人把所到之处标记为"粉红色"。至此，作为被殖民者的黑人就沦为"粉红色"的"他者"。由于在殖民体系的"二分对立"中一个群体只有通过可见的、可感知的差异才能把另一个群体定义为低等的"他者"，从而使种族、民族、文化等差异获得意义，并被建构为普遍性。因此，在殖民黑人的过程中，白人需要为"黑""白"二元对立预设根基。在其以书面文化为优越感的观念的驱使下，欧洲人最终把二元对立的基质定位为"写作"，即黑人因为不会"写作"，所以没有"人性"，随后则以此为原点展开螺旋式推进：黑人"无"写作→黑人"无"文学→黑人文学"无"想象性等。

由此可见，从欧洲白人到美国白人的双重殖民体系共享了"白人中心主义"的一个种族主义预设：通过不断修改"黑""白"二元对立的条件来规避

---

① Bill Ashcroft, Gareth Griffiths, Helen Tiffin. *Post-colonial Studies: The Key Concepts*. Ibid., pp. 154—155.
② Bill Ashcroft, Gareth Griffiths, Helen Tiffin. *Post-colonial Studies: The Key Concepts*. Ibid., pp. 42—43.
③ Bill Ashcroft, Gareth Griffiths, Helen Tiffin. *Post-colonial Studies: The Key Concepts*. Ibid., p. 28.
④ Bill Ashcroft, Gareth Griffiths, Helen Tiffin. *The Post-colonial Studies Reader*. Ibid., p. 392.

第一章　盖茨与形而上的黑人美学运动

黑人的"文学声音"和"人性",从而一直把他们标记为"粉红色",以维护并延续白人至上机制和奴隶制体系。这就是当盖茨礼貌地向剑桥大学克莱尔(Clare)学院英语系的导师提出自己很想以"黑人文学"为题撰写博士论文时,导师不屑地问他"什么是黑人文学"的最根本原因。除了英国导师的质疑外,盖茨还遭到了自己国家的白人的质疑。当他从剑桥大学前往巴黎,独家专访了当时秘密生活在巴黎的黑人作家艾尔德里奇·克里夫之后立即返回英国,试图让他在美国出版界的代理商(盖茨在耶鲁读书期间其导师介绍给他的一个白人女性)发表这个故事。于是,盖茨给她发了两次电报,却始终未收到回复,因此他不得不打了一个昂贵的越洋电话给她才得到答案:"我没有给你回信,因为这个故事卖不出去,黑人研究没有市场。我在想,你应该做的是开始去写有关白人的事。"[①] 黑人文学研究在那时确实没有市场,因为在"主人话语"中,黑人甚至没有"写作"的声音,更无法奢望文学、艺术、科学或文明等白人权力群体用以衡量黑人"人性"的表征元素。正是这种从16世纪殖民伊始播撒至20世纪的族裔文化创伤坚定了盖茨成为非裔文学理论家的决心,并促使他对西方文本进行知识考古,揭示白人跨越时空的种族主义预设何以能够延续。

针对"黑人文学",白人的种族主义预设是黑人"无"写作。至少"从1600年开始,欧洲人就想知道通常被他们称为非洲'物种'的'人'是否创造过正式文学(书面文学),是否曾掌握'艺术和科学'知识。如果答案为'是',那么黑人就具有类似于欧洲人的'人性',如果答案为'否',那么他们就注定天生为奴"[②]。随后这种预设几经缩减,最终从"艺术和科学知识"简化成"写作",具体演化历程表现为三个阶段。第一个阶段,黑人没有艺术和科学知识。艺术决定人种差别的观念来自弗朗西斯·培根,1620年他在《新工具论》中指出:"如果只考虑欧洲最文明地区的居民与新印度地区最野蛮、

[①] [美]华莱士·米歇尔:《访小亨利·路易斯·盖茨》,前引文。
[②] Henry Louis Gates, Jr. *Loose Canons: Notes on the Culture Wars*. Ibid., p. 53.

残忍的人之间的一种差异，就会发现俗语的正确性，即'人（白人）是人（黑人）的上帝'"，因为这种区别"不是源于土地、气候或种族，而是源于艺术"。① 1631 年皮特·黑林（Peter Heylyn）发展了培根的观点，他在《小宇宙志》中指出："黑人完全缺少'人'特有的使用理性的能力，（他们）是小智者，缺乏所有的艺术和科学知识，倾向于奢华享受，并且很大一部分人赞同偶像崇拜。"② 第二个阶段，黑人不会阅读和写作。1680 年之后，黑林的关键词"理性和智慧"逐渐被简化为"阅读和写作"，正如摩根·古德温（Morgan Godwyn）在为黑人争取权利时指出："（白人）不恰当地、胆小地建构了一个代代相传的'地位'观念：黑人在外形上与人有些相似，但是他们根本还不是真正的人……黑人身体的模样和体形、他们的四肢和身体部位、他们的声音和面部表情等方面都与其他人类似；并且他们会笑、会说话（人特有的能力），这些应该足以说明问题了。否则他们如何能够变成交易品，以及做其他只有人才能做的事情，比如阅读和写作，或者在贸易管理中展现出判断力……并且（正如我们所知道的）我们中的很多人（白人自身）都存在各种缺陷，难道他们就不是真正的人了吗?"③ 1704 年，荷兰探险家威廉姆·博斯曼（William Bosman）把黑林的偏见囊括进一个神话。博斯曼是当时西非几内亚（现在的加纳）埃尔米拉（Elmira）要塞的主管，1688—1702 年是荷兰第二重要的政府官员。他撰写的非洲游记《一个有关几内亚海岸的准确的新描绘》于 1704 年用荷兰语出版，1705 年在伦敦出版了英语版。在游记中，博斯曼关注了"几内亚"，即黄金海岸的"黑鬼"宗教，并讲述了被他"发现"的阿散蒂人（Ashanti）的创世神话：

大部分黑鬼都相信人类是由阿南西（Anansie）——一只大蜘蛛所创造

---

① Henry Louis Gates, Jr. *Loose Canons: Notes on the Culture Wars*. Ibid., p. 57.
② Henry Louis Gates, Jr. *Loose Canons: Notes on the Culture Wars*. Ibid., p. 58.
③ Henry Louis Gates, Jr. *Loose Canons: Notes on the Culture Wars*. Ibid., p. 58.

的，而其他人则将创造人类的功绩归于上帝。他们宣称上帝是以这样的方式创造了人：一开始上帝就创造了黑人，还有白人，从而不仅暗示并试图证明他们的种族与我们是一起来到世界上的。为了给他们自己赋予荣誉，这些黑鬼还告诉我们：上帝在创造了这两种人之后，就给他们提供了礼物——黄金、阅读和写作艺术的知识，并给予黑人优先选择权，结果他们选择了黄金，而把文学知识留给了白人。上帝满足了黑人的要求，但被他们的贪婪激怒，于是他让白人永远做黑人的主人，而黑人则永远沦为白人的奴隶。①

第三，黑人不会写作，没有理性。自17世纪开始，白人就把"写作"与"人性"相连，用以区分白人和有色人种："人类著书立说，好的书籍反映卓越的天赋，而卓越天赋只属于欧洲人，黑人以及其他有色人种不能'写作'。"②到18世纪，这种关联学说愈演愈烈，成为奴隶制合理性的文化借口。实际上，从文艺复兴到启蒙运动，欧洲人均优先把"'写作'作为衡量黑人是否拥有'人性'和'进步能力'，以及他们在物种'存在大链条③上'所处等级地位的基本原则"④。因为"写作支撑着纯艺术，是天赋的最突出的宝库，是理性的显在标志"。在笛卡儿之后，"理性"成为最重要的人性特征，印刷术的广泛流行加剧了这种观念，让白人更加确信"当且仅当黑人表现出掌握了'艺术和科学知识'——18世纪的'写作'程式，他们才是'明理的'，才算得上是'人'。因此，尽管启蒙运动以基于确立人的'理性'而著称，但它也利用'理性'的存在与缺席来划定有色人种的人性和文化"⑤，而在这种划定中，黑人

---

① Henry Louis Gates, Jr. *The Signifying Monkey: A Theory of African-American Literary Criticism*. Ibid., p. 141
② Henry Louis Gates, Jr., *Loose Canons: Notes on the Culture Wars*. Ibid., p. 56.
③ "存在大链条"（The Great Chain of Being）是基督教的一个观点，对所有的物体和生命进行严格的、宗教的等级定位。从上到下依次为上帝、天使、人类、动物、植物、矿物。其中，人类按照不同的肤色分为不同的等级，顶端为白人，底端为黑人。
④ Henry Louis Gates, Jr. *Loose Canons: Notes on the Culture Wars*. Ibid., p. 56.
⑤ Henry Louis Gates, Jr. *Loose Canons: Notes on the Culture Wars*. Ibid., p. 54.

不会"写作",不具备理性,也就没有"人性",所以注定天生为奴。这些不同阶段的文化霸权预设构成了宰制非洲黑人和非裔群体的知识体系,而这些知识又被不同时期的黑人不同程度地内化。

二、"奴隶"深陷的"灰色"空间

族裔内部的内化在本质上是一种"启蒙的后果",内化的主体大都是黑人精英分子,他们在接受白人的文化洗礼,尤其是标准教育之后逐渐"白人化"。教育在奴隶制时期中承担了异常重要的角色,它作为殖民权力的基础,使用"文明的"、合法的方式去征服黑人的另一片领土——思想,以维护白人的宰制体系和文化霸权。因此,教育不仅是"一种强有力的社会控制技巧,提供了一种成功的路线,极富潜力地拆除旧时的权威。同时还是最阴险、最隐秘的殖民幸存者"①。白人通过教育建立了"白色"语言、文学、价值、意识形态等的正统地位,同时还表现和强化了被殖民者自身的低等性——野蛮、残忍、未文明化。在白人的教育体系中,教师的教学,包括诗歌朗诵、戏剧场景演绎或散文段落等,重新强调了这种黑、白二元对立,因为它"不仅是整个帝国文学教学的一项实践,还是一种有效的道德、精神和政治灌输"②。在教师使用的教学材料中,英语文学是间接的、隐性的、非暴力的殖民手段,却直接建构了一种极具文化暴力特性的"文学殖民主义",其力量就"好比帝国权威的助推器"③,因为"文学是文化、传统的宝库和生命自身在语言中的呈现,从而携带了一种(主人)身份"④。在这种身份面前,黑人有两种选择:其一,渴望变"白",极力擦除自己的"黑色",因为"担心'文明的'主人'看见'自己

---

① Bill Ashcroft, Gareth Griffiths, Helen Tiffin. *The Post-colonial Studies Reader*. Ibid., p. 427.
② Bill Ashcroft, Gareth Griffiths, Helen Tiffin. *The Post-colonial Studies Reader*. Ibid., p. 426.
③ Bill Ashcroft, Gareth Griffiths, Helen Tiffin. *Post-colonial Studies: The Key Concepts*. Ibid., p. 107.
④ Homi K. Bhabha. *Nation and Narration*. New York: Routledge, 2000, p. 149.

的缺陷",试图"通过模仿躲过有色眼镜,并且只要有可能性,他们及其后代就会拒绝或否认自己的文化,从而逐渐变成接近'主人'的'模仿者'"——"灰色人"①,最后甚至想要比白人还"白",即成为最棒的白人,以便在白人中鹤立鸡群。这些人既认同了白人的权力,追随白人性及其社会优越感,同时又认可了白人针对黑人的种种预设——低下、落后、混乱、野蛮等,从而不仅坚信殖民者的"文明使者"角色,即"殖民主义是至今降临非洲大陆的最大恩赐",所以黑人应该"感谢白人把我们从腐朽、非理性的传统和风俗中拯救出来",还赞同"启蒙"的益处:"欧洲带给第三世界的最大礼物就是启蒙",因为它"为人类大众拥有理性世界创造了可行的条件"。② 这种思想在18世纪和19世纪早期普遍流行,惠特利就是代表这种观点最早的黑人作家之一。她在诗歌《关于从非洲被带到美洲的遐思》中写道:

> (白人)带我离开那个异教徒的大陆是一种仁慈
> 他们还教育我那愚昧的心灵,让我懂得
> 世上不仅有一个上帝,还有一个救世主
> 曾经的我对此既未探寻也不知晓③

其二,渴望更"黑",由于深知白人的世界把"黑鬼"拒之门外,因此在无法摆脱出身情结时,这些"黑鬼"决定确保自己成为一个真正的黑人,甚至要比黑人还"黑"。他们利用所学的知识来反抗"主人",试图针锋相对地用标准解构标准,这种反抗主要发生在19世纪中后期,与黑人民族意识的觉醒密

---

① Bill Ashcroft, Gareth Griffiths, Helen Tiffin. *The Post-colonial Studies Reader*. Ibid., p. 204.
② Henry Louis Gates, Jr., *Tradition and the Black Atlantic: Critical Theory in the African Diaspora*. New York: Basic Civitas Books, 2010, pp. 4-5.
③ Henry Louis Gates, Jr., Nellie Y. Mckay. *The Norton Anthology of African American Literature*. Ibid., p. 171.

切相关。然而，由于这些黑人长期处于第三空间，他们"承受着一种混杂体身份，这种身份被转化和谈判的断裂时间链条锁住"①，因此总是会无意识地掉入"主人"设置的知识与权力关系的陷阱，从而承认"写作"与黑人具有"人性"之间有直接关系。例如，詹姆斯·彭宁顿在（James Pennington）为安·普拉托（Ann Plato）1841年出版的随笔、传记、诗歌合集撰写的序言《致读者》中说："黑人只有像普拉托一样公开发表作品才能证明'那个愚蠢理论的虚妄性质，即大自然对我们做的唯一的一件事就是让我们适合做奴隶，而艺术也无法使我们不适合做奴隶'。"② 这种承认白人预设前提的"黑化"思想从18世纪蔓延到20世纪50年代，使黑人间接地把"主人"的种族主义预设作为衡量自己人性的标准，并以此作为提升自我的唯一途径，从而被更加严实地包裹进"白色"权力机制之中，对黑人文学、艺术的发展，以及文学理论、文化身份的建构产生了较大的负面影响。

为此，消除霸权"回音"，证明黑人"有"文学就成为盖茨非裔文学理论建构的首要任务。由于美国非裔文学的源头是18世纪的奴隶叙事，因此盖茨首先致力发掘英属北美殖民地的黑人奴隶书写，而正是这种知识考古促使他发现了"会说话的书"——1770—1815年间发表的五个英语奴隶叙事共有的一个文学主旨，即"一个白人的书写（印刷）文本，通常为《圣经》或祈祷书，拒绝同它的黑人或美洲原住民对话者说话"③。

---

① Bill Ashcroft, Gareth Griffiths, Helen Tiffin. *The Post-colonial Studies Reader*. Ibid., p. 208.
② Henry Louis Gates, Jr. *Loose Canons: Notes on the Culture Wars*. Ibid., p. 55.
③ Henry Louis Gates, Jr. *Figures in Black: Words, Signs and the "Racial" Self*. New York: Oxford University Press, 1989, p. xxxii.

第二章

源自"中途"的文化创伤:"会说话的书"

盖茨通过两种方式——挖掘黑人书写和编著黑人正典,证明美国黑人"有"文学。其中,就发现族裔书写而言,盖茨主要是发掘、鉴定、收集18—19世纪的黑人书写。由于哈莱姆文艺复兴(1920—1929年)不仅让黑人在一定程度上赢得了发表作品和表述自我的机会,还促使黑人作品开始受到美国主流学界的关注,并陆续出现了一些黑人文学作品选,因此盖茨文学知识考古的难点和重点就是"敞亮"18世纪到哈莱姆复兴之前的那些族裔文学作品。经过长期而艰巨的考古发掘,盖茨发现和鉴定了两部被白人政治体制和文化霸权机制遮蔽的黑人作品——哈里特·E. 威尔逊(Harriet E. Wilson)的《我们的黑鬼》(*Our Nig*,1859)(后文简称《黑鬼》)和汉娜·克拉夫茨的《被缚女人的叙事:一部由汉娜·克拉夫茨书写的小说》(2002),并在此基础上收录了30卷(目前已经40卷)19世纪的黑人女性书写作品。1981年5月,盖茨在曼哈顿大学城书店购买了《黑鬼》一书,因为当时他旨在收集西方文学和艺术作品中的黑人形象,而在美国内战结束之前,还没有任何公开发表的作品是以"黑鬼"为题目的。然而,随后一年的时间,盖茨一直没有阅读此书,因为他猜想其内容无非是白人描述的田野乡间充满欢乐的、黝黑发亮的黑人胡乱地弹奏班卓琴的情景,而自己并不想进入这种从未存在过的、由种族主义者幻想的虚妄之地。直到1982年5月,盖茨才开始阅读《黑鬼》,随即发现它是一本由黑人女性书写的小说,判断依据主要有二。

其一,哈里特·威尔逊女士自称自己是黑人,而在1859年之前,几乎没有白人"'越线'(passing)——翻越种族界限冒充黑人,不论是在发表小说的领域，还是在现实生活之中"①。其二，在《黑鬼》的序言中，威尔逊指出她写作此小说的目的："被亲人狠心抛弃，被病魔折磨得无能为力，迫使我不得不冒险去做一些试验，即试图通过写小说维持自己和孩子的生计，不至于将那本就脆弱的人生燃尽，这就是这个粗糙的叙事之所以存在的根本原因。"②同时，在此小说的附录中出现了两篇文章，第一篇由玛格丽特·索恩（Margaretta Thorn）撰写，她在文章中详细介绍了哈里特·威尔逊的生平、遭遇、现状和写作目的：

> 哈里特·威尔逊是一个混血儿，出生不久就被剥夺了与父母在一起的权利，后来被一个"演讲者"介绍给麻省的沃克（Walker）女士一家，并成为她家的仆人。沃克女士对小威尔逊比较友好，当她身体不适时，还特地给她一间屋子让她自由居住。1842年春，她再次遇到了把自己带到麻省的老朋友——"研究者"，和他在一起的还有一个逃跑的奴隶。这个奴隶年轻，身形不错，而且很帅气，他告诉威尔逊，自己是一个家仆……随后，威尔逊与他一起离开沃克一家，前往新汉密尔顿。在她怀孕之后，丈夫就抛弃了她。威尔逊一直等待着丈夫的归来，直到孩子出生以后，丈夫才回来，但是不久之后又再次抛弃了她，从此再也没有出现……她的健康状况非常糟糕，还要照顾自己年幼多病的儿子。虽然有一对好心的白人夫妇愿意帮助抚养威尔逊的儿子，但是只要自己的情况有所好转，威尔逊就会把儿子接回身边……威尔逊写小说的目的是改善经济条件……我写这篇文章的目的是呼吁广大的黑人同胞伸出援手，帮助自己的姐妹威尔逊。当然，这种帮助不是纯粹的给予，而只是购买一本书，虽然这些付出是微不足道的，但是所做好事的回报却是巨大的。③

---

① Henry Louis Gates, Jr. *Figures in Black*. Ibid., p. 126.
② Harriet E. Wilson. *Our Nig: Sketches from the Life of a Free Black*. New York: Dover Publications, 2005, p. 3.
③ Harriet E. Wilson. *Our Nig: Sketches from the Life of a Free Black*. Ibid., pp. 133-140.

第二章 源自"中途"的文化创伤:"会说话的书"

然而,就在《黑鬼》出版后的 5 个月零 24 天,即 1860 年 2 月 29 日,在新汉密尔顿的期刊《农民的小屋》所记录的死亡名单中出现了这样一则消息:"在米尔福特(Milford),第 13 例(死亡),乔治·威尔逊(George Wilson),哈里特·威尔逊唯一的儿子,7 岁零 8 个月。"① 在乔治·威尔逊的死亡证明中,记录了其死亡原因:"1860 年 2 月 15 日死于'热病',作为汤姆·威尔逊与哈里特·威尔逊的儿子,乔治的'肤色'一栏的记录是'黑人'。"② 盖茨认为这个记录就证明了哈里特一定是黑人,因为 1662 年弗吉尼亚州提出了这样一个声明——"由母亲的身份决定其所生孩子是自由人还是奴隶,从而成为英属北美殖民地第一个提出这种声明的州。"③ 随后,这个声明成为所有州的通行条例。为此,盖茨指出哈里特·威尔逊的《黑鬼》就是第一部在美国发表的非裔小说,而哈里特本人则是"第一个公开发表英文小说的非裔女性"④,只是这种功绩被埋没了 120 多年。于是,盖茨于 1983 年再版了《黑鬼》,从而不仅挖掘出黑人"有"写作的知识谱系,肯定了威尔逊为族裔文学做出的贡献,还有力地动摇了白人把黑人标记为"粉红色"他者的文化霸权根基——因为黑人"无"写作,所以他们"无"人性,只能被殖民和奴役。在《黑鬼》再版之后,盖茨的发现引起了各媒体的关注,多家学术刊物竞相采访他,又促使美国黑人书写尤其是内战之前的黑人书写首度进入美国主流学界的研究视野。

《黑鬼》的出现让盖茨相信:"肯定还有其他作品也被掩埋,需要重新发现的不只是一本书。"⑤ 至此,盖茨正式开始族裔文学的知识考古之旅。由于

---

① Henry Louis Gates, Jr. *Figures in Black*. Ibid., p. 127.
② Henry Louis Gates, Jr. *Figures in Black*. Ibid., p. 127.
③ Henry Louis Gates, Jr., Nellie Y. Mckay. *The Norton Anthology of African American Literature*. Ibid., p. 2612.
④ Henry Louis Gates, Jr. *Figures in Black*. Ibid., p. 138.
⑤ [美]华莱士·米歇尔:《访小亨利·路易斯·盖茨》,前引文。

《黑鬼》是女性书写，因此19世纪的黑人女性作品就成为盖茨的重点考古对象之一，从而使他在接下来的6年收集了30卷19世纪发表在美国各种报纸、杂志上的黑人女性作品，并在新千年伊始发现了《被缚女人的叙事》，这个发现几乎动摇了哈里特·威尔逊作为第一个在美国发表小说的黑人的地位。2001年1月，盖茨因为髋关节置换手术留在家中疗养，此时恰逢斯旺画廊（Swann Galleries）的拍卖会，每年这个画廊都会在其位于纽约东部第25大街104号的办公室举行一次有关"美国非裔出版物和手稿"的拍卖会。盖茨一直关注此拍卖会，因为他爱好收集黑人的出版物和手稿，所以尽管不能亲自前往拍卖会，他依旧在家守候和观看现场直播。其中，第30号拍卖品引起了盖茨的极大兴趣。此物品的描述如下：

从未发表的原创手稿，1948年，艾米莉·德里斯科尔（Emily Driscoll）在其商品目录中提供了此手稿，并对这个商品进行了描述："一部具有小说特性的自传，写作风格热情洋溢，主要描述了一个名叫汉娜·克拉夫茨的逃亡奴隶的早期生活及其逃亡经历。她是一个混血儿，出生在弗吉尼亚。"这部手稿由21章构成，每一章都有一个题目，故事的内容不仅指涉了作为混血儿的汉娜，还包括她的女主人——最后被发现是一个"越线"为白人的黑人妇女。目前尚未确定此手稿的作者是否为"黑人"，但是可以肯定其作者非常熟悉叙事中所提及的南方各地，而她描述的逃跑路线则是所有逃跑奴隶的必选之路。①

这本手稿最先由艾米莉在新泽西的一个流动书贩手中购得，1948年多萝西·波特·韦斯利（Dorothy Porter Wesley，1905—1995）②又从艾米莉处购得。随后韦斯利就指出汉娜·克拉夫茨是个黑人，而这就是直接影响盖茨购买

---

① Abby Wolf. *Henry Louis Gates，Jr. Reader*. New York：Basic Civitas，2012，p. 76.
② 豪尔德大学斯平加恩研究中心极具权威的图书馆馆长和历史学家，是20世纪著名的黑人文献学家，仅次于亚瑟·肖伯格（Arthur Schomburg）。

第二章　源自"中途"的文化创伤:"会说话的书"

此手稿的一个重要因素,因为他相信韦斯利的威望。盖茨请自己在哈佛大学的同事理查德·纽曼(Richard Newman),一个图书馆管理员和藏书爱好者,前去为自己竞拍手稿。在拿到并阅读稿件之后,盖茨经过多方考证,确认克拉夫茨是个黑人,主要原因有四个。其一,克拉夫茨声称自己是"一个逃跑的奴隶",在19世纪很少有白人作者在进行文学创作时声称自己是黑人奴隶。其二,就小说中描述的黑人角色而言,盖茨认为尽管在19世纪50年代确实有白人作者在自己的作品中介绍过一些黑人角色,但是大都以极为别扭的方式描述这些黑人,而克拉夫茨则不同,她"在文本中采用中性态度对待黑人角色——同时关注了这些黑人的优点和缺点,而不像白人作者仅仅把'白人性'作为唯一的、根本的人性及评判标准"①。在此叙事中,克拉夫茨极具特色地描述了两个女黑奴——家中黑奴和田间黑奴之间的矛盾,因为做家务的黑奴通常瞧不起田间耕作的黑奴,嫌弃她们的粗野、肮脏、低俗,而在外劳作的黑奴也看不惯家奴,认为她们傲慢、装腔作势、不伦不类。其三,克拉夫茨所描述的内容与当时的众多历史事实吻合,例如书中"提到的很多奴隶主、奴隶的名字都是弗吉尼亚州真实的历史人物,包括牧师约翰·亨利(John Henry)、卡特·乔治·克罗普(Carter George Cropp)、约翰·维勒(John Wheeler)、艾伦·维勒(Ellen Wheeler)夫妇,以及维勒夫妇在里士满某个商人手中购买的黑人奴隶简·约翰逊(Jane Johnson),而简在1855年成功逃跑"②。其四,克拉夫茨对弗吉尼亚的小村庄弥尔顿(Milton)的描述甚是精确,而弥尔顿是一个极为偏僻的纯黑人聚居村庄,因此盖茨认为这些都说明汉娜是一个黑人。尽管他最终没有在联邦人口记录中找到既是汉娜·克拉夫茨,又符合叙事作者的黑人女性,也无法经过史料比对确认汉娜·克拉夫茨这个笔名所对应的历史人物是与叙事作者及主人公相对吻合的简·约翰逊、玛丽安·克拉夫茨(Maria

---

① Abby Wolf. *Henry Louis Gates, Jr. Reader*. Ibid., p. 81.
② Henry Louis Gates, Jr., Hollis Robbins. *In Search of Hannah Crafts: Critical Essays On "The Bondwoman's Narrative"*. New York: Basic Civitas, 2004, p. ix.

Crafts），还是汉娜·文森特（Hannah Vincent），但是盖茨对《被缚女人的叙事》的定位——一部黑人女性小说/书写，得到了普遍的认同，因此当他 2002 年将其出版之后，立即引起了美国学界的广泛关注，涌现出很多相关（包括黑人和白人的）研究，并使美国黑人奴隶叙事再次成为主流学界的研究热点。

在发掘和收集 19 世纪的黑人女性书写的同时，盖茨还开始进行族裔文学的谱系寻根，即寻找美国非裔文学的源头，尤其是 1859 年之前为《黑鬼》奠定基础的那些黑人书写。由于南北战争于 1865 年结束，在此之后美国才正式废除奴隶制，所以尽管 1859 年之前的黑人书写并不全部出自奴隶之手，但是都笼统地称为奴隶书写，具体又可以分为奴隶叙事和逃亡奴隶叙事两大类。在经过艰苦的考古、收集之后，盖茨发现哈里特是第五个公开发表虚构性英文作品的非裔作家，紧随弗雷德里克·道格拉斯、威廉姆·布朗、弗兰克·韦伯（Frank Webb）和马丁·德拉尼（Martin Delany）。盖茨认为尽管道格拉斯的书写是逃亡奴隶叙事的典型代表，但是它与 1845 年之前的奴隶和逃亡奴隶叙事不同，具体表现在两个方面。

其一，道格拉斯的叙事是 19 世纪最有名气的黑人书写，其 1845 年叙事的第一版共印刷了 5000 册，在 4 个月内就销售一空，因此在一年内就重新再版了 4 次，每版都超过 2000 册。在英国也出现了 5 个版本，其中 2 个版本于 1846 年出现于爱尔兰，另外 3 个则分别于 1846 年和 1847 年出现于英格兰。在 5 年内，道格拉斯的叙事就在英语国家出现了 35 个版本，共卖出 30000 多册，而且 1848 年还在法国出现了一个法语版。由此可见，道格拉斯的叙事是黑人"有"书写以来影响最广泛的奴隶叙事，其影响力直到詹姆斯·乔纳森的《一个前有色人的自传》（1912）出现之后才被超越。

其二，在此之前的奴隶和逃亡奴隶叙事基本上都是纯自传，而道格拉斯在 1845—1892 年纵向跨越近 50 年的时间中，以 3 个不同的题目——《一个美国奴隶弗雷德里克·道格拉斯的生活叙事，由他自己书写》（1845）、《我的羁绊与自由》（1855）和《弗雷德里克·道格拉斯的生活与时代》（1881，

1892），出版了 4 个版本。其中，1855 年版本的长度是 1845 年版的 3 倍，长达 462 页，甚至还包括一个 58 页的附录。附录主要摘录了道格拉斯在公开场合为黑人争取权利时发表的一系列演说的片段。1881 年的版本卖得很差，于是道格拉斯对其进行了增补和扩充，并以相同的书名于 1892 年再次出版。这些篇幅不同的自传不仅内容本身存在差异——逐渐增添了很多虚构性故事，而且语言也逐渐接近小说语言，从而在一定程度上偏离了自传语言的通俗性和口头性，因此道氏叙事开启了美国非裔小说的"虚构性"。

当然，真正意义上的第一部黑人英语小说不是道氏叙事，而是布朗出版于英国的《克拉代尔，或总统的女儿》（1853）；第二部是韦伯的《加里斯和他们的朋友》（1857），出版于伦敦；第三部是德拉尼的《布雷克的美国小屋》，分别于 1859 年 1 月—1862 年 5 月间连载于《盎格鲁—美国人周刊》，不过德拉尼的小说并没有写完，也未结集成书，直到 1970 年才由弗洛德·米勒（Floyd Miller）编辑成书出版。因此，哈里特是第一个在美国发表小说的黑人作家，也是第一个发表小说的非裔女性作家，随后就是玛丽亚·F. 多斯雷斯（Maria F. dos Reis），她于 1859 年在巴西发表了小说《厄休拉》（*Ursula*，1859）。然而，这些黑人作家的文学作品，始终没有机会"阐明自身"，因为历史语境需要黑人"无"书写，所以黑人作品既不可能引起由"主人"控制的学界的关注，也不会被他们载入史册。正如 1856 年乔治·艾略特（George Eliot）在评论斯托夫人（Harriett Beecher Stowe）的小说《德雷德》（1856）时指出："是斯托夫人开创了黑人小说，'汤姆叔叔'和'德雷德'奠定了她的伟大地位。"[1] 由此可见，艾略特可能完全不知晓《克拉代尔，或总统的女儿》的存在，或者索性忽视和删除了它的意义，而斯托夫人的文学成就则未遭到其族裔的排挤和掩埋。正是因为美国非裔书写在历史长河中长期受到"主人"的宰制和遮蔽，因此道氏叙事的名气在 19 世纪是非常罕见的，而在这个叙事出

---

[1] Henry Louis Gates, Jr. *Figures in Black*. Ibid., p. 133.

现前后的很多黑人作品都是无声的和隐形的。因为尽管道格拉斯在 1851 年创办了《道格拉斯报》，成为黑人独立创办的第五个报刊，之前四个分别是《自由之刊》(1837)、《盎格鲁—非裔杂志》(1839)、《神秘》(1843)、《北方之星》(1847)，从而在一定程度上为黑人发表作品提供了平台，但是社会大环境依旧制约着黑人的文学创作。这种情况一直延续到内战结束，当 1865 年美国宪法第 13 条修正案宣布废除奴隶制之后，各种类型的黑人媒介才如雨后春笋般出现，同时黑人学校也逐渐成立，从而大大促进了黑人作品的发表和保存。这就促使盖茨开始大规模地挖掘和收集为道格拉斯的叙事奠定基础的黑人叙事，以及内战结束之前深受道氏叙事影响的族裔书写，以便全面敞亮一直被"主人"及其霸权体制湮没的黑人文学谱系。

美国非裔文学的源头是英属北美殖民地的黑人书写，因为它首次挑战了"主人话语"开出的第一个"人性"条件——黑人不会写作，展示了黑人一直"在场"的"文学声音"，从而在源头上动摇了"白人中心主义"的根基。这种书写如果以美国独立（1783）为界，可以分为两种类型：盎格鲁黑人书写和美国黑人书写。前者主要是奴隶叙事，而后者则包括多种类型的叙事，如奴隶叙事、逃亡奴隶叙事、前奴隶叙事、奴隶后裔叙事等。奴隶叙事主要出现在 18 世纪后半叶和 19 世纪初期。其中，最早的黑人书写是露西·特里（Lucy Terry，1730—1821）的诗歌《草地之战》（*Bars Fight*，1746）。露西出生于非洲，在婴儿时被贩卖到罗德岛（Rhode Island）。1735 年，特里 5 岁时变成了麻省迪尔菲尔德地区（Deerfield）艾森·威尔士（Ensign Wells）一家的"财产"。随后，威尔士夫妇开始要求露西信仰基督教，并在 1744 年成为他们所在教堂的一员。1746 年，露西口头创作了一首押韵诗，记录了这样一个故事：1746 年 8 月 25 日，一个印第安人在迪尔菲尔德的"马的齿龈"——白人用于描述牧草地的一个殖民术语——设下埋伏，并屠杀了两个白人家庭。尽管露西身为白人的奴隶，但是她在诗歌中对死去的白人表现出极大的同情。这首诗在当地一直通过口头记忆代代相传，直到 1855 年才在马萨诸塞州的斯普林

第二章　源自"中途"的文化创伤："会说话的书"

菲尔德（Springfield）发表。1756年之前，露西一直保持着奴隶身份，直到这一年她遇到一个富有的自由黑人——奥拜贾·普利斯（Obijah Prince）。普利斯出钱为露西赎身，并与她结为夫妻。1760年，普利斯夫妇举家搬迁到佛蒙特州（Vermont）的吉尔福德（Guilford）。两人一共育有六个孩子，露西鼓励长子申请威廉姆学院，当儿子的申请遭到拒绝之后，她立即前往麻省的威廉姆镇，进行了一场长达三个小时的辩论，驳斥威廉姆镇实行的种族歧视政策。尽管最终未能获得成功，但是露西的努力使她在当地异常有名，而其勇敢行为则为其他争取权利的黑人提供了先例。

最早发表的奴隶叙事是布里顿·哈蒙（Briton Hammon）发表于波士顿的《关于黑人布里顿·哈蒙所遭遇的罕见苦难与拯救的叙事》（1760）。叙事讲述了自己离开白人主人之后被印第安人抓获十年之后又回到主人身边的自传。这个叙事在当时几乎没有影响力，也未受到太多关注。随后出现的五个奴隶叙事才开始引起白人的广泛关注，包括詹姆斯·格罗涅索（James Gronniosaw）的《一个非洲王子格罗涅索对生活中最不寻常的细节的自述》（1770）、约翰·马伦特（John Marrant）的《一个黑人马伦特对上帝非同寻常的对待的叙事》（1785）、奥托巴·库戈阿诺（Ottobah Cugoano）《关于邪恶的、伤天害理的奴隶贩卖以及人口买卖的商贸活动的想法与感受，由一名非洲土著库戈阿诺谦卑地呈递给大不列颠的居民》（1787）、奥络达·伊奎阿诺（Olaudah Equiano）的《伊奎阿诺对生活的有趣叙事》（1789）、约翰·杰（John Jea）的《约翰·杰的生活、历史与所经历的空前绝后的苦难》（1815）。其中，伊奎阿诺的叙事是18世纪卖得最好，也是最为著名的奴隶叙事。

逃亡奴隶叙事、前奴隶叙事和奴隶后裔的书写主要出现于19世纪30—60年代，代表作品包括玛丽·普利斯（Mary Prince）的《一个西印度群岛的奴隶——玛丽·普利斯的历史，由她自己口述，其中还增加了阿萨-阿萨——一个被俘的非洲人的叙事》（1831）、纳特·特纳（Nat Turner）的《纳特·特纳的忏悔录，弗吉尼亚南安普敦后期起义的领袖》（1831）、玛丽亚·W. 斯图尔特（Maria W. Stewart）的《玛丽亚·斯图尔特女士》（1835）、亨利·嘉莱特（Henry Garnet）的《向美利坚合众国的奴隶发表的一次演说》（1843）、威廉·布朗的《一个美国奴隶威廉·布朗的叙事，由他自己书写》（1849）、亨利·比伯的《一个美国奴隶亨利·比伯的生活和冒险故事，由他自己书写》（1849）、弗朗西斯·哈伯的《两个选择》（1859）、《我们最想要的》（1859）、《为了自由，逃跑一千多米，威廉·克拉夫特与艾伦·克拉夫特的逃跑经历》（1860）、哈里特·雅各布斯（Harriet Jacobs）的《一个女奴——哈里特·雅各布斯的生活故事，由她自己书写》（1861）、雅各布·格林（Jacob Green）的《一个来自肯塔基州的逃跑奴隶——雅各布·格林的生活叙事，描述了他先后于1839年、1846年和1848年三次逃跑的经历》（1864）等。

在发掘出这些黑人书写之后，盖茨还需要把它们出版成册，因为仅仅恢复黑人的"文学声音"还不足以让白人接受并讲授黑人文学。同时，由于黑人文本长期被"主人"掩埋，致使黑人自己也很难接触到大量的黑人文本，所以盖茨知识考古的目的就是建构黑人文学文本正典，把那些得以"出场"的族裔写作结集成书。这种正典建构观念既源于白人又止于白人，并且在盖茨着手建构之前就已有悠久的历史。盖茨认为是拉尔夫·爱默生（Ralph Emerson，1803—1882）在《西印度群岛的解放》（1844）中的评论催生了黑人建构正典的最初想法："对于一种新的、即将到来的文明，如果黑人携带有一种不可或缺的要素，那么正是因为具有这种要素，黑人就不会被他人伤害，他们将生存下来，并扮演相应的角色……现在，让黑人以他们自己独有的方式出场吧。"[①]爱默生的这种提议在1845年就得到了黑人的响应，即出现了第一个试图建构黑人文学传统正典的学者——阿曼德·拉努塞（Armand Lanusse，1810—1868）。拉努塞是一个终生居住在法属殖民地新奥尔良的非裔学者，他编辑的作品《这个国家》（*Les Cenelles*）是一部法国黑人诗集，1845年出版于新奥尔

---

① Henry Louis Gates, Jr. *Loose Canons: Notes on the Culture Wars*. Ibid., p. 24.

良。尽管收入这部文集的作品代表了一种抵抗——"黑人如何回击那些投向他们的恶意的、中伤的话语之箭",呼吁了一种政治观——"我们就是法国人,因此请你们(白人)像对待法国人一样对待我们,而不是把我们看成黑人",但是所收集的诗歌本身"并没有直接反映20世纪40年代生活在新奥尔良的克里奥尔黑人的社会生活现状和政治迫害经历"①。爱默生的观点除了得到黑人的响应外,还被白人废奴主义者吸收,最具代表性的就是第一个使用"正典"谈及黑人文学的西奥多·帕克(Theodore Parker,1810—1860)。他在1846年的演讲中提到英国文学和美国文学的区别:"在英国,民族文学代表教会、皇室、贵族等阶级的利益,而另一种文学(黑人文学)正在浮出水面,但它不是民族文学,因此很少受到关注或赞扬。"然而,在"曾经是英国殖民地的美国,我们没有持久的美国文学传统,因为我们的学术著作一直在效仿其他国家的作品,这些作品不能反映我们的道德、礼仪、政治、宗教,甚至包括河流、山川、天空、大地等,它们甚至完全无关乎我们的生存境况"②。三年之后,帕克却在《美国学者》(1849)中规避了美国文学的模仿说,并定位了其原创性之"根":"我们美国的文学——如果能够称为文学的话,的确拥有完整的本土性和原创性,因为我们有一系列真正由美国人(黑人,而不是盎格鲁白人)创造的文学作品——逃亡奴隶叙事。只是由于这些作品无法挤入上层阶层的文化圈子,因此很少引起学者的关注。另外,美国所有原初的浪漫故事都源于黑人作品,而不是白人小说。"③ 同年,黑人学者威廉·G. 阿伦(William G. Allen,约1820—1888)在《国家守望者》做编辑时收集了一部文集,其中包含了菲莉丝·惠特利和乔治·霍尔顿(George Horton,约1797—约1883)的作品。阿伦在文集出版后说了这样一句话:"现在,谁还敢

---

① Henry Louis Gates, Jr. *Loose Canons: Notes on the Culture Wars*. Ibid., p. 25.
② Henry Louis Gates, Jr. *Loose Canons: Notes on the Culture Wars*. Ibid., p. 22.
③ Henry Louis Gates, Jr. *Loose Canons: Notes on the Culture Wars*. Ibid., p. 23.

说黑人不具备获得知识的能力，或者说他们不具有高尚的道德。"① 由此可见，阿伦和拉努塞作为19世纪正典化黑人书写文本的黑人先驱，都试图以建构黑人文集的方式来反驳白人的种族主义。

随后，这种通过记录黑人书写来抵制白人种族主义的观念开始流行，并且成为20世纪黑人申诉文化身份的一种有效途径，尤其流行于哈莱姆文艺复兴时期和美国黑人艺术运动时期。这两个时期陆续出现了一些文学作品集，主要代表作品有詹姆斯·约翰逊的《黑人诗歌集》（1922），阿兰·洛克（Alain Lock）的《新黑人》（1925），V. F. 卡尔弗顿（V. F. Calverton）的《美国黑人文学集》（1929），斯特林·布朗、亚瑟·戴维斯（Arthur Davis）和尤利西斯·李（Ulysses Lee）共同编著的《黑人大军》（*The Negro Caravan*, 1941），阿米里·巴拉卡和拉里·尼尔的《黑人之火》（1968），休斯顿·贝克的《美国黑人文学》（1971）等。在这些学者中，卡尔弗顿是第一个重点关注黑人方言文学和民俗文化形式的学者，他认为圣歌、蓝调、劳动歌等都可以构成一种黑人文学类型，因此他挑选作品的原则主要依赖于他对黑人文学形式的历史感知，这种感知引导他"根据作品'形式'的'典型价值'而做出选择"②。换句话说，卡尔弗顿是以黑人书写的"形式"作为其文集的选择标准，因为他认为"黑人方言和民俗文化形式是黑人独有的形式，是一种完备的、形而上的黑人传统，而正是这种传统孕育了美国艺术的原创性"③。

由此可见，就黑人对美国文化的贡献而言，卡尔弗顿与帕克的观点是十分接近的，他也认为黑人对美国艺术和文学的贡献比白人的大：

> 就贡献而言，在美国文化史上，黑人建构了美国文化的主要根基……而美国白人则在次要层面延续了欧洲文化，他们未能绝对明确地生成一种真正的美

---

① Henry Louis Gates, Jr. *Loose Canons: Notes on the Culture Wars*. Ibid., p. 25.
② Henry Louis Gates, Jr. *Loose Canons: Notes on the Culture Wars*. Ibid., p. 27.
③ Henry Louis Gates, Jr. *Loose Canons: Notes on the Culture Wars*. Ibid., p. 27.

国文化。就原创性而言，黑人对美国文化发展的重要性也远远超出了白人……当白人去欧洲寻找艺术原型，并渴求其艺术成就能够得到欧洲人的认同之时，黑人则在自己的文化根基中找到了真正的美国艺术形式。①

当然，卡尔弗顿只关注文学形式的观点在当时遭到猛烈的抨击，因为在全面赢得政治权利之前，黑人需要"文学是一种宣传"，而不是"一种艺术"，所以黑人文集所选录的文学作品都应该体现强烈的政治诉求。这种单向度的意识形态学理诉求随着黑人政治和艺术运动的同步发展而发生了变化，从而进入了文学既是"一种宣传"，又是"一种艺术"的时期。这一时期的代表作品就是《黑人之火》。它作为第一部最"黑"的黑人文学文本正典，采用了一种全新的建构方法——既考虑到"形式"，又考虑到"内容"，即在"形式上倾向于黑人言说、黑人音乐、黑人表演、黑人口技等民俗形式，并指出支撑这些形式的根本元素是黑人方言；在内容上倾向于强调黑人解放、黑人权利以及黑人在种族主义语境中潜藏的众多'获得自由'的愿望"②。

上述这些黑人前辈所开辟的正典化历程为盖茨的理论之旅提供了有效范式，具体表现在两个方面：第一，使盖茨具有建构黑人文学作品选的意识，即促使他在发掘、整理被掩埋的族裔书写之后，就把这些书写建构为正典文本；第二，为盖茨提供了多样化的建构标准。其中，就挖掘、发现的黑人书写而言，盖茨主要强调其全面性，即把所有通过考古发现的被掩埋的黑人作品都结集成书，再版面世，例如《奴隶叙事》（1985）、《肖伯格十九世纪黑人女作家丛书》、《诺顿美国黑人文学作品选》（1997）、《美国非裔女性作家：1910—1940》等。这些文集的出现首度使很多被主流文学史和传统"消声"的黑人作家开始蜚声文坛，从而既向主流学术界展示并证实了边缘族群和性别的书写，确立了黑人作家在美国文学界的主体地位，又阐释了非裔文学的内在发展

---

① Henry Louis Gates, Jr. *Loose Canons: Notes on the Culture Wars*. Ibid., pp. 27—28.
② Henry Louis Gates, Jr. *Loose Canons: Notes on the Culture Wars*. Ibid., p. 31.

规律和延续机制。这种经典化行为不仅成功地将"黑人经典文本与西方传统经典文本加以并置并行成事实上的存在",而且还在很大程度上"起到了对中心话语或主流文学经典的修正作用,迫使其承认并容纳非欧洲族裔的写作",即以"中心边缘化和边缘中心化的互动方式使'非洲裔美国学'作为一门独立的知识体系而进一步合法化"①。就收集、整理的黑人书写而言,盖茨则兼顾形式和内容进行选择,以凸显黑人文学的特点。为此,盖茨需要阅读大量的备选作品,以发现不同的黑人文本之间存在的某些关联,并依据这些关联抽取相关的关键词,如黑人性、种族自我、黑色象征等,再以"自身的文化立场对这些黑人文本进行了经典化,并以并置的方式使这些文本成功地进入主流选集和体制化的精英教学和学术系统中"②。正是在此阅读和筛选过程中,盖茨发现了1770—1815年发表的五个黑人英语叙事之间的共性,即共享了一个书写主旨——"会说话的书",并围绕这个主旨编著了多本美国非裔奴隶叙事正典,包括《经典奴隶叙事》(1987)、《大西洋沿岸的黑人先驱:启蒙时期的五个黑人叙事,1772—1815》(1998)、《西维他美国非裔奴隶叙事文集》(1999)等。至此,"会说话的书"就变成了盖茨非裔文学理论的基点,因为他随后的理论建构就是围绕这个基点进行蛛网状的延伸和扩展。

第一节 神秘的灵动之物——会"说话的"书

在证明黑人"有"写作之后,就需要采用某种理论解读这些"黑色"书写。由于盖茨的理论建构起步于20世纪70年代末,而其理论基础源自他在耶鲁大学和剑桥大学所接受的正规教育,尤其是当时流行的俄国形式主义、英美

---

① 王晓路:《差异的表述——黑人美学与贝克的批评理论》,前引文。
② 王晓路,石坚:《文学观念与研究范式——美国少数族裔批评理论建构的启示》,前引文。

新批评、欧陆结构主义、后结构主义等"白色"文学理论的熏陶。因此，在探讨黑人研究的初期，盖茨首先考虑的是"白"为"黑"用的解读原则，即掌握白人主导的文学批评正典，并模仿和利用它们去解读"阐明自身"的黑人文学。盖茨认为这种借用理论之所以可行是因为"黑人文学是一种黑、白'混血儿'，它具有双重祖先，而英语正典文学也在黑、白群体长期混杂的历史语境中失去了其纯正的'白色'，变成了一种'基因混血儿'"，因此"只要适用于英语正典文本的那些现当代文学理论，同样也适用于黑人文本"。[1] 为此，盖茨开始借用"白文论"解读"黑写作"，典型代表就是借用形式主义、结构主义、文本细读、解构主义等解读"会说话的书"。

所谓"会说话的书"也可以称为"文本中的声音"[2]，是格罗涅索、马伦特、库戈阿诺、伊奎阿诺和约翰·杰的叙事共同提及的一个主题，即由一个神秘的灵动之物——会"说话的"书，引发的一段奇幻经历。在五个叙事作者中，除了马伦特是出生于纽约的自由人之外，其他四个作者都是出生于非洲、自幼被贩卖到美洲的奴隶，所以四人的经历颇为相似。然而，库戈阿诺的叙事并不是自传，而是大量引用历史资料再把这些史料与自己的亲身经历结合起来，以作为谴责英国、法国、西班牙等各大帝国的殖民主义和奴隶制罪恶的证据，其叙事所描述的奇幻经历出自史料，而非自己的经历。因此，只有格罗涅索、伊奎阿诺和约翰·杰的经历及叙事具有相似性。为此，综合以上两个方面的因素，可以把五个叙事作者的奇幻经历分为如下三类加以讨论。

一、同主人"说话"的《圣经》

格罗涅索、伊奎阿诺和约翰·杰都是"在路上"遭遇了会"说话的"书。

---

[1] Henry Louis Gates, Jr. *Black Literature and Literary Theory*. New York: Methuen, 1984, p. 13.
[2] Henry Louis Gates, Jr. *Figures in Black: Words, Signs and the "Racial" Self*. Ibid., xxxii.

其中，前两者的身份是黑奴，而且都在"中途"（Middle Passage）① 发现"书本不与自己说话"。格罗涅索是在被一个非洲商人哄骗至黄金海岸之后贩卖给一位荷兰船长，并跟随此船长前往巴巴多斯的航行途中：

> 我的主人过去常常在每个安息日为船员朗读祈祷词，第一次看见他阅读是我这一生最为惊讶的事情，因为我认为那本书在给我的主人说话，我看见他看着它，翻动双唇。我希望它也能给我说话，因此当主人阅读完之后，我就跟踪他到放书的地方，对书充满了好奇。在没有人注意的时候，我打开书，把耳朵贴近它，满心希望它能对我说点什么，但是却发现它不说话，这令我非常遗憾和失望。为此，我立刻意识到：任何人和任何物都轻视我，就因为我是黑人。②

伊奎阿诺在与妹妹一起被两男一女（均为非洲人）抓走之后，带到奴隶贸易口岸，分开运输到不同的目的地进行贩卖。在到达港口以后，伊奎阿诺就被卖给了白人，而在很短的时间内，他就几易其主，最终被迈克·亨利·帕斯卡尔（Michael Henry Pascal）——一个英国皇家海军上尉以不到40英镑的价格购得，其购买目的是把这个小黑奴当成一份礼物送给他的英国朋友。因此，伊奎阿诺正是在跟随主人从巴巴多斯到弗吉尼亚州再到英国的路上遇到了会"说话的"书：

> 我经常看见我的主人与迪克（Dick）一起阅读，于是我非常好奇，并想同

---

① "中途"也称为"黑暗中途"，是指奴隶制时期被抓获、贩卖的非洲人离开非洲后到达新大陆、宗主国的旅途。整个过程中有大量的非洲人死亡，最终只有约3/4的非洲人真正到达目的地，成为奴隶。
② Henry Louis Gates, Jr., William L. Andrews. *Pioneers of the Black Atlantic: Five Slave Narratives from the Enlightenment, 1772 — 1815*. Washington D. C.: Civitas Counterpoint, 1998, pp. 40—41.

那些书说话，正如他们所做的那样，以便了解为何万事万物都有一个开端。为此，我经常拿起一本书，并同它说话。在没有人注意的时候，我将它放在耳边，希望能够得到它的回应。然而，当发现它始终保持沉默无声时，我非常的忧伤。①

格罗涅索和伊奎阿诺所描述的"会说话的书"呈现了他们当时"在路上"的双重遭遇：其一，在物质意义层面经历"中途"，从非洲自由人变为新大陆和宗主国白人的奴隶；其二，在文化意义层面进入"灰色空间"，即"黑"、"白"文化的碰撞区，既要受到西方白人文化的冷遇——主人的会"说话的"书不与他们"说话"，又不可能回到原初的自己，因为他们闻到了令自己着迷的"白色"文化气息，而正是这种异文化熏出了他们身上的"黑色"和非洲性，从而让他们感到遗憾、失望和忧伤。

约翰·杰描述的"在路上"的奇幻经历与格罗涅索和伊奎阿诺的不同，因为他在发现"书本不与自己说话"之前已经在法律上获得了自由。根据当时纽约所在州的法律规定，如果"任何奴隶能够对上帝之言在其灵魂深处产生的影响给出令人满意的解释，那么他就可以成为自由人"②。正是这项规定促使约翰·杰成为法律意义上的自由人，因为当他从"最后一个主人那里逃跑到上帝之屋"——"长老会（Presbyterian）教堂"之后，在自己不知情的情况下得到了皮特·洛（Peter Lowe）牧师的洗礼，从而变成了"值得尊敬的一个社会成员（自由人）"。③ 然而，在地方官员宣布约翰·杰获得了自由，并允许他离开凶恶的主人之后，其主人却不肯放他走：

---

① Henry Louis Gates, Jr., William L. Andrews. *Pioneers of the Black Atlantic*. Ibid., p. 228.
② Henry Louis Gates, Jr., William L. Andrews. *Pioneers of the Black Atlantic*. Ibid., p. 395.
③ Henry Louis Gates, Jr., William L. Andrews. *Pioneers of the Black Atlantic*. Ibid., pp. 390—391.

我的主人试图糊弄我，阻碍我理解经文。他过去经常告诉我：太阳下的任何目标有一天都会实现，各种各样的工作都有完成的时候，奴隶的义务就是做主人要求他做的任何事情，不论这些事是对的还是错的，所以他们对待严厉恶毒的主人和宽宏善良的主人的态度必须是相同的，那就是毕恭毕敬。然后，他就拿起《圣经》展示给我看，并对我说：这本书在同他说话，以尽力让我相信，我不应该离开他。尽管我已经从地方法官那里获得了合法自由，并在上帝的恩惠下打定主意离开，但是他还是极力阻止我。然而，感谢上帝，他的努力都是徒劳的。

主人的儿子们也同他们的父亲一样想方设法阻止我，试图说服我不要离开他们。令我惊讶的是，他们如何能把那本神赐之书拿在手中，却如此迷信以至于想让我相信那本书确实在同他们说话。因此当他们不在时，我就拿起书，高举到耳边，验证它能否同我说话，结果却是徒劳，因为我未听到它说一个词，这让我倍感悲哀。尽管上帝尽他所能为我做了如此多的事情，包括宽恕了我的罪，祛除了我的邪恶与罪过，重新给予我生命，但是这本书却不与我说话。①

由此可见，约翰·杰遇到会"说话的"书的语境是他在渴望成为自由人的"路上"，具体而言是试图从法律意义上的自由人变成现实生活中的自由人。这就是他与当时作为奴隶的格罗涅索和伊奎阿诺的身份诉求和奇幻经历的差异，因为后面两者的境遇是被迫从非洲踏水而来，在迈向白人世界的途中初遇西方文化载体。当然，这种差异并不影响三者所描述的"会说话的书"的共性，那就是他们都经历了"在路上"的冷遇。

二、与西班牙殖民者"共谋"的祈祷书

库戈阿诺在描述西班牙人侵占秘鲁、残害印加（Inca）国王阿塔瓦尔帕

---

① Henry Louis Gates, Jr., William L. Andrews. *Pioneers of the Black Atlantic*. Ibid., p. 391.

第二章 源自"中途"的文化创伤:"会说话的书"

(Atahualpa)和印加人的可耻暴行时,提到会"说话的"书:

当阿塔瓦尔帕走近西班牙军营时,极为狂热的随军牧师文森特·瓦尔弗德(Vincente Valerde)迎上前来,一只手拿着十字架,另一只手捧着祈祷书,开始长篇大论,假装解释一些基督教规则……然后说当时教皇亚历山大通过捐赠而赋予他们的主人作为新大陆唯一的君主的权力……塔瓦尔帕作为回应指出:通过世代相传的世袭制,他才是拥有管辖权的合法统治者,因此他无法理解一个外来的牧师何以能够假装有权处理并不属于他的土地,而即使真的有这样一个荒谬的授权,那么他作为真正的统治者也将拒绝听从,因为他绝不会放弃先辈建立的宗教机制;绝不会丢弃他及其子民一直敬拜的不朽之神——太阳的祭拜,而去膜拜一个并非不朽的西班牙上帝。至于其他事情,他以前从未听说过,现在也不理解它们的意义。于是他想知道瓦尔弗德是从哪里听说的这些稀奇事情。这个狂热的信徒说:是在这本书里,然后他把手中的祈祷书递给阿塔瓦尔帕,后者立即打开书,翻动书页,并将它放在耳边,然后说:这(书)是无声的,它什么也没有告诉我,随后鄙夷地将它扔到地上。这一行为惹怒了暴徒牧师,他转向他的刽子手,大声地喊道:动武吧,基督徒们,动武吧;上帝之言遭到了亵渎,让我们惩罚这些不虔诚的狗吧。[1]

在征服秘鲁的过程中,西班牙殖民者利用祈祷书为他们强占印加人的领土提供了合法性,而文森特牧师则直接变成了军师,煽动军队屠杀印加人并俘虏了阿塔瓦尔帕。由此可见,作为宗教书籍的祈祷书在整个殖民过程中被赋予了这样一个角色——共谋者,即与殖民者沆瀣一气,形成一种封闭且紧缩的话语场,使白人实行的罪恶的殖民主义、种族屠杀、奴隶制变成了万能之主上帝的旨意。

---

[1] Henry Louis Gates, Jr., William L. Andrews. *Pioneers of the Black Atlantic*. Ibid., p. 138.

三、同黑奴"对话"的《圣经》

马伦特在讲述自己被南卡罗来纳州切罗基人（Cherokee）抓获并被处以火刑的险境时呈现了会"说话的"书：

> 就在这一刻，国王大约 19 岁的长女来到殿堂，并站到我的右边，拿走我手中捧着的《圣经》，饶有兴趣地翻开书页并亲吻它。当她把书还给我时，国王询问我那是什么东西。我告诉他这是记录我主名字的书。在问了另外几个问题之后，他让我阅读它，我应要求做了，在读到《以赛亚书》第 53 章和《马太福音》第 26 章时，我的态度尤为虔诚。当我称颂耶稣之名时，它在我身上产生的奇特效果也被国王看在了眼里。在我读完之后，国王问我为何在读这些名字时有崇敬之情。我告诉他，因为是他们创造了天与地，以及我与他。国王对此极力否认，于是我指着太阳，问他是谁创造了太阳、月亮和星星，并让它们保持恒常秩序。他说是他们部落的一个人创造了这些。我正试图说服他的时候，他的女儿再次从我手中拿走《圣经》，打开并亲吻它。国王让她把书还给我，她照办了，但是忧伤地说：这本书不与她说话。行刑之人随即跪下，恳请国王让我祈祷，并得到了恩准，我们都跪在地上，于是上帝显现了他的荣光。①

马伦特所描述的无法与书本"说话"的对象与库戈阿诺书写的对象具有相似性，因为两者都是美洲原住民。其中，前者是切罗基公主，后者是印加国王。然而，两个叙事的会"说话的"书的主体则具有天壤之别：库戈阿诺的主体是西班牙随军牧师文森特，而马伦特的主体就是黑肤色的自己。当然，两个主体的肤色差异并没有影响两个原住民客体的相同遭遇——阿塔瓦尔帕发现文森特手中的书是无声的，什么都没有说；切罗基公主两度从马伦特手中接过

---

① Henry Louis Gates, Jr., William L. Andrews. *Pioneers of the Black Atlantic*. Ibid., p. 75.

书、打开、亲吻,却发现它不跟自己说话。正是她的这句话使行刑之人立即跪下,这就凸显了马伦特手中的《圣经》所具有的文化之力。就在那一刹那,似乎异文化的力量冲出了小巧的书页,盘旋在切罗基王国的上空,有的缓慢升腾,有的往下挤压,折弯了所有人的膝,焕发出万能上帝的光。

纵观上述三类"会说话的书",可以看出遭遇会"说话的"书的对象,也就是灵动之物的承载者与五个主旨的作者之间具有如下表所示的微妙关系:

| \multicolumn{8}{c|}{"会说话的书"} |
承载者	身份	作者	身份	书本	书本语言	场景	结果
格罗涅索	在"中途"的黑奴	格罗涅索	黑奴	圣经	荷兰语	跟随主人航行的途中	遗憾和失望
伊奎阿诺		伊奎阿诺	黑奴	圣经	英语		焦虑
切诺基国王的长女	美洲原住民	马伦特	自由黑人	圣经	英语	面临残酷的火刑处决	忧伤
印加国王阿塔瓦尔帕		库戈阿诺	黑奴	祈祷书	西班牙语	抵抗西班牙殖民者的入侵和屠杀	鄙夷地扔到地上
约翰·杰	法律上的自由黑人	约翰·杰	法律上的自由黑人	圣经	英语	摆脱主人的束缚,迈向真正自由	悲伤和哀叹

由此可见,五个人中既是承载者又是作者的有三个:格罗涅索、伊奎阿诺和约翰·杰。作为作者具有相同身份(黑奴)的也有三个:格罗涅索、伊奎阿诺和库戈阿诺。而且他们都描述了抓住并偷走自己的人——非洲人,而不是白人,因为他们在被贩卖之前都没有见过白人。其中,格罗涅索之所以被几内亚商人骗走是因为他当时在家中不受待见,被父亲、外公以及原本宠爱自己的母亲疏远。作为最年轻的王子,格罗涅索自幼就表现出不同寻常的天赋,总有一些奇妙的想法,去探寻世间万物的开端,询问很多连长辈都无法回答的问

题，从而招致众怒。在大雨倾盆的一天，一团乌云瞬间遮住了太阳，他非常害怕居住在天上的权力人物，因此正在野外玩耍本该回家的格罗涅索静静地站在雨中，不敢动弹。他的一个小伙伴跑回来问他为何一直站在大雨中，格罗涅索哭着说自己腿软，走不快。于是小伙伴就把他扶回家，格罗涅索的母亲在了解情况时询问儿子，从而展开了一场影响母子及父子关系的对话：

我母亲问了我很多问题，例如，我为什么会这样做（站在雨中），我是否还好。我说，亲爱的母亲，请告诉我：那个拥有无限力量创造雷霆的伟人是谁？她说：除了太阳、月亮和星星之外，没有别的力量，因为正是他们创造了我们的国家。于是，我又询问母亲：我们的人民是怎么来的？她说：一个来自另一个，并带着我追溯了很多代人。接着我又问：是谁创造了第一个人、第一头奶牛和第一个狮子？苍蝇是从哪里飞来的？因为没有人能创造苍蝇。我的母亲似乎陷入了困境，因为她担心我要么是智力出了问题，要么就是傻瓜。此时，父亲走了进来，看见母亲的忧伤，立即询问了缘由。当母亲把我们的对话告诉他之后，父亲非常生气，并开始警告我：如果我再这样惹是生非，他就要严惩我。于是，我决定不再告诉母亲任何事情。①

至此，格罗涅索开始忧伤，而其亲戚和朋友每天带他出去赶羊、射箭、拉弓等，让他没有时间思考和问奇怪的问题。正在这时，一个黄金海岸的主要从事象牙贸易的商人来到格罗涅索所在的城市。他觉察到不开心的格罗涅索，并询问了原因。随后他就告诉格罗涅索，如果他的父母允许的话，他就带他回家，因为在他的家乡，格罗涅索既可以看见"在水上行走的长翅膀的屋子"，又能看见"白肤色的人"②，而且他自己有一个与年轻的王子年纪相仿的

---

① Henry Louis Gates, Jr., William L. Andrews. *Pioneers of the Black Atlantic*. Ibid., pp. 36—37.
② Henry Louis Gates, Jr., William L. Andrews. *Pioneers of the Black Atlantic*. Ibid., p. 37.

第二章 源自"中途"的文化创伤:"会说话的书"

儿子,他们可以一起玩耍,等到下次贸易时,再把他安全地送回来。由于对这个商人的熟知,以及儿子的再三请求,格罗涅索的父母同意他们一起离开。然而,这个商人最后并没有带他去看长翅膀的屋子,而是带到几内亚国王的面前。国王担心格罗涅索是被他父亲派去的一个间谍,为了打听这个王国的消息用于两国交战,他认为格罗涅索永远也不能再回家,而是应该被卖为奴隶。于是,商人就把格罗涅索带到港口贩卖,由于当时他年纪太小,没有人买,商人的同伙(也是非洲人)还威胁说:如果再没有人买他,就要把他弄死。因此,在看到荷兰船长的时候,格罗涅索就冲上前去,祈求他能够买下自己,他用双手抱住船长对他说:"父亲,拯救我。"尽管船长并不懂得格罗涅索的语言,他还是买下了他。

如果说格罗涅索是被骗走的,那么库戈阿诺和伊奎阿诺则是在没有防备的情况下被抓走的。库戈阿诺出生在芳汀(Fantyn)海岸的阿吉迈克(Agimaque)城,他的父亲是芳提(Fanti)国阿吉迈克城和阿斯利(Assinee)城的管辖者的朋友。当老国王逝世后,库戈阿诺被留在了这个王室家庭中。不久,他就被老国王的侄子阿姆布罗·阿卡沙(Ambro Accasa)派去陪伴他的儿子,因为阿卡沙继承了王位。库戈阿诺在那里待了两年,随后被派去拜访一位叔叔,在叔叔家待了三个月之后,库戈阿诺准备回到父亲的身边。由于当时他与很多小伙伴相处得很好,他们一起到丛林中采摘水果、捕捉小鸟,这些活动他都觉得非常有趣,他又滞留了一段时间。有一天,当他们一如往常地进入丛林之后却遇到了前所未有的麻烦,有一批说不同的语言、唱不同的歌曲、跳不同的舞蹈的人抓住了他们,把他们分开带走。在步行十多天之后,库戈阿诺被带到一个小镇,见到了传说中的白人:"在那里,我看见几个白人,这让我非常害怕,怕他们吃我,因为这是我小时候成长的地方流行的有关白人的观念。"[1] 换句话说,这是库戈阿诺第一次见到白人,由此可见那些抓住他和带

---

[1] Henry Louis Gates, Jr., William L. Andrews. *Pioneers of the Black Atlantic*. Ibid., p. 94.

走他的人都是与其肤色相同的非洲人。

伊奎阿诺是在自己的家中被抓走的,当时他的家人和邻居外出劳动,留下他和妹妹在家中。不久,有三个人翻墙抓住两兄妹,甚至都没有给他们哭喊和反抗的时间就把他们的嘴堵上,把他们的双手捆在背后,带着兄妹逃走。在带着他们走了两天两夜之后,这些人就把伊奎阿诺兄妹分开,由不同的主人带走。在很多天的跋涉途中,伊奎阿诺频繁地更换主人,但他发现这些人"所说的是与自己完全相同的语言"①,而且第一个主人家的房子、家具、打水的方式、赶牛的吼声等都与自己所在村子的一模一样。唯一不同的是主人家中有很多奴隶,其中一个年纪比较大的女奴经常向主人告密。实际上,伊奎阿诺一直在不同的非洲国家穿梭,并且在到达丁纳(Timnah)镇之前遇到了失散已久的妹妹,他们相拥而泣,许久无话。周围的人都非常感动,说要帮助他们兄妹,让他们待在一起。然而,晚上,伊奎阿诺的主人却横睡在两兄妹的中间,试图阻碍他们。然而,两兄妹却把手放在他的胸上,彼此紧握。第二天拂晓时分,妹妹就被带走,从此再也没有与伊奎阿诺见过面。尽管伊奎阿诺逐渐发现有的主人所说的语言与自己的有一些差异,但还是可以知晓大意,并且很容易学会他们的语言,因此到达几内亚之前,伊奎阿诺就学会了三种非洲语言,直到到达黄金海岸的港口之后,他才发现了完全不同的语言——欧洲语言。

上述三人成为奴隶的过程说明非洲人在整个奴隶制体系中并不完全是受害者,而这也与历史资料相吻合。在挖掘非洲历史的过程中,盖茨在多次亲自前往非洲考察并反复比对奴隶制的相关历史资料之后,就发现了这个令自己震惊的事实:在具有悠久历史的压迫、残害黑人的奴隶制和殖民主义行为中,非洲人不仅仅是受害者或旁观者,还是参与者,即有一部分非洲黑人直接参与奴役和殖民族裔同胞,他们与白人存在合作伙伴关系并共享了部分利益。这就使得黑人在不同的历史阶段承担了不同的角色,大致可以分为四类。

---

① Henry Louis Gates, Jr., William L. Andrews. *Pioneers of the Black Atlantic*. Ibid., p. 212.

第二章　源自"中途"的文化创伤："会说话的书"

第一，早期自由的黑人探险者和征服者，他们陪同白人一起到达新大陆，起初进行探险，随后开始侵略、征服当地的原住民。其中，第一个到达如今美国版图的非洲黑人是胡安·加里多（Juan Garrido），一个自由的黑人征服者。他于1513年陪同庞塞·德莱昂（Ponce de León）——16世纪殖民墨西哥等地的西班牙首领，到达佛罗里达州，这也是德莱昂第一次到达北美。加里多大约于1480年出生在西非，10岁左右以一个自由人的身份前往里斯本，不久之后成为第一个有名的黑人征服者，也是当时最著名的征服者之一。加里多于1503年从塞尔维亚航行到圣多明各，在那里生活了7年，随后前往波多黎各的圣胡安。正是在这里，他遇到了德莱昂，随后加入德莱昂的队伍，当时德莱昂的队伍作为西班牙殖民波多黎各和古巴的一个分支，两人一起两度（1513年和1521年）到达佛罗里达州。在古巴的时候，加里多参加了埃尔南多·科尔特斯（Hernando Cortés）的队伍，主要负责处理战死的西班牙同胞的尸体，这个队伍于1519年毁灭了阿兹特克帝国（Aztec Empire），加里多还在阿兹特克首都特诺奇蒂特兰城（Tenochtitlán）为这些死去的战士建立了一个小教堂。在此之后，他还参加了其他西班牙殖民队伍，并于1524年到达墨西哥城，也就是新西班牙的首都，在这里西班牙人宣称加里多是一个合法居民，并在市中心划分了很多土地给他，使他成为这个城镇的第一个看门人，负责管理城里的渡槽。1528年，加里多离开墨西哥城，前往扎卡图拉（Zacatula）省，在那里他开始拥有自己的奴隶，这些苦力主要为他采集金矿。然而，由于收益甚微，加里多在1530年再次参加了科尔特斯远征加利福尼亚南部的行程。1538年，加里多给当时的西班牙国王查尔斯五世（Charles V）写了一封简短的请愿书，内容如下：

按照我的意愿，我在里斯本变成了一个基督徒，在卡斯提尔待了7年，然后到圣多明各……在那里待了一段时间。随后到波多黎各的圣胡安……在那里待了很长时间……然后到新西班牙。我参加了占领墨西哥城的战役和其他的征服战役……我是第一个在这片土地上种植和收割小麦的人，现在这里到处都是小麦，我还带了很多蔬菜种子到新西班牙。①

在16世纪40年代末，加里多返回墨西哥城，不久之后辞世。在16世纪，像加里多一样的非洲黑人还有很多。例如，1513年巴斯克·德·巴尔博亚（Vasco de Balboa）"发现"太平洋的探险历程中就有30个非洲人参加。1528年阿尔瓦·德·巴卡（Alvar de Vaca）从佛罗里达到得克萨斯州再到墨西哥的冒险中也有很多非洲人陪同。1531年弗朗西斯科·皮萨罗到秘鲁的探险，以及他于1532年征服印加帝国的过程都有很多非洲人陪同，这些黑人甚至"在皮萨罗于1541年被暗杀后，还愿意把他的尸体抬到大教堂"②。1534年，佩德罗·德·阿尔瓦拉多（Pedro de Alvarado）到达基多（Quito）时，他的队伍中居然有200个黑人。简而言之，非洲黑人在西班牙人"发现"和征服新大陆的过程中起到了不可替代的作用。

第二，非洲奴隶贸易头目，他们直接把所拥有的奴隶卖给白人或者其他需要奴隶的黑人。就黑人奴隶制而言，实际上它并不是白人发明的，因为在欧洲人到达非洲之前，奴隶制就已经在非洲存在了很长时间。那时的奴隶主要是战俘，包括国家之间和部落之间战争的失败者，这些奴隶的脸上大都被烙上标记，以标识其奴隶身份。由于这些奴隶大量聚集容易发生暴乱和反抗，因此当时一些非洲领导者非常愿意以高价把自己的敌人卖给白人。至少从1491年开始，西非的刚果国王就接见了葡萄牙大使，商讨奴隶贸易事宜。在15世纪，葡萄牙成为欧洲与非洲奴隶贸易的垄断者，直到1637年才由荷兰打破了这种垄断，得以直接到非洲大陆购买奴隶。1641—1661年加西亚二世（Garcia

---

① Henry Louis Gates, Jr. *Life upon those Shores: Looking at African American History, 1513—2008*. Ibid., p. 7.
② Henry Louis Gates, Jr. *Life upon those Shores: Looking at African American History, 1513—2008*. Ibid., p. 5.

Ⅱ）恩坎加·卢凯尼（Nkanga a Lukeni）统治刚果时期，就与多个国家，包括葡萄牙、英国、意大利、荷兰等国展开了奴隶贸易，并外派很多使臣到这些国家。除了刚果王国，当时安哥拉王国也是重要的奴隶贸易国，最著名的当权者就是女王恩津加（Nzinga，约 1583—1663）。恩津加在 1626 年成为姆邦杜（Mbundu，安哥拉中西部讲班图语的地区）的女王，她在与葡萄牙的奴隶贸易过程中体现出卓越的外交技能。在揭开这些历史真相之后，盖茨认为："如果没有非洲领导者的参与，成功的、利润丰厚的非洲奴隶贸易不可能存在，也就不会有那么多的非洲人从非洲大陆被'偷走'，并运送到美洲和宗主国。"①

第三，奴隶捕捉者、看管者和押送者，他们大都为奴隶贸易头目（包括本土和西方头目）效力，赚取一定的钱财。族裔同胞或敌人的生活习性具有相似性，更容易抓获和制服，因此有数量庞大的非洲黑人在整个奴隶制链条中占据极为重要的地位。除了在非洲本土效力以外，他们还与白人奴隶贩子一起押送被抓获的奴隶前往欧洲或新大陆，以防止这些"商品"在"中途"逃跑、暴乱或反抗。

第四，被抓获、贩卖的奴隶，包括年幼的小孩和有劳动力的年轻男女。正是这些人成为如今新大陆黑人的祖先，他们一方面经历了族裔的背叛、"中途"的黑暗以及新大陆和宗主国的残酷压迫，另一方面则忍辱生存，间或奋起抵抗，最终推翻了奴隶制，为黑人赢得了作为"人"和"自由人"的身份，并创造了丰富的黑人民俗文化和艺术作品。

由此可见，在黑人遭受奴役和殖民的几个世纪中，非洲人绝不是单面的受害者，他们还承担了多面的角色，而且这些角色也出现在新大陆，有的黑人在获得自由之后也开始拥有自己的奴隶，而且大都是家乡人，例如伊奎阿诺。他在自己的叙事中指出："在前往姆斯凯特（Musquito）海岸之前，我上了一个几内亚人的船，去买一些奴隶带往姆斯凯特，以便开辟一个种植园，我所选的

---

① Henry Louis Gates, Jr. *Life upon those Shores: Looking at African American History*, 1513—2008. Ibid., p. 11.

都是我的家乡人。2月12日，我们驶离牙买加，在18日到达姆斯凯特海岸的一个叫做德佩普（Depeupy）的地方。"[①] 为此，盖茨呼吁美国及其他新大陆的黑人正视这个事实——在历史上黑人自身也在残酷的奴隶制和殖民主义中扮演了参与者的角色。当然，盖茨认为这种黑人对黑人的奴役、压迫同白人对黑人的奴役、殖民是有本质的区别的，原因主要有两点：其一，非洲本土的奴隶贸易大都针对的是战俘、犯罪分子以及其他犯有过错的黑人；其二，有的奴隶抓捕者、看管者和押送者是被逼迫的，可能因为面临殴打、死亡、骨肉分离等威胁。盖茨认为认识到这些因素将有助于解决新大陆、欧洲大陆和非洲大陆的黑人之间存在的矛盾，而就美国而言，则既有利于解决黑人内部固有的一系列历史问题，又能够更好地研究奴隶叙事，尤其是理解"会说话的书"这个文学主旨的特性。

第二节 "呼—应"的黑人言说——"会说话的书"的特性

"会说话的书"的特性与会"说话的"书密切相关，因此探究前者的特性需要解决两个问题：其一，什么是会"说话的"书？在五个叙事中，格罗涅索、马伦特、伊奎阿诺和约翰·杰所描述的"书"都是《圣经》，只有库戈阿诺的"书"是祈祷书。由此可见，会"说话的"书指的是宗教书籍，从而使得"会说话的书"这个主旨无法规避宗教性。其二，会"说话的"书为何既能"说话"，又不能"说话"？五个叙事描述了灵动之物如何与主人、马伦特和后期的约翰·杰"说话"，而不与格罗涅索、伊奎阿诺、早期的约翰·杰、阿塔瓦尔帕、切罗基公主"说话"，从而使"会说话的书"兼具两种特性："说话"

[①] William L. Andrews, Henry Louis Gates, Jr. *Slave Narratives*. New York: Literary Classics of the United States, Inc., 2002, p. 213.

第二章 源自"中途"的文化创伤:"会说话的书"

性与不"说话"性。由于这两种特性都凸显了浓厚的宗教意识,因此整个主旨都洋溢着宗教性。

一、俯首帖耳的沉默:不"说话"性

根据五个叙事作者与会"说话的"书的关系,可以把他们分为四类加以讨论。第一类,不能与书本"说话"者:既是作者又是承载者的格罗涅索和伊奎阿诺;第二类,从"不能"转变为"能够"与书本"说话"者:既是作者又是承载者的杰;第三类,能够与书本"说话"者:只是作者的马伦特;第四类,不清楚态度者:只是作者的库戈阿诺,因为他有关"会说话的书"的叙事引自秘鲁史料,而不是自己从奴役到自由的亲身经历。因此,以作者为基准,可以把会"说话的"书的不"说话"性和"说话"性表示如下。

\multicolumn{5}{c	}{"会说话的书"的不"说话"性和"说话"性}
作者	能否让书本"说话"	身份	是否为承载者	书本的"态度"
格罗涅索	不能	黑奴	是	"不说话"
伊奎阿诺	不能	黑奴	是	"保持无声"
约翰·杰	从"不能"到"能"	法律上的自由人→真正意义的自由人	是	"未说一词"
马伦特	能	自由人	否	"不给她说话"
库戈阿诺	未说明	黑奴	否	"无声的、什么也没说"

如上表所示,就不"说话"性而言,五个叙事中完全不能与书本"说话"的作者是格罗涅索和伊奎阿诺。其中,针对"书本"为何不"说话",只有格罗涅索给出了原因:任何人和任何物都轻视他,就因为他是黑人。盖茨对格罗涅索的这种解释进行了批评:"为了阐释主人与文本的关系和作为奴隶的自己

与同一个文本的关系之间的差异，格罗涅索仅仅采用了一种解释，并且是唯一的解释——他的黑人性，沉默的黑人性。"① 接着盖茨深入分析了格罗涅索得出这种解释的根源——把自己塑造为高贵的野蛮人，具体表现在两个方面。其一，不同于他的非洲同胞。格罗涅索在叙事中指出自己从婴儿时期就具有差异："在我所住的王国，只有我知晓在我们（非洲人）崇拜的物体——太阳、月亮、星星等之上居住着某些伟大的有力量的人。"② 正是这种独特的意识使格罗涅索不被周围的人所理解，因此当黄金海岸的商人带他走的时候，他对家人和族人都没有什么留恋。其二，既亲近"白色"，又乐于抛弃自己的非洲传统。格罗涅索离开家是因为商人告诉他可以看到水上行走的屋子和"白肤色的人"，而在离别时唯一让他放不下的也是"白色"的妹妹诺格薇（Logwy）——"她非常白，也非常好看，有着浅而亮的头发，尽管我们的父母都是黑人。"③

在被荷兰船长买下后，格罗涅索描述了主人把他全身上下佩戴的黄金饰品取下来的感受："这时我非常高兴"，因为"我觉得那些东西很烦"，随后"我洗了澡，穿上了荷兰或英国风格的衣服"。④ 盖茨认为格罗涅索的这些描述旨在证明自己不是普通的非洲人，而是高贵的黑人，试图与大众黑人区分开，以便奔向"白色世界"和欧洲人的怀抱。由此可见，盖茨之所以要批评格罗涅索的解释，是因为他对格罗涅索的"白化"思想极为不满，他认为格罗涅索不应该把自己黑色的脸当成书本不与他"说话"的缘由，因为这种理由彰显了身为黑人的他对所属种族的自我贬损。换句话说，黑色、黑人、黑脸、黑人性等都

---

① Henry Louis Gates, Jr. *The Signifying Monkey: A Theory of African-American Literary Criticism*. Ibid., p. 137.
② Henry Louis Gates, Jr., William L. Andrews. *Pioneers of the Black Atlantic*. Ibid., p. 35.
③ Henry Louis Gates, Jr., William L. Andrews. *Pioneers of the Black Atlantic*. Ibid., p. 37.
④ Henry Louis Gates, Jr., William L. Andrews. *Pioneers of the Black Atlantic*. Ibid., p. 40.

不能被当成书本不"说话"的根本原因。

然而，随后盖茨却从书本的主动性视角分析了格罗涅索的被动性遭遇："格罗涅索无法与书本说话是由于书本不同他说话，书本没有意识到他的在场，因此拒绝分享自己的秘密或解码所编码的信息"，或者说"西方文本，不论是《圣经》还是祈祷书，既看不见他，也听不见他，因为文本只与它们能够识别的东西对话"。①而当时的格罗涅索尽管痛快淋漓地洗了澡，穿了欧洲风格的衣服，摘下了惹他心烦的非洲配饰，但是他还不是欧洲人，因为这些"白化"行为无法洗掉他那身黑色的皮囊，漂不白他的黑脸，也就不能把他造就成白人。因此，当他把自己的耳朵贴近书本时，格罗涅索是"一个第三项，不伦不类"，即"不再是纯正的非洲人，但也尚未成为自己所渴望的欧洲人"，故而"西方文本不会接受格罗涅索的'灰色'身份，从而拒绝同他'说话'。文本强大的沉默告诉格罗涅索，仅仅抛弃自己的表意的黄金链条还不足以使他与欧洲文本的能指链条相遇"。②根据盖茨的解释，在会"说话的"书与格罗涅索之间，书变成了主动的主体，格罗涅索则变成了被动的客体。这就使得盖茨自身回到了他所批评的原点，即把格罗涅索尚未变"白"的"黑"脸看成西方文本拒绝同他"说话"的根源，从而使得整个批评前后矛盾。

为了避免这种悖论，就需要转换视角，即站在申诉黑人身份及其文化身份的视角，看到具有主动性的不是书而是格罗涅索。同时，决定这种主动和被动基调的因素是格罗涅索的身份背景及其相关的语言能力和文化经历。格罗涅索出生于非洲拉扎王国（Kingdom of Zaara，大概是现在的苏丹），是一位王子，他的母亲是当时在位国王的长女。格罗涅索 13 岁左右在布尔诺城（Bournou）野外玩耍时被几内亚商人骗至黄金海岸贩卖为奴，在经历"中途"

---

① Henry Louis Gates, Jr. *The Signifying Monkey: A Theory of African-American Literary Criticism*. Ibid., p. 137.
② Henry Louis Gates, Jr. *The Signifying Monkey: A Theory of African-American Literary Criticism*. Ibid., p. 138.

到幸存新大陆的整个过程中，他既是非洲传统遭遇、冲击、解构西方传统的见证者和践行者，又是开启黑人新大陆传统的奠基者和维护者。因此当他在航行船上首次接触西方的阅读文化时的感受是：这一生（13 岁前）最为惊讶的事情，"那本书在与主人说话"。格罗涅索为何会对"书本"产生灵动性的认知？这就与他当时携带的非洲性，包括非洲身份、语言、文化、宗教等密不可分，具体表现在两个方面。

第一，宗教思想。万物有灵论，即所有的物都被看成是神圣的、能动的和有生命的。这种思想在黑人进入新大陆之后依然是"活的"，现在依旧存在于美洲黑人的伏都教（Voodoo）之中，因此在这种思想中成长起来的格罗涅索会把主人手中的"书本"当作有生命的、能说话的主体。同理，伊奎阿诺的情况也是如此，他于 1745 年出生于贝宁王国（Kingdom of Benin）的伊萨卡（Essaka），11 岁时在家中与妹妹一起被抓住，随后被拆散贩卖。伊奎阿诺被带往弗吉尼亚州的某个种植园，在这里他发现了两个灵动之物：第一个是一只挂在烟囱上的钟，他对钟表发出的声音感到好奇，而且非常害怕它会把自己做错的事情告诉主人；第二个是挂在房中，总是看着他的一幅白人画像，让他异常恐惧。后来伊奎阿诺被转卖给迈克·帕斯卡，并跟随他前往英国，正是在此路程中，伊奎阿诺发现了第三个有灵的物体：主人和朋友迪克手中的会"说话的"书。

第二，非洲口头文化中恶作剧故事的讲述美学及其语言的"表演性"。罗波·塞克尼（Ropo Sekoni）对此有深入的研究，他考察了约鲁巴文化的恶作剧故事，指出其审美体验主要由三个不可分割的部分组成："吸引听众的能力、维持听众注意力的能力和向听众转移认知经验的能力"。因此故事讲述者必须相应地具备三个条件："拥有美妙和富有魅力的声音，熟练运用叙述语言，具备使用身体语言包括脸、躯干、手臂、双腿等语言介质的能力"，从而能为听众唤起一种虚构的经验，为故事召唤一种结构。同时"由于大多数恶作剧故事的听众都比讲述者年龄小，因此他所使用的语言就要能很好地提供一种令人羡慕的语言表演模式,以便让听众能够使用自己的语言理解故事内容"①。格罗涅索和伊奎阿诺在被抓走时分别为 13 岁和 11 岁,他们都是恶作剧故事的忠实听众,也是需要针对年长的讲述者的"声音"做出互动的一方,所以当他们看见主人阅读时认为主人与"书本"间是一种互动的讲述者与听众的关系,而不是盖茨说的"黑人追寻一个文本声音的一种象征"②。

如果说非洲传统的非洲性解释了书本的灵动性,那么携带这种非洲性的格罗涅索和伊奎阿诺为何都发现书本不"说话"?究其原因,主要在于他们的新大陆口语体语言传统与书本的书面语言传统之间的对立关系。黑奴的新大陆口语体语言是殖民主义和种族主义的产物,是非洲语言传统和西方语言传统的衔接者。在奴隶制时期,非洲大陆的黑人拥有几千种语言,当他们被当成商品运往新大陆的途中或留在新大陆的种植园时,如果"两个或多个来自同一个民族或国家的黑人被分到一起,他们会因具有相同的语言背景而彼此交流"③,这就增强了黑奴之间的团结性和反抗性,所以奴隶主不得不把能够说相同语言的黑奴分散在不同的地区。然而这并不能阻止来自不同文化和语言家族的黑奴之间的交流,因为他们会应需求创造一种新的黑人语言,从而既能相互对话并团结一致,又能谈论奴役者。

为此,奴隶主开始强行限制黑奴之间交流的媒介,即只能使用白人能够听懂的欧洲语言,然而这依旧未能磨灭黑人创造语言的能力,他们索性"借用奴隶主的语言词汇,把它们融入非洲语法和语言结构传统,从而通过合成非洲和欧洲元素的方式创造出一种新的美洲语言"④。换句话说,在新大陆,只要有奴隶制的地方就会出现黑奴创造的全新的黑人语言,如今西印度群岛的克里奥

---

① Hazel Arentt Ervin. *African American Literary Criticism*, 1773 to 2000. Ibid., p. 338.
② Henry Louis Gates, Jr. *The Signifying Monkey: A Theory of African-American Literary Criticism*. Ibid., p. 169.
③ Howad Dodson. *Jubilee: The Emergence of African-American Culture*. Washington D.C.: National Geographic, 2002, p. 151.
④ Howad Dodson. *Jubilee: The Emergence of African-American Culture*. Ibid., p. 151.

尔语（Creole）和美国的黑人口语体语言就是典型的代表。其中，由于西印度群岛既是最早接受黑奴的地方，也是最大的奴隶贸易中转站，因此克里奥尔语已经自成体系。美国黑人的口语体语言大致起源于 1619 年 8 月下旬，即"第一艘载有 20 多个安哥拉黑奴的英国船只——'白色狮子'（White Lion）在（英国殖民地）弗吉尼亚的詹姆斯镇靠岸之时"①。这种标准英语与黑人方言的混合语言是"黑人在白人的凝视范围外创造的独具'黑人性'的口语体语言"②。在奴隶制盛行时期，这种"范围外"的创造之地主要有两个。

第一，劳动场所，它是聚集众多黑奴的大型社区，奴隶制迫使黑奴只能彼此交流，并限制了最为重要的交流媒介——英语的反抗性和攻击性，因此"奴隶制下的非洲人不得不在被迫使用英语的语境中发明一种谈话体系，让他们既能相互讨论黑人事务，又能谈论他们面前的白人"③。

第二，黑人教堂，它"既是一个宗教社区，又是一个社会团体"，因为在其范围内的黑人"没有被强制要求使用白人的文化和言语形式，所以不需要唯白人是从"，从而成为"黑人唯一拥有的独立机构"。因此，几个世纪以来，黑人教堂"孕育了丰富的黑人术语和词句，培育了非洲语言的存在"，从而使得源自非洲的"口述传统一直是'活的'"④。

当然，不论是受监管的劳动场所还是相对自由的黑人教堂的谈话体系，都需要黑人对西方语言进行黑人性编码，这种编码所生成的口语体语言作为最早衔接非洲传统和西方传统的文化形式，既传承了非洲的语言"表演性"，又形成了新大陆的语言"图画性"，即"黑人对英语的阐释是一种图画性方式，即

---

① Henry Louis Gates, Jr. *Life Upon These Shores: Looking at African American History, 1513—2008*. Ibid., p. 3.
② Henry Louis Gates, Jr. *The Signifying Monkey: A Theory of African-American Literary Criticism*. Ibid., p. xxxiv.
③ Hazel Arentt Ervin. *African American Literary Criticism: 1773 to 2000*. Ibid., p. 410.
④ Hazel Arentt Ervin. *African American Literary Criticism: 1773 to 2000*. Ibid., p. 405.

用一种行为描述另一种行为",因为"行为在言说之前,所以图画性描述比语言解释容易得多"①。这种"图画性"编码继承了非洲语言传统的"表演性"互动模式,并在此基础上发展了一种"呼—应"(Call-Response)模式的黑人言说(Black Talk),即"如果是 A 与 B 的谈话,黑人言说的要求是 A 与 B 之间的对话,而不是 A 对 B 进行讲演",因为黑人谈话的"基本理念是真正的交流只产生于频繁的交换过程中",所以"在黑人谈话中唯一的错就是不做任何回应,因为没有回应本身就意味着说话者未专注于谈话本身"②。

这种起源于 1619 年的新大陆黑人口语体语言及"呼—应"模式的黑人言说,到 18 世纪中期已发展成熟,并开始形成一种独特的传统。然而,此时黑人口语体语言的发展模式尚未进入欧洲书面语言领域,因为只有极少的黑人能够用欧洲语言进行书写,这就限制了他们与书面性语言载体进行互动的能力,这种情况直到黑人掌握并"非洲化"或"黑人化"欧洲书面语言之后才得到改善。在 18 世纪中后期被贩卖到新大陆的格罗涅索和伊奎阿诺,在初遇西方"书本"时的语言能力是成熟的非洲语言和尚未成熟的新大陆口语体语言,而完全不懂书本承载的书面性荷兰语和英语,所以他们与书本的互动能力受到了限制,即尽管他们能够使用互动性口头语言(非洲语言、零星新大陆口语体语言)进行"呼",却不会得到白人非互动性书面性书本的"应"。

由此可见,实际上,并不是盖茨所说的"书本拒绝与格罗涅索说话",或"当书本想要看清楚伊奎阿诺的声音背后是谁的脸之时,却只看到了一种缺场"③,而是格罗涅索和伊奎安诺自身的语言能力决定了他们能否让书本说话,具体关系可以用下图表示。

---

① Winston Napier. *African American Literary Theory: A Reader*. Ibid., p. 31.
② Hazel Arentt Ervin. *African American Literary Criticism: 1773 to 2000*. Ibid., p. 404.
③ Henry Louis Gates, Jr. *The Signifying Monkey: A Theory of African-American Literary Criticism*. Ibid., p. 156.

"会说话的书"的不"说话"性				
作者	遭遇书本时的语言能力/身份	与《圣经》的关系	创造书写文本时的语言能力/身份	同《圣经》的关系	获得自由的方式
格罗涅索	非洲语言、零星的荷兰语口语/黑奴	限于聆听主人在安息日之时的阅读	流利的口头和书面英语、荷兰语/自由人	熟练阅读，并按时在教堂为白人教徒讲述	男主人的遗愿，通过苦力赚钱赎身
伊奎阿诺	非洲语言、零星的英语口语/黑奴	限于看主人和迪克在空闲时阅读	流利的口头和书面英语/自由人	熟练阅读，并引用到叙事之中	赎身，并开始拥有自己的奴隶

由此可见，格罗涅索和伊奎阿诺不能让书本说话的原因有两个：其一，他们还未进入欧洲书面语言体系，因此不能与作为书面性载体的西方文本进行互动；其二，白人书面语言的是非互动性语言，因此格罗涅索的主人是在"朗读"文本，伊奎阿诺的主人和朋友迪克则是在"阅读"文本，而不是在与文本"说话"，因为这种"说话"只存在于黑人的互动性口头文化中。这也是作为承载者的切罗基国王的长女和阿塔瓦尔帕不能让书本说话的原因，因为前者既不会口头英语也不懂得马伦特的《圣经》的书面英语，而后者则不懂承载文森特的祈祷书的书面语言。然而，当黑人掌握了书本的书面语言，并对其进行了黑人性口头文化调整之后，就能够让书本说话，这就是他们以书写形式创造的书本之所以具有口语痕迹的原因，同时也是马伦特和约翰·杰能够与书本说话的原因，即"会说话的书"的"说话性"。

二、水滴石穿的契机："说话"性

就五个"会说话的书"的"说话性"而言，五个叙事中能够让书本说话的作者是马伦特和约翰·杰。其中，马伦特只是作者而不是"会说话的书"的承载者，而针对其会"说话的"书的"说话性"，盖茨以批评格罗涅索的方式对他进行了赞扬："如果说在格罗涅索的比喻中，声音预设了一张白人的脸或是

第二章 源自"中途"的文化创伤:"会说话的书"

被白人同化了的脸,那么在马伦特的文本中,声音既预设了一张黑人的脸,又预设了一种光芒四射的在场。"① 换句话说,格罗涅索把被文本拒绝的核心原因归结于自己的黑人性,而马伦特则创造了一个虔诚的黑人生命,从而使黑人性控制着整个文本的声音。盖茨的这种褒贬解释是值得商榷的,因为影响马伦特和约翰·杰能否与书本"说话"的因素也是他们不同时期的身份所具备的相关语言能力,而这种关联恰好可以通过杰的经历得到印证。

杰从"不能"转变为"能"与书本说话,是什么因素促成了这种转变?主要是由于杰的语言能力和文化经历的转变。杰于1773年出生于非洲的卡拉巴沃古镇(Old Callabar),父亲是汉布尔顿·罗伯特·杰(Hambleton Robert Jea),母亲是玛格丽特·杰(Margaret Jea)。杰在大约两岁半时与父亲、母亲、哥哥和姐姐一起被偷走并运往北美卖为奴隶,最后被纽约的一家私人小农场主(荷兰人)买下,成为"夏季从凌晨两点劳动到晚上十点、十一点,冬季从凌晨四点劳动到晚上十点的苦力"②。杰在八九岁时,目睹了白人口中时常念叨的万能上帝的存在:"首先他点燃了牧草,让牛渴死,使整个农场的果树枯死,紧接着带来一场夹杂着雷电的风暴,摧毁了方圆三十到五十公里,残忍对待黑奴的13户白人住房、谷仓和仓库",随后"让一个富裕的奴隶主死去"③。这个白人的离去加剧了奴隶主的恐慌,他们举行了一场哀悼大会,对死去的人哀悼不已。目睹一切的杰对上帝表现出敬畏之情,然而这种敬畏并未持续多久,因为不久之后,当白人杀死周边几千个奋起反抗的印第安人,并把未死的一些人投进监狱之后,农场主们举行了一场盛大的庆祝会,他们在黑奴劳作时,通过敲钟、鸣枪、跳舞、唱歌表达他们的喜悦之情。这让杰感知到白

---

① Henry Louis Gates, Jr. *The Signifying Monkey: A Theory of African-American Literary Criticism*. Ibid., p. 144.
② Henry Louis Gates, Jr., William L. Andrews. *Pioneers of the Black Atlantic*. Ibid., p. 369.
③ Henry Louis Gates, Jr., William L. Andrews. *Pioneers of the Black Atlantic*. Ibid., p. 371.

人的异样态度："当上帝杀死一个白人时，这些人做了一个盛大的哀悼会；但是当他们杀死如此多的印第安人时，却开了一场盛大的庆祝会。"① 于是，他对上帝表现出的不公非常不满，并开始憎恨上帝及所有自称为基督徒的白人。

杰的行为被主人发现，他们残忍地鞭打他，然而，这种鞭打不仅未能阻止杰对上帝和基督徒的诅咒，还更加剧了杰的反抗。于是，主人强行要求杰在每个安息日，当其他奴隶休息的时候前往几里外的教堂接受牧师的传教，并在晚上回到农场时汇报自己对上帝的感知。起初这种要求并未改变杰的反抗，他甚至想杀死牧师，但是在大约15岁时，他的态度却完全转变，不仅与皮特牧师建立了感情，还异常感激上帝："上帝把我心中的黑暗变成了光明，为我创造了一颗明镜般的心，并重新注入了正确的灵魂。"② 这也就是他为何在逃离主人之屋，来到"上帝之屋"时，会得到皮特牧师洗礼的根本原因。由于每个安息日都要聆听皮特讲授经文，在整个过程中，约翰·杰应该是看见过《圣经》的，因此当他的主人们向他展示《圣经》在同他们"说话"时，他第一反应是：他们如何能把那本神赐之书拿在手中，却如此迷信，并企图让其奴隶相信那本书确实在同他们说话？然而，后来杰还是忍不住把书举到耳边，聆听它的回声，最终却发现它"未说一词"。正是这个俯首帖耳的动作与会"说话的"书的无声，促使约翰·杰无法获得真正的自由，但是却没有改变他对上帝的信心，于是他立刻想起了经文中的话，并继续祈祷，直到获得救赎。整个救赎过程充满离奇色彩：

于是，我就虔诚而热情地向上帝祷告，祈求上帝赐予我有关他的话语（经文）的知识，使我能够在纯净的光芒中理解它，并能够用荷兰语和英语来言说

---

① Henry Louis Gates, Jr., William L. Andrews. *Pioneers of the Black Atlantic*. Ibid., pp. 372—373.
② Henry Louis Gates, Jr., William L. Andrews. *Pioneers of the Black Atlantic*. Ibid., p. 380.

第二章 源自"中途"的文化创伤:"会说话的书"

它,从而让我能够让我的主人相信,当我还是奴隶时,他和他的儿子们对我说了不应该说的话。

在五六个星期的时间,我就这样向上帝祈祷,如同《旧约·创世纪》第32章第24节,以及《何西阿书》第7章第4节中的约伯一样。我的男女主人和所有其他人都嘲笑我,说我是个傻瓜,因为上帝不可能听到我的祈求或者满足我的愿望。但是我还是夜以继日地祈祷……在第6周结束时,上帝听到了我的呻吟和哀鸣,并派神圣的天使来到我的心中和灵魂中,将我从所有的悲痛与烦恼以及试图毁灭我的敌人手中解救出来……上帝派了一个天使来到我的梦中,我看见他衣着光鲜,神情焕发,双手捧着一本硕大的《圣经》,来到了我的面前,对我说:"我到这里来,赐福于你,满足你的要求……你渴望能够用荷兰语和英语来阅读和理解这本书,我将教会你,现在读吧。"随后他教我阅读《约翰福音》的第1章,当我读完这一章时,天使和书本瞬间就不见了踪影。这让我惊讶不已,因为我住的地方立刻黑暗下来,那时大约是冬季的凌晨4点。待稍许平静后,我开始思考天使教我阅读这件事到底是事实还是一场梦境……当我完成一天的劳作,来到牧师的房前告诉他我能够阅读时,他异常怀疑,并说:"你怎么可能会阅读呢,因为当你是奴隶时,你的主人会阻止任何白人或其他奴隶靠近你,禁止他们教你阅读。"于是,我告诉他,是上帝在昨天晚上教会我阅读。他说这是不可能的。我就说:"对上帝而言,没有什么是不可能的……如果你有如昨晚上帝给我看的硕大的《圣经》,我可以阅读它。"但是他依旧说:"不,你不可能会阅读。"……牧师取过书,并打开让我阅读,这时我仿佛听到有个人在说:"就是这里,读吧。"这刚好是上帝教我读的《约翰福音》的第1章,于是我就读给牧师听。他说,"你读得很好,也很清楚",然后问我是谁教的。我说是上帝昨天晚上教我的。他说那是不可能的,但如果是事实,他会查清楚的。说完这些,他拿来其他书,试探我能否阅读它们,我尝试了,但是不会。接着他拿来一本拼写课本,看我能否拼写,但是让他震惊的是,我不会拼写,这就让他和他的夫人相信教会我阅读的确是上帝所为，而在他们眼里，这是不可思议的事情。

于是，纽约整个州都传遍了，说上帝在一个可怜的黑人身上显示了伟大的神迹。人们从四面八方跑来，想弄明白这事是真是假。其中，有一些人把我带到地方官员面前，让他就四处流传的谣言审问我，如果可能的话，就能阻止我到处散播上帝在某个晚上花了大约15分钟的时间教会我阅读这件事，因为他们害怕我会教会其他奴隶如何向上帝祈祷，并得到上帝的回应，从而懂得有关真理的知识。

地方官严厉地审问我，问我是否像传言中说的那样懂得阅读。接着他们拿来一本《圣经》，让我读。我读了上面提到的上帝教会我阅读的第1章，他们说我读得很好，也很清楚，然后就问我是谁教会我阅读的。我仍旧回答说是上帝教会我的。他们就说那是不可能的，因此他们又拿来单词书和其他书籍，检测我是否能阅读它们，或是否会拼写。然而，让他们吃惊的是，我不会阅读其他书籍，也不会拼写任何单词。于是，他们就说，我会阅读确实是上帝所为，这真正是一个了不起的奇迹，但是其他人则议论纷纷，说这是个错误，我不应该得到自由。地方官员却说，这不是错误，我应该得到自由，因为他们深信是上帝教会我阅读的，除了上帝之外，没有人可能以这种方式学会阅读。

从上帝教会我阅读的那一刻到现在，除了包含上帝信仰的书籍之外，我一直都不会阅读其他类型的书籍。通过皮特·洛牧师及其他人士的传播，我被允许更加亲近主……通过上帝的帮助，我终于能够从一个屋子走到另一个屋子，从一个种植园走到另一个种植园，以耶稣之名去劝慰罪人……在大约19个月的时间中，我的队伍就增加到500多人……①

在整个救赎历程中，杰在能够阅读《约翰福音》的第1章之后获得了自由。他为何会阅读这一章而不是其他经文？这就与他长期接受皮特牧师教导的

---

① Henry Louis Gates, Jr., William L. Andrews. *Pioneers of the Black Atlantic*. Ibid., pp. 392—396.

第二章 源自"中途"的文化创伤:"会说话的书"

经历有关。在主人逼迫他重新认识上帝,以便好好服从命令的整个过程中,约翰·杰一方面通过聆听的方式熟悉了《圣经》中的很多经文,其中就包括《约翰福音》的第1章,也有可能皮特反复给他重复这一章的内容;另一方面则学到了不少口头英语,尤其是这一章经文的英语口语,从而足以背诵这一章经文的内容。换句话说,他的阅读可能只是一种假象,是源自记忆的背诵而不是看着书页的阅读,只是时机、速度、姿态都吻合了,所以被当成了阅读。当然,也有另一种可能,那就是杰在皮特那里不仅学到了口头英语,还学会了阅读这一章,即熟知一些经文(可能就是《约翰福音》)的书面英语。然而,杰为了凸显上帝的旨意,以便让广大白人基督徒信服,从而编造了上帝教会自己阅读的这一说法。在向上帝祈祷的过程中,杰的要求是能够用"英语和荷兰语"阅读《圣经》,而这两种语言都不是口头语言,而是书面语言,即书写《圣经》的语言。杰为何需要用荷兰语阅读经文?这就与他的主人是荷兰人有关,因此只有会说主人的语言,并能用这种语言阅读印刷文本——《圣经》,才能打破主人的谎言,让他们哑口无言地让自己离开。不论是通过上帝的响应,还是自己的艰苦学习,杰是由于语言能力的转变而获得自由的,即当他以黑人的方式掌握了白人的书面语言之后就能以"呼—应"模式的黑人言说使白人的书本"说话",这也就接洽了格罗涅索、伊奎阿诺等的"不说话性"和马伦特的"说话性"。

马伦特不仅是唯一能够让书本说话的作者,还是会"说话的"书的携带者,正是他手中的《圣经》让切罗基女孩发现"书本不与她说话",其原因也与其身份及语言能力密切相关。马伦特"1775年6月5日出生于纽约的一个自由黑人家庭"[①],随后在学校接受了西方的英语教育,熟练掌握口头和书面英语;在教堂接受基督教教义,成为虔诚的基督徒。因此他不仅熟知《圣经》,还能在祈祷后立即得到上帝的回应:"(第一次火刑:入侵印第安人土地)

---

① Henry Louis Gates, Jr., William L. Andrews. *Pioneers of the Black Atlantic*. Ibid., p. 65.

在快要行刑时，我礼貌又急切地提醒上帝，他曾经从火炉中拯救了三个孩子，并从狮子的窝中拯救了但以里（Daniel）。大约当我用英语祈祷到一半时，上帝指引我转向他们（切罗基人）的语言，并用这种语言祈祷。于是，我自如地用切罗基语祈祷，这对行刑之人产生了极大的影响。"① 随后马伦特被带到有两千多个士兵把守的国王宫殿，他用流利的切罗基语与国王交谈，并当面阅读了《圣经》，包括《以赛亚书》第53章、《马太福音》第26章等内容。在此过程中，国王的长女发现马伦特手中的《圣经》"不与自己说话"，这使先前的行刑之人再次跪下，请求国王让马伦特祈祷。马伦特的祈祷让很多人开始大声哭喊，包括国王的长女，这就惹怒了国王，他认为马伦特是一个巫师，并下令将其投入监狱，第二天再行火刑。然而主与马伦特同在，并让他通过祈祷治好了国王长女的病，从而不仅获得了自由还受到了王子般的礼遇。相较其他四位作者，马伦特的西方性远远大于非洲性，但他毕竟不是白人，而是生长在奴隶制大环境下的相对自由的黑人，因此他也是衔接非洲性和西方性的新大陆黑人，也是美国黑人口语体语言的继承者和发展者。换句话说，他掌握的口头和书面英语并非白人的非互动性英语，而是带有黑人性及口头性的黑人英语，同时其谈话方式也是"呼—应"模式，因此他出场时就能用英语让书本"说话"，当他通过"上帝旨意"掌握了切罗基语后又能用它让书本"说话"。当然，在现实生活层面，马伦特之所以能够说切罗基语，是因为他在与家人产生隔阂之后，郁郁寡欢，离家出走，到印第安人聚居的荒郊丛林，并结识了一个切罗基人，两人一起打猎、生活，相处了半年多的时间，学会了一些切罗基语。简而言之，杰和马伦特的"说话"性都取决于他们的语言能力，这种关系可以用下图表示：

---

① Henry Louis Gates, Jr., William L. Andrews. *Pioneers of the Black Atlantic*. Ibid., p. 73.

\multicolumn{5}{c}{"会说话的书"的"说话"性}
作者	身份	自身的语言能力	上帝赐予的语言能力	获得"自由"的方式
杰	法律上的自由黑人，依旧是主人的奴隶	非洲语言、新大陆黑人口语体语言、英语口语	书面性荷兰语和英语	法律上的自由：离开主人，逃往熟悉的教堂，并受到牧师洗礼 完全意义上的自由：通过神迹显灵能够同时用荷兰语和英语阅读《约翰福音》的第1章
马伦特	完全意义上的自由黑人	英语口语、书面语	流利的切罗基语	第1次火刑：通过虔诚祈祷，上帝让他能够用切罗基语祈祷 第2次火刑：用流利的切罗基语祈祷，并治好了国王女儿的病

综观"会说话的书"及其不"说话"性和"说话"性，可以看出孕育这两种特性的因素有两个：第一，黑人的非洲宗教思想、口头文化和语言传统；第二，黑人的新大陆口语体语言传统和"呼—应"模式的黑人言说。简而言之，是黑人的语言能力决定了会"说话"的书是否能够"说话"，而不是盖茨所说的文本拒绝同黑色的脸"说话"。当然，在那时的语境中，黑人的语言能力主要表现为能否阅读《圣经》，从而凸显了贯穿整个"会说话的书"的宗教性。

三、魂牵梦萦的救赎：宗教性

五个"会说话的书"中的会"说话的"书为什么都是宗教书籍，尤其是《圣经》？这取决于宗教在奴隶制和殖民主义中扮演的双面角色："主人"软暴力的愚人工具和"奴隶"文明化的救赎稻草。在整个殖民和奴役黑人的过程中，《圣经》和祈祷书所具有的无形杀伤力大于所有暴力武器，因为它是意识形态层面的入侵，在合适的时机甚至能够让白人（还有一些黑人）不费一兵一卒就令黑人和美洲原住民俯首称臣。当然，对于主人的这种文化意识形态殖民，有的奴隶早有察觉。例如，在五个"会说话的书"的作者中，库戈阿诺和伊奎阿诺就在叙事中描述了白人如何利用宗教书籍支撑自己的谎言。库戈阿诺叙事在批评西班牙殖民者的凶残时就提到了文森特牧师的丑恶嘴脸，他不仅把祈祷书当成入侵秘鲁的合法证据，指出正是这本书告诉他，西班牙人才是印加帝国的统治者，还直接利用它挑起了针对印加人的大屠杀，因为阿塔瓦尔帕把书狠狠地扔到了地上。如果说库戈阿诺描述了由白人的祈祷书所引发的暴力、血腥冲突，那么伊奎阿诺则描述了自己利用《圣经》赢得和平的非暴力场面。由于曾经了解了哥伦布的生活经历，尤其是他面对墨西哥或秘鲁的印第安人时的经历，即经常"通过这种方式来吓唬他们，那就是告诉他们某些特定的在天国会发生的不好的事情"。于是，当伊奎阿诺与白人伙伴想在姆斯凯特开种植园，却面临印第安人及其酋长的包围和袭击时也采用了这种方法：

> 我走到他们中间，先震慑住管事者，我用手指着天国，然后恐吓他和其他人，因为我告诉他们上帝住在那里，而且他对他们非常生气，因为他们必须停止争斗。接着我又告诉他们，由于他们都是兄弟，如果不赶快悄悄离开，我就会拿起这本书（《圣经》）阅读，并让上帝置他们于死地。这个办法就好比魔法，高声喧嚣很快就停止了，我给了他们一些甜酒和其他的东西，毕竟他们尽可能友好地离开了。随后，那个管事者把我们的邻居——普拉斯马（Plasmuah）船长的帽子还给了他。①

当然，被《圣经》震慑住的印第安人不仅安静离开，归还了帽子，还热情地款待了伊奎阿诺一行人。由此可见，就利用《圣经》制服印第安人而言，伊奎阿诺的经历与马伦特的经历具有相似性，因为后者不仅通过《圣经》和祈祷赢得了自由，还享受到了王子般的待遇。在这两个语境中，"主奴关系"都是黑人与印第安人的对立。这就与伊奎阿诺自己的身份发生了微妙的碰撞，因为

---

① William L. Andrews, Henry Louis Gates, Jr. *Slave Narratives*. Ibid., pp. 216—217.

第二章 源自"中途"的文化创伤:"会说话的书"

他是白人的奴隶,而且当初遭遇了《圣经》不与自己"说话"的尴尬。换句话说,伊奎阿诺在能够与会"说话的"书"说话"之后就站在了主人的一边,甚至自己成了主人,并利用它来奴役他人,从而揭示出《圣经》的威胁性在当时是一种普遍的观念。当然,白人建构并灌输这种概念的目的是让被殖民的黑人和原住民顺从自己,正如约翰·杰的主人为了驯服他,就逼迫他每个安息日走很远的路前去聆听牧师的传教一样。在这种观念的驱使下,大多数黑人是受害者,他们认为自己之所以遭受主人的奴役、殴打、辱骂等,是因为自己在前世犯下了过错,故而今生需要受苦受累地偿还。因此,不论主人对自己的态度如何恶劣,奴隶都要顺从他、尊敬他、爱护他,等到有生之年赎清罪过,在死后就能升入天堂,而不是进入地狱。亡后的"天堂"或者说"天国"这个概念成了支撑奴隶活下去的最后一根稻草。正是因为这种宗教思想能够使黑人自己变得温顺,因此白人甚至开始教他们阅读宗教书籍,尤其挑选一些符合黑人奴化自我要求的章节片段。同时,他们还给一些在领会上帝旨意方面表现突出的奴隶施洗,甚至还把洗礼规定为奴隶获得自由的一种方式,即如果奴隶受到了牧师的洗礼,就可以直接变成合法的自由人,约翰·杰就是典型代表。

由于奴隶制时期《圣经》几乎是每个白人家庭必备的、最常见的读物,所以奴隶基本上都有机会见识、接触、阅读这种文本。在这种社会大环境下,宗教思想成为奴隶感知世界、体验生命、诠释死亡等的工具,这种工具一方面使他们安于现状,麻痹自我,另一方面也为一些黑人精英提供了通向自由的捷径,以及奴役其他生活在宗教观念牢笼中的平庸的族裔同胞和印第安人的有效范式。换句话说,殖民主义和奴隶制时期的历史语境是:主人需要宗教观念来管控奴隶,延续自己的宰制体系和利益机制,而奴隶则需要宗教思想来抚慰肉体和心灵的创伤,以便"文明化"自我,从而在死神来袭时看到耀眼的天使,并与他们一起进入天国。这种语境必然要给当时的文学、艺术、文化作品涂上凄美艳丽的宗教色彩,因此会"说话的"书都是有关宗教的书,而"会说话的书"及其所寄居的五个英语叙事都具有宗教性,也正是这种宗教思想与被抓的奴隶所携带的非洲物神崇拜观念相遇之后，就使一个普通的印刷体文本变成了一本灵动的、会"说话的"书。

综上所述，"会说话的书"这个文学主旨促使盖茨有力地解构了"主人"有关黑人"无"文学的霸权预设，并成功地冲击了当时最为流行的两个"粉红色"条件。第一，黑人因为"不会阅读"，所以"天生为奴"。针对这个预设，马伦特和约翰·杰的叙事最具解构意义，因为他们都通过阅读获得了自由。马伦特通过对比黑人与印第安人拥有的知识和文明程度的差异凸显了自己的优越感，主要表现在三个方面：其一，同国王的差异，马伦特能够阅读《圣经》，知晓是谁创造了太阳、月亮和星星，而国王却认为是其部落的一个人创造了这些物体；其二，同公主的差异，马伦特手中的《圣经》让公主发现"书本不与她说话"；其三，同行刑之人的差异，行刑之人随即跪下，恳请国王让马伦特祈祷。正是这些差异促使马伦特从俘虏转变为自由人，而支撑这些差异的文化基点就是他能够阅读《圣经》。约翰·杰获得自由的方式也是阅读《圣经》，而且还只是其中的一个小章节——《约翰福音》的第1章。第二，黑人"无"写作，所以他们"无"人性。正是这种预设促使成长于这种语境中的黑人不得不创造书面文本，以"写作"的方式进入西方世界，证明自己也"有"人性，这就是盎格鲁非洲黑奴叙事在西半球的生成根源与存在意义。格罗涅索的叙事最先承载了这种解构意义，尽管它不是第一个解构"黑人不会写作"的书面文本，因为1573年就在西班牙出现了黑人的文学作品——胡安·拉丁（Juan Latino）的3本新拉丁语诗集，而1760年则在波士顿出现了第一个英语奴隶叙事：布里顿·哈蒙的奴隶叙事，但却是第一个描述黑人体验书面文化与口头文化差异的书面文本，即书写了第一个"会说话的书"。在这个主旨中，会"说话的"书之所以"沉默"是因为它是白人的印刷体书面文本，而对其俯首贴耳的格罗涅索，当时由于不懂这种文本的语言，所以无法让书"说话"。然而，在此45年之后，格罗涅索却书写了自己的书，并让它说出了自己的故事。当这个文本以文字的形式出现在西方世界时，它不仅证明了黑人会写作、有人性、是"人类"一员，还首次以传统的形式开启了美国非裔文学谱系的建构之旅。

由此可见，正是"会说话的书"发出的"阅读声音"和"写作声音"击碎了"主人"的谎言，因为它们不是一般的声音，而是如盖茨所说的"有记载的'正宗'的黑人（文学）声音——一种从震耳欲聋的话语霸权中释放出来的声音"。这种黑人声音"是一种锋利的武器，一旦拿起它，非洲人可以变成欧洲人，奴隶可以变成前奴隶，残忍的动物可以变成人类"①。因为它能够径直割开紧紧包裹在文化霸权体系外的、写有黑人没有文学的白色皮毛，流出一条黑色的河，河水向前奔流时唱着一首歌谣，歌名是"黑人'有'文学"。然而，白色毛皮上的伤口不久就愈合了，因为"主人"很快将那块疤痕换了皮，移了位，再重塑了一件新衣。于是，那些流出去的黑水被截断了源头，一岸又一岸的浪花渐行渐远，越流越少，直到干涸、无声。最终，白色皮毛内重新响起了霸权的声音，这种滚烫的声音再次灼伤了黑肤色的人，并重新安置了他们背负的"粉红色"标记。

第三节 移位的"粉红色"烙印

1770 年，格罗涅索的叙事在伦敦出版之后引起了白人世界的关注，到 1811 年共出现了 7 个版本，包括 1774、1810 年的美国版和 1790 年的都柏林版，1840 年之后同时在伦敦、曼彻斯特和格拉斯哥等地出版。这些版本揭示出当时格氏叙事的影响力，这种力量既为黑人的书写开辟了生存空间，也为白人的霸权提供了书面证据。

---

① Henry Louis Gates, Jr. *Loose Canons: Notes on the Culture Wars*. Ibid., p. 63.

一、从"无"文学性到"无"想象性

为了厘清黑人是否具有学习能力,一些欧洲人和美国白人针对年轻的黑奴进行了一项实验,那就是让他们与同龄的白人小孩一起学习,以检测黑人是否具有学习知识的能力。实验的结果却颇为震惊:"1730 年以前,牙买加人弗朗西斯·威廉姆斯(Francis Williams)在剑桥大学获得文学学士学位;雅各·卡皮坦(Jacobus Capitein)在荷兰获得多个学位;安东·威廉·阿莫(Anton Wilheim Amo)在德国哈勒—维腾贝格大学获得哲学博士学位,伊格内修·桑丘(Ignatius Sancho)成为劳伦斯·斯特恩(Laurence Sterne)的朋友,并于 1782 年发表了一卷《书简》;而第一个发表英文诗集的黑人——菲莉丝·惠特利也是这项实验的成品。"[①] 然而,他们取得的成绩并未给黑人族群带来多大的益处,因为他们处于"白色的"社会大语境中。正是这种环境既制约又促成了惠特利发表诗集,具体体现在一方面她是白人测试年轻黑奴是否具有学习读写能力的(唯一的女性)实验对象,另一方面她在发表诗歌前通过了白人设置的口头测试:

1772 年春天,一个明亮的早晨,一位年仅 18 岁的非洲女孩战战兢兢地走进波士顿的法院大楼,去面对一次口头测试,测试的结果将决定她的人生和作品的未来。测试方是当时波士顿 18 个最有声望的白人,这些人围成半圆形,有商人约翰·欧文(John Erving)、牧师查尔斯·昌西(Charles Chauncey),后来起草《独立宣言》的约翰·汉考克(John Hancock)等。其中,最有名望的波士顿殖民总督托马斯·哈钦森(Thomas Hutchinson)坐在最中间,坐在他身边的是陆军中尉安德鲁·奥利弗(Andrew Oliver)。这些人聚集在一起,为了验证这个年轻的非洲女孩一直声称她自己创造了一些诗歌是否属实。通过测试后,这些人的签名、证词成了惠特利发表诗歌的保障,而他

---

① Henry Louis Gates, Jr. *Loose Canons: Notes on the Culture Wars*. Ibid., pp. 53—54.

们给出版社的"公开信件"则成了惠特利诗集的序言：在此签名的我们这些人，向世界保证：序言后面的诗歌（正如我们确认的）是由菲莉丝写的，一个年轻的黑人女孩，几年前从非洲带来时还是一个没有教养的野蛮人。现在，因其天生的奴性，在这个镇上的一户人家做奴隶。她已经通过最好的一些法官的测试，并被认为具备创作诗歌的能力。①

在拿到这份声明之后，惠特利就与主人的儿子一起前往英国寻找出版商，因为波士顿书商曾拒绝接受她的文稿。最终，惠特利诗集在伦敦出版，她的出版商说："如果没有这些'证明'，几乎没有人会相信一个非洲人能够靠她自己的能力创作诗歌。"② 诗集出版之后，立即成为当时炙手可热的批评对象，并罕见地被载入白人的文学批评史之中。这部诗集使得白人内部对待黑人和奴隶制的态度出现了分裂，其中少数白人开始反对奴隶制，典型代表就是本杰明·拉什（Benjamin Rush）。拉什是费城有名的心理学家，他在1773年先后4次在不同地方发表了同一篇文章：《致驻扎在美国的英国殖民成员的演说，商讨维持奴隶制一事》，他不仅关注殖民地的种族主义给黑人带来的心理创伤，还是第一个以惠特利的诗歌作为反对奴隶制的证据的白人，旨在证明非洲人与欧洲人在作为"人"的本性、智力方面是等同的："在波士顿有一个自由黑人女孩，大约18岁，她在这个国家已经待了9个年头，她的天赋和成就不仅为其性别，还为人类本性赢得了荣誉。她发表了一些诗歌，这些诗歌让阅读它们的公众获得了欢愉。"③ 尽管如此，拉什在探讨造成作为集体的黑人是否低等的根源时，还是未能摆脱"天性/先天与环境/后天"的关系："在这里，我没有必要言说任何赞美黑人或他们拥有获得美德和幸福的能力的话，尽

---

① Henry Louis Gates, Jr. *Loose Canons: Notes on the Culture Wars*. Ibid., pp. 51—52.
② Henry Louis Gates, Jr. *Loose Canons: Notes on the Culture Wars*. Ibid., p. 52.
③ Henry Louis Gates, Jr. *Figures in Black: Words, Signs and the "Racial" Self*. Ibid., p. 68.

管他们的这些特质本该被认为比殖民地居住的欧洲人低等。那些(到过非洲或者接触过非洲人的)旅行者带给我们的信息,包括黑人的机灵、人道,以及他们与父母、亲戚、朋友、家园之间具有的强烈依恋,都向我们展示出非洲人与欧洲人是相同的,只要我们能够顾及这个因素——气候的不同会引起多样化的脾性和天赋。"[1] 与此同时,大多数白人则专注于以惠特利诗集为依据,证明惠特利的成功就是归功于其白人主人约翰·惠特利(John Wheatly)和苏珊娜·惠特利(Susanna Wheatly)所提供的文明环境,以及他们对这个非洲女奴进行"文明化"教育的成效,从而更加强调了殖民黑人和奴役黑人的必要性与重要性,代表人物有理查德·尼斯贝特(Richard Nisbet)和托马斯·杰弗逊。尼斯贝特在文章《圣经未禁止奴隶制:为西印度群岛的种植园主人们辩护》(1773)中指出:

不可能确切地决断是非洲人的智商高,还是我们的智商高。当然,如果就个体而言,那么毫无疑问,非洲人没有如我们一样多的机会来提升自己。然而,就集体而言,无论在哪个方面,都可以确信他们是一个比白人低等很多的种族。尽管可能出现一些例外,某些非洲黑鬼的确拥有些许长处,由此变得聪明,但是正如我所说的,就整体特质而言,他们依旧是低等的。我敢肯定,大多数熟悉非洲人的白人都会同意我的这种看法。[2]

尼斯贝特还批判了拉什的演说:"这个作者列举了一个孤立的例子,即一个黑人女孩写了几首可笑的诗,就想证明黑人在理解能力方面不比白人低

---

[1] Henry Louis Gates, Jr. *Figures in Black: Words, Signs and the "Racial" Self*. Ibid., p. 68.
[2] Henry Louis Gates, Jr. *Figures in Black: Words, Signs and the "Racial" Self*. Ibid., pp. 69—70.

第二章 源自"中途"的文化创伤:"会说话的书"

等。"① 在此文发表之后,拉什随即发表了另一篇文章为自己辩护:《为〈演说〉辩护》(1773),他在文章中再次引用旅行者的所见、所闻作为奴隶制罪恶的证据,并直接引用了牧师的话证实这些罪行绝对不是谣言。在记录非洲文明的同时,拉什还指明了所有人权的哲学基础,以及区分不同种族的决定元素:

在所有时代和所有国家,人的本性都是相同的,而我们感知的所有差异,包括美德与罪恶、睿智与无知,都可以归因于气候、国家、文明程度、政府形式,或其他偶然的因素。②

从拉什和尼斯贝特的争论中,可以看出针对惠特利诗集的这些"白色"批评,几乎完全没有关注其诗歌的特性,而只是聚焦于一个奴隶发表了一本诗集这个事实,以及相关的政治影响。换句话说,"主人"只看到了惠氏诗集的"黑色"和惠特利的黑奴身份,而忽略了诗集的艺术特性和作为文学艺术的诗歌本身。尽管如此,惠特利和其他"实验品"的成绩还是让白人觉察到黑人不仅具有学习能力,还具有书写能力,从而在一定程度上撼动了"主人"的白色优越感。然而,就在无法坚持黑人"无"书写之时,白人又提出了新的衡量黑人是否具有"人性"的条件,其中,最典型的代表就是托马斯·杰弗逊(Thomas Jefferson)的评论。他在《弗吉尼亚州志》(1785)中指出:"我从未发现任何黑人在表述观点时能够超越简单的叙述水平,也未发现他们具有绘画或雕塑的基本潜质。"③ 所谓的未"超越简单的叙述水平"指的就是未达到文学性,而在18世纪,诗歌被当成最具文学性的作品。因此,杰弗逊实际上

---

① Henry Louis Gates, Jr. *Figures in Black: Words, Signs and the "Racial" Self*. Ibid., p. 70.
② Henry Louis Gates, Jr. *Figures in Black: Words, Signs and the "Racial" Self*. Ibid., p. 71.
③ Henry Louis Gates, Jr. *Loose Canons: Notes on the Culture Wars*. Ibid., p. 61.

完全没有把惠特利的诗集看成是一种文学作品:"苦难是影响诗歌感染力的最重要的因素,黑人承受了足够的苦难,但是他们没有诗歌(poetry)……以她的名字发表的那些'作品'(杰弗逊使用的是 compositions,而不是 poetry)不配得到(白人)高贵的批评。"① 同年,康德也基于"黑人没有发表文学性的作品"指出:"美国人(印第安人)和黑人的智力低于其他种族。"② 由此可见,"主人"的霸权预设从黑人"无"书写,转向了黑人书写"无"文学性,也就是说黑人写的那些文字还不能被称为文学。

当然,不论杰弗逊如何贬低惠特利,惠特利诗集的出现都有力地打破了黑人在物种等级链条上处于最底端的局面。因为从 1750 年开始,这个等级链条再次被白人简化:"人类等级在'最低等的霍顿督人(Hottentot)③'与'高尚的弥尔顿和牛顿'之间滑动。"④ 而惠特利却声称弥尔顿和蒲伯就是对自己的诗歌创作具有最直接和最深远影响的前辈,而她的主人约翰·惠特利也声称其奴隶"在掌握希腊和拉丁诸神、诗人、诗集、语言、文学等知识方面取得了很大的进步"⑤。因此,实际上杰弗逊试图压制惠特利以及其他黑人书写的言论是站不住脚的,但是这种言论在当时异常流行,甚至成为批评黑人及其作品的风向标,并再次成功地把黑人标记为"粉红色"。然而,也正是这种宰制性的"白色"语境促使黑人开始创作出一些跨越简单叙述水平的作品。例如,1787 年库戈阿诺的叙事就不再是简单的自传,而是把切身经历当成一种材料,再与其他史料糅合在一起,批评帝国主义对黑人和美洲原住民犯下的罪行,而其"会说话的书"采用故事中嵌入故事,是一种引用其他故事的叙述方式讲述历史事实,而不再是叙述者从奴隶走向自由人的成长经历,从而首次打

---

① Henry Louis Gates, Jr. *Loose Canons: Notes on the Culture Wars*. Ibid., p. 61.
② Henry Louis Gates, Jr. *Loose Canons: Notes on the Culture Wars*. Ibid., p. 61.
③ 非洲南部的黑人,1652 年欧洲人到达南部非洲,把整个片区占为殖民地,同时还把生活在此处的卡凯科伊人(Khoikhoi)命名为霍顿督人(Hottentot)。
④ Henry Louis Gates, Jr. *Loose Canons: Notes on the Culture Wars*. Ibid., p. 55.
⑤ Henry Louis Gates, Jr. *Loose Canons: Notes on the Culture Wars*. Ibid., p. 52.

第二章 源自"中途"的文化创伤:"会说话的书"

破了自传叙事模式。此外,整个叙述具有丰富的感情色彩,尤其表现为爱憎分明的情感:"当翻开历史的另一页,就会看见西班牙土匪、邪恶的强盗头子皮萨罗(指 Francisco Pizarro,1478—1541,西班牙冒险家,秘鲁印加帝国的征服者,处死了印加国王),这个卑贱的、坑蒙拐骗的杂种,如何残忍地吞并了伟大的秘鲁印加王朝,并残害了高贵的国王阿塔瓦尔帕。"[1] 在库戈阿诺的叙事出现后两年,也就是 1789 年,伊奎阿诺的叙事又从另一个角度打破了黑人书写"无"文学性的文化霸权预设。伊奎阿诺叙事包括上下两卷,共 12 章,以其娴熟的叙述技巧和生动的冒险经历成为 19 世纪前半叶再版次数最多、最为畅销的奴隶叙事。虽然它依旧是惯常的自传形式,但不再是生硬地堆砌经历,而是同时采用双重线索和声音进行描述,并通过修辞策略来区分自己的两段人生:"年轻时期采用直白的梦幻之音描述刚被贩卖到新大陆时所见到的众多好奇之物,而在变成叙事作者后则使用雄辩、沉稳的声音描述当下境遇。"这两种声音和线索的交互作用促使"情节倒转模式统御了整个叙事,即以倒转方式嵌入了各种故事"[2]。除此之外,伊奎阿诺希望同会"说话的"书"说话"的目的是理解万事万物为何都有一个始末,而不是简单地模仿主人,证明自己也能与书本对话,这就明显超越了其他成长于口头文化语境中的黑人对书面文化的体验。

从惠特利诗集的出现到伊奎阿诺叙事的热卖,都证明了黑人书写是具有文学性的,或者说是一种文学作品,从而极大地冲击了杰弗逊的言论。为此,为了维护奴隶制,"主人"不得不再度修改判断黑人是否天性为奴的条件:"如果黑人能够写作和发表想象性文学作品,那么他们就能有效地在'存在大链条上'前进几个等级。"[3] 此处所说的"想象性文学作品"主要指的是小说,即

---

[1] Henry Louis Gates, Jr., William L. Andrews. *Pioneers of the Black Atlantic*. Ibid., p. 137.
[2] Henry Louis Gates, Jr. *The Signifying Monkey: A Theory of African-American Literary Criticism*. Ibid., p. 153.
[3] Henry Louis Gates, Jr. *Loose Canons: Notes on the Culture Wars*. Ibid., p. 55.

白人认为黑人书写没有虚构性、想象性，因此黑人"无"小说。同时，由于18世纪末饱受压迫的黑奴在获得一定的知识之后发现了族裔群体被奴役、压迫的真相，由此号召同胞团结起来叛乱，不但破坏"主人"的农场、农作物、牧场等，还杀死了一些奴隶主，从而极大地损害了白人的利益。为此，一些州把教授奴隶阅读、写作、识字等规定为违法行为，不仅禁止白人教给黑人学识，还禁止黑人包括自由人和有一定学识的奴隶向其他奴隶传授知识，试图全面阻止黑奴了解奴隶制、剥削等事物的真相，违反这项规定的人，轻者罚款100英镑，重者判刑3年以上。有的地方甚至还禁止奴隶在闲暇时击鼓为乐，因为他们发现不同地区、不能说英语，而且也不是说同一种非洲语言的黑人居然能够根据不同的鼓声、旋律、节奏传递信息，商议叛乱。为此，白人大大扩张了霸权预设的领域，从文学界延伸至哲学、艺术、宗教等领域，旨在全方位地管控黑人。其中，哲学领域有关黑人"粉红色"身份的预设甚至变成了一种经典哲学话语。例如，康德在《论美与崇高感》（1764）中指出："黑人和白人有着根本的种族区别，并且似乎他们心理能力的差异与肤色的差异等同"。为了证明这种关系，康德讲述了一个白人神父与黑人木匠的故事："神父拉巴（Labat）遇到一个黑人木匠，当他责备后者对妻子进行过于自大的处置时，木匠回答道：'你们白人真是愚蠢，首先你们对妻子做出巨大让步，然后当她们把你们逼疯时又开始抱怨。'"对此，康德的结论是："看起来这件事似乎值得商榷，然而，这个木匠从头到脚都黑黝黝的，这就清楚地表明他所说的话是蠢话。"[①] 黑格尔在《哲学史》（1813）中也使用非洲人的"写作"作为他们先天低等的标志，同时他还提出了新的条件："黑人缺乏历史"——"一种共同的、文化的记忆"。黑格尔的观点随后几乎变成了金科玉律，覆盖了文学、艺术、哲学、历史等领域，因为其"历史观"的整套预设形成了一个坚固的循环机制："黑人没有写作，就不存在记忆和思维；没有记忆和思维，就不会有历史；

[①] Henry Louis Gates, Jr. *Loose Canons: Notes on the Culture Wars*. Ibid., pp. 60—61.

而没有历史,就不可能有'人性'。"① 例如,玛丽·兰登(Mary Langdon)就在文学创作中继承了黑格尔的观点,她在小说《艾达·梅》(*Ida May*,1855)中写道:"黑人只不过是孩子,你只要给他们足够的吃喝,就极少会听见他们谈论自己的过去。"②

综上可知,针对黑人"无"文学的预设,白人开出的条件经历了一连串的演变:"无"艺术和科学知识→"无"阅读和写作→"无"写作→"无"文学性→"无"想象性。由此可见,在"黑色"与"白色"权力严重失衡的历史环境中,黑人的抵制与白人的宰制是共进退的,即白人先设定了奴役黑人的合法借口,在预设环境中下生活的奴隶开始解构这种预设。然而,就在他们打破这种借口的牢笼,往前迈一个阶梯之后,"主人"又会建构另一种压制"奴隶"的理由,即在原来的霸权预设的基础上增加一个台阶,以便牢牢地维持自己的"主人"地位。在面对新的霸权阶梯时,"奴隶"又会想法往上攀爬,而在其上升之后,"主人"又会建一个新的阶梯,从而循环往复,使得黑人文学与白人批评之间形成拉锯关系,并且双方都在螺旋上升。在这种文化战争关系中,作为白人"实验品"的黑人书写,包括用拉丁语、荷兰语、德语、英语等创作的作品恰好沦为"主人"用以证明奴隶制体制具有合理性的证据,因为正是这些作品强化了白人的"文明使者"角色,建构了"天性—环境"二元对立的学说,即黑人的劣等天性确实能够通过"文明的"白人所创造的(殖民/种族)环境得到改变。于是,他们把美国非裔群体的创造性写作当成"黑人精神的、社会能力的'可完善性'证据和衡量黑色'种族'的心理学/社会学材料"③。这就促使白人在阐释黑人文学时生成诸多谬误,其中最突出就有两种谬误:其一,"可完善性"谬误和"社会学"谬误,即"白人认为黑人创造文学的目的是展示他们在智力上与白人等同,以驳倒种族主义";其二,"人类学"谬

---

① Henry Louis Gates, Jr. *Loose Canons: Notes on the Culture Wars*. Ibid., p. 61.
② Henry Louis Gates, Jr. *Loose Canons: Notes on the Culture Wars*. Ibid., p. 61.
③ Henry Louis Gates, Jr. *Black Literature and Literary Theory*. Ibid., p. 5.

误,包括"集体性谬误"和"功能性谬误",即"白人认为所有非洲/非裔艺术都是集体性的和功能性的"。① 这也就是索因卡、阿契贝、欧倍基亚等非洲小说家只能在西方学界讲授人类学课程的根本原因。这些谬误具有一个共同的特点,那就是"白人永远站在'非文学'平台上阐释黑人文学文本的内容功能——抵抗种族压迫,而非它们作为艺术的内部结构,例如语言行为、修辞特性等其他构成艺术作品的形式身份"②。换句话说,为了维护殖民主义、种族主义和奴隶制体系,白人不可能把黑人书写当成一种艺术形式——文学,因此不论黑人在书写方面取得什么样的成绩,都无法阻止白人利用"文学"作为衡量黑人是否具有"人性"的标准,而只是迫使他们再次修改了"人性"条件:"无"艺术形式。正是这种"可见的"文学预设与其他"不可见的"意识形态的、哲学的预设一起构成了宰制非洲黑人以及非裔群体的知识体系,而这些携带着权力信息和支撑霸权机制的知识又被不同时期的黑人不同程度地内化。

二、被缚的非莉丝·惠特利

针对黑人文学"无"形式的文化霸权预设,美国非裔群体内部有两种内化方式。其一,有意内化,形成原因:渴望变"白",以奴才颜面进入主流社会,典型代表人物是理查德·赖特。赖特把族裔民俗的、口头的、音乐的等"黑色"文化形式称为"形式未知的东西",因为这些东西不符合白人主导的主流社会的批评标准,所以只有让它们消失,并创造符合"白色"标准的文化形式,才能进入白人社会,获得政治、文化等层面的平等权利。其二,无意内化,产生根源:渴望变"黑",以与"主人"决绝抵抗的、不可同化的"奴隶"之容,申诉作为黑人的身份和黑人的文化身份。由于美国社会的现实和历史语境设置和绑定了黑人的文学能力与其政治权利之间的对等关系,因此黑人的所有书写行为从一开始就变成了一种政治行为,即使"在欧洲启蒙运动时期,黑

---

① Henry Louis Gates, Jr. *Black Literature and Literary Theory*. Ibid., p. 5.
② Henry Louis Gates, Jr. *Black Literature and Literary Theory*. Ibid., p. 5.

人最具唯我论的文本也被刻意地或含蓄地当成了某种政治证据"①。实际上，从 17 世纪到 20 世纪，世世代代的黑人一直都在为争取政治权利而斗争，正是这种社会语境促使黑人的书写总是贯穿着政治性，即在进行文学创作和理论阐释时，黑人首要考虑的是其文学作品是否具有符合标准的政治反抗性，而不是它们作为文学的艺术性或作为艺术的文学性。

换句话说，黑人饱受压制的生存环境迫使黑人文学变成了宣传，而不是艺术。这就直接影响了美国非裔文学的批评标准——偏向于关注文学的"内容"，而不是"形式"，从而走向了"内容论"的极端，并形成了一种具有悠久历史的"内容"批评传统，贯穿了美国非裔文学理论的整个建构过程。例如，在新黑人形象运动时期（1867—1914），维多利亚·马修斯（Victoria Matthews）就在其文章《种族文学的价值》（1895）中指出："美国非裔作家要坚持在其文学中'注入好的、有用的、具有激励性的族裔文化'，因为作家和批评家不是为了追寻崇高的美学实践，而是要使用方言'削弱和清除表现黑色种族的传统黑鬼形象——附属的、仆人的类型'，进而提升族裔形象。"② 在哈莱姆文艺复兴（1915—1945）时期，杜波伊斯在文章《黑人艺术标准》（1926）中指出："所有艺术都是宣传，同时艺术又旨在表现美，故而完成这种表现的途径有两种：一为真，二为善。"③ 因此，"任何不能修复或展现黑人族群的真、善、美的艺术都将被忽略"④。此后这种观点成为"内容论"的轴心，得到芝加哥文艺复兴（1935—1953）的代表人物安·佩特里（Ann Petry）、詹姆斯·鲍德温（James Baldwin）、理查德·赖特等的继承和发展。在大众黑人美学运动时期，阿米·巴拉卡、拉里·尼尔都把文学当成"黑人权

---

① Henry Louis Gates, Jr. *Black Literature and Literary Theory*. Ibid., p. 5.
② Hazel Arentt Ervin. *African American Literary Criticism: 1773 to 2000*. Ibid., p. 11.
③ Henry Louis Gates, Jr., Gene Andrew Jarrett. *The New Negro: Reading on Race, Representation, and African American Culture, 1892−1938*. Princeton and Oxford: Princeton University Press, 2007, p. 259.
④ Hazel Arentt Ervin. *African American Literary Criticism: 1773 to 2000*. Ibid., p. 11.

力运动"的政治宣传武器，随后在形而上的黑人美学运动时期，美国非裔文学理论转向了对"黑人美学"基质的探讨，即挖掘出支撑黑人文学既"黑"又"美"的文化载体。其中，就"美"而言，盖勒、亨德森和贝克都走向了"内容论"，而就"黑"而言，盖勒和贝克定位在黑人作家，而亨德森则把标准放宽至其他肤色的作者，只要其作品的结构、主题、角色、意识形态等是"黑色的"。除了这三位学者外，盖茨作为另一个形而上的黑人美学运动的代表，也曾走向了"内容论"。在剑桥大学学习期间，盖茨的博士导师约翰·霍洛韦（John Holloway）就曾要求他"采用现当代理论，主要包括俄国形式主义、法国结构主义、盎格鲁－美国实用主义等理论，对黑人文本进行细读"。然而，由于这些主流"白色"理论预设了黑人文学"无"形式，因此，这种"白"为"黑"用的解读导致盖茨无法察觉到族裔文学的形式特点："我只能通过分析它的内容，并以我自己的生活经验去解读黑人在充满种族主义的西方文化中的生存处境"，而"当我使用同样的方法解读西方文本时就没有遭遇类似的问题"①。正是这种差异凸显了白人文论霸权中深藏的种族主义预设如何阻碍了黑人学者的文学创作和文学理论建构。其中，最典型的受害者就是第一个发表英文诗集的惠特利。

盖茨认为如果说白人的解读只是关注了某个黑人"有"诗集这个事实，那么黑人自身的解读则只聚焦于惠特利的《关于自己从非洲被带到美国的遐思》这首八行诗的前四句："（白人）带我离开那个异教徒的大陆是一种仁慈/他们还教育我那愚昧的心灵，让我懂得/世上不仅有一个上帝，还有一个救世主/曾经的我对此既未探寻也未知晓。"这些黑人评论的主旨是批评惠特利的"白人化"，甚至有人称她为种族的叛徒。因为从 1785 年开始，为了证明托马斯·杰弗逊是错误的，很多黑人开始努力创造文学，因此这些文学作品的"首要动机就是政治动机，即证明黑人与白人之间的平等性，这就是美国非裔文学原初的

---

① Henry Louis Gates, Jr. *Figures in Black: Words, Signs and the "Racial" Self*. Ibid., p. xvi.

第二章 源自"中途"的文化创伤:"会说话的书"

压力和动力"①。因此,在弗雷德里克·道格拉斯出现之前,第一个发表英文诗集的惠特利就成为黑人学者最为关注的评论对象,甚至在19世纪40年代还有超过50篇的文章探讨惠特利,赞扬她对黑人族群做出的贡献。然而,从1887年开始,黑人内部却开始出现反惠特利倾向,代表人物是爱德华·布莱登(Edward Blyden),他作为民族主义之父,批评了惠特利的傲慢,这个评论基调随后成为20世纪的流行主题。1922年,詹姆斯·韦尔登·约翰逊就抱怨道:"惠特利把自己的民族看得一无是处,甚至抱怨自己的家园。"1928年,华莱士·瑟曼(Wallace Thurman)把惠特利对亚历山大·蒲伯(Alexander Pope)的模仿称为"一种三级模仿":"菲莉丝在她所处的时代,是一个陈列品。"② 1930年,弗农洛·洛金斯(Vernon Loggins)延续了瑟曼的观点,认为惠特利"只是一个聪明的模仿者,除此之外,别无他物"。20世纪60年代,黑人艺术运动爆发之后,埃米尔·巴拉卡成为批评惠特利的代表人物,他于1962年指出:"惠特利意在对18世纪的英语诗歌进行模仿的行为,最终可笑地背离了黑人大众的声音,即黑人依靠他们的呼喊、喃喃自语、闲扯、民谣等就能撕裂南方的黑夜。"因为对于巴拉卡来说,这些黑人声音代表了真正的黑人创造精神。换句话说,巴拉卡认为惠特利的创作不具有黑人创造精神。1966年西摩·格罗斯(Seymour Gross)则指出:"惠特利完全符合汤姆叔叔的特征,她对主人是虔诚的、感恩的、退缩的、斯文的。"1974年,安吉丽娜·贾米森-霍尔(Angelene Jamison-Hall)指出"惠特利及其诗歌太'白人化'",这种观点在两年后得到伊齐基尔·姆法莱勒(Ezekiel Mphalele)的回应:"惠特利有一种白人的思想,在研究黑人文学的过程中,即使只是提及她的'越线'——假冒为白人,都觉得尴尬。"埃莉诺·史

---

① Henry Louis Gates, Jr. *The trials of Phillis Wheatley: America's First Black Poet and Her Encounters with the Founding Fathers*. New York: Basic Civitas Books, 2003, p. 66.
② Henry Louis Gates, Jr. *The trials of Phillis Wheatley*. Ibid., p. 75.

密斯（Eleanor Simth）也提出了相同的观点："惠特利被白人教会如何思考，因此，她拥有一种白人的思想和白人化的倾向。简而言之，惠特利几乎就是汤姆叔叔的母亲。"①

由此可见，在18世纪的白人眼中，惠特利及其诗歌因"太黑"而不能得到公正的解读，而在20世纪的黑人眼中，惠特利及其诗歌又因"太白"而招致众多族裔同胞的批判。这就促使惠特利一直被束缚在"主""奴"时代的文化战役所遗留下来的阴影之中。盖茨认为这些"黑色"和"白色"批评具有一个相同点，那就是它们既未考察惠特利诗歌所包含的作为一种文学艺术的形式构成因素，又未把惠特利当成一个艺术家，同时还没有关注惠特利的其他诗歌，这些诗歌讨论了奴隶制的罪恶、对非洲人的情感和希望，以及非洲人作为一个黑色种族所遭受的苦难等。其中，最具代表性的就是其八行诗——《关于从非洲被带到美国的遐思》的后四句：

有的人用轻蔑的眼光打探我的种族
"他们的肤色是一种魔鬼的死亡色"
基督徒，黑人，请记住，黑色就好比是该隐（Cain）②
在经受磨炼之后，也能加入天使之列③

为了避免族裔群体继续误读惠特利及其诗歌的贡献，盖茨提出了三种解决办法：一、要求族裔学者能够"意识到没有所谓的'白人思想'或'黑人思想'，而只有思想"；二、族裔学者需要明白自己所"面临的最大挑战不是阅读白人/白色，或阅读黑人/黑色，只是阅读本身"；三、阅读惠特利诗歌所具有

---

① Henry Louis Gates, Jr. *The trials of Phillis Wheatley*. Ibid., p. 76.
② 《圣经》中的人物，是亚当的长子，杀死了自己的弟弟亚伯，随后成为"杀弟者""凶手"的别称。
③ Henry Louis Gates, Jr., Nellie Y. Mckay. *The Norton Anthology of African American Literature*. Ibid., p. 171.

的作为一种艺术的形式,而不是其内容。换句话说,只有族裔学者把惠特利当成诗人,而不是政客,同时把其诗歌当成一种文学艺术,而不是政治写作时,才能使惠特利及其诗歌得到正确公平的解读。正是这种合理解读所要求的从关注"内容"转为考察"形式"的理论焦点转向,促使盖茨"白"为"黑"用的阐释原则发生了转向,即从最初的借用"白色文论"解读"黑色写作"的"内容"转向了探析这种书写的"形式"特征,从而为他发现美国非裔文学的艺术特点奠定了哲学基础。

第三章

芒博琼博的双声编码：美国非裔文学的艺术特点

  "会说话的书"所栖居的英语奴隶叙事的出现，促使盖茨有力地解构了美国非裔"无"书写的种族主义预设，擦除了黑人"无"人性，是类人猿、野蛮人的"粉红色"标记，同时也把他推向了抵制另一个霸权预设的风口浪尖——黑人书写"无"形式。因为这种预设不仅定位了黑人的身份——"天生为奴"，还限制了黑人文学的发展和文论的建构，具体表现为前者把文学当成了一种政治宣传，而后者则把文学批评变成了一种意识形态批评。为此，盖茨既要证明族裔书写"有"形式，又要把文学的身份还原为艺术创作，同时还要让文学批评成为一种艺术批评。在这三重诉求的影响下，盖茨发现了"会说话的书"的文学性，并在此基础上挖掘出美国非裔文学的艺术特点。

第三章　芒博琼博的双声编码：美国非裔文学的艺术特点

第一节　文化想象的盲区："会说话的书"的文学性

在理论支点转向族裔文学的"形式"之后，盖茨开始关注形式构成因素，尤其是那些既能促使能指、意象滑动和互动，又能让所指基本保持"不动"的符号元素，如比喻性语言、修辞技巧、意象倒置等。当然，解读和分析这些因素需要使用某种类型的文学理论和阐释体系。对此，盖茨沿用了"白"为"黑"用的解读原则，同时也对这种原则进行了"黑色"处理。

一、"白"为"黑"用的解读嬗变

在借用主流文论阐释族裔书写的初期，盖茨完全照搬了"白色理论"，代表作品是1979年的两篇文章：《〈弗雷德里克·道格拉斯的生活叙事〉第一章的二元对立》《弗雷德里克·道格拉斯和自我的语言》。这两篇文章所借用的理论主要是形式主义和结构主义，具体可以细化为四位理论家的"二元对立"理论。第一，罗曼·雅各布森（Roman Jakobson）和莫里斯·哈勒（Morris Halle）的形式主义，两位学者在《语言原理》中指出："'二元对立内存于所有语言之中，也就是说它们是语言构成自身的一种基本原则。'"[1] 盖茨认为很多结构主义者都吸收了雅各布森的观点，把二元对立看成人类思维的一种基本操作原则和意义生成基础，最典型的就是列维－斯特劳斯和弗雷德里克·杰姆逊。列维－斯特劳斯把研究神话话语时遭遇的混乱引向了清晰的二元对立结构，并把这种结构描述为一种基本逻辑——所有思想的"最小公分母"。换句话说，列维－斯特劳斯把二元对立看成潜在的结构模式，以及揭示这种模式的方法，从而使各种各样的二元形式变成了一种机理。这种机理能够解释原始社会的所有冲突，因为这些冲突在很久以前就已经在具有调停性质的结构中得到了处理和解决。杰姆逊也提出了类似的观点，他认为二元对立是一种启发性原

---

[1] Henry Louis Gates, Jr. *Figures in Black*. Ibid., p. 87.

则，而神话阐释学就建基于这种分析原则之上。这种原则可以被描述为"一种刺激感知的技术，因为当面对众多相似的数据时，我们的思维和眼睛就会变得麻木，而二元对立能够让我们感知到差异"。简而言之，二元对立是"一种解码或译码策略，或者说是一种掌握语言信息更替的技术"①。这种技术如何运用到实用批评之中？杰姆逊认为当任何两个事物彼此相对时，读者被迫探寻两者的相似与关联，同时找出彼此的差异和分离之处，然后得到某种意义。例如，如果 A 与 B 相对，C 与 D 相对，那么只要其中有两者在"出场"与"缺场"时都具有某些既定特征，它们就会显示出相似性。也就是说，如果 A 与 C 都是侦探小说，而 B 与 D 都是古代诗歌；同时，A 与 C 都不是 19 世纪之前的黑人作品，而 B 与 D 都不是唐朝以后的中国诗歌，那么 A、C 就是 20、21 世纪的黑人侦探小说，而 B、D 则是唐朝及其以前的中国古代诗歌。简而言之，任何两项事物都通过它们共有的某些特征被连接到一起，同时又在凸显这些特征的有无之时体现出相对性，因为二元对立的最简单的形式就是在场与缺场、积极与消极的符号对立。因此，这些对立形式包含了一种张力，而在这种力量的矩阵中，二元对立中的一项作为积极的、具有某种特质之物被理解，而另一项则被理解为消极的、缺失这种特质的对立项。

盖茨吸收了上述四位前辈的二元对立观点，并直接利用它们解读道格拉斯 1845 年版叙事的第一章。他认为这个叙事的目的不是传达某种信息或价值体系，而是作为一种独立的符号，这种符号被修辞学家称为对偶，而被结构主义者称为二元对立。这些对偶、对立形式主要表现如下：

我出生在塔卡霍（Tuckahoe），靠近希尔斯伯勒（Hillsborough），距离伊斯顿（Easton）大约 12 英里，归属于马里兰的塔尔博特（Talbot）镇。我不太清楚自己的年龄，因为从未见过任何有关自己年龄的真实记录。目前为

---

① Henry Louis Gates, Jr. *Figures in Black*. Ibid., p. 88.

第三章　芒博琼博的双声编码：美国非裔文学的艺术特点

止，有很多奴隶不知道他们自己的年龄，就好比马不知道它们自己的年龄一样。就我所知，这就是奴隶主的愿望，他们希望自己的奴隶保持无知状态，因此在我的记忆中，我从未见过一个能够说出自己生日的奴隶。实际上，他们对时间的概念知之甚少，尽管对播种、收割等季节了如指掌。在我的童年时期，渴望获得自己年龄的信息一直困扰着我，并成为我忧郁的源头，因为白人小孩能够讲出自己的年龄，我不知道为何自己被剥夺了相同的权利……①

盖茨认为这段文字的叙事策略是先把两个共有某些特性的事物安放在一起，例如，奴隶与马，两者都不知道自己的年龄；然后再把两个看似不相关的事物对立起来，例如种植园中属于两个物种的生物——绵羊、奶牛、马与奴隶，从而突出了既"在场"又"缺场"的某种特质——人性。马不可能懂得自己的年龄，而奴隶不能知晓自己的年龄，因为主人需要他们除了劳作，对其他事物一无所知。究其原因，道格拉斯的主人奥尔德（Auld）先生有过精妙的解释，实际上他是道格拉斯的父亲，即他与自己的女黑奴——哈里特·贝莉（Harriet Bailey）所生的混血儿，在阻止妻子教育这个混血黑奴学习阅读、写作时给出的两点理由。一、教育奴隶学习会损害主人的利益："如果你给予黑人一寸，他将拿走一尺。一个黑人除了服从自己的主人外，没有必要再知道别的任何事情。"就此而言，学习知识甚至能够腐坏这个世界上最好的黑人，即那些最具奴性意识的黑人，让他们不再对主人言听计从，从而无法再留住他们或把他们当成奴隶。这样，开始抵抗宰制机制的他们，对其主人就没有任何价值了。二、学识对奴隶自身也是弊大于利："一旦他们懂得一些道理，就会变得不满和悲伤。"②

---

① Houston A. Baker, Jr. *Frederic Douglass: Narrative of the Life of Frederick Douglass, an American Slave*. New York: Penguin Classics, 1986, pp. 47—49.
② Houston A. Baker, Jr. *Frederic Douglass: Narrative of the Life of Frederick Douglass, an American Slave*. Ibid., p. 78.

这种二元策略说明道格拉斯利用两个在基因、本源、意义等方面截然相反的概念来表述自己，从而使得整个叙事的结构由在本质层面上完全对立的事物组成。同时，二元对立项之间复杂的调和、倒置等技巧说明"描述与意义、能指与所指、符号与指称物之间完全是一种任意关系"①。正是通过这些叙述姿态，道格拉斯使奴隶变成了主人、动物变成了人类、客体变成了主体。就此而言，盖茨"白"为"黑"用的解读尝试是比较成功的，原因有二。其一，这种解读聚焦于道格拉斯叙事的二元对立形式，列举出众多二元对立项，包括自我与他者、地主与奴隶、白人与黑人、知识/主人与无知/奴隶、马与奴隶、精神的与物质的、贵族的与底层的、文明的与野蛮的、贫瘠的与富饶的、进取的与懒散的、暴力的与非暴力的、现实的与幻想的、时间的与地点的、垂直的与弯曲的、思想与情感、理性的与非理性的、仁慈的与残忍的、纯净的与肮脏的、人道的与凶残的等。这就把道氏叙事当成了一种文学艺术和语言艺术，从而提高到"文学是艺术"的层面。其二，这种解读突显出奴隶如何通过奴隶主建构的世界来认识自己及周遭世界，并合理解释了道格拉斯及其同时代所有黑奴的政治诉求："你已经目睹了一个人如何变成奴隶，同时你也将看到一个奴隶如何变成人。"② 由此可见，盖茨的解读使得道格拉斯的叙事不仅未失去文学性和艺术性，同时还兼具了其作为奴隶制时期的黑人书写必然具有的政治反抗性。

然而，这种纯粹照搬"主人"理论的阐释模式在 20 世纪 80 年代初开始发生"本土化"转向，促成这种转向的原因主要有两个：首先，"白"为"黑"用的解读原则不符合当时的黑人诉求。由于盖茨的学术基础源自白人名校的正规教育体系，因此他在 20 世纪 70 年代末进入理论界之时不仅完全依赖"白文论"，还表现出浓厚的精英意识。例如，他在文章《从序言到黑人性：文本与

---

① Henry Louis Gates, Jr. *Figures in Black*. Ibid., p. 89.
② Houston A. Baker, Jr. *Frederic Douglass: Narrative of the Life of Frederick Douglass, an American Slave*. Ibid., p. 109.

第三章　芒博琼博的双声编码：美国非裔文学的艺术特点

前文本》中批评了休斯顿·贝克，认为他把"口头形式"作为族裔文学区别于白人文学的"黑色性"是值得质疑的，因为"尽管族裔文学的基础确实是口头形式"，但是"所有西方文学的基础都具有口头形式"①。换句话说，所有文学都是由口头文学进化而来的，而黑人书写作为一种文学形式出现时，它既使用了英语又使用了黑人方言，兼具了口头性和书面性，所以口头性、黑人口头文化、民俗文化等不足以成为族裔文学的"黑色"基质。另外，由于文学书写总是以不同的方式把事件编码在符号体系之中，族裔学者就需要使用文本细读法解读各种符号，尤其是其中的能指元素。由此可见，盖茨的这种理论基调深受后结构主义理论的影响。

为此，盖茨的理论观点和解读方式遭到众多旨在建构黑人美学的同胞的批判。其中，乔伊斯·乔伊斯就把盖茨称为"在白人教育机制下成长起来的、内化了中产阶级白人价值观的黑人后结构主义者"②。贝克则在其文章《代际变化与当下的美国非裔文学批评》（1981）中多角度地批评了盖茨在《从序言到黑人性：文本与前文本》中体现出的精英意识，以及这种意识与族裔文化中"形式未知的东西"之间的遥远距离，主要表现在两个方面。一是盖茨"似乎没有意愿转向族裔民俗文化"，而"仅仅对作家必须有意识地言说的一些东西感兴趣"③。这就好比赖特的"平等主义诗学"所体现出的渴望迈向"大美国"的观念，即首先要把族裔文学中不符合"主流"标准的那些"形式未知的东西"都掩埋起来。二是盖茨"相信艺术家的领域与日常社会生活行为的种种模式之间没有关联"④，因为他认为文学作品中口头的、日常的成分是为书面的、艺术的层面服务的，即后者既来源于前者，又高于前者。因此，美国非裔文学与白人文学的区别不在于口头性和生活化层面的因素，而在于两种颜色的文学

---

① Winston Napier. *African American Literary Theory: A Reader*. Ibid., p. 159.
② Winston Napier. *African American Literary Theory: A Reader*. Ibid., p. 293.
③ Houston A. Baker, Jr. *Blues, Ideology, and Afro-American Literature*. Ibid., p. 103.
④ Houston A. Baker, Jr. *Blues, Ideology, and Afro-American Literature*. Ibid., p. 104.

所使用的语言符号是否摆脱了能指与所指间的武断关系。乔伊斯和贝克的批评共同表明：盖茨照搬"白文论"的阐释行为完全背离了自20世纪50年代以来爆发的各种黑人政治平等和文化自治运动的宗旨，因为20世纪70年代末和80年代初的社会语境需要黑人艺术和美学运动的带头人建立一种属于黑人自己的"既黑又美"的文学和艺术评判标准，而不是依赖、模仿"主人"的理论。

其次，"白文论"无法正确解读"黑文学"。由于白人文论与黑人文学之间存在无法调和的压制关系：前者依靠打压后者而存在，尤其是把"黑文学"定格为缺失某种与"白文学"相同的特性，典型例子就是"无"形式，以便维护自己的文化霸权地位，所以"主人的"文论永远不可能正确解读"奴隶的"文学。这种体验对盖茨的理论建构产生了两大影响：一是坚定了盖茨把"形式"当成唯一的解读对象的决心，即阐释客体从"黑文学"的"内容"完全滑向"形式"，例如语言、修辞、象征、比喻、转义等构成文学艺术的元素；二是让盖茨意识到建构"黑文论"的重要性，即"建立一套针对性的批评话语和理论体系，以对具有自身特点的文学文本进行有效的阐释"[①]。至此，盖茨开始探索"黑"为"黑"用的解读模式。

1981年，盖茨就在文章《丛林中的批评》中提出了新的解读方法："继续借用白人的主流文论，但是重复的根本目的是制造差异"，因为"黑人最大的特点就是能够通过重复获得差异"[②]。黑人之所以要"重复"白人的文论是因为奴隶制、殖民主义和种族主义制造的"黑""白"混杂语境。在这种语境中，黑人和白人的兴趣存在很多衔接点，正是这些衔接处突显出两者之间的关系——既有差异又有重叠，这就使得黑、白文学和文论面对的都是"双色观众"。同时，由于相信只有"主人的工具能拆散主人的房子"，因此盖茨认为对于20世纪80年代的黑人文学批评家来说，最大的挑战"不是远离白人权

[①] 王晓路：《差异的表述——黑人美学与贝克的批评理论》，前引文。
[②] Henry Louis Gates, Jr. *Black Literature and Literary Theory*. Ibid., p. 10.

力——文学理论，而是把它转化成黑人习语，并在恰当时机重新命名这种批评，而更为重要的则是命名土生土长的本土黑人批评原则，并应用这些原则阐释黑人文本"①。换句话说，盖茨提倡先对"白文论"进行"黑色"处理，然后再使用这种"黑色化"的混杂理论解读"黑文学"的"形式"，从而开启了解构"主人"有关黑人文学"无"形式的霸权预设以及阻止族裔学者"内化"这种预设的理论建构之旅。

二、能指的狂欢："会说话的书"的高度"互文性"

在重新定位了阐释理论（"黑色化"的"白文论"）和批评对象（族裔文学的"形式"）之后，盖茨开始寻找族裔文学的形式特征，从而发现了五个"会说话的书"之间的关联——形式层面的互文性，具体可以用下表表示：

五个"会说话的书"的相似性②						
作者	链条	身份	家人隔阂	英语荷兰语	场景	乔治·怀特菲尔德	书本
格罗涅索	黄金	奴隶王子	是	是	中途	是	圣经
马伦特	黄金	自由王子	是		处决	是	圣经
库戈阿诺	黄金	印加首领			冲突		祈祷书
伊奎阿诺	钟表	奴隶			中途		圣经
杰	罪孽	罪孽之奴	是	是	暗夜	是	圣经

从上表可以看出，盖茨认为衔接五个"会说话的书"的两大元素是"链条"和"书本"，具体表现在两个方面。第一，所遭遇的"书本"及其发生场景（对此，本书第二章已经进行了详细的讨论，在此就不再赘述）。第二，"链

---

① Henry Louis Gates, Jr. "(White) Power and the (Black) Critic: It's All Greek to Me" in *Cultural Critique*, No. 7 (Autumn, 1987).

② Henry Louis Gates, Jr. *The Signifying Monkey*. Ibid., p. 168.

条"意象。其中，前三位叙事者描述的"链条"都是黄金链条。作为第一个使用英语书写"会说话的书"这个主旨的叙事者，格罗涅索的链条是他自己佩戴的黄金饰品：

当我离开我亲爱的母亲时，我全身都戴着黄金饰品，这是我们国家的风俗。这些黄金被做成环状，并相互连接形成一种链条，戴在我的脖子上、胳膊上和腿上，还有一大片宛如梨子大的黄金挂在一只耳朵上。我觉得这些东西非常烦人，因此当我的新主人把它们取走时，我异常的高兴——他们给我洗了澡，然后穿上荷兰或英国风格的衣服。①

盖茨认为格罗涅索的这段描述表明了他迫不及待地"白人化"自我的诉求，即迫切地抛弃了标识其非洲历史和传统的表意链条，而大踏步地奔向了"主人"的澡堂和欧洲衣服的怀抱。这就与他恳求荷兰船长买下自己时渴望抛弃后者听不懂的非洲语言吻合。然而，尽管格罗涅索非常乐意抛弃自己的非洲性，但是主人的会"说话的"书还是因为他的"黑色性"，看不见他的脸，听不见他的声音。就此而言，格罗涅索是将口头象征——声音，与视觉象征——脸，糅合在一起进行描述的。这种融合了口头功能和视觉功能的解释表明在格罗涅索看来，文本的声音"预设了一张脸，同时这张黑色的脸反过来又预设了文本的沉默"，这种沉默说明"黑人性是一个缺场符号——有关脸和声音的显著的终极缺场符号"②。换句话说，格罗涅索认为正是其黑色的脸阻断了西方文本与他的脸、声音之间应该具有的最基本的承认模式，从而妨碍了双方的交流。正是15岁的这种认知促使他亲近西方，并在45年之后的西方书面世界中注入了自己的"在场"——出版了自传，并描绘了自己的脸部轮廓。促成这种

---

① Henry Louis Gates, Jr., William L. Andrews. *Pioneers of the Black Atlantic*. Ibid., p. 40.
② Henry Louis Gates, Jr. *The Signifying Monkey*. Ibid., p. 137.

第三章　芒博琼博的双声编码：美国非裔文学的艺术特点

转变的根源主要有两个。其一，在花甲之年，格罗涅索已经熟练地掌握了两门欧洲语言——荷兰语和英语，变成了一个自由黑人，娶到了一个英国妻子贝蒂（Betty），拥有了自己的孩子。两人一共孕育了三个小孩，其中一个小女孩出生不久就死于热病。其二，格罗涅索充分地掌握了"加尔文教徒"的信条，因此当他到阿姆斯特丹时，受到一个加尔文教牧师的善待。牧师询问了他很多有关上帝的问题，格罗涅索都能够自如地回答，所以牧师建议他给其他牧师讲述自己领悟神意的经历，于是"每个星期二，我都与38个（荷兰）牧师一起谈论自己成为加尔文教徒的经历。一共7周的时间，这些牧师都非常满意，而且按照我的讲述记录下那些经历。那时，上帝一直与我同在，不仅赐予我词语，让我能够回答他们提出的问题，还用他无上的仁慈把我从盲目中拯救出来"①。为此，主人手中曾经"拒绝"承认格罗涅索的会"说话的"书——《圣经》，已经无法不给他"说话"，相反还被他的声音覆盖和笼罩，因为他的讲述甚至折服了白人牧师。

由此可见，格罗涅索彻底完成了其抛弃黄金链条所携带的非洲性、黑色性的愿望，让自己的脸和声音成功地被粉刷成"白色"。尽管这种"白"与主人的颜色依旧有一定的差异，但是却足以让格罗涅索与自己的族裔拉开距离，具体表现就是整个叙事中他所描述的"主人"和"黑人"的差异。格罗涅索在叙事中详细地描述了他在其真正意义上的第一个主人家的境遇，因为在到达巴巴多斯之后，他就被荷兰船长以50美元的价格卖给了范霍恩（Vanhorn）：

一个年轻的绅士，他家在纽约新英格兰，他把我带回了家。然后给我穿上仆人装，对我非常好。我的主要任务是上菜、端茶和洗餐刀，我过得很舒适，但是家中的仆人们（黑人）经常莫名其妙地诅咒发誓。对此，我学得非常快，而且几乎成为我最早会说的英语。如果有任何人惹恼我，我立即呼唤上帝

---

① Henry Louis Gates, Jr., William L. Andrews. *Pioneers of the Black Atlantic*. Ibid., p. 53.

惩罚他，把他打入地狱受罪。然而，由于经常被家中一个年老的仆人纠正，导致我对上帝的呼唤时不时地被打断。有一天，我刚刚洗完餐刀，一个女仆就立刻拿起一把去切面包和黄油，我对她非常生气，于是就呼唤上帝惩罚她。那个年老的黑人随即告诉我不要那样说话，我就问他为什么。他说有一个住在地狱的坏人叫做魔鬼，他将抓住那些说这种话的人，并把他们点燃和烧死。这就把我给吓坏了，从此之后我就不敢再说那种话了……在此不久之后，我的女主人在一个女仆正在拖地的时候走进屋子，那个女孩非常不幸地用拖把打坏了主人卧室的护墙板。对此，我的女主人非常生气，而那个女孩却再次愚蠢地顶嘴，这就使得女主人更加生气。于是，她呼唤上帝来惩罚她。我听到这话非常的担心，因为她是一个很不错的女士，而且对我非常好。因此，我不得不对她说："女士，你不能这样说。"她就问："为什么？"我就说："因为有一个住在地狱的黑人叫做魔鬼，他将把你点燃和烧死，而对此，我将非常的伤心。"女主人问我是谁告诉我的这些，我说是老莱德（Ned）。尽管她的回答是"很好"，但是她却把这件事告诉了我的男主人。于是，他就命令把老莱德捆绑起来抽打他，并且从今以后禁止他再与其他仆人一起进入厨房。[①]

当老莱德被严厉惩罚之时，格罗涅索却受到了女主人的表扬，她反复地向前来拜访她的熟人讲述这个事情。其中，一个牧师弗里兰豪斯（Freelandhouse）先生在听到格罗涅索的事迹之后就以50英镑的价格把他带回了家。至此，牧师每天晚上和早晨都让格罗涅索跪着，把双手放在胸前，然后开始祈祷。起初，格罗涅索并不理解什么是祈祷，由于当时他几乎不能说英语，因此牧师耗尽心力才让他明白他们在向上帝祈祷，而上帝是住在天国的"一种伟大而仁慈的精神，他创造了这个世界，以及其中所有的人和物，不论他们是在埃塞俄比亚、非洲、美国，还是其他任何地方"。格罗涅索听到这些

---

① Henry Louis Gates, Jr., William L. Andrews. *Pioneers of the Black Atlantic*. Ibid., p. 41.

后非常高兴，因为他在拉扎王国时就是这样想的，所以"如果现在我有如天使一样的双翅，我就会飞着去告诉我的母亲：上帝比太阳、月亮和星星大，而且他们自身也是由上帝创造的"。同时，"我认为如果现在真的回到家中，我就会比所有族人聪明，包括我的祖父、父亲、母亲以及其他任何人"①。盖茨对格罗涅索的这种"黑""白"差异描述极为不满，他认为格罗涅索总是以贬低族裔身份的方式赞美白人，而且他在整个叙事中"完全没有批判白人强加给黑人的奴役罪恶"②。这就与他之前把自己定位成高贵野蛮人相互映衬，因为他在叙事开篇旨在强调自己自幼就不是一般的非洲人、黑人，而是拉扎王国出类拔萃的异类。这种与众不同的特性使他容易融入白人的世界，并被同化成"白色"的一员，而正是这种文化层面的肤色转换使得格罗涅索更具有"高贵性"，从而再次循环往复。

盖茨认为如果说格罗涅索书写"黄金链条"这个意象的目的就是摆脱自己全身上下的非洲性，那么马伦特则完全倒置了这种诉求，并且刻意地从多个角度修正了格氏叙事，具体表现在三个方面。

第一，倒置了能够让书本"说话"的人，即把格罗涅索的白人变成了黑人，而把黑人置换为印第安人——只有黑人能够让书面文本"说话"，切罗基公主代表的印第安人则无法与书本"说话"，正是这种差异，尤其是领悟上帝及其旨意的区别，促使这个黑人两次逃脱了火刑。换句话说，如果说"在格罗涅索的主旨中，声音预设了一张白人的脸，或者说被白人同化的脸，那么在马伦特的文本中，声音既预设了一张黑人的脸，又预设了一种光芒四射的上帝的在场"③。

第二，重写了"黄金链条"的意象：

---

① Henry Louis Gates, Jr., William L. Andrews. *Pioneers of the Black Atlantic*. Ibid., p. 42.
② Henry Louis Gates, Jr. *The Signifying Monkey*. Ibid., p. 139.
③ Henry Louis Gates, Jr. *The Signifying Monkey*. Ibid., p. 144.

我僭越了这个国家的习俗，被装扮得像个王子，没有任何东西不服从我的。如果我反对国王的黄金装饰，他就会取下自己佩戴的金链条和手镯，并把它们放在一边，如同一个小孩一样听我的话。在这里，我学会了以最优雅的方式使用他们的语言。①

在这段叙事中，佩戴烦琐黄金饰品的是切罗基国王，而让他非常乐意地取下链条和手镯的则是马伦特。这就是对格罗涅索与荷兰船长之间的关系的修正，同时也置换了格罗涅索从王子沦落为平民的经历——马伦特是从平民变成了王子，甚至就连国王都像孩子一般听他的话。这个意象的重置与会"说话的"书的倒置揭示出马伦特描述了一个崭新的黑人生命，这个生命不仅控制着文本的声音，还能高雅地用切罗基语言说。由此可见，在切罗基人的面前，马伦特俨然就是一个"主人"，而整个切罗基王国的人，上至国王、公主，下至行刑之人、围观平民都是他的"奴隶"——精神层面的仆人。当然，这种身份与他虔诚的基督教信仰密不可分，而正是这种信仰使他被家人疏远。

第三，再现了与家人的隔阂，并提到他和妹妹的紧密关系：

为了寻找上帝的所在，我每天都到荒野之中，有时候从早晨待到晚上，以免受到他人的影响。有一次，我在外面一待就是两天，尽管不吃不喝，但是似乎有了更为清晰的头脑，去领会上帝的旨意……当我回家后，发现家人对我的态度比以前更加冷漠和糟糕，每个人都说我疯了。然而，有一个大约9岁的小妹妹例外，她以前每次看见他们迫害我时就号啕大哭，现在也一样，并且持续了30多天。我当时就想：宁可死都比和他们住在一起强。②

---

① Henry Louis Gates, Jr., William L. Andrews. *Pioneers of the Black Atlantic*. Ibid., p. 76.
② Henry Louis Gates, Jr., William L. Andrews. *Pioneers of the Black Atlantic*. Ibid., p. 69.

第三章　芒博琼博的双声编码：美国非裔文学的艺术特点

马伦特因对上帝的全心投入而被家人排挤，以至于他可以不吃不喝，甚至死都不愿意与他们待在一起。这就与格罗涅索的鹤立鸡群既相互呼应又彼此相异。因为正是上帝的无处不在，使马伦特非常清楚谁是造物主，而格罗涅索尽管小时候就知道有一个伟大的有力量的人创造了万物，但是直到其主人弗里兰豪斯牧师为他讲述伟大的上帝之后才明白万物的起源，并从此开始潜心追随上帝，直到能够完全自主地理解其旨意。

在对比格罗涅索和马伦特叙事之后，盖茨指出："马伦特以不幸的切罗基人为代价，把格罗涅索的缺场转义成了自己和上帝的在场"，而且他没有"保留格罗涅索建立的白/黑、懂得读写/不懂读写、在场/缺场、言说/沉默、欧洲人/非洲人、赤裸/穿衣服等对立，而是代之以基督徒/非基督徒、黑人/切罗基人、英语/切罗基语等二元因素"。通过这种修正，马伦特"开启了英语文学的黑人传统"，当然这"并不是说他是第一个作者，而是因为他是黑人传统的第一个修正者"[①]。换句话说，盖茨认为马伦特是有意修正了格罗涅索的叙事，并极大地赞扬了这种具有差异性的重复书写，因为格氏叙事通过"黑""白"种族的对立贬低了"黑色"，而马氏叙事则是通过有色人种之间的差异赞扬了"黑人性"，即让长期生活在口头文化语境中，没有印刷文本的切罗基人承载了否定、缺场、失语等低等性。就此而言，盖茨实际上表现出了浓厚的精英意识和启蒙主义观念，即认为在有色种群之间，黑人比印第安人高等，从而步了"主人"的后尘，划分了种族等级，并且毫不掩饰地把自己的族裔排在了等级链条的顶端，附带了一句不痛不痒的话："不幸的切罗基人"。

至此，盖茨开始以前、后文本的视角逐一探寻五个含有"会说话的书"的英文叙事之间的互文关系，并最先在库戈阿诺的叙事中得到了验证，原因有两个：一、以时间为序，库氏叙事出现在马伦特的叙事之后，并且两者前后只相差了两年；二、库戈阿诺在叙事中，同时提到了格罗涅索和马伦特，并对他们

[①] Henry Louis Gates, Jr. *The Signifying Monkey*. Ibid., pp. 144—145.

做出了评价：

（在成为自由人的黑奴中）有一些确实最终领会到了基督教的教义及其好处。例如，格罗涅索，一个住在英格兰的非洲王子。在很长一段的时间中，他都处于饥寒交迫状态，如果没有一位仁慈的律师的接济，他早就饿死了。在此之后，格罗涅索依旧非常贫困。然而，即便在这种困境中，如果用非洲所有王国的权位来交换他的基督教信仰，他都不会同意。在美国也有一个这样的人，他叫马伦特。当他还是个小孩时，就宁肯漫步在荒野之中，与野兽为伴，也不愿意待在弥漫着荒谬的基督教观点的母亲的家中。当被带去面见切罗基国王时，他通过一种神秘的方式让国王拥抱了基督教信仰。在美国独立战争期间，马伦特为英国而战，而经由他的引导皈依基督教的切罗基国王则在围攻查尔斯顿的战争中，站在了克林顿将军的一边。①

盖茨认为从这段评论中可以看出库戈阿诺对其前两个奴隶叙事及作者是非常清楚的，同时知晓马伦特对格罗涅索的叙事进行了修正，从而继承了这种重写模式，即对马伦特的叙事进行了修正。这种修正主要表现在两个方面。其一，保留了马伦特的印第安人意象，但是却把"黑人"替换为"西班牙人"。马伦特"在对格罗涅索的修正中加入了切罗基人，这种方式就为库戈阿诺提供了讲述一个更长故事的机会"②。也就是说，库戈阿诺既沿用了这种马伦特对格罗涅索的修正——"用印第安人祈求书面文本代替了非洲黑人祈求文本"，同时又通过让高贵的印第安人不屑地将沉默的文本扔在地上这个动作倒置了马伦特的修正。因为印加国王阿塔瓦尔帕在面对文森特牧师的无声的祈祷书时，并没有表现出敬畏之意，反而不屑地把它扔在了地上。这个强硬的举动

---

① Henry Louis Gates, Jr., William L. Andrews. *Pioneers of the Black Atlantic*. Ibid., p. 102.
② Henry Louis Gates, Jr. *The Signifying Monkey*. Ibid., p. 149.

第三章 芒博琼博的双声编码：美国非裔文学的艺术特点

与切罗基公主的态度天差地别，因为当她再次打开书，亲吻扉页，却发现文本不同自己"说话"时就非常的忧伤，随后则恭敬地把书还给了马伦特。由此可见，在库戈阿诺的修正中，欧洲人沦为不幸的一方，即陪衬了印加人的高贵，同时还展示了白人邪恶的"文明"，因为这种文明居然"利用神圣的书写文字（宗教书籍）把谋杀、掠夺行为合法化"①。这就达到了库戈阿诺批评帝国主义罪恶的目的。

其二，库戈阿诺修正了"黄金链条"这个意象，并再次描述了西班牙人的骗子身份和贪婪本性：

这个高贵的印加人（阿塔瓦尔帕）发现他被西班牙人欺骗，并被囚禁在他们的军营中。尽管起初没有意识到这将给他的子民带来灾难——大屠杀，但是不久之后他就察觉到自己遭受囚禁的毁灭性后果，因为他拥有巨额的、西班牙人渴望夺走的财富。在了解到西班牙人的这种贪婪之后，阿塔瓦尔帕提出了一个赎身要求，尽管西班牙人已经知晓印加王国的富裕程度，但是这笔赎金还是让他们颇为震惊——他将用一船又一船的黄金填满自己的囚禁之地——长22英尺、宽16英尺的空间，直到他够不着的高度。这个诱人的提议被西班牙人欣然接受，他们在房间的墙上画了一条线，规定财宝需要到达的高度。为了赎回首领的性命，顺从的印加人什么都没有想，就以最快的速度从全国各地把黄金收集起来。然而，可怜的阿塔瓦尔帕还是被残忍地杀害了，其尸体还被西班牙人的一个军事调查处烧了，而其广袤肥沃的领土则被这些没有人性的强盗蹂躏和摧毁了。②

盖茨指出整个骗取黄金及杀害阿塔瓦尔帕的过程表明会"说话的"书的权

---

① Henry Louis Gates, Jr. *The Signifying Monkey*. Ibid., p. 150.
② Henry Louis Gates, Jr., William L. Andrews. *Pioneers of the Black Atlantic*. Ibid., p. 139.

力——给予马伦特取下国王链条的权力,并没有出现在库戈阿诺的修正中,因为对印加国王而言,西班牙人的祈祷书没有任何权力。唯有他们的枪拥有权力——一种等同于西班牙人的欺骗性言词的权力,因为他们只需使用些许言词就能从阿塔瓦尔帕那里骗取一个房间的黄金。造成这种修正差异的根源是因为库戈阿诺有关"会说话的书"的主旨无关乎自己从奴役到救赎的离奇经历,而是引自秘鲁史料。盖茨经过多方考证,发现最先谈及阿塔瓦尔帕和文森特牧师的对话的是一个印加人——格雷西拉索·德拉维加(Gracilasso de la Vega),他在1617年就出版了这则故事。此故事被写入他的《秘鲁通史》,而这部历史著作是其《秘鲁皇家纪事》的第二部分。在此故事出版后的71年,即1688年,才由英国的保罗·赖考特(Paul Rycaut)爵士翻译成英文出版。根据德拉维加的记载,当时西班牙人与阿塔瓦尔帕之间的对话存在很大的障碍,因为他们都不懂彼此的语言。于是,他们通过一个西班牙人费利皮勒的翻译进行交流。然而,由于费利皮勒的方言、转译与阿塔瓦尔帕的话存在差异,因此最后他们放弃了言词交流,转而借用一种用打结作为符号的书写模式,但还是有很大的障碍。因此,德拉维加驳斥了歪曲印加国王与文森特的对话的描述:

> 一些历史学家描述的阿塔瓦尔帕的话是不真实的,他们认为他会说:"你们相信基督是上帝,但是他死了,所以我崇拜太阳和月亮,因为它们是不朽的,况且是谁告诉你们:是你们的上帝创造了天与地?"文森特这样回答:"是这本书教给了我们这些话。"接着阿塔瓦尔帕就把接过这本书,翻开书页,并把它放在自己的耳边,由于没有听到它对自己说话,因此他将它扔到了地上。针对这个行为,他们说:牧师勃然大怒,跑到他的同伴那里嚷嚷道:福音受到了鄙视,被踩在了脚下,让我们恢复正义,报复那些蔑视我们的律法,以及不

第三章 芒博琼博的双声编码：美国非裔文学的艺术特点

接受我们友谊的人。①

尽管不确定阿塔瓦尔帕到底说了什么，但是这个有关书本会"说话"的英语译本比格罗涅索的叙事（1770）早了112年，而秘鲁版本则早183年。因此，站在探究前后文本关系的视角，盖茨指出保罗的英译本很可能就是库戈阿诺和马伦特的源头，因为他们都懂英语。而这就与书写了第一个"会说话的书"的格罗涅索不同，因为他对荷兰语（包括书面语和口语）比较熟悉，而在与贝蒂结婚之后还无法阅读书面英语："由于我不能阅读英语，因此不得不请一些人阅读妻子写给我的信件。"② 尽管如此，盖茨还是认为格罗涅索也可能修正了保罗的译本。当然，在这前三个叙事的修正中，只有库戈阿诺的书写最接近1688年的版本，甚至可以说是直接照搬了整个故事，但是为了衔接三个"会说话的书"之间的关系，盖茨给出了不同的解释：库戈阿诺熟悉马伦特对格罗涅索的修正，但是他似乎决意要使用"原初的"版本去绕开马伦特。换句话说，为了修正马伦特，库戈阿诺故意还原了故事的本源状态，而这种"故事中套故事的方式就把'会说话的书'变成了一个比喻"，从而使得"这个比喻本身的比喻本质成为整个叙事的焦点，而不是把它作为叙述线索的一个首要元素"③。同时，由于格罗涅索和马伦特都是把自己的故事口述给白人，再由他们整理、书写和出版，因此库戈阿诺是前三个英语叙事中唯一的作者，也是"盎格鲁非洲传统中第一个以转义（tropping）形式进行修正，并含蓄命名'会说话的书'的黑人作者"，从而为"伊奎阿诺留下了很小的可修正空间"④。

正是这个狭小的空间促使伊奎阿诺既不能如库戈阿诺一样描述美洲原住民，从而使他返回到自传类型的书写；也不能像格罗涅索和马伦特一样把"会

---

① Henry Louis Gates, Jr. *The Signifying Monkey*. Ibid., p. 152.
② Henry Louis Gates, Jr., William L. Andrews. *Pioneers of the Black Atlantic*. Ibid., p. 55.
③ Henry Louis Gates, Jr. *The Signifying Monkey*. Ibid., p. 151.
④ Henry Louis Gates, Jr. *The Signifying Monkey*. Ibid., p. 157.

说话的书"这个比喻当成线性叙述的一部分，因此他只能以寓言的形式描述所见到的灵动之物，并把"黄金链条"修正为烟囱上的钟表：

> 第一个引起我注意的物体是挂在烟囱上的一块钟表，它在走动。我对它发出的声音感到好奇，还害怕它会把我可能做错的任何事告诉那个绅士（主人）。随后，我又看见了挂在房间里的一幅画，它似乎总是盯着我，这让我更加惶恐不安，因为我以前从来没有见到过这些东西。我一度认为那幅画与魔法有关，当发现它不动时，我就想它可能是白人保存他们死去的伟大人物的一种方式，并为他们提供了各种各样的解脱方法，就好比我们对待友善的灵魂一样。①

除了这两个灵动之物之外，伊奎阿诺还遇到了第三个物——《圣经》。伊奎阿诺为何要对这些物体进行拟人化的描述？盖茨对此进行了解释，认为他之所以把这些物体赋予主人的主体性，是因为它们承载了一种身份——主人的代理监工。其中，钟表和画像在主人不在家或睡觉的时候监视、聆听、收集伊奎阿诺的举动，以便把其错误行为上报给主人，而会"说话的"书则不给伊奎阿诺"说话"。究其原因，是由于伊奎阿诺与钟表、画、书具有相同的身份——"主人的物品，可以随意被主人使用、享受、买卖或遗弃"。这种客体身份无法赋予彼此以主体性，因为"只有主体/主人才能赋予客体以主体性，而客体就好比一面镜子，只能反映出主体的主体性"。因此，书与格罗涅索就好像两面无法反映彼此的镜子，只有静寂的沉默，即当主人的书试图看清伊奎阿诺声音背后是谁的脸时，它只能看见一种缺场，一种栖息在一面无人留意的镜子面前的不可见性。当然，伊奎阿诺的这种描述为其随后的改变做了铺垫，因为当这些物体在他的笔下跃然纸上时，他已经从客体变成了主体，不仅能够赋予这些

---

① Henry Louis Gates, Jr., William L. Andrews. *Pioneers of the Black Atlantic*. Ibid., p. 224.

第三章 芒博琼博的双声编码：美国非裔文学的艺术特点

物体以主体性，让它们作为自己的监工，管控为其效力的奴隶，而且还是一个叙事作者，自如地带领这些"白色"事物有血有肉地演绎了刚从非洲踏水而来的自己被西方秩序冷漠地拒之门外的往昔。由此可见，伊奎阿诺关注的是比喻意义层面的"会说话的书"，而非其字面意义，从而既为约翰·杰的叙事提供了修正范式，又限制了能够容纳其修正的栖居空间。

由于伊奎阿诺选取了会"说话的"书的比喻意义，因此杰对他的"会说话的书"的修正回归到字面意义，即把它排入自传性线性叙述元素之列，同时还增加了超自然因素的描述。在通过祈祷学会阅读的过程中，上帝为约翰·杰选择的文本是《约翰福音》的第一章。此章节的开篇是："太初有道，道与上帝同在，道就是上帝。"末节则是："他对他说，我将真切地告诉你，此后你将看到天开启，上帝的天使在人子身上，上下往来。"这就说明杰借助此章节中"道"与上帝的关系，阐释了自己如何获得了神迹，因为只有上帝——太初就与"道"在一起的圣人，才能冲破奴隶制的阻碍，满足作为一个奴隶的杰的阅读愿望。整个教育场景既真实又玄幻，因为他清楚地记得那是在冬日某个晚上的凌晨4点左右，天使用了大约15分钟的时间教自己阅读。最能突显整个神迹的是"光"的对比，因为"上帝说有光，然后就有了光"。当上帝的信使的到来时，伸手不见五指的屋子瞬间就熠熠生辉，而一刻钟之后，当他走时，整个房间却立即黑暗如初。在五个叙事中，只有杰通过阅读获得了自由，支撑这种"捷径"的基点是他对上帝之言，或者说对"道"的深刻领悟，也正是这种领悟使他看透了罪与罚，从而把"黄金链条"修正为"罪孽链条"：

我亲爱的读者，考虑到你们所能承担的明智地处理一切事物的伟大职责，前提是你们既不是出生在非洲，也没有被卖为奴隶，并经受世界上最残酷的折磨；而是出生于英国，一片自由之地。总的来说，你们要感谢自己拥有的了解"真正的上帝，以及受他差遣的耶稣基督"的机会，并珍惜这些直到拥有更多的机会。除非能够提升自己的优势，否则你们最好就在世上任何黑暗的地方做一个奴隶,也不要在这个蒙受神恩的土地上成为一个漠视福音的人。值得一提的是,即使在笼罩着神恩的土地上,你们也可能成为最凄惨的奴隶:自己情欲的奴隶、俗界的奴隶、罪孽的奴隶、撒旦的奴隶、地狱的奴隶。同理,除非通过福音被基督赐予自由,否则你们将一直被囚禁,受自己的罪孽之链的捆绑和束缚,直到最后手脚并缚,被扔进黑暗的边缘,在那里悔恨地痛哭,直到永远。①

杰的"链条"意象与其他四位叙述者的不同,因为它不是实体存在,而是罪孽之链,一种富含比喻意义的链条。当杰解开这种链条——与上帝"冰释前嫌",不再怨恨他和白人基督徒之后,他学会了阅读《约翰福音》,既发出了自己的声音,又得到了书本的"回应",从而真正获得了自由。这就揭示出在奴隶制体制下,奴隶依赖掌握西方书面知识,尤其是宗教书籍赢得自由,而主人则借助书面文本衡量、宰制和欺骗非洲大陆的黑人和新大陆的非裔流散群体,从而凸显了黑非洲口头文化与西方书面文化之间的对立冲突。当然,由于杰并不是真正掌握了阅读能力,而只是通过记忆背诵了皮特牧师传授给他的一些经文,因此对其进行考核的牧师和地方官递给他的会"说话的"书实际上并没有"说话",故而被盖茨称为"不说话的、未说话的书(un-Talking Book)"②。

纵观五个"会说话的书"的相似性,可以看出它们之间具有高度互文性,但是这种互文不是所指层面的关联,而是能指层面的狂欢。这种狂欢主要表现在人物冲突、会"说话的"书是否"说话"的场景、链条意象、接受教育/接触西方文化的场景等方面。其中,就人物冲突而言,格罗涅索的叙事描述的是黑/白、主/奴冲突。整个主旨书写了格罗涅索如何从这两种二元对立的

---

① Henry Louis Gates, Jr., William L. Andrews. *Pioneers of the Black Atlantic*. Ibid., p. 373.
② Henry Louis Gates, Jr. *The Signifying Monkey*. Ibid., p. 166.

"黑色"一端走向中间地带，再从这种"灰色空间"滑向"白色"一端的转变过程。在这个过程中，格罗涅索非常乐于抛弃自己的非洲传统，并以"牺牲"族裔的"黑人性"为代价。马伦特叙事把格罗涅索描述的黑人与白人的对立重写为切罗基人与黑人的对立，尽管马伦特早期的身份是俘虏，但是后期却通过祈祷使自己变成了"主人"，因为他在国王和公主为代表的整个切罗基人面前表现得完全就是个白人，即唯有他才能管控白人神圣宗教文本的声音。库戈阿诺以故事中嵌入故事的方式修正了马伦特，建构了印加人与白人的冲突，并以欧洲人为代价，衬托了秘鲁原住民的高贵。伊奎阿诺的叙事重现了黑白、主奴冲突，但是擦除了格罗涅索的自我贬损，即没有以"黑色"为陪衬代价。约翰·杰延续了伊奎阿诺的二元对立，同时又嘲弄了主人的谎言和伪善。

改变这五种冲突的媒介是五位作者所接受的教育，故而他们都在叙事中反复提及自己接受"白色"知识、文化，尤其是英语、阅读、写作时的场景。其中，除了约翰·杰强调自己是由上帝教授，其他四位作者都描述了自己曾到学校接受过教育。这种教育又可以分为两类：一是以自由人身份进入学校接受正规的白人教育，代表人物是出生在纽约自由家庭的马伦特；二是曾经有过短暂的学校读书生涯，代表人物是格罗涅索、库戈阿诺和伊奎安诺，因为他们成为奴隶时都不到15岁，所以主人买下他们之后，让他们与自己的小孩一起学习一些基本知识，有的甚至会亲自教育他们，但主要是宗教层面的皈依思想，以及一些与劳作相关的基本常识，以便让这些奴隶能够更好地为主人的整个家庭服务。尽管他们在学校学习的时间很短，但是这种学习本身也为他们以后的自学奠定了基础，这也就是五个作者一方面能够讲述、书写自己的人生经历，另一方面则对上帝有深入的理解、感知，并最终都变成自由人的根本原因。

由此可见，五个"会说话的书"是通过能指层面的相互修正具有了高度互文性，具体可以总结为下表：

"会说话的书"的高度"互文性"				
作者	二元对立的人物	会"说话的"书	链条意象	接受教育的途径
格罗涅索	黑人—荷兰人	圣经	黄金饰品	学校、自学、教堂
马伦特	切罗基人—黑人	圣经	黄金饰品	学校、猎友、上帝
库戈阿诺	印加人—西班牙人	祈祷书	黄金	主人、学校、自学
伊奎阿诺	黑人—英国人	圣经	钟表	奴隶、主人、学校、自学
杰	黑人—美国人、荷兰人	圣经	罪孽链条	牧师、上帝

在挖掘出这种"互文性"之后，盖茨认为五个"会说话的书"因为修正了同一个文学主旨，也可以称为比喻，而使得五个叙事"被链接在黑人传统的第一个能指链上"①。正是这个能指链条回应并修正了白人划分的物种大链条，在这个链条上，黑人因为没有书写声音和书面文化而被表现为最低等的种族或者是猿猴的表亲。然而，当这些叙事以印刷体、文字的形式出现后，就以一种政治姿态批判了文化霸权有关种族等级的想象，因为它们不仅在西方世界注入了集体的黑人声音，还通过口头讲故事，包括人生奇遇、日常琐事、从奴役到自由的曲折经历等方式揭示了黑人口语体语言与书面性白人文本、口语词汇与书写词汇、口头形式与印刷形式文学话语之间奇特的张力关系。同时，由五个主旨共享了一种表现形式，这就让"我们见证了美国非裔文学史上第一个不同时期的作品所具有的互文性和预设性程度"，而这种程度"在奴隶制时期远远超出了我们的想象"②。是什么催生了这种高度"互文性"？对此，盖茨指出："不可否认，黑人具有的一种共同经验，更确切地说是一种共同领悟普遍经验的能力，构成了这些文本的相似性"，然而，一种"共享的比喻模式的形成只能以黑人作者阅读彼此的文本为基础，并抓住这些文本中的主题和形式进

---

① Henry Louis Gates, Jr. *The Signifying Monkey*. Ibid., p. 167.
② Charles T. Davis, Henry Louis Gates, Jr. *The Slave's Narrative*. New York: Oxford University Press, 1985, p. xxvii.

第三章　芒博琼博的双声编码：美国非裔文学的艺术特点

行修正"。这种修正把"个体文本纳入一个大的语境，从而不仅在这些文本之间创造了一种正式的线性连续，还把它们组建为一种'黑人性'，从而孕育了美国非裔文学传统"[1]。换句话说，"会说话的书"的连续出现表明一个事实——"即使是盎格鲁非裔叙事传统中最早的黑人作家也在阅读彼此的文本，并以这些文本为基础很快形成了一种（非裔文学）传统"[2]。

由此可见，盖茨认为五个"会说话的书"之间的关系是一种刻意修正的关系，即五个作者通过阅读彼此的文本，并抓住其中的一些重要意象，尤其是会"说话的"书、链条等，进行转义、重写，从而使彼此既在所指层面相互重复，又在能指层面具有差异。当然，这种修正关系不仅促成了"会说话的书"的集中"出场"，同时也导致了它的"缺场"——消失，因为后一个作者需要修正前一个作者的文本，而每一次修正都不同程度地占据和分割了其后出现的作者的差异空间，从而限制了后辈文本的修正幅度及可能性。因此，就五个英语奴隶叙事共享的文学主旨而言，由于第五个作者——约翰·杰通过"转向超自然的修正抹去了这个比喻的象征性特征，从而几乎没有留下任何可再修正的空间，因此，在1815年杰的叙事出现之后，奴隶叙事传统中的作者就无法再以类似的方式修正这个主旨"[3]。至此，"会说话的书"这个集中代表了黑人文学的形式特点并开启了美国非裔文学传统的意象就在奴隶书写中消失了。

---

[1] Henry Louis Gates, Jr., William L. Andrews. *Pioneers of the Black Atlantic*. Ibid., pp. 1—2.
[2] Henry Louis Gates, Jr. *The Signifying Monkey*. Ibid., pp. 130—131.
[3] Henry Louis Gates, Jr. *The Signifying Monkey*. Ibid., p. 166.

第二节 "黑人言说文本"的形式性

在发现"会说话的书"的形式特性——能指层面的高度"互文性"之后，盖茨的文论建构开始面临双重任务。第一个任务是以"本土的""黑色的"视角重新命名、解释和定位这种特性，即为这种既重复又具有差异的"互文性"提供一个饱含"黑人性"特征和含义的术语。因为在尝试了纯粹借用"主人的"文论解读"奴隶的"书写并受到族裔学者的极力批判之后，盖茨在1981年的文章《丛林中的批评》中开始提出新的借用原则——不再完全依赖白人的文学批评和阐释理论，而是利用黑人的方言、术语、习俗等对其进行重新命名、注释、翻译，然后再利用这些经过"黑色"处理的理论、术语解读族裔文学作品。整个"染色"过程主要分为三个步骤。

第一，"阐明"所借用的"白色理论"及其哲学支点，以及它们与族裔文学、传统之间的双面关系——可用性与排斥性。就"互文性"而言，盖茨直接跳过了提出这一概念的法国理论家克里斯蒂娃，而直奔其理论的源头——巴赫金的双声理论的怀抱，并在那里筑巢栖息，甚至繁衍生息。在巴赫金的众多著作中，对盖茨的理论影响最大的是《小说中的话语类型》（Discourse Typological in Prose, 1929）。巴赫金在此文中提出了小说具有的"双声话语"，这种话语有助于解释美国非裔正典文本之间因为建基于各种重复和修正之上而形成的关联。巴赫金所说的"双声话语"主要包括两个亚类：戏仿叙述和隐性论争。其中，就"戏仿"而言，巴赫金的定义是：

在戏仿中，作者就如同在对他人风格的模仿中一样，都使用了他人的言语，但是两者也存在差异，主要体现为作者在进行戏仿时，对其模仿的言语植入了一种与它的本意完全相反的意图。这种嵌入他人言语的第二种声音不仅与其寄主原初的声音产生强烈冲突，还以主人的方式迫使前辈声音服务于自

第三章　芒博琼博的双声编码：美国非裔文学的艺术特点

己，从而完全违背其原初的意义。言说变成了一个容纳相反意图的战场……戏仿叙述有多种变体：一个人可以戏仿他人的风格作为风格，可以戏仿他人具有社会典型性或个体性的观察、思考和说话方式。再者，戏仿的深度也可能不同：一个人可以戏仿他人言语行为的、表面的语言组成形式，也可以戏仿其最深层的构成原则。[1]

根据这种定义，"戏仿"依赖作者、言说者对另一个文本的语词的应用，即存在既重复又具有差异的关系，因为戏仿者、后辈作者能够依照自己的需要对其"戏仿"的对象进行新的语言、意图植入，从而为前辈文本增加第二种声音。这种"寄生虫的"声音与作为"寄主"的第一种声音之间存在一种"主奴关系"，或者更恰当地说类似于鸠占鹊巢。只是这里的鸠与鹊，不是两种不同的物，而是两个差异性重复的前辈与后辈文本。如果说戏仿依赖于前、后辈之间在词语使用层面的重复、修正关联，那么巴赫金的另一种叙述话语——隐性论争，则突破了这种依赖关系，具体表现如下：

在隐性论争中，另一个言语行为保持在作者的言语行为范围之外，但却又被后者暗指和影射，因为另一种言语行为不再被书写为带有新的意图，但却又在作者的言语范围外形塑了作者的言语，这就是隐性论争中话语的本质……作者话语就如其他话语一样，指向了其所指对象。然而，与此同时作者话语有关其所指对象的每次断言都以这样的方式建构：除了其所指代的意义外，作者话语还带有一种论争性攻击，即对另一个言语行为、另一种断言的同一个主题进行攻击。在这种论争中，一个专注于其所指对象的言论与另一个言论之间围绕着所指之物发生了冲突。为此，另一个言论没有被复制，而仅仅被当成一种（言语论争）的入口来理解。因此隐性论争的结果就是：后者的言语开始从内

---

[1] Ladislav Matejka, Krystyna Pomorska. *Reading in Russian Poetics: Formalist and Structuralist Views*. Michigan: The University of Michigan, 1978, pp. 185-186.

部影响作者的言语。①

由此可见,在"隐性论争"的双声关系中,引发两个语言行为冲突的导火线是"所指之物"。其中,一个语言行为"决定了另一个语言行为的内部结构,而另一个语言行为反过来又通过缺席、差异影响了第一个语言行为的声音"②。这种声音说明第二个语言行为挪用了第一个行为的语义,从而构成了一种双声话语,因此这种话语的言说者所说的词语是一种双声词。盖茨认为这种词语的特点是它使得"听众听到的内容,既包含了这个词原初的言说者所说的言语含义(或者说语义的姿态),也有第二个言说者从不同视角对第一个言语含义做出的评价"。简而言之,它就好比"一种特殊的重写本,最上面的一层是对它的下面一层的评价,而关于这一点,读者(或听众)只有通过阅读评论才知道。然而,评论本身又在评价的过程中变得模糊难辨"③。这就解释了"会说话的书"的高度"互文性",即后面一个主旨是对前面一个主旨的修正性评价,从而使得这个意象具有五层,所以要想深入了解此意象,就必须全面细读五个叙事,并厘清五个作者如何通过不同的能指小心地守护同一个能指的评论技巧。

为此,这种双声词、双声话语有力地证明了符号是易变的,也就是说所指与能指之间的关系是易变的,因此盖茨认为巴赫金含蓄地批评了索绪尔。因为索绪尔认为:"就使用某个能指的语言群体而言,这个能指……是固定的,而不是自由的。在这个问题上,大众没有话语权,由语言所选择的这个能指不能被任何其他能指替代……这个语言群体本身甚至连一个词语都控制不了,因为

---

① Ladislav Matejka, Krystyna Pomorska. *Reading in Russian Poetics*. Ibid., p. 187.
② Henry Louis Gates, Jr. *The Signifying Monkey*. Ibid., p. 111.
③ Henry Louis Gates, Jr. *The Signifying Monkey*. Ibid., p. 50.

第三章 芒博琼博的双声编码：美国非裔文学的艺术特点

它始终在现存语言的规定范围内。"① 同时，索绪尔还解释了"能指与所指之间交替变换的关系"，这种随着时间变化的关系直接来源于符号的武断本质。然而，随后索绪尔又否定了他所说的"武断替换"："一种特定语言—状态往往是历史力量的产物，这些力量解释了符号为何是不可改变的，即它为何抵制任何形式的武断替换。"② 简而言之，在索绪尔看来，符号＝能指＋所指。其中，能指对应的是一个词语的"声音形象"，而所指对应的则是这种"声音形象"的概念，因此"主人"表示意义的体系就是由能指加所指、"声音形象"加"概念"这个等式构造而成的。

然而，这种意义体系不同于黑人表达意义的方式，因为从"会说话的书"的相似性以及黑人所处的黑、白文化语境可以看出，黑人言说是一种双声言说。在这种言说中，词语变成了双声词。这种词语由于频繁增加厚度，使其"能指被双重或再双重化，在这种双声情况下，能指是沉默的"，因为它不停地被新的一层能指覆盖。因此，如果说"按照索绪尔对能指的定义——'声音形象'，那么这里（黑人言说中）的能指就是没有声音的'声音形象'"③。由此可见，这种双声言说有力地证明了大众，尤其是身处多民族社会中的有色群体大众，可以自由地进行"武断替换"，因为他们在具有明确目的性的自觉行为中，通过替换一个能指的所指，从而瓦解了这个能指。简而言之，黑人总是能够按照自己的需求"对一个已经拥有或保留了自我语义向度的词语植入一种新的语义向度"④。这就是黑人在残酷的殖民主义、种族主义和奴隶制语境中为了既能表述自我、沟通族裔同胞，又不会被"主人"识破而发明的一种特殊的传达意义的体系。为了区分"黑""白"两种表达意义的体系，就需要定位两

---

① Charles Bally, Albert Schehaye. *Ferdinand de Saussure: Course in General Linguistics*. New York: McGraw-Hill, 1966, p. 71.
② Charles Bally, Albert Schehaye. *Ferdinand de Saussure: Course in General Linguistics*. Ibid., p. 75.
③ Henry Louis Gates, Jr. *The Signifying Monkey*. Ibid., p. 44.
④ Henry Louis Gates, Jr. *The Signifying Monkey*. Ibid., pp. 50—51.

者的差异，这种差异主要包括书写、命名和含义三个部分。

第二，站在"本土"视野，改写、命名舶来的"白文论"。对此，盖茨吸收了德里达的新词"延异"（differance）与旧词"差异"（difference）之间的差异性重复关系，即"通过修改一个字母和一个发音来重复了一个词语，从而抵制了两个词具有意义同一性的还原行为"。这就使得"法语动词'区分'（differ）与'延宕'（defer）之间被奇特地悬置起来的关系"具有两个向度的意义：一是"阐述了德里达对索绪尔的语言概念的修正，即把语言看成是一种差异性关系"；二是"在一种自身不稳定的意义上，把修正表现为一种过程"①。正是在德里达的影响下，盖茨瞄准了标准英语与黑人英语的区别，并借助这种区别书写并命名了黑人术语与白人术语的差异。就书写而言，在标准英语中，代表"传达意义"的单词是"signifying"，而盖茨则以差异重复的方式把黑人术语改写为"Signifyin(g)"，即既大写了"s"，又括起了"g"，并指出了两者是同音异义词。其中，括号括起来的"g"是根据黑人的发言特色得来的，因为在黑人口语体语言/黑人英语中，末尾的"g"通常是不发音的，即把"signifying"发成了"signifyin"。盖茨认为通过这种书写至少凸显了两个方面的"黑""白"差异：一是视觉上的差异——被括起来，二是听觉上的差异——不发音。这种差异揭示了黑人对白人语言、术语、符号的再命名，而这种擦除"g"的方式代表了黑人的差异踪迹。这种踪迹说明黑人通过替换（白人）习语中与这个特定能指相关联的既定的标准英语概念，不经意地瓦解了"符号＝能指＋所指"这个等式的本质及相关的武断性。

这就是美国黑人针对"主人"英语的再命名仪式，盖茨通过考证指出这种仪式发生在美国内战之前，是某个黑人天才或某个社群中睿智、敏感的言说者，将表示意义体系中的能指的既定概念清空，然后使用黑人自己的概念填满这个空的能指。整个发明本身是匿名的，也没有相关记录。由此可见，不论是

---

① Henry Louis Gates, Jr. *The Signifying Monkey*. Ibid., p. 46.

书写,还是词义,盖茨的术语"Signifyin(g)"都是对标准英语的"signifying"的差异性重复。针对两个术语的翻译,国内学者主要有如下表所示的三种类型:

黑人英语 Signifyin(g)	标准英语 signifying	国内学者的翻译:主要代表人物及其代表作品
表意	意指	1. 王晓路的《盖茨的文学考古学与批评理论建构》《文学观念与研究范式——美国少数族裔批评理论建构的启示》《差异的表述》 2. 习传进的《"表意的猴子":论盖茨的修辞性批评》《走向人类学诗学的美国非裔文学批评》《20世纪八九十年代美国非裔文学批评的转型特征》 3. 程锡麟的《一种新崛起的批评理论》 4. 李权文的《从边缘到中心》《小亨利·路易斯·盖茨研究述评》 5. 林元富的《非裔文学的戏仿与互文》
喻指	意指	1. 朱小琳的《视角的重构:论盖茨的喻指理论》 2. 邓素芬的《喻指理论与非裔美国文学批评》 3. 贺冬梅的《盖茨喻指理论浅析》
意指	表意	王元陆翻译的《意指的猴子:一个美国非裔文学批评理论》

在这些前辈学者的翻译中,本书采用了王元陆的译法。因此,"主人"传达意义的体系就是一种"表意"体系,而"奴隶"则把这种"白色"体系修正为"意指"体系。由于"表意体系"具有一系列相关的组成部分因素及对应的术语名称,因此盖茨创建的"意指体系"就需要对这些"子"元素进行相应的再命名和再书写。由于在《意指的猴子》一书中,盖茨有时把"Signifyin(g)"当成等同于"Signification"的名词,或者等同于"Signifying"的形容词,有时又把它当成等同于"Signify"的动词。为了避免混淆其"意指"体系中同类词性的术语,笔者对整套"表意"和"意指"体系的相关术语的翻译,进行了如下表所示的处理:

标准英语：表意体系		黑人英语：意指体系	
书写形式	词义	书写形式	词义
signification	表意用法	Signification	意指用法
signifying	名词：表意性/表意行为	Signifyin(g)	名词：意指性/意指行为
	形容词：表意的		形容词：意指的
	动词：（时态）表意		动词：（时态）意指
signify	表意	Signify	意指
signifier	能指	Signifier	意指者
signified	所指	Signified	被意指者

从上图可知，盖茨的整套"意指体系"都在强调其与"表意体系"的差异和重复关系，旨在说明黑人口语体语言如何通过有意转义"殖民"了"主人"的既定符号——由能指/所指关系在字面意义上呈现出来的符号，批判了这个符号的意义和"白色意义"本身。这种批判表明美国非裔利用"黑色"方言传统凸显他们与其他英语社群的差异，而正是这种复杂的语言行为以一种政治姿态修正了中产阶级白人建构的语言的使用习惯。这就造成了标准英语语义向度的断裂，即把意义生成机制的关注焦点从"所指"转变为"能指"及其相关的物质性，从而使得两个术语及理论体系有了不同的含义。

第三，解释那些经过重新"上色"——"黑色"的术语和理论体系。在标准英语中，"表意"是标识语义秩序的一个重要术语，它是"能指"与"所指"的"和"，同时也就是"概念"与"声音形象"的"和"。这三者之间的等式关系在索绪尔之后就成为语义学和符号学中最基本的关系。在这种等式中，重要的是"所指"/"概念"所代表的 X 轴/横轴/语义轴，而不是"能指"/"声音形象"代表的 Y 轴/纵轴/修辞轴，因为后一种轴上的东西是为前一种轴上的事物服务的，因此在得到相关的意义之后就需要把它们"悬置"起来。简而言之，所指比能指重要，意义比表述意义的媒介和过程重要。然而，就此而言，黑人却有不同的观点，他们不用白人表意的 X 轴上的东西，而是专注于有关"黑色性"的 Y 轴上的东西，即黑人首先召回了被悬置的修辞轴，然后再用其口语体语言传统特有的修辞策略替换了能指的概念，从而解构了索绪尔的能指与所指之间关系的武断性，并证明了有色族群的大众实际上不仅拥有自己的声音和话语权，还可以替换由语言选择的符号，从而解构了符号之间的固定关系，尤其是"能指"的消极被动性，而赋予它以积极的主动性。换句话说，在标准英语中，表意可以用能指/所指表示，其中所指是一个概念或者多种概念；而在黑人口语体语言中，符号学的这种关系被"一种修辞关系替换，在这种修辞关系中，意指的能指与一种代表黑人口语体语言的修辞结构的概念相关联"，这个概念就是"意指行为"，也可以称为"转义的转义"。因此，意指＝修辞象征/能指，即意指就是要"参与某些具有特性的修辞游戏"①。

由此可见，表意看重的是语义轴，因为表意的秩序和连贯性主要是依赖于语言使用者把特定词语在特定时间生成的无意识联想排除出去，所以标准英语使用"表意"指涉的是横组合轴上平行排列的能指链。然而，意指则宠爱修辞轴，即它乐于把这些联想的修辞和语义关系包含进来，所以黑人英语关注的是"被垂直悬置的、纵聚合轴上的东西，也就是索绪尔所说的'联想关系'的混乱"。拉康把这种纵聚合轴上被悬置的"联想"称为"相关语境的总体表达"，即"一个能指在其他语境中带来的所有意义"，这些意义"必须被删除、忽略或审查，以便让这个能指与一个所指排列起来，生成某种特定的意义，而所有被排除在外，以便维持意义的连贯性和直线性的东西都被意指行为收留"②。因此，盖茨认为可以把这种"联想关系"表现为有关一个词语的游戏性双关语——一种占据着语言的纵聚合轴的词语。黑人言说者就使用这种双关

---

① Henry Louis Gates, Jr. *The Signifying Monkey*. Ibid., p. 48.
② Henry Louis Gates, Jr. *The Signifying Monkey*. Ibid., pp. 49—50.

语进行象征性替换，而这种替换在意指传统中一直是和谐、有效地命名某人或某物的方式。简而言之，表意行为发生在横组合轴或横向轴上，而意指行为则发生在纵聚合轴或垂直轴上。正是在这两个向度的轴上，"黑""白"话语场、说话语世界相遇并碰撞，从而为"能指""声音形象"的出场提供了生存空间，使得它们不再受制于"所指""概念"，而是带着物质性和实体性自由地嬉戏。这就是美国非裔群体针对"主人"的"表意"体系进行的"染色"处理和解构。为此，可以把"表意"与"意指"的关系表示如下：

黑色处理	标准英语：表意	黑人口语体语言：意指
定义	在最明显的直接意义层面，通过所指/能指之间的关系加以说明，可以用能指/所指表示，其指代之物是一个或多个概念，是一种符号学关系，即表意＝所指/能指＝概念/声音形象	参与某些修辞游戏，体现黑人口语体传统有关能指链的修辞策略，只用能指表示，代表能指的游戏及其表达方式，是一种修辞关系，即意指＝修辞象征/能指
功能	注重语义轴，指称横组合轴的能指链，具有秩序性和连贯性，排除联想关系	注重修辞轴，指称纵聚合轴的能指游戏，具有随意性，专注于联想关系

当然，在发掘出族裔群体进行的"染色"处理的同时，盖茨也发现了这种处理无法摆脱的讽刺意味，那就是"表意"和"意指"这两个术语及其相关体系之间的关系说明"意指行为并不是黑人从白人的标准英语中获得解放的一种宣言，相反却强调和凸显了黑人与白人、横组合轴与纵聚合轴、黑人口语体语言与标准英语之间的共生关系"①。这就是权力失衡的殖民、奴役、歧视语境为非裔群体及其文化烙下的"他者"身份。同时，也正是这种身份促使黑人对"主人"的语言、符号中的形式、能指元素进行重复和修正，并使得这种差异

---

① Henry Louis Gates, Jr. *The Signifying Monkey*. Ibid., p. 50.

第三章　芒博琼博的双声编码：美国非裔文学的艺术特点

性重复模式成为黑人独有的言说、表述传统。这就是"会说话的书"具有高度"互文性"的根本原因，即在能指层面相互重复和修正。盖茨把差异性重复/修正称为"意指"，而把美国非裔文学作品之间的通过"能指"元素进行差异性重复、修正、转义而形成的"互文性"称为"意指性"，同时文学作品之间通过能指层面构成的"互文模式"也就变成了"意指模式"。因此，五个"会说话的书"之间的"互文关系"就是一种"意指关系"，即五个作者通过相互意指一个文学主旨而使彼此的叙事具有了相似性，从而以兼具"重复性和差异性的转义、修正模式开启了美国非裔文学传统的意指范式"，成为"黑人叙述传统中共享的第一个比喻，也可以称为'原型比喻'（Ur-trope）"[①]。这就为盖茨后期的文学理论建构指引了全新的方向。

盖茨文论建构的第二个任务是继续在族裔书写中寻找类似于"会说话的书"这个主旨及其彼此间的意指关联的文学作品，以便证明作为整体的美国非裔文学都"有"形式特性。由于"会说话的书"旨在表现黑人在西方书面世界中找寻并展示他们的"声音"的历程，即首先被宗教文本拒绝，随后却在几十年的奴隶生涯中，不仅学会了阅读、写作，熟谙了基督教文本及上帝的旨意，还能够清楚地言说、书写自己的人生阅历。因此，是否具有"表述黑人声音"的主旨就成为盖茨筛选族裔书写的一个重要标准。除此之外，因为五个"会说话的书"围绕呈现"黑色声音"这个主题而相互意指，使前、后文本相互"呼""应"，即构成一种"呼—应"关系，从而变成了一种双声（double-voiced）文本。盖茨把这种文本命名为"转义修正"（Tropological Revision），即"一种特定的比喻在两个或多个文本之间得到差异性的重复"[②]。因此，是否具有相互意指的"双声关系"就是盖茨的另一个筛选标准。正是根据这两种标准，盖茨找到了第二代"会说话的书"。

[①] Henry Louis Gates, Jr. *The Signifying Monkey*. Ibid., pp. xvx-xxv.
[②] Henry Louis Gates, Jr. *The Signifying Monkey*. Ibid., p. xxv.

一、丽贝卡衔接的礼物：第二代"会说话的书"

盖茨认为由于约翰·杰对"会说话的书"的奇异、超自然修正擦除了这个主旨的象征性潜力，从而一方面使这个比喻消失在杰之后的男性奴隶叙事之中，另一方面则使得随后的奴隶叙述者不再继续以让（白人）文本说话的形式重现黑人传统中，反复出现的"黑""白"文化冲突场景以及相关的黑人接受教育的场景，而是转而使用了阅读和书写形式呈现这些景象。当然，这两种表达形式是相互关联的，即"后一种形式是对前一种形式的关键性重写，而这种重写方式非常有利于黑人奴隶叙事在美国内战之前直接充当了有关人类奴隶制的论辩角色"[1]。为此，"会说话的书"就以另一种形式出现在了黑人女性的叙事中——丽贝卡·杰克逊（Rebecca Jackson，1795—1891）创作于1830—1864年，但是直到1981年才被简·休姆兹（Jean Humez）整理、编辑出版的自传《权力礼物》，同年艾丽丝·沃克在评论中赞扬了此书。

《权力的礼物》一共由6章构成，其中与"会说话的书"这个主旨有关的内容主要出现在前面的第一、二章之中，因为丽贝卡延续了杰的超自然性修正，用以描述自己获得阅读和写作的能力。第一章题为"觉醒与早期的'礼物'"，主要描述的是1830—1832年她在家中以缝制衣服为生的经历，以及自己35岁之前还不能阅读、书写的遭遇。其中，在《阅读的礼物》这一节中，丽贝卡描述了促使她渴望阅读的因素及阅读的对象："在收到上帝的祝福之后，我就有一种强烈的欲望去阅读《圣经》"，而由于自己是"母亲的孩子中唯一没有学识的孩子"。因此，她认为唯有哥哥约瑟夫（Joseph）——费城贝瑟尔非洲人卫理公会新教神公会教堂（Bethel A. M. E. Church）的一名杰出的牧师，在"晚饭后或者睡觉前能够教自己一个小时"[2]，否则没有其他办

---

[1] Henry Louis Gates, Jr. *The Signifying Monkey*. Ibid., p. 240.
[2] Jean McMahon Humez. *Gifts of Power: The Writings of Rebecca Jackson, Black Visionary, Shaker Eldress*. Amherst: University of Massachusetts Press, 1981, p. 107.

法学得知识。然而，由于他每天回来都很累，以至于没有力气教自己。于是，她就向上帝祈祷，祈求能够让自己不去怪罪哥哥，以便让自己感到安慰。不久之后，由于想给一个姐妹迪赫斯（Diges）写信，她再次找到哥哥，而约瑟夫则擅自修改了她的言词，侵占了她唯一的话语权：

我就让哥哥帮我写信，并读给我听……我告诉他要写些什么，然后要求他读，他按要求做了。我说："你所写的内容比我告诉你的多。"他已经多次这样做了，于是我告诉他："我没有让你修改我的信件的言辞，我唯一要你做的就是把我所说的内容写下来。"然后他就说："妹妹，你是我帮代笔的人当中最难伺候的。"他说的这些话和他给我写信的态度，就如一把利剑刺伤了我的心……我禁不住号啕大哭，然而这些话却在我的心中响起："保持信仰，你会写作的时间就将会到来。"[1]

由此可见，丽贝卡祈祷的目的不仅仅是想学会阅读，还想掌握写作能力，从而超越了约翰·杰的祈祷意义——渴望用荷兰语和英语阅读《圣经》。随后，丽贝卡开始虔诚地向上帝祈祷，正如杰所做的那样，然后她也得到了上帝的回应，学会了阅读《圣经》：

（在虔诚祈祷后）我的内心听到了这样的一段对话："是谁教授了世界上的第一个人？""当然是上帝。""上帝是亘古不变的，如果他曾教会第一个人如何阅读，那么他也会教会你。"于是，我放下手中的衣服，拿起《圣经》，跑到楼上，翻开它，并把它贴在胸前跪下，然后真诚地向万能的上帝祈祷，因为我想知道他神圣的意志是否要教我阅读神圣的话。当我看见那些神圣的话时，我开始阅读起来。当我发现自己会阅读时，我感到恐惧——接着我就一个字也不会

---

[1] Jean McMahon Humez. *Gifts of Power*. Ibid., p. 107.

读了。我再次闭上眼睛祈祷，然后睁开双眼，开始阅读。我就这样读着，直到读完那一章。①

于是，丽贝卡跑下楼，对丈夫塞缪尔·杰克逊（Samuel Jackson）说自己会阅读《圣经》了。此时，丈夫的反应是："女人，你疯了吗？"随后，丽贝卡就阅读了《雅各布》这一章，塞缪尔才与她一起称颂主。晚上，当约瑟夫回家之后，丽贝卡立即对他说了自己能够阅读《圣经》的事情。然而，哥哥却不相信，他认为丽贝卡不过是在自己以及孩子们阅读经文时记下了这些上帝之言。这时，塞缪尔详细说明了妻子会阅读的事情，这时约瑟夫立刻坐下来，心里倍感不安。随后，她每天都带着《圣经》，祈祷、阅读，直到她能够阅读所有的经文。在此期间，丽贝卡开始组织自己的宗教团体，这就对当时约瑟夫的教堂造成了一定程度的威胁，因此他建议教堂的神职人员对丽贝卡进行审判，最终却使妹妹选择了离家出走，去他乡寻找自己向往的精神慰藉和灵魂重生。

第一章描述了自己渴望学会阅读和写作并通过向上帝祈祷学会了阅读，第二章《离开家庭和教堂（1832—1836）》中，丽贝卡详细描述了自己获得更多学识的途径。在《三本书和一个神圣的梦想》中，丽贝卡描述了"上帝"的身份、样貌、穿着，以及他教自己阅读、理解万事万物的过程。那是1836年1月1日，丽贝卡在往西行离家40公里的地方做了这样一个梦。她梦见自己回到了家中，塞缪尔在前门看见丽贝卡，他向屋里报告了丽贝卡回家一事，似乎某人正在他们的家中。接着，他把丽贝卡托付给屋子里的那个人：

一个白人男人牵着我的右手，带我到屋子的北边，在那里有一张方桌，上面放着一本打开的书。他对我说："你将接受教育，读懂这本书，从《创世纪》到《启示录》。"接着他带我到屋子的西边，那里也有一张放着书的桌子，看上

---

① Jean McMahon Humez. *Gifts of Power*. Ibid., p. 108.

去和北边的那张桌子差不多。他说："是的，你将被教会阅读，从创世之初到时间尽头。"随后他又带我到屋子的东边，那里也有一张和前面两个地方一样的桌子和书，然后说："我将教你，是的，你将学会阅读，从万物之始阅读到万物之终。是的，你将被好好地教授。我将教你。"①

对于这个"白人男人"，丽贝卡充满了好感，当他牵着她的手前行时，她感觉到"他的手就像绒毛一样柔软"，而那时他"身着浅褐色的衣服，没有戴帽子。他的面容安详、严肃和神圣，从他的脸上可以同时看到一个父亲和一个兄长的面容"②。就此而言，这个"白色"男人与自己的"黑色"哥哥形成了鲜明的对比，而塞缪尔则在后门把丽贝卡交给"白色人"之后就转身离开了，从此她再也没有见到他。当然，丈夫的"消失"与丽贝卡赢得的话语能力密切相关，正如她自己所说："很长一段时间，我在家潜心祈祷，不工作也不出门。除了塞缪尔之外，没有人来打扰我。他来的时候，我不说话，而他对我不再有（宰制）权力，甚至都不能给我说话。"③ 在把族裔男性作为对比物之外，丽贝卡还提到这个白人男人大方地给了她三本书，不过她并没有描述这些书的名字及相关内容，但是依据他的身份——上帝，可以推断出它们都应该是宗教书籍。同时，这个男人不仅教会了丽贝卡阅读《圣经》，还教会了她如何书写，因为她坚信自己书写这些自传故事是出于一个神圣的目的——"我仅仅是他手中的一支笔"④。换句话说，不是她自己想写这些内容，而是上帝在书写这些事件。当梦境渐渐远去时，丽贝卡缓慢地苏醒过来，竟然发现眼前真的有一个"白人男人"，而且他还与自己梦中见到的一模一样。此后，这个男人每天都教丽贝卡阅读、理解万事万物：

---

① Jean McMahon Humez. *Gifts of Power*. Ibid., p. 146.
② Jean McMahon Humez. *Gifts of Power*. Ibid., pp. 146－147.
③ Jean McMahon Humez. *Gifts of Power*. Ibid., p. 148.
④ Jean McMahon Humez. *Gifts of Power*. Ibid., p. 1.

当我在阅读中遇到一个不懂的词时,我就会看见他站在我的身边,教我弄懂这个词。经常当我陷入冥想,试图深入探究一些难解的事情时,我就会找到他,让他教会我懂得这些事情。他的辛劳和贴心经常让我痛哭,我看见自己是多么的无知,为了让我懂得永恒的事物,他费尽周折。因为我在先辈的传统中被掩埋得太深,所以我好像确实永远也不可能被挖掘出来。①

从上述描述可以看出丽贝卡修正并翻转了杰的阅读能力叙事,具体包括两个方面:第一,在美国种族主义语境中,阻止约翰·杰接受教育的是他的白人主人,而出生于自由黑人家庭的丽贝卡则是自己的亲哥哥;第二,教会杰阅读《约翰福音》的是上帝派来的天使,而教会丽贝卡阅读《雅各书》的则是上帝本人——一位"好像是一个和善的父亲的白人男人"②。实际上,在整个叙事中,丽贝卡对"黑""白"的男性描述富含完全不同的抑、扬基调,并以认同、敬畏"白色"的方式,批判了族裔男性,包括哥哥、丈夫的父权宰制。另外,丽贝卡还以自己和族裔前辈留下的传统作为陪衬,衬托了这个"白人男人"的耐心、体贴,因为正是这个"黑色"传统把自己掩埋得太深了,以至于使她给"白人男人"造成无尽的麻烦。因此,盖茨认为丽贝卡是"采用女性主义视角意指了'会说话的书'这个主旨,即以男性宰制女性声音和女性寻求学识的形式重塑了这个比喻,旨在批评男性文学前辈的用法"③。这就开启了第二代"会说话的书",当然,在《权力礼物》之后的黑人书写并没有共享黑人渴望阅读会"说话的"书的主旨,而是延续了黑人如何以书面形式发出自己的声音和意指族裔前辈文本这两个传统。在此基础上,盖茨发现了美国非裔文学的"形式"谱系——通过相互意指而构成的独特的"黑色形式"特点及其庞大的传统,并重点研读了 20 世纪最具代表性的三个文本,也就是另外三种"双

---

① Jean McMahon Humez. *Gifts of Power*. Ibid., p. 147.
② Jean McMahon Humez. *Gifts of Power*. Ibid., p. 108.
③ Henry Louis Gates, Jr. *The Signifying Monkey*. Ibid., p. 130.

声文本"。

二、珍妮仰望的上苍:"言说者的文本"

言说者的文本是由佐拉·尼尔·赫斯顿（Zora Neale Hurston）的《她们眼望上苍》（1937，后文简称《上苍》）开启的美国非裔文学的另一种意指模式。这种模式既衔接了丽贝卡开创的针对族裔男性书写的意指模式，又为这种模式加入了新鲜的血液，即通过自由间接引语所呈现的书写声音/标准英语与口头声音/黑人口语体语言交错配列的独特的"声音"游戏。这种游戏使文本的修辞策略旨在表现一个口头文学传统，并"模仿真实（口头）言说中的语音、语法和词汇模式，从而造成一种口头叙述的幻觉"，而其叙述策略则"仅仅聚焦于自身的重要性——一种给口头言说及其内在语言特征赋予特权的重要性，这就降低了其他结构元素的价值——只维持在讲故事的层面"。因此，文本自身的兴趣就转向了一种模仿，即"针对经典的美国非裔口语体语言文学中各种形式的口头叙述模式的模仿"[1]。由此可见，《上苍》所"发出的声音"及其意指模式的载体与"会说话的书"和《权力礼物》不同，因为后两者的作者所向往的是白人的书面世界，尤其是《圣经》文本代表的书面文化，而《上苍》则反其道而行之，极力回归黑人的口头文化，尤其是家人、朋友之间讲故事的口述传统。

整部小说就是由主人公珍妮（Janie Mae Crawford）与好友菲比（Pheoby Watson）讲述的自己的三段感情经历构成。第一，由祖母包办的婚姻，男主角是一个老黑人——洛根·基利克斯（Logan Killicks）。当祖母撞见情窦初开的珍妮与年纪相仿的男孩约翰尼·泰勒（Johnny Taylor）在含苞待放的梨树下解开青春之谜时，她立即决定把珍妮嫁给洛根。她把珍妮叫到面前，几乎没有给孙女发声的机会，而是以压倒性的声音阐释了安排这次包办婚姻的三个理由：其一，作为孙女唯一的亲人，自己已经时日不多，为珍妮选择正确的婚姻

---

[1] Henry Louis Gates, Jr. *The Signifying Monkey*. Ibid., p. 181.

是想保护她，以便阻止她像自己的母亲一样与众多男人厮混，最终致使自己的女儿既没有父亲，又没有母亲；其二，洛根的物质条件不错，不仅有房子、有牲畜，还在大路边有一块土地，而这些是很多黑人（包括男人和女人）梦寐以求的财产；其三，婚姻意味着妻子和丈夫彼此相爱，因此在结婚以后，珍妮就会爱上洛根。正是这一个观点让憧憬爱情的珍妮满心欢喜，因为"它听起来似乎没有那么糟糕，而且婚姻能够让她不再感到寂寞"①。就在祖母的这些言说下，珍妮与洛根结婚了。起初，洛根对妻子颇为关爱，几乎不让她干重活，而是让她待在家中，尤其是厨房里，自己则不仅劈柴、挑水，还把柴抱进厨房，并把房中的水缸装满。然而，在相处一段时间之后，珍妮等待的爱却一直没有来。当她前去找祖母诉苦时，祖母告诉她："在这么忙碌的时节，你跑来满嘴胡言，你已经得到了很大的庇护，每个人都叫你基利克斯太太，你却跑来给我谈论爱。"② 不久之后，基利克斯就不再耐心地给珍妮说话，也不再让她仅仅待在厨房，而是要她既能像个男人一样拿起斧子劈柴，捡起扁担挑水，举起手臂卸下骡背上的东西，又能像一个女人一样在他前脚碰到门槛时就闻到饭香，因为他觉得正是自己和珍妮的祖母把她给宠坏了。最后，珍妮终于明白婚姻无法制造出爱情。为此，她的"第一个梦死了，此后她就变成了一个女人"③。这就为她随后的第二段感情埋下了引线。

第二，珍妮与乔·斯塔克斯（Joe Starks）私奔。在基利克斯外出买骡子时，珍妮一个人在家中苦苦等待。不久年轻的来自格奥尔基（Georgy）的乔路过珍妮所在的村子，他"一直在给白人干活，存了一些钱，大概有三百块左右"。30多年来，乔总是"想成为一个声音洪亮的大人物，可是在他的老家，什么都是白人说了算，别处也一样，唯有黑人自己建的全黑人社区不一

---

① Zora Neale Hurston. *Their Eyes Were Watching Gold*. New York：Harper Perennial Modern Classics. 2006，p. 21.
② Zora Neale Hurston. *Their Eyes Were Watching Gold*. Ibid.，p. 23.
③ Zora Neale Hurston. *Their Eyes Were Watching Gold*. Ibid.，p. 25.

第三章　芒博琼博的双声编码：美国非裔文学的艺术特点

样"。因此，他"很高兴自己存了钱，并打定主意在城市刚起步的时候就到那里去，准备做一场大买卖"①。乔与珍妮交谈，整个过程中他表现得就像个白人。随后珍妮与他一起坐火车离开了，他们在梅特兰（Maitland）下车，然后前往有色人小镇。乔善于演讲，并因自己的财力和话语能力出众而被推荐为市长。当他当选后，橘子镇（Orange County）的市民掌声四起，并呼吁市长夫人讲话。然而，此时，乔却打断了大家的呼声："感谢你们的赞美，但是我的妻子对言说一事一窍不通。我娶她就不是为了她能说，因为她是一个女人，所以她只能待在家中。"② 乔开了一间杂货铺，他让珍妮整天待在铺子卖东西，自己则时常与男人一起闲聊，而且不准妻子参与任何谈话，完全剥夺了她的话语权。这种情况直到珍妮快40岁时才发生了决定性的变化，她在店铺中不仅当着众多男人的面发出了自己的声音，还羞辱了丈夫："是，我不再是年轻的姑娘了，可我也还不是老太婆。我想自己的容貌与年龄相当，但是我非常清楚自己全身上下没有一处不是女人。说起来，这可比你强多了。你腆着大肚子在这里神气十足，自吹自擂，可是除了你的大嗓门，你还有什么东西剩下的。哼！说我显老，如果你扯下裤子瞧瞧自己，就会发现已经到了更年期。"③ 珍妮的这番话引起了众人的热议，而乔则完全被妻子的声音打垮了，因为他作为一个男人的尊严被剥夺了。那天晚上，他就搬到楼下去睡，整个人都消沉了，并且从此一病不起。医生在告诉珍妮病情时说："当一个男人的肾整体停止了运转，就没有办法再让他活下去了。两年前他就应该得到药物治疗，现在已经太晚了。"④ 不久之后，乔就撒手人寰了。于是，珍妮就成为整个镇子最富有的寡妇，很多男人争相为她的理财提建议，因为那时在南佛罗里达州，从未有一个黑人女人独自拥有过如此多的财产。当然，财富也为她获得真正的自

---

① Zora Neale Hurston. *Their Eyes Were Watching Gold*. Ibid., p. 28.
② Zora Neale Hurston. *Their Eyes Were Watching Gold*. Ibid., p. 43.
③ Zora Neale Hurston. *Their Eyes Were Watching Gold*. Ibid., p. 79.
④ Zora Neale Hurston. *Their Eyes Were Watching Gold*. Ibid., p. 83.

由以及拥有梦寐以求的自主恋爱奠定了基础。

第三，珍妮与茶点［Tea Cake，真名是伍格博·伍兹（Vergible Woods）］之间的真爱。乔去世后不久，镇子上来了一个高大的、生气蓬勃的、懂音乐的年轻黑人。他到珍妮的店子买烟，两人聊得很开心。一直到店铺打烊时，茶点都没有离开，他甚至还送珍妮回家，因为店铺与住处有一段距离。尽管他们首次见面，但是珍妮却认为"茶点并不陌生，因为自己似乎了解了他的一生"①。尽管有很多人告诉珍妮，茶点只不过是看上她的钱财，但是两人还是冲破了障碍。后来，两人卖掉了店铺，辗转到很多地方，最后回到了茶点的家乡格奥尔基。在那里，两人都曾猜疑彼此的忠诚，茶点甚至在特纳（Turner）女士的哥哥与珍妮见面之后打了她。当然，这种暴力行为"并不是因为她的行为验证了他的嫉妒，而是因为打她能够释放储藏在自己心中的恐惧，即能够通过打她强调他的主权，显示自己是她的'老板'"。正如茶点自己说的："我（那样做）是为了让她明白，我才拥有控制权。"② 第二天，整个村子的人都知道了两人的事情，并成为田间劳作的谈资，因为他们都羡慕两人的爱情。最终，一场雷电交加的暴风雨夺走了两人的爱，茶点为了救起洪水中的珍妮而被狗咬伤，随后感染，并开始疯癫猜疑妻子的不忠，最终想用手枪打死珍妮。在两人争夺手枪的过程中，手枪走火，茶点被打死。珍妮被抓走审判，很多白人男女和黑人男女都前来旁听。其中，黑人都希望把珍妮判处死刑，而由白人组成的陪审团和法官则认为珍妮无罪。珍妮在法庭上大声地讲述了整个事故的经过，随后法官宣判："我们发现伍兹的死纯属意外，因此不应该怪罪嫌疑人珍妮·伍兹。"③ 至此，珍妮获得了自由，而那个法官及其他人站起来，对她微笑，并和她握手。白人妇女哭着围在珍妮的身边，就好似她的保护墙，而那些黑人则耷拉着脑袋，并在唏嘘声中离开了法庭。随后，珍妮在

---

① Zora Neale Hurston. *Their Eyes Were Watching Gold*. Ibid., p. 99.
② Zora Neale Hurston. *Their Eyes Were Watching Gold*. Ibid., pp. 147-148.
③ Zora Neale Hurston. *Their Eyes Were Watching Gold*. Ibid., p. 188.

寄宿房中要了一个房间过夜，晚上她听到两个男人在楼道前面谈论自己的事情：

"你知道吗，白人不会对那个女人采取任何行动？"

"她没有杀任何白人男人，不是吗？只要她没有射杀任何白人男人，她就可以随心所愿地杀众多黑人男人。"

"是的。黑人女人可以杀掉所有的黑人男人，但是你却最好别想杀任何一个黑人女人，因为如果你杀了，白人就要把你处以绞刑。"

"你知道他们是怎么说的吗：'白人男人和黑人女人是世界上最自由的人。'因为他们能够做自己想做的任何事情。"①

上述这段对话与珍妮祖母劝服孙女要嫁给年老的洛根的那段话形成鲜明的对比：

在我所了解的范围内，白人主宰着一切。也许在这个范围外的某些地方，黑人是拥有权力的一方，但是除了听闻以外，我们对此一无所知。因此，白人男人把包袱扔下，然后让黑人男人捡起来。黑人捡了起来，因为他不得不这样做。然而，他并没有背着这个包袱走，而是转身把它递给了他的女性同胞。在我看来，黑人妇女就是世上的骡子。因此，我一直在祈求上帝，让他把你变得与众不同。②

祖母的这段话是整部小说的主旨，即珍妮如何冲破男权宰制，自我觉醒，赢得真爱以及发出声音的权利——话语权。因此，在把茶点埋葬在棕榈海滩（Palm Beach）之后，她就回到了老家，向菲比讲述自己的人生。在整部小

---

① Zora Neale Hurston. *Their Eyes Were Watching Gold*. Ibid., p. 189.
② Zora Neale Hurston. *Their Eyes Were Watching Gold*. Ibid., p. 14.

说中，黑人之间的对话所使用的交流载体完全是黑人口语体语言，而标准英语则仅仅出现在叙述者以第三人称描述珍妮及其周遭事件之时。同时，由于叙述者的声音与带有浓厚方言色彩的黑人习语的交错出现，因此它很显然会受到大量篇幅的这种习语对话的影响，以至于使自身与表现小说主人公珍妮的自由间接引语颇为相似。为此，盖茨认为赫斯顿使用自由间接引语不仅为了表现单个人物的言说和思想，还为了代表整个黑人社区的集体言说与思想。因为这种话语凸显了两种倾向：一是强调"这种深受方言影响的文学措辞对（黑人）传统具有巨大的潜在价值"，二是强调"（黑人）文本渴望模仿口头叙述的显在诉求"①。当然，这种诉求并不是《上苍》独创的。实际上，在《上苍》出现之前，美国非裔学界早就围绕黑人文学应该如何表述黑人声音进行了激烈的美学争论，这种争论大致始于保罗·劳伦斯·邓巴的《下层生活的抒情诗》（*Lyrics of Lowly Life*，1895）。争论的主旨是黑人应该或能够采用何种准确的语域，去记录"真正的"黑人声音。简而言之，黑人作家能否同时使用黑人方言和标准英语进行文学创作。

这种争论语境促使当时的美国非裔作家面临一个困境——寻找一种第三项，一种大胆的、新奇的能指，而它同时深受这两种相互关联但又不同的文学语言的影响。《上苍》的出现结束了这场论争，原因主要有两个：首先，赫斯顿的修辞策略"在小说中扮演了一种调和角色，其中的一方是被赋予特权的，在根本上是抒情的、极具隐喻性的、准音乐性的（quasi-musical）黑人口头（文学）传统，而另一方则是一种黑人被迫接受，但却尚未被他们完全吸纳的标准英语文学传统"②；其次，赫斯顿通过交叉使用直接引语、间接引语和自由间接引语表现了一种独特的声音游戏，这种声音游戏凸显出在书写中表现黑人的口头声音的可能性，具体表现为："小说中源自黑人言说共同体的直接话语与叙述者原初的标准英语彼此交融，从而形成了一个第三项——一个真正

---

① Henry Louis Gates, Jr. *The Signifying Monkey*. Ibid., p. 214.
② Henry Louis Gates, Jr. *The Signifying Monkey*. Ibid., p. 174.

第三章　芒博琼博的双声编码：美国非裔文学的艺术特点

意义上的双声叙述模式"，这种模式"被俄国形式主义者称为斯卡兹，即一个文本似乎表现出对口头叙述地位的肯定"①。正是这种第三项一方面促使《上苍》呼应了"会说话的书"，因为它全面展现了黑人如何利用口头文化冲击"主人"的书面文化霸权，为他们的非洲性和黑色性开辟立足之地。另一方面则让它通过不同层面的措辞变化反映了一个混杂体人物的自我意识的发展变化，这个人物既不是小说的主人公，也不是文本游移的叙述者，而是两者的集合，是一种浮现中的交融主体。理解这种意识就需要进入《上苍》这个文本，即读者不仅仅是打开书页阅读白纸黑字，还要进入文本进行感知、填补和再书写。这也就揭示出盖茨把《上苍》命名为"言说者的文本"的两个来源：一是取自罗兰·巴尔特（Roland Barthes）的"读者的（readerly）文本"和"作者的（writerly）文本"并调和了两者的二元对立，二是取自"会说话的书"这个主旨。

综上所述，赫斯顿笔下的珍妮采用黑人口语体语言，发出了自己的声音，并通过这种声音击溃了父权宰制，从而衔接、拓展了丽贝卡的意指模式，而在从"无声"到"有声"的整个转变过程中，尽管不是像文学前辈一样，由上帝教会她如何发声，但是珍妮在被压制、唾骂、抽打时也一直眼望上苍，希望它能够守护着自己懵懂时在梨花树下畅想的身体欢愉，并最终如愿以偿。赫斯顿的这种创作模式——用回归族裔方言、民俗传统的方式意指族裔前辈文本，使其文本本身富含"说话性"——日常言说、讲故事的口头性，并让那些纸上的文字不仅具有视觉差异，包括字母的排列、删减、增加、时态变化、人称、单复数等，还具有听觉差异，例如单词末尾的"g"不发音，而"r"字母则既卷舌又颤抖，并且会持续较长时间。这就为美国非裔的书写注入了"黑色"活力，使它以黑人独有的方式言说自我，同时这种言说以黑人口语体语言为主要载体意指了族裔文学前辈的书写，从而孕育了"会说话的文本"。

---

① Henry Louis Gates, Jr. *The Signifying Monkey*. Ibid., p. xxvi.

三、拉巴斯守护的伏都教秘穴:"会说话的文本"

"会说话的文本",也称为意指的修正,是由伊斯梅尔·里德的小说《芒博琼博》(Mumbo Jumbo,1972,后文简称《芒博》)——"一个融修正和批评于一体的文本,所展现的一个主旨,即黑人文本如何与其他黑人文本'说话'。"① 因为黑人文学作品之间的意指关联实际上就是一种对话关系,即后文本以对话的形式对前文本进行差异性重复,从而使得前、后文本相互"说话"。为此,五个"会说话的书"是围绕会"说话的"书阻止黑人和美洲原住民发声、"链条"意象,以及黑人最终在西方世界注入自己的书面声音这三个主题展开对话的;《权力的礼物》与约翰·杰的"会说话的书"之间通过上帝的神迹教会自己阅读《圣经》,从而使自己发出了"书面性"声音,包括能够阅读印刷体经文和书写自己的文本这个主旨进行对话;《上苍》以黑人女性珍妮艰难的发声经历为媒介同时与第一、二代"会说话的书"展开对话。在这些形式的对话中,赫斯顿的突出贡献就是改变了支撑前、后文本对话的载体——语言,把原来几乎完全标准的英语(间或有一些不标准的黑人表述)变成了黑人口语体语言与标准英语的交融,同时还丰富了叙事者的人称变化,包括对话性的第一、二、三人称,以及完全用第三人称形式的自由间接引语叙述珍妮的人生轨迹和相关感知。由此可见,《上苍》以弘扬"黑色"语言、表述形式和民俗文本的方式标识了自己的"黑人性",从而比其之前的族裔书写都"黑"。换句话说,赫斯顿以独特的意指/对话形式"染黑"了出现在《上苍》之前的第一、二代"会说话的书"。这就为随后的黑人书写提供了有效的"黑色"范式。

里德就深受这种"黑色"范式以及赫斯顿的其他书写形式的影响。盖茨经过仔细比对两者的作品,发现里德与赫斯顿之间存在很多直接关联,具体表现在五个方面:一、两者都爱好传统游戏,不过里德的作品似乎是一种针对传统的极具想象力的游戏;二、两者都书写了摩西神话并将黑人的宗教的和世俗的

---

① Henry Louis Gates, Jr. *The Signifying Monkey*. Ibid., xxvi.

神话话语当成隐喻的、形而上的体系；三、两者都创作了自反性文本，这些文本对书写自身的本质进行了评论；四、两者都利用嵌入技巧凸显了他们的叙事中的叙事；五、他们的作品都可以被称为"言说者的文本"，即一种重在表现黑人的"言说声音"的文本。这个文本被俄国形式主义者称为斯卡兹，而赫斯顿和里德都将其定义为"一本口语书或者说一本会说话的书"①。然而，作为这种"口语"书本，《上苍》和《芒博》还是具有一定的差异。这种差异主要表现在三个方面。

第一，《上苍》的"黑色"主要表现为书写载体——语言，而《芒博》则融合了形形色色的"黑色"，包括各种图例、脚注、参考书目、字典释义、格言、警句、颠倒字母顺序而构成的新词、从其他文本中复印的印刷文字、报纸摘要、新闻头条、符号（例如那些挂在门上的东西）、宴会请柬、电报、"情况汇报"（来自八管收音机，第32页）、阴阳符号、对其他文本的引述、诗歌、卡通画像、神话中野兽的图画、演唱会的传单、想象的黑人总统的照片、封面护套的复印件、图片、表格、扑克牌、一个希腊瓶子的画像、一封四页的手写信、大小写混杂的单词拼写、频繁使用阿拉伯数字代替英文单词。如书中第50页的"曾经每一个人被一个洛占据"（"Once in a while 1 is possessed by a loa"），第51页的"厄林从其中的一间屋子冒出来"（"Earline is emerging from 1 of the rooms"），以及第180页的"他进入了其六个栏目中的两个"（"He entered between 2 of its 6 columns"），一个单词中的某个字母或者两个字母会被重复书写十几次，例如书中第60页出现的交替重复的两个字母"HEHEHEHEHEHEHEHEHEHEHEHEHEH"，以及第157页出现的句子"打扰一下！"（"Well excuuuuuuuuuuuuuuuuusssssssssss eeeeeeeee me！"）等。

此外，《芒博》的另一个特色是不同时期的版本中的相同位置（被文字包

---

① Henry Louis Gates, Jr. *The Signifying Monkey*. Ibid., p. 112.

围的）插图不同。例如，1973 年由班特曼公司（Bantam）出版的版本与 1996 年由斯克里布纳公司（Scribner）出版的版本之间就有 9 处不同的插图，这些图对应两个版本中的页码分别为 7—10，61—69，77—88，118—135，145—166，161—183，184—211，214—244，215—245。其中，在 1973 版的第 183 页是一个由六行字环形排列组成的一个四棱图形，从外向里数的第三环文字是赫斯顿的一句话："不论在那里，黑人都能发现有关摩西的神话及其超自然的能力既没有记载在《圣经》之中，也无法在有关摩西的生活的任何书写记录中找到。"然而，1996 年版本的第 161 页对应这个插图的位置，却变成了一个手握双刀的黑人土著的图片，他站在树下的草坪上，除了头部、胸前和腰部有串起来的贝类饰品外，没有穿任何衣服或鞋袜，尽显其健美、强壮的肌肉，双臂和双脚以相同的幅度展开，他脚踏地，手指天，头微微向右倾斜，沿着右手所指的方向眼望上苍。这两幅画极有寓意地凸显了里德与赫斯顿的"呼"——"应"关系，因为《上苍》的第 160 页描述了暴风雨给黑人带来的灾难，以及他们如何在惶恐中相依而坐，思考上帝对自己的考验，还有一句第三人称出现的话："看起来，他们似乎正在凝视暗夜，然而，实际上他们正在眼望上苍。"对比这两个版本，可以看出里德的文本刚好比族裔前辈赫斯顿的文本"晚"了一页，而如果说赫氏笔下的"他们"在祈求上苍，以逃过飘摇的风雨，那么里氏白纸上的"他"却用双刀及比刀还锋利的双眼直指苍穹，从而划破了"主人"书面霸权的牢笼，以此迎接 1973 年版中赫斯顿提到的在书写文化中无处可寻的摩西。这也就刚好与插图周围的文字相映成趣，因为它们正在争相诉说和证实帕帕拉巴斯（Papa LaBas）的观点："根据一个海地贵族的说法，黑人在几千年前的埃及就有了书面文本。"[①] 正是这个文本区分了里德与赫斯顿的意指前辈文本的模式。

第二，《上苍》在一定程度上凸显了黑人书写的"口头性"，而《芒博》则

[①] Ishmael Reed. *Mumbo Jumbo*. New York: Scribner Paperback Fiction, 1996, p. 160.

第三章 芒博琼博的双声编码：美国非裔文学的艺术特点

利用"随意生长"（Jes Grew）这个神秘的意象全面敞亮了非裔的口头传统。在小说中，里德对"随意生长"的定义非常含糊，大致是一种非物理性的瘟疫，其携带者"因为（需要种植）棉花而（从非洲）来到美国"①。作为一种形而上的瘟疫，"随意生长"与生理性瘟疫不同，主要表现在四个方面：一、它是一种反瘟疫，因为"有的瘟疫毁灭寄主的肉体，而'随意生长'则恰恰使寄主获得了重生"；二、"其他瘟疫伴随着腐坏的空气（如痢疾），而'随意生长'的受害者则声称他们从未见过如此清新的空气，因为它夹杂着玫瑰花香，这种香味他们以前从未闻过"；三、"有的瘟疫就像腐烂的动物，但是'随意生长'却能够感染生活，给它带去热情和惊喜"；四、"严重的瘟疫源自神的愤怒，但是'随意生长'体现了神的欢愉"，它之所以爆发是因为"它正在寻找自己的话语（words），自己的文本"。这种文本"在19世纪90年代还没有出现，而在20世纪20年代也只是一个假警报，因为'随意生长'再一次出现，并迅速弥散开去"②。整个故事情节就围绕帕帕拉巴斯及其助手寻找"随意生长"追逐的文本展开，在寻找过程中，很多人离奇去世。帕帕拉巴斯讲述了这个稀有文本的情况，几千年前由非洲的一个国王传下来，他把这个文本分发给14个人，然后这些人又把各自的文本藏在14个不同的地方，所有伏都教的成员都在寻找这些文本。帕帕拉巴斯最终费尽周折，却发现这些文本早就被烧成灰烬，荡然无存。实际上，"随意生长"应该是美洲非裔在奴隶制体制下的种植园中创造的形形色色的口头文化，因为它最先起源于新奥尔良（布鲁斯的发源地），在20世纪20年代哈莱姆文艺复兴时期驻扎在纽约，随后一路狂奔至芝加哥，而在哈莱姆文艺复兴之后就是芝加哥文艺复兴（1935—1953），从而使得"欧洲一直守护的'自恋'文明岌岌可危"，敞亮了"那些美学（霸权）受害者的文明"③。因此，时任新奥尔良的市长百感交集："如果

---

① Ishmael Reed. *Mumbo Jumbo*. Ibid., p. 16.
② Ishmael Reed. *Mumbo Jumbo*. Ibid., p. 6.
③ Ishmael Reed. *Mumbo Jumbo*. Ibid., p. 15.

'随意生长'变成一种流行病,那就意味着我们所知道的文明将被终结。"① 这里所指的"文明"是与"随意生长"相对的"主人"的文明,这种"白色"文明沐浴在书面文化之中,把"黑色"拒之门外,因为那时种族主义笼罩的门上经常写着"黑人、奴隶和狗不得入内"。这也就印证了里德所说的:"布鲁斯是'随意生长'""爵士是'随意生长'""黑人俚语是'随意生长'"②。由此可见,里德以独有的方式一方面嘲讽了白人的书面文化霸权,因为黑人不是没有书面文本,而是把它们烧成了灰,弥散在天地之间,让每一粒尘埃都在撞击"白人至上"的谎言,另一方面则弘扬了黑人的口头文化传统,因为他们创造的"随意生长"席卷了欧洲人能够保存古老文明的最后一块"净土"——美国,尤其是作为艺术殿堂的纽约。

第三,《上苍》继承了丽贝卡所开创的意指模式——以女性主义的视角重复并批评了五个"会说话的书"所代表的父权宰制女性声音的方式;而《芒博》则以男性视角同时批判了族裔男性和女性前辈的书写,因为它批判了美国非裔文学传统的一些叙述陈规和形而上的预设,以及它们与西方传统的关系,旨在清除族裔传统中正典和非正典文本的影响,为自己和后辈黑人作家的文学创作开辟一个崭新的叙述空间,实现文学创作书写的"自由运动"。这种批判具体表现在两个方面。其一,批判了美国非裔文学传统的正典性叙述模式。《芒博》既展示了里德与其族裔艺术和文学前辈,包括赫斯顿、赖特、埃利森、詹姆斯·鲍德温(James Baldwin)等人之间的关系,同时又通过巴赫金所说的戏仿和隐性论争模式意指了这些正典文本中的一些重要的表述策略和技巧,最具代表性的就是发明了"部分参考书目"。这种书目的"出场"一方面"戏仿了学者借势权威的事实",另一方面又"戏仿了所有费心策划的旨在隐蔽文学前辈及其影响的努力"③。其二,批判了黑人传统中超验的黑色所指

---

① Ishmael Reed. *Mumbo Jumbo*. Ibid., p. 4.
② Ishmael Reed. *Mumbo Jumbo*. Ibid., p. 210.
③ Henry Louis Gates, Jr. *The Signifying Monkey*. Ibid., p. 224.

第三章　芒博琼博的双声编码：美国非裔文学的艺术特点

以及这种所指与西方传统针对黑人的形而上的预设之间的关系。里德通过各种各样的互文本和内文本清晰地勾勒出美国非裔文化内涵的统一性，指出有关美国非裔文化的巨大谎言就是"它缺少一个传统"。因为黑人传统与其他西方传统一样，充满了根深蒂固的陈规和预设。这些陈规和预设主要来自美国非裔有关黑人主体的理想主义，即"存在一个超验的黑人主体，它是一个完整的整体、是自给自足的自我、是'总是已然'的黑色所指"①，以便驳斥西方理念体系把黑人、黑色、黑人性等定义为"缺场"。为此，里德把书写焦点转向了族裔传统中的能指，即批判了它之前的整个美国非裔文学传统的表述形式，其中就包括《上苍》开创的双声形式。

综上可知，如果说赫斯顿只是"染黑"了族裔文学前辈的书写的"头部和四肢"，那么里德则凭借更加"黑色"的语言、表述形式、极具政治色彩的图片、怪异的符号、潦草的手写稿等把之前的整个族裔书写的"上、下半身"都染成了"黑色"，甚至就连黑人自己见了它，都会说它"真是黑，蓝黑蓝黑的"。当然，也只有黑人才能真正读懂这个文本，理解其中蕴藏的万花筒般的黑人文化、艺术、政治发展历程，以及那些贮存在伏都教文化中的奥秘。《芒博》全面清除了书写空间的这种批判和修正，对其之后的黑人书写具有双面效果：一是为它们腾出了下笔书写的空间，二是让它们时刻铭记所谓正典文本的权威光环是可以随意被摘掉的，因此当它们试图靠近、模仿、意指这些文本时，就需要三思而行。正是这两种语境造就了另一种类型的双声文本。

四、西丽封冻的紫颜色："言说者文本的重新书写"

"言说者文本的重新书写"是指艾丽丝·沃克通过混搭（pastiche）技巧对言说者的文本（《上苍》）的显性和隐性叙述策略进行差异性重复，从而创作了一个无意意指文本——《紫颜色》（1982）。所谓的无意意指"不是指缺乏深刻目的性的意指，而是缺失否定性批判的意指"，这种意指方式在黑人文化传

---

① Henry Louis Gates, Jr. *The Signifying Monkey*. Ibid., p. 218.

统中主要"被爵士乐手广泛采用，他们在一张专辑中交叉演奏对方的保留曲目，其目的不是批评，而是通过重新演绎来表达崇敬之意"，因此这种双声性"暗指了调和与相似，而不是批判与差异的有意意指"①。同时，盖茨指出有意意指与无意意指的关系就类似于戏仿与混搭的关系，前者是没有否定性的差异性重复，而后者则是具有批评性的修正性重复。其中，有意意指的最典型的例子就是《芒博》。当然，由于里德批判了美国非裔男性和女性文学前辈的书写，既为随后的黑人书写腾出了饱满的空间，同时又限制了这些书写伸直和拉长自我。因为在"会说话的文本"之后的双声文本就"既要与传统决裂，又要修正构成黑人传统的最显著的特征"②，其中就包括对《芒博》本身的意指。沃克采用书信体书写的"重写言说者的文本"就实现了这种意指：一方面既意指了《上苍》的自由间接引语，体现出言说者的声音，尤其是口头声音的幻觉，另一方面又意指了《芒博》杂糅各种类型的文本的形式——把视觉和听觉上都极具黑人对话特色的、双叉叙述声音的大杂烩文本，变成了富含黑人女性（遭受族裔内部的性别主义压迫）特色的信件文本——女性自身，从而呈现出一种多向度的单叉的叙述声音。

《紫颜色》完全以书信体形式讲述了西丽（Celie）如何遭受了继父阿尔伯特（Albert）的强奸、辱骂、鞭打，母亲的冷漠、忽视，以及与妹妹奈蒂（Nettie）的分离。在整个过程中，她变得懦弱胆小、忍辱偷生、麻木不仁。在西丽的生命中，唯一给予她慰藉的事情就是写信。然而，由于奈蒂的消失，西丽甚至失去了写信的对象。于是，她就把上帝当成了收信人，诉说自己的悲欢离合。最终，在朋友萨格（Shug Avery）——一个自由女性的帮助下，西丽不仅发现了丈夫/继父犯下的不可饶恕的恶行——一直暗中收取和隐藏了奈蒂的回信。因为尽管她在14岁就遭到了强奸，并生下了多个孩子，其中前两个在刚出生不久就被继父强行送给了别人。但是，自从唯一在乎的妹妹

---

① Henry Louis Gates, Jr. *The Signifying Monkey*. Ibid., p. xxvi.
② Henry Louis Gates, Jr. *The Signifying Monkey*. Ibid., p. 240.

第三章　芒博琼博的双声编码：美国非裔文学的艺术特点

杳无音信之后，她就开始逆来顺受，对什么都不抱怨、不反抗，而是默默地忍受，心如死灰，像是行尸走肉。然而，在看见被厚厚的美元挡着的信件的那一刻，她抓起信，抖落信封上的钱，小心地抚摸着信，看着上面的文字，嘴角露出了消失了几十年的发自内心的笑容。至此，生命之火再次被点燃，西丽不仅开始恨那个阻止她与妹妹通信的男人，罕见地向上帝控诉了自己的不幸："我的父亲被处绞刑，母亲疯疯癫癫，所有同父异母的弟弟和妹妹都对我不好，因为他们是我的孩子，而不是所谓的兄弟姐妹，爸爸不是爸爸。"[1] 同时，她还唤醒了被"活埋"了几十年的自我，从而捡起了话语权，言说自己的声音，首次大胆地决定自己的人生，即与萨格一起前往孟菲斯。当萨格向阿尔伯特提到这件事时，他说"（她想走）不可能，除非我死了。"此时，西丽勇敢说出了自己离开的原因："你是低等动物，是肮脏的狗。"在听到西丽准备离开的消息时，阿尔伯特冷笑地说："你什么都不会，又瘦又丑，没有身材，不敢说话……没有人会疯到娶你，你能做什么，到农场找工作，还是到铁路部门……看看你的鬼样子，你是个黑人，又穷又丑，还是个女人。你什么都不是，我应该把你关起来。"西丽却大声地对糟践了自己一生的男人说："我穷，我是黑人，我可能还很丑，但是，上帝，我解脱了。"[2] 到达孟菲斯之后，西丽依靠缝纫技术，自给自足，彻底摆脱了父权的囚禁。由此可见，不论是批判父权的立足点，还是女性发声、觉醒的主旨都凸显了《紫颜色》与《上苍》之间的调和与相似，具体表现在三个方面。

其一，两者的语言载体都是黑人口语体语言和标准英语的交叉排列，从而使文本呈现出口头叙述的错觉。其中，赫斯顿把书写声音变成了口头声音，从而使承载《上苍》的文字变成了"口头象形文字"（oral hieroglyphic），因为赫斯顿认为"白人用书写语言思考，而黑人是用象形文字思考"[3]。沃克则是

---

[1] Alice Walker. *The Color Purple*. Orlando：A Harvest Book，2003，p. 178.
[2] Alice Walker. *The Color Purple*. Ibid.，pp. 209—210.
[3] Winston Napier. *African American Literary Theory：A Reader*. Ibid.，p. 31.

把口头声音呈现为一种书写声音，从而响应并直接实践了言说者的文本的号召——一个黑人文本确实能够用黑人的方言书写，因此被命名为"重写言说者的文本"。

其二，两者都把女主人公"发出声音"与自我意识的觉醒、成长联系在一起。其中，赫斯顿把珍妮发现自我的声音表现为她的发言，而沃克则把西丽的自我意识的成长表现为一种书写行为，即"用一个个日子、一封封书信记录了其自我意识的成长"①。换句话说，珍妮及其叙述者通过口头言说的方式获得在场，西丽则是在自己的信件中通过书写方式获得了一种存在。

其三，两者都描述了双声话语。《上苍》的双声话语体现在不同层面的叙述声音的措辞变化，尤其是标准英语和黑人口语体语言的交融，凸显了珍妮这个人物的动态性，即她既是小说的主人公，又是文本的叙述者。《紫颜色》的双声话语出现在西丽的书信中，她用自由间接引语的修辞技巧既表现了自己过去和现在的口头声音，又展现了过去和现在同她说话的其他人的口头声音，这就使西丽被分成了两个部分：一是书信中过去的、作为叙述客体的西丽，主要表现为一个活泼的、受控的、未受过教育的、深受继父残害并生下小孩的妙龄少女；二是书写书信的、作为叙述主体的西丽，她采用书信体形式讲述了自己的遭遇和觉醒，从而既控制了自己的叙述声音，又控制了其生活中其他人的言说声音。西丽的书信是使用方言书写的，这就既"呼应了赫斯顿对'口头象形文字'的定义"，也"呼应了她对言说者语言的反讽式使用：这是一种人们永远不会说的语言，因为它只存在于书写文本中"②。

由此可见，沃克对赫斯顿的修正是最富有敬仰之情的修正，而这种修正不仅为了文学的内容，也为了文学的结构。换句话说，《紫颜色》把《上苍》这部黑人女性前辈的文本作为自己的文学祖先，同时也就将自己排进了传统的行列，成为表现黑人口语体语言的技巧，肯定黑人口头叙述模式、口头文化等真

---

① Henry Louis Gates, Jr. *The Signifying Monkey*. Ibid., p. 247.
② Henry Louis Gates, Jr. *The Signifying Monkey*. Ibid., p. 255.

正具有"黑人性"的文学表述形式的正典文本。当然，除了修正《上苍》《芒博》之外，沃克还直接意指了丽贝卡的《权力的礼物》，主要表现为其中的两个意象。一是上帝意象——"白人男人"。具体出现在西丽与萨格的对话中。西丽最初把上帝当成自己潜在的收信对象，然而，当她发现妹妹奈蒂还活着时，上帝就不再是其信件对象了："我不再给上帝写信了，我给你写信"，因为"我一直祈祷、写信的那个上帝是一个男人，他的行为和其他我所认识的男人一样，无聊、健忘、下流"。对此，萨格追问西丽："告诉我，你的上帝长什么样。"西丽说："他高大、年老、花白胡子，是个白人。"在种族主义年代，当黑人在阅读《圣经》时，不可能不认为上帝是白人，但是在他们发现上帝是白人之后，就对他失去了兴趣，因为"上帝似乎从来听不见黑人的祈祷"。正如西丽说的："（上帝对我做了什么？）他给了我一个被凌迟处死的爸，一个疯癫的妈，一个下流、肮脏的、像狗一样的后爸，以及一个可能再也见不到面的妹妹。"于是，西丽开始想如何把这个白人老头驱逐出自己的脑海，然而由于自己忙于思考这个白人犯下的错，以至于从未注意到其他不是上帝给予的事物，例如丰收的玉米、紫颜色、野花等。所以萨格说："上帝不是他，也不是她，而是它。"① 除了揭示作为白人男人的上帝的伪善外，西丽修改了亚当所代表的至上的"白色"身份："他们说在亚当之前的每一个人都是黑人，后来，有一天，他们正准备杀的一个妇女生了一个'无色的'小孩。起初，他们认为那是她要吃的一些食物。然而，接着又出生了更多相同的小孩。因此，黑人开始杀白人小孩和双胞胎。因此，实际上亚当根本就不是第一个白人，而只是第一个黑人选择不杀的人。"② 二是黑人男人意象。丽贝卡的自传批判了族裔男性的父权宰制，沃克延续了这种女性主义视角，把矛头对准了性别等级，尤其是作为继父的阿尔伯特的丑恶嘴脸。由此可见，沃克既因为批评了具有"神性"的白人男人意指了丽贝卡中善待黑人女人的白色男人形象，又因为

---

① Alice Walker. *The Color Purple*. Ibid., pp. 193—196.
② Alice Walker. *The Color Purple*. Ibid., p. 278.

批评了丑恶的继父意指了赫斯顿笔下阻碍珍妮发生的族裔男性,同时还批判了生活在尘世中的所有男人,因为"他们总是让你想象他们无处不在",因此"想看见任何事物之前,你不得不把他们从你的眼中擦除"①。正是这种双向度的意指使得《紫颜色》紧密地衔接了"会说话的书"这个文学主旨,并证明了它能够孕育并统御美国非裔文学传统。

在这个传统中,由于言说者的文本、会说话的文本和重写言说者的文本都极具黑人性、口头性、说话性和非洲性。因为它们不仅使用了大量的黑人口语体语言,书写了大量的口头性黑人经历,还不同程度地涉及故土非洲。其中,在《上苍》中,非洲不仅是黑人茶余饭后的谈资,还是他们死后的精神归宿:"(暴风雨袭击后,他们互相安慰)往后我们如果没有办法再在尘世相遇,那么我将在非洲重聚。"②《芒博》中的伏都教、"随意生长"的文本等都洋溢着非洲色彩,而帕帕拉巴斯是直接来自贝宁芳族人神话的一个宗教人物。《紫颜色》中的奈蒂索性前往非洲当志愿者,在那里经历了生死考验,以及与姐姐的分离。由此可见,这些作品中的"黑色"代表了20世纪美国非裔文学的发展与成熟,甚至可以说它们展示了美国非裔文学的"黑人性"文化基质,塑造了一种衔接非洲之根的"黑色"传统。这种传统让遥远的班卓琴声从南方传到北方,从17世纪传到20世纪,并且继续一路高歌。为此,可以把这三种文本称为"黑人言说文本"。此处的"黑人言说"这个术语取自吉尼瓦·史密瑟曼(Geneva Smitherman)的《黑人言说》一书,她把新大陆黑人在殖民主义和种族主义双重压迫语境下被迫使用欧洲语言,同时又对白人不能有任何攻击性的、独特的黑人交流、谈话方式称为"黑人言说"。理解这种言说中的很多词语/短语的真正的黑色声音,就需要熟悉并掌握美国黑人语言的语法应用、发音体系、词句组合、表述技巧等。同时,吉尼瓦还解释了"黑人言说"之所以跨越了年龄、性别、地域、宗教、社会阶级,是因为它来自同一

---

① Alice Walker. *The Color Purple*. Ibid., p. 198.
② Zora Neale Hurston. *Their Eyes Were Watching Gold*. Ibid., p. 156.

个"根"——"美国非裔经验及镶嵌在这种经验中的口头文化传统"①,而正是这种传统决定了整个美国黑人文学的艺术特点。

第三节 黑人文学的艺术性

在挖掘"会说话的书"与"黑人言说文本"的各自具有的形式特征,以及彼此之间的相似性的过程中,盖茨发现了族裔书写的共有的艺术特性,具体表现在三个方面。

一、博弈的双重祖先:"黑""白"性

美国非裔文学具有复杂的双重前辈——西方前辈与黑人前辈,因为黑人作家是通过阅读西方传统的正典文本而学会写作的,所以黑人文学与主要使用英语、西班牙语、葡萄牙语、法语等欧洲语言创作的西方文本传统之间的共同点大于不同点。然而,尽管"黑色文本"主要依托标准的罗曼语或日耳曼语及其文学结构进行言说,但在言说的同时又总是带有一种独特的、回响的黑人腔调,而正是这种腔调意指了各种正在被书写的黑人口语体语言传统。换句话说,美国非裔作家创作的文学文本占据了两个传统:欧洲或美国文学传统、黑人传统。因此,每一个使用欧洲语言书写的黑人文本在视觉上都是白、黑双声,在听觉上则是"标准(英语)与(黑人)口语体语言的结合"②。美国非裔文学的基因是一种混杂体,具体可以表现如下:

---

① Geneva Smitherman. *Black Talk: Words and Phrases from the Hood to the Amen Corner*. Boston & New York: Houghton Mifflin Company, 2000, p. 1.
② Henry Louis Gates, Jr. *Black Literature and Literary Theory*. Ibid., p. 4.

```
                         欧洲
             黑人口语体语言        美国黑人    标准书面英语
                       \          /
                         黑人文本
```

黑人文学的这种双色性早在 18 世纪就被白人察觉，并受到种族主义式批评，例如，弗朗西斯·威廉姆斯这个毕业于剑桥大学，用拉丁语书写诗歌的牙买加黑人，就受到大卫·休谟（David Hume）的苛刻批判。他在《论民族特性》（1748）中指出："黑人天生比白人低等……虽然在牙买加，确实有一个黑人具有学习能力，但他那渺小的成绩似乎被过于尊崇了，因为他不过是鹦鹉学舌而已。"[①] 而 1773 年第一个发表英文诗集《关于各种主题的诗集，宗教和道德》的黑人菲莉丝·惠特利则被称为"嘲鸫诗人"（mockingbird poets），即模仿鸟诗人。这种模仿是"一种没头脑的、只是重复而没有足够修正的模仿"[②]。由此可见，长期以来，"主人"都认为"黑色奴隶"只会模仿，没有创造性，因此"黑文学"不过是"白文学"的赝品。

当然，新大陆的黑人文学确实起源于对白人文学的模仿，不论是 1760 年由布里特·哈蒙开启的黑人英文奴隶叙事，还是 1773 年由惠特利开启的黑人诗集都是对白人文学的一种模仿，尤其是惠特利及其主人约翰·惠特利（John Wheatly）还指出其文学前辈就是弥尔顿和蒲伯。这种模仿性在 19 世纪末开始受到黑人的关注，并极大地影响了他们对待黑人文学传统的态度。第一个提及黑人模仿性的黑人学者是约翰·H. 史密斯（John H. Smythe）。他在文章《蜜蜂》（1887）中指出："如果说我们（黑人）有任何缺陷的话，那就是因为我们总是在模仿别人。"他还进一步指出："是血统而不是语言或宗教决定了（种族之间的）社会性差别"，因此"在美国，黑人现在是、将来也是一个独特

[①] Henry Louis Gates, Jr. *Loose Canons: Notes on the Culture Wars*. Ibid., p. 60.
[②] Henry Louis Gates, Jr. *The Signifying Monkey*. Ibid., p. 113.

第三章　芒博琼博的双声编码：美国非裔文学的艺术特点

的种族"①。按照史密斯的观点，可以做出这样的推理：黑人的血统决定了他们是一个独特的种族，而模仿性则给这个种族罩上了众多先天缺陷。

如果说19世纪末的邓巴只看到了黑人对白人文学的模仿及其拙劣的结果，那么20世纪之后的黑人学者则不仅看到了黑人的模仿性，还看到了他们的原创性。最先打破这种僵局的是杜波伊斯，他在其主编的最后一期《危机》（1934年6月）中就指出："我们不能再在模仿平庸白人的过程中淹没我们自己的原创性"，因为"美国黑人正在获得他们自己的声音和理想"，所以"在这个挫折与失望齐聚的时期，我们必须从否定转向肯定，从长期以来的'不'转为永远的'是'"②。赫斯顿极大地发扬了杜波伊斯的这种观点，并给"模仿性"赋予了全新的概念和评价，她在《黑人的表现特性》（1934）中指出：黑人缺乏原创性的说法常常被提及，并几乎变成了一种真理。从表面上看，这种观点似乎是正确的，然而，深层次地看却会立即发现它的虚妄性，主要表现在三个方面：第一，黑人模仿是因为他们不得不模仿，因为"白色"霸权语境把他们定格在奴隶的位置，而这种位置就要求他们活得像"主人"的赝品，从而既支撑了白人自称的"文明使者"身份，又凸显了每个主人的"主人性"。第二，黑人特别擅于模仿，是最能发展模仿艺术的民族，但是这丝毫不影响他们原创性，因为他们总是怀揣"黑色"去重新阐释所遇到的周遭事物。例如，修改了"白色"语言、音乐、言说方式、配制食物的方式、药物准则、宗教、发型、衣服、走路姿势等。因此，对于黑人来说，毫无新意的模仿是几乎不存在的，而黑人模仿是由于他们热爱模仿，而不是因为他们想要变成白人。第三，黑人的模仿性就是一种原创性，因为黑人所说的原创性指的就是修正性，即针对所借用的材料进行创新、修正，从而获得相对于正品的原创性，因为"模仿本身就是一种艺术"，同时白人的作品本身也是通过模仿诞生和发展

---

① Henry Louis Gates, Jr. *The Signifying Monkey*. Ibid., p. 114.
② Henry Louis Gates, Jr. *The Signifying Monkey*. Ibid., p. 114.

的，所以即使是"伟大的莎士比亚的狂热追随者也不能声称其偶像的作品是最初的来源"，毕竟，莎翁的作品也是在模仿中成长起来的。换句话说，如果模仿不是一种艺术，那么"所有的艺术都将以相同的方式消失"。因此，"有关黑人模仿是因为他们低等的评价是不正确的"①。

紧随赫斯顿的赖特则是个矛盾体，1937年他在《黑人写作蓝图》中指出黑人模仿的"奴性"，因为黑人写作时总是局限于谦卑的小说、诗歌和戏剧，就好比拘谨古板、佯装高雅的使者，卑躬屈膝地给"主人"行了一个屈膝礼，以表示黑人并非低等人，他也是人，其生命和其他人并无两样。大多数情况下，这些艺术使者会以这种方式被白人接受——似乎他们是"能够玩小把戏的法国卷毛狮子狗"②。由此可见，赖特对族裔作家的乞求得到"主人"的恩惠的"奴颜"进行了严词批判。然而，1940年，赖特却在《"比格"是如何产生的》指出他如何深受白人作家及其"白色写作"的影响："当我遇到白人作家，与他们谈论写作时，他们告诉我白人怎样回应可怕的种族主义场景。我就把他们说的内容与比格的生活联系起来理解。然而，更重要的是，我阅读他们的小说，正是这种阅读使我第一次发现了一些有意义地衡量美国文明为什么影响了人的品性的方法和技巧。于是，我采用了这些技巧，这些观察与感知的方法，然后对它们进行扭曲、弯折、改装，直到它们变成了我自己理解黑人聚居区的封闭生活的方法。"③ 在这个层面上，赖特照应了邓巴的观点。同时，他还认为正是自己与白人作家的关联实现了其小说中描述的黑人生活愿望，因为族裔作家中没有关注这类问题的小说作品，没有如此尖锐的、批判性地表现黑人经历的先例，也没有用深刻的、无畏的意志深入探寻生活的黑暗之根。

由此可见，在对待"主""奴"关系上，赖特是极具精英意识的，从早期蔑视族裔学者的模仿，到后来发现自己正是凭借模仿创造了比格的生活故事。

---

① Winston Napier. *African American Literary Theory: A Reader*. Ibid., p. 38.
② Winston Napier. *African American Literary Theory: A Reader*. Ibid., p. 45.
③ Henry Louis Gates, Jr. *The Signifying Monkey*. Ibid., p. 118.

第三章 芒博琼博的双声编码：美国非裔文学的艺术特点

当然，也正是这种观点形塑了他后来的"平等主义诗学"和"大美国"的观念。相较于赖特的这种摇摆性和矛盾性，作为其后辈的拉尔夫·埃利森则直接明确地指出了自己的双色性。他在《影子与行动》（1952）中指出自己作品所具有的"黑""白"性，即承认自己作品的文学"祖先"是白人，而"亲戚"是黑人，从而支撑了白人的文学优越感。其观点比较具有中性特色：

我尊重赖特的作品，我也认识他，但这并不代表他对我的影响如你们想象的那么大。就文本而言，我搜寻出赖特，是因为我已经阅读了艾略特、庞德、格特鲁德·斯泰恩（Gertrude Stein）和海明威……当我指出这一点时，你或许就会明白我为何会说赖特并没有影响我：作为一个艺术家，尽管他无法选择自己的亲戚，但却可以选择自己的（文学）"祖先"。就此而言，赖特是"亲戚"，而海明威则是"祖先"。我上小学时就知道兰格顿·休斯的作品，我认识休斯甚至在认识赖特之前，但是休斯也是一个"亲戚"，艾略特……安德烈·马尔罗（André Malraux）、陀思妥耶夫斯基和威廉·福克纳（William Faulkner）是"祖先"，不论你高兴也罢，不悦也罢！[1]

实际上，在美国黑人女性发起"寻找我们母亲的花园"的运动之前，很多黑人男性作家都把白人男性文学家当成自己的文学前辈。其中，埃利森是第一个明确揭示出美国非裔文学双色性——黑、白混杂体的黑人学者。当然，这种"混血性"的生成除了赫斯顿提到的白人的压迫语境外，还与长期以来黑人的"双重意识"密切相关。这种双重意识最先由杜波伊斯提出来，他认为在埃及人、印度人、希腊人、罗马人、日耳曼人、蒙古人之后，黑人是第七类人，他们出生时就戴着面纱，因为在美国由白人主宰的语境中，黑人无法拥有完整的自我意识，而只能通过白人所在世界的尺度来认识周遭事物和自我，进而发展

---

[1] Ralph Ellison. *Shadow and Act*. New York：Signet Books，1966，pp. 144—145.

自我。换句话说，权力严重失衡的"白色"宰制环境促使黑人被赋予了第二类视野。这种视野是一种特殊形式的感知，是"一种总是透过别人的双眼衡量自我、通过白人的嘲讽与怜悯来衡量自己灵魂的双重意识"。简而言之，美国黑人"总是感知到他的双重性——一半是美国人，一半是黑人，两种灵魂、两种思想、两种无法调和的挣扎、两种敌对的思想存在于一个黑色身体之中，这种身体拥有顽强的力量足以避免被四分五裂"①。因此，可以说，美国黑人的历史是一种斗争史——"渴望获得他们作为人的自我意识，并把双重自我合并为一种更好的、更真实的自我。"詹姆斯·威登·约翰逊在其作品《一个前黑人自传》中就此指出："这种挣扎史是美国每一个黑人都会经历的苦难史，他们被迫以一个黑人而不是一个公民、一个男人甚至一个人的视角去观察世界……这就造就了每个黑人一种双重人格。"② 正是这种人格为他们的文学创作涂上了黑、白双色，并孕育了其他类型的双重性。

二、鲜活的文化张力：口头性与书面性

美国非裔文学的黑、白双声性说明它来自两个传统：一个是非洲的口头文学传统，另一个则是西方书面文学传统。尽管世界上的所有书面文学都发展自口头文学，但是殖民时期的西方把口头文学看成是黑人低等的表现，因为此时的白人认为书面文学高于口头文学。他们甚至武断地认为非洲黑人没有书面文学，或者说书面文化。当然，针对白人的这种评判，盖茨视听结合的、附有影像和文字的《非洲世界的幻想之旅》就有力地证明了非洲黑人在希腊、罗马入侵之前就"有"书面文化，后来由于内忧外患，以及过度开采自然资源造成了沙漠化，从而导致了整个非洲文明消失、掩埋，折回了以部落散居为主的生活模式，以及相关的口头文化传统时代。因此，当这些非洲人被贩卖到新大陆之

---

① W. E. B. Du Bois. *The Souls of Black Folk*. New York: Oxford University Press. 2007, p. 8.
② Harlod Bloom, *Zora Neale Hurston's Their Eyes Were Watching God*. New York: Chelsea House Publishers. 1987, p. 52.

第三章　芒博琼博的双声编码：美国非裔文学的艺术特点

后，他们携带着饱满、鲜活的口头文化，这种文化有力地冲撞了欧洲的书写传统，从而使得黑人的文学作品既具有口头性，又具有书面性。这两种特性是相互对立又彼此交融的，主要表现在两个方面。

其一，内容方面，有很多日常生活的、琐碎的，类似于祖母、母亲、父亲讲故事的内容，而且这些内容大都具有自传色彩。当然，这里所说的"自传色彩"是一个宽泛的概念，因为它指涉的对象既是个体性的——某个黑人个人，也是集体性的——整个黑人群体，即内容本身或多或少地反映了这两种主体所经历的某些真实的"黑色事件"，尤其是长期以来世世代代的家人、族人所承受的残酷的种族主义和奴隶制的压迫。这种就使得作品变成了一种展示黑人共有的大的"家"的大、小故事的书写，也就是类似于家族谱系的萨迦（saga）。例如，内含"会说话的书"的五个奴隶叙事中的前两个，包括格罗涅索和马伦特的人生故事都是由自己口述，而由白人代笔的叙事。其中，就作者而言，格罗涅索的叙事还发生了一个有趣的转变，因为1770年版本的副标题指出这个叙事是与格罗涅索"相关的"故事，为其代笔的作者是雪莉女士（W. Shirley），但是1774年出版于罗德岛（Rhode Island）的版本却开始声称是"由他自己书写"，而1840年之后的版本则把所有"相关的""口述的"的字眼都替换为"由他自己书写"。从1785年库戈阿诺的叙事开始的后三个奴隶书写尽管标题或副标题中都写明了"由自己书写"，但是其内容本身还是一种黑人口头自传。同时，五个奴隶叙事又是以书面形式呈现了这些口头内容，尤其是灵动之物——会"说话的"书本身就是由非洲口头传统与西方书面文本这两种相异的文化摩擦出来的绚烂的、令人着迷的"花朵"。

其二，形式方面，主要体现为对黑人口语体语言的运用。"言说者的文本""会说话的文本"和"言说者的文本的重新书写"在语言、结构等形式方面兼具口头性和书面性，尤其表现为黑人口语体语言、语法与标准英语、语法的交叉使用。其中，《上苍》的主线是珍妮利用族裔方言与菲比口述自己的经历；《芒博》试图改变每一个标准英语单词、句子及相关语法和呈现形式，去描述很多具有"黑色传统"中的内容，比如从未现身最后又莫名消失的"随意生长"的文本，以及文中间杂的各种时下的口头通知、广告等；《紫颜色》中的西丽用方言信件讲述了琐碎的生活琐事和觉醒历程。为此，可以看出黑人口语体语言是支撑美国非裔文学的"黑人性""黑色性"基质的一个非常关键的文化载体。

这也就是盖茨的《美国非裔诺顿文集》附有录音CD的根本原因，他找到很多族裔同胞，朗读每一篇被选入的文学作品，然后录成光碟。盖茨认为自己是幸运的，因为正是"由于有录音技术的支持，我们的文集才连接了格罗涅索在1770年书写的引人注目的比喻，并且还对这个比喻进行了一种原意回应"，从而把文集本身变成了"一本电子版的'会说话的书'，使得黑人传统中的第一个结构性比喻更加凸显出来"①。当然，整部文集在发出声音，真正意义上成为能够"说话的"书的时候，它也就体现了黑人书写中口头性与书面性无法割裂的关系。为此，盖茨把族裔传统中的口头文学放在了文集的第一部分。实际上，世界上的所有文学都是以口头文学为基础的，在这种文学发展到一定程度之后，才出现了书面文学，所以欧洲人把是否拥有书面文化、正式文化作为衡量黑人是否"人"的标准和殖民主义的借口。然而，非裔文学的独特性有两点：一是它冲破了口头文化与书面文化的等级划分，成功地把两者糅合在一起；二是它的发展是一种逆反性发展，即在18世纪中叶开始学"站立"时创造的是标准的书面文学，在19世纪末缓慢的"行走"过程中开始创造含有"黑色斑点"的非标准文学，而在20世纪后半叶则创造了斑马条纹状的完全"不符合标准的"文学。由此可见，"主人"为奴隶制寻找合法性的书面文化霸权借口，并没有让黑人丢弃他们的非洲之根——口头文化传统，相反还促使他们把它编织进北美新大陆各式各样的文化纹理之中，包括音乐、文学、舞蹈、即兴艺术等，从而使得美国非裔文学同时占据了两个形影不离的传统：口

---

① Henry Louis Gates, Jr., Nellie Y. Mckay. *The Norton Anthology of African American Literature*. Ibid., p. xxxviii.

头文学传统和书面文学传统。

三、挖空的文学边界：文学性与批评性

除了上述两种特性之外，盖茨认为美国非裔文学还存在另一种"双声性"——文学性和批判性，即黑人书写既是一种文学文本又是一种批评文本。所谓"文学性"就是黑人文学的"形式性"，即文本之间通过相互意指而构成的一种具有形而上的统一性的形式特征和模式，因为黑人作家都在重复和修正前辈作品中的形象、转义和主旨，从而建立了一种具有正式关联的传统。例如，18、19世纪奴隶叙事与自传的策略在20世纪还在被广泛应用，典型的代表作就包括理查德·赖特的《黑孩子》、克劳德·布朗（Claude Brown）的《乐土中的男孩》、埃利森的《隐形人》、莫里森的《宠儿》等。在这些文本间的形式关联的基础上，盖茨指出美国非裔文学传统之所以能够以一种正式的实体形式存在就因为族裔学者不停地在历史实践中重复、修正、转义前辈文本。这种实践也被称为"一种文学的近亲繁殖，它使黑人作家相互影响的程度远远超出了常规期望值"。因此，如果弗吉尼亚·伍尔夫声称的"书本（复数）与书本（复数）之间的对话"是正确的，那么"美国非裔学者创造的文学作品在结构、主旨上延展、意指黑人传统中的其他作品也是合理的"[①]。为此，美国黑人学者的职责就是要寻找族裔文学书写之间存在的一些形式关联，并根据这种关联编著相应主旨的文集。

当然，"黑色文本"之间的形式关联不仅滋养了非裔文学的文学性，同时还孕育了其批评特性。所谓的"批评性"主要表现为两种模式。其一，"文本—语境"（text-context）模式，也称为"文本—语境间的辩证法"，是指黑人文本和白人批评语境之间总是存在着一种意指关系。因为黑人文学起源于解构白人评判黑人是否为"人"的殖民主义语境，发展于黑人是否能成为"自由

[①] Henry Louis Gates, Jr., Nellie Y. Mckay. *The Norton Anthology of African American Literature*. Ibid., p. xxxvi.

人"的种族主义语境,因此黑人文学文本"蕴涵了白人评判标准与黑人躯体与思绪间存在的字面和隐喻关系"①。换句话说,黑人文学文本与白人批评语境之间总是存在一种"呼—应"关联,而正是这种关联使黑人文学成为一种解构白人话语霸权的文学批评。其中,"会说话的书"就是典型,它作为18世纪黑奴叙事的普遍主旨,是黑人针对欧洲人创造的"粉红色"评判语境所展开的一种极具解构特性的回应。换句话说,如果说白人旨在把黑人的"人性"定位为"缺场",那么世世代代的黑人作家就在努力把它重构为"在场",因为"自从1619年的某个可怕之日,当第一批非洲人被迫登上弗吉尼亚州的土地时,他们就意识到'重构'自己形象的必要",甚至可以说"非洲人及其后代在新大陆的文化生活就起源于针对西方人热切希望保持的各种文化霸权形式进行名副其实的解构"②。这就雄辩地证明当黑人能够用欧洲语言写作时,他们就开始动摇白人渴望保持的铁板一块的种族优越感,通过重新定义自我的方式彰显族裔本质与种族主义陈规之间的差异,从而开启了针对西方文化预设的形而上的观念的解构。为此,盖茨认为黑人是最初的解构主义者,因为是他们引领了针对"宏大叙事"权威的质疑、批判和解构,也就是说"尽管德里达给我们提供了一个词语,并详细地说明了解构主义的认识论原则,但是他对西方文化'真相'进行的攻击早已以一种成熟的洞见和有效的实践运转于整个美国非裔历史之中"③。这就有力地支撑了盖茨对"解构主义"本身进行的解构:"不是德里达发明的解构,而是我们(黑人)。"④ 其二,意指模式,即黑人文本与其他黑人文本之间的"对话"关系,或者说意指关联。这种关联又可以分为两种类型:一是批判性——有意意指,即后辈文本对前辈文本进行批判性修正,指出前者的不足,创造叙述空间,例如《芒博》对其之前的整个黑人修辞策略、叙

---

① Henry Louis Gates, Jr. *Figures in Black*. Ibid., xxxii.
② Henry Louis Gates, Jr., Gene Andrew Jarrett. *The New Negro*. Ibid., p. 3.
③ Winston Napier. *African American Literary Theory: A Reader*. Ibid., p. 7.
④ Henry Louis Gates, Jr. "(White) Power and the (Black) Critic: It's All Greek to Me". Ibid.

述传统的批判；二是敬畏性——无意意指，即后辈文本对前辈文本表达敬意，宣称后者的重要性和影响力，例如《紫颜色》与《上苍》的关系。当然，不论哪一种类型的意指，都呈现出一个共同的写作运动——持续努力地开辟一个新的叙述空间，以便用新的能指去反复呈现一个相同的所指，那就是黑人如何在主流语境中发出自己的、黑色的声音。就此而言，盖茨还粗略地勾勒出美国非裔作家之间的关联，主要包括斯特林·布朗的地域主义、吉恩·图默的抒情主义、赫斯顿抒情主义、赖特的自然主义、埃利森的现代主义、里德的后现代主义、巴拉卡的大众主义之间错综复杂的文学关系。由此可见，美国黑人文学传统之所以能够存在就是"因为黑人文本之间具有某种明确的形式联系"，这种联系最典型的模式就是文本的三度修正："提供了形式模型的种种文本，提供了实质模型的种种文本，以及手头的文本。"[1] 这些修正使得前、后辈文本之间不停地重复了一个有关"黑色之家"的故事，从而让它越来越庞大、坚固、清晰、可信，并且难以被白人删除、忽略、掩埋或压制。

第四节　垂死的话语谋杀机制

如果说五个"会说话的书"之间的意指性开启了盖茨挖掘美国非裔文学的形式特性之路，那么发现"黑人言说文本"之间的意指模式，以及这两代从18世纪后半叶跨越到20世纪后半叶的"黑色"文本之间的意指关联则让盖茨确认了族裔文学具有文学性和艺术性，从而有力地解构了文化霸权中"主人"有关黑人文学"无"形式、黑人文学不是文学、艺术的种族主义预设。然而，庞大的、摇摇欲坠的宰制体系并没有就此放手，而是想尽办法再搭建一个霸权阶梯，即改写黑人能够变成自由人的文学条件，从而继续谋杀他们的话语权。

---

[1] Henry Louis Gates, Jr. *The Signifying Monkey*. Ibid., pp. 121—122.

一、从"黑色鹦鹉"到黑人"无"理论

随着黑人文学的不断发展，黑人学者不仅创造了"有"形式的文学，还开始探索正确解读族裔文学的"黑色"阐释体系和文学理论。为此，白人既无法维持黑人"无"文学和黑人文学"无"形式的预设，又不能阻止万千黑人为族裔文学的发展和文学理论的建构做出努力。因此，在面对"奴隶"即将撼动"主人"地位的这种双向度解构，尤其是理论层面的解构之时，白人一方面不得不继续修改"黑文学"的存在条件，因为文学是文论建构的首要根基；另一方面则立足于清空"黑文论"的所有生存空间，因为文论既能促进文学的发展，又能携带着形上层面冲破标记黑人低等、野蛮、愚昧、无知等"粉红色"他者身份的最后防线，旨在全面打压、宰制美国非裔文学理论的生成与发展，从而滋生了两种预设。

首先，就文学而言，白人认为黑人文学没有原创性："黑人作者在写作中没有原创性，而只有模仿（白人）性"①，因为他们普遍怀疑黑人具有创造文学和艺术的天资。在黑人"书写"问世之后，废奴主义者和蓄奴主义者同时使用这些"黑色书写"作为支撑自己观点的有力证据，但是两者都没有摆脱黑人模仿"主人"的"模仿说"。在18世纪，这些模仿白人的黑人被称为"鹦鹉学舌"，典型代表是威廉姆斯，为其命名的"主人"大卫·休谟（David Hume）在《论民族特性》（1748）中指出：

> 我倾向于认为黑人以及其他种族的人（大概有四、五种人）天生比白人低劣。除了白人，没有任何文明的民族，甚至没有任何在行为和思想上胜过白人的杰出个体。在这些民族中，没有聪明的商人，没有艺术，没有科学……如果白人与这些民族之间原初的区分不是出于天性，那么我们与他们之间的差异就不可能在众多国家与时代之间保持一致并得到延续，更不用说我们的殖民地

---

① Henry Louis Gates, Jr. *The Signifying Monkey*. Ibid., p. 113.

了。尽管黑奴散布整个欧洲，但是没有发现其中有任何一个黑人具有独特性……虽然在牙买加确实有一个黑人（威廉姆斯）具有学习能力，但是似乎他那渺小的成绩被过于尊崇了，因为他不过是鹦鹉学舌而已，即一个只能讲几个简单词语的鹦鹉。①

在19世纪，黑色鹦鹉这个隐喻被"嘲鸫诗人（mockingbird poets）代替，即黑人作家缺乏原创性，但是非常善于模仿——一种不用脑子的模仿，也就是说只有重复没有差异"②，典型代表就是惠特利。

其次，就文学理论而言，白人认为黑人没有文学理论，最早提及这种预设的是西卡罗纳州的参议员约翰·C. 卡尔霍恩（John C. Calhoun）。由于身处"后惠特利时代"——相继出现了很多黑人诗人，卡尔霍恩在谈及奴隶制时只得改写黑人具备"人性"的条件，以继续维护白人霸权："如果能找到一个懂得希腊文法的黑鬼，那么我就相信黑鬼具有人的基本属性，从而应该被当成真正的人来对待。"③ 大概因为深知这个条件很容易被黑人打破，因此，不久后，卡尔霍恩又附加了另一个"人性"条件——二进制序列。④ 随后，卡尔霍恩有关黑人不懂希腊文法的理论霸权预设得到扩展，并延续至20世纪80年代："理论是西方传统的专属领地，对非裔美国传统这种非正典的传统而言，理论是陌生的、无关的。"⑤

二、漂洋过海的亚历山大·克拉梅尔

上述两种白人的霸权预设在被黑人学者内化之后产生了两种相应的负面影响：就文学领域而言，对黑人作家有两个向度的影响：其一，黑人就是要像白

---

① Henry Louis Gates, Jr. *Loose Canons: Notes on the Culture Wars*. Ibid., p. 60.
② Henry Louis Gates, Jr. *The Signifying Monkey*. Ibid., p. 113.
③ Henry Louis Gates, Jr. *The Signifying Monkey*. Ibid., pp. 72—73.
④ Henry Louis Gates, Jr. "Authority, (White) Power and the (Black) Critic: Its all Greek to Me". Ibid., p. 21.
⑤ Henry Louis Gates, Jr. *The Signifying Monkey*. Ibid., p. xx.

人一样写作，才能被当成"白人"对待，代表人物是保罗·邓巴。邓巴在其讽刺诗《普罗米修斯》（"Prometheus"）中响应了史密斯的观点，指出自己在一个无法表达自我的强有力的声音的诗歌传统中无法表达声音：

> 我们没有如别人一样的歌手：他们的旋律
> 能够媲美最婉转的鸟儿的歌声
> 我们没有这样的声音：它们是如此的欢愉、甜美、雄浑
> 宛如雪莱的金嗓子所发出的声音
> 我们用欲望来评判我们的歌曲：
> 往昔的诗人雷霆万钧，而我们则只发出了叮当声
> 我们缺乏他们的实质，尽管保留了他们的形式：
> 我们胡乱地拨弄着我们的班卓弦，却把它们称为抒情诗①

此诗所说的"别人"和"往昔的诗人"都指涉白人，而"他们的实质"与"他们的形式"则指涉了白人的文学。实际上，邓巴不仅指出了族裔同胞对白人的模仿，还评价了这种模仿的结果：班门弄斧的作品不可能与白人的媲美。因此，在1899年，当一位英国采访者问邓巴这个问题时："相比白人的诗歌，黑人诗歌的质量怎么样？"他立即回答道："我们（黑人）注定要像白人一样写作。"由此可见，针对黑人的模仿性而言，邓巴一方面承认了黑人文学是一种模仿品，以及这种模仿的伴随观念——黑人是低等的；另一方面则站在"白色"视角批判了黑人书写，因为作为赝品的书写永远无法与正品望其项背。当然，除了要写得像白人外，邓巴还要活得像个白人，他在从伦敦写给母亲的一封信中写道："我是伦敦被采访最多的人……在与亨利·M. 斯坦利（Henry

---

① Paul Laurence Dunbar. "Prometheus" in *The Complete Poems of Paul Laurence Dunbar*. New York: Dodd & Mead, 1976, pp. 188—189.

M. Stanley)一起喝茶时,法国服务生向我脱帽致敬……我完全就是一个白人。"① 这种是"白人"的感受说明尽管邓巴是美国非裔传统中第一个最出色的黑人方言体诗人,但却无法阻止他渴望变"白"的心。

其二,极力宣称自己作品的绝对原生性,认为没有任何文学上的黑人前辈,从而抛弃了黑人文学传统固有的统一性,代表人是查尔斯·切斯纳特。切斯纳特和邓巴是 19 世纪末最具代表性的两位方言文学家,他们都使用黑人口语体语言进行文学创作。就此而言,相较于之前的非裔小说家来说,切斯纳特的小说具有突出的"黑色"。这也就呼应了他对待族裔文学前辈的态度,根据其女儿海伦·M. 切斯纳特(Helen M. Chesnutt)的回忆,父亲认为:"尽管保罗·邓巴确实发表过一些诗歌,但是在这个国度还没有哪个伟大的出版社发行过有色人书写的故事集或小说。因此,他就一心想成为第一个能够在伟大出版社发表小说的黑人。"在 1880 年 3 月的日记中,查尔斯写道:"能够写出一部像阿尔比恩·威纳加·图尔热(Albion Winegar Tourgée,1838—1905)法官的《愚人的差事》(1879)那样的小说的那个黑人,一直都还没有出现,而如果自己不能成为那个人,至少也是对'他'的出现感到欢欣鼓舞的第一人。"② 对此,盖茨认为除了威廉姆·韦尔斯·布朗,切斯纳特可能几乎从未阅读过在英国和美国出版的黑人文学作品。在美国内战爆发前,布朗就已经极具影响力,他是高产的作家,同时还是废奴运动的领袖。1853 年布朗在英国发表小说《克拉代尔,或总统的女儿》(1853),被认为是第一部非裔小说。对于布朗的这部小说,切斯特纳只字未提,相反对布朗描述内战时期的黑人历史《美国叛乱中的黑人,他的英雄主义和忠诚》(1867)进行了简单、轻率的评价:"我浏览了布朗博士的《美国叛乱中的黑人,他的英雄主义和忠诚》一书,它的内容更加强化了我的这种观点——能写出一部好书的黑人还没有出

---

① Henry Louis Gates, Jr. *The Signifying Monkey*. Ibid., p. 115.
② Helen M. Chesnutt. *Charles Waddell Chesnutt: Pioneer of the Color Line*. Chapel Hill: University of North Carolina Press, 1952, p. 20.

现。布朗博士的书只是一些汇编的东西，如果它不是由一个黑人书写的，就可能卖不出去，甚至无法支付出版费。我是出于事实而阅读这本书的，然而，如果这些事实能被更好地展示，那么我会更欣赏它们。"① 由此可见，切斯纳特旨在擦除黑人文学前辈的存在和影响，试图在黑人小说的白板上刻上自己的名字，这就不仅掩埋了众多族裔小说，还折断了美国非裔小说的悠久历史。

就文学理论而言，白人的理论霸权预设极大地阻碍了黑人文论的建构，因为早期的黑人学者在寻求客观解读族裔文学时完全依赖于白人的阐释体系，这种依赖是对白人文化霸权的一种敬畏，具体表现在文论方面则是赞同白人文学/标准英语文学的高等性，承认黑人口头文学/"破英语"文学的低等性，代表人包括亚历山大·克拉梅尔（Alexander Crummell）、斯特林·布朗、阿兰·洛克等。然而，由于"白文论"定位了"黑文学"的低等性，因此这种"白"为"黑"用的阐释行为"不仅可能导致错误解码或负面误读，还会导致错误的结论"②，典型代表就是克拉梅尔。由于童年（1833—1834）在"反奴隶制"办公室当书童时亲耳听闻了约翰·卡尔霍恩与波士顿两个著名的律师——塞缪尔·E. 赛维尔（Samuel E. Sewell）和大卫·李·蔡尔德（David Lee Child）在茶余饭后提出的种族主义预设——如果有一个黑鬼懂得希腊文法，那么他就具有"人性"。多年之后，为了证明自己具有"人性"，克拉梅尔"跳上一艘船只，漂洋过海到达英国，并在剑桥大学皇后学院注册入学。在那里他掌握了错综复杂的希腊文法，随后发表了理论著作《英语在利比里亚》（*English in Liberia*，1862）"③。在文章中，克拉梅尔反复重申了一个观点：掌握"主人"的语言是黑人通往文明、理性自由和社会平等的唯一途径，因为英语是优美的、精炼的，是乔叟、莎士比亚、弥尔顿、华兹华斯、培根、富兰

---

① Helen M. Chesnutt. *Charles Waddell Chesnutt: Pioneer of the Color Line*. Ibid., p. 28.
② 王晓路：《差异的表述——黑人美学与贝克的批评理论》，前引文。
③ Henry Louis Gates, Jr. *Loose Canons: Notes on the Culture Wars*. Ibid., p. 73.

克林等的语言，这种语言与非洲方言的污秽、粗俗形成鲜明的反比，同时由于黑人土语体现了黑人的低劣标记，而正是这些标记使他们与文明保持着最远的距离。因此，对于黑人来说，英语是一种补偿，即作为黑人先辈从非洲大陆流放到新大陆的补偿；英语还是一种改造媒介，即衡量一个民族能否从低级向高级、更高级阶段过度的载体。换句话说，黑人只要掌握了英语就意味着地位的提升，因为英语使非洲当地人的地位高于其愚昧无知的同胞，并赋予其文明化的尊贵。为此，这些人获得了新的思想、形成了新的习惯，而且优越感和崇高感也在与日俱增。在对比英语与非洲黑人语言的基础上，克拉梅尔还详细地列举了后者的五大劣质：

1. 它们的发音是刺耳的、唐突的、模糊的，词语贫乏，只有极少的音调变化和语法形式，并且非常难以掌握；

2. 这些语言携带了低等思想，因为作为蒙昧的野蛮人的语言，它们体现了粗暴、报复情绪，以及动物性占主导地位的原则；

3. 它们缺乏真、善、美特性，以及（白人）在日常生活中熟悉的是与非的区别；

4. 它们缺乏在文明国家十分重要的有关正义、法律、人权、政治秩序的概念；

5. 它们不但缺乏而且还歪曲地表现了控制着基督徒生活的一系列超级真理，包括个人现世的神性、上帝的道德统治、人的不朽、最后的审判、永恒的幸福等。①

由此可见，克拉梅尔从力求证明黑人可以被当成"人"的初衷，滑向了对自己民族低劣性的认同，从而开始嫌弃自己的母语，认同殖民者语言的高

---

① Henry Louis Gates, Jr. "(White) Power and the (Black) Critic: It's All Greek to Me". Ibid.

贵,并要求黑人把西方文化当成他们唯一值得继承的文化遗产。然而,一心变"白"的克拉梅尔无时无刻不在面临"不够白"的困境,因为他所渴望的通过掌握英语变得高等的身份只是模仿"主人"的一种"拟态"(mimicry),这种身份"作为一个差异的主体——几乎相同,但不完全等同"①,即所谓的几乎相同,但不是白人。在整个殖民体系中,"主人"预设的宗旨就是不希望"奴隶"有任何升级可能,或从低等到高等的转变,所以他们随时提醒克拉梅尔:"回到你自己的语言"②,坚守你的"奴隶"身份,永远站在原地守候不可能实现的梦想。因为殖民主义和种族主义话语与权力机制之间共谋的真相就是要把白人的价值观念和意识形态凌驾于"粉红色"的"他者"之上,并让这种"他者"认可和屈从于自己,所以一旦使黑人的梦想返回其合适的政治时间和文化空间就会破坏白人精心打造的殖民者与被殖民者、黑人与白人、主人与奴隶之间的二元对立关系。

纵观白人从黑人"无"文学到黑人文学"无"形式再到黑人传统"无"理论的种族主义预设,可以看出在整个文化霸权的形成过程中,早期(17—18世纪中期)白人旨在维护"白文学"的霸权地位,而晚期(19后半叶—20世纪80年代)则在维护"白文论"霸权,从而建构了从欧洲白人殖民主义延续到美国白人种族主义的这种跨越巨大时空阻隔文化霸权传统。在整个"白人至上主义"的预设历程中,维护其内在规律和机制的方式就是改写黑人具备"人性"的条件。这种改写源于不同时代的语境,因为白人从一开始就无法阻挡受压迫的非裔族群为改变族裔形象和身份境遇而努力,因此他们只能重新书写条件,去擦除和掩埋黑人为抵抗霸权和殖民而取得的相应成绩。正是通过刻意创造这种缺席,白人一路遮蔽了黑人的话语历史和文学踪迹,剥离了他们的"人性",侵占了他们的土地和思想,创造了他们的"粉红色",从而延续了"主人"自我幻想的优越性。换句话说,不论黑人如何努力"写作",他们的"人

---

① Homi K. Bhabha. *The Location of Culture*. New York: Routledge, 1994, p. 86.
② Homi K. Bhabha. *The Location of Culture*. Ibid., p. 58.

第三章　芒博琼博的双声编码：美国非裔文学的艺术特点

性"都不可能出场，因为白人总会想尽办法剥夺他们"发声"的权利，湮没他们可能前行的一切文化空间，让他们永远"粉红色"，因为奴隶制、殖民主义、种族主义、白人至上主义和欧洲中心主义需要黑人、"黑色"、"黑人性"与"愚蠢"、"低等"、"无知"、"无人性"之间具有永恒的等同关系，而在这种不可变的关系之中，唯一可变的只有白人开出的预设条件。这些条件会因美国黑人渴望变"白"或渴望变"黑"的不同需求，而不同程度地被他们内化，而这种内化又会不同程度地影响美国非裔文学的发展和文论的建构。因此，处在建构族裔文学理论时的盖茨在同克拉梅尔一样经历了"白"为"黑"用——"我曾经以为对于我们黑人来说，最重要的任务就是掌握西方的批评正典，并模仿和利用它去解读黑人文学"——的探索期之后，意识到建立一套独立的"黑理论"，即不是对"白理论"的改写、重新命名，而是实现完全意义上的"黑"为"黑"用的重要性："现在我才明白我们必须转向黑人（文学）传统本身，去为我们的文学构建一种'本土的'批评理论"[①]，因为"欧洲和美国白人既没有发明文学和文学理论，也没有控制其发展的垄断权利"[②]。这种"本土的"理论既要能解构"主人"的三大霸权预设——黑人"无"书写、黑人文学"无"形式、黑人传统"无"理论，又要能阻止族裔内部学者因为渴望变"白"或变"黑"而继续对这些霸权预设进行内化，从而带领美国非裔群体全面擦除和摆脱他们背负了几个世纪的、无法承受的"粉红色"。

---

① Henry Louis Gates, Jr. *"Race", Writing and Difference*. Ibid., p. 13.
② Henry Louis Gates, Jr. *The Signifying Monkey*. Ibid., p. xiv.

第四章

存储在黑人语言中的异文学：美国非裔文学理论

黑人"无"理论的种族主义和文化霸权预设，促使盖茨的理论建构之旅又一次发生了重大转向，即不再是先借用"白色理论"，再对这种理论进行"黑色化"的染色处理，而是要与"主人的""白色的"理论划清界限并保持距离，并在此基础上真正建构一种通透的"黑色理论"。因为"白"为"黑"用的阐释模式，不论是纯粹照搬"白文论"，还是或多或少地在主流文论中加入"黑色"元素，都共同呈现了一个不争的事实——黑人没有文学理论，从而有力地支撑了"白人中心主义"。为此，盖茨就需要全面回归族裔文化、传统，以便在这些肥沃的"黑色土壤"中发掘出孕育并滋养黑人文学理论的文化母体和养料，并利用它们去解释美国非裔文学的艺术特点，也就是由"会说话的书"和"黑人言说文本"共同代表的形式特性——意指关联。

第一节　美国黑人的恶作剧精灵——意指的猴子

在理论定位转向"本土"之后，盖茨首先奔向了族裔民俗文化的怀抱。因为当时轰轰烈烈的黑人权力、艺术和美学运动，不仅使得形形色色的"形式未知的东西"浮出水面，还让它们迅速穿梭蔓延至白人区，冲刷、敲击着种族主义底线，有的"东西"，如音乐、说话方式等，甚至大踏步地越过了种族界限，成为白色族群，尤其是对美国社会改制失去信心、沉浸在自我生活方式变革中的嬉皮士运动成员争相模仿的时尚。正是这种"黑色"昂首阔步向前迈的语境，使得盖茨开始在非裔民俗传统中探寻哺育了"意指关联"的母体。这种文化土壤既要能够解释族裔文学作品之间所具有的意指性——能指层面的互文性，又要是黑人独有的有关意指关联的文化，同时还能让盖茨以这种文化为基础建构一种文学阐释理论。在这些诉求的影响下，盖茨找到了一个符合要求的文化母体——"意指的猴子"的故事。

一、"他岸"的四两拨千斤："意指的猴子"的故事

"意指的猴子"的故事是"一种代表了黑人最繁盛的语言天赋的祝酒词（toast）"。作为一种口头言说文化，祝酒词的形式相对比较自由，但还是有一定的形成模式，通常由三部分构成："一、开篇介绍需要具有画面感，能够引起听者的兴趣；二、整个言说过程中，动作与对话相互映衬，因为描述的行动经常是两个人或两个动物之间的博弈；三、结尾是蜿蜒曲折的，常常具有讽刺意味。"[①] 当然，作为一种口头叙事，它也有自己的结构及其形成结构的方法，尤其表现为押韵、节奏等方面，而其内容"一般比较长，通常会持续2～10分钟"[②]。在美国，祝酒词是一种娱乐形式，兴起于16世纪末和17世纪

[①] Roger D. Abrahams. *Deep Down in the Jungle: Black American Folklore from the Streets of Philadelphia*. New Brunswick: AldineTransaction, 2009, pp. 99—100.

[②] Roger D. Abrahams. *Deep Down in the Jungle*. Ibid., p. 99.

初，早期主要是流行于白人群体中的一种生活习俗，即他们在喝酒时所说的一些祝福、感谢、怀念的话或誓约。这种欢乐的气氛一直延续到第一次世界大战结束，随后由于禁酒令的出现，喝酒不再是公开的行为，从而一度扼杀了祝酒词文化。然而，这种文化在非裔群体中却得到了蓬勃发展，究其原因，则在于它的形式不仅仅限于喝酒聚会，而是"涵盖了所有类型的聚会，甚至包括学校的娱乐、消遣"①。换句话说，缘于喝酒派对的祝酒词文化在黑人社区得到了极大的延伸，从而扩充了祝酒词的内容，使它包含了各种各样的诗歌背诵、朗诵、叙述，以及黑人现场即兴创作的一些长短诗句。黑人为何能够扩展"主人的"祝酒词文化？这就与他们的生存语境密切相关，主要表现在两个方面。

第一，"主人"创造了一种消遣方式——"佩戴黑色面具的"吟游诗人秀，即"白人扮演成黑人表演的一系列滑稽戏，尤其是吟咏一些喜剧色彩极为浓厚的诗句"。这种表演通常以对话的形式出现，当然，也有单人表演，即一人分饰两角，其中"插科打诨的演员（Mr. Endman/gagman）愉悦观众、听众的一个重要的策略就是背诵诗歌，接着其对话者——一本正经的人（Mr. Interlocutor）会正确地背诵另一首广受好评的诗歌，其修正的目的是给对方一个通过新的版本、形式来提升自己的表演的机会"②。由此可见，黑人的黑脸是整个"娱乐秀"的关键，因为正是它的黑颜色成了舞台上最具滑稽基因的元素，为表演者的语言和身体动作增添了几分笑料。这就滋生并推动了真正的黑人滑稽秀的发展，因为白人需要黑色笑料，而黑色面具不如天然的黑脸真实。因此，黑色使得黑人可以站上"白色"舞台。同时，那些舞台下的黑人也深受这种"黑色之娱"的影响，即他们也通过滑稽的吟咏而自娱自乐，并在此基础上开辟了自己的秀场，例如加入了即兴创作、演变出单口脱口秀等。

第二，在奴隶制废除之前的殖民主义和种族主义语境中，作为奴隶的黑人几乎很少有机会接触到酒，因此他们的聚会通常与酒无关，取而代之的载体是

---

① Roger D. Abrahams. *Deep Down in the Jungle*. Ibid., p. 108.
② Roger D. Abrahams. *Deep Down in the Jungle*. Ibid., pp. 106—107.

音乐、笑话、故事、舞蹈、游戏、谈话家常等。同时，由于白人后来发现黑人的鼓声、方言吼叫等具有传递信息的作用，能够号召不同地区的黑人起来反抗。为此，他们禁止黑人击鼓为乐，规定了黑人之间进行交流的唯一合法的语言——英语，还定位了这种语言的特性——非攻击性，即黑人所说的话，不论是直白的、还是含沙射影的内容，都不能对"主人"具有攻击性。在这种语境中，黑人聚会的意义就限于劳作间隙的"小"娱乐，而且娱乐形式也变成了无鼓声的音乐、舞蹈和英语言说。这种英语言说是一种"黑色"言说，带有独特的黑人性，具体表现在两个方面：一是它的语言是标准英语与黑人口语体语言的混杂体，二是它的内容规避了白人话题，而是转向了黑人之间的相互攻击、谩骂，或者不同动物之间的体力和脑力较量等。其中，"意指的猴子"的故事就属于这种动物隐喻类的祝酒词，主要描述了猴子、狮子和大象之间的权力博弈：

丛林深处，靠近干涸的小溪旁
意指的猴子已经一周没有合眼，
因为他无法忘记自己被痛打的境遇，
他必须找一个帮手回击狮子。
于是，就在那一天，他对狮子说：
"有一个坏皮条客正朝你袭来，
从他谈论你的方式就可以看出肯定不是什么好事，
我知道你们两个碰面后肯定会大打出手，
他说他搞定了你的堂兄、哥哥和侄女
而且还有足够勇气打你奶奶的注意。"
狮子："猴子先生，如果你所说的这些不是真的，
婊子，我会打得你满地找牙。"
猴子："如果你不相信我，那就直接去问大象，他正在路边小憩。"
狮子咆哮着跑了，就像一个年轻的混蛋在吹他的枪口

他狂风般地穿过丛林，

踢到了大猩猩的屁股，撞了长颈鹿的膝盖

然后他看见了大象，正在树下歇息，

他说："站起来，皮条客，你和我单挑。"

大象说："快滚，菜鸟，去惹和你块头相当的吧。"

狮子做了个下蹲，然后从大象的身上跳了过去。

大象迅速起身把狮子撞了个四脚朝天，

然后扑上去，踩踏他的脸，

打得他无路可逃。

把他的脸捣碎得就像个四十四，

弹打他的眼睛，并让他不敢再咆哮。

狮子缓慢爬过丛林，生不如死，他发誓要阻止猴子意指。

然而，此时，猴子才真正开始意指：

"传说中的丛林之王，你难道不是婊子养的吗，

看你肿得像得了七年的疥疮。

以前你不是在那里张牙舞爪、耀武扬威吗，

到处宣扬你不能被打败，

大象打你的时候，你却像个年幼的金刚。

我只是想让你知道：我和我的妻子占据了一个有利的位置，

另外一件事则是每次我们老夫老妻想做点什么的时候，

你就跑到这里来大吼大叫。

趁我撒尿之前赶紧从我的树下滚开。"

狮子抬起头说："猴子先生，如果我从你树下经过时，

你撒到我的身上，

我将爬上来，打得你落花流水。"

猴子说："狮子先生，如果你从这儿过的时候，

第四章　存储在黑人语言中的异文学：美国非裔文学理论

我撒在你的身上，

你就将爬上来，亲吻我的屁股。"

猴子开始上蹿下跳，

一失足掉到了地上，四脚朝天。

电光石火之间，狮子用四脚踩住猴子。

这时，猴子的老婆开始意指，

"看吧，猴子，这就是你到处意指的下场。"

猴子说："你给我闭嘴，因为有一件事我没搞明白，

那就是我为何会从这棵树上掉了下来。

婊子，我相信是你推了我。"

猴子仰望着狮子，满含泪光，

然后说："对不起，狮子先生，我向您道歉。"

狮子："你再怎么哭都无济于事，因为我要阻止你意指。

在弄死你之前，我想听听你的遗愿。"

猴子说："把你的臭脚从我眼角移开，让我站起来，

我就会打得你找不到东南西北。"

于是，狮子挪开双脚，准备开战，

猴子却跳起来，瞬间消失，

只听到他说："只要草要生，树要长，

我就会在它们的周围加倍地意指。

另外，狮子先生，当你被打后蠕动着爬过来时，你什么都不是，

因为我知道三个大象在那里睡觉。"①

从这个故事可以看出，尽管猴子在体力上无法与狮子相比，但是却能凭借

---

① Roger D. Abrahams. *Deep Down in the Jungle*. Ibid., pp. 147－149.

高超的意指能力两度战胜狮子。其中，第一次是借力打力，即借大象之力来打败狮子，因为他深知自己在形而下的层面打不过狮子，而狮子又无法与大象抗衡，因此，他只能通过挑拨大象与狮子之间的关系，制造一系列尖锐的矛盾来坐收渔翁之利，最终实现了报复狮子的目的。第二次则是凭借自己熟谙的语言伎俩和敏捷的身手，因为狮子在被大象暴打之后就意识到了猴子的恶作剧，并发誓要阻止他意指，但是却再次落入了猴子的圈套，从而不仅未能阻止猴子反复羞辱自己，还挪开脚放跑了猴子，留下他的加倍意指。由此可见，猴子的意指能力实际上就是一种语言能力，因为"猴子是在比喻性地言说，而狮子却在字面性地理解"①。换句话说，猴子的言说指涉的是高于字面意义的比喻意义，而狮子却没有领悟到这两个层面的意义之间的差距，一路狂奔去挑战正在休息的大象，最终被大象痛打了一顿。因此，在整个故事中，意指的猴子就是凭借语言游戏战胜了狮子，把他从丛林之王的宝座上推了下去，而把自己变成了真正的丛林之王。

这种以小胜大的游戏赋予了猴子一个"英雄"的角色，而这个形象对生存在种族主义语境中的非裔群体具有至关重要的意义。因为他们在暗无天日的剥削体制下，需要这样的"小英雄"去挑战权威，拯救自己，为自我的尊严赢得一种身份。根据美国非裔民俗学家罗杰·D. 亚伯拉罕（Roger D. Abrahams）的划分，美国非裔口头文化传统中的"英雄"可以分为两种类型。其一，坏小子（badman），也称为"特殊类型的'竞赛英雄'"，即总是"能够在公开场合击败所有对手的赢家或冠军"，是"黑人群体中最流行的一个英雄形象"②。这个形象通常只是在私底下因其坚强和意志而被称为英雄，因为他在社会中几乎是逆流而行的，充满了反叛性，其行为总是与清规戒律、禁忌、道德观念和风俗习惯相违背。因此，从某种程度上来说，坏小子是有意识地让自己变得"不道德"。例如，"作为一个黑人，他总是挑战白人的法律条例；作为一个男

---

① Henry Louis Gates, Jr. *The Signifying Monkey*. Ibid., p. 86.
② Roger D. Abrahams. *Deep Down in the Jungle*. Ibid., p. 69.

人，他总是抵抗女性对自己的去势；而作为一个穷人，他则一直与富人为敌"①。换句话说，坏小子总是挑战权威，而其武器主要是生理上的强壮有力和心理上的傲慢不屑。然而，他并不是"旨在做一个神、上帝，而是一个永远处在反抗之中的魔鬼，成为男子气概的最佳缩影"②。由此可见，坏小子非常贴近黑人的现实生活，迎合了他们在苦难中挣扎时所幻想出来的能救自己于水深火热之中的平民英雄形象，同时也与帮派行为，尤其是帮派领导的行为十分吻合，从而兼具了两面性——既是英雄又是罪犯。这就是黑人内部的成人英雄，它与意指的猴子所代表的孩子气英雄和动物隐喻不同。其二，恶作剧精灵，也称为"聪明的英雄"，它是美国和西印度群岛最常见的英雄形象，包括"意指的猴子"、"兔子哥哥"（Br'er Rabbit）、"有色人"、"约翰"（John）、"祈祷者"等子形象。这种类型的英雄主要通过"智慧取胜，个头通常都比对手小、力量也比较弱，经常凭借诡计在劲敌面前消失或逃跑"③，也就是凭借智力而不是蛮力取胜。这个形象在社会生活中的意义不是一个小动物，而是一个块头小的人，或者说一个小孩，因为他取得胜利的愉悦与小孩利用恶作剧赢得同伴或者大人而得到的欢愉类似。由此可见，恶作剧精灵的身份充满了小孩气息，而其取得胜利的途径主要是诡计、骗术和狡诈的计谋。

是什么促成了孩子气英雄——恶作剧精灵的这两种特性？一是因为"主人"需要黑人承担"小孩"的角色，这种角色类似于汤姆叔叔的身份，即简单、温顺、衷心的奴隶，需要成熟、精明的主人的保护和教导。因此，黑人塑造的动物小英雄形象既能够得到认同，拥有生存空间，又可以代际流传。二是因为"奴隶"需要一个载体来释放个体和集体的悲愤、艰辛等情愫。其中，就族裔外部而言，黑人需要含蓄地传达一种针对白人残酷压迫的不满和抵抗之情，而族裔内部则要求为小孩的成长提供一种宣泄心理焦虑、烦躁的方式。这

---

① Roger D. Abrahams. *Deep Down in the Jungle*. Ibid., pp. 69—70.
② Roger D. Abrahams. *Deep Down in the Jungle*. Ibid., p. 70.
③ Roger D. Abrahams. *Deep Down in the Jungle*. Ibid., p. 66.

种方式让黑人既能守护自己的"黑色",以对抗"白色霸权",又能掌控自己的词语和言说,以避免明显地越过雷池,遭受种族主义的严罚。简而言之,黑人必须掩盖自己的反抗和抵制,尽量把它们限制在意识层面,而不是付诸实践。因为在奴隶制甚至是后奴隶制体系中,黑人被剥夺了作为"人"和"自由人"的身份,所以其反抗白色权威和体制的实践行动都是被严令禁止的。为此,在这种语境中,对于黑人来说,唯一可行的反叛和抵抗就是借助一个独特形象的行动来完成,这个形象要"经历一种明显的回归,即退回小孩的、动物的状态"。在这种状态下,他"不需要对自己的所作所为承担责任",因为他"还没有学会辨别对与错的差异,这就妨碍了它进行自我选择的能力,使其行为变成了一种无意识的行动"①。因此,无意识是这个"黑色"英雄形象的最大特征,而正是这个特征促使他走出了社会现实的牢笼,进入一个相对自由的国度,从而实现了黑人表述自我的愿望。

这就是恶作剧精灵的生成语境,因为黑人只能在非实体、非公开层面展现自己的愿望,而不论是口头传统还是书面文化中塑造的"小英雄"形象都不同程度地反映一种现实需求。然而,现实不允许黑人作为"人"的形式进行反抗,同时黑人讲述者、叙述者与其塑造的形象密切相关,他们通常以第一或第三人称形式叙述故事,有时也兼顾了第一、三人称的角色,而且讲述与表演是一体的,因此动物隐喻就成为他们最理想的释放情感的载体。这个载体作为黑人愿望的化身,集优良的和恶劣的品质于一身,在"主人"允许的范围内以合理的形式——"不懂道德的小孩",攻击了权威、抵抗了秩序,成为一种"去陈规的精神,或者说界限的敌人"。简而言之,就是"把无序安置在秩序中,并且使它蔓延至整体,以便在被允许的固定范围内制造一种可能,生成一种未经许可的经验"②。这种可能和经验就为黑人提供了一个绕过现实的契机,因为真实的语境"没有赋予他们控制自己生活的平台,也没有为他们提供

---

① Roger D. Abrahams. *Deep Down in the Jungle*. Ibid., p. 69.
② Roger D. Abrahams. *Deep Down in the Jungle*. Ibid., p. 67.

通过某种特定行为发展自我的方法"①。而恶作剧精灵恰好就以自我未发育成熟的、真实的小孩般的状态反叛了权威,从而使得表演者和听众都能以这种被允许和认同的方式呈现他们具有攻击性的愿望和冲动。在整个故事的陈述过程中,言说者与其听众在生存处境、价值观念、利益冲突等方面是具有共鸣的,这种共鸣通常通过故事体现出来,从而使它具有可听性,既能够赢得掌声,又可以被记住,甚至不同程度地得到流传。其中,"意指的猴子"的故事就是一个典型。

意指的猴子是极具代表性的一个恶作剧精灵,他酷爱冒险,挑战块头大的狮子,他之所以能够成为"英雄"是因为其在心理和生理层面上具有的敏捷性。猴子首先通过意指行为把狮子和大象卷入一场胜负前定的战斗,然后再利用意指技巧站在自己的保护树上向狮子的伤口撒盐。当乐极生悲的他掉到地上之后,立即沦为了狮子的足下之物。这时他的意指行为分成了两个向度。其一,意指妻子,当妻子告诉猴子到处意指没有善果时,他迅速把她当成了意指对象,不仅让妻子闭嘴、怀疑她把自己推下了树,还骂她是婊子。这种同一物种内部不同性别之间真枪实战的意指,实际上折射了非裔群体内部的男、女意指模式。在这种模式中,男人赢得胜利的标准就是谩骂、羞辱女人,直至她们哑口无言,无法回应。其二,意指狮子。猴子先是满含泪光,向狮子道歉,赢得后者的同情,然后再利用诡计成功逃脱。这个诡计奏效的根本原因是狮子再次相信了猴子所说的字面意义的话,正如他之前相信了后者是在转述大象的话一样,认为猴子真的会与自己决战。然而,猴子深知战争的后果是以卵击石,因此他只有借助自己言说的语言和话语力量逃跑,做一个言而无信的"小人",同时又是一个以小胜大的"英雄"。

由此可见,语言是意指的猴子的武器,这也就是故事讲述者必备的技能,因为他不仅要通过讲故事发出自己的声音,还要能够吸引听众,达到娱

---

① Roger D. Abrahams. *Deep Down in the Jungle*. Ibid., p. 69.

乐、放松的目的。因此，叙述者在陈述故事时，其声音、词语、节奏、遣词造句、韵律等方面都有一定的要求，它们既要贴近生活，又要高于日常语言，从而呈现出暗藏在字面意义背后的比喻意义。换句话说，"意指的猴子"的故事的语言既是随意的，又是非随意的，它在词语、词法层面都具有戏剧效果。叙述者在演绎故事时，通常要使用很多引人注目的策略，例如，根据不同的角色和场景频繁地改变声音与音调，按照时间要求自如地压缩或拉长故事，运用妙语和节奏带动听众的互动等。为此，整个故事充满了文学性和艺术效果，这也就体现了黑人独有的语言能力，他们对声音、词语、句法的感知和控制都是非常巧妙的，尤其表现为很多诗节的尾音是相互押韵的，既能把故事中的动物呈现得栩栩如生，又能把握听众的感情、呼吸节拍以及语境的脉搏。为此，"意指的猴子"的故事就不再是简单的、日常的叙事，而是变成了一种文学诗篇，不论是语言、形象，还是表述形式都饱含文学性和艺术性。换句话说，"意指的猴子"的故事就是一种黑人文学，这种文学最初以口头文化形式存在，随后则出现了大量的书面文本。这种文本是黑人家庭最为普及的读物之一，类似于18、19世纪白人家庭拥有的《圣经》，是老年、成年、青年黑人教育小孩的必备读物，不论这些小孩是否有机会进入学校接受正规教育。例如，罗杰·D. 亚伯拉罕在走访费城的很多黑人家庭，以了解民俗故事、文化、仪式时，就发现了一件令他震惊的事情，那就是这些黑人家中都有不同形式的祝酒词和笑话文本，其中有很多文本是自创的，其内容大多数是坏小子叙事和恶作剧精灵故事。

除此之外，他们还发明了一些"黑色"术语、话语，因为"白色语境"不允许黑人使用攻击性的词语，所以他们独创了众多只有黑人才能理解的具有隐喻的、多层含义的词语和句子。例如，在众多祝酒词中，"枪"这个单词按照诗节中重音、押韵的需要变成了"四十四""四十五"或"三十八"。其中，"四十四"这个数字频繁地出现在"意指的猴子"的故事中，它在一首诗中表现为：

狮子咆哮着跑了回来，

他的尾巴直戳戳地就像一个四十四。

他夹裹着风声，穿过丛林，

飞奔而去，把长颈鹿撞翻在地。

另一首诗中则是：

狮子深知他的骂娘游戏差劲，

他还知道大象不是他的表亲，

于是他咆哮着穿过丛林，

猛地把他的尾巴挺直得就像一个四十四。

另一首诗中又是：

狮子暴怒，跳起来修理大树，

把小长颈鹿和猴子掀翻在地

他一路跳跃，穿过丛林，更糟糕的是，

他挺直尾巴，就像一个四十四。①

在规避"枪"的同时，"枪战"也被转义为"一个石头穿过了他的脑袋"；暴力则被表现为"惹和你块头相当的""像个正常人一样战斗""像一只冲出地狱的蝙蝠"。同时，黑人还把陈词滥调与格言警句交叉使用，以打破传统和陈规，加入新鲜的意义，为恶作剧精灵提供更大的活动空间。例如，"就像老鼠吃奶酪""大海之王""快如电光石火""生不如死""像辆十吨重的卡车"

---

① Henry Louis Gates, Jr. *The Signifying Monkey*. Ibid., pp. 60—61.

等，与黑人具有自觉意识的警句遥相呼应，如"花钱如流水，就好像我是个白人""待在你的阶级内部""留在你的种族界限内"①。当然，在众多具有黑人特色的言说中，最具代表性的还有一类术语，那就是一些骂人的脏话，尤其是谩骂对方母亲、祖母的粗语。究其原因，则主要与"黑""白"双色的权力失衡有关，因为"主人"宰制的语境不允许黑人骂白人，所以黑人只能在族裔内部互相谩骂。这也就是"意指的猴子"及其他恶作剧故事和坏小子故事所代表的黑人祝酒词能够成为"最容易被忽略的一种传统叙述形式"的根源，即它们"在本质上（通常是其主体）要求使用一些'不合适的'词语——大都是骂人的、粗俗的单词"②。然而，黑人之间的谩骂不是常规意义上的吵架，而是具有两大特点：一是它通常指涉的是非实体性层面的事实，也就是说双方并不是真的具有现实冲突，而只是一种互相开启并延续言说、谈话的习惯；二是它的价值在于为黑人提高族裔整体的语言能力搭建了一个平台，让他们在唯一拥有掌控权的领域——非暴力的、不具有实践性的词语、话语层面，发挥极致的话语权和完善"黑色"自我。

正是这两个特性使得"意指的猴子"这个恶作剧故事成为美国非裔民俗传统中最重要的口头叙事之一，并在黑人群体之间广为流传。这种流传方式主要通过记忆进行再叙述，极具"黑色性"，因为不同的讲述者会根据不同的需要对曾经听到的故事进行修正。例如，罗杰·D. 亚伯拉罕就意指的猴子与狮子的故事采访了四个黑人：亚瑟（Arthur）、"小孩"、查理（Charley）和哈利（Harry），他们分别给出了各自不同的版本。其中，亚瑟的叙事在本节开头已经有过详细的描述，是猴子与狮子博弈故事的基础版本。查理的叙事比较长，其前半部分就涵盖了亚瑟的叙事，但是两者既相似又有差异，具体表现在两个方面。一是查理增加了对猴子形象的描述，同时又省略了猴子与狮子之间的冤仇：

---

① Roger D. Abrahams. *Deep Down in the Jungle*. Ibid., pp. 104–106.
② Roger D. Abrahams. *Deep Down in the Jungle*. Ibid., p. 99.

第四章 存储在黑人语言中的异文学：美国非裔文学理论

在丛林深处，可可树生长的地方

住着一个皮条客，你从他穿的衣服就可以看出来。

他的肚子前面是骆驼毛，后面则拴着一根皮带，

穿着一双舒适而体面的鞋子，以及一条蓝色的宽松长裤。

现在他的衣服都是小可爱，

戴着一只浪琴手表和一个钻石戒指。

他说他想到处闲逛，

一直到水洞下面。

猜猜他碰到了谁？那就是狮子先生。①

亚瑟的叙事开端只是简单地提及猴子的住处——小溪旁的丛林深处，以及他因为被狮子打了一顿而无法入睡，总是思考如何报复狮子，这就是猴子意指狮子的必然原因。然而，查理描述的意指起因则是随意的，因为猴子是在闲逛时碰到狮子，从而偶然地把他作为意指对象。二是查理润色了狮子与大象的打斗过程，不仅扩大了描述狮子被打的惨状的篇幅，还指出两者的打斗所持续的时间："他们打了三天三夜"，以及猴子再次意指狮子的情景：

他（猴子）说："看看你自己，你这个容易被骗的傻瓜。

跑到丛林深处去找大象的茬，

自己被打得摸不着北。

你号称自己是真正的丛林之王，

但是我发现你一无是处。

赶快从这棵树下滚开，

---

① Roger D. Abrahams. *Deep Down in the Jungle*. Ibid., p. 151.

因为我觉得自己似乎想要尿尿。"

狮子抬起头看了看,然后说:

"猴子先生,如果这就是你的想要的把戏,

总有一天太阳会照到你丑陋的屁股。"

猴子俯视地面,然后说:"只要树要长高,草要变绿,

你就将是这个丛林中最愚蠢的皮条客。

我曾听到你在下面为你的生活祈祷,

而那时我正在和你妻子云雨,

我还想筹办一个派对,因为我认为你会被打死。"①

猴子说完之后,狮子开始在丛林中狂奔,试图抓住猴子,而他却叫住狮子,并说出了自己积怨已久的不满:"每次我想和我妻子准备做点什么时,你就跑来坏事。"随后,他开始在树上跳来跳去,左脚打滑,掉到了地上,立刻被狮子的四脚踩住。此时,他满含泪光地看着狮子:"狮子先生,我刚才是开玩笑的,但是还是要给你道歉。"狮子的答案是:"你现在和将来都是个意指的皮条客,如果不杀你,你就会到处乱撞,再害死他人。"猴子:"把你的脚从我胸上挪开,让我的头从沙子中露出来,我就会像一个天生的格斗士一样与你战斗。"于是,狮子把脚移开,准备战斗,而猴子却借机逃跑,只扔下一句话:"只要树要长高,草要变绿,你就将是这个丛林中的最愚蠢的皮条客。"② 由此可见,在这个叙事中,意指的猴子两次重复了自己坚决要意指的决心。至此,查理以自己的方式重述了常规的猴子、狮子和大象的故事。然而,这还只是其叙事的前半部分,在后半部分,查理加入了三个角色:狮子的妻子——母狮子、劝架的熊、猴子的救兵和堂兄——狒狒。最终,狒狒把狮子打死,而母狮子则把狒狒投进了监狱,并告诉他没有人能把他保释出狱。此时,猴子站在

---

① Roger D. Abrahams. *Deep Down in the Jungle*. Ibid., pp. 151—152.
② Roger D. Abrahams. *Deep Down in the Jungle*. Ibid., p. 153.

街角继续他的意指:"别担心,我有一个朋友叫比利(被打死的狮子的别称),是这个镇子最富有的人,他会把你弄出来的。"① 然而,终了,狒狒一直待在监狱,因为猴子根本就没有想过要去保释他的堂兄。

由此可见,在查理和亚瑟的叙事中,猴子都是赢家。这就与"小孩"和哈利的叙事不同,因为他们的故事都是以猴子的死亡收尾。其中,"小孩"的叙述在猴子掉下树之后开始发生转折:

狮子快如疾风,势如闪电,

迅速用四脚踩住了猴子,

猴子含着泪水,仰视狮子,然后说:

"求你了,狮子先生,我道歉。

如果你能让我的脑袋从沙子中露出来,

再把我的屁股移出草丛,我就会像个正常人一样与你战斗。"

狮子挪开四只脚,准备战斗。

猴子却瞬间不见踪影

只听到他说:"是的,你打翻了我,

但是最终我还是获得了自由,现在你可以吻我的屁股。"

他再次兴奋起来,开始上蹿下跳。

他的脚踩滑了,摔在地上,四脚朝天。

狮子再一次迅速地用四只脚踩住猴子。

猴子再次满含泪光地望着狮子,然后说:

"求你了,狮子先生,我道歉。"

狮子说:"不需要什么道歉,

我将终结你这个皮条客的意指行为。"

---

① Roger D. Abrahams. *Deep Down in the Jungle*. Ibid., pp. 155—156.

> 现在，当你从丛林中走过时，你就会看到一个墓碑，
>
> 上面写道："这就是意指的猴子的安息之地，
>
> 他的鼻子被踢扁，眼睛被打肿，
>
> 肋骨被踩断，脸被踹烂，
>
> 屁股被摔开花，脖子被扭断。"[①]

当然，除了猴子的结局不同外，"小孩"也润色了猴子第一次欺骗狮子，以便让他去挑战大象的场景。其中，猴子捉弄狮子的原因是无聊或者说无事可做，因为他已经很久没有在丛林中制造混乱了。换句话说，狮子是偶然成为他的意指对象，这就与查理给出的原因类似。随后，当他给狮子转述自己听到某个皮条客侮辱狮子的话时，猴子并没有明确地指出这个皮条客是谁，也未描述其个头的大小，因此当狮子愤怒地踏平了山，撞倒了树之后，他遇到并痛打的第一个动物是猿，随后才是大象。有关两者的打斗经过，"小孩"描述得非常激烈和详细，并给出了打斗持续的时间：一个晚上和第二天的上半天。对此，哈利的描述是"差不多一整天"，而猴子的结局也是一种差异性重复：

> 狮子用四只脚踩住了猴子，
>
> 猴子一边尖叫，一边擦拭双眼，
>
> 然后说："求你了，狮子先生，我道歉。"
>
> 狮子："闭嘴，皮条客，同时停止你的鬼哭狼嚎，
>
> 因为我将暴打你一顿，因为你的意指行为。"
>
> 猴子临死前的最后一句话是："我死也不会停止意指。"
>
> 如今，猴子死了，待在他的坟墓中。
>
> 他无法再制造混乱。

---

① Roger D. Abrahams. *Deep Down in the Jungle*. Ibid., p. 153.

第四章 存储在黑人语言中的异文学：美国非裔文学理论

在他的墓碑上写着这些话：

"通过意指行为，他虽死犹生。

现在要铭记我的警告，待在你的阶层内部，

否则你会被打得很惨。"①

在整个叙事中，哈利两次提到"待在你的阶层内部"。第一次是狮子被大象痛打一顿之后，他生不如死，去找猴子。此时，猴子开始大肆意指，极力羞辱他："孩子，你看起来不是很好，似乎你去过地狱了。你从这里离开时，整个树林都在摇晃，现在你回来时却像个被诅咒的吊死鬼。大象肯定把你打得不轻，但是那个坏皮条客也确实做了一件事，那就是把你定格在你所属的阶层内部。"② 狮子属于哪个阶层？从叙事中可以看出，首先要排除的是大象的阶层，因为大象的块头是狮子的两倍，体力博弈的输家永远是狮子。其次，狮子和猴子也不是一个阶层，因为他们块头不同、能力不同、地位也不同。因此，猴子、狮子、大象是三个不同的阶层。如果对照现实，可以发现这里所说的"阶层"至少包含了两次含义：种族身份和阶级身份。由于白人宰制的语境剥夺了黑人谈论种族压迫的权利，同时还从奴隶制伊始就以"猴子""猩猩""猿猴"等重新命名非洲人，因此代表"黑色群体"的动物隐喻——猴子，规避了"种族"一词，转而使用了"阶层"。除此之外，不论是殖民主义还是种族主义时期，非裔族群内部一直都存在压迫和不平等，所以猴子所说的"阶层内部"也指涉了族裔内部具有不同社会地位的阶级。正是这两层含义触及了"意指的猴子"的故事的主题，这就使得哈利的叙事有别于其他三个故事，成为四个文本中第一个在恶作剧故事中注明现实关照、"敞亮"动物隐喻暗藏的黑人声音的叙事。

综观四个文本，可以看出它们之间具有互文性，而这种互文性与五个"会

---

① Roger D. Abrahams. *Deep Down in the Jungle*. Ibid., p. 157.
② Roger D. Abrahams. *Deep Down in the Jungle*. Ibid., p. 156.

说话的书"之间的高度互文性（意指性）极为相似，具体可以用下表表示：

"意指的猴子"的故事			
叙述者	猴子挑战狮子的原因、过程、结果	狮子挑战大象的结果	大象与狮子战斗的时间
亚瑟	被狮子暴打、两次意指、顺利逃跑	被打得生不如死	约几个小时
查理	狮子打扰了猴子夫妻的好事、三次意指并让其堂兄狒狒打死了狮子、成功复仇	被打得生不如死	三天三夜
小孩	狮子打扰了猴子夫妻的好事、两次意指、被狮子打死	被打得生不如死	一个晚上和半天
哈利	把狮子限定在他所属的阶层内部、两次意指、被狮子打死	被打得生不如死	接近一天

从上表可以看出在四个文本中，猴子、狮子和大象之间的关系是固定的，主要表现为三段式关系：第一，猴子有意或无意地挑选了整蛊对象——狮子，然后向他重复了据称是大象所说的侮辱狮子的话语；第二，狮子暴跳如雷，前去挑战大象，结果惨败；第三，狮子回去向猴子宣战，却再次被意指羞辱。接着猴子从其保护性屏障——树上掉到地上，最终面临两个结果：一是成功逃跑，二是悲惨离世。同时，狮子的结果也有两种：一是再次被猴子羞辱，二是除了饱受羞辱，还被猴子的救兵打死。由此可见，整个故事的主线就是意指的猴子与狮子之间的关系——冲突—交战—和解，而支撑整个关系网的基点是猴子的语言能力，尤其表现为押韵、转义等意指行为，正是这些因素把他的言说变成了一种修辞游戏。这种游戏为猴子的话语赋予了双重含义：字面意义和比喻意义。因此，盖茨认为猴子就是"修辞大师、修辞技巧本身"，并因为擅长使用比喻性语言而"代表了语言的文学性"[①]，从而把作为口头叙事

---

① Henry Louis Gates, Jr. *The Signifying Monkey*. Ibid., p. 75.

的祝酒词变成了一种文学诗篇。简而言之，"意指的猴子"通过比喻性语言把猴子的故事变成了高于日常叙事的文学。

这种文学的最大特点就是互文性，因为猴子、狮子和大象之间的固定关系使得四个文本具有高度互文性。其中，亚瑟的叙事是整个故事的原型，后三者的叙事则是在原型故事的基础上进行了不同程度的递增重复——差异性重复。盖茨认为这种重复是一种形式上的重复，或者说能指层面的重复，因为四个文本所要传达的意思是共同的、重复的和为受众所熟悉的，因此故事本身的意义、所指的重要性被降低了，而能指的重要性则极具攀升。为此，对于不同的"意指的猴子"的故事的叙事者来说，他们的重要任务就不是发明一种新的所指，而是将原型故事中程式化的事件、元素和表述进行创造性的、个性化的置换，从而赋予它们一种出乎意料和引人注目的新形式。这种新形式在四个文本中主要体现在两个方面。

第一，韵律的变化。"意指的猴子"的故事的最大特点就是相邻的两行和多行诗句的末尾单词是相互押韵的，即把末尾词发音相近的或者彼此语音相近的两行诗排列在一起，而不同的叙事者会采用不同的单词描述同一个事件，从而形成不同的韵律。例如，有关猴子向狮子转述大象的话的场景，四个文本采用了不同的韵律。其中，亚瑟使用了两组音韵：第一组是两行诗句，末尾单词分别是"right"与"fight"；第二组也是两行诗，单词是"niece"与"piece"。"小孩"的韵律也是出自两行诗，末尾的单词分别为"say"与"way"、"shame"与"name"。查理的两行诗音韵是"today"与"sashay"（使某人/某物行动起来）、"cousins"与"dozens"。哈利的韵律基本上是两行诗的末尾单词相互押韵，但是其独有特色是回旋韵律，即相同的韵律交叉着出现，例如，开篇就是猴子对狮子转述由他自己假想的大象的话语，前两句末尾单词分别是"day"和"way"，第三、四句的是"right"与"fight"，第五、六句是"say"与"way"，第七、八句则是"fight"和"right"。由此可见，在这八行诗句中，第一、三组的韵律是相同的，而第二、四组的韵律是相同的。盖茨认为这种频繁变化的韵律模式的作用是"含蓄地强调了意义生成过程中语音的重要性",从而区别于索绪尔所说的所指与能指的关系——所指比能指重要。这种关系强调了符号的意义,使它"控制了声音,从而把韵律降到了从属地位"。然而,猴子故事的四个文本的特点就是打破了这种主从关系,因为韵律的重叠强调了语音而不是概念,从而瓦解了所指的优先权。同时,由于语音的相似性是在能指层面将两个词语衔接起来,从而使得能指与所指之间形成一种"对等关系",而不是从属关系。换句话说,意义与声音之间是相互依赖的,这就是"意指的猴子"的故事中相同词类的押韵作用,即通过"所指对能指的依赖凸显了能指本身及其物质性和优先性",因此"每一个听说过这些诗篇的人,都会把那些既定的意义看成是理所当然的,而诗歌本身的绝妙效果则依赖于纯粹的能指游戏"[①]。这就标榜了能指的重要性,并赋予它一个地位——如果不是高于所指,至少也是等于所指。

第二,能指的递增重复。由于猴子、狮子和大象这三个角色的身份和它们之间的关系是既定的,所以意义也就是恒定的。为此,对这种意义的再生产在本质上就需要一种能指游戏。因此这些程式化的表述在每一个诗篇中都会重复出现,只是不同的叙事者会把不同的结构元素安放在不同的位置。同时,使用一些新的元素替换相同位置上的事物。这种替换使得横组合链发生断裂,即不再着眼于线性发展及其刻板的主从关系,而是通过并置、叠加、平行等实现一种形式上的坚持。换句话说,在不同的文本中,其他普通结构元素从头至尾都被重复,只是这种重复带有差异性,而这些文本合起来就构成了"意指的猴子"的文本。这种文本永远不是固定的,因为它一直存在于差异性游戏之中,从而使得猴子的故事定义了一个本土的黑人隐喻——"一个在美国非裔正式文学话语中的互文性隐喻"[②]。在这个隐喻中,不同的文本之间是在能指层面呈现出重复和修正关系,即一种能指层面的互文性——意指关系。这种关系

---

① Henry Louis Gates, Jr. *The Signifying Monkey*. Ibid., p. 63.
② Henry Louis Gates, Jr. *The Signifying Monkey*. Ibid., p. 59.

首先指涉的不是所指，而是能指，尤其体现为一种语言风格。同时，由于"意指的猴子"的故事与民谣一样，是一种以口头形式为主的言说，这种具有表演性的言说既要源于生活，又要高于生活，因此其对应的语言风格主要就是如何把日常话语转变成文学的风格。

正是这种风格使得狮子无法正确阐释猴子的话语，从而成为被意指者，猴子则变成了意指者。当然，由于整个故事是具有前定意义的，因此猴子意指狮子的时候，并不是专注于意指某个所指之物，而是使用何种方式进行意指。实际上，猴子的整个意指过程就依赖于能指元素的重复和差异，或者说重复与倒转。这就凸显了四个文本之间的"互文性"特征是一种能指层面的重复和差异，从而使得"意指的猴子"的故事之间的意指性与五个"会说话的书"为代表的美国非裔文学文本之间具有的意指模式相互衔接。至此，盖茨成功地在族裔民俗文化中找到了与"黑色"文学之间的意指性相吻合的文本，从而完成了其立足于"本土"以建构美国非裔文学理论的初期诉求。

二、"意指行为"的定义、特性和类型

在族裔民俗文化中找到类似于"会说话的书"和"黑人言说文本"的意指性文本——"意指的猴子"的故事之后，盖茨开始关注与意指的猴子及其语言能力相关的口头民俗传统，并试图在此基础上建构一种"黑色文论"。这种理论需要解决三个问题：一是解释黑人的语言能力，尤其是意指的猴子所代表的意指能力，包括意指其相同物种、相似体力的妻子，以及相异物种、体力上占绝对优势的狮子的能力；二是解释四个"意指的猴子"的故事文本之间的特殊"互文性"——意指性，包括生成根源、"出场"意义等；三是解释美国非裔文学的形式特性——意指性。为此，盖茨开始在众多族裔文化形式中寻找能够支撑这三种诉求的理论根基。最先引起盖茨注意的是爵士乐，因为贯穿三个诉求的因素是黑人的意指行为，而爵士乐蕴含了形形色色的意指行为的例子，以至于可以书写一部有关意指行为的发展史。

在对爵士乐进行详细考察之后，盖茨发现了其早期体现了意指关联的两首代表性曲子：杰里·罗尔·莫顿（Jelly Roll Morton）1939 年录制的《枫叶褴褛（一种转变）》["Maple Leaf Rag"（"A Transformation"）]就意指了斯科特·乔普林（Scott Joplin）1916 年的代表作《枫叶褴褛》。盖茨认为乔普林的名曲表现了诸多对比性主题，并使用 AABBACCDD 模式重复了这些主题，而莫顿则用"一个多姿多彩的序曲（从末段借用至 A 段），后跟上 ABACCD（在这暗示着探戈）D（一种真正的新奥尔良'踢踏舞'变体）娴熟地润色了这首名曲"。同时，在莫顿的钢琴演奏中，其"右手弹出的音乐模仿了喇叭——单簧管，而左手则模仿了长号——节奏"①。由此可见，莫顿的曲子并没有超越或破坏乔普林的作品，而是以具有差异性重复的模仿形式对原作中的形象进行了拓展和转义。这就体现出莫顿对乔普林的仰慕和崇敬之情。同理，奥斯卡·彼得森（Oscar Peterson）的《意指》（Signify）和康蒂·巴席（Count Basie）的《意指行为》（Signifyin'）等黑人传统爵士乐作品也呈现了前辈、后辈作者之间的意指行为。正是通过这种意指行为，爵士乐中钢琴独奏的正式历史被欢愉地重述，在这种重述过程中，一种钢琴风格总是跟随乐曲本身的时间意义上的前辈，因此低音连奏、快节奏和蓝调的钢琴风格都作为爵士乐钢琴独奏风格的历史被表现在某一首乐曲之中，从而使得不同的乐曲之间形成一种内部重复和修正的关系。除此之外，盖茨还认为即兴表演，这种对于爵士乐异常重要的观念实际上也不过是意指重复和修正而已。因为这种表演所体现的还是一种意义固定的修正，而表演者的表现力的天赋则主要体现为重组能指。为此，如果固定文本越普通，其意指性修正就越需要具有戏剧性，或者说至少要体现出戏剧效果。这就是重复和差异的根本原则，这种原则适用于爵士乐中后辈与其前辈之间的"互文性"实践，即包括爵士乐与布鲁斯、灵歌和散拍乐（ragtime）等的意指关联，也正是这种关联代表了美国非裔正式文学传

---

① Henry Louis Gates, Jr. *The Signifying Monkey*. Ibid., p. 63.

统的"黑色互文性"转义。

从文学到民俗祝酒词再到爵士乐之间共有的互文转义模式，让盖茨坚信意指行为是支撑整个族裔文化的一个重要基点，因此需要立足于非裔自己的"黑色传统"，重新定义黑人的意指行为以及其相关特性。然而，就定义而言，实际上盖茨并未给出自己独立的释义，而是在全面梳理族裔前辈的相关含义的基础上进行了总结和选择。由于前辈的定义比较繁多，涉及面也比较广泛，从而导致了盖茨的吸收是宽而不精，以至于对"意指行为"这个术语的解释异常的含糊和摇摆，而且每种意义都伴有不同的特性，具体表现在三个方面。

首先，"意指行为"是含义丰富的语言游戏、语言行为，参与者涵盖了黑人男、女、老、少，具有"呼—应"性，体现了黑人独有的语言使用模式和艺术。这种游戏、行为包含了众多亚类：骂娘游戏（dozens/playing the dozens/dirty dozens）、辱骂（marking）、愚弄（shucking）、欺骗（jiving）、捉弄（jitterbugging）、纠缠（bugging）、性语言攻击（mounting）、挖苦（cracking）、贬低（low-rating）、自以为是地说（smart-talking）、甜言蜜语地哄骗（sweet-talking）、高谈阔论（loud-talking）、夸夸其谈（talking smart）、说坏话（talking bad）、大声喧哗（sounding）、胡扯（talking shit）、说谎（telling lies）、骂别人蠢货（boogerbang）、羞辱（muckty muck）、闲扯（rapping）、贬损（putting down）、煞有介事地说（putting on）、故弄玄虚（doing deep）、炫耀（louding）、打趣（playing）、挖苦（cracking）、挤兑（crapping）、唠叨（harping）、忽悠（hoorawing）、嚼舌头（running it down）等。盖茨列举出这些亚类的目的是说明骂娘游戏只是"意指行为"的一个最具代表性的子类，即两者的关系并不是对等的，而是"母"与"子"的关系，因此其"子"具有的典型特征——侮辱性、低俗性和负面性等不能被扩大成"母体"的全部特性。

就此而言，盖茨主要是吸收了克劳迪亚·米切尔-克南（Claudia Michell-Kernan）和吉尼娃·史密斯曼的观点。克南的文章《一个黑人城市社区的语言行为》（1971）是研究美国黑人语言行为的最为重要的作品之一，因为它是对成年和青少年黑人男女的语言行为的真实报道和记录。在走街串巷的细致考察中，克南发现意指行为涵盖了多种语言行为，而语言羞辱仪式，如骂娘、骂娘游戏、骂娘比赛等只是其中的一个小的侧面。这就否定了黑人传统及白人对黑人语言行为的负面定位——一种羞辱母亲及其他长辈的、具有性攻击性和色情意味的言说，尤其体现为普遍使用"你妈……"等词语。在此发现的基础上，克南就指出："意指行为是一个普遍的语言使用模式，与语言使用之间暗含着对应关系，而非仅仅是一种特定的语言游戏。"而骂娘、骂娘游戏作为一种语言游戏，只代表了黑人的一种语言使用模式，因此尽管这种语言模式通常都"专注于语言羞辱仪式（这种羞辱通常表现为一种玩笑行为），但是意指行为却不是这种仪式的总称"[①]。由此可见，克南并没有否认意指行为的羞辱特性，而是没有把这种负面性扩大成一种整体特征，从而看到了意指行为的其他正面的特征。这种定位一方面把"意指行为"从消极表象中拯救出来，另一方面则为其积极性、正面性的"出场"开辟了空间。

吉尼娃的观点与克南的类似，而且她的研究资源的获得、信息的采集、结论的定位等也都建构在实战的基础上，即亲自到各种各样的黑人社区考察，记录不同年龄、性别、阶层的族裔群体的言说方式和语言习惯。在此之后，吉尼娃指出："意指行为是黑人的一种仪式化的话语模式或者说话语集合，可以用于不同的语境和场合，例如，羞辱对方、阐明自我的某种观点，或者仅仅是为了互相娱乐等。"[②] 换句话说，一句插科打诨的话、一系列松散连接的陈述或观点都可以被看作一种意指行为。因此，骂娘游戏只是意指用法的一种形式或亚类。当然，作为一种话语模式，骂娘游戏又有一些属于自己的、区别于其母

[①] Alan Dundes. *Mother Wit from the Laughing Barrel*: *Readings in the Interpretation of Afro-American Folklore*. Englewood Cliffs: Prentice-Hall, 1973, pp. 311—312.

[②] Geneva Smitherman. *Black Talk*: *Words and Phrases from the Hood to the Amen Corner*. Ibid., pp. 118—119.

体的规则。其中，最重要的区别就在于"骂娘、骂娘游戏只出现在某些特定的语境之中"，通常是街头、聚会场所、休闲聚集地等，而教堂则不在这种语言游戏的发生场所之列。当然，这"并不是说教堂的人不会参与骂娘比赛、游戏，而是他们不在教堂内骂娘"①。

为此，厘清意指行为与骂娘游戏这对"母""子"关系的关键就是要弄懂何谓"骂娘游戏"以及这种游戏的特性和意义，而在此之前就需要考察"骂娘游戏"这个术语的来源。尽管美国非裔学者对此一直没有达成共识，但是比较通行的说法是："Dozens"这个词来自奴隶制时期，是"奴隶贩子惯用的一种销售技巧，即将有缺陷的'商品'——多病、垂老的奴隶，掺和到无缺陷的'商品'之中，再以每组12个人的形式一起拍卖，从而能够卖个好价钱"。因此，一个奴隶一旦成为"'一打'的一员，那么他就变成了一种'次品'"②。在生存大链条上，"次品"就是最合适的羞辱对象，而在黑奴的生存语境中，所谓的"次品"不仅是"黑色的"，还是第二性的、"母性的"。因此，这应该就是同一个单词的两种含义："一打"与"骂娘"和"骂娘游戏/比赛"的衔接点。然而，骂娘游戏本身并不是新大陆黑人的创造物，而是来源于非洲文化，因为很多非洲国家都有这种语言艺术。例如，尼日利亚的埃菲克族人（Efik）喜欢把玩的"诽谤"——"混精的孩子"，即这个孩子不止一个父亲，从而暗示出其母亲是个妓女。

由此可见，骂娘游戏是"一种具有悠久历史的、男女老少皆宜的语言游戏"。参赛者大都是"朋友、知己、亲密同事及那些熟悉游戏规则的人，参与人数从两人到多人不等。各方相继通过稀奇古怪的、高度夸张的、具有性别负荷的、滑稽的'羞辱'仪式等方式，负面地谈论某人的母亲，而不是直接攻击

---

① Geneva Smitherman, *Talkin and Testifin: The Language of Black American*. Detroit: Wayne Sates University Press. 1977, pp. 130—131.
② Geneva Smitherman. *Black Talk: Words and Phrases from the Hood to the Amen Corner*. Ibid., p. 116.

彼此"。当然，参赛者也可以"通过寓意极大地扩展其意指对象的范围，延伸到对方的多代直系亲属，甚至远至古老的奴隶前辈或非洲祖先，但是经典游戏中的目标都是对方的母亲"①。不论是经典还是非经典游戏，在整个游戏的过程中，参与者惯用的一句话就是"你老妈"或"问你老妈"。在这种黑人口头文化中，母亲为何会成为攻击对象？这就与奴隶制时期美国黑人的家庭结构密切相关。奴隶体制在很大程度上剥削了黑人男性应该拥有的父亲身份，这种剥削在不同的时期有不同的表现，具体包括三个方面。

第一，黑人男性被剥夺了成为生理上的父亲的可能。因为"主人"需要廉价的劳动力，实现这种诉求的方式主要有两个：远到非洲购买奴隶或由自己的奴隶繁衍后代。在这两种方式中，前者不仅运输成本过高，而且恶劣的环境使得"商品"本身的存活率低，因此后者作为"本土的"、就地的繁衍成为较为可行的选择。然而，奴隶内部的繁衍存在很多问题，尤其是成年黑人男性广泛聚集的地方最容易发生暴乱和集体反抗，而且由亲情维系的黑人关系则会阻碍"主人"的残酷剥削、鞭打、羞辱等行为，因为父亲总是会奋不顾身地为了自己的孩子而反抗、抵制"主人"。因此，奴隶主通常会强行与自己的黑人女奴发生身体关系，让后者尽可能多地产下可用的劳力，从而使得很多奴隶实际上是奴隶主、白人的直系后代。这也就直接影响了黑人的肤色的变化——越来越浅，直至可以"越线"（passing），即冒充为白人。其中，弗雷德里克·道格拉斯就是一个典型：

> 我的母亲名叫哈里特·贝利（Harriet Bailey），她的父母是艾萨克·贝利（Issac Bailey）和贝奇·贝利（Betsey Bailey），两人都是有色人种，而且都是深肤色的。我的母亲比外祖母和外祖父都黑。我的父亲是一个白人，在我所听闻的有关我父母的谈论中，父亲是白人已经成为一个公认的事实，还有很多谣

---

① Geneva Smitherman. *Black Talk: Words and Phrases from the Hood to the Amen Corner*. Ibid., p. 115.

言指出我的主人就是我的父亲。我无法证明这种观点的正确性,因为那时知识对我来说是可遇而不可求的东西。①

尽管道格拉斯在这里并没有描述自己的肤色,但是从其父亲是一个白人,以及后来其女主人非常喜欢他,甚至教会他阅读和写作,可以看出他的肤色肯定不像母亲那样黑。在奴隶主与其女奴的孩子出生之后,不同性别的小孩有了不同的命运:小女孩的价值就在于承担了与其母亲相似的命运,即继续繁衍可用的劳动力,从而循环往复,有的会被直接贩卖给其他奴隶主,以换取看得见的利益。如果小女孩被其父亲/主人留在了农场或种植园,那么她与其亲生母亲的关系就会变得既复杂纠缠,又严重地违背了伦理道德。因为当小女孩逐渐成熟之时,很可能遭受其"主人"的凌辱,就像其生母曾经遭受的强奸一样,成为他的生育工具。这时,女孩与母亲既是母、女关系,又是同辈关系,因为她们被同一个男人蹂躏,导致女孩的下一代与女孩自身共同拥有一个父亲,因此女孩的孩子既是自己的女儿,同时又是自己的妹妹。当然,在这种语境中,还有另一种乱伦情况,那就是"主人"的儿子继承了其父亲的角色,从而成为糟蹋其混血姐姐、妹妹的主体,以生育可用的、廉价的劳动力。

小男孩大都被留在农场、种植园,他们从很小的时候就开始当苦力,而在长大之后则要面临两种命运:继续成为其父亲的剥削对象或被其父亲卖给其他奴隶主。在这一时期,男、女黑奴之间不允许恋爱或结婚。成年黑人男性的价值就是劳动,为其主人和父亲创造财富。然而,奴隶主不可能承担这些混血子女的父亲的角色,甚至不会让他们知道其父亲就是"白色"的自己,因为殖民主义、种族主义和奴隶制的根基就是不可调和的"黑""白"二元对立,尤其是由低等、野蛮的黑人所支撑的"白人至上"观念。因此,在这种社会语境下,黑人小孩的整个成长过程中只有母亲,没有父亲。尽管从流言蜚语中,他

---

① Houston A. Baker, Jr. *Frederic Douglass: Narrative of the Life of Frederick Douglass, an American Slave*. Ibid., pp. 47—48.

们也会听说自己的父亲就是"主人",但是却无法得到证实。当然,在奴隶主疯狂追逐利益的语境中,实际上并不是所有的孩子都能够在母亲的陪伴下长大。对此,道格拉斯在其1845年版的自传中有过详细的描述:

> 当我还是婴儿时,母亲就被迫与我分开。在我逃离的马里兰地区,孩子很小的时候就被迫与母亲分离的行为几乎变成了一种风俗,大多在孩子快到一岁时,他们的母亲就被带到遥远的农场,而小孩则由那些因为年纪太大不能下地干活的老妇女照顾……我从未真正见过我的母亲,在我的一生中只与她见过四五次面,而且都在晚上,并且时间很短……她只能在忙完白天的活儿之后才能偷偷步行几公里远的路程来与短暂地见我一面……母亲过世的时候,我大约7岁,她死在我主人的农场。在母亲生病期间,我被禁止前去探望她,甚至连她的葬礼都无法参加。①

从这段描述中可以看出奴隶主对待黑奴的态度是十分残酷的,尤其凸显为斩断"黑色亲情"纽带方面。奴隶主之所以要赤裸裸地割裂"黑色"的母亲与孩子,是因为他们之间的情感纽带后来也成为奴隶主以自我利益为基准,处理小男孩、女孩的障碍。因此,在小孩子出生后不久,奴隶主就会把他们的母亲安排到很远的农场或者种植园,甚至包括矿厂、煤厂等偏僻的地方,旨在减少母子、母女之间的来往,进而减弱天然的骨肉情感依恋,以及与这种依恋相关的反抗和破坏。这就使得"双色"的孩子既没有父亲,也没有母亲,成为无牵无挂、任由白人摆布、最大限度地为奴隶主创造利益的工具。

第二,黑人男性可以在生理上成为父亲,但是在完成这项任务之后就会被其奴隶主转手,贩卖到极为遥远的地方,从此几乎没有机会再与自己的孩子见面,以隔断奴隶成员之间的亲情,阻止他们力量的壮大及为了彼此而奋起反抗

---

① Houston A. Baker, Jr. *Frederic Douglass: Narrative of the Life of Frederick Douglass, an American Slave*. Ibid., pp. 47—48.

的可能。白人之所以会让黑人男性成为父亲,是因为铁板一块的种族界限影响了他们繁衍混血后代的身体力行。其中,最突出的因素就是可以进入他们的视野,并被他们选择的女黑奴并不多,而奴隶主与女奴的人数比例严重失衡,因此在挑选范围外的女黑奴的数量远远大于被选中的女性的数量。除此之外,奴隶主通常都拥有完整的"白色"家庭,而这种家庭向来就与"黑色"水火不容。当然,"主奴关系"不在这种排斥之列。为此,尽管黑人男性在生理意义上成了父亲,但是他们的小孩生活中还是只有母亲。然而,这里所说的"母亲"并不仅仅指的是亲生母亲,还包括了祖母及其他没有血缘关系的年长的女奴,而这两种非亲生的母亲通常被称为"大妈妈"。因为有的母亲会为了孩子不再遭受自己经历过的蹂躏,就会直接反抗"丈夫"/主人对小孩做出的无理而苛刻的命运安排,或者带着小孩一起逃跑,而当他们被抓住时,有的母亲宁愿亲手杀死小孩,也不愿意让孩子落入主人的魔爪。这就是托尼·莫里森1987年的小说《宠儿》的故事原型,这个原型来自莫里森在做编辑时在《黑人之书》上看到的一篇报道:一个名叫玛格丽特·加纳(Margaret Garner)的女奴,由于不堪奴隶主的折磨,她怀着身孕,再带着三个幼小的孩子一起逃跑,最终被奴隶主派出的奴隶捕手找到。为了不让孩子回到种植园成为像自己一样的奴隶,她准备杀死年幼的小孩。其中,两岁的小女孩玛丽(Mary)被她掐住脖子窒息而死。在杀死另一个孩子之前,她被抓住,并带回农场。随后,玛格丽特因为逃跑和谋杀而被起诉,并接受了审判,在1858年死于湿热,而其另外两个孩子汤姆(Tom)和山姆(Sam)最终长大成人。对此,莫里森指出了美国黑人妇女在奴隶制压迫下经历的辛酸史,在这段历史中,对于黑人女性来说"婚姻是受阻的、不可能的和不合法的",同时"生育小孩是被要求的,但是'拥有'孩子,为他们负责,也就是说想承担作为父母的应该尽到的责任是完全不可能的,正如他们想获得自由一样遥不可及",因为"在奴隶制体制的逻辑中,黑人试图坚持主张和维护他们身为父母的身份的一切行为都要定义成犯罪"①。由此可见，奴隶制带给众多黑人成年人的灾难就是在很大程度上剥夺了他们成为父亲和母亲的权利，同时粉碎了他们拥有的属于自己的家庭的梦想。

第三，黑人男女组建了自己的家庭，这种现象开始成为一种常态是在19世纪后半叶，但是父亲因为生活、战争等各种原因常年在外奔波，尤其在第一次世界大战结束之后，北方劳动力缺乏，促使很多南方黑人涌入北方，寻找更好的发展机会。而母亲则一般就近寻找服务类型的工作，如保姆、清洁工、钟点工、餐厅或酒店服务员等，以便于照顾小孩和老人。这种家庭结构导致父亲在家中的角色和身份通常被母亲替换，所以"妈""老妈"这个词贯穿了孩子每一天的物质生活和精神生活，这就使得它们成为黑人日常言说、谈话的关键词和主题。除了完整的家庭之外，还有另一种情况也决定了小孩对母亲的全方位的依恋，那就是单身黑人母亲，不论是什么因素造成了母亲的单身，但是结果都是使她成为孩子的唯一支柱。当然，有的黑人学者在母亲成为靶子的这个问题上，提到了弗洛伊德所说的俄狄浦斯情结，但是这种情结只适合于儿子对母亲的独特爱恋，而骂娘游戏是一种男女皆宜的游戏，故而这种解释具有一定的片面性。如果抛开奴隶制体系对美国黑人家庭结构的影响，把骂娘看成是一种普遍的社会现象，因为似乎在每一个种族的日常骂人文化中，"母亲"都是最常见的攻击、辱骂对象，其出现形式一般是"妈……""你妈……""他娘……"等，那么母亲之所以会成为靶子就应该与其作为女性的身份紧密相关，而这就是长期以来父权宰制体制、性别等级划分等社会环境造成的必然结果。

骂娘游戏的目的可能仅仅是娱乐，可能出于某种恶意，可能两者兼而有之，也可能旨在隐蔽性地传达某些不能公开"露面"的信息。游戏的规则有两个。其一，首要原则是"中伤/诽谤不能是字面上的事实"，即羞辱的底线仅仅

---

① Toni Morrison. *Beloved*. New York: Vintage Books, 2004, pp. xvi-xvii.

限于语言层面的侮辱，而非现实层面，因为"真相会把比赛本身驱逐出游戏领域，转而进入现实生活之中"①。然而，现实一直就不允许黑人言说真相。因此，在比赛过程中及整个游戏的前后，并没有谁真的会对某人的母亲、祖母等被羞辱的对象做任何出格的事情。其二，赢的规则是"在情绪未失控的情况下使用更刻薄、幽默的'侮辱'令对手无法回击，从而赢得观众/听众更加热烈的笑声，进而成为黑人社区的文化英雄"。由此可见，游戏的输赢与观众/听众的反应和互动是密切相关，这就决定了整个游戏的"呼"—"应"特性。同时，作为一种"具有竞争性的口头测试，游戏不仅测试了黑人的语言独创性和言说流畅性等语言技能，还测试了他们保持冷静的能力"②。在种族主义语境中，这种能力是美国黑人必备的生存之道，因为他们既不能对"主人"发火，也不能直接在后者的面前宣泄愤怒，从而发明了一种信息编码方式。这种编码方式是殖民主义和种族主义的必然产物，它为黑人提供了一条出路："释放作为黑人男、女在美国白人建构的压迫泥潭中生存的愤怒与挫伤，因为即使在遭受经济剥削和种族主义式人格攻击时，只要黑人表现出任何不满就会让情况更加恶化，所以骂娘艺术教会了他们如何冷静、自律和自控。"由此可见，骂娘游戏是黑人的"一门有关如何通过语言智慧和灵巧修辞生存的学问，而不是生理上的暴力（反抗）"，而在这种游戏中，黑人"笑的目的是不哭"，即在"安全的、非暴力、可以（被白人）接受的范围内宣泄敌意和压抑愤怒的一种情感释放方式"③。

为此，吉尼瓦就指出参赛者如果想在骂娘比赛中取得好的成绩，其谩骂就需要符合四个标准：其一，必须夸张，越狂野越好，达到调动听众胃口的目的；其二，必须采用言说的创造性形象，尽可能地加入一些图画性的语言，使

---

① Geneva Smitherman. *Black Talk: Words and Phrases from the Hood to the Amen Corner*. Ibid., p. 115.
② Geneva Smitherman. *Black Talk: Words and Phrases from the Hood to the Amen Corner*. Ibid., pp. 115—116.
③ Geneva Smitherman. *Talkin that Talk*. Ibid., pp. 224—225.

言说本身栩栩如生；其三，谩骂的时间把握异常关键，既要快又要准，并且还要能够同时释放幽默因子；其四，押韵、节奏感要强，总是能够抓住听众的呼吸，引起观众的共鸣。简而言之，如果游戏参与者能够建构这样一种羞辱模式——"准时使用创造性夸张和隐喻性语言进行表述，并且使这种表述具有韵律性和节奏感，那么他就是位列于前十强的文化英雄"①。由此可见，实际上骂娘游戏并不是有组织的、事先安排好的、以定胜负和发奖品为终极目标的一种游戏，它没有实质性的奖、惩体制，而只是黑人日常生活中的一种很随意的谈话和言说。不论参与者是出自哪种原因发起游戏，其结果基本上都是相同的——锻炼了彼此应用语言的流利程度、口头言说能力和自我表述技巧。黑人学者之所以把这种语言行为称为一种游戏，是因为它有参与者、有默认的规则，有互动的听众/观众，还有不言而喻的胜、负。

作为一种语言游戏，骂娘、骂娘比赛一直是黑人独有的一种口头叙事，以口头文化形态存在于民俗传统之中。这种情况直到1891年才得以改变，首次被得克萨斯州的一首民歌记载成文字："说一件事，指的另一件事；但是如果你想谈论我，我将谈论你老妈。"② 随后，这种语言艺术被布鲁斯歌手引入流行音乐之中，例如，1929年鲁夫斯·佩里曼（Rufus Perryman），也称为"斑点红"（Speckled Red）的第一张专辑就命名为《肮脏的骂娘》（*The Dirty Dozen*）。除了对音乐有很大的影响之外，骂娘游戏对美国非裔文学也有深远的影响，这种影响主要表现在两个方面。第一，形式层面。骂娘游戏涵盖的语言艺术为黑人文学提供了有效的表述范式。由于这种游戏是一种口头文化，从而使"黑色文学"本身既使用了日常的、生活的、现实的语言，又运用了相应的口头表达技巧。第二，内容层面。黑人的文学把骂娘艺术的资源作为一种素材，在此基础上进行创作，而有的作家甚至直接以"骂娘"为题。其中，兰格顿·休斯就极具代表性，例如他的长诗《问你老妈》（1961）：

---

① Geneva Smitherman. *Talkin that Talk*. Ibid., pp. 227—228.
② Geneva Smitherman. *Talkin that Talk*. Ibid., pp. 225—226.

第四章　存储在黑人语言中的异文学：美国非裔文学理论

他们摇响我的门铃

问我能否给推荐个佣人

我说：能，你老妈

他们在圣诞节问我

我的黑人性能否被擦除

我说：问你老妈①

这首诗不仅直接以骂娘游戏为题目，还把它的内容和形式都贯穿于诗行的始末，从而既意指了白人的种族主义，又呈现了黑人独有的语言能力。这就是美国非裔书面文化的一大特征——充满了口语素，或者说内含口头文化痕迹。纵观骂娘游戏的定义和特征，可以发现尽管它是黑人传统中最流行、最普及的一种意指行为，但还是不能与意指行为画等号，因为两者之间始终是"一叶"与"森林"的关系。正是基于这种关系，盖茨为"意指的猴子"的故事进行了辩护，他认为尽管猴子的侮辱性话语对整个故事是重要的，但是语言学家通常都没有意识到侮辱对意指行为的本质而言根本就不是核心的，因为侮辱话语不过是多种修辞策略模式中的一种而已。换句话说，很多语言学家都错把"树木"当成了"森林"，从而一叶障目，在很大程度上否定了"意指的猴子"的故事及相似口头文化所具有的"黑色"价值。

其次，"意指行为"是包罗万象的修辞策略、技巧和实践，具有间接性和含蓄性，旨在嘲弄某个人或某种处境，以宣泄和表达某种情感。就此而言，盖茨主要是吸收了罗杰·D. 亚伯拉罕、H·布朗（H. Brown）和克劳迪亚·米切尔·克南等前辈学者的观点。亚伯拉罕认为意指行为的含义非常广泛，包括含沙射影、吹毛求疵、哄骗、用言语刺激、说谎等精明的谈话方式。这些言说

---

① Geneva Smitherman. *Black Talk: Words and Phrases from the Hood to the Amen Corner*. Ibid., p. 116.

都表现出一种倾向——"围绕一个主题的谈论总是未落到实处",因为言说者总是"通过间接达到直接",并且在谈话中"夹杂着手势、眼神等肢体动作和面部表情"①。例如,通过编故事挑起邻里冲突、在一个警察背后滑稽对其进行模仿,以嘲弄他及其代表的政治权威、自己想要一块蛋糕却说"我哥哥想要一块蛋糕"等。由于意指行为的各种表现都建构在语言的基础上,因此亚伯拉罕甚至直接用语言定义了"意指":"意指是通过间接的语言或姿势去映射、刺激、请求或吹嘘,是一种含蓄的语言。"② 为此,亚伯拉罕成为第一个把意指、意指行为定义为语言的黑人学者,同时他所指出的意指体系的间接性也对随后的族裔学者产生了深远的影响。克劳迪亚·米切尔·克南的观点与亚伯拉罕的类似,她认为意指行为指涉了黑人对信息和意义进行编码的方法,这种方法蕴涵着一种间接性原理,从而使得"词典释义并不总是能够阐释意义或信息,或者说意义超出了这些阐释"③。这就是黑人最普及的修辞策略和表述形式,因为"白色霸权"压制了黑人的自由言论,甚至还监控了他们的日常谈话,所以黑人需要一种标新立异地传达信息的方式。这种方式的可行性前提就是言说、谈话本身要能够把听话者导向他们共享的一些知识、态度、价值、符号、意象、信息等,同时还不能让"主人"有所察觉。因此,黑人从很小的时候就要学习这种言说策略,掌握必备的应付"主奴关系"的生存之道。几乎在每一个黑人社区,年长和年老的长辈总是会通过各种各样的途径把意指体系的精妙用法传授给孩子,从而促使意指行为成为黑人社区最为流行的一种表述方式。克南在深入不同阶层的黑人社区进行考察之后发现,黑人父母向其后代传授这种异常复杂的修辞体系的教育行为,就好比理查德·A. 兰厄姆(Richard A. Lanham)所描述的白人教师教小孩学习修辞策略:

---

① Roger D. Abrahams. *Deep Down in the Jungle*. Ibid., p. 54.
② Roger D. Abrahams. *Deep Down in the Jungle*. Ibid., p. 267.
③ Alan Dundes. *Mother Wit from the Lauging Barrel: Readings in the Interpretation of Afro-American Folklore*. Ibid., p. 311.

第四章 存储在黑人语言中的异文学：美国非裔文学理论

让你的学生早点起步，教会他对词语精益求精：如何书写它、读它并记住它……起初，强调行为就如表演，大声朗读，借形体言说，充分利用戏剧性装饰……强调即兴发挥、信手拈来的临场表演、争取机会等，让学生知道修辞的实用目的：赢得胜利，说服别人。为了达到这个目的，就要不间断地进行语言游戏训练……①

为此，克南就指出意指行为的有趣之处就在于它包含了两层或多层含义，其中显性意义的作用主要是要把"黑色"参与者和听众/观众导向他们共享的一些知识、信号，因为话语的意义需要被隐喻性地创造。由此可见，黑人对象征性信息的编码和解码都依赖于"黑人共享的知识"。这种知识在两个层面上发挥作用：其一，说话者和听话者都意识到意指行为正在发生，因此言说的词典、句法等意义要被忽略；其二，在解释言说行为的潜在意义时要考虑到一个沉默的第二文本——"共享的知识"，并利用它来重新阐释这个言说。这就是意指行为中重要的美学构成成分，因为"评判一个人的说话艺术能力就是要考察他把听话者的注意力导向这种共享的知识的机智"，也就是说"意指行为依赖于能指召唤出一个缺场的意义，这种意义在一个刻意构成的陈述中被模糊地表现为'在场'"②。实际上，意指行为的含义就介于字面意义与形而上的意义、表面意义与潜在意义之间。克南把这种意义的特性称为"隐含的内容或功能"，它可能被"表面的内容或功能遮蔽"。因此，意指行为总是"预设了一种'被编码'的意图，即说的是一种话，表达的却是另一种意思"③。这种编码的作用在于为黑人提供了一种委婉、含蓄地表述自我的机会。正如 H. 布朗说的："意指行为能够使你让一个家伙感觉良好或受挫，而如果你刚刚使用

---

① Richard A. Lanham. *The Motives of Eloquence：Literary Rhetoric in the Renaissance*. New Haven：Yale University Press，1976，pp. 2-3.
② Henry Louis Gates, Jr. *The Signifying Monkey*. Ibid., p. 86.
③ Henry Louis Gates, Jr. *The Signifying Monkey*. Ibid., p. 82.

语言击垮了某人，意指行为又能够让他感觉好受一些。"① 同时，布朗还指出意指行为的另一层含义——作为一种强调修辞结构的话语模式，这种话语的成形主要依赖于各种形式的比喻，而不是其目的或内容。就此而言，意指行为也就是白人所说的语言技能，这种技能的获得主要靠的是这样一种途径——学习如何将不同的词汇堆积在一起，并娴熟自如地把它们应用于含蓄的表述。因此，意指行为在黑人生活中扮演着重要的角色——既是一种技术，也是一门艺术，从而全方位地影响了美国非裔的口头文化和书面文化。对此，盖茨就认为"意指行为就是一种书写，因为修辞是有关言说的书写，是对口头话语的书写"②。换句话说，意指的猴子体现出的意指行为，使得作为口头言说的猴子故事变成了一种书写文化。

再次，"意指行为"是"一种形式修正模式，主要依赖于结构间的重复和差异"③，具有语言性——关注能指链和能指游戏，与转义行为、形式戏仿、混搭等是同义词。简而言之，意指行为就是差异和重复，它总会把参与者导向他们"共享的知识"，而相同时期的"共享的知识"是相似的，因此文本的根本诉求就不是表述所指，而是用什么样的形式进行表述，因此"黑人传统的原创性强调的是重新比喻、重复与差异、转义，即对能指链的凸显，而不是对某种新颖内容的模仿"④。例如，"意指的猴子"的故事由于诗篇传达的意思是共同的、重复的、为听众和观众所熟悉的，所以文本之间主要依靠能指之间的互相意指。盖茨的这种观点主要来源于托马斯·科克曼（Thomas Kochman），他认为"意指行为作为一种修辞实践，主要依赖于重复和差异"⑤。为此，盖茨认为意指性就是黑人的修辞性、象征性差异，这种差异使

---

① Henry Louis Gates, Jr. *The Signifying Monkey*. Ibid., p. 74.
② Henry Louis Gates, Jr. *The Signifying Monkey*. Ibid., p. 53.
③ Henry Louis Gates, Jr. *The Signifying Monkey*. Ibid., p. 52.
④ Henry Louis Gates, Jr. *The Signifying Monkey*. Ibid., p. 70.
⑤ Henry Louis Gates, Jr. *The Signifying Monkey*. Ibid., p. 79.

第四章 存储在黑人语言中的异文学：美国非裔文学理论

得语言使用者得以穿行于多种意义之间。因此，在正式文学中，意指行为就等于比喻表达法（figuration），或者说两者至少是同义词。这也就是意指行为之所以能够上升为一种文学的根本原因——使用了语言的比喻性层面，从而凸显了黑人群体的独特的语言使用方式，并把黑人群体与非黑人群体的语言使用方法区分开。其中，黑人使用方法的最典型的例子有两个。一是第三方意指行为："说话者只能在听话者没有意识到前者的言说行为是一种意指行为时，说话者才实现了他的目的"，正如狮子没有意识到猴子的意指行为一样。二是隐喻性意指行为："说话者试图间接地传达一个特定的信息，而只有当听话者意识到说话者的言说行为是一种意指行为时，说话者才实现了他的目的。"[1] 例如，狮子在被大象暴打一顿之后，意识到自己被猴子意指，因此当他回去找猴子时，就不会再轻易地相信猴子的话，而是发誓要阻止猴子意指。

从上面三种有关"意指行为"及其特性的定义可以看出，盖茨对意指体系的阐释确实是比较含糊。实际上，除了上述三种定义外，盖茨还有很多琐碎的定义："意指行为就是意指的猴子的语言""意指行为是纯粹聚焦于能指的语言游戏的集合"[2]"意指行为就是一种转义行为"[3]"意指行为是奴隶转义的转义""意指行为就是文本修正的一个隐喻"[4] 等。当然，造成这种含混性的根源是黑人复杂的意指传统，因为黑人对意指行为的广泛关注是相对晚近的事情，其大规模出现是在20世纪60年代后半叶黑人权力运动爆发之后。不论盖茨对意指行为、特性做出何种定义和阐释，其目的都是相同的——解释意指的猴子的行为以及猴子故事文本之间的高度互文性。就此而言，在盖茨的众多定义中，尽管它们都指涉了这两种诉求，但是比较零散，不够集中。为此，需要对这些定义进行有针对性的整合，旨在解决猴子的意指行为和四个文本的互文

---

[1] Henry Louis Gates, Jr. *The Signifying Monkey*. Ibid., p. 85.
[2] Henry Louis Gates, Jr. *The Signifying Monkey*. Ibid., p. 78.
[3] Henry Louis Gates, Jr. *The Signifying Monkey*. Ibid., p. 81.
[4] Henry Louis Gates, Jr. *The Signifying Monkey*. Ibid., pp. 87—88.

性，从而可以把它们归纳为两点。第一，就单个文本而言，意指行为是一种精妙的"黑色"修辞策略，体现了黑人的语言技能和艺术创造力。由此可见，黑人一直都有自己的修辞体系。尽管这种体系主要以意指的方式出现，但是所承担的角色与"白色修辞体系"等同。如"你妈是个男人"（隐喻）/"你爸也是"（反讽）、"他们住在罐头盒中"（借代）、"那个盒子闻起来就像个动物园"（提喻）。在此基础上，盖茨还分析了"奴隶的修辞"与"主人的修辞"间的关系：

主人的修辞	奴隶的修辞——意指行为
反讽	意指行为（西印度群岛的"黑鬼行当"）
提喻	谩骂某人
借代	
夸张、曲语法	表演或吹嘘（西印度群岛的"卖弄"）
隐喻	命名
代喻	挤兑

在"意指的猴子"的故事中，猴子与狮子之间的关系主要就是一种"黑""白"对立关系。狮子第一次之所以未能识别出猴子的话语本质，就是因为他不懂得猴子的言说方式和语言技能——使用比喻性、象征性、隐喻性等具有形上特性的语言，使得话语的含义成为潜在意义。正是这种语言能力把猴子故事从日常生活层面的口头叙事提升到文学诗篇的高度，这种诗篇具有两大特点：其一，作为一种书写形式，富含口语素，因为它是一种建基于口头文化的书写，无法消除每一个文字所伴随的"黑色"声音；其二，作为一种口头叙事，富含书写素，因为它是各种修辞策略的集合体，不能规避每一次言说的间接性、可读性以及召唤阐释的特性。

第二，就多个文本的关系而言，意指行为是不同"黑色言说"文本之间在形式层面的差异性重复，也就是说不同的文本，包括口头文本和书面文本之间是一种重复关系，但是这种重复又带有修正、转义，从而使得前辈与后辈文本之间既重复又具有差异。猴子的故事之间就是这种意指关系，盖茨认为这种关系暗示出"猴子文本之间是相互熟悉的"①，即前、后文本关系，而这两种文本又通过阅读建立了一种阐释关系，从而使猴子故事变成了阐释自身的理论，也就是所谓的意指理论。至此，猴子的比喻性语言完成了如下双向任务：

```
                意指理论
                  ↑
               意指的猴子
                ↗   ↖
        文学诗篇        阐释文论
            ↑
   猴子的故事 → 猴子故事间的互文性
                  ↑
               比喻性语言
```

从上图可以看出，比喻性语言是支撑整个体系的根基，而在美国非裔口头文化中，这种语言就是黑人的口语体语言。因此，黑人口语体语言既能把恶作剧故事变成文学诗篇，又能把这种诗篇变成阐释理论——意指理论，一种存储在黑人方言中的阐释理论。换句话说，美国非裔群体不但"有"自己的文学，还"有"自己的文论，这就解构了白人文化霸权对黑人"无"文学、文论的预设，帮助盖茨实现了擦除族裔被标记的"粉红色"身份的诉求。由于每一种文化形式都需要有"根"才能具有完整性，因此盖茨在通过"意指的猴子"的故事证明美国非裔文学就内含阐释理论的之后，就面临另一个重要任务——发掘出这种理论的"根"，以说明美国非裔文学理论确实拥有自己的理论，因

---

① Henry Louis Gates, Jr. *The Signifying Monkey*. Ibid., p. 61.

为这种理论具有完整性和统一性。由于20世纪80年代的社会大语境需要独立于主流标准的"黑色美学",所以盖茨不可能到"主人"的文化中寻找"黑色理论"的源头。同时,由于当时的社会思潮是黑人集体"返回非洲",包括精神和物质层面,以挖掘种族的自豪感,因此盖茨也顺势回归非洲文化,寻找黑人理论的源头,即意指的猴子这个恶作剧精灵的非洲之根。

第二节 非洲的赫尔墨斯——埃苏-埃拉巴拉

盖茨寻根之旅的根本目的是要在非洲文化传统中找出一个与意指的猴子匹配的恶作剧精灵,而决定两者能否"成双成对"的标准就是看"故乡的"恶作剧精灵是否承担了类似于意指的猴子的双重角色:一、通过高于字面意义的语言,把日常生活中的口头叙事、言说变成一种文学诗篇;二、利用比喻性语言使这种诗篇文本之间在能指层面具有高度互文性。简而言之,这个未知的恶作剧精灵既能创造文学,又能把这种文学变成一种阐释自身的理论。按照这种标准,盖茨在众多非洲恶作剧精灵中找到了埃苏-埃拉巴拉(有的写作"Eshu-Elegbara"),也可以简称为埃苏(Esu/Eshu),是"约鲁巴神话中神界的一个恶作剧精灵"。这个精灵是"天神唯一的信使",其任务就是"将天神的意愿阐释给人类,同时又将人类的愿望传达给天神"[①]。这就使得埃苏的一只脚在人界,另一只脚则在神界,而由于其与两界的距离不等,因此埃苏通常以一个瘸子的形象出现在众多神话故事之中。当然,埃苏并不只属于约鲁巴人及其神话,它还有很多变体,尤其是因为奴隶贸易体制使得很多非洲人及其民俗、宗教等文化形式从非洲大陆一路漂洋过海到达了新大陆,因此可以把埃苏分为两大类。其一,非洲的埃苏:"在尼日利亚被称为埃苏-埃拉巴拉,而在贝宁的芳

---

① Henry Louis Gates, Jr. *The Signifying Monkey*. Ibid., p. 6.

族人（Fon）中则被称为拉巴（Legba）。"① 同时，由于非裔民俗学家罗伯特·D. 佩尔顿（Robert D. Pelton）在考察拉巴与埃苏-埃拉巴拉的关系之后，发现"芳族人借用了约鲁巴人的占卜体系以及恶作剧精灵埃苏与天神的关系"②，因此拉巴就是埃苏的一个变体。其二，新大陆的埃苏："巴西的埃克苏（Exú），古巴的埃查-埃勒瓜（Echu-Elegua），海地伏都教（Vaudou）洛（loa）万神殿的帕帕拉巴（Papa Legba，也称为拉巴斯 La-Bas），以及美国胡都教（Hoodoo）洛的帕帕拉巴斯（PaPa LaBas）。"③

在古巴、巴西、秘鲁、海地等地，都有大量有关埃苏的文献。在这些文献中，作为变体的埃苏所承担的角色与芳族人和约鲁巴人体系中的埃苏一样。当然，由于奴隶制的残酷渗透到每一个角落和每一个细胞，所以埃苏的存在范围也异常广泛，同时因为不同的人面对剥削、承受剥削的感受以及获得拯救的诉求不同，从而使得埃苏具有了个体性——每一个人都有属于他或她自己的埃苏，以实现不同个体在不同时间、地点的愿望。因此，如果说非洲埃苏与新大陆埃苏之间具有什么本质区别的话，那就是他"在经历'中途'之后，功能增多了、存在范围也变广了"④。例如，在奴隶制迫害下，黑奴把埃苏表现为奴隶主的敌人，能够杀死、毒死或逼疯残酷的奴隶主，从而解放身心受挫、体无完肤的奴隶。由此可见，奴隶制促使埃苏肩负了两个角色：奴隶解放者和传统意义上的神界的恶作剧精灵。

由此可见，尽管奴隶制旨在"擦除非洲文化形式，包括语言、宗教、价值、信仰体系、感知世界的方式、音乐等"，然后再"在这种'黑色'的白板上建构一种新的文化和社会秩序，以'驯服'非洲黑奴，并用'奴隶''缺场'

---

① Henry Louis Gates, Jr. *The Signifying Monkey*. Ibid., p. 5.
② Robert D. Pelton. *The Trickster in Western Africa: A Study of Mythic Irony and Sacred Delight*. Berkeley: University of California Press. 1997, p. 127.
③ Henry Louis Gates, Jr. *The Signifying Monkey*. Ibid., p. 5.
④ Henry Louis Gates, Jr. *The Signifying Monkey*. Ibid., p. 31.

'魔鬼'以及西方文化中所有与'黑色性/黑人性'有关的否定性词语替换'非洲性'"①。但是，黑人还是在这种文化夹缝中保留了一些非洲文化形式，并在此基础上杂糅西方文化元素而创造了一种独特的"黑色文化形式"，主要表现为口语体语言/克里奥尔语、伏都教/巫神教、口头叙事/文学等。其中，埃苏及其变体的关系就是典型证据，因为原体与变体之间不仅"名字相同、相似"，还具有"相同的功能和特性"，从而使得两者成为"堂兄弟关系"②。这种关系表明埃苏穿越了巨大的时空阻隔，以及日耳曼语和罗曼语的孤立，成为最具张力的文化衍生结晶，这就凸显了黑人文化的统一性，即存在一个完整的形而上的模式。这种模式为盖茨证明美国非裔"有"自己的文学理论奠定了基础。

一、棕榈树上的秘密：埃苏的阐释体系

为了证明意指的猴子与埃苏之间的衔接性，盖茨首先探析了埃苏这个神界的恶作剧精灵对黑人文学理论家的重要性。这种重要性主要表现为埃苏的中介角色。约鲁巴人相信众天神在每个人出生前就决定了他们的命运，然后再让埃苏传达给每一个人。在整个传递信息的过程中，埃苏承担了阐释者的身份。然而，在具体进行阐释的时候，埃苏并不是直接与人类接触，而是把传达任务分派给天神艾发（Ifa）。这种分派具体表现为两个步骤：第一步是埃苏首先教会天神艾发读懂"256个奥杜（Odu）"，也称为"艾发文本"，即"在进行占卜时，黑人牧师把16个棕榈干果'拨转'16次之后形成的256个密码符号"③。这个占卜体系为何需要16个干果，同时拨转的次数也是16次？对此，弗罗比涅斯（Frobenius）在其著作《非洲之声》的第一卷中有过详细的描述，但是

---

① Linda Goss, Marian E. Barnes. *Talk that Talk: An Anthology of African American Storytelling*. New York: Simon & Schuster, 2010, pp. 15-16.
② Henry Louis Gates, Jr. *Black in Latin American*. New York: New York University Press, 2011, p. 23.
③ Henry Louis Gates, Jr. *The Signifying Monkey*. Ibid., p. 10.

第四章　存储在黑人语言中的异文学：美国非裔文学理论

其描述的源头是"一个居住在库库鲁库兰（Kukurukuland）边境的一个居民"[①]。弗罗比涅斯在其书中把埃苏翻译成"埃舒"（Edshu）、"埃矩"（Edju）：

在很久以前，天神饥肠辘辘，他们不能从地球上游荡的子孙那里得到充足的食物。天神彼此不满，争吵不休，一些神出去打猎，其他的天神，尤其是奥罗库恩（Olokun），想去钓鱼，然而，他虽然抓到了一只羚羊、钓到了一条鱼，但还是没有维持多长时间。现在天神的后代遗忘了他们，于是他们询问自己如何才能再次在人类那里得到食物。人类不再给天神焚烧祭品，而天神却非常想吃肉。于是，埃矩（即埃苏）就行动了，他询问耶玛雅（Yemaya）："用什么东西能够重新得到人类的友善？"耶玛雅说："你不会成功的，桑克帕纳（Shankpanna）用瘟疫蹂躏他们，但是他们还是没有前来给他供奉任何祭品。他或许会杀了所有的人类，但是他们还是不会给他食物。山茍（Shango）用闪电将人类击死，但是他们还是不理睬他，也不给他食物。你最好想点别的法子，人类不惧死亡，因此给他们一些好东西，让他们因为渴望得到那些好的东西而想继续生存下来。"于是，埃矩继续前行，一路上他都自言自语地说道："从耶玛雅那里得不到的东西，到奥卢刚（Orungan）那里应该能够得到。"于是，他到了奥卢刚那里，后者对他说："我知道你为何而来，16 个天神都正在挨饿，他们现在一定有一些好的东西。我所知道的就有一件，它是一个由 16 个棕榈干果组成的大东西。如果你能得到它，并弄懂它们的意义，你就能够再次得到人类的善待。"

随后，埃矩走到棕榈树前，猴子给了他 16 个干果。埃矩看着这些干果，不知道该做些什么。猴子就对他说："埃矩，你知道该如何处理这些干果吗？我可以给你一个忠告，你是凭借诡计得到这 16 个干果的，现在去环游世界，去询问它们的意义。你将在 16 个不同的地方分别听到 16 种不同的答

[①] Henry Louis Gates, Jr. *The Signifying Monkey*. Ibid., p. 14.

案，然后回到天神那里，把你所学到的东西告诉他们，这样人类就将再次对你产生畏惧。"埃矩按照猴子的建议做了，他去了世界上 16 个不同的地方，然后回到天界，告诉天神他所学到的东西，天神们说："这很好。"然后，天神将他们的知识传授给他们的后代，因此现在人类都知晓天神每天的神意和将要发生的事情。当人类知道未来要出现不好的事情，而其中一些事情是能够通过提供祭品而规避的时候，他们就会再次开始宰杀动物，并焚烧给天神。这就是埃矩把艾发文本（棕榈果）带给人类的方式。当他回到天界后，他就与奥根（Ogun）、山苟和奥巴塔拉（Obatalla）一起观察人类将如何处理这些果核。[①]

从这段叙述可以看出，决定干果数目及拨转次数都是 16 的原因，是天界有 16 个天神，而衔接天神与人类的最直接的媒介就是祭品：前者决定人类命运的目的是从人类那里得到食物；后者焚烧祭品，尤其是肉类，供奉给众天神的目的是预知或改变自己的命运。为此，祭品的数量、质量与人的命运就有了直接的关联。是什么决定了祭品的数量和质量？这就是埃苏扮演的角色——调节者。因为众天神把每一个人的命运、每一天要发生的事情都告诉了埃苏，而这些命运和事件本身都对应了不同的祭品需求，因此埃苏作为一个传达信息的"中间人"，就要把这种需求传达给人类。信息的传播需要媒介，而埃苏使用的媒介就是艾发文本。这种文本就是埃苏为天神艾发分派的第二个任务，由于 16 个棕榈干果在每一次拨转之后都会形成不同的图形、符号，而每一种符码都对应一种固定的意义，因此埃苏在教会艾发阅读 256 个图案之后，还让他记录下这些符码以及它们所代表的意义。正是这些记录下来的图案和意义构成了人类的命运之书，而由于它是出自艾发之手，就被称为艾发文本。这个文本对于约鲁巴人异常重要，就好比《圣经》对基督徒的重要性。同时，天神艾发也被称为"抄写员""记录员""写书之人"，因为他自己并没有话语权，而只是

[①] ［美］小亨利·路易斯·盖茨：《意指的猴子：一个非裔美国文学批评论文》，前引书，第 23—24 页。

把埃苏的语言、言说转变成视觉符号,并在这些符号周围附上相关的意义注释。

至此,埃苏就向天神艾发传达了众天神的思想。然而,艾发是一个天神,因此埃苏并不是让他直接把这些思想内容传达给人类,而是要他教会俗界的黑人牧师——巴巴拉沃(babalawo),读懂艾发文本,然后再让他把文本的内容朗读和阐释给俗界的众人。这就是最常见的占卜体系,即向埃苏咨询命运的祈求者找到巴巴拉沃时,他就会根据咨询要求拨转16个棕榈干果,从而得到相应的符号,然后再把这些符号的含义大声地读给祈求者听,解码其命运,并向他们指定合适的祭品献给天神。在占卜行为结束后,祈求者会根据指定的祭品供奉给天神,但是由于每个人、每个家庭的实际情况不同,因此他们最终给出的祭品可能会与牧师指定的数量、质量有出入。在祈求者完成了祭祀之后,埃苏就会根据收到的祭品来更改祈求者的命运,其中数量多、质量好的祭品对应的就是好的命运,相反则是坏的命运。

由此可见,尽管艾发文本的符号和意义是固定的,但每个人的现实命运却在很大程度上受到祭品质量和数量的影响,所以埃苏的阐释是不确定的。因此,如果说艾发是代表确定意义的天神,那么埃苏则是一个不确定性天神,从而支撑了每个占卜文本的开放性。换句话说,尽管艾发天神及艾发文本代表了一种闭合的场域,但是埃苏则能打开这种场域,使得占卜本身没有终点,而是变成了一个被多重性、流动性支配的过程,从而使得艾发祈求者所听到的巴巴拉沃对棕榈干果图案的阅读、阐释成为一个富含差异和踪迹的游戏体系。这种游戏的目的不在于发明一种意义,而是要从差异性中获取一种继续生存的勇气。因为约鲁巴人相信"一个即将出生的人,在通过产道离开未出生领域之前,都要跪在奥洛杜梅尔(Olodumare)面前,聆听有关他或她的命运及其存在的低语"。然而,这种命运之语"在未出生的人进入生存领域之时就将注定被遗忘，而要从被遗忘的失落世界中找回那些话，就只能借助艾发占卜文本"①。由于这种文本的掌控者是埃苏，因此约鲁巴人会不停地向他祈祷，咨询自己的前定命运，这就是埃苏的存在价值。然而，由于埃苏的阐释总是具有不确定性，从而使得祈求者无法全部找回自己在人世间的前定意义，但是意义的终极不确定性并没有把约鲁巴人导向绝望，相反给他们带来了希望，因为他们通过供奉祭品就能冲破自己的命运之书。因此，约鲁巴人的一生就是一场纠缠于艾发文本的差异性、不确定性游戏。

实际上，在众多约鲁巴传说中，包括《奥里基埃苏》（*Oriki*）、《奥杜艾发》（*OduIfa*）以及一些传统的散文叙事，例如宇宙起源神话、天神神话、人类同天神关系的神话、人类在宇宙秩序中的位置的神话等文献，都集中表现了埃苏的不确定性、不稳定性。其中，《两个朋友》就是描述这种特性的典型文本：

每个人都知道两个朋友的友谊被埃苏挫败的故事，他们彼此发誓要终身为友，而从未考虑到埃苏。埃苏察觉到他们的行为之后，决定对此做点什么。当时机成熟后，埃苏决定对两人的友谊进行一次测试，他做了一顶帽子，右边是黑色，左边是白色。两个朋友来到田间耕作，一个在右边锄地，另一个在左边清理灌木。埃苏骑马来到田间，从两人中间走过。右边的人看见了埃苏的黑色帽子，左边的人看见了埃苏的白色帽子。

当两个朋友在凉爽的树荫下吃午饭时，其中一个说："当我们劳作时，你是否看见一个戴白帽子的人向我们打招呼？他真是个好人，不是吗？"

"是的，他很不错，但是我记得他戴的是黑帽子，而不是白帽子。"

"那是顶白帽子，他骑了一匹装饰华丽的马。"

"那肯定就是同一个人了，但是我告诉你：他的帽子是深黑色的——黑

---

① Henry Louis Gates, Jr. *The Signifying Monkey*. Ibid., p. 41.

第四章 存储在黑人语言中的异文学：美国非裔文学理论

色。"

"你一定是被艳阳晒得筋疲力尽了，要不然就是瞎了，以至于把一顶白帽子当成了黑帽子。"

"我告诉你那是一顶黑帽子，而且我不会错，我清楚地记得他。"

于是，两个朋友打了起来，邻居都纷纷跑过来看。然而，他们打得太激烈，邻居没有办法阻止他们。在混乱中，埃苏回来了，他显得异常平静，假装自己不知道发生了什么事情。

"为何如此吵闹？"埃苏问道。

"两个好朋友在打架。"有人回答道，"他们似乎要杀了对方，并且都不愿意停下来告诉我们打架的原因。请在他们毁灭对方之前做点什么吧。"

埃苏马上阻止了两人的混战："你们两个是曾经发誓要终身为友的朋友，为何要当众厮打？"

"有人骑马走过田间，并给我们打招呼。"一个朋友说，"他戴着一顶黑帽子，但我的朋友却说那是一顶白帽子，并说我要么是累了，要么是瞎了，或者又累又瞎。"

另一个朋友坚持说那人戴的是一顶白帽子，他们两人中肯定有一个人错了，但是错的那人并不是他。

"你们都是对的。"埃苏说道。

"怎么可能？"两人问道。

"我就是那个拜访过你们的人，并引起了你们的争斗，这就是那顶帽子。"埃苏将手伸进兜里，拿出那顶双色帽，然后说："你们看见了吧，一边是白色，另一边是黑色。你们每个人都看到了一边，因此就看到的而言，你们都是正确的。你们不是发誓要做终身之友，永远忠于对方、保持真诚吗？在那个时候你们有想到过埃苏吗？你们不知道每个人在做事情时，都需要把埃苏放在首

275

要位置吗？否则，当事情变糟时就只能埋怨自己了。"[1]

从这个故事可以看出埃苏占有绝对的优先权，任何人做任何事时都需要把他放在首位，时时刻刻都想到为他供奉祭品，否则就会受到其恶作剧般的惩罚。除此之外，埃苏的优先性还体现在整个占卜体系中，因为他掌管着每一个阐释环节：巴巴拉沃如何拨转棕榈干果，干果图像有哪些定义、命名和意义、祈求者怎样供奉祭品，得到什么样的命运等。尽管书写艾发文本的是天神艾发，但是操控其书写符号及其意义的还是埃苏。这就是奥鹏艾发（*Opon Ifa*）——一个木刻的占卜盘，其中心位置有一个埃苏雕像的根本原因。埃苏的这种优势在芳族人的神话中得到延续，主要就表现为造物主拉巴与发（Fa）的关系：

在创世之后，从天界下来两个人。第一个叫科达（Koda），第二个叫查达（Chada）。据说那个时候没有武术，也没有崇拜的东西，并且整个非洲都人烟稀少。现在这两个人以先知的身份来到人间，他们把所有的人召集在一起，然后告诉这些人说他们两个是由玛乌派来的，旨在传递一个信息：每个人都需要有自己的发。这些听众就问道："你们所说的发是什么东西？"这两个人就说：发是玛乌用于创造每个人的书写，这种书写被交给了拉巴，他是这项工作中唯一协助过玛乌的人……因此，所有被创造的人都有自己的发，而发在拉巴的屋里。他们还说人是在被称为菲（Fe）的地方创造的，拉巴拥有每天要发生的事的书写，并被派到玛乌那里领取每个人的发，然后再把这些发传递给他们，因为一个人应该知道玛乌用来创造他的书写，因此在知道发之后，他才会知晓什么是可以吃的，什么是不可以吃的，什么是可以做的，什么是不可以做的。

说完这些之后，他们还说每个人都有自己想要崇拜的神，但是如果没有

---

[1] [美]小亨利·路易斯·盖茨：《意指的猴子：一个非裔美国文学批评论文》，前引书，第42—46页。

第四章　存储在黑人语言中的异文学：美国非裔文学理论

发，他就永远不会知道谁是自己的神，这就是地球上所有的人都需要崇拜拉巴的原因，因为如果他们没有这样做，拉巴就会拒绝向他们透露创造其命运的书写。因此，如果他们不先敬畏拉巴，他就不会给人类其命中注定的好东西。他们继续说，每一天玛乌都会将当天的命运书写——发，交给拉巴，以此告诉他谁将死亡、谁将出生、谁将遭遇什么危险、谁将遇到什么好运。在拉巴拥有这些消息之后，如果他愿意的话，他就可以改变任何人的注定的命运。在科达和查达说完之后，人们明白了发对他们的重要性。①

由此可知，拉巴也代表流动性、不稳定性、不确定性原则，可以更改人的命运。拉巴是玛乌的最小的儿子，而玛乌是芳族人的原初天神杰纳斯（Janus）的雌体：因为杰纳斯被描述为一个雌雄同体的形象，即"身体的一半是女性，称为玛乌；另一半则是男性，称为里萨（Lisa）。玛乌的眼睛形成了月亮，里萨的眼睛形成了太阳，因此玛乌掌管着黑夜，里萨掌管着白天。玛乌—里萨的第七个儿子是拉巴，他是芳族人的形而上的未知因素，是游移的能指"②。玛乌特别宠爱最小的儿子拉巴，让其哥哥、姐姐统辖天、地的六个区域，却让拉巴统管所有的区域，从而成为整个天地间玛乌的代言人。为此，拉巴是阐释天神意愿的唯一代理人，因为只有他能够阅读其母亲的书写，从而成为造物主与人类的中介：一边直接沟通人类，另一边则是命运之书——发。然而，拉巴并没有完全按照母亲的书写向芳族人传递和阐释他们的命运，因为他对发的阅读在很大程度上会受到祭品质量和数量的影响。这就与埃苏的不确定性相吻合，因此在他们的阐释过程中，每一个人的现实命运都具有张力和弹性。是什么促成了阐释的不确定性？究其原因，主要与埃苏的双重身份密切相关。

---

① ［美］小亨利·路易斯·盖茨：《意指的猴子：一个非裔美国文学批评论文》，前引书，第23—24页。
② Henry Louis Gates, Jr. *The Signifying Monkey*. Ibid., p. 23.

二、埃苏的双重身份：语言学家和阐释者

在整个神话、占卜体系中，埃苏承担了双重身份：语言学家和阐释者。约鲁巴人咨询艾发文本，试图解码他们的命运或归宿。然而，当他们找到巴巴拉沃，请求他替自己占卜之时，却无法解读16个棕榈干果在占卜盘上形成的图案及其相关意义。因为干果的不同排列位置实际上就是一种视觉符号，这种符号作为一种饱含神意的图像，其对应的含义就不是一种字面意义，而是高于字面意义的比喻意义。因此，在巴巴拉沃占卜时，尽管卦象同时呈现在他和祈求者面前，但是只有被天神艾发选中的牧师才能识别、命名干果图案。在完成干果图案的视觉形象建构之后，巴巴拉沃就要在天神艾发早就书写完备的艾发文本中寻找这个图形的相关意义，然后再把这些意义大声地朗读出来，让祈求者听到即将发生在自己身上的好事或坏事。同时，由于有关256个奥杜的意义书写都不能在字面意义上被识别，也就是说如果巴巴拉沃直接把艾发文本拿给祈求者看，他们通常都无法看懂。因此，除了阅读干果图案的相关意义之外，巴巴拉沃还需要以人类能够理解的"接人气"的方式向祈求者解释这些意义——一种高于日常言说的引申意义。这种意义之所以不是一般的字面意义，是因为书写、记录它的语言不是日常的、生活的语言，而是具有修辞特色和多层含义的比喻性语言。这种语言虽然出自天神艾发的笔下，但是操控艾发怎么写、写什么的还是埃苏。换句话说，正是埃苏的语言能力决定了艾发文本的隐喻性、比喻性、象征性等特性。

作为艾发文本世界的自由游戏和不确定性元素，埃苏利用比喻性语言、言说永不停息地置换和延迟意义。因此，盖茨把埃苏称为"在意图和意义、言词与理解之间滑动的欺骗性影子"，类似于"索绪尔有关语言的说法——一个意义的差异性网络"[①]。这就凸显了埃苏的恶作剧精灵特征，他利用自己承担的衔接神界与俗界的中介角色，使用比喻性语言制造模糊性，从而使人类把他放

---

① Henry Louis Gates, Jr. *The Signifying Monkey*. Ibid., p. 42.

第四章　存储在黑人语言中的异文学：美国非裔文学理论

在首位，不停地前来咨询他，并为众天神贡献食物。就此而言，埃苏代表了比喻性语言的神圣性，扮演了语言学家的身份。尽管在约鲁巴人的神话中，没有与此相关的文献记录，但是在芳族人的神话中，却直接描述了拉巴的语言学家身份。拉巴是通晓多种语言的信使，玛乌让她的6个儿女分别掌握6种不同的语言，而让拉巴掌握了天界和俗界的所有语言知识，从而使得不同的天神王国、天神以及人类之间能够彼此交流。因此，当"玛乌—丽莎的任何一个孩子想跟他们的父母交流或彼此交流时，不管他们是在地球上还是在其他任何地方，都必须通过拉巴来传递信息，而不能直接交流"①。这就照应了拉巴与发的关系，即只有拉巴能够阅读和解释发。

正是埃苏的语言学家身份把艾发文本变成了一种高于日常言说的文学诗篇，同时还让它具有了另一个特性——兼具口头性和书面性。因为天神艾发所记录的是埃苏的口头言说，而这种言说以文字的形式出现之时就变成了一种特殊的书写，或者说具有了书写性。艾发文本之所以是书写话语，是因为它与书写一样都是通过中介获得的，即艾发将埃苏的智慧之语书写给巴巴拉沃，而后者反过来又将艾发书写的言辞吟诵成一种语音形式。在整个过程中，埃苏的口头言说最终是被巴巴拉沃当成了一种书写进行阅读和阐释。由此可见，艾发文本首先是记录埃苏口头言说的书写，随后又变成了有关这种书写的语音朗读。这种交叉模式揭示了约鲁巴人的一个复杂的书写概念——既是口头语音的衍生物，又是一种书写形式。为此，在同一个文本中，口头言说与书写形式都没有优先权，而是共生的。实际上，在约鲁巴人的口头阐释体系中，常常伴随着众多书写象征。其中，有一个神话还描述了"书写"的发明：

奥罗鲁（Olorun）是神灵中最年长的，他是空气之王奥巴·奥卢非（Oba Orufi）的长子。40年之后，空气之王有了第二个儿子埃拉（Ela），他是占卜

---

① Henry Louis Gates, Jr. *The Signifying Monkey*. Ibid., p. 24.

之父。早晨，所有的白人都到埃拉那里学习阅读和写作。傍晚，他的非洲之子——巴巴拉沃则围绕在他的身边背诵艾发诗篇和学习占卜。艾发教会他们在自己的占卜盘上书写，其中，穆斯林将这些（占卜盘上的）书写抄写下来作为他们木制的写字板（wala），基督徒则把这些书写抄写下来作为学生使用的木板和书籍。[①]

这段神话通过早晨/傍晚、白人/非洲人、阅读/书写、记忆/背诵、手写密码/语音记录等二元对立，呈现了黑人、穆斯林、白人书写的差异，从而既说明了黑人具有书写文化，又指出白人获得知识的方式——在黑人那里学会阅读、书写。这就与"主人"预设的黑人"无"书写，以及只有白人才懂得书写、阅读等知识形成了强烈的文化冲突，有力地解构了"白人至上主义"和文化霸权。为此，埃苏不仅利用比喻性语言把艾发文本变成了一种口头性文学诗篇，还把这种诗篇转变成一种书面文本，并让这种文本召唤、等待着巴巴拉沃的阐释。

当然，巴巴拉沃对艾发文本的阐释源于天神艾发，而艾发又来自埃苏。因此，埃苏是艾发文本的真正的阐释者，他不仅掌控天神与俗人的阐释过程，同时又要把人的意愿传达给天神，从而承担了多向度的阐释者的身份。为此，盖茨认为埃苏就类似于西方的赫尔墨斯（Hermes），因为他也承担了天神的信使和阐释者角色，从而以其名字派生出了阐释学（hermeneutics）。因此，在黑人的世界中，文学批评家可以把黑人文本的阐释方法论原则命名为"埃苏-图法纳阿洛（Esu-'tufunaalo），其字面意思是解开埃苏之结的人"。衍生的意义则是"有关阐释自身的方法论原则的研究，或者说是文学批评家所做的事宜"。换句话说，"埃苏-图法纳阿洛是艾发占卜文本的世俗对应物，一种极具抒情性

[①] [美]小亨利·路易斯·盖茨：《意指的猴子：一个非裔美国文学批评论文》，前引书，第22—23页。

和浓厚隐喻性的神界阐释系统"①。这个体系一直存在于尼日利亚约鲁巴人的文化之中,凸显了埃苏如何利用自己的语言能力编码/捆绑、解码/松开人类的命运。综上可知,在约鲁巴占卜神话中,埃苏利用比喻性语言完成了如下双重任务:

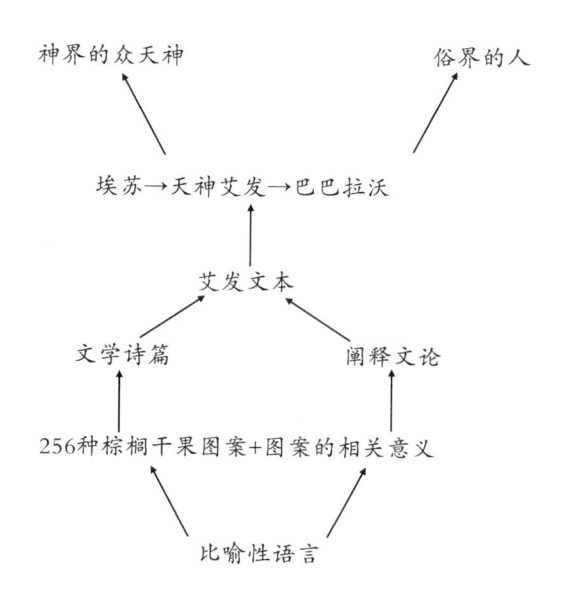

```
       神界的众天神              俗界的人
           ↑                       ↑
           └──埃苏→天神艾发→巴巴拉沃──┘
                     ↑
                   艾发文本
                   ↑    ↑
              文学诗篇   阐释文论
                   ↑    ↑
              256种棕榈干果图案+图案的相关意义
                     ↑
                   比喻性语言
```

从上图可以看出,埃苏是"艾发文本神圣语言的主人",而这种语言"破坏了常态的交流,旨在把人们从日常话语中领出去"②,走向正式语言使用的元层面,从而把 16 个棕榈干果构成的 256 个奥杜,以及相关的占卜文本变成了一种同时含有口头性和书面性的文学。同时,由于他是终极阐释者,因此不仅提供了干果图案,还注解了所有图形的意义,从而使得艾发文本内含了一种阐释自身的理论。由此可见,埃苏不仅能够创造文学,还能把这种文学变成一种文论,也就说明非洲黑人具有自己的阐释体系和文学理论。就此而言,埃苏

---

① Henry Louis Gates, Jr. *The Signifying Monkey*. Ibid., pp. 8—9.
② Robert D. Pelton. *The Trickster in Western Africa: A Study of Mythic Irony and Sacred Delight*. Ibid., p. 163.

与意指的猴子具有相似性,尤其是它们都证明了黑人"有"理论。因此,如果能够找到两者之间具有的一些关联,就可以把埃苏的阐释体系当成"意指的猴子"的意指体系的"根",从而证明美国非裔群体确实拥有自己完整的、独立于"白色"主流文论的"黑色"文学理论——意指理论。

第三节　从猴子到埃苏的逆生长:黑人阐释体系

为了证明埃苏与意指的猴子之间具有前后辈关系或相关的关联,盖茨开始考察埃苏及其变体与猴子的关系,再利用意指的猴子的语言能力说明它是美国非裔文化中埃苏的踪迹。

一、贝宁的拉巴与古巴的埃查-埃勒瓜

在非洲文化中,埃苏与猴子的关系可以分为三类。

第一,猴子是埃苏的别名之一,主要体现在文献《奥里基埃苏》(*Oriki Esu*)中:

猴子是科图(Ketu)之王

他在阿克散(Akesan)没有灯光

我母亲的金钱的眼睛成了整个农场的灯光

……

邪恶的眼睛阻碍了猴子的成长

他们称他为无权无钱的孩子

莫让他与阿拉科库(Alaketu)街上的人为伍

第四章　存储在黑人语言中的异文学：美国非裔文学理论

莫让他带来比毒药更有效的诅咒①

在这个文献中，埃苏＝猴子，因为埃苏才是真正的科图之王。除此之外，在约鲁巴人的神话中，埃苏与猴子的关系还体现在占卜体系中。

第二，猴子在埃苏控制的占卜和阐释体系中扮演了重要角色。当众天神都饥肠辘辘的时候，埃苏成为唯一能够拯救他们的神。然而，埃苏之所以能够让人类重新焚烧祭品给天神，是因为他来到一棵棕榈树前，树上出现了一个猴子。这个猴子不仅给了埃苏16个棕榈干果，还告诉埃苏如何利用这些干果，那就是到16个不同的地方得到16种不同的答案，然后就带着这些答案返回天界。由于埃苏把人类的答案带给了众天神，让这些神灵知道人类最害怕发生在他们身上的事情以及最想得到的东西。因此，众天神就掌控着这些坏事和好事的发生，从而使得人类不再忘却神的存在，而是记住为他们奉献祭品。由此可见，16个棕榈干果的出处，以及如果把它们拨转16次构成256个奥杜签名的占卜体系的终极源头是猴子，正是他告诉了埃苏如何利用它们。

第三，拉巴是猴子之父。芳族人有很多有关猴子的文献。例如，《猴子为何没有变成人》《猴子忘恩负义：为何没有人欺骗占卜师》《第一批人》等。《第一批人》记录了拉巴与猴子的关系：

在造物主玛乌不知情的情况下，拉巴将地球上四个最早的生命中的两个变成了猴子，而随后所有猴子都是这两个猴子的后代，因此拉巴是猴子之父。②

除了上述的三种关联外，盖茨认为在非洲文化中，猴子与拉巴及其母

---

① ［美］小亨利·路易斯·盖茨：《意指的猴子：一个非裔美国文学批评论文》，前引书，第27页。
② Melville J. Herskovits. *Dahomey: An Ancient West African Kingdom*. Illinois: Northwestern University Press, 1967, pp. 150—151.

体——埃苏，还有一种关联——生理特征的关联，因为拉巴、埃苏具有两个典型的相同的身体特征："非同寻常的黝黑肌肤和异常矮小的身材"①。这就照应了猴子的生理特征。非洲文化中埃苏及其变体与猴子的关联，在新大陆得到了不同程度的延续，尤其体现在古巴非裔神话中。其中，莉迪亚·卡布雷拉（Lydia Cabrera）就描述了猴子在非裔古巴神话体系中的核心作用：

在一些有关埃查-埃拉瓜的故事中，他被塑造成第一个阐释者，负责将占卜艺术传授或揭示给厄鲁巴（Oruba，艾发）。在这个时候，埃拉瓜的身边有莫顿（Moedun，猴子）和一棵树为伴。这棵树是一棵生长于厄鲁恩刚（Orungan，正午的太阳）的花园中的棕榈树。除此之外，埃查-埃拉瓜还被塑造为奥杜的信使，即占卜体系的种子。②

盖茨考察了"莫顿"这个词，指出它的两个来源：一是约鲁巴文化中的"埃顿（edun）厄莫（omo），其中埃顿指的是'一种猴子'，而厄莫的含义是'……的孩子'"；二是约鲁巴文化中的"莫"（mo），它指的是"第一人称的单数代词（我），主要用于过去时态和进行时态。因此，莫顿可以被翻译为'我过去是/现在也是猴子'"。同时，由于在约鲁巴语中，"猴子（òwè）与格言/谜语（owe）几乎是同音异义词"，从而说明"埃苏作为第一阐释者的身份在'中途'存活了下来，并且在此过程中他一直由猴子和树陪伴"③。由此可见，在古巴非裔神话中，埃查-埃勒瓜的身旁有一只猴子和一棵棕榈树，这棵树既是猴子的生长之所，又为他提供了为埃苏挑选棕榈干果的机会。这就照应了非洲神话所描述埃苏、16个棕榈干果、猴子之间的关系，说明了猴子对埃

---

① ［美］小亨利·路易斯·盖茨：《意指的猴子：一个非裔美国文学批评论文》，前引书，第27页。
② Henry Louis Gates, Jr. *The Signifying Monkey*. Ibid., p. 15.
③ ［美］小亨利·路易斯·盖茨：《意指的猴子：一个非裔美国文学批评论文》，前引书，第25页。

苏阐释体系的重要性。

另外，盖茨还发现非裔古巴神话中猴子与埃苏在生理特征方面产生了极为有趣的融合，主要表现为瓦耶（guije）、吉古（jigue）这两个形象。有关瓦耶和吉古的文献主要分为两类：一类中瓦耶被描述为一个矮小的黑人，例如，萨尔瓦多·布依诺（Salvador Bueno）收集的《古巴传奇》中的口头叙事《巴加达的瓦耶》；另一类中瓦耶就是吉古，也即猴子，通常出现在诗歌而不是叙事中，例如，特奥费罗·雷迪诺（Teofilo Radillo）的诗歌《吉古之歌》。雷迪诺在诗中指出了吉古的出生地——奥林特（Oriente），尽管并没有清楚地指出是非洲的哪个地方，但是却记录了吉古来到新大陆的方式"踏水而来"，这就与奴隶到达新大陆的方式相互呼应。吉古的生理特征是小个子、黑肤色、长毛发、尖牙齿、像煤一样黑的眼睛。吉古与猴子之间的关系是对等关系，这种关系不仅被清晰地记录下来，还被反复地重述：

吉古降生于奥林特

是从非洲带来的

在非洲他曾是一只猴子：最后落入水中的猴子

……

猴子—吉古

吉古—猴子

……

吉古在那儿，在森林中

是一只猴子，最后一只被淹的猴子

至今仍在漂流

在传奇的水波中沉睡

哺育了整个种族

……

猴子—吉古

吉古—猴子

……

由此可见，不论是从身体形态，还是哺育"黑色种族"方面，吉古都等同于猴子。那么吉古/猴子与埃苏又有什么样的关系？吉古是最后一只落水的猴子，而其落水的原因是：

这个猴子被淹

是因为恩加恩加（nganga）

恩加恩加永远漂流在水波之上①

何谓恩加恩加？对此，盖茨考察了多种语言中的相关翻译，例如，在刚果语中，恩加恩加被描述为一个集武术与魔法于一身，通晓多门学问的饱学之士。在古巴的一个刚果语言研究中，恩加恩加被定义为有魔力的物体，而有的学者又把它定义为"阐释者"。在这些翻译的基础上，盖茨认为恩加恩加承担的角色就类似于埃苏，主要有两个原因：一、猴子被淹是因为恩加恩加，这就说明它与猴子有着密切关系；二、恩加恩加承载了一个阐释者的形象，而且是一个与吉古/猴子合二为一的阐释者：

吉古—猴子

猴子—吉古

恩加恩加—吉古

---

① [美]小亨利·路易斯·盖茨：《意指的猴子：一个非裔美国文学批评论文》，前引书，第27—28页。

第四章 存储在黑人语言中的异文学：美国非裔文学理论

吉古—恩加恩加①

为此，恩加恩加就是一个与猴子有着紧密关联的阐释者，这就照应了作为阐释者的埃苏与猴子的关系。在证明埃苏与其古巴变体及猴子的关系之后，盖茨开始探析埃查-埃勒瓜身边的猴子与意指的猴子的关系。他认为意指的猴子这个专属于美国非裔的恶作剧形象可能来源于古巴神话，因为"在这个神话中，埃查-埃勒瓜的身旁有一只猴子，随后这只猴子离开了他在哈瓦那埃苏变体身旁的位置，独自游到了新奥尔良"②。在这里盖茨使用的是"可能"这个词，因为他确实没有找到埃勒瓜身旁的猴子为何独自游到了新奥尔良，而只是根据埃苏与意指的猴子在构成文学、文论的方面承载的相同功能推断出两者的关联。同时，由于在美国周边国家和地区的众多埃苏变体之中，有关埃勒瓜的整套古巴非裔神话最接近约鲁巴人神话中的埃苏，以及古巴与美国之间领土毗邻的关系。因此，盖茨认为埃苏的古巴变体最有可能是意指的猴子的源头。在从古巴到美国的过程中，为何只有猴子留了下来，而没有埃勒瓜？盖茨认为这与美国的种族主义语境有关："或许这个形象在北美的特征与白人种族主义者把美国非裔称为猴子密切相关，或许言说与书写之间的显性死结——艾发占卜中一个至关重要的、流动的方面在猴子的恶劣的生存条件下被隐藏起来变成了隐形死结。"③

不论出于何种原因，哈瓦那的"猴子"游到新奥尔良之后，就成为意指的猴子的祖先。由此可见，有关埃苏的古巴非裔神话是美国非裔神话的源头，两者的区别是：当一个长头发、大眼睛、小个子的黑人男/女人，在奥林特水域浮出水面时，他/她代表了埃苏与其伙伴——猴子的混合体。然而，在从古巴到美国的路程中，却只有猴子幸存下来。至此，盖茨完成了埃苏与意指的猴子

---

① Henry Louis Gates, Jr. *The Signifying Monkey*. Ibid., p. 19.
② Henry Louis Gates, Jr. *The Signifying Monkey*. Ibid., p. 20.
③ Henry Louis Gates, Jr. *The Signifying Monkey*. Ibid., p. 42.

的衔接关系的探寻，具体表现为：埃苏→猴子→埃查-埃勒瓜→哈瓦那的"猴子"→新奥尔良的"猴子"→意指的猴子。由于埃查-埃勒瓜是埃苏的变体，而哈瓦那的"猴子"是埃勒瓜身旁的猴子，这就说明新奥尔良的"猴子"与埃苏之间的关系不是"直系亲属"关系。换句话说，意指的猴子与埃苏并不是直系亲属。为此，盖茨把两者间的关系定位为表亲关系。

二、形而上的表亲：意指的猴子与埃苏

为了呈现埃苏与意指的猴子之间的表亲关系，盖茨对比了双方在多种文化形式的生成过程中扮演的角色，发现两者的关系是功能对等物。这种关系主要体现在两个方面。首先，在黑人文学的形成过程中，埃苏和意指的猴子承担了相同的功能。因为他们都是利用比喻性语言把日常生活的、字面意义上的口头叙事变成了一种口头文学，然后再次使用自己的语言能力，使这种文学富含书写素，从而又把它变成了一种书面文化。其中，巴巴拉沃的阅读、言说是艾发天神早已用书写修辞性地呈现出来的文本内容，而意指的猴子的高度结构化的修辞语言也和书写的要求一样，蕴含着比喻性语言的开放性，而不是它的单向度的闭合性，所以需要被阅读和被阐释。为此，意指的猴子与埃苏一样，也是黑人口语体语言仪式内部的一个口头书写象征。正是在这些象征中诞生了意指——一种美国非裔群体的修辞策略、修辞实践，指涉的是能指，而不是传递信息。这就是意指的猴子被称为意指者的根本原因，他给被意指者造成了极大的破坏，因为后者把他的能指游戏当成了一种真实信息，从而不仅让狮子被暴打一顿，还最终取代了狮子的王者地位。就此而言，意指的猴子与埃苏具有相似性，即他们都能通过恶作剧战胜对手，而支撑整个恶作剧的基点就是超凡的语言能力。为此，如果说埃苏在艾发文本中是书写的象征，那么意指的猴子在美国非裔言说共同体中则是"一个修辞象征，代表了黑人口语体语言的言说形象，同时，既是黑人口语体语言的自我意识原则，又是元修辞本身"[①]。这就

---

① Henry Louis Gates, Jr. *The Signifying Monkey*. Ibid., p. 53.

使得黑人文学同时兼具了书写素和口语素，也就是说在书写文字中蕴含着口头文化的痕迹，而在口头言说中又体现出书写性，而正是这种特性召唤着阅读和阐释。

其次，埃苏和意指的猴子对黑人文学理论的形成具有相同的重要性，主要表现在三个方面。其一，两者及两者的相关神话都承载了黑人理论的一个焦点——有关正式语言的使用，即正式的文学语言如何以及为何要与日常生活用语区分开，尤其体现为如何把日常语言变成一种文学语言，以及把语言的字面意义提升到引申层面的意义。由于埃苏神话和意指的猴子都表现了口头声音与书面形式的关联，使得黑人文学成为一种双声话语，或者说双声言说。这种双声模式随后成为美国非裔文学的一个重要特性，几乎每一个文学文本都体现了口头语言与书面语言、口头性与书面性的张力关系。其二，在埃苏和意指的猴子的神话中，黑人传统定义了比喻性语言的作用。盖茨认为这两个神话给象征性和模糊性赋予特权，挖掘了语言的最深层，将其延伸到纷繁复杂的修辞原则之中，从而使得有关两个恶作剧精灵的故事文本具有多层含义。其三，埃苏和意指的猴子都指涉了阐释的不确定性。文学批评经常追寻的是确定性意义，然而有关埃苏和意指的猴子的文本则与此背道而驰，因为两个恶作剧精灵都是不确定性的化身，所以他们的文本追求的就是开放性、不稳定性。实际上，他们的恶作剧不仅使得文学着迷于没有实际所指的能指游戏，还让储存在这种文学中的理论成为一种阐释自身的游戏，游戏的目的不是获得某种确切的意义，而只是要把阐释过程本身变成一种意义。

由此可见，埃苏与意指的猴子作为恶作剧精灵，在创造文学和文学理论，或者说理论界说的过程中承担了相同的功能，扮演了类似的角色，因为它们都以自己的方式代表了黑人正式语言的使用、修辞策略、阐释自我的意识和模式等，具体可以用下表表示：

埃苏与意指的猴子的相似性	
对文学的重要性	两者都是一种具有完整历史演变和修正的模式,以及一系列相关组织、建构原则的语言传统。这种传统既代表了口头言说原则,又记录了它对书面语言的改写,是黑人使用口头语言创作书面文学的象征。
对文论的重要性	两者都关注正式语言的应用,尤其是比喻性语言的作用,同时都代表了黑人文学传统固有内在的阐释原则和理论化表述策略,并且在具体进行阐释之时对"不确定性"赋予特权。

为此,盖茨指出:"意指的猴子是埃苏的踪迹,是一个断裂的伙伴关系中唯一的幸存者。"[①] 如果说埃苏存在于整个泛非洲文化中,是黑人阐释体系的核心形象,凸显了非洲黑人的文学内含有阐释自身的体系,那么意指的猴子则是埃苏在美国的独有变体,是美国非裔文学的修辞原则,是一种比喻的比喻,证明了美国非裔群体把文学理论潜藏在文学之中。这就雄辩地表明奴隶制制造的时空阻隔无法消除美国黑人传统与非洲传统之间的形而上的关联,同时说明黑人文学传统具有一套内在的、独立于主流理论的"黑色"阐释模式。

三、黑人是天生的理论种族

在证明意指的猴子与埃苏的形而上的表亲关系之后,盖茨就在意指体系的基础上命名了美国非裔文学理论——意指理论,并指出这种理论的特点:"储存在黑人口语体语言之中",也就是说"黑人文学传统一直利用口语体语言对自身进行理论化表述"[②]。因为埃苏和意指的猴子都利用比喻性语言使口头叙事成为一种文学诗篇,同时还把这种文学变成一种阐释理论。这里所说的"比喻性语言"对美国黑人来说,实际上就是指区别于标准英语的黑人口语体语言。换句话说,美国非裔文学本身内含阐释理据,即借助黑人口语体语言把非裔文学理论的本质和功能刻写在精妙的阐释学和修辞体系之中。为此,盖茨的

---

① Henry Louis Gates, Jr. *The Signifying Monkey*. Ibid., p. 20.
② Henry Louis Gates, Jr. *The Signifying Monkey*. Ibid., p. xxi.

文学理论建构发生了另一次重大转向——从建构族裔文论到记录"黑文论"历史,因为不同时期的美国非裔文学文本都存在互相意指的关系,所以族裔传统一直都"有"理论。为此,非裔文论家的任务就不再是创建新的理论,而是要去发现隐藏在族裔文学传统中的阐释理论,并通过回溯阅读书写这种理论史。因此,盖茨认为非裔文论家的任务就不再是创建新的文学理论,而是要去发现隐藏在族裔文学传统中一直"在场",但是因为白人的文化霸权宰制而无法"阐明自身"的理论,并通过回溯阅读书写这种"黑色"理论史。

这就是盖茨在建构族裔文学理论过程中的又一大转向,即不需要任何形式的建构,而仅仅是发掘、寻找已经存在的理论史。由于意指理论的根基是某个黑人文学文本"意指"了另一个族裔文本,因此盖茨开始以这种模式为基础寻找族裔文学理论,集中关注族裔文学传统中具有差异性重复关系的文本,包括《叙事》(1845)、《艾奥娜·勒洛伊》(*Iola Leroy*,1892)、《甘蔗》(*Cane*,1921)、《上苍》、《黑孩子》(1937)、《土生子》(1940)、《隐形人》(1952)、《芒博》、《紫颜色》等作品之间的意指关联。盖茨认为"大多数黑人作家正是经过这种修正,才得以把自己的作品安置在更大的传统之中"[①]。也就是说,美国黑人文学传统之所以能够存在就是因为黑人作家阅读、批评、阐释其文学前辈的文本,从而使黑人拥有了自己的文学理论和阐释体系。与此同时,盖茨还在这种意指形式的基础上相应地衍生出多种意指模式,旨在全面关照储存"黑色理论"的载体。

为此,盖茨重点追溯和梳理了"黑色文学"的三种意指模式。第一,黑人文学文本对"白色语境"(包括殖民主义、奴隶制、种族主义等)的意指。此类意指例子最早出现于胡安·拉蒂诺(Juan Latino)的诗歌《奥地利》(*Austriad*)之中。拉蒂诺是一个16世纪的新拉丁语诗人,他于1573—1585年间在格拉纳达(Granada)出版了三本诗集。《奥地利》是其最出色的诗作之

[①] Henry Louis Gates, Jr. *The Signifying Monkey*. Ibid., p. 122.

一，拉蒂诺在此诗中恳求菲利普国王（King Philip）赐予他一个机会，即书写诗歌颂扬国王的弟弟唐·胡安（Don Juan）——勒班陀大海战（Battle of Lepanto）的英雄。然而，由于拉蒂诺是黑人，因此他的提议遭到很多大臣的反对，因为在当时的语境中，"黑色"、黑人、"黑人性"就等同于邪恶、愚蠢、低等。为此，拉蒂诺在国王的面前意指了那些可能会诋毁他的人：

哦，陛下，如果我们黑色的脸在您的大臣们看来是不顺眼的，那么白色的脸在埃塞俄比亚人看来也是不顺眼的。因为在那里，访问东方的白人不太受尊敬。哦，陛下，因为那里的领袖是黑人。当然，那里也出现了一些红皮肤的领袖。①

在这段话中，拉蒂诺巧妙地意指了白人的种族主义以及他们对"黑""白"肤色的对立界定。盖茨认为这里的"意指"就等于主流修辞体系中的"反讽"，因为拉蒂诺"灵巧地倒置了不同社会语境对美的不同定义，从而既机智地使他的言说避免了对菲利普国王的不敬，保护了其'黑色自我'的完整性，又发起了一场修辞性防御战"②。换句话说，拉蒂诺开创了黑人修辞体系与"主人修辞体系"之间的二元对立，为"黑色理论"的"出场"打开了一个角窗空间。拉蒂诺的这种意指行为彰显了黑人的差异性意识，而此类意识随后成为黑人创造"黑色"文化的一种重要组成部分和有效途径，这也就是盖茨把"意指""意指行为"定义为差异性/修正性/转义性重复的一个重要原因。对于黑人的这种差异意识，白人早有察觉。早在 18 世纪，尼古拉斯·克雷斯维尔（Nicholas Cresswell）就在其 1774—1777 年间创作的日记中记录了这一点："在创作歌曲时，黑人经常把他们从男女主人那里学来的用法与一种极具讽刺

---

① V. B. Spratlin. Juan Latino. *Slave and Humanist*. New York: Spinner Press, 1938, p. 42.
② Henry Louis Gates, Jr. *The Signifying Monkey*. Ibid., p. 90.

性的风格和方式结合。"①

黑人为何要表现出差异意识？究其原因，主要与18世纪的种族主义、奴隶制等语境密切相关，因为这一时期的各个社会角落都充斥着黑人只会模仿，而不会创造的种族主义评论。然而，由于"主人"不允许"奴隶"违反他们的命令、意愿，不论是在行动层面还是意识层面，因此黑奴在"宣告"自己的"黑色差异"时，必须重复"白色"所指，从而只能在能指链条上制造和摆弄差异。因此，盖茨认为"意指""意指行为"以及"意指的猴子"的故事的重要性就在于它们将重心落在了能指本身的物质性及其随意性游戏之上，而这就与弗洛伊德所说的"玩笑"的功能类似。因为"玩笑"关注的是"词语的发音而不是其意义"，意指体系也是如此，即"直接或间接地把对语义学的关注转向了对修辞层面的关注"，正是这种转向让语言使用者能够"把一个词语的被压抑的意义释放出来，并使默默地待在纵聚合轴上的话语意义被显现在横组合轴上"②。这种做法并不幼稚，因为长期以来的"白色霸权"语境不仅强制要求黑人使用欧洲语言进行交流，以防止他们言说和传播暴动、逃跑等任何形式的反抗信息，还剥夺了黑人更替"白色话语"的所指、概念、实体意义等元素的权利，以便让他们对"主人"言听计从。换句话说，白人制造的不平等语境旨在掏空黑人能够拥有、关注所指的空间，从而打压他们的抵抗、反叛，或者说至少把这些种族冲突控制在隐形层面。因此，在这种没有真实话语权的语境中，黑人学会了小心生存。为了很好地掩盖他们的不满，发泄积怨已久的悲愤，他们既不得不选择能指层面，同时又乐于纵聚合轴上的替换，并在这两种文化之力的冲击下建构了一种只有黑人才能懂得的语言艺术，也就是所谓的意指艺术。由于这种艺术以花样繁多的能指为中心，忙碌于替换、排列、发音相似的拼贴、对位等，所以在"主人"看来只是一些无关痛痒的语言游戏。为

---

① Henry Louis Gates, Jr. *The Signifying Monkey*. Ibid., p. 66.
② Henry Louis Gates, Jr. *The Signifying Monkey*. Ibid., p. 58.

此，尽管有很多能指及其游戏本身看起来毫无意义，甚至根本就不指涉、触及任何意义，但是对于黑人来说却是意义重大的创造行为，从而孕育、促进了即兴创作、即兴重复艺术的发展，尤其体现在黑人音乐艺术之中。关于即兴重复的含义有很多，盖茨考察了它在音乐作品中的定义："从音乐角度来讲，即兴重复就是一种象征"——"一个在合唱中不断被重复的短句，或多或少地类似于经典欧洲音乐符号中的一种固定音型。"即兴重复的作用是"给乐团提供一个宏大背景的东西"。所谓"背景"是指"你可以称之为基础的东西"或者说"你可以在上面行走的东西"①。就黑人音乐而言，即兴重复是爵士乐的一个重要组成部分，而作为一种意指行为，它与转义、修正等是同义词。例如，兰格顿·休斯的《问你老妈》就频繁地使用了这种技巧，不仅反复"问你老妈"这句话，还在每一次重复时，选择了不同的意指对象，从而同时表现出重复和差异。

这种即兴的意指种族主义的模式，在 19 世纪奴隶制废除前后得到蓬勃发展，而且更加贴近黑人的生活。例如，道格拉斯就指出其同时代的黑人经常直接意指，从而创造了很多流传盛广的口头诗歌：

我们种麦子

他们给我们谷糠

我们烤面包

他们给我们面包屑

我们做好饭菜

他们给我们狗食

我们剥去肉的皮

他们给我们肉皮

---

① Henry Louis Gates, Jr. *The Signifying Monkey*. Ibid., p. 105.

第四章　存储在黑人语言中的异文学：美国非裔文学理论

他们就是这样

欺骗我们①

这首诗歌集中代表了奴隶利用诗歌意指奴隶主的压迫，尤其通过"我们"与"他们"之间——对应的类比，清晰地揭示了"奴隶"与"主人"的区别：前者劳而不获，而后者则不劳而获，从而有力地讽刺了主人的恶毒，以及整个奴隶制、种族主义体制的残忍。当然，有的意指性诗歌也颂扬了主人的善良，以及他们对自己的教育。由此可见，黑人是在奴隶制时期学会了意指技巧。由于意指本身并不涉及实体性攻击，而只是形而上的意识层面的自我慰藉，它与现实的差距就类似于遥远的、无法触摸的梦想。因此，盖茨认为弗洛伊德对梦的解析就适用于"意指的猴子"的故事，因为动物是不会说话的，除了在梦境、民间传说、大众神话、传奇、谚语智慧、流行笑话等话语形式之中，所以这种诗篇"可以被看成准梦境，或者说白日梦，在这些梦境叙事中，猴子、狮子和大象通过直接言说表达了他们的感情"。在此基础上，盖茨认为"意指就是白日梦，是在奴隶制的残酷压迫下，黑奴作为'他者'的白日梦"②。这种梦不是完全无意义的，因为它是黑人无意识思维的典型特征，源于他们最深层的意识，体现了他们渴望颠覆、倒转"主人"权力的持久梦想。其中，意指的猴子就实现了这种梦想，他不仅以自己的语言能力谩骂、羞辱、报复了狮子，还夺走了他的丛林之王的地位。因此，"意指的猴子"的故事可以看成一系列黑人渴望打破、倒置"主奴关系"的交错配列的幻想名曲。

第二，黑人文学文本对白人文学、文本的意指。其中，最早的意指例子是菲莉丝·惠特利，她在 1772—1779 年间给其朋友阿伯·塔纳（Arbour Tanner）写了七封信。在这些书信中，惠特利提到了蒲伯和弥尔顿对其文学创

---

① Frederic Douglass. *My Bondage and My Freedom*. New York：Book Jungle，2007，p. 253.
② Henry Louis Gates, Jr. *The Signifying Monkey*. Ibid.，p. 59.

作的影响，以及自己对两位白人前辈的模仿。因此，惠特利的意指充满了敬畏性，是一种无意意指。这种意指类型是美国黑人文学早期的最为流行模式，因为用欧洲语言书写的"奴隶文学"就是通过模仿"主人文学"而逐渐成形的。例如，在五个"会说话的书"中，库戈阿诺的相关叙事很明显就是意指了保罗·赖考特翻译成英文的《秘鲁通史》。因为库戈阿诺不懂秘鲁语，所以他不可能阅读1617年的原著版本。在发现这两个文本之间的混杂性之后，盖茨推断在库戈阿诺之前的两个英文黑奴叙事——伊奎阿诺和马伦特的叙事也很可能是参照了保罗的版本，然后再把其中的印加人改写成了黑人，从而形成具有意指关联的前后文本关系。然而，并没有历史证据说明这两个文本是重复了保罗的版本，尤其因为两个叙事都是书写自身经历的自传。不论三个叙事是否意指了同一个白人版本，但是他们的书写都有一个不可否认的共同点，那就是对"主人"的某些正典文本（最典型的就是《圣经》）进行了不同程度的模仿，尽管这种模仿也伴随有创造性，但是模仿性本身远远大于创造性。

然而，在黑人文学发展的中后期，针对白人文学、文本的意指模式却发生了很大的变化，主要表现为直接利用"黑人""奴隶"替换了白人文本中的"白人""主人"，并且针锋相对地倒置了与两种主体相关的权力关系，从而使得黑人在进行艺术创作时，其创造性大于模仿性。例如，埃辛奥普（Ethiop）的《我们如何处置白人？》，其主旨是意指从奴隶制诞生以来就一直流行的一类白人文章。这类文章关注的是"我们如果处置黑人"或者说如何解决"黑人问题"，这些主题在17、18、19世纪的"出场"形式主要就是在大卫·休谟的观点上进行延伸，即用有无"艺术和科学知识"作为评判黑人是否具有"人性"、是否"天生为奴"的标准。然而，埃辛奥普在其文章中就扭转了"黑""白"二元对立主题：

对于他们（白人）的物质进步，我们（黑人）也给了他们很高的荣誉。而当有一天，他们完成了自己的使命，将艺术和科学推到了最高峰之后，他们就

第四章 存储在黑人语言中的异文学：美国非裔文学理论

会为一个温和友好的种族让开道路，或者甚至与后者彻底融合，以至于失去了他们自己特有的、令人厌烦的特征。不过，谁知道呢？不管怎样，考虑到我们周遭存在的各种情况，让我们永远惦记着这个问题——为了所有人的最大利益，我们（该）如何处置白人？①

从这段文字可以看出，埃辛奥普关注的白人在取得他们所渴求的"艺术和科学"知识之后，会发生什么样的情况。这就与17世纪以来白人语境中弥漫的霸权问题：黑人"无"书写、阅读、文学、艺术、科学等知识，因此作为"文明使者"的白人需要"如何处置黑人"形成了鲜明的对比、冲突，从而极大地嘲讽了"主人"的预设和角色。随后埃辛奥普的这种意指方式成为美国黑人文学的主流模式，并一直沿用至今。随着黑人文学、艺术、语言等能力的发展，他们除了倒转主体、客体的位置，以及相关的关系、问题，还不断地扩展了意指对象。例如，一些学者直接把标准英语、黑人口语体语言作为谈论对象，代表作品是1846年发表在伦敦的一个告示——《一个有关黑人语言的黑人演讲》，此演讲的开篇就是：

今天晚上，本人想对舶来的语言的有关主题，以及不同民族、不同黑鬼的诸多语言问题大放厥词，不论他们是死是活，有名无名。为了这一目的，本人就不在开场白上徘徊了，而是像发疯的公牛冲向"见鬼的干草垛"一样直接扑向它的怀抱。②

这类意指重点挑明了黑人语言与白人语言的区别，也就说明黑人方言在18世纪中期就引起了黑人的关注，因为它是支撑黑人、黑色差异的最为重要

---

① Henry Louis Gates, Jr. *The Signifying Monkey*. Ibid., p. 94.
② ［美］小亨利·路易斯·盖茨：《意指的猴子：一个非裔美国文学批评论文》，前引书，第108页。

的文化载体。除此之外，有的学者不仅要意指"白色"话语，还在进行"意指"的同时直接指明了黑人独有的优势。其中，最具代表性的经典例子之一就是斯特林·布朗对罗伯特·沃伦（Robert Warren）的《庞帝树林》（*Pondy Woods*，1945）的意指。沃伦在文中指出："黑鬼，你们这帮人不懂形而上学。"布朗则把这段话改写为："白鬼，你们这帮人不懂评注解释。"布朗所说的"评注解释"指涉的就是内含于黑人口语体语言中的意指体系，一种代表了美国非裔群体以及他们的非洲祖先专有的阐释和评判体系。

第三，黑人文学文本之间的意指。在"会说话的书"和"黑人言说文本"之间的意指关联的基础上，盖茨总结出美国非裔文学的特点——黑人作家阅读彼此的文本，并抓住其中的一些重要元素进行意指，从而迅速以这些文本形成了一种传统，也就是所谓的黑人文学传统。为此，梳理"黑色文本"之间的意指性就成为盖茨的一个理论焦点，从而不仅发现了更多类似于"会说话的书"的族裔文学文本，还概括出众多意指形式。这些形式承担的功能等同于主流修辞体系中的多种修辞技巧。其中，有的意指形式对应的是戏仿，而"戏仿"本身又包含了多种类型，典型的代表有两类。一是批评性戏仿，即对一个作品进行夸张模仿，从其内部而不是外部阐释同一个主题，有的后文本甚至通过错位形式暗指了一种前定的结构。这种暗指主要表现为一种伪装，主要应用在爵士乐中，是其常见的一种重复形式，即先重复再倒置这种形式。二是经典性戏仿，这种模仿的对象通常是名作，后文本对原作进行了曲解，但是语言和文字的改变被降到最低限度，从而以这种方式产生一种与原作形式不相容的新意义。换句话说，一个作家通过多种方式重复另一个作家的结构，包括对某个特定的叙事或修辞结构只字不差地进行重复，同时又在其中注入了一种滑稽的、不协调的语境。

在发掘黑人文学文本之间具有意指性的基础上，盖茨指出了美国非裔文学的"黑人性"——"不是一个绝对的或形而上的状态，也不是存在于文本表现之外的某种超验的本质（主要是黑人经验），而是被共享、被重复、被批判和被修正的文学语言的具体使用模式"①。这种模式就是意指模式,正是这种模式构成了美国黑人文学传统,因为"一个传统的根基就是作者共享了某种语言使用模式"②。换句话说,一个传统的基础必然是众人共享的语言使用模式。盖茨对"传统"的定义深受埃利森的影响,在后者有关美国非裔群体如何能够成为一个美国人、美国公民的定义的基础上进行了拓展和延伸。埃利森在《影子与行动》中指出:

使一个黑人成为美国人的并不是他的肤色,而是其文化遗产,它被形塑成这些形式:美国经历、社会和政治困境、一种共同拥有的"和谐情感",这种情感是族裔群体通过历史环境表达出来的,同时又构成了广泛的美国文化的一个分支。③

这里所说的"和谐情感"不是一种绝对的事物,因此盖茨认为对于文学批评家来说,这种'和谐情感'是在文本中表现出来的。为此,黑人文学的"黑人性"就具有两大特点:不是一个绝对的或形而上的状态,不是存在于文本表现之外的某种超验的本质。简而言之,美国非裔文学的"黑人性"就是存在于文本内部的一种相对的、形而下的、无关乎超验所指的能指游戏,或者说支撑意指行为的语言模式,尤其是被共享、重复、批判、修正的文学语言使用模式,从而使得族裔文学的"黑人性"只能通过文本细读方法获得。

纵观黑人文学文本之间的意指关联,可以看出这些"黑色"文本之间是一种前后文本的关系。这种关系就构成了"呼"—"应"模式的言说,即前文本总是召唤着后文本的声音,而后文本则在前辈文本的召唤中发出自己的声音,从而使得后文本具有一种双声性。因此,盖茨就认为族裔文学文本都是一

---

① Henry Louis Gates, Jr. *The Signifying Monkey*. Ibid., p. 121.
② Henry Louis Gates, Jr. *The Signifying Monkey*. Ibid., pp. 121—122.
③ Ralph Ellison. *Shadow and Act*. Ibid., p. 131.

种双声文本，因为它们体现的是一种双声言说。这种言说就类似于唱诗班的和声。对此，埃利森在其复杂的短篇小说《希克曼到了》（*And Hickman Arrives*，1960）中有过生动的描述：

两个人［达迪·希克曼（Daddy Hickman）和迪肯·威尔海特（Deacon Wilhite）］肩并肩地站着，一个是大块头，黑皮肤；另一个是消瘦的，棕色皮肤，还有一些教士排在他们的后面。他们全神贯注，紧绷着脸，聆听着福音（Word）的朗读，就像法官坐在他们的雕饰镂刻的高背椅上一样严肃。两个声音开始了它们的呼（call）与应（countercall）——威尔海特朗读文本，而希克曼则开始了对这个文本的清晰解释，并在这些诗句上玩起了花样，就好像他尽兴地使用长号意指圣乐团所演唱的曲调一样。①

这里两个牧师的呼唤与应答是一种典型的双声模式、意指模式。因为两个不同的声音之间既是前、后关系，又存在解释关系，也就是一种阐释、评论关系。实际上，黑人文本之间的意指关联也就是一种前后文本之间的阐释关系，尤其体现为后辈文本对前辈文本的阐释、批评和评论，因为差异性重复就是一种有选择性的重复，而选择本身就具有相关的评判性。例如，埃利森的《隐形人》这个题目就是对赖特的《土生子》和《黑孩子》这两个题目的意指。赖特的题目彰显了黑人种族、自我的"在场"，而埃利森则利用"隐形"表现了一种"缺场"，从而讽刺性地回应了"黑人"和"土生"的"黑色"暗示，而"'人'则暗指了一个比'子'和'孩子'更加成熟和强大的身份"②。除了题目的意指外，埃利森还重点意指了《土生子》中的主人公比格（Bigger）。这个人物在整部小说中，从头至尾几乎都是无声的、被动的，从而

---

① Richard Barksdale, Keneth Kinnamon. *Black Writers of American*. New York: Macmillan, 1972, p. 704.
② Henry Louis Gates, Jr. *The Signifying Monkey*. Ibid., p. 106.

成为一种"缺场"的象征，而《隐形人》却恰好相反，尽管其主人公是一个"隐形人"，但是他处处在场、发声，不仅煽动了黑人暴乱，还因为自己的"隐身"能力而更好地突出了自己的重要性。究其原因，主要与当时风起云涌的黑人运动紧密相关，因为这一时期的黑人旨在打破种族隔离政策，赢得黑人应有的与白人相同的平等权利。由此可见，埃利森在进行文学创作的同时就对赖特的小说进行批判。对此，埃利森自己也有所察觉：

> 我觉得没有必要攻击（赖特）的视野的局限性，因为我觉得他取得了了不起的成就……我还是要写我的作品，在这些作品中它们还是会隐隐地批评赖特，正如某个特定时期的所有小说，既构成了对现实本身存在的一些的争论，又在某种程度上进行了相互批评。①

实际上，意指关联就是暗含了后辈文本对前辈文本的批评。这种批评形式主要体现为带有差异性的重复，从而把不同时期的黑人文本纳入一个大的传统之中。由于意指体系聚焦于能指游戏，因此后文本在批评前文本时主要选择了两个批评对象：其一，语言，即"以非裔美国人的口头游戏为基础的语言运用，通过以同音字替换、俚语联想、修改权威语录等方式间接达到讽刺、幽默的批评目的"；其二，意象，即"针对需要表现的描写对象，对文学传统中的一些基本意象的修订或者改写，从而含蓄地表达作者对描写对象的态度"。这两种意指又可以分为"继承性和改写性"两类，其中"继承性是对某一主题的深化和发展，而改写性则是对某一主题进行调整"②。这就是盖茨认为美国非裔文学内含有阐释自身的阅读理据的原因。

至此，盖茨成功地完成了其理论的"本土化"之旅，并着手推广这种理论成果，使它得以"正典化"。1992年的《松散正典》就践行了这种推广，即把

---

① Ralph Ellison. *Shadow and Act*. Ibid., p. 117.
② 朱小琳：《视角的重构：论盖茨的喻指理论》，前引文。

《意指的猴子》所体现出的理论定位：黑人群体一直都拥有自己的文学理论——意指理论，而这种理论就是以文学的形式隐藏在黑人口语体语言之中，扩展为整个族裔的文学理论的常态。换句话说，黑人文学形式及其阐释体系的基质就是族裔口语体语言及其意指特性。因此，盖茨把这种"黑色"文化基质作为建构美国非裔文学文本正典和文学理论正典的筛选标准，旨在让非裔文学传统与白人文学传统并行并置，从而带领它们摆脱边缘进入中心，真正实现了盖茨建构"本土化"文学理论的学理诉求。因为他既证明了黑人及其传统"有"文学理论，又凸显了整个黑肤色人种的特性——黑人从来就是一个理论种族，从而有力地擦除了"主人"涂抹在"奴隶"身上的最后一块"粉红色"区域及其对应的"他者"身份，还原了他们应有的黑颜色和作为"人"和"自由人"的平等身份，并解构了延续了几个世纪的白人文学和文论霸权。

第五章

"言说那种言说"的结果：盖氏文论的双面性

从1978年的第一篇理论文章《从序言到前文本》到1988年的理论专著《意指的猴子》，盖茨用10年时间让自己声名鹊起，并且一跃成为美国非裔文学理论界和文化研究界的领头羊。在这10年的理论之旅中，盖茨顺应社会思潮及历史语境的需求不断地更换自己的理论焦点，并改进理论路线，最终建构了一套独特的理论体系。这套盖氏理论以其标新立异的研究视角和方法矗立在"黑""白"学界，并彰显出它与主流文学理论和阐释体系的距离，以及完整的"边缘自我"的独立性。正是这种求新、求奇、求完备的学理走向决定了盖氏理论的双面性——不可磨灭的贡献和不容忽视的局限。

第一节　复活文化母体——从理论看客到理论玩家

就贡献方面而言，盖茨的文学理论一方面一步一个脚印地解构了从 17 世纪延续至 21 世纪的"白色"文学、文论霸权，另一方面则既为美国非裔群体赢得了"黑色"文化身份和相关的话语权，又为整个族裔内部不同性别、不同阶层，以及非裔文化与其"母体"——非洲文化之间的对话搭建了一个平台。这就极大地推动了黑人、"黑人性"等研究，具体表现在以下三个方面。

一、拉长、放大后殖民研究空间

西方文学历来是白人的、男性的文学，因为奴隶制的存在基础就是规避黑人的文学声音和"人性"，从而一直把他们标记为"粉红色"的"他者"。当然，也正是这种文化生态催生了黑人的强烈反抗，他们毅然决然地抵抗白人的话语霸权和认知暴力，寻觅穿透或翻越文化隔离墙的入口，以解构白人"中心"，建构族裔文化身份。为此，长期以来，如何有效地摆脱这种"粉红色"就成为众多黑人学者的学理诉求，而在这些学者中，盖茨的成就是异常卓越的，因为他的非裔文学理论不仅吸收了萨义德以降的批评精髓，还多向度地拓展了其理论空间，主要表现在三个方面。

首先，知识考古，阐述"粉红色"的黑人。盖茨延续了萨义德开创的后殖民批评范式，即对西方白人的文本进行细致的知识考古，揭示它们如何模式化地描述被殖民的、有色的"他者"，扭曲他们真实的形象，从而建构和维护白人的话语霸权和文化殖民主义。然而，在具体的考古过程中，盖茨对传统后殖民批评范式进行了改进，因为他不是泛泛地揭示西方白人文本为何要把黑人标记为"粉红色"，以证明其构建的奴隶制、霸权体系、殖民体制等合理性这个事实存在，而是在此基础上探索了从 16 世纪到 20 世纪"主人"建构并维护霸权的途径——不停地重写黑人是否具备"人性"的标准。这就为美国非裔群体

第五章　"言说那种言说"的结果：盖氏文论的双面性

深入认识文化和话语霸权的本质，以及解构这种"白色"霸权奠定了基础。同时，盖茨考古的目的是寻根，即他只是对西方文本进行简略的知识考古，而把研究重点转向了本族裔的文学谱系寻根。

其次，族裔文学文本的文化寻根。盖茨并没有止步于针对白人文本的单向度的知识考古，而是针对白人文本剥离黑人的"人性"，悬置他们的文学能力的描述，进行了相应的多向度的族裔文化寻根。换句话说，盖茨扩大了寻根对象，使它包括了黑人男性和女性文本，从而全方位地阐明了一直"在场的"非裔文学声音。为此，盖茨弥补了萨义德理论体系对女性文本的忽视。除此之外，盖茨还在寻根过程中揭示了被边缘化的非裔族群在相异的受制语境中如何回击白人的殖民压迫和霸权宰制，从而为族裔文化身份的改变、构建和认同做出相同的努力。为了达到寻根的目的，盖茨引用了杰弗里·哈特曼（Geoffery Hartman）的一个重要的概念"文本环境"（text-milieu），即"将考古学中人与环境的能动关系运用到人文环境与文本的交互关系上"①。盖茨以这个概念为导向，对应"主人话语"开出的四个"文学条件"，逐一探寻非裔文学文本源头：黑人"写作"（布里特·哈蒙的叙事）→黑人诗歌（菲莉丝·惠特利的诗集）→黑人小说（哈里特·威尔逊的《黑鬼》）→黑人理论（亚历山大·克拉梅尔的《英语在利比里亚》），从而逐个击破了白人的文化霸权谎言和种族优越感。毕竟，宰制黑人的"人性"是否与"写作""诗歌""小说""希腊文法"等关联的不是这些条件本身，而是创造这些条件的白人群体。盖茨的族裔文化寻根就旨在解构这种宰制，因为其寻根一方面旨在证明黑人一直都"有"文学，使白人强加给黑色种族"无"文学的预设不攻自破；另一方面又揭示出不同时期、不同语境中的黑人一直在为改变族裔形象、文化和身份而努力。由此可见，盖茨的寻根不仅"发掘出大批被白人主流传统淹埋的黑人作品，为建立黑人文学经典，重建黑人文学史和传统发挥了重要作用"②，同时还为"少

---

① 王晓路：《盖茨的文学考古学与批评理论的建构》，前引文。
② 程锡麟：《一种新崛起的批评理论：美国黑人美学》，前引文。

数族裔文化、女性文化和沉寂的声音在理论领域提供了生存和发展空间"[1]。

再次，族裔文学的文化定位。对那些终于"阐明自身"的族裔文学及传统进行文化定位——建构美国非裔文学正典，从而引领它们从边缘进入中心。盖茨的正典建构包括文学文本正典和文学理论正典两个部分，其中文本正典的建构意识早于理论建构。起初盖茨专注于建构文学文本正典，以满足"对种族文化认同性及话语权利的渴求"，即"专注于边缘化的写作空间，以民俗的、语言的诸多形式在西方白人文化主流中表露身份"[2]。因为他当时认为族裔文学理论家的任务就是发现"黑色书写"，再利用主流文论去解读这些书写。然而，随后他发现"主人的文论"与其文学一样，具有一个独立的传统，而这种霸权传统不可能正确解读"奴隶的文学"。为此，盖茨意识到建构黑人自己的文学理论的重要性，从而开始发掘族裔前辈的文学理论，并把它们建构为正典，旨在彰显黑人"有"理论。在这种学理诉求的影响下，盖茨（独立编辑以及与其他族裔学者合作）编著了多本黑人文学理论作品选，包括《黑人文学和文学理论》(1984)、《奴隶的叙事》(1985)、《"种族"、写作和差异》(1986)、《阅读黑人，阅读女权主义者》(1990)、《身份》(1995)、《寻找汉娜·克拉夫茨：〈被缚女人的叙事〉的研究》(2004)、《新黑人：阅读种族、表征和美国非裔文化：1892—1938》(2007)等。至此，盖茨从文学、文论两个向度着手，既全方位地引领黑人擦除了他们被迫背负了几个世纪的"粉红色"标记，又有效地建构了"黑色性"主体。

综上可知，盖茨的文学理论富含"后殖民性"，而这种特性极大地扩展了传统的后殖民理论空间，因为它包括了双向度的学理诉求和颠覆姿态：其一，对白人的主流文学、文学史、文学理论模式和阐释体系，以及相应的话语霸权和文化殖民主义进行了有力的批判、解构和修正；其二、对本族裔的文

---

[1] 李权文：《从边缘到中心：非裔美国文学理论的经典化历程论略》，前引文。
[2] 王晓路：《差异的表述——黑人美学与贝克的批评理论》，前引文。

学、文学史、文学理论、文化、话语、身份、传统等进行重新审视、建构和架构。正是这种双重文化姿态大大拉长和延展了后殖民批评空间，即不仅为美国黑人擦除了"粉红色"标记，赢得了"黑色性"，同时还丰富了美国文学和文学理论遗产，为其他族裔摆脱西方文化霸权，以及确立主体性和文化身份提供了全新的、值得借鉴的理论范式。盖茨的这种理论模式一方面阐明了一个新颖的种族概念——"黑人（及其他有色人种）不是天生的"①，而是后天被白人的种族主义制造的；另一方面则向"主人"宣告了一个事实："任何你（白人）能做的事，我（有色人种）能做得更好。"② 盖茨认为这样或许就能够"建构一个地图上不再有'粉红色'的世界"③。

二、开启"她性"与"他性"的良性文学对话

在对族裔文学进行知识考古和正典建构的过程中，盖茨都表现出对族裔女性文学作品和批评理论的关注，从而使其理论突显出另一个特性——"她性"及相关贡献。这个特性之所以具有重要的意义，是因为在种族主义和性别主义盛行的时代，黑人女性的文学成就通常被族裔男性遮蔽，而盖茨则多角度地打破了这种性别一元论。当然，盖茨之所以具有这种突破性是因为当时社会历史语境需要这种超越性别的、一致对外的文学对话。尽管美国黑人女性的文学、文论成为主流和族裔文学史、理论史、文学传统的双重"隐形人"，但是她们中的一些人很勇敢，不仅坚持创造"显性"时刻，还在20世纪70年代掀起了前所未有的文学运动，旨在中心化自我及相应的文化身份，批判白人男性、盎格鲁—美国女性主义者、美国黑人男性学者犯下的省略和压迫之罪。这场运动导致黑人男性内部对待族裔"她性"的态度有了三个向度的分离：第一，坚守父权宰制，谴责黑人女性作品"把黑人男性当成靶子，扭曲他们的形象，歪曲

---

① Henry Louis Gates, Jr. *Loose Canons: Notes on the Culture Wars*. Ibid., p. 36.
② Henry Louis Gates, Jr. *Loose Canons: Notes on the Culture Wars*. Ibid., p. 188.
③ Henry Louis Gates, Jr. *Loose Canons: Notes on the Culture Wars*. Ibid., p. 193.

黑人两性之间的友好关系，成为种族背叛者"①，代表人物有里德、梅尔·沃特金斯（Mel Watkins）、艾迪生·盖尔（Addison Gayle）；第二，抵制陈旧的性别压迫结构，响应批判父权的号召，成为集中研究"她性"文学相关贡献的"男性女性主义者"（male feminist），代表人物是约瑟夫·布恩（Joseph Boone）、托瑞尔·莫伊（Toril Moi）和迈克·欧克德（Michael Awkward）；第三，调和父权宰制者与"男性女性主义者"的观点，既认同黑人女性的文学成就，又吸收她们富有创见性的批评理念和传统精髓，构建一个完整的美国非裔文学和批评传统，典型代表就是盖茨。他成功开创了首例与族裔"她性"成就互依共生的非裔文学理论，主要表现为积极对话"她文学""她文论"和"她传统"，而这种对话既赢得了"她们"的认同，又引导了"他们"的自我审视，进而推进了美国非裔文学的整体发展，具体表现在以下三个方面。

（一）对话"她文学"

文学史"是一种选择性的记录，哪些作家能够流芳后世，哪些被淹没取决于谁在评判他们，并是否记录下这些评论"②，由于长期以来书写美国文学史的哪个"谁"——白人，没有记录黑人文学，因此寻找被掩埋的族裔文学文本就成为盖茨的理论诉求，而最先满足这种诉求的竟然是"她文本"——哈里特·威尔森的《黑鬼》。正是这部小说的出现促使盖茨开始针对19世纪的族裔"她文学"进行全面的知识考古，自此开启了对话"她性"的理论之旅。由此可见，促成盖氏对话旅程的根本原因可以用下图表示：

---

① Winston Napier. *African American Literary Theory: A Reader*. Ibid., p. 444.
② Deborah E. McDowell. "New Direction for Black Feminist Criticism" in *Black American Literature Forum*, Vol. 14, No. 4 (Winter, 1980).

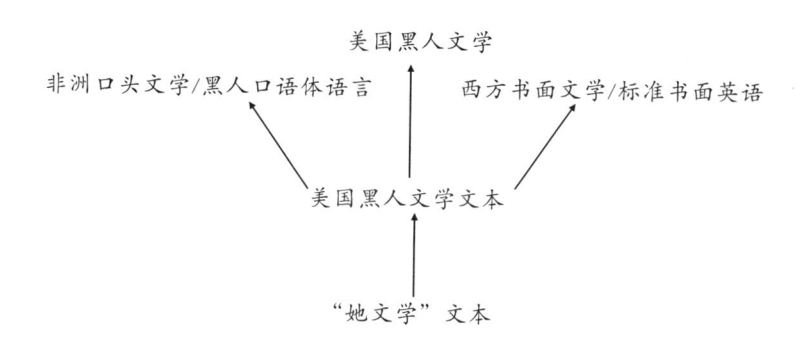

第五章 "言说那种言说"的结果：盖氏文论的双面性

```
                        美国黑人文学
                            ↑
非洲口头文学/黑人口语体语言      西方书面文学/标准书面英语
            ↖              ↗
              美国黑人文学文本
                    ↑
              "她文学"文本
```

  盖茨的"她文学"对话主要包括三个方面。首先，发掘、记录"她文学"。1987年盖茨编著的《经典奴隶叙事》共收录四位黑奴作品，其中两位就是女性：马瑞·普利斯和哈里特·雅各布森。她们的出现"拓宽了以弗雷德里克·道格拉斯为中心的'正典'"[①]。在谈及入选原则时，盖茨认为普利斯是第一个发表奴隶叙事的黑人女性，她的《马瑞·普利斯的故事》打破了黑人妇女的叙事沉默，以"短小但极具说服力的故事把黑人女性转换成叙述主体，从而获得了一种自主的声音"。雅各布森则把女奴叙事推向了极致，她的《一个女奴的生活故事》杂糅了两种文学样式："白人女性的情感小说与黑人男性的奴隶叙事，不仅详细描述了她和其他黑人女性如何在日常生活中沦为强奸、育种、凌辱等性客体"，还集中赞扬了"她自己的家庭所固有的力量、尊严和高贵，尤其体现在如母亲般照顾她的祖母身上"，从而成为"最早联结黑人传统的文学女性之一"[②]。1988年盖茨出版了多达30卷的《肖伯格19世纪黑人女作家丛书》（目前已经出版40卷），收录了19世纪被"消声"和"隐形"的"她文学"。这部文集的出现震惊了整个美国学界，因为它一方面让"众多黑人

[①] Xiomara Santamarina. "Are We There Yet?: Archives, History, and Specificity in African-American Literary Study" in *American Literary History*, Vol. 20. No. 1-2 (Spring/Summer). 2008.

[②] Henry Louis Gates, Jr. *The Classic Slave Narratives*. New York: Signet Classics, 1987, pp. 9-13.

女作家、作品不仅开始'出场',还一跃成为美国文学的前沿风景,抚慰了几代人承受的文化创伤"①;另一方面则使"确认和分析黑人女性书写中主题、形式、语言等方面的共性成为可能,并使这个任务本身变得明确化"②。2000年,盖茨又编辑了30卷的《美国非裔女性作家:1910—1940》。就此而言,盖茨对"她文学"做出的贡献甚至超越了族裔女性。自此,盖茨不仅从族裔内部脱颖而出,还迅速入驻主流学界,成为美国非裔研究的领军人物。

其次,客观评判"她文学"。盖茨的理论基质是黑人口语体语言,在美国非裔文学中最熟练使用这种语言创作的是赫斯顿和沃克,因此盖茨理论专著《意指的猴子》的第二部分——阅读传统一共讨论了三部文学作品,其中的两部就是女性书写——赫斯顿的《上苍》和沃克的《紫颜色》。赫斯顿的《上苍》成功地杂糅黑人口语体语言和标准英语进行创作,但是由于在当时的历史语境中,黑人方言是黑人心智劣等的表征,因此使用方言书写的文学既无法进入白人文坛,又饱受族裔男性的攻击。例如,理查德·赖特批判赫斯顿的《上苍》"没有主题,没有信息";阿兰·洛克也指责此书中的"口语、方言和闲言碎语",并要求赫斯顿"停止书写那些被大众读者嘲笑、嫉恨的虚假的黑人原始性",转而"书写有目的性和社会宣传性的小说"③。正是这种历史语境迫使《上苍》消失了近三十年,直到1973年才被沃克发现。然而,盖茨与其族裔男性前辈不同,他认为《上苍》因为使用了黑人口语体语言而发明了一种非裔文学文本——"言说者的文本",并在此基础上创造了一个第三项——真正的双声叙述模式。为此,赫斯顿成为"被我们这一代黑人批评家和女性主义批评家

---

① Hazel Arentt Ervin. *African American Literary Criticism*, 1773 to 2000. Ibid., p. 435.
② Cheryl A. Wall. *Changing Our Own Words: Essays on Criticism, Theory, and Writing by Black Women*. New Brunswick and London: Rutgers University Press, 1989, p. 6.
③ Gina Wisker. *Post-Colonial and African American Women's Writing: A Critical Introduction*. London: Macmillan Press, 2000, p. 44.

带入正典的第一个作家",是"非裔美国正典、女性主义正典和美国小说正典的一个重要人物"①。沃克的《紫颜色》出版之后就一举拿下了普利策奖、美国国家图书奖和全国书评协会奖,并于1986年被白人导演史蒂文·斯皮尔伯格（Steven Spielberg）翻拍成同名电影。影片一出现就遭到里德的尖锐攻击,他谴责沃克背叛了种族,不仅在书中"塑造了黑人男性对妇女、儿童犯下的可耻罪行",还同白人男性一道通过电影等媒介"大肆宣传自欧洲人进入非洲之后对黑人男性形象的刻板化想象和歪曲",从而使得"大众传播媒介开始以偏概全,用一个形象去控诉所有的美国黑人男性"②。盖茨则利用《意指的猴子》的第七章专章肯定和认同了《紫颜色》的贡献,指出它开启了另一种非裔文学文本——"言说者的重新书写"。

再次,肯定"她文学"的创新与贡献。在创新方面,盖茨指出:"我认为在很大程度上是黑人妇女采用了一套新的表现方式,新的观察法、新的叙述故事的方法,反映了儿童、人与人之间的亲密关系,以及性爱。"③ 因为这种表现形式改变了黑人男作家僵硬重复黑人男性前辈的故事,以及专注种族主义的陈规传统。在贡献方面,盖茨认为"她文学"的贡献是无与伦比的,尤其是1993年莫里森获得的诺贝尔文学奖表明20世纪70年代大幅崛起的"她性"书写,包括"莫里森、沃克、玛雅·安吉罗、丽塔·达芙、格罗瑞亚·莱勒、亚麦加·金凯、特里·麦克米兰等的文学作品,促使美国非裔文学不论在数量上还是在质量上都获得了一场比20世纪20年代哈莱姆文艺复兴更为盛大的复兴"④。

---

① Henry Louis Gates, Jr. *The Signifying Monkey*. Ibid., p. 180.
② Henry Louis Gates, Jr. "The Black Person in Art: How Should S/He Be Portrayed?" in *Black American Literature Forum*, Vol. 21, No. 1/2 (Spring-Summer, 1987).
③ ［美］华莱士·米歇尔:《访小亨利·路易斯·盖茨》,前引文。
④ Henry Louis Gates, Jr. "From Phillis Wheatly to Toni Morrison: Flowering of African-American Literature" in *The Journal of Blacks in Higher Education*, No, 14 (Winter, 1996—97).

盖茨对"她文学"采取的对话策略不仅得到了女性的肯定，还赢得了男性的认同，他们纷纷开始重新审视"她文学"与族裔文学的关系，从而既有效地开启了"她性"与"他性"的文学对话，又很好地消解了文学中的性别宰制和文化隔离。这种双赢的文化策略何以可能？实际上，其最根本的原因有两个。首先，就族裔内部而言，黑人女性确实对族裔文学做出了男性无法替代的巨大贡献，主要表现在三个方面。在诗歌方面，第一个出版英文诗集的黑人是菲莉丝·惠特利，第一个两度获得桂冠诗人奖的美国黑人作家是丽塔·达芙。在小说方面，第一个在美国出版小说的黑人是哈里特·威尔森，作品是《黑鬼》；第一个获得普利策奖的黑人作家是格温德琳·布鲁克斯（Gwendolyn Brooks），获奖作品是《安妮·阿伦》（*Annie Allen*，1949）；第一个获得国家图书奖最佳黑人小说奖的是格罗瑞亚·莱勒，获奖作品是《酿酒厂的女人》（*The Women of Brewster Place*，1982）；第一个获得诺贝尔文学奖的美国黑人作家是莫里森。在杂文方面，赫斯顿的《骡与人》（*Mules and Men*，1935）是第一部最为全面的黑人民俗学著作。其次，就族裔外部而言，黑人女作家的"她文学"确实为整个美国非裔赢得了前所未有的文化身份，它超出了白人的宰制框架，占据了美国文学的主要市场，甚至有学者预测"一个真正的美国文学高峰将由黑人女性创造"[①]。正是因为"她文学"，美国黑人文学才开始成为世界各大知名文学期刊定期评论的作品，成为众多大学的教学对象，成为无数博士、硕士论文和社科项目的研究主题。

（二）对话"她文论"

在进行文学对话的同时，盖茨还开启了与"她文论"的对话，因为在他意识到美国黑人需要建构自己的"黑色"文学理论之前，族裔"她文论"早已上路，并得到蓬勃发展。于是，盖茨一方面开始收集"她文论"的成果，如《黑

---

① Henry Louis Gates, Jr. "Harlem on Our Mind" in *Critical Inquiry*, Vol. 24, No. 1 (Autumn, 1997).

第五章　"言说那种言说"的结果：盖氏文论的双面性

人文学和文学理论》收录了玛丽·华盛顿、苏珊·威利斯、芭芭拉·柏温、芭芭拉·克莉丝汀（白人，专门从事黑人研究）等的文学批评；另一方面则以《爱对它做了什么》（1987）展开了与乔伊斯·乔伊斯的《黑人正典》（1987）的激烈对话。乔伊斯的文章从两个方面批判了盖茨的《从序言到黑人性》。一方面盖茨认为"黑人性不是一个物质客体或事件，因为它没有所谓的'基质'，而是一个比喻，被一种组成特殊美学整体的关系网所定义"。乔伊斯认为盖氏观点非常明确地"删除了种族主义的存在"。另一方面，盖茨指出"黑人作家的重要性在于他的语言"[①]，所以文学批评需要聚焦于作家的语言。乔伊斯指出这种理论焦点忽视了文学与黑人生活以及社会现实的关系。针对乔伊斯的批评，盖茨对此做出了回应，他一方面坚持自己对"黑人性"的定位——比喻，另一方面则感谢乔伊斯指出了自己的理论基点——黑人语言，因为它"代表了黑人文学传统的独特品质"，所以"黑人批评家必须转向族裔思想和语言专有的结构，去发展我们自己的语言批评"[②]。盖茨与乔伊斯的对话坚定了他以黑人口语体语言作为理论支点的姿态，然而，这种姿态早已出现在"她文论"中。因此，盖茨的理论就是继承和发展了"她们"的观点，主要表现在两个方面。

首先，对赫斯顿《黑人的表现特性》（1934）和《骡与人》（1935）的继承与发展。在《黑人的表现特性》中，有两个观点对盖茨的影响很大。其一，黑人口语体语言的特点——象形文字、图画性语言，以及其重要性——支撑了黑人文化。盖茨继承了这种观点，认为黑人的差异性储存在黑人口语体语言之中，从而把整个理论框架建构在黑人口语体语言之上。其二，黑人的原创性：黑人极富原创性，而所谓的原创性也就是修正。这一观点形塑了盖茨理论的"黑人性"——意指模式，因为他认为尽管黑人作家和黑人批评家都是通过阅读西方传统的正典文本而学会写作的，但是黑人（针对白人及黑人前辈）在形

[①] Winston Napier. *African American Literary Theory: A Reader*. Ibid., p. 292.
[②] Winston Napier. *African American Literary Theory: A Reader*. Ibid., p. 311.

式上的重复总是伴随着差异。另外，赫斯顿还在《骡与人》中定义了"意指"——"修辞学上的一种'炫耀'方式"①。意指的目的和意义在于交换（词汇、思想），因为"语言就像金钱，它的发展等同于从以货易货到以钱币易货的交换方式，即语言在高度发展之后才拥有固定观念的词汇"②。这种观点是盖茨意指理论的文化根源，因为赫斯顿不但是第一个定义意指行为的学者，还是第一个表现这种仪式的学者，因此《意指的猴子》的第二章就采用赫斯顿的有关修正和再阐释的观点作为"意指""意指行为"的最终定义。

其次，对芭芭拉·克莉丝汀《理论种族》（1987）的继承与发展。克莉丝汀指出："黑人从来就是一个理论种族"，而由于"黑人文学的基质是他们多元的生活经验"，因此黑人的理论形式不同于西方的抽象逻辑，而"主要以口头象形文字形式出现，是一种既感性又抽象，既美妙又富含交流性的书写形式"，即它存在于"叙事、故事、谜语、谚语等语言游戏之中"③。盖茨写作《意指的猴子》的动因是挫败文化霸权对理论的定位，证明黑人有理论，而这种理论就存储在黑人口语体语言——带有口头痕迹的象形文字之中。

除了上述以口语体语言为焦点对话"她文论"之外，盖茨还吸收了当时黑人女性主义文学批评的两大思潮用以形塑自己的理论：一是形象批判，"她文论"早期主要致力批驳"他文学""他文论"对"她形象"的歪曲，而盖茨正是在此基础上开展了对"粉红色"黑人形象的严厉批判；二是传统寻根，"她文论"认为"她文学"已形成一个独立的传统，在主题、形式、美学、观念、题材、风格、意象、结构等方面有许多相似性，共同表现了黑人女性被迫经历的种族、性别和阶级压迫，因此黑人女性文学批评家的任务是致力寻找文学谱系。盖茨的理论吸收了这种文化策略，同时又拓展了寻根对象，并在此基础上

---

① Zora Neale Hurston. *Mules and Men*. New York：Harper Perennial Modern Classics，2008，p. 161.
② Winston Napier. *African American Literary Theory：A Reader*. Ibid.，p. 31.
③ Barbara Christian. "The Race for Theory" in *Cultural Critique*，No. 6（Spring，1987）.

第五章 "言说那种言说"的结果：盖氏文论的双面性

探索出黑人作品之间的有机联系，以证明美国非裔文学有一个完整的谱系传统。同时，为了记录"她文论"的巨大成就，盖茨还编著了一部黑人女性主义文学批评文集——《阅读黑人，阅读女权主义者》。盖茨在此书的前言中指出："每一本文集定义一种正典"，然而"在 20 世纪上半叶，只有少数幸运的黑人女性作品能出现在文集中，更多的作品则不幸被遗失"。正是由于"黑人女性在黑人的官方历史和文学批评中都是缺席的，因此我们现在也只是在碎片式地恢复黑人女性的文学史"。简而言之，"此书旨在尽力复活、阐述和正典化美国非裔女性的文学遗产"[1]。

盖茨开启的"他文论"和"她文论"的对话有两大特点：其一，它得到了族裔女性的积极回应，例如，梅·亨德森的《口头言说》（*Speaking in Tongues*，1989）实践了盖茨的理论号召——非裔文学批评家需要用黑人习语去翻译、挪用和重新命名主流文学理论，瓦莱丽·史密斯（Valerie Smith）的《黑人女性主义与"他者"表征》则讨论了美国黑人女性主义与非裔研究的重叠点，赞同盖茨践行的族裔两性文论对话；其二，它未遭到族裔男性的攻击，相反还引导他们大力拓展了对话向度，例如致力研究"她文学""她文论"成就的迈克·欧克德就以自己凄楚的童年经历所导致的"父性"缺失，去支撑了盖氏对话的彰显出的启示——男性成为女性主义者的可能，查尔斯·I. 尼禄（Charles I. Nero）建构的男同性恋文学批评则同时吸收了芭芭拉·史密斯的女同性恋理论和盖茨的意指理论。盖茨能够赢得这种双重认同的原因主要有两个。第一，在族裔内部，"她文论"比"他文论"起步早、数量多、视角新颖、涉及面广、影响深远，可以说"她文论"以"其深邃的洞察力和视角深刻地影响了几乎所有有价值的黑人文学批评"[2]。第二，在族裔外部，"她文论"

---

[1] Henry Louis Gates, Jr. *Reading Black, Reading Feminist: A Critical Anthology*. New York: Penguin Books, 1990, pp. 5—6.
[2] Henry Louis Gates, Jr. *Reading Black, Reading Feminist: A Critical Anthology*. Ibid., p. 8.

一方面致力解构白人文化霸权宰制，重塑那些被遗忘和忽视的文学正典，重新发现那些被遮蔽的文本；另一方面又旨在申诉族裔文化身份，为整个美国黑人赢得主体性，为他们的文学、批评、艺术等知识共同体赢得话语权。

（三）对话"她传统"

不论是文学，还是文论都出自"黑色传统"，是这个传统滋养了整个黑人文化，而这个传统的守护者大都是"妈妈"或"大妈妈"。因为尽管从"中途"到新大陆的过程中，黑人被剥夺了名字、语言、宗教、传统等文化之根，但是当非洲传统在种族主义宰制下破碎、隐形之时，他们也借助白人的文化暴力建构了一种新大陆传统。在整个建构过程中，黑人妇女承担了举足轻重的作用，甚至可以说"她传统"是整个族裔的"精神花园"，是哺育一代又一代黑人文学、艺术、宗教的文化养料。然而，这种传统在种族主义的打压下一直缺场，同时也未能引起黑人族群自身的关注，直到黑人女性掀起"寻找我们母亲的花园"的运动之后也只出现在"她性"书写中。盖茨的文论打破了这种僵局，他不但吸收了女性对"她传统"的坚守，还从三个方面与其展开对话。

首先，以"会说话的书"对话"她传统"的"会说话性"。在白人的整个文化剥离过程中，黑人唯一遗留的非洲遗产就是"口述传统"，而最能坚守这种传统是黑人女性，她们"书写的许多故事都是她们的母亲、祖母、曾祖母的故事，因为母亲不仅给了生命，也把她的精神传递给了女儿，倾听她们的声音，不但可以吸收这些故事本身，还学会了讲故事的方式"①。这种口口相传的方式后来演变为一种艺术创造，成为黑人女性的"精神花园"，让她们分享思想、感情，增加智慧、经验，孕育文学、文论。在对话"她文学"和"她文论"的过程中，盖茨意识到黑人文学传统的"会说话性"，命名了"会说话的书""会说话的文本"等族裔文学形式。

其次，以"意指关系"对话"她传统"的"互文性"。种族主义剥夺了黑

---

① 王淑芹：《美国黑人女性主义文学批评研究》，前引文，第 135 页。

第五章 "言说那种言说"的结果：盖氏文论的双面性

人妇女与白人交流的权利，而性别主义又压制了她们与黑人男性交流的可能，因此她们只能在劳动间隙通过讲故事、聆听、书信、阅读等方式彼此交流，分享共同的生活艰辛和姐妹情谊，这就使得"她文学""她文论"极具"互文性"，即"她性"文本之间践行了一种创造性对话。盖茨非常赞同这种文本对话，他在《意指的猴子》中不仅讨论了《紫颜色》如何对话《上苍》和《权力的礼物》还把这种对话延展至"他文本"，探讨了吉恩·图默、斯特林·布朗、赫斯顿、赖特、埃利森、莫里森、里德、沃克、阿米里·巴拉卡（Amiri Baraka）等文本间的意指性。

再次，以恶作剧精灵——埃苏和意指的猴子对话"她传统"的"民俗性"。黑人女性是民俗之根的坚守者，她们把日常辛劳转换成一种艺术创造和表达形式，即利用记忆中残存的非洲色彩、节奏、意象、神话等在"能够拥有的物品上以及社会允许她们使用的介质上留下艺术创造痕迹"[1]。这种创造保留了众多源自非洲的民俗，使黑人的新大陆传统与非洲传统之间具有形而上的关联。盖茨深受这种民俗关联的启发，他的《意指的猴子》就旨在探讨美国黑人民俗传统中的恶作剧精灵——意指的猴子，与约鲁巴神话中的恶作剧精灵埃苏之间的传承关系，进而证明美国黑人传统与非洲传统之间具有统一性和完整性，而正是这种关系决定了美国非裔文学和文学理论的"黑人性"。

盖茨把这些"她传统"延伸为族裔普遍性的文化策略，为何没有遭到男性的质疑？究其原因，主要表现在三个方面：第一，"会说话性"是美国黑人文学传统的基质，它既承袭了古老非洲的口头文化形式，又挫败了白人僵硬的书写文化优越感；第二，"互文性"既关联了众多黑人文学文本，以形成一个庞大的文学传统，同时还内存了阅读、阐释自身的理据，从而解构了"白文学""白文论"霸权；第三，"民俗性"确立了黑人的族裔身份和文化身份，为"黑色""黑色性""黑人性"等细胞腾出了生存空间，从而打破了白人的文化霸权。

---

[1] Alice Walker. *In Search of Our Mothers' Gardens*. New York: Harcourt Brace Jovanovich, 1983, p. 239.

纵观盖茨开启的两性文学、文论和传统对话，可以看出他的成功主要在于两点：其一，尊崇差异，跨越"他性"的惯常宰制，认同"她性"的存在，并安置"她们"的贡献，从而书写和记录了真实的美国非裔文学史，因为在任何情况下"父权制逻辑中延展的同一性都无法阻止人们去发现这个'一'中隐藏的差异表征"①；其二，维护整体性，确立黑人族群在美国文学界的整体文化身份，从而既赢得了"她们"的认同，又引导了"他们"的自我审视，同时还开启了两性之间良性的文学、文论、传统等文化对话。毕竟，在种族主义打压下的黑人终究会发现："我们都在为彼此书写，不管拥抱何种理论，我们之间的共同性都胜过任何其他文学的批评家。"② 如今这种对话平台已经逐渐演变成一种和谐的文化生态，从而既推进了美国非裔文学的整体发展，又为其他族裔有效解决文学体系中长期存在的性别宰制和文化隔离提供了新的理论范式。

三、回归"黑色"之根和敞亮黑人文学的艺术性

为了建立独立于主流标准的黑人美学，以及发掘和定位这种美学的"黑色"之根，盖茨经历了双重回归。一是回归族裔民俗文化传统，包括恶作剧故事、祝酒词、伏都教、黑人音乐等。当然，盖茨在理论建构之初并没有投入族裔民俗的怀抱，而是更多地倾向于主流的、标准的、书面的文化。由于美国非裔民俗文化的特色就是口头性，因此在剑桥大学经历了 6 年（1973—1979）"白色"正统教育洗礼的盖茨，起初并没有把这种特性看成是族裔文学不可或缺的成分。因为他认为所有文学都起步于口头创作，也就是说口头文学是书面文学的基础，因此如果把它作为美国黑人文学的一个必不可少的特性，就在某种程度上凸显了这种文学的"基础性"，即处于未发展成熟状态。随后，有三

---

① Henry Louis Gates, Jr. "Significant Others" in *Contemporary Literature*, Vol. 29, No. 4 (Winter, 1988).
② Henry Louis Gates, Jr. "'What's Love Got to Do with It?': Critical Theory, Integrity, and the Black Idiom" in *New Literary History*, Vol. 18, No. 2 (Winter, 1987).

第五章 "言说那种言说"的结果：盖氏文论的双面性

大因素造成了盖茨理论姿态的转变：一、盖氏饱含精英意识的观点受到族裔学者，尤其是休斯顿·贝克、乔伊斯·乔伊斯等的批判；二、盖茨自己发现了主流文论与族裔文学之间的宰制、压迫关系；三、盖茨亲近"白色"美学体系、阐释标准的行为与"黑色即美"的社会思潮和语境互不相容。为此，盖茨最终选择了转向，利用"意指的猴子"的故事来解释以五个"会说话的书"的相似性为典型特征的黑人文学。二是回归非洲文化传统，包括约鲁巴人的埃苏神话和芳族人的拉巴神话，而回归的目的有两个：其一，用于阐述美国非裔传统中意指的猴子这个恶作剧精灵为何承担了独特的文化角色，即首先使用自己的语言能力，尤其是比喻性语言技巧先把口头故事变成文学诗篇，然后再把这种诗篇变成阐释自身的文学理论；其二，证明美国非裔传统与非洲传统之间的完整性和统一性，进而把意指理论变成一种来自非洲大陆的理论，也就说明它是黑人固有和专有的"黑色"理论传统，从而以独立的姿态与主流理论传统并行并置。就此而言，尽管在盖茨的意指理论出现之前就已经有学者开始关注非裔民俗和非洲之根，但是只有盖氏理论的"回归"最为彻底。

由于盖茨的两次"返乡"之旅承载了一个相同的意义——证明黑人文学/文论的"黑色"，因此考察、判断某些"种族身份不详"的作品是否为美国黑人的书写就成为盖茨的一个理论重心。为此，盖茨进行了大胆创新，把DNA鉴定法引进文学研究，这种方法主要是仔细比对、考察、查证奴隶叙事、小说中的人物与史料中重叠的人名，或者现实生活中的原型。然后，盖茨会通过联邦人口记录、地方人口记录等资料找到这些早已仙逝的历史人物的后代，再对他们进行DNA鉴定，以查看其基因成分中是否具有非洲基因。这种研究不仅能够证明某些叙事、小说、诗歌等的作者是不是黑人，因为在美国只要作者有一滴血是"黑色的"，不论它是百分之几的比例，就与白人有完全不同的生存处境。同时，它还能推断出这些黑人作者及其祖先是来自非洲的哪个部落，以帮助他们重建自己的家族谱系。这就对美国黑人文学研究，尤其是奴隶叙事研究具有重大意义，因为"奴隶叙事通常倾向于用真实姓名描述所有或几乎所有的角色，以便帮助确立作者经验的真实性和控告隐藏在奴隶生活中的残暴性。当然，为了防止叙事发表后被主人找到，有的逃跑奴隶选择改变名字描述自己的真实故事，如哈里特·雅各布改名为琳达·布伦特（Linda Brent），有的奴隶则索性选择写而不发，如汉娜·科瑞福特"[1]。因此，这些作者的种族身份就成为一个悬而未决的问题，而 DNA 鉴定法就能在一定程度上有效地解决这个问题。就此而言，科学技术的引入为黑人重写美国文学史、理论史提供了平台，因为它可能推翻一些作品的作者身份定位，尤其是那些一直存在"黑""白""黄"肤色争议的作品，这就为其他族裔的文学研究提供了一种全新的研究方法。

除了在"黑色"层面表现出"回归性"之外，盖茨的美学体系还具有另一个特点，那就是站在艺术的平台上评判族裔文学，也就是把文学还原成一种艺术，尤其表现为语言艺术。由于盖茨把"黑人性"和"黑色即美"的"美"的基质定位为黑人语言，从而挖掘出美国非裔文学既"黑"又"美"的最重要的载体——黑人口语体语言。实际上，"在白人宰制的社会，美国非裔群体必须学会如何做'黑人'"[2]，所以在过去的几个世纪，他们为了共享信息"不得不发展一种加密的交流方式，包括寓言、双重意义、指东说西的词语（如以'坏'指'好'）、（大胆的）新词新义用法等，来保护自己免遭危险"[3]。这种交流方式通过杂糅标准英语和非洲黑人语言进行加密，也就是说"从奴隶制时期开始，黑人就利用口语体语言编码既属于他们自己的，同时又代表黑人集体的文化仪式"[4]。这种仪式在文学领域中表现为"众多黑人作家通过重复一种共享的象征性基因的文化和语言编码方式，来言说一些相似的主题"[5]。其中，有很多词语、短语、句法等之所以能够发出真正的"黑色声音"，是因为

---

[1] Abby Wolf. *Henry Louis Gates, Jr. Reader*. Ibid., p. 93.
[2] Henry Louis Gates, Jr. *Loose Canons: Notes on the Culture Wars*. Ibid., p. 101.
[3] Abby Wolf. *Henry Louis Gates, Jr. Reader*. Ibid., p. 513.
[4] Henry Louis Gates, Jr. *The Signifying Monkey*. Ibid., p. xix.
[5] Henry Louis Gates, Jr. *Loose Canons: Notes on the Culture Wars*. Ibid., p. 101.

第五章　"言说那种言说"的结果：盖氏文论的双面性

黑人对族裔语言的语法、发音体系等方面的熟知。这就是"黑人言说"能够"跨越年龄、性别、地域、宗教、社会阶级的原因"，即"来自同一个根——美国非裔的经验以及镶嵌在这种经验中的口头传统"①。因此，想要完全理解黑人文学就只能把它放回黑人语境，同时还需要精通美国非裔文化和黑人经历这两个大语境中无论过去还是现在都不可或缺的词语、短语、表达方式等。

由此可见，黑人口语体语言在美国非裔书写体系中承担了这样一个非凡的角色——作为黑人差异/黑人性的最根本的符号。毕竟，语言代表了"一个民族不可复位的独特品质，一种几乎不可超越的真实性"，同时"注入一种语言的民族性是不能在另一种语言中以同样的方式重复的"。因此，霍米·巴巴就认为："语言是民族的血统。"② 为此，在"主人"强行要求"奴隶"用欧洲语言进行交流的语境中，美国非裔群体使用方言修正标准英语的行为就表现了他们对自己种族身份的坚守。因为"语言与阶层和民族一样，存在于等级制度中"，而白人"贬低、禁止（黑人使用）方言的行为，实际上就昭示出后者处于前者的控制区，并受其驯服和容纳"③。然而，黑人口语体语言的出现，打破了欧洲语言与"白色"语境的协调关系，而这种因"奴隶"对历史"家园"的守护而产生的不协调，在"主人"的世界中注入了焦虑感和危机感。这种感觉还会随着黑人对欧洲语言深入理解而加剧。因此，他们甚至通过法律途径阻止黑人获得学识。

黑人口语体语言的"出场"和成形经历了一个发展过程——从口头语言到书面语言，也就是说黑人先在标准的"白色"口头语言中注入"黑色元素"，然后当他们熟悉、掌握书面语言之后，又开始改变这种书面性标准语言。这种语言能力转变过程在"会说话的书"中得到了生动、完整的演绎，因为正

---

① Geneva Smitherman. *Black Talk: Words and Phrases from the Hood to the Amen Corner*. Ibid., pp. xiii—1.
② Homi K. Bhabha. *Nation and Narration*. Ibid., pp. 231—232.
③ Robert J. C. Young. *Postcolonialism: A Very Short Introduction*. New York: Oxford University Press, 2003, p. 140.

是这种能力决定了这个文学主旨的生成、相似性和消隐。实际上，作为整体的美国非裔书写之间确实具有一种统一性和完整性，那就是它们都重复了一个主题：黑人如何在白人世界注入自己的书写声音，或者说黑人言说主体如何在白人主导的书面世界寻找"他的"或"她的"书面声音。可以说，不同时期的黑人书写就是以不同的方式重复了黑人传统中既定的寻找书面声音的历程以及在这种历程中出现过的人、物、比喻、修辞等叙述策略。在进行这种差异性重复的过程中，不同语境下的黑人作家以不同的方式杂糅了标准英语和黑人口语体语言，最终在经过两个多世纪探索之后的20世纪中后期发展成为一种独具特色的"黑人言说文学"。这种文学解构了标准英语及其文学传统的霸权地位，建构了美国非裔言说传统和文学传统，并展示了经受时空阻隔的黑人如何通过口语体语言使他们的"书写声音"具有形而上的"黑人性"。同时，由于正是它把美国非裔文学成为一种"黑人言说"，在书写形式、发音特点等方面是"黑色的"，因此针对这种"黑人言说"的阐释理论也就变成了"言说那种言说"（Talkin that Talk）。这就是盖茨之所以认为在族裔传统中"文学＝文论"，并以此推翻了白人预设的黑人"无"理论的根本原因。

综上可知，在整个"主奴历史"长河中，黑人的语言经历扮演了一个重要的角色，即它从黑人到达英属北美殖民地的那一刻起，就以个体性方式存在于黑奴的集体性解构"欧洲中心主义"的传统和浪潮之中。因此，正如盖茨说的："只有一个不熟悉黑人语言用法的黑人，才无法懂得自从1619年的某个黑暗之日，当我们被迫在弗吉尼亚下船时，就开始了对白人语言和话语的解构"，所以"不是德里达发明的解构主义，而是我们（黑人）。"[①]

[①] Henry Louis Gates, Jr. "(White) Power and the (Black) Critic: It's All Greek to Me". Ibid.

第五章　"言说那种言说"的结果：盖氏文论的双面性

第二节　疼痛的文化拉锯战——意指体系的裂隙

在做出上述多种贡献的同时，盖茨的非裔文学理论也伴随有众多局限，而且贡献与局限之间大致是一种相互共生的关系。当然，并不是所有的贡献都伴有局限性，典型的代表就是盖茨开启的"她性"与"他性"的文化对话，因为这种对话把美国非裔男女当成了一个不可分割的整体，在一定程度上协调了族裔内部的一些固有矛盾，为整个"黑色"集体和"大家"的文学、文论等的发展指明了方向。尽管如此，盖氏理论的普遍特征还是表现出贡献与局限的如影随形。因为正是盖茨在进行建构理论时所采用的一些独创的、新颖的视角把其理论带入了一个促狭的空间。在这个相对拥挤的空间中，盖氏理论自身具有的摇摆性和内部矛盾等体现得尤为清晰，主要表现在"黑人性""意指性"和"后殖民性"三个方面。

一、洗不白的黑脸：摇摆的"黑人性"和缥缈的"泛肤色文学"

盖茨非裔文论的"黑人性"具有两大问题。首先，就"黑人性"和"种族"是"一种比喻"的定义而言，盖茨的初衷是规避本质主义和逻各斯中心主义，抵抗白人的话语霸权和欧洲中心主义，因为"20世纪60年代留下的后遗症是：魔镜，魔镜，谁最黑？"[1]。正是这种实体性/生理性定义落入了白人预设的知识与权力共谋的陷阱。然而，盖茨提出的非实体性/语言性定义的结果却如乔伊斯·乔伊斯所说："似乎种族和种族主义已经不再是阻止黑人精神和肉体生命发展的首要障碍。"[2] 此外，它还把自奴隶制以来黑人群体在白人压迫下遭受的所有实体性创伤化为乌有，从而掉入了"主人"早已挖掘好的另一个陷阱——殖民主义、种族主义和奴隶制都是一种合理的"文明"行为。毕竟，不论盖茨多么渴望"作为所指/实体的'黑人性'和'种族'能够在语言

---

[1] Henry Louis Gates, Jr. *Loose Canons: Notes on the Culture Wars*. Ibid., p. 127.
[2] Winston Napier. *African American Literary Theory: A Reader*. Ibid., p. 321.

游戏中消失，但是游戏本身（后结构主义）是由白人开启和主导的，所以他无法改变成为能指/非实体之后的'黑人性'和'种族'依旧会在语言使用中继续扮演这样一个重要的角色——既压制又孕育美国黑人"①。

其次，就美国非裔文学的"黑人性"——一种共同的语言使用模式而言，可以看出盖茨对其"黑人美学"的两大定位都具有内部矛盾。其中，针对"美"的定位是"形式"，即黑人文学之"美"的载体是其形式因素。究其原因，主要有两个。第一，"内容论"不可靠。盖茨认为，尽管在1760—1865年间确实出现了很多黑人自传，但是当时流行两种模仿形式：一是"白人作家采用第一人称的黑人叙事角色书写自传，从而滋生了伪奴隶叙事"。例如，《阿奇·莫尔的奴隶叙事》（1836）是白人历史学家理查德·希尔德雷恩（Richard Hildreth）写的小说，而《一个女奴的自传》（1857）则是白人女性玛蒂·格里菲思（Mattie Griffith）的小说。二是"黑人作家可能从未见过南方、种植园或抽打黑人的据点，却能依靠他们的想象和虚构能力创作这些题材，并且一夜成名"②。例如，《詹姆斯·威廉姆斯的奴隶叙事》（1838）就完全是一部极富想象性的作品。威廉姆斯是一个在亚拉巴马州的某棉花种植园工作了多年的奴隶司机，随后他逃往北方，并通过杂糅自己的零星经历和在南方听闻的一个被残忍虐待的奴隶的遭遇，同时运用他偷偷获得的学识伪造了相关证明，从而讲述了一个天衣无缝的故事。这个故事因为具有反奴隶制特性很快得以发表，随后还迅速被报刊《反奴隶制审查人》转载，并散发到各个州，而威廉姆斯也因此赢得了前往英国的免费之旅和崭新的人生。第二，"内容论"具有排他性，因为它要求"作家创作的作品透明地再现真实的、未经改造的、关乎其社会身份的经验"。这个要求本身具有双两性，它会"提携一些作品，而埋葬

---

① Meili Steele. "Language and African-American Culture: The Need for Meta-Philosophical Reflection" in *Philosophy Today*. Vol. 40, 1996.
② Abby Wolf. *Henry Louis Gates, Jr. Reader*. Ibid., p. 517.

第五章 "言说那种言说"的结果：盖氏文论的双面性

另一些作品"①。对此，盖茨列举了赫斯顿的作品作为典型例子，他认为《上苍》之所以能够被沃克发现是因为主角是觉醒的黑人女性，同时也正是由于这个原因而被列入了黑人文学正典。然而，赫斯顿的另一部作品——《苏瓦尼河上的撒拉弗》（1948）的命运则依旧前途未卜，因为它的主角是白人，而故事主线也是围绕这个白人家庭展开，从而使它与美国非裔文学作品应该具有的"黑色"要求背道而驰。

针对"黑人美学"为何"黑"的定位，盖茨具有明显的摇摆性。这种特性具体表现为前、后两个时期：前期盖茨把"黑"定位为黑人作者，因为他认为族裔文学传统之所以能够存在是因为黑人作家至少从18世纪开始就通过阅读彼此的文本而建构了一种"黑色传统"。然而，在后期盖茨却把"黑色美学"的"黑"修改为"形式"，因为阿纳托利·布鲁瓦亚尔（Anatole Broyard）的"越线"实践——冒充为白人，让盖茨发现"作者论"的不可靠性。阿纳托利于1920年7月16日出生于新奥尔良，其父亲保罗·布鲁瓦亚尔（Paul Broyard）是一个木匠，母亲埃德娜·米勒（Edna Miller）是一个做过很多杂事的临时工。尽管双亲都没有什么文化，但是在种族隔离盛行时期，他们都有一个最大的优势——浅肤色。在20世纪20年代中后期，随着向北移民热潮的高涨，布鲁瓦亚尔一家搬迁到了布鲁克林。在这个陌生的城市，尽管保罗是个技艺精湛的木匠，但是他很快就发现当地的木匠工会并不接纳有色人。因此，为了能够加入工会和找到工作，保罗决定"越线"为白人，从而获得了有色人无法得到的机会。20世纪30年代末，阿拉托尔在男子高中毕业之后进入布鲁克林学院学习，那时他着迷于欧洲的电影艺术和文学。

作为家中的第二个孩子，阿纳托利和姐姐洛林（Lorraine）都继承了父母的浅肤色，然而其妹妹雪莉（Shirley）却"不幸"地变成了深肤色黑人。正是这种颜色给雪莉的人生带来了诸多不便。例如，当她在1938年暑假期间试图

---

① Abby Wolf. *Henry Louis Gates, Jr. Reader*. Ibid., p. 516.

在所住的社区寻找夏季暑期工作时，却被当地的政府工作人员（白人）告知：黑人没有任何工作机会。雪莉的遭遇对阿纳托利产生了很大的影响，因此就在这一年的晚些时候，当他"迈进曾经拒绝妹妹的同一个政府办公室申请社保号时，阿拉托尔在申请表上跳过了'有色人'和'克里奥尔人'这两栏肤色选项，为自己选择了'白人'身份"①。在此后的52年中，阿纳托利的人生宗旨就是"保持自己的'白色'，直到自己离开人世"。为了躲避兵役，阿拉托尔在第二次世界大战开始后不久就与波多黎各的一个浅肤色的黑人女孩阿伊达（Aida）结婚。两人很快有了一个小女儿卡娜（Gala），但是她的降生还是没能让父亲远离战争。阿拉托尔最终以白人的身份进入美国隔离军队服役，而其服役的寄托就是把余下的钱寄给妻子，待退役之后在家乡开一个书店。战争结束后，阿拉托尔开始全面"白人化"自我，在科涅利亚（Cornelia）街开了自己的书店，试图把一切"黑色"都抛诸脑后，这就导致了妻女的离开。阿拉托尔告诉他的姐姐洛伦，他之所以要"越线"是因为自己想成为一个作家，而不是一个黑人作家。因此，黑人学者和戏剧家W. F. 卢卡斯（W. F. Lucas）就认为"当阿拉托尔在布鲁克林上车时，他是个黑人，而当他在西四街下车时则变成了一个白人"②。1948年，阿拉托利开始引起公众的注意，因为他发表了一些作品，在这些早期的作品中，他关注的主题主要还是黑人群体和黑人文化。同时，阿拉托利还开始在《评论》（*Commentary*）上发表文章。在文章《不真实的黑人肖像》（1950）中，他指出黑人对待"黑人性"的态度——尴尬，应该被禁止，因为他们应该意识到成千上万拥有"典型特征"的黑人之所以被当成白人接受，仅仅因为他们的浅肤色。尽管阿拉托利一直在掩盖自己的有色人身份，但是当他开始小有名气之后，有关他是黑人的传言就从未消停过。1952年，他的朋友钱德勒·布罗萨德（Chandler Brossard）甚至以阿拉托尔为原型

---

① Abby Wolf. *Henry Louis Gates, Jr. Reader*. Ibid., p. 361.
② Henry Louis Gates, Jr. *Thirteen Ways of Looking at a Black Man*. New York: Vintage Books, 1997, p. 184.

创作了一部小说《谁走进了黑暗里》，其主人公亨利·波特（Henry Porter）实际上就是阿拉托尔的化身。由于担心引起一些法律问题，此小说最初在法国出版，而其原版开篇就是："人们都说亨利拥有黑人血统。"随后，出版这部小说的美国出版商"新方向"（New Direction）在小说出版前向阿拉托尔寄去了样本，当他收到样本时，其朋友安妮·伯奈斯（Anne Bernays）刚好与他在一起。于是，他向安妮解释道："他们让我们阅读它，是因为它声称我是个黑人，所以害怕我会起诉他们。为此，我要做点什么。"[1] 当然，最后阿拉托尔成功地让出版商修改了有关亨利是个黑人的影射。

1954年，阿拉托尔在杂志《发现》（*Discovery*）上发表了一篇文章《膀胱镜说了什么》（"What the Cystoscope said"），记录了自己与身患癌症的父亲在弥留之际的对话。他的文章表现出对父亲保罗的大不敬："他的嘴大张着，呼吸如饥似渴……他低语道：'你好，孩子'，并且开始微笑。他的声音，非常的虚弱，同时又充满爱意，令人毛骨悚然，使得我的手臂上顿时起了很多鸡皮疙瘩。我不能说话，只是亲吻了他，而他的脸颊闻起来就像蜡。"[2]因此，此文一出，阿拉托尔就受到很多人的指责，关于其黑人身份的传言再次四散开去。查理·帕克（Charlie Parker）甚至跟踪阿拉托尔，在华盛顿中心公园对其进行了为期一天的监视之后，帕克告诉他的同事："他就是我们中的一员，但是他自己不想承认这一事实。"

1961年，阿拉托尔结识了挪威裔舞蹈家亚历山德拉·"桑迪"·尼尔森（Alexandra "Sandy" Nelson），两人迅速相恋并很快结婚，婚后育有白肤色的儿子托德（Todd）和女儿布丽丝（Bliss）。1963年，阿拉托尔一家举家搬往白人区康涅狄格的绍斯波特。至此，阿拉托尔全面开启了他渴望成为一个非黑人作家的旅程，因为他认为自己要"书写的不是黑人的爱恋、热情、痛苦和快

---

[1] Henry Louis Gates, Jr. *Thirteen Ways of Looking at a Black Man*. Ibid., p. 189.
[2] Henry Louis Gates, Jr. *Thirteen Ways of Looking at a Black Man*. Ibid., pp. 187—188.

乐，而只是爱恋、热情、痛苦和快乐"①。随后阿纳托利开始在《时代》周刊的头版发表关于欧洲小说和美国小说的书评，1971年则直接进入此杂志社工作，并成为20世纪70年代到1984年之间极具影响力的文学评论家。为了掩盖自己的"黑色"过去，阿拉托尔一方面努力修改自己，包括留平头、改步态、换腔调等；另一方面则与知道自己真实身份的所有人保持距离，包括母亲、姐妹、第一任妻子阿伊达、女儿卡娜、朋友等。1984年阿拉托尔从《每日评论》栏目转到了两周一刊的《书评》，这就使得他在公众视野中的曝光率逐渐减少。1989年，阿拉托尔因病辞职。他所患的是前列腺癌，而正是这种癌症在35年前夺走了其父亲保罗的生命，因此关于他是否黑人的争论再次浮出水面。其中，盖茨就是在这一时期开始关注和研究阿拉托尔的真实身份。尽管在与病魔抗争的晚期，阿纳托利也准备亲自把自己的秘密告诉两个"白色"的孩子——布丽丝和托德。然而，由于他们所住地区距离较远，他最终未能如愿。在其弥留之际，桑迪才告诉他们的孩子："你们的父亲具有部分黑人血统"，而其"越线"的原因既为了找工作，也为了让后代不再经历自己儿时的凄楚："黑人小孩因为他长得像个白人打他，而白人小孩则因为他是个黑人而打他。"② 在阿纳托利逝世之后不久，盖茨就找到布丽丝，为她做了DNA鉴定，证明她及其家人确实是黑人。

这个经典的"越线"例子，让盖茨相信："作者论文学批评家认为我们能够从一个男/女作家的写作中'阅读出'他/她的种族/人种身份的观点是不可信的。"③ 因此，为了避免"越线"本身给族裔文学的"黑色美学"的"黑"带来的诸多尴尬，盖茨规避了"作者"，而选择了"形式"。然而，这种选择也存在两大悖论。其一，盖茨建构的"黑色形式"——意指形式，实际上就是指黑人作者的"形式"，因为他认为文本间的形式意指关系是一种"文学上的近

---

① Henry Louis Gates, Jr. *Thirteen Ways of Looking at a Black Man*. Ibid., p. 208.
② Abby Wolf. *Henry Louis Gates, Jr. Reader*. Ibid., p. 362.
③ Abby Wolf. *Henry Louis Gates, Jr. Reader*. Ibid., p. 516.

第五章 "言说那种言说"的结果：盖氏文论的双面性

亲繁殖关系"，这种关系表明"黑人作家相互影响的程度远远超出了常规值"，也就是说"美国非裔学者创造的文学作品通常都是在结构、主旨上延展和意指了黑人传统中的其他黑人作品"①。由此可见，"意指"的前提是黑人作家阅读彼此的文本，而其结果则是黑人作家之间的"近亲繁殖"，所以盖茨所说的"黑"就是黑人作家的"黑色形式"，尽管这些"黑"作家也无法排除"越线"的可能。就此而言，盖茨的"意指"理论又进入了一个怪圈："黑人作家建构了一种传统，你如何知晓的？他们都使用了意指行为这个'转义'。是什么让这种转义具有特殊的黑色？因为所有的黑人作家都在使用它。"② 然而，实际上"黑色形式"并不具有普遍性，即并不是所有族裔文学文本都与其他族裔文本存在意指关系。这就是盖茨无法通过"黑色形式"确认被他挖掘的《黑鬼》和《被缚女人的叙事》的作者哈里特·威尔逊和汉娜·克拉夫茨是黑人的根本原因。相反，他是结合人文技术和科学技术确定两本书的作者是黑人的。其中，人文技术包括查看两书的内容，尤其是书中人名、地名和故事，然后查阅史料，比对相同地点重叠的名字和故事，而科学技术则是指 DNA 鉴定法。这两种技术的引入恰好就说明了"内容"比"形式"重要，从而推翻了盖茨"形式论"的权威。其二，如果依照盖茨的"作者不可靠论"，同时剥离"黑色形式"与黑人作家的单向对应关系，而由于没有人能够阻止其他肤色的作家"越线"或模仿，因为"没有一种文化是他人绝对不能进入的，尤其当这些人努力理解、学习和容纳另一种文化之时"③。那么美国非裔文学就变成了一种"泛肤色文学"，而这就与盖茨旨在建构族裔文学传统和文论体系抵抗"白色霸权"和欧洲中心主义的初衷完全背道而驰。实际上尽管在残酷而漫长的奴隶制时期，确实有"越线"的白人作家是黑人，也有"越线"的黑人作家

---

① Henry Louis Gates, Jr., Nellie Y. Mckay. *The Norton Anthology of African American Literature*. Ibid., p. xxxvi.
② D. G. Myers. "Signifying Nothing" in *New Criterion* 8 (February, 1990). p. 63.
③ Abby Wolf. *Henry Louis Gates, Jr. Reader*. Ibid., p. 522.

是白人，但终归不具有普遍性。另外，盖茨的学理诉求是全力申诉美国非裔的文化身份，以便把族裔文学、文论从边缘引入中心，因此他不可能把"主人"的作品纳入"黑色形式"。简言之，盖茨指的"黑人美学"的"黑"只能是黑人作者，这就凸显了其理论本身的内部矛盾。

二、盖不完的传统：意指模式的片面性

五个"会说话的书"之间的高度互文性关系为盖茨的整个意指体系奠定了基础，而这个体系反过来又解释了五个文本之间为何具有"意指性"，以及这种文本之所以消失的根本原因。其中，针对五个文本之间的相似性的成因，盖茨认为后一个作者阅读了前一个作者的文本，并有意地对其进行了修正，从而使得前、后文本之间形成差异性重复关系。换句话说，五个作者之间的关系表现为马伦特修正格罗涅索，库戈阿诺修正马伦特，伊奎阿诺修正库戈阿诺，约翰·杰又修正了伊奎阿诺。就此而言，在五个作者中，后辈作者不仅熟悉前辈作者的叙事，还对其进行了精细阅读，从而找出可以修正的意象。这些对马伦特来说尤为重要，因为他对格罗涅索的叙事进行的修正是第一次修正，所以也就是他找到了"会说话的书"这个可修正性意象。除了熟悉前辈作者的文本之外，第二、三、四次修正的形成还需要具备一个硬性的条件，那就是在马伦特之后的四个作者都分别知晓他们每一个前辈所做的修正。例如，库戈阿诺作为第二个修正者应该非常熟悉第一个修正者马伦特的修正，主要包括他把"会说话的书"的承载者从黑奴（格罗涅索）变成了切罗基公主，把不能与书本"说话"的黑人（格罗涅索）转变为唯一能够让书本"说话"的黑人（马伦特），同时还把承担了奴隶主角色的荷兰船长改写成切罗基国王等。

由此可见，五个黑人作者的知识面是非常宽广的。然而，这就与当时的语境大相径庭，因为从18世纪中叶开始，英属北美殖民地的很多个州就开始禁止教黑人阅读、写作等学识，甚至还把任何形式的教授，包括白人教黑奴和有学识的黑人教其他无知的族裔同胞等，规定为违法犯罪行为。这就在很大程度

第五章 "言说那种言说"的结果：盖氏文论的双面性

上阻断了黑人获得知识的途径，剥夺了他们成为"文明人"的权利。因此，五个黑奴能够阅读并刻意修正彼此的文本的概率是非常小的，同时由于当时交通不便、信息传播技术落后等客观因素，不同时期、不同地区，甚至不同国家之间的黑奴很难接触到彼此的文本。换句话说，五个文本之间具有相似性的成因就不是盖茨所说的作者之间彼此修正某些特殊的意象。那么是什么因素造就了五个"会说话的书"之间的高度互文性？究其原因，主要表现在两个方面。第一，共同的"黑人经验"，即五个生长于口头文化传统中的黑人在书面文化至上的语境中具有一个共同经历——遭遇"白色"书面性宗教文本（主要是《圣经》和祈祷书）的情景、体验和感知。因为五个文本中除了库戈阿诺的叙事是自传与批评相结合的体裁之外，其他四个叙事都是纯自传。同时，在五个文本中，也只有库戈阿诺在其叙事中提到了两个文学前辈——格罗涅索和马伦特，以及他们的人生故事。库戈阿诺叙事的这些特殊性取决于其写作的宗旨——利用诸多历史证据批评奴隶制、殖民主义和种族主义的罪恶，这就决定了其叙事的论战性大于自传性。因此，他宣称自己阅读了众多有关奴隶制的文本，而且很可能确实阅读了格罗涅索和马伦特的叙事，并且对这两个书写体现出来的一些相应的"黑色"品质做出了评价。除此之外，其他四个叙事都是作者的亲身经历。第二，共同的语言能力和文化经历，即五个黑人在"主奴关系"的语境中浸泡几十年之后都掌握了欧洲语言及相关的书面文化，从而能够栩栩如生地把曾经携带口头传统的自己初遇书面文本时的尴尬境遇表露无遗。

为此，正是这种口头文化与白人书面文化霸权之间的冲突决定了五个"会说话的书"的相似性，而这种相似性说明美国黑人文本之间的"互文性"既不是"误读"，也没有"焦虑"，而是奴隶制宰制下美国黑人唯一可行的文化挣扎和生存方式，是一种"只有在被奴役社区的人才会懂得和需要的一种（文学）交流体系"[1]。这就说明盖茨有关五个"会说话的书"之间具有"互文性"的

---

[1] Hazel Arentt Ervin. *African American Literary Criticism：1773 to 2000*. Ibid., p. 402.

成因是值得商榷的。除此之外，盖茨关于这个主旨为何会在约翰·杰之后消失的解释也颇受质疑。因为他认为正是由于五个作者之间的关系是一种建构在熟悉彼此文本的基础之上的刻意修正，而每一次修正都会占据一些可修正空间，这就使得后辈作者拥有的空间越来越小，直至无法修正。其中，约翰·杰改写的"会说话的书"就是典型，由于在其前面已经出现了三次修正，这些修正为他留下了很小的差异空间。因此，他把有关书本能否"说话"的描述转向了超自然的神迹，即上帝和天使教会他阅读《约翰福音》的第一章。为此，在杰之后的黑人作者就没有修正空间，从而不能再修正"会说话的书"这个文学主旨。由此可见，盖茨认为"修正"本身既生成了"会说话的书"之间的高度"互文性"，又导致了这个主旨本身的消失。

然而，盖茨的这种观点与当时黑人所处的历史语境是相互矛盾的。实际上，"会说话的书"之所以消失的根本原因不是因为在杰之后的黑人学者无法再对这个主旨进行修正，而是因为这些黑人的语言能力、文化知识等都发生了很大的变化。约翰·杰的叙事出现时已经是19世纪（1815年），这时白人的殖民主义和奴隶制已经存在了近四百年。在这段漫长的历史长河中，"主人"为了便于管理"奴隶"，采取了软硬兼施的措施，即在进行武力、实体剥削的同时，还利用宗教、教育等途径传播"白色"意识形态和价值观，以便对他们进行有效的意识、道德、精神管控。这就使得白人文化霸权在1815年时早已遍布非洲大陆和新大陆，所以在杰之后的黑人作家不论是出生于哪个大陆都无法逃避白人文化，尤其是语言、宗教的侵袭。这种文化入侵一方面使黑人的非洲性逐渐淡薄，另一方面则让他们对西方文化有了不同形式的接触和理解，尤其是通过基督教学校等方式掌握了西方的书面语言。正是这两种因素导致"会说话的书"这个非洲性大于西方性、黑人性大于白人性、口头性大于书面性、互动性大于非互动性的文学主旨在黑人作品中逐渐消失。简而言之，是黑人对西方语言（尤其书面语言）、文化、宗教等知识的掌握促成了"会说话的书"的消失，而不是盖茨所说的约翰·杰的修正填满了整个可修正空间。

第五章 "言说那种言说"的结果：盖氏文论的双面性

除了对于"会说话的书"的解释存在一定的局限性外，盖茨的意指理论还具有一个"致命的"局限，而这个局限就潜藏在它的"逆生长性"之中。盖茨文学理论的"逆生长"之旅具体表现为"会说话的书"的互文性→《权力》《紫颜色》《上苍》的互文性→猴子故事的互文性→意指的猴子→埃苏→黑人理论传统具有形而上的统一性。其中，从"会说话的书"到猴子故事的互文性，表现出盖茨回归族裔民俗传统的倾向，而从意指的猴子到埃苏的回归则旨在证明黑人"有"一套完整的阐释理论传统——意指理论，从而有力地冲破白人文化霸权的最后防线——黑人"无"理论。

由此可见，在盖茨文论的整个"逆生长"旅程中，最为重要的环节就是意指的猴子（非裔元素/传统）与埃苏（非洲元素/传统）的关系。由于并没有找到记录两个恶作剧精灵具有亲属关系的文献，因此盖茨通过分析埃苏本身及其变体与猴子的关系把它们衔接起来，图示如下：

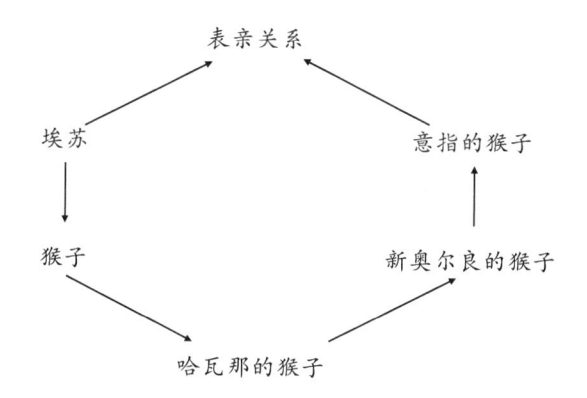

```
              表亲关系
             ↗       ↖
         埃苏         意指的猴子
          ↓              ↑
         猴子        新奥尔良的猴子
             ↘       ↗
              哈瓦那的猴子
```

从上图可以看出，哈瓦那的猴子在整个表亲谱系中承担了最为重要的角色，因为正是它的"出场"支撑了埃苏与意指的猴子的关联："在约鲁巴神话中有猴子，在古巴非裔神话中也有猴子，这就说明古巴黑人神话中有埃苏的踪迹。"[①] 因此，如果埃苏与意指的猴子之间不是一种前辈与后裔的直系关

---

① Henry Louis Gates, Jr. *The Signifying Monkey*. Ibid., p. 14.

系，那么至少也是表亲关系。然而，盖茨对两者是一种表亲关系的解释并不充分，因为他认为埃苏的古巴变体身旁的猴子是意指的猴子的源头。换句话说，在埃勒瓜身旁的猴子从哈瓦那游到新奥尔良之前，美国就没有意指的猴子。古巴为何会先出现埃苏变体，这种变体中的猴子为何是游到新奥尔良，而不是靠近哈瓦那的迈阿密？对此，盖茨既未做出任何解释，也未找到任何确凿的证据。实际上，埃苏是神界的恶作剧精灵，而意指的猴子是俗界祝酒词中的动物隐喻，两者归属于完全不同的两个文化层面，所以是很难衔接的。当然，这也并不排除两者确实具有关联的可能性，因为盖茨曾经指出埃苏的美国变体是伏都教中的帕帕拉巴斯，而"猴子、狮子、大象又一同出现在芳族人的一个题为《猴子为何没有变成人》的著名叙事之中，就如意指的猴子的叙事一样"①。因此，如果盖茨去考察上述两者的关联性，或许能真正找到非洲黑人传统与美国非裔传统"有"文论的统一性。

  由于盖茨进行理论"逆生长"的目的有两个：解释由"会说话的书"开启的族裔文学文本之间的高度互文性，说明黑人传统一直在利用口语体语言对自我进行理论化的表述。因此，除了非洲元素与非裔元素之间的衔接关系无法证实之外，整个"返老还童"的旅程还使得盖氏理论存在两大问题。首先，它没有解决"互文性"的形而上性，从而既无法解决作为整体的美国非裔书写之所以能够成为文学的根本原因，又不能有效地说明黑人文学都"有"理论性。盖茨基于猴子故事、"会说话的书"、"黑人言说文本"之间具有的类似的"意指性"总结出族裔文学文本的结构特性/形式特点：黑人作家阅读、修正彼此的文本，从而很快形成了一种"黑色的"文学传统。这种传统既具有"文学性"，又有"理论性"，因为修正性重复的基础是后辈作家在进行创作时不仅要阅读前辈作家的前文本，还要有选择性地改写这些文本，所以后文本与前文本之间具有一种阐释、评论、批评关系，从而把文学变成了一种有关自身的理

---

① Henry Louis Gates, Jr. *The Signifying Monkey*. Ibid., p. 17.

第五章 "言说那种言说"的结果：盖氏文论的双面性

论，即"美国黑人文学＝美国黑人文学理论"。这也就是盖茨认为美国非裔文学理论家不再需要建构族裔文学理论，而是要去寻找和书写理论史的根本原因。由此可见，盖氏理论体系的"顶梁柱"就是族裔文学文本之间的意指关联，因为它支撑了美国非裔文学"有"文学性、黑人文学传统一直"在场"，以及黑人传统中"文学＝文论"等理论要点。然而，盖茨所说的文本间的意指关联本身就具有三大局限性。

第一，五个"会说话的书"之间的高度互文性不同于"黑人言说文本"之间的意指性，而盖茨并没有对此进行分析。因为五个奴隶叙事之间的相似性取决于五个作者共有的"黑人经历"，也就是所指层面的互文性，而"黑人言说文本"之间的关联性则是出自后辈作者对前辈文本的修正，以便表达对前辈作者的敬畏或批判。其中，沃克对赫斯顿的《上苍》的修正就是为了表达她的崇敬之情。因为自从1973年发现赫斯顿及其作品之后，沃克就把她当成了自己的"文学母亲"，不仅把赫斯顿作品再版面世，还亲自前往佛罗里达州赫斯顿安息的地方——皮尔斯堡的墓地，寻找她的墓。由于赫斯顿晚年非常贫穷，在她逝世之后，是朋友、邻居筹钱安葬了她，但是并没有为她买墓碑。同时，因为赫斯顿并没有被安置在常规墓地，也就无人看管，最终整个地方被杂草覆盖，因此赫斯顿的长眠之地就成了一个宽泛的概念。尽管这些因素在一定程度上拖延了沃克的"寻亲"之路，但是她最终还是披荆斩棘，躲过蛇、昆虫等的攻击，找到了安葬赫斯顿的确切位置，并为她买了一个墓碑，让她在离开人世的13年之后终于留名后世。正是这种牵连的情愫促使沃克在进行文学创作时借用、重复、修正了赫斯顿作品中的一些意象，从而使得她们的作品在能指层面呈现出一定的互文性。换句话说，沃克与赫斯顿的作品之间确实具有如盖茨所说的意指关联，即两者是前辈文本与后辈文本的关系，而且后文本是后辈作者在阅读、熟悉前辈作者的文本的基础上进行了差异性、修正性重复。然而，这种关联并没有出现在五个"会说话的书"中，因为18世纪和19世纪上半叶的社会语境剥夺了黑人掌握学识、认识族裔他者和自我的机会。因此，

"会说话的书"所代表的美国非裔早期书写的互文性,与20世纪逐渐成熟时期的作品,即黑人言说文本之间的"互文性"在构成、表现、意义等方面都具有差异,从而减弱了盖茨针对族裔文学特点的定位——具有形而上的互文关联。

第二,意指关联无法涵盖整个美国黑人文学,即盖茨无法证明从1760年第一个族裔奴隶叙事——布里顿·哈蒙的叙事到1988年《意指的猴子》出版之前的所有或者说大多数族裔文学作品之间都存在能指层面的互文性。因为在这两百多年的时间中,意指关联并不是黑人书写文本的普遍特性。换句话说,"会说话的书"和"黑人言说文本"所代表的"黑色互文性"只表现了美国非裔文学的一个局部特性,因此尽管确实有一些文学作品本身就是阐释理论,但是大多数文学作品之间并不具有阐释性、评论性、批评性前、后辈文本关系。这就打破了盖茨所说的"文学=文论"这个等式链,即说明至少半数以上的美国非裔文学不是阐释自身的文学理论。这也就是美国黑人文学之所以需要理论家,以及这些黑人学者现在依旧在努力建构能够正确解读、阐释族裔文学的理论的原因。

第三,"意指的猴子"的故事之间的意指关联无法衔接埃苏占卜体系中所指层面的互文性,因为埃苏控制的256个符码及其相关意义都是固定的,能指无法滑动,所以艾发文本不具有互文性,而埃苏根据祭品数量和质量改变每一个人的现实命运则发生在所指层面,能指没有变动,所以人的现实命运与其命运之书之间是所指层面上的互文性。这就既从侧面证明了意指的猴子无法衔接埃苏,又凸显了非裔传统的"有"理论与非洲传统的"有"理论之间的差异,从而解构了盖茨所说的黑人一直都"有"理论。

其次,盖茨"返老还童"的意指理论没有解决黑人口语体语言的形而上性,从而无法证明美国非裔是"以众多黑人共享的语言使用模式——比喻性语言,作为基础建立了文学的形式上的修正关系"①。因为黑人口语体语言进入

---

① Henry Louis Gates, Jr. *The Signifying Monkey*. Ibid., p. 121.

第五章 "言说那种言说"的结果：盖氏文论的双面性

书面文学经历了一个漫长的发展变化过程，主要分为四个阶段。

第一，1760年到19世纪初，由于法律规定教授黑奴学习读、写是违法行为，因此只有少数黑人能够学习书写，这些人因为接受了白人教育，其书写大都模仿"主人"作品，因此他们的作品属于标准英语文学，典型代表就是共享"会说话的书"的五个英语叙事。其中，当时最流行的伊奎阿诺的叙事也只是在抒发感情时出现少许零星的"黑人言说"形式（"Ev'ry leaf, and ev'ry whisp'ring breath."[1]）换句话说，"会说话的书"几乎就是一种白人文学，生成这种"白人性"的原因主要有两个：一、五个叙事的前两个由黑人口述、白人代笔；二、另外三个叙述者通过模仿白人文学而学会文学创作，因为长期以来殖民主义和奴隶制扼杀了黑人的"写作"能力，促使他们没有可以模仿的黑人英语文学前辈。

第二，19世纪初到20世纪初，这一时期"主人"变本加厉地剥夺了黑人书写文学的可能。为此，黑人再次失去了使用写作表述自我的机会。于是，他们就延续了源自"中途"的音乐表述法，即通过各种各样的音乐形式互相交流和抒发情感。同时，由于音乐既具有娱乐功能，又是一种口头文化，因此不但没有受到白人的阻止，还得到了他们的赏识。毕竟，白人传统一直认为书面文化高于口头文化，而黑人只有口头文化，所以他们是低等人。在哈莱姆文艺复兴之前，黑人音乐已经得到蓬勃发展，不仅形式多样，还各有特色，主要包括欢乐歌（Jubilee）、灵歌（Spirituals）、福音（Gospel）、布鲁斯、民谣、爵士乐等。这些黑人音乐不仅真实地记载了美国黑人的生活境况，保存了大量的非洲民俗、神话等，还勾勒出黑人口语体语言的发展历程，从而极大地影响了美国非裔文学的发展，所以有很多黑人学者说："布鲁斯/爵士乐就是我们的文学"。

黑人的音乐语言不仅形塑了其口语体语言自身的发展历程，还直接影响了

---

[1] Henry Louis Gates, Jr. *The Classic Slave Narratives*. New York: Signet Classics, 2002, p. 51.

黑人的各种言说方式，使它变成一种独具"黑人性"的"黑人言说"，而正是这种言说促使黑人文学文本成为"黑人言说文本"。当然，这种转变不是一蹴而就的，因为在黑人音乐提供的表述方式逐渐成熟之时，黑人还需要能够把这种口头文化转变为书面文本的契机。因此只有随着他们接触阅读、书写、教育等机会的增多，黑人才开始创造具有"黑人性"形式的文学。例如，19世纪中后期最为著名的黑人学者道格拉斯的叙事《七月十四日对奴隶来说意味着什么》（1852）（"We raise de wheat, Dey gib de corn."① "Th'oppress'd shall vilely bend the knee."②）就不如19世纪初期约翰·杰的叙事"标准"。第一本在美国发表的非裔小说哈里特·威尔逊也在《黑鬼》中使用了很多"黑色"英语（"They run off and left ye, and now none of em come near ye to see if you's dead or alive. I's black ourside, I know, but I's got a white heart inside."③）在1861年美国内战爆发以后，大批接受过教育的黑人开始提倡"新黑人运动"，即黑人书写自己的文学、艺术和形象，而支撑这种书写的语言载体就是黑人口语体语言，从而使美国文坛陆续出现黑人口语体语言/黑人言说文学。这种文学在19世纪末已经形成雏形，代表人物是保罗·劳伦斯·邓巴的诗歌《美国内战前的一次布道》（1895）（"'Cause I is n't; I'se a-judgin'. I'se a-givin' you de Scripuah, I'se a-handin' you de fac's."④）和查尔斯·切斯纳特的小说《格兰迪森的越线》（"I sh'd jes' reckon I is better off. Ef anybody ax'em who dey b; longs ter."⑤）。从内战爆发到奴隶制废除期间，黑人开始觉醒，并争取自己的平等权利。这时黑人受教育的机会增多，种

---

① Henry Louis Gates, Jr. *The Signifying Monkey*. Ibid., p. 67.
② Henry Louis Gates, Jr., Nellie Y. Mckay. *The Norton Anthology of African American Literature*. Ibid., p. 390.
③ Harriet E. Wilson. *Our Nig: Sketches from the Life of a Free Black*. Ibid., p. 12.
④ Henry Louis Gates, Jr., Nellie Y. Mckay. *The Norton Anthology of African American Literature*. Ibid., p. 892.
⑤ Henry Louis Gates, Jr., Nellie Y. Mckay. *The Norton Anthology of African American Literature*. Ibid., p. 536.

第五章 "言说那种言说"的结果：盖氏文论的双面性

族意识也逐渐增强，开始有意识地展现"黑人性"。因此，受过教育的黑人积极地使用口语体语言和民俗方式创作诗歌、小说等，而无法接触白人教育的黑人则师法受过教育的黑人，或者自学，这就使他们的书写语言具有自我特色，包括单词拼写不全、语法单一、句子成分缺失等。

第三，哈莱姆文艺复兴时期倡导文学的"宣传性"，代表人有阿兰·洛克、理查德·赖特、杜波伊斯等。他们要求族裔书写发挥极致，以符合"标准"的形式向白人展示黑人的"相等性"，而那些被白人定义为"低等"的"破英语"、巫术等民俗成分就要被淹没。因此，哈莱姆黑人运动期间的很多代表人物创造的作品就是标准英语文学。当然，这一时期也出现了一些专门使用非标准英语进行书写的黑人学者，典型代表包括吉恩·图默的《甘蔗》（1921）（"Whats y want? Yassur-but watch yo doins, an I'll lick y. Yo sho has started something now."[①]）和赫斯顿的《上苍》（"What she doin coming back here in dem overhalls? What dat ole forty year ole' oman doin' wid her hair swingin' down her back lak some ypung gal?"[②]）。

第四，黑人大众美学运动时期，在"求同"的民权运动失败之后，"存异"的"黑人权力"运动蜂拥而至，从而促使整个美国非裔群体在"黑色即美"这个口号的感召之下，开始全面敞亮黑人民俗文化和传统。为此，出现了一大批影响最为深远的黑人口语体语言文学，代表人物及其作品有埃利森的《隐形人》（"I'm a seventh son of a sventh son bond with a caul over both eyes and raised on black cat bones high John the conqueror and greasy greens."[③]）、里德的《芒博》（本书第三章的第二节对此有详细的描述）、沃克的《紫颜色》（"All need somethin." "Mr. ____ finally come right to ast for Nettie hand in

---

[①] Darwin T. Turner. *Cane*: Jean Toomer. New York: W. W. Norton & Company, 1988, p. 35.
[②] Zora Neale Hurston. *Their Eyes Were Watching God*. Ibid., p. 2.
[③] Ralph Ellison. *Invisible Man*. London: Penguin Books, 2001, p. 176.

marriage. What bout that?"① "I loves to hug up. I ain't no man."② ）等。

由此可见，"会说话的书"与"黑人言说文本"之间在语言应用方面是具有差异的，因为它们分别集中代表了美国非裔文学的两个发展时期：前者是18世纪的文学源头，后者则是20世纪文学"黑人性"的成熟表征。就此而言，两者最突出的差异表现为采用了不同的语言："会说话的书"用的是标准书面英语。尽管它是黑人以"写作"形式进入西方文坛的证据，打破了黑人没有"书写声音"的白人话语霸权，但是这种黑人书写除了内容是"黑色"之外，语言、语法、结构等形式都是"白色的"。"黑人言说文本"则不同，它兼用了标准英语和黑人英语，并花样繁多地突出了"黑色"语言的存在形式，从而使得文本本身的所指和能指都浸泡和沐浴在双重文化碰撞而产生的"场域"之中。

美国非裔文学一直在标准英语文学与黑人口语体语言文学之间来回摇摆，而从"会说话的书"到"黑人言说文本"的演变就是美国非裔文学的发展历程的真实写照。在这个摇摆过程中，尽管出现了不少黑人方言文学，但还是标准英语文学居多，因为在白人主导的社会中，只要"黑人想持续被美国主流文学界接受，其黑人英语中的非洲特征就要被不停地筛选出来"③。为此，盖茨用黑人口语体语言作为基准具有极大的排他性。例如，第一个获得诺贝尔文学奖的美国黑人作家托尼·莫里森的作品几乎都属于标准英语文学，她认为"黑人文学不能被简化成这样一种文学——使用某种特殊语言模式，这种模式仅仅去掉了字母'g'"④。然而，盖茨的整套意指理论就建基于黑人英语的"(g)"，即擦除字母"g"，尽管他在建构文学理论时，从头至尾"并未解释美

---

① Alice Walker. *The Color Purple*. Ibid., pp. 4—6.
② Alice Walker. *The Color Purple*. Ibid., p. 146.
③ Geneva Smitherman. *Talkin and Testifyin: The Language of Black America*. Ibid., p. 16.
④ Hazel Arentt Ervin. *African American Literary Criticism: 1773 to 2000*. Ibid., p. 200.

国不同时期、地域的黑人作家基于何种原因能够共享相同模式的方言"①。

纵观盖茨理论的"逆生长性"特征，可以看出它的意义在于能够让盖茨在美国非裔文学传统内部定位一种阐释原则体系，从而解构"白理论"霸权和抵抗"欧洲中心主义"，但是美国非裔元素与非洲元素的牵强拼贴也削弱了"黑文论"传统自身的形而上性。这就是20世纪后半叶，在黑人政治、文化和艺术风起云涌的历史语境下，众多非裔学者试图通过建构"非洲中心主义"，以彰显"黑色自我"和整个黑人种族的自豪感时，无法绕过的局限性。

三、抹不掉的白色：奈保尔谬误

盖茨非裔文学理论的宗旨是改变几百年来黑人被强加的"他者"身份，抵抗白人的话语和文化霸权，因此其理论本身在诞生之初就与后殖民批评具有重叠性："两者都在追问白人/西方文化霸权如何宰制非白人文化，以及这些附属文化如何反抗和抵制这种宰制。"② 正是这种特性导致盖氏理论本身极易走向阿皮亚命名的"奈保尔谬误"："一种只能通过把非西方的境况、问题和文化嵌入欧洲文化以对前者进行理解的习惯。"此谬误取自印度裔作家维·苏·奈保尔（V. S. Naipaul）之名，因为他认为："后殖民（前殖民地）文学之所以值得研究，是因为它与欧洲文学基本等同。"③ 随后这种观点被非西方学者广泛使用，尤其在处理读者与作者的互动关系时成为一种习惯。对于如何规避这种谬误，盖茨早有准备，他吸收了阿皮亚和波林·J. 洪通吉（Paulin J. Hountondji）的处理方式。前者指出："非洲文学不需要向西方读者提供'合法证明'，用以克服他们忽视它的倾向。"后者认为在现代非洲，如果理论话语要具有意义，那么它必须是"在非洲社会内部生成的一种'本土的'理论论

---

① D. G. Myers. "Signifying Nothing". Ibid.
② Mary Klages. *Literary Theory: a Guide for the Perplexed*. London: Continuum, 2006, p. 149.
③ Fawzia Mustafa. *V. S. Naipaul*. New York: Cambridge University Press, 1995, pp. 22—23.

辩，从而能够自主发展其主旨及相关问题，而不再是作为欧洲理论和科学论辩的遥远附属物"。因为从非洲文学研究转向理论研究的目的不是"证明黑人有时也和白人一样具有智慧、道德和艺术感，并让他们相信黑人也可以成为优秀的哲学家，或者从白人那里赢得人性证明，并向他们展示非洲文明的辉煌"①，而是"要让这种理论研究和所有其他文学研究一样，仅仅为了阅读文学"②。

正是基于这两种告诫，盖茨有了自己的规避方式："我们的目标就不能再把欧洲嵌入非洲或者把非洲嵌入欧洲。"③ 换句话说，黑人学者在建构族裔理论时就不能再以"黑色"理论基本等同于"白色"理论作为研究理据。然而，在白人文化霸权的大语境下进行族裔理论建构时，盖茨却又不自觉地返回谬误本身，主要表现为两个方面：一是等同性，即把非裔理论载体定位为文学的"形式"；二是嵌入性，即把欧洲批评话语嵌入非洲阐释传统，证实两者是功能对等物的关系，因此盖茨理论的"奈保尔谬误"可以分为两类。

第一，形式谬误，产生原因是解构白人批评体系预设的"内容论"，证明非裔文学与白人文学一样具有"形式性""艺术性"。整个过程可以分为三个阶段：从使用各种白人文论解读黑人文学的"内容"转变为解读其"形式"，从借用白人理论转变为建构"本土理论"解读族裔文学的"形式"，从定位"形式"——黑人口语体语言到定位"本土理论"——意指理论。其中，连接三个阶段的关键因素是"形式"与"本土"，而糅合这两种因素的载体是"黑人口语体语言"。为此，盖茨不仅把它定位为自己理论体系的支撑点，还把它扩展为整个族裔文学和阐释体系的基质，因为他认为黑人正是通过口语体语言的意指特性使非裔文学、文论文本之间具有形式上的关联，从而构成了黑人文学传统。尽管这种"形式论"在一定程度上克服了白人迷恋非裔文学"所指"的

---

① Henry Louis Gates, Jr. *The Signifying Monkey*. Ibid., p. xx.
② Henry Louis Gates, Jr. *Black Literature and Literary Theory*. Ibid., p. 146.
③ Henry Louis Gates, Jr. *The Signifying Monkey*. Ibid., p. xx.

第五章 "言说那种言说"的结果:盖氏文论的双面性

"内容论"极端,即从社会学、人类学的角度解读非裔文学的"内容"。同时,"形式论"有效地关注了支撑非裔文学"艺术性"的形式元素,包括语言、修辞、象征、比喻、反讽等,从而弥补了非裔文学的"能指"空无、"无"形式的理论缺陷。然而,也正是这种转向促使盖茨走向了迷恋"能指"的极端。这种过度的"形式论"主要有三大缺陷:其一,就语言本身而言,美国非裔文学的主要载体仍然是英语,尽管在字里行间夹杂着黑人口语体语言,但是它始终不可能规避标准英语的影响;其二,就文本形式关联而言,美国非裔文学从诞生之初就是"黑白混杂体",因此不能规避白人文本形式的影响;其三,就文学传统而言,美国非裔文学传统的完整性包括不可分割的"内容"和"形式"两个部分,因此无法剥离前者的重要性。

第二,嵌入谬误,产生原因是规避白人预设的黑人"无"理论,证明非裔文学传统内含独立的阐释体系和批评话语,而正是这种内生的、自主的、连贯的非裔文学批评理论——意指理论,解构了"源于白人文化的统一的批评标准能够适于阐述和评价黑人文艺的概念"[①]。然而,在命名和描述非洲、非裔神话中内含的理论术语时,盖茨又情不自禁地回到"白色"理论传统,去为它们寻找功能对等物,具体可以用下表表示:

嵌入谬误	
黑人的阐释体系	白人的阐释体系
埃苏	赫尔墨斯
埃苏-图法拉阿诺	阐释学
艾发	《圣经》

[①] 黄晖:《20 世纪美国黑人文学批评理论》,载《外国文学研究》,2002 年第 3 期。

(续表)

阿斯（ase）：埃苏的雕像通常手握一个葫芦，在这个葫芦中装满了阿斯，而约鲁巴最高神灵奥洛杜梅尔（Olodumare）就是用阿斯创造了宇宙	逻各斯
迪达发（Didafa）：阅读符号	细读
意指体系	表意体系
意指性、意指关联	互文性

  这些相互嵌入的术语直接拉近了盖茨与奈保尔谬误的距离，从而违背了他规避这种后殖民性谬误的初衷。然而，这种文化身份困境是作为非裔文学批评家的盖茨，在白人文化霸权体制下生存的一种迫不得已的文化建构策略，也是少数、边缘、流散群体在宰制性语境中申诉族裔文化身份时必然经历的一种摇摆之旅——对白人霸权文化、话语的抵抗与依赖。实际上，在整个奴隶制体系中，最早承受这种身份困境的是黑人作家。因为促使非裔文学萌芽的文化生态就是权力失衡的黑白双色传统，而其中"白色"一直都在打压、宰制"黑色"，这就迫使黑人作家"在进行文学创作时，只能通过既依赖又抵抗他们被迫认同的那个既定的（白色霸权）秩序来定义自我"。为此，非裔文学批评家"在建构文学理论时，必然会与族裔作家一样，既依赖又抵抗西方的批评正典，才能正确解读非裔文学"①。

  纵观盖茨文学批评理论的"奈保尔谬误"，可以看出它起源于抵抗白人主导的文论霸权，却终于对这种霸权本身的依赖，具体关系可以用下图表示：

---

① Henry Louis Gates, Jr. *The Signifying Monkey*. Ibid., p. xxiii.

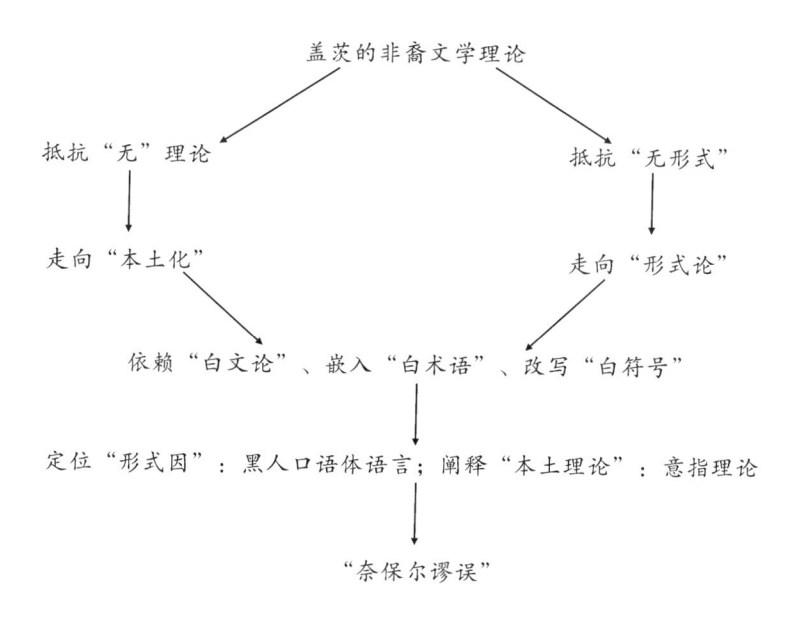

第五章 "言说那种言说"的结果：盖氏文论的双面性

```
                        盖茨的非裔文学理论
                       ↙              ↘
              抵抗"无"理论              抵抗"无形式"
                   ↓                        ↓
              走向"本土化"              走向"形式论"
                       ↘              ↙
              依赖"白文论"、嵌入"白术语"、改写"白符号"
                              ↓
         定位"形式因"：黑人口语体语言；阐释"本土理论"：意指理论
                              ↓
                         "奈保尔谬误"
```

  尽管依赖能够让黑人最近距离地打量对抗，但是对抗也能让他们最清晰地铭写依赖，所以对于"黑人知识分子来说，最大的问题莫过于要在既敌视又羡慕的白人文化中继续推进一种独立的本体"[①]。正是这种无法改变的拉锯关系决定了盖茨所有"去"谬误的努力，最终不过沦为一次"摇摆"。因为不论其抵抗是回到约鲁巴的埃苏还是弗吉尼亚詹姆斯镇（1619年第一批非洲黑奴在此上岸）的意指的猴子，最终支撑其整个"本土化"历程的理论根基还是源自他在耶鲁和剑桥大学所接受的白人教育。这种"白色"教育的原初意义是把"主人"的意识形态强加给"奴隶"，以便控制、驯服他们，从而维护自身的霸权地位。当然，在随后的发展过程中，教育本身也为"奴隶"增添了反抗力，因为它开启了一个同时容纳"主""奴"的"第三空间"。

  这个空间使得两个民族的文化和身份都失掉了统一性、纯洁性、固定性。正是这种混杂性使得美国非裔群体能够"在一种断裂混杂的、暂时的文化差异

[①] ［美］安德鲁·迪尔班科：《论美国的黑人文学——兼评路易斯·盖茨的〈意指的猴子〉》，前引文。

之间，较为自由地协商和转变自己的文化身份"①。因为成为"拟态"——像白人，但不完全"白"的优先权就是可以在一定程度上逃避"主人"的凝视，同时又能够向"黑色"滑动。这就使得非裔群体的活动空间超出"白色"框架，并留下一些抵抗痕迹或反抗标识，即"对'标准的'知识和惩戒力产生一种内在的威胁"②，从而既破坏了一些殖民话语，又为"主人"的"白色"涂上了不协调的瑕斑。

当然，教育、第三空间、混杂性等给予黑人的"反抗力"并不足以掀翻"白色"文化和话语霸权。这种情况就正如丽塔·达芙说的："主人的工具将永远不会拆散主人的房子，因为他们可能偶尔会让我们玩他们的游戏，但是却从来不会让我们给游戏本身带去任何本质的变化。"③ 长期以来，"主人"之所以喜欢并允许"奴隶"模仿自己，却想尽办法禁止他们成为自己，是因为"当小孩像他父亲一样拿报纸是模仿，而当小孩学习、学会阅读则变成了他与其父亲的差异"。因此，第二种行为在白人统治的世界中是绝不允许的，而如果被殖民者试图否认他们与殖民者的区别，越雷池一步，就"需要变成白人或者消失"④。当然，所谓的"变成白人"，也只能止步于"小孩像他父亲一样拿报纸"时的模仿，而不是阅读。

换句话说，在"主人"设计的游戏规则中，他们可以强迫、允许他者参与到游戏之中，但是绝对不可能解放这些"棋子"。这就是非裔群体的生存语境，这个语境一方面需要建构独立美学和批评体系的黑人文学理论家"拾起（主流理论的）普遍性"，并给予他们一些"反抗他者的权力"，另一方面则让

---

① Bill Ashcroft, Gareth Griffiths, Helen Tiffin. *The Post-colonial Studies Reader*. Ibid., p. 208.
② Homi K. Bhabha. *The Location of Culture*. Ibid., p. 86.
③ Bill Ashcroft, Gareth Griffiths, Helen Tiffin. *Post-colonial Studies: The Key Concepts*. Ibid., p. 264.
④ Homi K. Bhabha. *The Location of Culture*. Ibid., p. 61.

第五章 "言说那种言说"的结果:盖氏文论的双面性

他们"丢掉了自我理论上的纯洁性"[①]。这就是盖茨建构美国非裔批评理论的真实写照,即首先是对"白色"理论"加以有效的改写、过滤和重新语境化",进而对富含宰制性的"表征系统、观念和理念加以清理",最终才"以最大可能的方式展现边缘族群的文学文本,并依据这些文本的特点进行理论归纳和提升,以提取自身文化传统中的理论原创点"[②]。这就是黑人学者在白人霸权体制中申诉族裔美学、理论身份时无法规避的文化创伤。

[①] Kerstin Knopf. *Decolonizing the Lens of Power: Indigenous Films in North America*. Ibid., p. 46.
[②] 王晓路,石坚:《文学观念与研究范式——美国少数族裔批评理论建构的启示》,前引文。

结 语

潜伏的文学 DNA：盖茨非裔文学理论的走向

盖茨集中建构非裔文学理论的时期是 20 世纪 70 年代末到 80 年代末，这一时期他旨在创建一种独立于主流的、白人的、中心的"黑色文学理论"。最终，这种理论在 1988 年变得"羽翼丰满"，并且公开面世——《意指的猴子》的出版。此"黑色"理论的特点有两个：第一，它倾向于以"形式"为基准去判断一部文学作品是否为黑人文学；第二，它专注于阐明一个事实，即黑人一直都"有"自己的理论传统——一种通过黑人口语体语言储存在黑人文学中的阐释体系，从而揭示出黑人传统中内含了这样一个等式关系：文学＝文学理论。这个等式让盖茨最大限度地解构了白人有关黑人与理论无关的种族主义预设，这就使他完成了自己最为重要的理论之旅。随后，为了把"黑色"理论从边缘带入中心，盖茨在 1992 年出版了理论著作《松散的正典》，提出建构族裔文学正典的重要性，以便把黑人文学、文论、文化等研究纳入美国小学、初高中以及高校的教学课程。至此，盖茨开始聚焦于美国非裔文学正典和文学理论正典的建构，并在 20 世纪 90 年代中后期和新千年初陆续出版了一系列黑人文集。这些黑人正典文本的出现既使黑人文学研究终于在主流学界扎根，又在很大程度上为其他形式的"黑色"文化正典的"出场"奠定了坚实的基础。

实际上，在进行族裔文学正典和文论正典建构的同时，盖茨的理论也发生了两大转向：首先，拓展了自己的理论视野，开始关注其他类型的"黑色"文化形式，尤其表现在历史、形象和身份三个方面。其中，就历史方面而言，由于盖茨本科期间在耶鲁大学所学的专业是历史，因此在此后的学术生涯中，他一直关注黑人历史研究，并致力重新书写真实的"黑色历史"，还原黑人对西方文明以及整个人类文明做出的巨大贡献。正是在这种思想的引导下，盖茨于 20 世纪末和 21 世纪初出版了具有影响力的黑人历史专著，具体包括三部作品。一是 1999 年的专著《非洲世界的畅想》。这部图文并茂的专著是盖茨记录非洲文明古迹的一次全新尝试，他在 1998 年带上专业摄影师和司机穿越了尼日利亚、加纳、埃及、肯尼亚、坦桑尼亚、津巴布韦、南非等非洲文明古国。沿途的影像资料不仅清晰地记录了多种多样的非洲文明，还首次真实地向西方世界展示了众多遗失的人类古文明圣地，从而在美国获得了两大奖项——"国家艺术奖"和"国家人文奖"。二是 2010 年的《此案人生：美国非裔历史，1513—2008》。这本书一共涵盖了 495 年的黑人历史，详细地讲述了黑人与北美大陆之间错综复杂的关系，尤其是由奴隶制维系的双边关系，以及黑人对美国的诞生、发展、壮大做出的巨大贡献。三是 2010 年的《非洲百科全书》，全套书分为上、下两卷，按照字母顺序排序，全方位介绍了整个非洲大陆 50 多个国家，从公元前 400 万年前到 2009 年第一个黑人总统——奥巴马，访问非洲这段时间所发生的一系列影响深远的历史事件。这些事件涉及的领域非常宽泛，包括政治、经济、军事、文化、教育、科学、医疗等方面。因此，阿皮亚和盖茨在序言中指出："不论你是想了解西非的独立运动、南部非洲的崛起与衰落，或者仅仅只是想了解马格里布（Maghreb）音乐传统，这两卷书都能够让你找到你想要找的人、地方、对象、体系，以及回答一些问题的思路和概念。同时，即使你只是因为对非洲感到好奇而阅读这套书，不论翻到哪一页，你也都能在其中找到一些有趣的事物，并开始你的非洲之旅。"[1] 由此可见，盖茨独立撰写和参与编著的这些"黑色"历史的主体不仅是美国非裔群体，还涵盖了这一群体的祖先和表亲——非洲黑人。因此，盖茨史学著作的典型特征就是完整性和形上性，因为它一方面真实地记录了美国非裔的历史，冲击了美国白人的史学宰制；另一方面则采用现代科学技术，图文并茂、视听兼

---

[1] Kwame Anthony Appiah, Henry Louis Gates, Jr. *Encyclopedia of Africa*. Vol. 1. New York: Oxford University Press, 2010, p. ix.

具地展现了白人入侵非洲之前黑人创造的灿烂的人类古文明，以及西方奴隶制、殖民主义、新殖民主义等霸权体制给非洲大陆造成的巨大灾难，从而既揭示了"白人至上主义""欧洲中心主义"的真相，又动摇了整个西方文化、话语霸权的基础。当然，这些史学作品并非与文学无关，相反它对黑人的文学研究和文论研究具有重大意义，因为它们详细地记录了众多黑人作家、理论家、批评家的生平、思想、代表作品和影响力，以及他们在不同历史时期和社会语境中对整个黑人族群的生存境遇和发展做出的贡献。

就黑人形象而言，盖茨在三个层面做出了贡献。其一，收集西方艺术中的黑人形象，代表作品是《西方艺术中的黑人形象》。这套书截至目前一共出版了 11 卷，收录了从"埃及法老时期"到"第一次世界大战"期间西方艺术中的约 40 000 个黑人形象。在这套书的前言中，大卫·宾德曼（David Bindman）和盖茨认为尽管西方经典艺术中也零星地出现过一些积极的、真实的黑人形象，但是其总体特征还是消极的、虚构的和被扭曲的，具体表现为"穷凶极恶、宗教狂热、魔幻的、巫术的、古董的、原始的、无知的、野蛮的、小孩般爱想象的、非理性的、具有永不满足的动物般的性欲等"。这些形象共同承载了一个种族主义预设："黑人是与理性无关的，他们不仅代表了启蒙主义旨在消灭的迷信，以及人类旨在追求物质享受时的稚气。"① 由此可见，虽然黑人偶尔也会被白人刻画成高贵的野蛮人，但是在大多数情况下他们的"出场"始终单向度地指涉了一种意义——迎合"主人"的终极想象的无知者。因为正是这些刻板的黑人形象支撑了"黑"与"白"、野蛮与文明的二元对立，以及"白人至上主义""欧洲中心主义"和社会达尔文主义。至于如何判断一个形象是否黑人形象，大卫和盖茨也给出了一些标准："由于早期的（尤其是 19 世纪照相技术出现之前）很多黑人形象缺少相关的记录，因此主要通过外表来评判一个或多个人是否为黑人，很多仅仅通过他们脸部或身体的黑

---

① David Bindmen, Henry Louis Gates, Jr. *The Image of the Black in Western Art*. Vol. I, Part 1. London: Harvard University Press, 2010, p. xii.

色、棕色就可以被辨认出来",而更多的则是通过一些"模式化的标志,例如,厚厚的嘴唇、扁平的鼻子、毛茸茸的绞缠在一起的头发等"①。当然,白人艺术中的黑人形象与现实生活中的黑人并不吻合,因此盖茨的学理诉求就不仅仅是展示这些刻板形象,而是如何矫正它们,这就是他在黑人形象的另一个层面做出的贡献。

其二,整理黑人描述和刻画的自我形象,代表作品是《见证:20世纪美国非裔自传选集》(1991),此书一共收录了28位黑人名人的自传,其中包括佐拉·尼尔·休斯顿、理查德·赖特、兰格顿·休斯、杜波伊斯、詹姆斯·鲍德温、马尔科姆·X、玛雅·安吉罗、艾丽丝·沃克、休斯顿·贝克、贝尔·胡克斯等。盖茨在前言中指出编著这些族裔自传的目的和意义:"在众多组成美国非裔文学传统的文学类型中,黑人自传扮演的核心角色是无与伦比的",因为"对于黑人作者来说,在过去的400多年中,他们能够发表的最重要的书写陈述就是自己的人生故事"。换句话说,在白人宰制的语境中,没有攻击性的自传是"主人"唯一允许和承认的黑人书写。而正是通过这种书写,黑人"在语言中形塑了一个公共的'自我'",即"以印刷体的形式注册了这样的一个'黑人自我'——冲破了种族主义笼罩在黑人个体发展道路上的限制和约束",从而在一定程度上"阻止了其族裔同胞因为各式各样的种族主义迫害而堕落"②。在编著过程中,盖茨惊奇地发现了这些黑人自传的特性——"在结构上具有相似性",而这个特性暗示出"黑人作家是借助其他黑人作家的自传文本来建构自己的叙事模式的"。对此,盖茨还找到了一个典型的例子——自传《乐土中的小孩》(1965)的作者克劳德·布朗(Claude Brown),在1990年告诉他的一个纽约读者有关此自传的创作经过:在书写自传之前,他首先精心研究了弗雷德里克·道格拉斯的奴隶叙事和理查德·赖特

---

① David Bindmen, Henry Louis Gates, Jr. *The Image of the Black in Western Art*. Ibid., p. xii.
② Henry Louis Gates, Jr. *Bearing Witness*. New York: Pantheon Books, 1991, p. 3.

的《黑孩子》，以便"了解其他黑人作家是如何解决语言、形式等难题，然后再模仿他们的叙事结构"①。这一发现与盖茨"意指理论"的核心论点相吻合——黑人作家阅读彼此的文本，并抓住其中的一些重要形象进行修正，从而使得不同时期的黑人文学文本之间存在差异性重复关系，也就是所谓的意指关联。由此可见，从20世纪80年代到90年代，盖茨文学理论的核心观点都是他的意指关联论。

其三，用文字、图片、影像、声音等方式记录和呈现真实的黑人形象，代表作品主要有三部。一是《看待黑人的十三种方式》（1997）。在这本书的前言中，盖茨集中探讨了看待、评判一个人的多种方式，包括种族、肤色、性别、文化、职业、身份、政治取向、自我认同、种族认同、民族认同等。正是这些方式影响了一个黑人形象的形成、真实性和完整性，因此盖茨在正文中全方位地呈现了七位黑人的形象，其中包括三位作家——詹姆斯·鲍德温、阿尔伯特·穆雷（Albert Murray）和阿纳托利·布鲁瓦亚尔，一位舞蹈家——比尔·琼斯（Bill T. Jones），一位宗教界领袖——路易斯·法拉汉（Louis Farrakhan），一位具有政治天赋的人物——科林·鲍威尔（Colin Powell），一位演员——哈里·贝拉方特（Harry Belafonte）。二是《美国非裔的世纪：美国黑人如何塑造了我们的国家》（2000）。这里所说的"美国非裔的世纪"指涉的是文化层面，因为盖茨和科勒·韦斯特合作编著这部书的目的是说明整个非裔群体在20世纪为美国做出的不可替代的贡献，因此，如果没有黑人美国在很多文化领域都不可能取得傲人的成就，尤其是不会有风靡全球的布鲁斯、爵士、摇滚、说唱等音乐类型。为此，该书按照1990—1999年的时间顺序，图文并茂地呈现了100位黑人的相关形象。三是《美国非裔传记》（2008），这套书一共8卷本，是目前为止最全面的美国黑人传记丛书，时间跨度近5个世纪，具体是从1528年一直到2007年，共收录了4000份自传和1000个形象。

---

① Henry Louis Gates, Jr. *Bearing Witness*. Ibid., p. 4.

结语　潜伏的文学 DNA：盖茨非裔文学理论的走向

这些形象涵盖了各行各业、形形色色的黑人，包括奴隶、解放者、作家、政治家、商人、音乐家、舞蹈家、艺术家、体育健将、不公平体育竞赛的受害者、律师、记者、民权领袖、黑人权力运动的领袖等。盖茨认为这部文集的出现让长久被埋藏在尘埃中的黑人档案、历史和故事终于重见天日，同时使得美国白人无法再忽视、删除真实的黑人形象。从这三部作品可以看出，盖茨在这一时期集中关注的是美国非裔的形象问题，而由于形象与身份密切相关，因此盖茨在进行族裔形象研究的同时，还开始关注黑人身份及相关问题。

就黑人身份而言，盖茨首先探究了多元文化语境下的民族、种族、性别身份，代表作品是他和安东尼·阿皮亚合编的《身份》（1995）。在书的序言中，阿皮亚和盖茨道明编著这部文集的原因："文学史家很容易识别 18 世纪的文学，因为在这一时期种族、阶级和性别变成了文学批评的三位一体"，而在 20 世纪 90 年代这个"三位一体"则"试图成为统治我们的批评话语的陈词滥调"。因此，这本书的宗旨就是"要通过探讨身份的构成以及主体性问题打破充满陈词滥调色彩的身份话语"。为此，该书一共收录了 20 篇文章，这些文章涵盖了不同的学科领域，但是都集中指向了一个主旨——"探讨身份的政治性"，从而使得"他们的作品，尤其是那些提倡差异观念的后结构主义理论家的作品，极大地延展了已经存在的有关民族、性别、种族等身份的反本质主义批评"[1]。因为他们所号召的一种重新定义身份观念的"后本质主义"已经变得越来越流行，并促使身份研究渗入女性主义、男女同性恋批评、后殖民批评、民族主义、种族主义等领域。当然，由于种族和民族身份在关涉个人，尤其是个体差异时，总是把这个个体与周遭的人、物、事等背景联系在一起。因此，促成个体的种族和民族身份形成的"不可或缺的成分就是其自我感知"，即"通过把'我'放置在一个背景——'我们'之中的方式来定义自

---

[1] Kwame Anthony Appiah, Henry Louis Gates, Jr. *Identities*. Chicago: The University of Chicago Press, 1995, p. 1.

我"①。当然，对于美国非裔群体这个"我"而言，作为其背景的"我们"的范围比较宽泛，包括美国人、非裔流散群体、黑人等类型。因此，盖茨开始关注民族认同的研究，从而促成了其理论的又一次重大转向——从集中关注美国非裔的身份转向多元民族的认同，具体表现在三个方面。

第一，盖氏理论开始超越单一的、绝对的民族主义情结，认同"黑色"文化中的一直"水火不容"的"白色"混杂体。实际上，深受解构主义思潮影响的盖茨一贯主张反本质主义，这也就是他把"种族""黑人性"定义为"一种比喻"的根本原因。因此，尽管20世纪70年代末到90年代初的盖氏理论在为黑人申诉族裔身份和文化身份时，聚焦于建构和凸显独立于主流体系的"黑色"文化形态，尤其是所有流散黑人的族裔自豪感——古老的非洲文明，以及美国非裔群体的文学和文论正典，从而使其理论富含"非洲中心主义"色彩，并受到很多白人学者，如本书前言中提到的安德鲁·迪尔班科、迈尔斯等学者的批判。因为他们认为盖氏理论的种族意识不过是重复了50多年前，也就是哈莱姆文艺复兴时期黑人学者老生常谈的种族主义问题，从而激化了原本正在缓和的种族矛盾。然而，这种"黑人中心"色彩与他的反本质主义主张并不矛盾，因为盖茨在20世纪70年代末，正式进入黑人研究界之后，其理论承载的所有学理诉求就是要去除"中心"——一元的、白色的"中心"。因此，当盖氏理论通过建构一套独立的"黑色文化样式"，并把它从边缘带入中心时，就冲破了一元"中心"的权威和相关的"白色霸权"。同时，在研究黑人文学、文论时，盖茨一直都承认它们的双色性——"黑""白"性，以及双声性——标准英语/黑人方言、书面性/口头性，而不是迪尔班科所说的，"盖茨不愿意把某些黑人作品的根源归入白人的传统，例如，《圣经》中就有非常多的奴隶叙事，尤其是《旧约》之中"②。除此之外，《松散正典》第六章的题

---

① Kwame Anthony Appiah, Henry Louis Gates, Jr. *Identities*. Ibid., p. 3.
② ［美］安德鲁·迪尔班科：《论美国的黑人文学——兼评路易斯·盖茨的〈意指的猴子〉》，前引文。

结语 潜伏的文学 DNA：盖茨非裔文学理论的走向

目就是"整合美国精神"，盖茨在这一章的开篇就"阐明"了自己的"整合"观念："当我被问及对开放的美国精神、人文主义的去中心或一种新的多元文化主义等的看法时，我的反应是：它将是个不错的主意。"① 究其原因，主要表现在两个方面：一是每一个"自我"的身份都在与"他者"的差异中得到定位，二是黑人"不可能剔除他们血管中的每一滴美国血"，因为他们的血好比"亚马逊的洪水，由几千条支流汇聚而成"，因此对于美国黑人来说："我们不是一个孤立的民族，同时也不是整个世界。"② 正是这种容纳、认同差异的态度延续了盖茨理论的转向。

第二，盖氏理论开始突破美国非裔共同体的界限，把非裔研究延伸至美国以南的中南美洲，考察了这些国家的黑人身份、黑人文化与美国非裔身份、文化的异同，代表作品是《拉丁美洲黑人》(2011)。实际上，这本书与《非洲世界的畅想》有异曲同工之妙，因为两者都是一种文化游记，即盖茨带上专业的摄影师、司机、翻译等游历多个国家记录下的所见所闻，而记录的形式主要包括文字、图像、影像和声音等。《拉丁美洲的黑人》的每一章记录了盖茨及其团队游历一个国家的收获，因此此书一共6章，分别对应了6个国家，即巴西、墨西哥、秘鲁、多米尼加共和国、海地、古巴的黑人身份、文化、民俗等。尽管盖茨旅行的初衷是采访、了解这些国家的黑人对他们身为"黑色流散群体"的一员的看法，以及考察他们对非洲之根的坚守。然而，在旅行过程中，盖茨却惊奇地发现这些国家并没有"黑人"这个称谓或说法，因为6个国家通过是按照肤色的颜色差异来命名具有非洲基因和血统的人。其中，仅仅巴西国内针对黑人的称谓就多达134种，而美国的两个近邻国家——古巴和墨西哥也分别有20种和32种黑人称谓。因此，在这些国家，来自非洲的黑人后代不能被统一地称为"黑人"，这就是它们在定位非洲裔个人、群体及相关身份时与美国非裔的差异。当然，不论称谓本身如何天差地别，其指涉的主体都有

---

① Henry Louis Gates, Jr. *Loose Canons: Notes on the Culture Wars*. Ibid., p. 105.
② Henry Louis Gates, Jr. *Loose Canons: Notes on the Culture Wars*. Ibid., p. 117.

一个共同体——坚守他们原初的"黑色",主要表现为不同程度地继承和发展了非洲宗教、音乐、舞蹈、口头文学、恶作剧故事、雕刻艺术等文化形态,从而表明非裔流散群体一直都在文化层面上"认祖归宗"。这种归根性或者说"返回非洲性"极大地拓展了盖茨的民族认同研究,使得他编著的大多数作品都指涉了一个主旨——流散黑人群体要认同他们的"黑色之根"和文化源头(尤其是口头文化和民俗传统),正是这种认同使他们既能在白人的宰制体制中有效地申诉族裔身份及相关的文化身份,又能证明这两种身份的完整性。

第三,盖氏理论开始关注美国非裔个体的实体性的"黑色之根",即号召他们寻找自己确切的非洲之根,主要是以 DNA 技术为依托,测试多位美国知名黑人学者、明星、主持人等的基因构成,考察他们的祖先来自哪一个非洲部落,从而建立各自的家族谱系,代表作品有《寻找奥普拉的"根"》(2007)、《寻找我们的"根"》(2009)等。其中,美国第一位黑人亿万富豪,著名的脱口秀主持人奥普拉·温弗瑞(Oprah Winfrey)原以为自己是祖鲁人(Zulu)[①]:"当我在非洲时,我总是觉得自己看起来像个祖鲁人,并且能够感知自己与祖鲁部落的关联。"[②] 然而,盖茨测试了她的 DNA 组成之后却发现奥普拉属于利比里亚的格贝列人(Kpelle),其祖先因为奴隶贸易被带到南卡罗来纳州。在对其他族裔学者进行基因寻根测试时,盖茨也鉴定了自己的非洲祖先——一个来自约鲁巴部落的女黑奴,而其男性祖先则是这个女奴的主人——一个爱尔兰白人。

纵观盖氏有关民族认同的研究,可以看出盖茨既承认多元民族并存、多元文化兼容,又在容纳这种差异的同时坚守本族裔的"黑色根"和独特性。这些民族认同观念和成就在很大程度上影响了盖茨跨入新千年之后的文学理论研

---

① 祖鲁人是南非最为庞大的黑人部落,目前人口大约为 1100 万,使用祖鲁语。祖鲁族在 18 世纪创造了灿烂的文明,而在 19 世纪遭到欧洲殖民者的大规模入侵,最终被夺走农场、牧场和自然资源,大量祖鲁人只得在白人的种植园劳作以维持生计。

② Abby Wolf. *Henry Louis Gates, Jr. Reader*. Ibid., p. 407.

究，其中最突出的例子就是他把 DNA 鉴定法引入文学研究领域，并把这种技术与文学作品内容和历史资料结合起来，以便精确地确认某些未出版的手稿，以及那些一直存在种族、民族争议的作品的作者是否为非洲裔。由此可见，盖氏文论从《意指的猴子》为中心的"形式论"转向了作者论，即评判一部作品是否为黑人作品的标准从"形式"转向了"作者"。因此，盖氏"黑人美学"的"黑"也就从"黑色形式"——文本之间的差异性重复关系，转变成了具有非洲血统的作者。这就是盖茨近几年最重要的文论研究走向，即通过走进社会、接触现实、翻阅历史等方式进行实证性调查，并利用先进的科学技术寻找潜伏在文学、文论作品中的 DNA，从而有效地拓展了文学理论研究的空间，为其他族裔在这一领域的研究提供了有效的范式。

参考文献

一、小亨利·路易斯·盖茨的著述

（一）中文部分（以出版时间例序排列）

《意指的猴子》，王元陆译，北京：北京大学出版社，2011年。

《有色人民——回忆录》，王家湘译，北京：北京大学出版社，2011年。

《理论权威、（白人）权势、（黑人）批评：我一无所知》，程锡麟译，选自拉尔夫·科恩：《文学理论的未来》，程锡麟、王晓路、林必果、伍厚恺译，北京：中国社会科学出版社，1993年。

（二）英文部分

1. 专著（以出版时间例序排列）

Life Upon These Shores：Looking at African American History：1513－2008. New York：Alfred A. Knopf，2011.

Black in Latin American. New York：New York University Press，2011.

Tradition and the Black Atlantic：Critical Theory in the African Diaspora. New York：Basic Civitas Books，2010.

Faces of America：How 12 Extraordinary People Discovered Their Pasts. New York：New York University Press，2010.

In Search of Our Roots. New York and Boston：Warner Books，2009.

Finding Oprah's Roots. New York：Crown Publishers，2007.

America Behind The Color Line：Dialogues with African Americans. New York and Boston：Warner Books，2004.

The Trials of Phillis Wheatley：America's First Black Poet and Her Encounters with the Founding Fathers. New York：Basic Civitas Books，2003.

The Classic Slave Narratives. New York: Signet Classics, 2002.

Wonders of the African World. New York: Alfred A. Knopf, 1999.

Thirteen Ways of Looking at a Black Man. New York: Vintage Books, 1997.

Colored People: A Memoir. New York: Vintage Books, 1995.

Loose Canons: Notes on the Culture Wars. New York: Oxford University Press, 1992.

Bearing Witness: Selections from African-American Autobiography in the Twentieth Century. New York: Pantheon Books, 1991.

Reading Black, Reading Feminist: A Critical Anthology. New York: Penguin Books, 1990.

The Signifying Monkey: A Theory of African-American Literary Criticism. New York: Oxford University Press, 1988.

The Schomburg Library of Nineteenth-Century Black Women Writers. New York: Oxford University Press, 1988.

Figures in Black: Words, Signs, and "Racial" Self. New York: Oxford University Press, 1987.

"Race", Writing, and Difference. Chicago and London: The University of Chicago Press, 1986.

Black Literature and Literary Theory. New York and London: Methuen, 1984.

2. 合著（以出版时间例序排列）

Gates, Henry Louis Jr. & Burton, Jennifer. Eds., *Call and Response: Key Debates in African American Studies*. New York: W. W. Norton & Company, 2010.

Appiah, Kwame Anthony & Gates, Henry Louis Jr. Eds., *Encyclopedia of Africa*. Vol. 1. New York: Oxford University Press, 2010.

Bindman, David & Gates, Henry Louis Jr., Karen C., Dalton. Eds., *The Image of the Black in Western Art: From the "Age of Discovery" to the Age of Abolition*. London: Harvard University Press, 2010.

Bindman, David & Gates, Henry Louis Jr. & Karen C., Dalton Eds., *The Image of the

Black in Western Art. Vol. Ⅰ: *From the Pharaohs to the Fall of the Roman Empire*. Cambridge, MA: Harvard University Press, 2010.

Bindman, David &. Gates, Henry Louis Jr. &. Karen C., Dalton Eds., *The Image of the Black in Western Art*, Vol. Ⅱ: *From the Early Christian Era to the "Age of Discovery"*. Cambridge, MA: Harvard University Press, 2010.

Gates, Henry Louis Jr. &. Higginbotham, Evelyn Brooks. Eds., *Harlem Renaissance Lives from the African American National Biography*. New York: Oxford University Press, 2009.

Gates, Henry Louis Jr. &. Higginbotham, Evelyn Brooks. Eds., *African American National Biography*. New York: Oxford University Press, 2008.

Gates, Henry Louis Jr. &. Jarrett, Gene Andrew. Eds., *The New Negro: Reading on Race, Representation, and African American Culture, 1892－1938*. Princeton and Oxford: Princeton University Press, 2007.

Gates, Henry Louis Jr., &. Higginbotham, Evelyn Brooks. Eds., *African American Lives*. New York: Oxford University Press, 2004.

Andrews, William L. &. Gates, Henry Louis Jr. Eds., *Slave Narratives*. New York: Literary Classics of the United States, Inc., 2002.

Gates, Henry Louis, Jr. &. Cornel West. Eds., *The African-American Century: How Black Americans Have Shaped Our Country*. New York: Simon &. Schuster, 2002.

Diedrich, Maria &. Gates, Henry Louis Jr. &. Pedersen, Carl. Eds., *Blcak Imagination and the Middle Passage*. New York: Oxford University Press, 1999.

Andrews, William L. &. Gates, Henry Louis Jr. Eds., *The Civitas Anthology of African American Slave Narratives*. Washington, D. C.: Civitas Counterpoint, 1999.

Gates, Henry Louis Jr. &. Andrews, William L. Eds., *Pioneers of the Black Atlantic: Five Slave Narratives from the Enlightenment, 1772－1815*. Washington: Civitas Counterpoint, 1998.

Gates, Henry Louis, Jr. &. Mckay, Nellie Y. Eds., *The Norton Anthology of African American Literature*. New York: W. W. Norton &. Company, 1997.

Gates, Henry Louis, Jr. & Robbins, Hollis. Eds., *In Search of Hannah Crafts: Critical Essays On "The Bondwoman's Narrative"*. New York: Basic Civitas, 2004.

Appiah, Kwame Anthony & Gates, Henry Louis Jr. Eds., *Identities*. Chicago: The University of Chicago Press, 1995.

Gates, Henry Louis Jr. & Griffin, Anthony & Lively, Donald & Post, Robert C. & Strossen, Nadine. Eds., *Speaking of Race, Speaking of Sex: Hate Speech, Civil Rights, and Civil Liberties*. New York: New York University Press, 1996.

Gates, Henry Louis Jr. & Appiah, Anthony. Eds., *Zora Neal Hurston: Critical Perspectives and Present*. New York: Amistad, 1993.

Jonas, Joyce & Gates, Henry Louis Jr. Eds., *Agency in the Great House*. California: Greenwood Press, 1990.

Davis, Charles T. & Gates, Henry Louis Jr. Eds., *The Slave's Narrative*. New York: Oxford University Press, 1985.

3. 独著文章（以发表时间例序排列）

Family Matters. *The New Yorker*. Dec. 1, 2008, p. 34.

Where My Mother's Voice Led Me. *The New York Times*. May 9, 2004, p. 13.

Phillis Wheatley On Trail. *The New Yorker*. Jan. 20, 2003, pp. 82—88.

The Fugitive. *The New Yorker*. Feb. 18 and 25, 2002, pp. 104—116.

The Future of Slavery's Past. *The New York Times*. July 29, 2001, p. 15.

African American Studies in the 21 Century. *The Black Scholar*. Vol. 22, No. 3, 2001, pp. 3—9.

W. E. B. Du Bois and the Encyclopedia Africana, 1909—63. *Annals 568*. Mar. 2000, pp. 203—219.

Black to the Future. *Education Week*. Jan. 12, 2000, p. 72.

The Politics of African American Scholarship. *Black Issues Book Review*. Jan. / Feb., 1999, p. 28.

The Perception of Black as a Necessary Road to Membership in the Human Community. *The*

Journals of Blacks in Higher Education. Winter 1998/1999, pp. 108—109.

Postscript: Beyond the Color Line. *The New Yorker.* Sep. 7, 1998, pp. 82—85.

Ethics and Ethnicity. *Bulletin of the American Academy of Arts and Sciences.* Vol. 51, No. 1. Sep-Oct., 1997, pp. 36—53.

Harlem on Our Mind. *Critical Inquiry.* Vol. 24, No. 1, 1997, pp. 1—12.

Net Worth. *The New Yorker.* Feb. 3, 1997, pp. 48—61.

From Phillis Wheatly to Toni Morrison: Flowering of African-American Literature. *The Journal of Blacks in Higher Education.* No. 14, 1996—97, pp. 95—100.

White Like Me. *The New Yorker.* June 17, 1996, pp. 66—81.

Thirteen Ways of Looking at a Black Man. *The New Yorker.* Sep. 25, 1995, p. 64.

The Black Leadership Myth. *The New Yorker.* Oct. 24, 1994, pp. 7—8.

The Sword and the Savior. *The New York Times Book Review.* Sep. 12, 1993, p. 1, 34.

Let Them Talk. *The New Republic.* Sep. 11, 1993, pp. 33—38.

The Ethnics of Identity. *Harvard College News.* July 1993, pp. 1, 9.

The Uses of Anti-Semitism. *Culturefront.* Fall 1992, pp. 39—42.

Good-Bye, Columbus? Notes on the Culture of Criticism. *American Literary History.* Vol. 3, No. 4, 1991, pp. 711—727.

"Authenticity", or the Lesson of Little Tree. *The New York Times Book Review.* Nov. 24, 1991, pp. 1, 26—30.

The Master's Pieces: On Canon Formation and the African American Tradition. *South Atlantic Quarterly.* Winter, 1990, p. 18.

"Tell Me, Sir... What Is Black Literature?". *PMLA.* Jan. 1990, pp. 11—22.

What's in a Name? *Dissent.* Fall, 1989, pp. 487—496.

Significant Others. *Contemporary Literature.* Vol. 29, No. 4, 1988, pp. 606—624.

The Trope of a New Negro and the Reconstruction of the Image of the Black. *Representations.* No. 24, 1988, pp. 129—156.

"What's Love Got to Do with It?": Critical Theory, Integrity, and the Black Idiom. *New Literary History.* Vol. 18, No. 2. 1986—87, pp. 345—362.

Authority (White) Power and the (Black) Critic: It's All Greek to Me. *Cultural Critique*. No. 7, 1987, pp. 19—46.

The Black Person in Art: How Should S/He Be Portrayed. *Black American Literature Forum*. Vol. 21, No. 1/2, 1987, pp. 3—24.

Talkin That Talk. *Critical Inquiry*. Vol. 13, No. 1, 1986: 203—210.

A Negro Way of Saying. *The New York Times Book Review*. April 21, 1985, pp. 1, 43—45.

Race, Writing and Difference. *Mississippi College of Law Review*. Spring 1984, pp. 287—297.

On "The Blackness of Blackness": A Critique of the Sign and the Signifying Monkey. *Critical Inquiry*. June 1983, pp. 685—723.

A Poet in Peril: Dennis Brutus of South Africa. *The New York Times*. Sep. 1982, Op-Ed Page.

Writing "Race" and the Difference it Makes. *Critical Inquiry*. Sep. 1985, pp. 1—21.

Black London: Extra-Territorial. *Antioch Review*. Spring, 1976, pp. 301—317.

4. 合著文章（以发表时间例序排列）

Gates, Henry Louis Jr. & Wolff, Maria. An Overview on the Life and Work of Juan Latino, the "Ethiopian Humanist". *Research in African Literatures*, Vol. 29, No. 4, 1998, pp. 14—51.

Gates, Henry Louis Jr. & Jones, Laura. Postmortem for a Death. *Black American Literature Forum*, Vol. 22, No. 4, 1988, pp. 787—802.

Gates, Henry Louis Jr. & Dalton, Karen C. Josephine Baker and Paul Colin: African American Dance Seen Through Parisian Eyes. *Critical Inquiry*, Vol. 24, No. 4, 1998, pp. 903—834.

Gates, Henry Louis Jr. & Farrakhan, Louis. Farrakhan Speaks. *Transition*. No. 70. 1996, pp. 140—168.

二、其他参考文献（以作者姓氏为序）

（一）中文著述

陈法春：《美国黑人文学对"美国梦"的双重心态》，载《天津外国语学院学报》，2003年第5期，第44—50页。

程锡麟：《一种崛起的批评理论：美国黑人文学》，载《外国文学》，1993年第6期，第73—78页。

邓素芬：《喻指理论与非裔美国文学批评》，载《湖南第一师范学报》，2007年第3期，第115—117页。

迪尔班科·安德鲁：《论美国的黑人文学——兼评路易斯·盖茨的〈意指的猴子〉》，尔龄译，载《当代文坛》，1995年第6期，第45—48页。

郭晓洋，马艳红：《论杜波伊斯的"双重意识"及其对美国黑人文学的影响》，载《东北大学学报》，2007年第3期，第279—282页。

贺冬梅：《盖茨喻指理论浅析》，载《湘潭师范学院学报》，2008年第7期，第156—157页。

华莱士·米歇尔：《访小亨利·路易斯·盖茨》，王家湘译，载《外国文学》，1991年第4期，第85—87页。

黄晖：《20世纪美国黑人文学批评》，载《外国文学研究》，2002年第3期，第22—27页。

黄卫峰：《美国黑人小说研究的里程碑》，载《外国文学》，2007年第3期，第115—120页。

李权文：《从边缘到中心：美国非裔文学理论的经典化历程略论》，载《湖北民族学院学报》（哲学社会科学版），2007年第4期，第85—91页。

李权文：《小亨利·路易斯·盖茨研究述评》，载《国外理论动态》，2009年第8期，第89—93页。

林元富：《非裔文学的戏仿与互文：小亨利·路易斯〈表意的猴子〉理论述评》，载《福建师范大学学报》（哲学社会科学版），2008年第6期，第98—104页。

林元富：《历史·神话·虚构·幻想——伊斯米尔·里德和他的〈黄后盖收音机破了〉》，载《外国文学》，2004年第6期，第12—15页。

林元富：《美国后现代的一头黑牛——伊斯米尔·里德其人其作》，载《外国文学》，2004年第6期，第3—5页。

麦克拉肯·佩吉:《女权主义理论读本》,桂林:广西师范大学出版社,2007年。

汪民安,陈永国:《后身体:文化、权力和生命哲学》,长春:吉林人民出版社,2003年。

王建平:《〈V.〉:托马斯·品钦的反殖民话语》,载《外国文学研究》,2011年第1期,第33—41页。

王莉娅:《黑人文学的美学特征》,载《北方论丛》,1997年第5期,第96—97页。

王淑芹:《美国黑人女性主义文学批评研究》,济南:山东大学博士论文,2006年。

王晓路,石坚:《文学观念与研究范式——美国少数族裔批评理论建构的启示》,载《当代外国文学》,2004年第2期,第75—79页。

王晓路:《差异的表述——黑人美学与贝克的批评理论》,载《国外文学》,2000年第2期,第3—9页。

王晓路:《盖茨的文学考古学与批评理论的建构》,载《国外文学》,1995年第1期,第93—95页。

王晓路:《理论意识的崛起:读〈黑人文学与文学理论〉》,载《外国文学评论》,1993年第2期,第124—129页。

王晓路:《美国黑人文学近况》,载《外国文学动态》,1994年第4期,第8—10页。

王玉括:《对非裔美国文学、历史与文化的反思——评〈莫里森访谈录〉》,载《外国文学研究》,2009年第2期,第169—172页。

王玉括:《非裔美国文学中的地理空间及文学表征》,载《外国文学评论》,2009年第2期,第160—167页。

王祖友:《试论非裔美国文学理论的三大特征》,载《社会科学论坛》,2010年第13期,第174—178页。

习传进:《"表意的猴子":论盖茨的修辞性批评理论》,载《湖北师范学院学报》(哲学社会科学版),2005年第5期,第1—5页。

习传进:《20世纪八九十年代美国非裔文学批评的转型特征》,载《武汉理工大学学报》(社会科学版),2005年第4期,第605—609页。

习传进:《走向人类学诗学的美国非裔文学批评》,载《学术论坛》,2006年第9期。

阎嘉:《"理论之后"的理论与文学理论》,载《厦门大学学报》(哲学社会科学版),2009年第1期,第32—38页。

阎嘉：《文学理论精粹读本》，北京：中国人民大学出版社，2006年。

袁霈：《非洲中心主义文学批评理论》，载《吉林大学社会科学学报》，2000年第5期，第86—89页。

曾艳钰：《论美国黑人美学思想的发展》，载《当代外国文学》，2004年第2期，第67—74页。

曾竹青：《当代美国黑人文学寻根热潮》，载《湘潭大学社会科学学报》，2002年第4期，第103—106页。

张宏明：《非洲中心主义——谢克·安踏·迪奥普的历史哲学》，载《西亚非洲》，2002年第5期，第48—53页。

张军：《美国黑人文学的三次高潮和对美国黑人出路的反思与建构》，载《当代外国文学》，2008年第1期，第51—59页。

张立新：《白色的国家　黑色的心灵——论美国文学与文化中黑人文化身份认同的困惑》，载《国外文学》，2005年第2期，第63—70页。

张晓玉：《保罗·吉洛伊族裔散居文化理论研究》，北京：北京语言大学博士论文，2009年。

赵稀方：《后殖民理论》，北京：北京大学出版社，2009年。

朱刚：《当代非裔美国小说的历史总结》，载《外国文学研究》，2006年第5期，第167—168页。

朱小琳：《回归与超越——托尼·莫里森小说的喻指性》，北京：中国社会科学院博士论文，2003年。

朱小琳：《现当代美国文学中的非裔女性形象刍议》，载《北京第二外国语学院学报》，2007年第2期，第48—53页。

（二）英文著述

Abrahams, Roger D. *Deep Down in the Jungle: Black American Folklore from the Streets of Philadelphia*. Chicago: Aldine Transaction, 2009.

Ashcroft, Bill & Griffiths, Gareth & Tiffin, Helen. *Post-colonial Studies: The Key Concepts*. New York: Routledge, 2007.

参考文献

Ashcroft, Bill & Griffiths, Gareth & Tiffin, Helen. *The Post-colonial Studies Reader*. New York: Routledge, 2003.

Appiah, Kwame Anthony. Liberalism, Individuality, and Identity, *Critical Inquiry*, Vol. 27, No. 2, 2001, pp, 305—332.

Baker, Houston A., Jr. *Blues, Ideology, and Afro-American Literature: A Vernacular Theory*. Chicago and London: The University of Chicago Press, 2012.

Baker, Houston A., Jr. *Frederic Douglass: Narrative of the Life of Frederick Douglass, an American Slave*. New York: Penguin Classics, 1986.

Baker, Houston A. Jr. *Singers of Daybreak: Studies in Black American Literature*. Washington D. C.: Howard University Press, 1983.

Birns, Nicholas. *Theory after Theory: An Intellectual History of Literary Theory from 1950 to the Early 21st Century*. Ontario: Broadview Press, 2010.

Bois, W. E. B. Du. *The Souls of Black Folk*. New York: Oxford University Press, 2007.

Bois, W. E. B. Du. *Dusk of Dawn. An Essay toward an Autobiography of a Race Concept*. New York: Schocken Books, 1969.

Bourne, Stephen. *Black in the British Frame*. London and New York: Continuum, 2001.

Bhabha, Homi K., *Nation and Narration*. New York: Routledge, 2000.

Bhabha, Homi K., *The Location of Culture*. New York: Routledge, 1994.

Bellas, Gale Joyce. *Henry Louis Gates, Jr.: New Rhetorical Strategies for the Reader of the African American Text*. New Haven: Southern Connecticut State University, 1994.

Berlant, Lauren. Cultural Struggle and Literary History: African-American Women's Writing, *Modern Philology*, Vol. 88, No. 1, 1990, pp. 57—64.

Balogun, F. Odun. Wole Soyinka and the Literary Aesthetics of African Socialism, *Black American Literature Forum*, Vol. 22, No. 3, 1988, pp. 503—530.

Bloom, Harlod. *Zora Neale Hurston's Their Eyes Were Watching God*. New York: Chelsea House Publishers, 1987.

Barksdale, Richard & Kinnamon, Keneth. *Black Writers of American*. New York: Macmillan, 1972.

Bally, Charles & Schehaye, Albert. *Ferdinand de Saussure: Course in General Linguistics*. New York: McGraw-Hill, 1966.

Christian, Barbara. The Race for Theory, *Cultural Critique*, No. 6, 1987, pp. 67—79.

Carson, Warren. Albert Murray: Literary Reconstruction of Vernacular Community, *African American Review*, Vol. 27, No. 2, 1993, pp. 287—295.

Chesnutt, Helen M., *Charles Waddell Chesnutt: Pioneer of the Color Line*. Chapel Hill: University of North Carolina Press, 1952.

Douglass, Frederic. *My Bondage and My Freedom*. New York: Book Jungle, 2007.

Dodson, Howad. *Jubilee: The Emergence of African-American Culture*. Washington D. C.: National Geographic, 2002.

Dunbar, Paul Laurence. "Prometheus", *The Complete Poems of Paul Laurence Dunbar*. New York: Dodd & Mead, 1976.

Dundes, Alan. *Mother Wit from the Laughing Barrel: Readings in the Interpretation of Afro-American Folklore*. Englewood Cliffs: Prentice-Hall, 1973.

Elam, Michele. *The Souls of Mixed Folk: Race, Politics and Aesthetics in the New Millennium*. Stanford: Stanford University Press, 2011.

English, Dylanne K. Postmodernism, Urbanism, and African American Literary Studies, *Contemporary Literature*, Vol. 46, No. 2, 2005, pp. 358—362.

Ellison, Ralph. *Invisible Man*. London: Penguin Books, 2001.

Ellison, Ralph. *Shadow and Act*. New York: Signet Books, 1966.

Ervin, Hazel Arentt. *African American Literary Criticism: 1773 to 2000*. New York: Twayne Publishers, 2000.

Fox, Robert Elliot. Ted Joans and the (B) reach of the African American Literary Canon, *Melus*, Vol. 29, No. 3/4, 2004, pp, 41—58.

Freeman, Kassie. *African American Culture and Heritage in Higher Education Research and Practice*. Westport and London: Praeger Publishers, 1998.

Greene, Meg. *Henry Louis Gates, Jr.: A Biography*. Santa Barbara, CA: Greenwood, 2012.

Goss, Linda, Marian E. Barnes. *Talk that Talk: An Anthology of African American Storytelling*. New York: Simon & Schuster, 2010.

Hurston, Zora Neal. *Tell My Horse: Voodoo and Life in Haiti and Jamaica*. New York: Harper Perennial, 2009.

Hurston, Zora Neale. *Mules and Men*. New York: Harper Perennial, 2008.

Hurston, Zora Neale. *Their Eyes Were Watching Gold*. New York: Harper Perennial, 2006.

Hale, Dorothy J. *The Novel: An Anthology of Criticism and Theory 1900 — 2000*. Oxford: Blackwell Publishing, 2006.

Hale, Dorothy J. Bakhtin in African American Literary Theory, *ELH*, Vol. 61, No. 2, 1994, pp. 445—471.

Humez, Jean McMahon. *Gifts of Power: The Writings of Rebecca Jackson, Black Visionary, Shaker Eldress*. Amherst: University of Massachusetts Press, 1981.

Jones, LeRoi. *Blues People: Negro Music in White America*. New York: Harper Perennial, 2002.

Jeyifo, Biodun. *Perspectives on Wole Soyinka: Freedom and Complexity*. Jackson: University Press of Mississippi, 2001.

Jehlen, Myra. Response to Professor Henry Louis Gates, Jr., *American Literary History*, Vol. 3, No. 4, 1991, pp. 728—732.

Joyce, Joyce A. The Problems with Slicence and Exclusiveness in the African American Literary Community, *Black Books Bulletin: Words Work* 16, Winter 1993/94, pp. 48—52.

Joyce, Joyce A. Who the Cap Fit: Unconsciousness and Unconscionableness in the Criticism of Houston A. Baker, Jr. and Henry Louis Gates, Jr., *New Literary History*, Vol. 18, No. 2, 1987, pp. 371—384.

Joyce, Joyce A. The Black Canon: Reconstructing Black American Literary Criticism, *New Literary History*, Vol. 18, No. 2, 1987, pp. 335—344.

Johnson, James Weldon. *The Book of American Negro Poetry*. New York: Harcourt, Brace & World, Inc., 1959.

Knopf, Kerstin. Decolonizing the Lens of Power: Indigenous Films in North America.

Amsterdam & New York: Rodopi, 2008.

Klages, Mary. *Literary Theory: A Guide for the Perplexed*. London: Continuum, 2006.

Kjelle, Marylou Morano. *Henry Louis Gates, Jr.* New York: Chelsea House Publishers, 2004.

Kanneh, Kadiatu. *African Identities: Race, Nation and Culture in Ethnography, Pan-Africanism and Black Literatures*. New York: Routledge, 1998.

Leitch, Vincent B. *American Literary Criticism since the 1930*. New York: Routledge, 2010.

Lanham, Richard A. *The Motives of Eloquence: Literary Rhetoric in the Renaissance*. New Haven: Yale University Press, 1976.

Morrison, Toni. *Beloved*. New York: Vintage Books, 2004.

Michael L. Hecht, Ronald L. Jackson II, Sidney A. Ribeau. *African American Communication: Exploring Identity and Culture*. Mahwah, NJ: Lawrence Erlbaum Associates, Inc., 2003.

Matthews, Donald H. *Honoring the Ancestors: An African Cultural Interpretation of Black Religion and Literature*. New York: Oxford University Press, 1998.

Mustafa, Fawzia. *V. S. Naipaul*. New York: Cambridge University Press, 1995.

Mitchell, Angelyn. *Within the Circle: An Anthology of African American Literary Theory from the Harlem Renaissance to the Present*. Durham and London: Duke University Press, 1994.

Martin, Reginald. Current Thought in African-American Literary Criticism: An Introduction, *College English*, Vol. 52, No. 7, 1990, pp. 812—822.

Myers, D. G. Signifying Nothing, *New Criterion 8*, February, 1990, pp. 61—64.

Maduakor, Obiajuru. Soyinka as a Literary Critic, *Research in African Literatures*, Vol. 17, No. 1, 1986, p. 1

McDowell, Deborah E. New Direction for Black Feminist Criticism, *Black American Literature Forum*, Vol. 14, No. 4, 1980, pp. 153—159.

Matejka, Ladislav & Pomorska, Krystyna. *Reading in Russian Poetics: Formalist and*

Structuralist Views. Ann Arbor, MI: Michigan Slavic Publications, 1978.

Naden, Corinne J. & Blue, Rose. *Henry Louis Gates Jr*. London: Raintree, 2005.

Napier, Winston. *African American Literary Theory: A Reader*. New York: New York University Press, 2000.

Neal, Larry. The Black Arts Movement, *Drama Review*, 1968, pp. 29—39.

Owomoyela, Oyekan. *Yoruba Trickster Tales*. Lincoln and London: University of Nebraska Press, 1997.

Prahlad, S. W. Anand. Guess Who's Coming to Dinner: Folklore, Folkloristics, and African American Literary Criticism, *African American Review*, Vol. 33, No. 4, 1999, pp. 566—570.

Pelton, Robert D. *The Trickster in Western Africa: A Study of Mythic Irony and Sacred Delight*. Berkeley: University of California Press, 1997.

Peet, Richard. Debates and Reports: Some Critical Questions for Anti-essentialism, *Antipode*, Vol. 24, No. 2, 1992, pp. 113—130.

Reed, Ishmael. *Mumbo Jumbo*. New York: Scribner Paperback Fiction, 1996.

Santamarina, Xiomara. Are We There Yet?: Archives, History, and Specificity in African-American Literary Study, *American Literary History*, Vol. 20. No. 1—2, 2008, pp. 304—316.

Smiley, Tavis. *How to Make Black American Better: Leading African American Speak Out*. New York: Doubleday, 2001.

Smitherman, Geneva. *Black Talk: Words and Phrases from the Hood to the Amen Corner*. Boston & New York: Houghton Mifflin Company, 2000.

Smitherman, Geneva. *Talkin that Talk: Language, Culture and Education in African American*. New York: Routledge, 2000.

Smitherman, Geneva. *Talkin and Testifyin: The Language of Black America*. Detroit: Wayne State University Press, 1977.

Said, Edward W. *Culture and Imperialism*. New York: Vintage Books, 1994.

Said, Edward W. *The World, the Text, and the Critic*. Cambridge, MA: Harvard

University Press, 1983.

Said, Edward W. *Orientalism*. New York: Vintage Books, 1979.

Stepto, Robert B. *From Behind the Veil: A Study of Afro-American Narrative*. Urbana and Chicago: University of Illinois Press, 1991.

Turner, Darwin T. *Cane: Jean Toomer*. New York: W. W. Norton & Company, 1988.

Uzgalis, W. L. The Anti-Essential Locke and Natural Kinds, *The Philosophical Quarterly*, Vol. 38, No. 152, 1988, pp. 330—339.

Wolf, Abby. *The Henry Louis Gates, Jr. Reader*. New York: Basic Civitas, 2012.

Wilson, Harriet E. *Our Nig: Sketches from the Life of a Free Black*. New York: Dover Publications, 2005.

Walker, Alice. *The Color Purple*. Orlando: A Harvest Book, 2003.

Walker, Alice. *In Search of Our Mothe' Gardens*. New York: Harcourt Brace Jovanovich, 1983.

Wisker, Gina. *Post-Colonial and African American Women's Writing: A Critical Introduction*. New York: Macmillan Press, 2000.

Warren, Kenneth. *Book Reviews*, *Modern Philosophy*, November 1990, pp. 224—225.

Ward, Jerry W, Jr. Interview with Henry Louis Gates, Jr., *New Literary History*, 22, 1991, pp. 927—935.

Wall, Cheryl A, *Changing Our Own Words: Essays on Criticism, Theory, and Writing by Black Women*. New Braunswick and London: Rutgers University Press, 1989.

Weixlmann, Joe. Black Literary Criticism at the Juncture, *Contemporary Literature*, Vol. 27, No. 1, 1986, pp. 48—62.

Young, Robert J. C. *Postcolonialism: A Very Short Introduction*. New York: Oxford University Press, 2003.

Young, Elizabeth. *American Literary Realism, Critical Theory and Intellectual Prestige, 1880—1995*. Cambridge: Cambridge University Press, 2001.

Young, Joseph. A. *Black Novelist as White Racist: The Myth of Black Inferiority in the Novels of Oscar Micheaux*. New York, Westport and London: Greenwood Press, 1989.